LA
CORDE AU COU

OUVRAGES DU MÊME AUTEUR

Paris. — Imprimerie de E. DONNAUD, rue Cassette, 9.

LA
CORDE AU COU

PAR

ÉMILE GABORIAU

SEPTIÈME ÉDITION

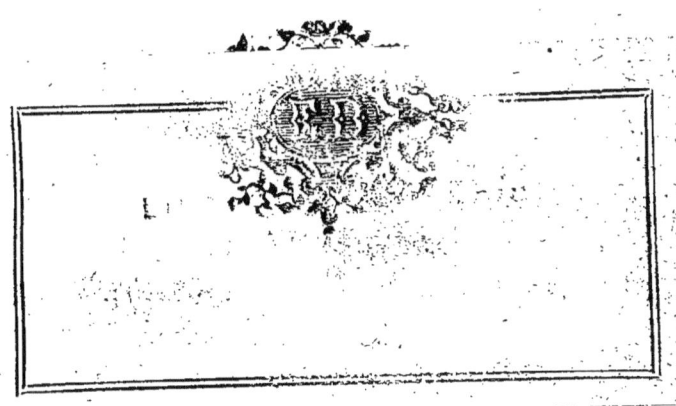

E. DENTU, ÉDITEUR

LIBRAIRE DE LA SOCIÉTÉ DES GENS DE LETTRES

PALAIS-ROYAL, 17 ET 19, GALERIE D'ORLÉANS

1874

AMICISSIMO

GEORGES COINDREAU

AVOCAT

ÉMILE GABORIAU

1897

LA CORDE AU COU

PREMIÈRE PARTIE

LE FEU DU VALPINSON

Du reste, voici les faits :

I

Dans la nuit du 22 au 23 juin 1871, vers une heure, le faubourg de Paris, qui est le principal et le plus populeux faubourg de la jolie ville de Sauveterre, fut mis en émoi par le galop frénétique d'un cheval sonnant sur les pavés pointus.

Quantité de bourgeois se précipitèrent à leurs fenêtres.

Ils ne virent dans la nuit sombre qu'un paysan en bras de chemise et la tête nue, talonnant et bâtonnant furieusement une grosse jument blanche qu'il montait à crû.

Ce paysan, après avoir longé le faubourg, prit à droite la rue Nationale, — rue Impériale jadis, — traversa la place du Marché-Neuf, tourna la rue Mautrec, et s'arrêta court devant la belle maison qui fait l'angle de la rue du Château.

C'est là qu'habite le maire de Sauveterre, M. Séneschal, ancien avoué, membre du conseil général.

Ayant mis pied à terre, le campagnard empoigna la son- nette et se mit à la secouer si violemment, qu'à l'instant toute la maison fut debout.

La minute d'après, un gros et gras domestique, les yeux encore chargés de sommeil, venait ouvrir, et d'un accent irrité s'écriait tout d'abord :

— Qui êtes-vous, l'homme ? Que voulez-vous ? Avez-vous bu un coup de trop ? Ignorez-vous chez qui vous cassez les sonnettes ?...

— Je veux parler à M. le maire, répondit le paysan, à l'in- ..t même, réveillez-le...

.. .Uneschal était tout réveillé.

Drapé dans une ample robe de chambre de molleton gris, un bougeoir à la main, inquiet et dissimulant mal son in- quiétude, il venait d'apparaître dans le vestibule et avait entendu.

— Le voilà, le maire, prononça-t-il du ton le plus mécon- tent. Que lui voulez-vous, à cette heure où tous les hon- nêtes gens sont couchés ?

Écartant le domestique, le paysan s'avança, et sans la moindre formule de politesse :

— Je viens, répondit-il, vous dire de nous envoyer les pompiers.

— Les pompiers !...

— Oui, tout de suite, dépêchez-vous !...

Le maire hochait la tête.

— Hum !... faisait-il, ce qui était chez lui la manifestation d'une vive perplexité, hum ! hum !...

Et qui n'eût été perplexe à sa place !

Pour réunir les pompiers, faire battre la générale était indispensable ; or, en pleine nuit, faire battre la générale, c'était mettre la ville sens dessus dessous, c'était faire bon- dir d'épouvante dans leur lit les braves Sauveterriens, qui ne l'avaient que trop entendue, depuis un an, cette lugubre batterie, lors de l'invasion prussienne, et ensuite pendant la Commune.

Aussi :

— S'agit-il d'un incendie sérieux ? demanda M. Séneschal.

— Sérieux ! s'écria le paysan ; comment ne le serait-il pas par le vent qu'il fait ; un vent à décorner les bœufs !

— Hum ! fit encore le maire, hum ! hum !...

C'est que ce n'était pas la première fois, depuis qu'il administrait Sauveterre, qu'il était ainsi réveillé par un campagnard, venant crier sous ses fenêtres : « Au secours ! au feu !... »

A ses débuts, saisi de compassion, il se hâtait de réunir les pompiers, il se mettait à leur tête et on courait au lieu du sinistre.

Et quand on arrivait, essoufflé, suant, après cinq ou six kilomètres franchis au pas de course, on trouvait, quoi ? Quelque méchant pailler valant bien dix écus, achevant de se consumer. On s'était dérangé pour rien.

Les paysans des environs avaient si souvent crié au loup, quand il y en avait à peine l'ombre, que le loup venant pour tout de bon, on devait hésiter à les croire.

— Voyons, reprit M. Séneschal, qu'est-ce qui brûle, en définitive ?

En présence de tant de délais, le paysan mordait de rage le manche de son fouet.

— Faut-il donc que je vous répète, interrompit-il, que tout est en feu, que tout flambe : granges, métairies, récoltes, maisons, château, tout !... Si vous tardez encore, vous ne trouverez plus pierre sur pierre du Valpinson.

L'effet de ce nom fut prodigieux.

— Quoi ! demanda le maire d'une voix étranglée, c'est au Valpinson qu'est le feu ?...

— Oui.

— Chez le comte de Claudieuse ?

— Comme de juste, pardi !

— Imbécile ! que ne le disiez-vous immédiatement ! s'écria le maire.

Il n'hésitait plus.

— Vite, dit-il à son domestique, viens me donner de quoi m'habiller... C'est-à-dire, non ! Madame m'aidera, car il n'y a pas une seconde à perdre... Toi, tu vas courir chez Bolton, tu sais, le tambour, et tu lui commanderas de ma part de battre la générale, à l'instant, partout... Tu passeras ensuite chez le capitaine Parenteau, tu lui expliqueras ce qui en est, et tu le prieras de prendre la clef des pompes à la mairie, chez le concierge... Attends !... Cela fait, tu reviendras ici, atteler... Le feu au Valpinson !... J'accompagnerai les

pompiers!... Allons, cours, frappe aux portes, crie au feu!...
On se réunira place du Marché-Neuf!...

Et le domestique s'étant éloigné de toute la vitesse de ses
jambes :

— Quant à vous, mon brave, reprit M. Séneschal en s'a-
dressant au paysan, enfourchez votre bête et allez rassurer
M. de Claudieuse, qu'on ne perde pas courage, qu'on redouble d'efforts, les secours arrivent...

Mais le paysan ne bougeait pas.

— Avant de retourner au Valpinson, dit-il, j'ai encore une
commission à faire en ville.

— Hein! vous dites?...

— Il faut que j'aille chercher, pour le ramener avec moi,
M. Seignebos, le médecin...

— Le docteur!... Y a-t-il donc quelqu'un de blessé?

— Oui, le maître, M. de Claudieuse.

— L'imprudent!... Il se sera jeté au danger, selon son
habitude...

— Oh! non. C'est qu'il a reçu deux coups de fusil.

Peu s'en fallut que le maire de Sauveterre ne laissât
échapper son bougeoir.

— Deux coups de fusil!... s'écria-t-il. Où? Quand? Comment? De qui?

— Ah! je ne sais pas.

— Cependant...

— Tout ce que je peux vous dire, c'est qu'on l'a porté
dans une petite grange, où le feu n'était pas encore. C'est
là que je l'ai vu, étendu sur une botte de paille, blanc comme
un linge, les yeux fermés et tout couvert de sang...

— Mon Dieu!... serait-il donc mort?

— Il ne l'était pas quand je suis parti.

— Et la comtesse?

— La dame de Claudieuse, répondit le paysan, avec un
accent marqué de vénération, était dans la grange, agenouillée près de M. le comte, lavant ses blessures avec de
l'eau fraîche... Les deux petites demoiselles étaient là aussi...

M. Séneschal frissonnait.

— Un crime aurait donc été commis, murmura-t-il.

— Pour cela, oui, sûrement.

— Par qui? Dans quel but?

— Ah! voilà!...

— M. de Claudieuse est très-emporté, c'est vrai, très-vio-

lent, mais c'est le meilleur et le plus juste des hommes,
tout le monde le sait...

— Tout le monde.

— Il n'a jamais fait que du bien dans le pays.

— Personne n'oserait dire le contraire.

— Quant à la comtesse....

— Oh !... fit vivement le paysan, c'est la sainte des saintes.

Le maire essayait de conclure.

— Le coupable, poursuivit-il, serait donc un étranger.
Nous sommes infestés de vagabonds, de mendiants de passage. Il n'est pas de jour qu'il ne se présente à la mairie,
pour demander des secours de route, des hommes à figure
patibulaire...

De la tête, le paysan approuvait.

— C'est bien mon idée, dit-il. Et la preuve, c'est qu'en
venant je songeais qu'après avoir averti le médecin, je ferais
peut-être bien de prévenir la Justice...

— Inutile ! interrompit M. Séneschal, c'est un soin qui me
regarde... Avant dix minutes je serai chez le procureur de
la République... Allons, ne ménagez pas votre cheval, et
dites bien à Mme de Claudieuse que nous vous suivons.

De sa vie administrative, le maire de Sauveterre n'avait
été si rudement secoué. Il en perdait la tête, ni plus ni moins
que ce fameux jour où il lui était tombé à l'improviste neuf
cents mobiles à nourrir et à loger. Jamais, sans l'assistance
de sa femme, il n'en eût fini de se vêtir.

Pourtant, il était prêt lorsque son domestique reparut.

Ce brave garçon s'était acquitté de toutes ses commissions,
et déjà, dans le lointain de la haute ville, retentissaient les
roulements sourds de la générale.

— Maintenant, attelle, lui dit M. Séneschal. Que la voiture
soit devant la maison quand je reviendrai.

Dehors, il trouva tout en rumeur. A chaque fenêtre, une
tête s'allongeait, curieuse ou terrifiée. De tous côtés, des
portes brusquement refermées claquaient.

— Pourvu, mon Dieu ! pensait-il, que je trouve Daubigeon
chez lui !...

Successivement procureur impérial, puis procureur de la
République, M. Daubigeon était un des grands amis de
M. Séneschal.

C'était un homme d'une quarantaine d'années, au regard

fin, au visage souriant, qui s'était obstiné à rester célibataire et qui s'en vantait volontiers.

On ne lui trouvait à Sauveterre ni le caractère ni l'extérieur de sa sévère profession.

Certes, on l'estimait fort, mais on lui reprochait amèrement sa philosophie optimiste, sa bonhomie souriante et surtout sa mollesse à requérir, une mollesse qui, disait-on, dégénérait en une coupable inertie dont le crime s'enhardissait.

Lui-même s'accusait de n'avoir pas le feu sacré, et, selon son expression, de dérober à la froide Thémis le plus de temps qu'il pouvait, pour le consacrer aux Muses familières.

Collectionneur éclairé, il avait la passion des beaux livres, des éditions rares, des reliures précieuses, des belles suites de gravures, et le plus clair de ses dix mille francs de rentes passait à ses chers bouquins. Érudit de la vieille école, il professait pour les poëtes latins, pour Virgile et pour Juvénal, pour Horace surtout, un culte que trahissaient d'incessantes citations.

Réveillé en sursaut comme tout le monde, ce digne et galant homme se dépêchait de s'habiller pour courir aux renseignements, lorsque sa vieille gouvernante, tout effarée, vint lui annoncer la visite de M. Séneschal.

— Qu'il entre, s'écria-t-il, qu'il entre !

Et dès que le maire parut :

— Car vous allez m'apprendre, continua-t-il, pourquoi tout ce tumulte, ces cris et ces roulements de tambour :

.... *Clamorque virum, clangorque tubarum.*

— Un épouvantable malheur arrive, prononça M. Séneschal.

Tel était son accent, qu'on eût juré que c'était lui qui était atteint. Et ce fut si bien l'impression de M. Daubigeon, que tout aussitôt :

— Qu'est-ce, mon cher ami ? fit-il. *Quid?* Du courage, morbleu ! du sang-froid !... Souvenez-vous que le poëte conseille de garder dans l'adversité une âme toujours égale :

Æquam, memento, rebus in arduis
Servare mentem...

— Des malfaiteurs ont mis le feu au Valpinson ! interrompit le maire.

— Que me dites-vous là ! grands dieux !

O Jupiter,
Quod verbum audio...

— Victime d'une lâche tentative d'assassinat, le comte de Claudieuse se meurt peut-être en ce moment.

— Oh !...

— Le tambour que vous entendez réunit les pompiers, que je vais envoyer combattre l'incendie, et si je me présente chez vous à cette heure, c'est officiellement, pour vous dénoncer le crime et demander bonne et prompte justice !

Il n'en fallait pas tant pour glacer toutes les citations sur les lèvres du procureur de la République.

— Il suffit ! dit-il vivement. Venez, nous allons prendre nos mesures pour que les coupables ne puissent échapper...

Lorsqu'ils arrivèrent dans la rue Nationale, elle était plus animée qu'en plein midi, car Sauveterre est une de ces sous-préfectures où les distractions sont trop rares pour qu'on n'y saisisse pas avidement tout prétexte d'émotion.

Déjà les tristes événements étaient connus et commentés. On avait commencé par douter, mais on avait été sûr, lorsqu'on avait vu passer au grand galop le cabriolet du docteur Seignebos, escorté d'un paysan à cheval.

Les pompiers, de leur côté, n'avaient pas perdu leur temps.

Dès que le maire, et M. Daubigeon furent signalés sur la place du Marché-Neuf, le capitaine Parenteau se précipita à leur rencontre, et portant militairement la main à son casque :

— Mes hommes sont prêts, déclara-t-il.

— Tous.

— Il n'en manque pas dix. Quand on a su qu'il s'agissait de porter secours au comte et à la comtesse de Claudieuse, nom d'un tonnerre !... vous comprenez que personne ne s'est fait tirer l'oreille...

— Alors, partez et faites diligence, commanda M. Sénéschal. Nous vous rattraperons en route. Nous allons, de ce pas, M. Daubigeon et moi, prendre M. Galpin-Daveline, le juge d'instruction.

Ils n'eurent pas loin à aller.

Ce juge, précisément, les cherchait par la ville depuis une demi-heure, il arrivait sur la place et venait de les apercevoir.

Vivant contraste du procureur de la République, M. Galpin-Daveline était bien l'homme de son état, et même quelque chose de plus. Tout en lui, de la tête aux pieds, depuis ses guêtres de drap jusqu'à ses favoris d'un blond risqué, dénonçait le magistrat. Il n'était pas grave, il était l'incarnation de la gravité. Nul, bien qu'il fût jeune encore, ne se pouvait flatter de l'avoir vu sourire ni entendu plaisanter. Et, telle était sa roideur, qu'au dire de M. Daubigeon, on l'eût cru empalé par le glaive même de la loi.

A Sauveterre, M. Galpin-Daveline avait là réputation d'un homme supérieur. Il pensait l'être.

Aussi s'indignait-il d'opérer sur un théâtre trop étroit, et de dépenser les grandes facultés dont il se croyait doué, à des besognes vulgaires, à rechercher les auteurs d'un vol de fagots ou de l'effraction d'un poulailler.

C'est que ses démarches désespérées pour obtenir un poste en évidence, avaient toujours échoué. Vainement il avait mis tous ses amis en campagne. Inutilement il s'était, en secret, mêlé de politique, disposé à servir le parti, quel qu'il fût, qui le servirait le mieux.

Mais l'ambition de M. Galpin-Daveline n'était pas de celles qui se découragent, et en ces derniers temps, à la suite d'un voyage à Paris, il avait donné à entendre qu'un brillant mariage ne tarderait pas à lui assurer les protections qui, jusqu'alors, avaient manqué à ses mérites.

Lorsqu'il rejoignit M. Séneschal et M. Daubigeon :

— Eh bien ! commença-t-il, voici une terrible affaire, et qui va certainement avoir un immense retentissement.

Le maire voulait lui donner des détails.

— Inutile, lui dit-il. Tout ce que vous savez, je le sais. J'ai rencontré et interrogé le paysan qui vous avait été expédié.

Puis, se retournant vers le procureur de la République :

— Je pense, monsieur, poursuivit-il, que notre devoir est de nous transporter immédiatement sur le théâtre du crime...

— J'allais vous le proposer, répondit M. Daubigeon.

— Il faudrait avertir la gendarmerie...

— M. Séneschal vient de la faire prévenir.

L'agitation du juge d'instruction était grande, si grande qu'elle faisait en quelque sorte éclater son écorce d'impassible froideur.

— Il y a flagrant délit, reprit-il.

— Évidemment.

— De sorte que nous pouvons agir de concert, et parallèlement, chacun selon notre fonction, vous requérant, moi statuant sur vos réquisitions...

Un ironique sourire glissait sur les lèvres du procureur de la République.

— Vous devez assez me connaître, répondit-il, pour savoir qu'il n'y a jamais avec moi de conflit d'attributions ; je ne suis plus qu'un vieux bonhomme, ami du repos et de l'étude.

Sum piger et senior, Pieridumque comes...

— Alors, rien ne nous retient plus, s'écria M. Séneschal, qui bouillait d'impatience, ma voiture est attelée. Partons...

II

De Sauveterre au Valpinson, par la traverse, on ne compte qu'une lieue ; seulement c'est une lieue de pays, elle a sept kilomètres.

Mais M. Séneschal avait un bon cheval, le meilleur peut-être de l'arrondissement, affirmait-il, en montant en voiture, à M. Galpin-Daveline et à M. Daubigeon.

Le fait est qu'en moins de dix minutes ils eurent rejoint les pompiers, partis bien avant eux.

Ces braves gens, presque tous maîtres ouvriers de Sauveterre, maçons, charpentiers et couvreurs, se hâtaient cependant de toute leur énergie. Éclairés par une demi-douzaine de torches fumeuses, ils allaient peinant et soufflant, le long du chemin raboteux, poussant leurs deux pompes et le chariot qui contenait le matériel de sauvetage.

— Courage, mes amis, leur cria le maire, en les dépassant. Bon courage !...

A trois minutes de là, galopant dans la nuit du train d'un cavalier de ballade, un paysan à cheval apparut sur la route.

M. Daubigeon lui commanda de s'arrêter. Il obéit.

C'était le même homme qui déjà était venu à Sauveterre donner l'alarme.

— Vous revenez du Valpinson ? lui demanda M. Séneschal.

— Oui, répondit le paysan.

— Comment va le comte de Claudieuse ?

— Il a repris connaissance.

— Qu'a dit le médecin ?

— Qu'il s'en tirera probablement. Et moi je cours chez le pharmacien chercher des remèdes.

Pour mieux entendre, M. Galpin-Daveline, le juge d'instruction, se penchait hors de la voiture.

— La rumeur publique accuse-t-elle quelqu'un ? demanda-t-il.

— Personne.

— Et l'incendie ?...

— On a de l'eau, répondit le paysan, mais pas de pompes, que voulez-vous qu'on fasse !... Et le vent qui redouble !... Ah ! quel malheur, quel malheur !

Et il piqua des deux, pendant que M. Séneschal rouait de coups son pauvre cheval, lequel, sous ce traitement extraordinaire, loin d'avancer plus vite, se cabrait et faisait des bonds de côté.

C'est que l'excellent maire était exaspéré. C'est que ce crime lui paraissait comme un défi à son adresse et la plus cruelle injure qu'on pût faire à son administration.

— Car, enfin, répétait-il pour la dixième fois à ses compagnons de route, est-il naturel, je vous le demande, est-il logique qu'un malfaiteur soit allé s'adresser précisément au comte et à la comtesse de Claudieuse, à l'homme le plus considérable et le plus considéré de l'arrondissement, à une femme dont le nom est le synonyme de vertu et de charité.

Et intarissable, malgré les cahots de la voiture, M. Séneschal racontait tout ce qu'il savait de l'histoire des propriétaires du Valpinson.

Le comte Trivulce de Claudieuse était le dernier descendant d'une des plus vieilles familles du pays.

A seize ans, vers 1829, il s'était embarqué en qualité d'enseigne de vaisseau, et pendant de longues années il n'avait fait à Sauveterre que de rares et de brèves apparitions.

Il était capitaine de vaisseau en 1859, et désigné pour l'épaulette de contre-amiral, lorsque tout à coup il avait donné sa démission, et était venu s'installer au château de Valpinson, lequel ne gardait plus de ses antiques splendeurs, que deux tourelles tombant en ruines au milieu d'énormes amas de pierres noircies et moussues.

Deux années durant, il y avait vécu seul, se réédifiant, tant bien que mal, un logis, et, des bribes éparses de la fortune de ses ancêtres, se reconstituant, à force de soin et d'activité, une modeste aisance.

On pensait bien qu'il finirait ses jours ainsi, lorsque le bruit s'était répandu qu'il allait se marier. Et le bruit, chose rare, était vrai.

M. de Claudieuse, un beau matin, était parti pour Paris, et par les lettres de faire part qui étaient arrivées peu après, on avait appris qu'il venait d'épouser la fille d'un de ses anciens camarades de promotion, Mlle Geneviève de Tassar de Bruc.

L'étonnement avait été grand.

Le comte avait tout à fait grand air et était encore remarquablement bien de sa personne; mais il venait d'avoir quarante-sept ans, et Mlle de Tassar de Bruc en avait à peine vingt.

Ah! si la nouvelle mariée eût été pauvre, on eût compris et même approuvé le mariage. Il est si naturel qu'une fille sans dot sacrifie son cœur à la question du pain quotidien. Mais tel n'était pas le cas. Le marquis de Tassar de Bruc passait pour riche, et avait, disait-on, compté à son gendre cinquante mille écus.

Alors, on s'était imaginé que la jeune comtesse devait être laide à faire peur, infirme ou contrefaite pour le moins, idiote peut-être ou d'un caractère impossible.

Erreur. Elle était apparue, et on était demeuré saisi de sa noble et calme beauté. Elle avait parlé, et chacun était resté sous le charme.

Ce mariage était-il donc, comme on dit à Sauveterre, un mariage d'inclination ?

On le crut. Ce qui n'empêcha pas quantité de vieilles dames de hocher la tête et de déclarer que vingt-sept ans, c'est trop entre deux époux, et que cette union ne serait pas heureuse.

Les faits n'avaient pas tardé à démentir ces sombres pronostics.

A dix lieues à la ronde, il n'existait pas de ménage aussi parfaitement uni que celui de M. et de Mme de Claudieuse, et deux enfants, deux filles, qu'ils avaient eues à quatre ans d'intervalle, devaient avoir, pour toujours, fixé le bonheur à leur paisible foyer.

De son ancienne profession, de ce temps où il administrait les possessions lointaines de la France, le comte avait, il est vrai, gardé des habitudes hautaines de commandement, une attitude sévère et froide, une parole brève. Il était, de plus, d'une si extrême violence, que la plus légère contradiction empourprait son visage. Mais la comtesse était le calme et la douceur mêmes, et comme elle savait toujours se jeter entre la colère de son mari et celui qui se l'était attirée, comme ils étaient l'un et l'autre justes, bons jusqu'à la faiblesse, généreux et pitoyables aux malheureux, ils étaient adorés.

Il n'y avait guère que sur l'article chasse que M. de Claudieuse n'entendait pas raison. Chasseur passionné, il veillait toute l'année sur son gibier avec la sollicitude inquiète d'un avare, multipliant les gardes et les défenses, poursuivant les braconniers avec un tel acharnement qu'on disait : Mieux vaut lui voler cent pistoles que lui tuer un merle.

M. et Mme de Claudieuse vivaient d'ailleurs assez isolés, absorbés par les soins d'une vaste exploitation agricole et par l'éducation de leurs filles. Ils recevaient rarement, et on ne les voyait pas quatre fois par hiver à Sauveterre, chez les demoiselles de Lavarande ou chez le vieux baron de Chaudoré.

Tous les étés, par exemple, vers la fin de juillet, ils s'installaient, pour un mois, à Royan, où ils avaient un chalet.

Tous les ans, également, à l'ouverture de la chasse, la comtesse allait, avec ses filles, passer quelques semaines près de ses parents qui habitaient Paris.

Pour bouleverser cette paisible existence, il ne fallut pas moins que les catastrophes de 1870.

En apprenant que les Prussiens vainqueurs foulaient le sol sacré de la patrie, l'ancien capitaine de vaisseau sentit se réveiller en lui tous ses instincts de Français et de soldat. Quoi qu'on put faire pour le retenir, il partit. Légitimiste obstiné, il se déclarait prêt à mourir pour la République, pourvu que la France fût sauvée. Sans l'ombre d'une hésitation, il offrit son épée à Gambetta, qu'il détestait. Nommé colonel d'un régiment de marche, il se battit comme un lion, depuis le premier jour jusqu'au dernier, où il fut renversé et foulé aux pieds en essayant d'arrêter l'affreuse débandade d'un des corps d'armée de Chanzy.

Revenu au Valpinson à la signature de l'armistice, personne, hormis sa femme, n'avait pu lui arracher un mot de cette douloureuse campagne. On l'engageait à se présenter aux élections, et certainement il eût été élu; il refusa, disant que s'il savait se battre, il ne savait pas discourir.

Mais c'est d'une oreille distraite que le procureur de la République et le juge d'instruction écoutaient ces détails, qu'ils connaissaient aussi bien que M. Séneschal.

Aussi tout à coup :

— N'avançons-nous donc pas? demanda M. Galpin-Daveline; j'ai beau regarder, je n'aperçois aucune apparence d'incendie.

— C'est que nous sommes dans un bas-fond, répondit le maire. Mais nous approchons, et lorsque nous serons au haut de cette côte que nous gravissons, soyez tranquille, vous verrez...

Cette côte est bien connue dans le département, et même célèbre sous le nom de montagne de Sauveterre. Elle est si raide et formée d'un granit si dur, que les ingénieurs qui ont tracé la route nationale de Bordeaux à Nantes, se sont détournés d'une demi-lieue pour l'éviter.

Elle domine donc tout le pays, et, parvenus à son sommet, M. Séneschal et ses compagnons ne purent retenir un cri.

— *Horresco!* murmura le procureur de la République.

Le foyer même de l'incendie leur était encore caché par les hautes futaies de Rochepommier, mais les jets de flamme s'élançaient bien au-dessus des grands arbres, illuminant tout l'horizon de sinistres lueurs...

Toute la campagne était en mouvement. Le tocsin sonnait à coups précipités à l'église de Bréchy, dont le clocher tronqué se détachait en noir sur la pourpre du ciel. Dans l'ombre, retentissaient les rauques mugissements de ces conques marines dont on se sert pour appeler les ouvriers des champs. Des pas effarés sonnaient le long des sentiers et des paysans passaient en courant, un seau de chaque main.

— Les secours arriveront trop tard! dit M. Galpin-Daveline.

— Une si belle propriété, fit le maire, si savamment aménagée!...

Et, au risque d'un accident, il lança son cheval au galop sur le revers de la côte, car le Valpinson est tout au fond de la vallée, à cinq cents mètres de la petite rivière.

Tout y était terreur, désordre, confusion. Et pourtant les bras n'y manquaient pas, ni la bonne volonté. Aux premiers cri d'alarme, tous les gens des environs étaient accourus, et il en arrivait encore à chaque minute, mais personne ne se trouvait là pour les diriger.

Le sauvetage du mobilier surtout, les préoccupait. Les plus hardis tenaient bon dans les appartements, et en proie à une sorte de vertige jetaient par les fenêtres tout ce qui leur tombait sous la main. Et dans le milieu de la cour, s'amoncelaient pêle-mêle, les lits, les matelas, les chaises, le linge, les livres, les vêtements...

Cependant une immense clameur salua l'arrivée de M. Séneschal et de ses compagnons.

— Voilà monsieur le maire!... s'écriaient les paysans, rassurés par sa seule présence, et prêts à lui obéir.

M. Séneschal, du reste, jugea bien d'un coup d'œil la situation.

— Oui, c'est moi, mes amis, dit-il, et je vous félicite de votre empressement. Il s'agit, à cette heure, de ne pas gaspiller nos forces. La ferme, les chais et les bâtiments d'exploitation sont perdus, abandonnons-les... Concentrons nos efforts sur le château... Organisons-nous... La rivière est tout proche, formons la chaîne. Tout le monde à la chaîne, hommes et femmes!... Et de l'eau, de l'eau... voilà les pompes.

On les entendait, en effet, rouler comme un tonnerre. Les pompiers parurent. Le capitaine Parenteau prit la direc-

tion des secours. Et, enfin, M. Séneschal put s'informer du
comte de Claudieuse.

— Le maître est là, lui répondit une vieille femme, en
montrant, à cent pas, une maisonnette à toit de chaume,
c'est le médecin qui l'y a fait transporter...

— Allons le voir, messieurs, dit vivement le maire au
procureur de la République et au juge d'instruction.

Mais ils s'arrêtèrent au seuil de l'unique pièce de cette
pauvre demeure.

C'était une grande chambre, au sol de terre battue, aux so-
lives noircies et toutes chargées d'outils et de paquets de
graines.

Deux lits à colonnes, torses et à rideaux de serge jau-
nâtre, deux bons grands lits de Saintonge, occupaient tout
le fond.

Sur celui de gauche, une petite fille de quatre à cinq ans,
dormait, roulée dans une couverture, sous la garde de sa
sœur, de deux ou trois ans plus âgée.

Sur le lit de droite, le comte de Claudieuse était étendu,
ou plutôt assis, car on avait entassé sous ses reins tout ce
qu'on avait pu arracher d'oreillers à l'incendie.

Il avait le torse nu et ruisselant de sang, et un homme,
le docteur Seignebos, en bras de chemise et les manches
retroussées jusqu'au coude, s'inclinait vers lui, et une
éponge d'une main, un bistouri de l'autre, semblait absorbé
par quelque grave et délicate opération.

Vêtue d'une robe de mousseline claire, la comtesse de
Claudieuse était debout au pied du lit de son mari, pâle,
mais sublime de calme et de fermeté résignée. Elle tenait
une lampe et en dirigeait la lumière selon les indications
du docteur.

Dans un coin, deux servantes étaient assises sur un
coffre, et, leur tablier relevé sur la tête, pleuraient.

Singulièrement ému, le maire de Sauveterre prit enfin sur
lui d'entrer.

Ce fut le comte de Claudieuse qui le premier l'aperçut :

— Eh ! c'est ce brave Séneschal ! dit-il. Approchez, cher
ami, approchez !... L'année 1871, vous le voyez, est une
année fatale. De tout ce que je possédais, il ne restera plus,
au jour, que quelques pelletées de cendres...

— C'est un grand malheur, répondit le digne maire, mais

nous en avons craint un bien plus irréparable... Dieu merci, vous vivrez...

— Qui sait !... Je souffre terriblement...

Madame de Claudieuse tressaillit.

— Trivulce ! murmura-t-elle, d'une voix doucement suppliante, Trivulce !...

Jamais amant n'arrêta sur l'amie de son âme un regard plus tendre que celui dont M. de Claudieuse enveloppa sa femme.

— Pardonne-moi, chère Geneviève, pardonne-moi mon manque de courage...

Un spasme nerveux lui coupa la parole, et tout aussitôt, d'une voix éclatante comme une trompette :

— Monsieur !... s'écria-t-il, docteur ! Tonnerre du ciel !... Vous m'écorchez !...

— J'ai là du chloroforme, prononça froidement le médecin.

— Je n'en veux pas !...

— Résignez-vous alors à souffrir... Et tenez-vous tranquille, car chacun de vos mouvements augmente la souffrance.

Sur quoi, épongeant un filet de sang qui venait de jaillir sous son bistouri :

— Du reste, ajouta-t-il, nous allons prendre quelques minutes de repos... Mes yeux et ma main se fatiguent... Je ne suis plus jeune, décidément.

Le docteur Seignebos avait soixante ans. C'était un petit homme au teint bilieux, maigre, chauve, d'une tenue plus que négligée, et porteur d'une paire de lunettes d'or qu'il passait sa vie à retirer, à essuyer et à remettre.

Sa réputation médicale était grande, on citait de lui, à Sauveterre, des cures merveilleuses ; cependant il n'avait que peu d'amis.

Les ouvriers lui reprochaient sa morgue dédaigneuse, les paysans son âpreté au gain et les bourgeois ses opinions politiques.

On rapporte qu'un soir, dans un banquet, il s'était écrié en levant son verre : « Je bois à la mémoire du seul médecin dont j'envie la pure et noble gloire : à la mémoire de mon compatriote le docteur Guillotin, de Saintes ! »

Avait-il vraiment porté ce toast ? Le positif, c'est qu'il se posait en démocrate farouche, et qu'il était l'âme et l'oracle

des petits conciliabules socialistes des environs. Il étonnait
quand il entamait le chapitre des réformes qu'il rêvait et
des progrès qu'il concevait. Et il faisait frémir par le ton
dont il parlait de « porter le fer et le feu jusqu'au fond des
» entrailles pourries de la société. »

Ces opinions, des théories utilitaires souvent étranges,
certaines expériences plus étranges encore qu'il poursuivait au su et vu de tous, avaient fait douter parfois de l'intégrité de l'intellect du docteur Seignebos. Les plus bien-
veillants disaient : C'est un original.

Cet original, comme de raison, n'aimait guère M. Séneschal, un ancien avoué réactionnaire. Il tenait en piètre estime le procureur de la République, un inutile fureteur de
bouquins. Mais il détestait cordialement M. Galpin-Daveline...

Pourtant, il les salua tous les trois, et sans se soucier
d'être ou non entendu de son malade :

— Vous voyez, leur dit-il, M. de Claudieuse en très-fâ-
cheux état... C'est avec un fusil chargé de plomb de chasse
qu'on lui a tiré dessus, et les désordres des blessures de cette
origine sont incalculables. J'inclinerais volontiers à croire
qu'aucun organe essentiel n'a été atteint, mais je n'en répondrais pas... J'ai vu souvent, dans ma pratique, des lésions minuscules, telles qu'en peut produire un grain de
plomb, lésions mortelles cependant, ne se révéler qu'après
douze ou quinze heures.

Il eût continué longtemps, s'il n'eût été brusquement interrompu.

— Monsieur le docteur, prononça le juge d'instruction,
c'est parce qu'un crime a été commis que je suis ici. Il faut
que le coupable soit retrouvé et puni. Et c'est au nom de la
justice que, dès ce moment, je requiers le concours de vos
lumières...

III

Par cette seule phrase, M. Galpin-Daveline s'emparait
despotiquement de la situation, et reléguait au second plan

le docteur Seignebos, M. Séneschal et le procureur de la République lui-même.

Rien plus n'existait, qu'un crime dont l'auteur était à découvrir, et un juge : lui.

Mais il avait beau exagérer sa roideur habituelle et ce dédain des sentiments humains qui a fait à la justice plus d'ennemis que ses plus cruelles erreurs, tout en lui tressaillait d'une satisfaction contenue, tout, jusqu'aux poils de sa barbe, taillée comme les buis de Versailles.

— Donc, monsieur le médecin, reprit-il, voyez-vous quelque inconvénient à ce que j'interroge le blessé ?

— Mieux vaudrait certainement le laisser en repos, gronda le docteur Seignebos, je viens de le martyriser pendant une heure, je vais dans un moment recommencer à extraire les grains de plomb dont ses chairs sont criblées... Cependant, si vous y tenez...

— J'y tiens...

— Eh bien ! dépêchez-vous, car la fièvre ne va pas tarder à le prendre.

M. Daubigeon ne cachait guère son mécontentement.

— Daveline !... faisait-il à demi-voix, Daveline !...

L'autre n'y prenait garde.

Ayant tiré de sa poche un calepin et un crayon, il s'approcha du lit de M. de Claudieuse, et toujours du même ton :

— Vous sentez-vous en état, monsieur le comte, demanda-t-il, de répondre à mes questions ?

— Oh ! parfaitement.

— Alors, veuillez me dire ce que vous savez des funestes événements de cette nuit.

Aidé de sa femme et du docteur Seignebos, le comte de Claudieuse se haussa sur ses oreillers :

— Ce que je sais, commença-t-il, n'aidera guère, malheureusement, les investigations de la justice... Il pouvait être onze heures, car je ne saurais même préciser l'heure, j'étais couché, et depuis un bon moment j'avais soufflé ma bougie, lorsqu'une lueur très-vive frappa mes vitres... Je m'en étonnai, mais très-confusément, car j'étais dans cet état d'engourdissement qui, sans être le sommeil, n'est déjà plus la veille. Je me dis bien : « Qu'est-ce que cela ? » mais je ne me levai pas. C'est un grand bruit, comme le fracas d'un mur qui s'écroule, qui me rendit au sentiment de la réalité. Oh ! alors, je bondis hors de mon lit, en me disant : « C'est le feu !... » Ce qui redoublait mon inquiétude, c'est que je me rappelais qu'il y avait, dans ma cour et autour des bâtiments, seize mille fagots de la coupe de l'an dernier... A demi-vêtu, je m'élançai dans les escaliers. J'étais fort troublé, je l'avoue, à ce point que j'eus toutes les peines du monde à ouvrir la porte extérieure. J'y parvins cependant. Mais à peine mettais-je le pied sur le seuil, que je ressentis au côté droit, un peu au-dessus de la hanche, une affreuse douleur, et que j'entendis tout près de moi une détonation...

D'un geste, le juge d'instruction interrompit.

— Votre récit, monsieur le comte, dit-il, est certes d'une remarquable netteté. Cependant, il est un détail qu'il importe de préciser. C'est bien au moment juste où vous paraissiez qu'on a tiré sur vous ?

— Oui, monsieur.

— Donc l'assassin était tout près, à l'affût... Il savait que, fatalement, l'incendie vous attirerait dehors et il attendait...

— Telle a été, telle est encore mon impression, déclara le comte.

M. Galpin-Daveline se retourna vers M. Daubigeon.

— Donc, lui dit-il, l'assassinat est le fait principal que doit retenir la prévention ; l'incendie n'est qu'une circonstance aggravante, le moyen imaginé par le coupable pour arriver plus sûrement à la perpétration du crime...

Après quoi, revenant au comte :

— Poursuivez, monsieur, dit le juge d'instruction.

— Me sentant blessé, continua M. de Claudieuse, mon premier mouvement, — mouvement tout instinctif, d'ailleurs, fut de me précipiter vers l'endroit d'où m'avait paru venir le coup de fusil... Je n'avais pas fait trois pas, que je me sentis atteint de nouveau à l'épaule et au cou... Cette seconde blessure était plus grave que la première, car le cœur me faillit, la tête me tourna, et je tombai...

— Vous n'aviez pas même entrevu le meurtrier ?...

— Pardonnez-moi. Au moment où je tombais, il m'a semblé voir, j'ai vu un homme s'élancer de derrière une pile de fagots, traverser la cour et disparaître dans la campagne...

— Le reconnaîtriez-vous ?

— Non.

— Mais vous avez vu comment il était vêtu, vous pouvez me donner à peu près son signalement?

— Non plus. J'avais comme un nuage devant les yeux, et il a passé comme une ombre.

Le juge d'instruction dissimula mal un mouvement de dépit.

— N'importe, fit-il, nous le retrouverons... Mais continuez, monsieur.

Le comte hocha la tête.

— Je n'ai plus rien à vous apprendre, monsieur, répondit-il. J'étais évanoui et ce n'est que quelques heures plus tard que j'ai repris connaissance, ici, sur ce lit.

Avec un soin extrême, M. Galpin-Daveline notait les réponses du comte.

Lorsqu'il eut terminé :

— Nous reviendrons, reprit-il, et minutieusement sur les circonstances du meurtre. Pour le moment, monsieur le comte, il importe de savoir ce qui s'est passé après votre chute. Qui pourrait me l'apprendre?...

— Ma femme, monsieur.

— Je le pensais. Mᵐᵉ la comtesse a dû se lever en même temps que vous?...

— Ma femme n'était pas couchée, monsieur.

Vivement le juge se retourna vers la comtesse, et il lui suffit d'un coup d'œil pour reconnaître que le costume de la comtesse n'était pas celui d'une femme éveillée en sursaut par l'incendie de sa maison.

— En effet, murmura-t-il.

— Berthe, poursuivit le comte, la plus jeune de nos filles, celle qui est là sur ce lit, enveloppée d'une couverture, est atteinte de la rougeole et sérieusement souffrante... Ma femme était restée près d'elle... Malheureusement, les fenêtres de nos filles donnent sur le jardin, du côté opposé à celui où le feu a été mis...

— Comment donc madame la comtesse a-t-elle été avertie du désastre? demanda le juge d'instruction.

Sans attendre une question plus directe, Mᵐᵉ de Claudieuse s'avança.

— Ainsi que mon mari vient de vous le dire, monsieur, répondit-elle, j'avais tenu à veiller ma petite Berthe... Ayant déjà passé près d'elle la nuit précédente, j'étais un peu lasse, et j'avais fini par m'assoupir, lorsque je fus réveillée

par une détonation... à ce qui m'a semblé. Je me demandais si ce n'était pas une illusion, quand un second coup
retentit presque immédiatement. Plus étonnée qu'inquiète,
je quittai la chambre de mes filles... Ah ! monsieur, telle
était déjà la violence de l'incendie, qu'il faisait clair, dans
l'escalier, comme en plein jour... Je descendis en courant.
La porte extérieure était ouverte, je sortis... A cinq ou six
pas, à la lueur des flammes, j'aperçus le corps de mon
mari... Je me jetai sur lui, il ne m'entendait plus, son
cœur avait cessé de battre, je le crus mort, j'appelai au secours d'une voix désespérée...

M. Séneschal et M. Daubigeon frémissaient.

— Bien ! approuva d'un air satisfait M. Galpin-Daveline,
très-bien !...

— Vous savez, monsieur, continuait la comtesse, combien est profond le sommeil des gens de la campagne... Il
me semble que je suis restée bien longtemps seule, agenouillée près de mon mari... A la longue, cependant, les
clartés de l'incendie éveillaient nos métayers, les ouvriers
de la ferme et nos domestiques. Ils se précipitaient dehors
en criant : « Au feu ! » M'apercevant, ils vinrent à moi et
m'aidèrent à transporter mon mari loin du danger, qui grandissait de minute en minute. Attisé par un vent furieux,
l'incendie se propageait avec une effrayante rapidité. Les
granges n'étaient plus qu'une immense fournaise, la métairie brûlait, les chais remplis d'eau-de-vie étaient en feu,
et la toiture de notre maison s'allumait de tous côtés.... Et
personne de sang-froid !... Ma tête était à ce point perdue,
que j'oubliais mes enfants, et que leur chambre était déjà
pleine de fumée, lorsqu'un honnête et courageux garçon
est allé les arracher au plus horrible des périls... Pour me
rappeler à moi-même, il m'a fallu l'arrivée du docteur Seignebos et ses paroles d'espoir... Cet incendie nous ruine
peut-être ; que m'importe, puisque mes enfants et mon mari
sont sauvés !...

C'est d'un air d'impatience dédaigneuse que le docteur
Seignebos assistait à ces préliminaires inévitables.

Les autres, M. Séneschal, le procureur de la République,
les deux servantes même, avaient peine à maîtriser leur
émotion.

Lui, haussait les épaules, et grommelait entre les dents :

— Formalités ! Subtilités ! Puérilités !...

Après avoir retiré, essuyé et remis sur son nez ses lunettes d'or, il s'était assis devant la table boiteuse de la pauvre chambre, et il comptait et alignait, dans une écuelle, les quinze ou vingt grains de plomb qu'il avait extraits des blessures du comte de Claudieuse.

Mais, sur les derniers mots de la comtesse, il se leva ; et, d'un ton bref, s'adressant à M. Galpin-Daveline :

— Maintenant, monsieur, dit-il, vous me rendez mon malade, sans doute ?...

Offensé, — on l'eût été à moins, — le juge d'instruction fronça le sourcil, et froidement :

— Je sais, monsieur, dit-il, l'importance de votre besogne, mais ma tâche n'est ni moins grave ni moins urgente.

— Oh !...

— Par conséquent, vous m'accorderez bien cinq minutes encore, monsieur le docteur...

— Dix si vous l'exigez, monsieur le juge. Seulement, je vous déclare que chaque minute qui s'écoule désormais peut compromettre la vie du blessé...

Ils s'étaient rapprochés, et, la tête rejetée en arrière, ils se toisaient avec des yeux où éclatait la plus violente animosité.

Allaient-ils donc se prendre de querelle au chevet même de M. de Claudieuse ?

La comtesse dut le craindre, car, d'un accent de reproche :

— Messieurs, prononça-t-elle, messieurs, de grâce...

Peut-être son intervention n'eût-elle pas suffi, si M. Séneschal et M. Daubigeon ne se fussent entremis, chacun s'adressant en même temps à l'un des adversaires.

Des deux, M. Galpin-Daveline était encore le plus obstiné ; car, en dépit de tout, reprenant la parole :

— Je n'ai plus, monsieur, dit-il à M. de Claudieuse, qu'une question à vous adresser : Où et comment étiez-vous placé ? Où et comment pensez-vous qu'était placé l'assassin au moment du crime ?

— Monsieur, répondit le comte d'une voix évidemment fatiguée, j'étais, je vous l'ai dit, debout, sur le seuil de ma porte, faisant face à la cour. L'assassin devait être posté à une vingtaine de pas, sur ma droite, derrière une pile de fagots.

Ayant écrit la réponse du blessé, le juge se retourna vers le médecin.

— Vous avez entendu, monsieur, lui dit-il. C'est à vous maintenant à fixer la prévention sur ce point décisif : à quelle distance était le meurtrier lorsqu'il a fait feu?

— Je ne suis pas devin, répondit brutalement le médecin.

— Ah! prenez garde, monsieur, insista M. Galpin-Daveline, la justice, dont je suis ici le représentant, a le droit et les moyens de se faire respecter. Vous êtes médecin, monsieur, et la médecine est arrivée à répondre d'une façon presque mathématique à la question que je vous pose...

M. Seignebos ricanait :

— Vraiment, la médecine est arrivée à ce prodige !... fit-il. Quelle médecine? La médecine légale, sans doute, celle qui est à la dévotion des parquets et à la discrétion des présidents d'assises...

— Monsieur !...

Mais le médecin n'était pas d'un naturel à supporter un second échec.

— Je sais ce que vous m'allez dire, poursuivit-il tranquillement. Il n'est pas un manuel de médecine légale qui ne tranche souverainement le problème dont il s'agit. Je les ai étudiés, ces manuels, qui sont vos armes à vous autres, messieurs les magistrats instructeurs. Je connais l'opinion de Devergie et celle d'Orfila, et celle encore de Casper, de Tardieu et de Briant et Chaudey... Je n'ignore pas que ces messieurs prétendent décider à un centimètre près la distance d'où un coup de fusil a été tiré... Je ne suis pas si fort. Je ne suis qu'un pauvre médecin de campagne, moi, un simple guérisseur... Et, avant de donner une opinion qui peut faire tomber la tête d'un pauvre diable, la tête d'un innocent, peut-être, j'ai besoin de réfléchir, de me consulter, de recourir à des expériences.

Il avait si évidemment raison quant au fond, sinon quant à la forme, que M. Galpin-Daveline se radoucit.

— C'est à titre de simple renseignement, monsieur, dit-il, que je vous demande votre avis. Votre opinion raisonnée et définitive fera nécessairement l'objet d'un rapport motivé...

— Ah !... comme cela...

— Veuillez donc me communiquer officieusement les conjectures que vous a inspirées l'examen des blessures de M. de Claudieuse.

D'un geste prétentieux, M. Seignebos rajusta ses lunettes.

— Mon sentiment, répondit-il, sous toutes réserves, bien entendu, est que M. de Claudieuse s'est parfaitement rendu compte des faits. Je crois volontiers que l'assassin était embusqué à la distance qu'il indique. Ce que je puis affirmer, par exemple, c'est que les deux coups de fusil ont été tirés de distances différentes, l'un de beaucoup plus près que l'autre, et la preuve, c'est que si l'un d'eux, celui de la hanche, a, comme disent les chasseurs, « écarté » légèrement, l'autre, celui de l'épaule, a presque « fait balle... »

— Mais on sait à combien de mètres un fusil fait balle, interrompit M. Séneschal, qu'agaçait le ton dogmatique du docteur...

M. Seignebos salua.

— On sait cela?... fit-il. Qui? Vous, monsieur le maire? Moi je déclare l'ignorer. Il est vrai que je n'oublie pas, comme vous semblez l'oublier, que nous n'avons plus, comme autrefois, deux ou trois types seulement de fusils de chasse. Avez-vous réfléchi à l'immense variété d'armes françaises, anglaises, américaines et allemandes qui sont aujourd'hui répandues partout?... Comment osez-vous, monsieur, vous prononcer si délibérément? Ignorez-vous donc, vous, un ancien avoué et un magistrat municipal, que c'est sur cette grave question que roulera tout le débat de la cour d'assises?...

Après quoi, décidé à ne plus rien répondre, le médecin reprenait son bistouri et ses pinces, lorsque tout à coup, au dehors, des clameurs éclatèrent si terribles que M. Séneschal, M. Daubigeon et Mme de Claudieuse elle-même se précipitèrent vers la porte.

Et ces clameurs, hélas! n'étaient que trop justifiées.

La toiture du bâtiment principal venait de s'effondrer, ensevelissant sous ses décombres embrasés le pauvre tambour qui, deux heures plus tôt, avait battu la générale, Bolton, et un pompier, nommé Guillebault, le plus estimé des charpentiers de Sauveterre, un père de cinq enfants.

Le capitaine Parenteau semblait près de devenir fou, et c'était à qui se dévouerait pour arracher à la plus horrible des morts ces infortunés, dont on entendait, par-dessus le fracas de l'incendie, les hurlements désespérés.

Toutes les tentatives pour les secourir devaient échouer. Un gendarme et un fermier des environs qui avaient essayé d'arriver jusqu'à eux, faillirent rester dans la fournaise, et ne furent retirés qu'au prix d'efforts inouïs, et dans le plus triste état, le gendarme surtout.

Alors, véritablement, on se rendit compte de l'abominable crime de l'incendiaire...

Alors, en même temps que les colonnes de fumée et les tourbillons d'étincelles, montèrent vers le ciel des cris de vengeance.

— A mort, l'incendiaire, à mort !...

C'est à ce moment que la plus légitime des fureurs inspira M. Séneschal.

Il savait, lui, ce qu'est la prudence des campagnes et combien il est difficile d'arracher à un paysan ce qu'il sait.

Se dressant donc sur un monceau de débris ; d'une voix claire et forte :

— Oui, mes amis, s'écria-t-il, oui, vous avez raison ; à mort !... Oui, les courageuses victimes du plus lâche des crimes doivent être vengées... Il faut retrouver l'incendiaire, il le faut absolument !... Vous le voulez, n'est-ce pas ?... Cela dépend de vous... Il est impossible qu'il ne soit pas parmi vous un homme qui sache quelque chose... Que celui-là se montre et parle... Souvenez-vous que le plus léger indice peut guider la justice... Se taire, mes amis, serait se rendre complice... Réfléchissez, consultez-vous...

De rapides chuchotements coururent à travers la foule, puis tout à coup :

— Il y a quelqu'un, dit une voix, qui peut parler.

— Qui ?...

— Cocoleu !... Il était là tout au commencement. C'est lui qui est allé chercher dans leur chambre les filles de la dame de Claudieuse. Qu'est-il devenu ? Cocoleu !... Cocoleu !...

Il faut avoir vécu tout au fond des campagnes, en pleins champs, pour imaginer, pour comprendre l'émotion et la colère de tous ces braves gens qui se pressaient autour des ruines emb‾sées du Valpinson.

L'habitant des villes, lui, n'a nul souci du brigand sinistre qui, pour voler, tue. Il a le gaz, des portes solides, et la police veille sur son sommeil. Il redoute peu l'incendie : à la première étincelle, toujours quelque voisin se trouve pour crier : Au feu ! Les pompes accourent, et l'eau jaillit comme par enchantement.

Le paysan, au contraire, a la conscience des périls de son isolement. Un simple loquet de bois ferme son huis et nul n'est chargé d'assurer la sécurité de ses nuits. Attaqué par un assassin, ses cris, s'il appelle, ne seront pas entendus. Que le feu soit mis à sa maison, elle sera en cendres avant l'arrivée des premiers secours, trop heureux s'il se sauve et s'il réussit à sauver sa famille des flammes.

Aussi, tous ces campagnards que venait de remuer la parole de M. Séneschal, s'employaient fiévreusement à retrouver celui qui, pensaient-ils, savait quelque chose : Cocoleu.

Tous le connaissaient bien, et de longue date.

Il n'en était pas un seul, parmi eux, qui ne lui eût donné une beurrée ou une écuellée de soupe, quand il avait faim; pas un seul qui ne lui eût abandonné une botte de paille dans le coin d'une écurie, quand il pleuvait ou qu'il faisait froid et qu'il voulait dormir.

C'est que Cocoleu était de ces infortunés qui traînent à travers la campagne le poids de quelque terrible difformité physique ou morale.

Quelque vingt ans plus tôt, un des gros propriétaires de Bréchy, ayant fait bâtir, avait fait venir d'Angoulême une demi-douzaine de peintres-décorateurs, qui passèrent chez lui presque tout l'été.

Un de ces peintres avait mis à mal une pauvre fille de ferme des environs, nommée Colette, qu'avaient affolée sa longue blouse blanche, ses fines moustaches brunes, sa gaieté, ses chansons et ses propos galants.

Mais les travaux achevés, le séducteur s'était envolé avec ses camarades, sans plus se soucier de la malheureuse que du dernier cigare qu'il avait fumé.

Elle était enceinte, pourtant.

Lorsqu'elle ne sut plus dissimuler son état, elle fut jetée à la porte de la maison où elle était employée, et ses parents, qui avaient bien du mal à se suffire, la repoussèrent impitoyablement.

Dès lors, hébêtée de douleur, de honte et de regrets, elle erra de ferme en ferme, demandant l'aumône, insultée, raillée, brutalisée même quelquefois.

C'est au coin d'un bois, un soir d'hiver, que seule, sans secours, elle mit au monde un garçon...

Comment la mère et l'enfant n'étaient-ils pas morts de froid, de faim et de misère !... Il est des grâces d'état incompréhensibles.

Pendant plusieurs années, on les vit traîner leurs haillons autour de Sauveterre, vivant de la générosité, chèrement achetée, des paysans.

Puis la mère mourut, abandonnée, comme elle avait vécu. On ramassa son corps un matin, sur le revers d'un fossé.

L'enfant restait seul.

Il avait huit ans, il était assez fort pour son âge ; **un fermier** en eut pitié et le prit pour garder ses vaches.

Le petit misérable n'en était pas capable.

Tant qu'il avait eu sa mère, on avait attribué à son existence sauvage son mutisme, ses regards effarés, ses allures de bête traquée.

Lorsqu'on essaya de s'occuper de lui, on reconnut que nulle intelligence ne s'était éveillée en ce pauvre cerveau déprimé.

Il était idiot, et de plus atteint d'une de ces effroyables maladies nerveuses dont les accès agitent tout le corps, et particulièremen les muscles du visage, de mouvements convulsifs.

Il n'était pas muet, mais ce n'est qu'avec des efforts inouïs et en bégayant lamentablement, qu'il parvenait à articuler quelques syllabes.

Parfois, des paysans en belle humeur lui criaient :

— Dis-nous comment tu t'appelles, et tu auras un sou.

Il en avait pour cinq minutes à bégayer, avec toutes sortes de contorsions, le nom de sa mère :

— Co...co...co...lette.

De là son surnom....

On avait constaté qu'il n'était bon à rien ; on cessa de s'intéresser à lui ; il se remit à vagabonder comme jadis.

C'est vers cette époque que le docteur Seignebos, en allant à ses visites, le rencontra un matin sur la grande route.

Cet excellent docteur, entre autres théories surprenantes, soutenait alors que l'imbécillité n'est qu'une façon d'être du cerveau, un oubli de la nature aisément réparable par l'adjonction de certaines substances connues, de phosphore, par exemple.

L'occasion d'une expérience mémorable était trop belle pour qu'il ne s'empressât pas de la saisir.

Il fit monter Cocoleu près de lui, dans son cabriolet, l'installa dans sa maison, et le soumit à un traitement dont le secret est resté entre lui et un pharmacien de Sauveterre, bien connu pour ses opinions avancées.

Au bout de dix-huit mois, Cocoleu avait considérablement maigri. Il parlait peut-être un peu moins malaisément, mais son intelligence n'avait fait aucun progrès appréciable.

Découragé, M. Seignebos fit un paquet des quelques nippes qu'il avait données à son pensionnaire, les lui mit dans la main et le poussa dehors en lui défendant de revenir jamais.

Le médecin avait rendu un triste service à Cocoleu.

Désaccoutumé des privations, déshabitué d'aller de porte en porte demander son pain, le pauvre idiot eût péri de besoin si sa bonne étoile ne l'eût amené au Valpinson.

Touchés de sa détresse, le comte et la comtesse de Claudieuse résolurent de se charger de lui.

Seulement, c'est en vain qu'ils essayèrent de le fixer à l'une de leurs métairies, où ils lui avaient fait donner un lit. L'humeur vagabonde de Cocoleu l'emportait sur tout, même sur la faim. L'hiver, par le froid et la neige, on le tenait encore. Mais dès les premières feuilles, il reprenai ses courses sans but à travers les bois et les champs, restant souvent des semaines entières sans reparaître.

A la longue, pourtant, s'était éveillé en lui quelque chose qui ressemblait assez à l'instinct d'un animal domestique patiemment dressé.

Son affection pour Mme de Claudieuse se traduisait comme celle d'un chien, par des gambades et des cris de joie dès qu'il l'apercevait. Souvent, quand elle sortait, il l'accompagnait, courant et bondissant autour d'elle, toujours comme un chien. Il aimait aussi les petites filles, et il paraissait souffrir qu'on l'écartât d'elles, car on l'en écartait, redou-

tant pour des enfants si jeunes la contagion de ses tics nerveux.

Avec le temps aussi, il était devenu capable de rendre
quelques petits services. Il était certaines commissions fa-
ciles dont on pouvait le charger. Il arrosait les fleurs, il
allait appeler un domestique, il savait porter une lettre à la
poste de Bréchy.

Même, ses progrès avaient été assez sensibles pour inspirer des doutes à quelques paysans défiants, lesquels pré-
tendaient que Cocoleu n'était pas si « innocent » qu'il en
avait l'air, que c'était « un malin » au contraire, qui faisait
la bête pour bien vivre sans travailler...

— Nous le tenons ! crièrent enfin quelques voix ; le voilà !
le voilà !...

La foule s'écarta vivement, et presque aussitôt, maintenu
et poussé en avant par plusieurs hommes, un jeune garçon
parut.

— Il s'était caché là-bas, derrière une haie, disaient ces
hommes, et il ne voulait pas venir, le mâtin !...

Le désordre des vêtements de Cocoleu attestait en effet
une résistance opiniâtre.

C'était un garçon de dix-huit ans, imberbe, très-grand,
extraordinairement maigre, et si dégingandé, qu'il en paraissait contrefait. Une forêt de rudes cheveux roux s'emmê-
lait au-dessus de son front étroit et fuyant. Et ses petits
yeux, sa large bouche meublée de dents aiguës, son nez,
largement épaté, et ses immenses oreilles, donnaient à sa
physionomie une expression étrange d'effarement et d'idio-
tisme, et aussi, pourtant, de ruse bestiale.

— Qu'est-ce que nous allons en faire ? demandèrent les
paysans à M. Séneschal.

— Il faut le conduire au juge d'instruction, mes amis,
répondit le maire, là, dans la petite maison où vous avez
porté M. de Claudieuse...

— Et il faudra bien qu'il parle, grondèrent les paysans...
Tu entends, n'est-ce pas ? Allons ! arrive...

IV

Mettant leur amour-propre à lutter de flegme et d'impassibilité, ni le docteur Seignebos, ni M. Galpin-Daveline n'avaient fait un mouvement pour reconnaître ce qui se passait au dehors.

Le médecin s'apprêtait à reprendre son opération, et méthodiquement, tranquille autant que s'il eût été chez lui, dans son cabinet, il lavait l'éponge dont il venait de se servir et essuyait ses pinces et ses bistouris.

Le juge d'instruction, lui, debout au milieu de la chambre, les bras croisés, semblait suivre de l'œil, dans le vide, d'insaisissables combinaisons. Peut-être songeait-il que sa bonne étoile l'avait enfin guidé vers cette cause retentissante qu'il avait si longtemps et si inutilement appelée de tous ses vœux.

Mais M. de Claudieuse était loin de partager leur indifférence. Il s'agitait sur son lit, et dès que M. Séneschal et M. Daubigeon reparurent, pâles et bouleversés :

— Pourquoi tout ce tumulte ? interrogea-t-il.

Et lorsqu'on lui eut appris la catastrophe :

— Mon Dieu !... s'écria-t-il, et moi qui gémissais de me voir en partie ruiné. Deux hommes morts !... Voilà le vrai malheur !... Pauvres gens, victimes de leur courage !... Bolton, un garçon de trente ans ! Guillebault, un père de famille, qui laisse cinq enfants sans soutien !...

La comtesse, qui rentrait, avait entendu les derniers mots prononcés par son mari.

— Tant qu'il nous restera une bouchée de pain, interrompit-elle, d'une voix profondément troublée, ni la mère de Bolton, ni les enfants de Guillebault ne manqueront de rien !

Elle n'en put dire davantage.

Les paysans qui avaient découvert Cocoleu envahissaient la chambre, poussant devant eux leur prisonnier.

— Où est le juge ? demandaient-ils. Voilà un témoin...

— Quoi ! Cocoleu ! s'écria le comte.

— Oui, il sait quelque chose, il l'a dit, il faut qu'il le répète à la justice et que l'incendiaire soit retrouvé.

M. Seignebos avait froncé le sourcil.

Il exécrait Cocoleu, ce cher docteur, dont la vue lui rappelait cette fameuse expérience dont on fait encore des
gorges chaudes à Sauveterre.

— Est-ce que véritablement vous allez l'interroger? demanda-t-il à M. Galpin-Daveline.

— Pourquoi non ? fit sèchement le juge.

— Parce qu'il est complétement imbécile, monsieur, stupide, idiot. Parce qu'il est incapable de saisir la valeur de
vos questions et la portée de ses réponses...

— Il peut nous fournir un indice précieux, monsieur...

— Lui !... un être dénué de raison !... Vous n'y pensez
pas !... Il est impossible que la justice tienne compte des
réponses incohérentes d'un fou !

Le mécontentement de M. Galpin-Daveline se traduisait
par un redoublement de roideur.

— Je sais ce que j'ai à faire, monsieur, dit-il.

— Et moi, riposta le médecin, je connais mon devoir.
Vous avez requis le concours de mes lumières, je vous
l'apporte. Je vous déclare que l'état mental de ce garçon est
tel qu'il ne saurait être entendu, même à titre de renseignements. J'en appelle à M. le procureur de la République.

Il espérait un mot d'encouragement de M. Daubigeon. Le
mot ne venant pas :

— Prenez garde, monsieur, ajouta-t-il, vous vous engagez
dans une voie sans issue. Que ferez-vous si ce malheureux
répond à vos questions par une accusation formelle?...
Poursuivrez-vous celui qu'il accusera ?

Les paysans écoutaient, bouche béante, cette discussion.

— Oh ! Cocoleu n'est pas tant innocent qu'on croit, fit
l'un d'eux.

— Il sait bien dire ce qu'il veut, le mâtin ! ajouta un
autre.

— Je lui dois, en tous cas, la vie de mes enfants, prononça doucement Mme de Claudieuse. Il s'est souvenu d'eux
lorsque j'étais comme frappée de vertige et que tout le
monde les oubliait. Approche, Cocoleu, approche, mon
ami, n'aie pas peur, personne ici ne te veut de mal...

Il était bien besoin de ces bonnes paroles. Effrayé au delà

de toute expression par les brutalités dont il venait d'être
l'objet, le pauvre idiot tremblait si fort que ses dents en
claquaient.

— Je, je n'ai pas... pas... peur... bégaya-t-il.

— Une fois encore, je proteste, insista le médecin.

Il venait de reconnaître qu'il n'était pas seul de son avis.

— Je crois, en effet, qu'il est peut-être dangereux d'interroger Cocoleu, dit M. de Claudieuse.

— Je le crois aussi, appuya M. Daubigeon.

Mais le juge était le maître de la situation, armé des pouvoirs presque illimités que la loi confère au magistrat instructeur.

— Je vous en prie, messieurs, fit-il d'un ton qui ne souf-
frait pas de réplique, laissez-moi agir à ma guise.

Et s'étant assis, et s'adressant à Cocoleu :

— Voyons, mon garçon, reprit-il de sa meilleure voix,
écoute-moi bien et tâche de me comprendre. Sais-tu ce
qu'il y a eu, cette nuit, au Valpinson ?

— Le feu, répondit l'idiot.

— Oui, mon ami, le feu, qui a détruit la maison de tes
bienfaiteurs, le feu où viennent de périr deux pauvres
pompiers... Et ce n'est pas tout : on a essayé d'assassiner le
comte de Claudieuse. Le vois-tu, dans ce lit, blessé et couvert de sang. Vois-tu la douleur de Mme de Claudieuse...

Cocoleu comprenait-il ? Sa figure grimaçante ne trahissait
rien de ce qui pouvait se passer en lui.

— Absurdité ! grommelait le docteur. Témérité !... Té-
nacité !

M. Galpin-Daveline l'entendit.

— Monsieur ! prononça-t-il vivement, ne m'obligez pas à
me rappeler qu'il y a là, tout près, des gens chargés de faire
respecter mon caractère...

Et revenant au pauvre idiot.

— Tous ces malheurs, mon ami, poursuivit-il, sont l'œuvre d'un lâche incendiaire. Tu le détestes, n'est-ce pas, ce
misérable, tu le hais ?...

— Oui, dit Cocoleu.

— Tu désires qu'il soit puni...

— Oui, oui !...

— Eh bien ! il faut m'aider à le découvrir, pour qu'il soit
arrêté par les gendarmes, mis en prison et jugé. Tu le connais, tu as dit toi-même que tu le connaissais...

Il s'arrêta ; et au bout d'un instant, Cocoleu se taisant toujours :

— Dans le fait, demanda-t-il, à qui ce pauvre diable a-t-il parlé ?

C'est ce que pas un paysan ne put dire. On s'informa, on n'apprit rien. Peut-être Cocoleu n'avait-il pas tenu le propos qu'on lui attribuait.

— Ce qui est sûr, déclara un des métayers du Valpinson, c'est que ce pauvre sans cervelle ne dort autant dire jamais, et que toutes les nuits il rôde comme un chien de garde, autour des bâtiments...

Ce fut pour M. Galpin-Daveline un trait de lumière.

Changeant brusquement la forme de l'interrogatoire :

— Où as-tu passé la soirée ? demanda-t-il à Cocoleu.

— Dans... dans... la cour....

— Dormais-tu, quand l'incendie s'est déclaré ?

— Non.

— Tu l'as donc vu commencer ?

— Oui.

— Comment a-t-il commencé ?...

Obstinément, l'idiot tenait ses regards rivés sur Mme de Claudieuse, avec l'expression craintive et soumise du chien qui cherche à lire dans les yeux de son maître.

— Réponds, mon ami, insista doucement la comtesse, obéis, parle...

Un éclair brilla dans les yeux de Cocoleu.

— On... on a mis le feu, bégaya-t-il.

— Exprès ?

— Oui.

— Qui ?

— Un monsieur...

Il n'était pas un des témoins de cette scène qui, pour mieux entendre, ne retint sa respiration. Seul le docteur se dressa.

— Cet interrogatoire est insensé ! s'écria-t-il.

Mais le juge d'instruction ne parut pas l'entendre, et se penchant vers Cocoleu, d'une voix qu'altérait l'émotion :

— Tu l'as vu, ce monsieur ? demanda-t-il.

— Oui.

— Et tu le connais ?...

— Très... très-bien.

— Tu sais son nom ?

— Oh ! oui.

— Comment s'appelle-t-il ?

Une expression d'affreuse angoisse contracta la figure blême de Cocoleu ; il hésita, puis enfin, avec un violent effort, il répondit :

— Bois... Bois.... Boiscoran.

Des murmures de mécontentement et des ricanements incrédules accueillirent ce nom.

D'hésitation, de doute, il n'y en eut pas l'ombre.

— M. de Boiscoran, un incendiaire ? disaient les paysans ; à qui jamais fera-t-on accroire ça ?...

— C'est absurde ! déclara M. de Claudieuse.

— Insensé ! approuvèrent M. Séneschal et M. Daubigeon.

Le docteur Seignebos avait retiré ses lunettes et les essuyait d'un air de triomphe.

— Qu'avais-je annoncé ! s'écria-t-il. Mais M. le juge d'instruction n'a pas daigné tenir compte de mes observations...

M. le juge d'instruction était de beaucoup le plus ému de tous. Il était devenu excessivement pâle, et les efforts étaient visibles qu'il faisait pour garder son impassible froideur.

Le procureur de la République se pencha vers lui.

— À votre place, murmura-t-il, j'en resterais là, considérant comme non avenu ce qui vient de se passer.

Mais M. Galpin-Daveline était de ces gens qu'aveugle l'opinion exagérée qu'ils ont d'eux-mêmes, et qui se feraient hacher en morceaux plutôt que de reconnaître qu'ils ont pu se tromper.

— J'irai jusqu'au bout, répondit-il.

Et s'adressant de nouveau à Cocoleu, au milieu d'un silence si profond qu'on eût entendu le bruissement des ailes d'une mouche :

— Comprends-tu bien, mon garçon, lui demanda-t-il, ce que tu dis ? Comprends-tu que tu accuses un homme d'un crime abominable ?

Que Cocoleu comprît ou non, il était en tout cas agité d'une angoisse manifeste. Des gouttes de sueur perlaient le long de ses tempes déprimées, et des secousses nerveuses secouaient ses membres et convulsaient sa face.

— Je... je dis la vérité, bégaya-t-il.

— C'est M. de Boiscoran qui a mis le feu au Valpinson ?

— Oui.

— Comment s'y est-il pris ?

L'œil égaré de Cocoleu allait incessamment du comte de Claudieuse, qui semblait indigné, à la comtesse, qui écoutait d'un air de douloureuse surprise.

— Parle ! insista le juge d'instruction.

Après un moment d'hésitation encore, l'idiot entreprit d'expliquer ce qu'il avait vu, et il en eut pour cinq minutes d'efforts, de contorsions et de bégaiements à faire comprendre qu'il avait vu M. de Boiscoran, qu'il connaissait bien, sortir des journaux de sa poche, les enflammer avec une allumette et les placer sous une meule de paille qui était tout proche de deux énormes piles de fagots, lesquelles piles s'appuyaient au mur d'un chai plein d'eau-de-vie.

— C'est de la démence !... s'écria le docteur, traduisant certainement l'opinion de tous.

Mais M. Galpin-Daveline avait réussi à maîtriser son trouble.

Promenant autour de lui un regard méchant :

— A la première marque d'approbation ou d'improbation, déclara-t-il, je requiers les gendarmes et je fais retirer tout le monde.

Après quoi, revenant à Cocoleu :

— Puisque tu as si bien vu M. de Boiscoran, interrogea-t-il, comment était-il vêtu ?

— Il avait un pantalon blanchâtre, répondit l'idiot, toujours en bredouillant affreusement, une veste brune et un grand chapeau de paille. Son pantalon était rentré dans ses bottes.

Deux ou trois paysans s'entre-regardèrent comme si enfin ils eussent été effleurés d'un soupçon. C'était avec le costume décrit par Cocoleu qu'ils avaient l'habitude de rencontrer M. de Boiscoran.

— Et quand il eut mis le feu, poursuivit le juge, qu'a-t-il fait ?

— Il s'est caché derrière les fagots.

— Et ensuite ?

— Il a préparé son fusil, et, quand le maître est sorti, il a tiré.

Oubliant la douleur de ses blessures, M. de Claudieuse bondissait d'indignation sur son lit.

— Il est monstrueux, s'écria-t-il, de laisser ce misérable idiot salir un galant homme de ses stupides accusations ! S'il a vu M. de Boiscoran mettre le feu et se cacher pour m'assassiner, pourquoi n'a-t-il pas donné l'alarme, pourquoi n'a-t-il pas crié !

Docilement, à la grande surprise de M. Séneschal et de M. Daubigeon, M. Galpin-Daveline répéta la question.

— Pourquoi n'as-tu pas appelé ? demanda-t-il à Cocoleu.

Mais les efforts qu'il faisait depuis une demi-heure avaient épuisé le malheureux idiot... Il éclata d'un rire hébété, et presque aussitôt pris d'une crise de son mal, il tomba en se débattant et en criant, et il fallut l'emporter.

Le juge d'instruction s'était levé, et pâle, ému, les sourcils froncés, la lèvre contractée, il semblait réfléchir.

— Qu'allez-vous faire ? lui demanda à l'oreille le procureur de la République.

— Poursuivre !... dit-il à voix basse.

— Oh !

— Puis-je faire autrement, dans ma situation ? Dieu m'est témoin qu'en poussant ce malheureux idiot, mon but était de faire éclater l'absurdité de son accusation. Le résultat a trompé mon attente...

— Et maintenant...

— Il n'y a plus à hésiter : dix témoins ont assisté à l'interrogatoire, mon honneur est en jeu, il faut que je démontre l'innocence ou la culpabilité de l'homme accusé par Cocoleu...

Et tout aussitôt, s'approchant du lit de M. de Claudieuse :

— Voulez-vous, à cette heure, monsieur, m'apprendre ce que sont vos relations avec M. de Boiscoran ?

La surprise et l'indignation enflammaient les joues du comte.

— Est-il possible, monsieur, s'écria-t-il, que vous croyiez ce que vous venez d'entendre !...

— Je ne crois rien, monsieur, prononça le juge. J'ai mission de découvrir la vérité, je la cherche...

— Le docteur vous a dit quel est l'état mental de Cocoleu...

— Monsieur, je vous prie de me répondre.

M. de Claudieuse eut un geste de colère, et vivement :

— Eh bien ! répondit-il, mes relations avec M. de Boiscoran, ne sont ni bonnes ni mauvaises ; nous n'en avons pas.

— On prétend, je l'ai entendu dire, que vous êtes fort mal ensemble...

— Ni bien ni mal. Je ne quitte pas le Valpinson. M. de Boiscoran vit à Paris les trois quarts de l'année. Il n'est jamais venu chez moi, je n'ai jamais mis les pieds chez lui...

— On vous a entendu vous exprimer sur son compte en termes peu mesurés...

— C'est possible. Nous n'avons ni le même âge, ni les mêmes goûts, ni les mêmes opinions, ni les mêmes croyances. Il est jeune, je suis vieux. Il aime Paris et le monde, je n'aime que ma solitude et la chasse. Je suis légitimiste, il était orléaniste et est devenu démocrate. Je crois que seul, le descendant de nos rois légitimes peut sauver notre pays, il est persuadé que la République est le salut de la France. Mais on peut être ennemi politique sans cesser de s'estimer. M. de Boiscoran est un galant homme. Il est de ceux qui, pendant la guerre, ont fait bravement leur devoir, il s'est bien battu, il a été blessé.

Soigneusement, M. Galpin-Daveline notait les réponses du comte. Ayant fini :

— Il ne s'agit pas seulement de dissentiments politiques, reprit-il. Vous avez eu avec M. de Boiscoran des conflits d'intérêts...

— Insignifiants.

— Pardon, vous avez échangé du papier timbré.

— Nos terres se touchent, monsieur. Il y a entre nous un malheureux cours d'eau qui est pour les riverains un éternel sujet de contestations.

M. Galpin-Daveline hochait la tête.

— Vous n'avez pas eu que ces différends, monsieur, dit-il. Vous avez eu, au su et vu de tout le pays, des altercations violentes.

Le comte de Claudieuse paraissait désolé.

— C'est vrai, nous avons échangé quelques propos... M. de Boiscoran avait deux maudits bassets, qui toujours s'échappaient de leur chenil, et venaient chasser sur mes terres... C'est incroyable ce qu'ils détruisaient de gibier...

— Précisément... Et un jour que vous avez rencontré M. de Boiscoran, vous l'avez menacé de donner un coup de fusil à ses chiens...

3

— J'étais furieux, je le reconnais ; mais j'avais tort, mille fois tort, je l'ai menacé...

— C'est bien cela. Vous étiez armés l'un et l'autre, vous vous êtes animés, vous menaciez, il vous a couché en joue... Ne le niez pas ; dix personnes l'ont vu, je le sais, il me l'a dit.

V

Il n'était personne dans le pays qui ne sût de quel mal affreux était atteint le pauvre Cocoleu, personne qui ne fût bien persuadé qu'il n'y avait pas de soins à lui donner.

Les deux hommes qui l'avaient emporté avaient donc cru faire assez en le déposant sur un tas de paille humide. L'abandonnant ensuite à lui-même, ils s'étaient mêlés à la foule pour raconter ce qu'ils venaient d'entendre.

C'est une justice à rendre aux quelques centaines de paysans qui se pressaient autour des décombres fumants du Valpinson, que leur premier mouvement fut d'accabler de quolibets ou de malédictions l'être sans cervelle qui venait d'attribuer l'incendie à M. de Boiscoran.

Malheureusement, les premiers mouvements, les bons, sont de courte durée.

Un de ces mauvais drôles, paresseux, ivrognes et bassement jaloux, comme il s'en trouve au fond des campagnes aussi bien que dans les villes, s'écria :

— Pourquoi donc pas ?

Et ces seuls mots devinrent le point de départ des suppositions les plus hasardées.

Les querelles du comte de Claudieuse et de M. de Boiscoran avaient été publiques. Il était bien connu que presque toujours les premiers torts étaient venus du comte et que toujours son jeune voisin avait fini par céder.

Pourquoi M. de Boiscoran, humilié, n'aurait-il pas eu recours à ce moyen de se venger d'un homme qu'il devait haïr, pensait-on, et surtout craindre !...

— Est-ce parce qu'il est noble et qu'il est riche ? ricanait le garnement.

De là à chercher des circonstances à l'appui des affirmations de Cocoleu, il n'y avait qu'un pas et il fut vite franchi. Des groupes se formèrent, et bientôt deux hommes et une femme donnèrent à entendre qu'on serait peut-être bien surpris s'ils racontaient tout ce qu'ils savaient. On les pressa de parler, et, comme de raison, ils refusèrent. Mais déjà ils en avaient trop dit. Bon gré malgré ils furent conduits à la maison, où, dans le moment même, M. Galpin-Daveline interrogeait le comte de Claudieuse.

Telle était l'animation de la foule et le tapage qu'elle menait, que M. Séneschal, frémissant à l'idée d'un nouvel accident, se précipita vers la porte.

— Qu'est-ce encore ? cria-t-il.

— Des témoins ! voilà d'autres témoins ! répondirent les paysans.

M. Séneschal se retourna vers l'intérieur de la chambre, et après un regard échangé avec M. Daubigeon :

— On vous amène des témoins, monsieur, dit-il au juge.

Sans nul doute M. Galpin-Daveline maudit l'interruption. Mais il connaissait assez les paysans pour savoir qu'il était important de profiter de leur bonne volonté et qu'il n'en tirerait rien s'il laissait à leur cauteleuse prudence le temps de reprendre le dessus.

— Nous reviendrons plus tard à notre... entretien, monsieur le comte, dit-il à M. de Claudieuse.

Et répondant à M. Séneschal :

— Que ces témoins entrent, dit-il, mais seuls et un à un...

Le premier qui se présenta était le fils unique d'un fermier aisé du bourg de Bréchy, nommé Ribot. C'était un grand gars de vingt-cinq ans, large d'épaules, avec une tête toute petite, un front très-bas et de formidables oreilles d'un rouge vif.

Il avait à deux lieux à la ronde la réputation d'un séducteur irrésistible et n'en était pas médiocrement fier.

Après lui avoir demandé son nom, ses prénoms et son âge :

— Que savez-vous ? poursuivit M. Galpin-Daveline.

Le gars Ribot se redressa, et d'un air de fatuité qui fut si bien compris que les paysans éclatèrent de rire :

— J'avais, ce soir, répondit-il, une affaire... très-importante, de l'autre côté du château de Boiscoran. On m'attendait, j'étais en retard, je pris donc au plus court, par les marais. Je savais que par suite des pluies de ces jours passés, les fossés seraient pleins d'eau, mais pour une affaire comme celle que j'avais, on trouve toujours des jambes...

— Épargnez-nous ces détails oiseux, prononça froidement le juge.

Le beau gars parut plus surpris que choqué de l'interruption.

— Comme monsieur le juge voudra, fit-il. Pour lors, il était un peu plus de huit heures, et le jour commençait à baisser, quand j'arrivai aux étangs de la Seille. Ils étaient si gonflés, que l'eau passait de plus de deux pouces pardessus les pierres du déversoir. Je me demandais comment traverser sans me mouiller, quand, de l'autre côté, venant en sens inverse de moi, j'aperçus M. de Boiscoran.

— Vous êtes bien sûr que c'était lui ?...

— Pardi ! puisque je lui ai parlé !... Mais attendez. Il n'eut pas peur, lui, de se mouiller. Sans faire ni une ni deux, il releva son pantalon, le fourra dans les tiges de ses grandes bottes jaunes et passa... C'est alors seulement qu'il me vit, et il parut étonné. Je ne l'étais pas moins que lui. « — Comment c'est vous, notre monsieur ! » lui dis-je. Il me répondit : « — Oui, j'ai quelqu'un à voir à Bréchy. » C'était bien possible ; cependant je lui dis encore : « — Tout de même, vous prenez un drôle de chemin ! » Il se mit à rire. « — Je ne savais pas que les étangs fussent débordés, répondit-il, et je comptais tirer des oiseaux d'eau... » Et en disant cela, il me montrait son fusil. Sur le moment, je ne vis rien à répliquer, mais maintenant, après ce qui s'est passé, je trouve que c'est drôle...

Cette déposition, M. Galpin-Daveline l'avait écrite mot pour mot. Ensuite :

— Comment était vêtu M. de Boiscoran ? interrogea-t-il.

— Attendez... il avait un pantalon grisâtre, un veston de velours marron et un panama à larges bords...

La stupeur et l'inquiétude se peignaient sur les traits du comte et de la comtesse de Claudieuse, de M. Daubigeon et même du docteur Seignebos.

Une circonstance de la déposition de Ribot les frappa surtout : il avait vu M. de Boiscoran rentrer son pantalon dans ses bottes pour passer le déversoir...

— Vous pouvez vous retirer, dit M. Galpin-Daveline au
gars Ribot : qu'un autre témoin se présente.

Cet autre était un vieux homme d'assez fâcheux renom,
qui habitait seul une masure à une demi-lieue du Valpinson. On l'appelait le père Gaudry.

Autant le fils Ribot avait montré d'assurance, autant ce
bonhomme vêtu de haillons malpropres et puants semblait
humble et craintif.

Après avoir donné son nom :

— Il pouvait être onze heures du soir, déposa-t-il, et je
traversais les bois de Rochepommier par un des petits sentiers...

— Vous alliez voler des fagots !... fit sévèrement le juge.

— Jour du bon Dieu ! geignit le vieux en joignant les
mains, est-il bien possible de dire une chose pareille !... Voler des fagots, moi !... Non, mon bon monsieur, j'allais tout
simplement coucher au fin fond du bois pour y être tout
rendu au lever du soleil et chercher des champignons, des
cèpes, que j'aurais été vendre à Sauveterre... Donc, je sui-
vais le routin, quand voilà que tout à coup, derrière moi,
j'entends les pas d'un homme... Naturellement, la peur me
prend...

— Parce que vous voliez !...

— Oh ! non, mon bon monsieur ; seulement, la nuit,
vous comprenez... Enfin, je me cache derrière un arbre, et
presque aussitôt je vois passer M. de Boiscoran, que je reconnais très-bien, malgré l'obscurité, et qui devait être très
en colère, car il parlait tout haut, il jurait, il gesticulait, et,
par moment, il arrachait aux branches des poignées de
feuilles...

— Avait-il un fusil ?...

— Oui, mon bon monsieur, puisque même c'est à cause
de ce fusil qu'il m'avait fait peur, je l'avais pris pour un
garde...

Le troisième et dernier témoin était une bonne et brave
métayère, maîtresse Courtois, dont la métairie était située
de l'autre côté du bois de Rochepommier.

Interrogée, après un moment d'indécision :

— Je ne sais pas grand chose, répondit-elle ; mais je vais
toujours le dire : Comme nous comptons avoir beaucoup
d'ouvriers ces jours-ci, et que je voulais faire une four-
née demain, j'étais allée avec mon âne au moulin de la

montagne de Sauveterre pour chercher de la farine. Il n'y
en avait pas de prête, mais le meunier me dit qu'il m'en
donnerait si je voulais attendre, et je restai à souper avec
lui. Vers dix heures, on me livra un sac que les garçons
attachèrent sur mon âne, et je me mis en route. J'avais
déjà fait plus de la moitié du chemin, et il devait être onze
heures, quand, en arrivant au bois de Rochepommier, mon
âne fait un faux pas et le sac tombe. J'étais bien en peine,
n'étant pas de force à le recharger seule, lorsqu'à dix pas
de moi, un homme sort du bois. Je l'appelle, il vient. C'é-
tait M. de Boiscoran. Je lui demande de m'aider, et aussitôt,
sans se faire prier, il pose son fusil à terre, prend le sac et
le remet sur l'âne. Je le remercie, il me dit qu'il n'y a pas
de quoi, et... voilà tout.

Toujours debout sur le seuil de la chambre dont il disputait l'accès à l'avide curiosité des paysans, le maire de Sauveterre se résignait aux humbles fonctions d'appariteur.

Lorsque maîtresse Courtois se retira toute confuse, et
déjà peut-être regrettant ce qu'elle venait de dire :

— Est-il encore quelqu'un qui sache quelque chose?
cria-t-il.

Et, comme nul ne se présentait, il ferma sans façon la
porte en ajoutant :

— Alors, éloignez-vous, mes amis, et laissez la justice se
recueillir en paix.

La justice, en la personne du juge d'instruction, était
alors en proie aux plus cruelles perplexités.

Consterné jusqu'à ce point de n'essayer pas même de
réagir, M. Galpin-Daveline demeurait accoudé à la table devant laquelle il s'était assis pour écrire, le front entre les
mains, semblant chercher une issue à l'impasse où il se
trouvait engagé.

Tout à coup il se dressa, et, oublieux de sa morgue accoutumée, laissant tomber son masque de glaciale impassibilité :

— Eh bien! fit-il, comme si dans la détresse de son esprit il eût espéré un secours ou imploré un conseil, eh
bien !....

On ne lui répondit pas.

Sa stupeur avait gagné tous ceux qui l'entouraient : le
comte et la comtesse de Claudieuse, M. Séneschal, le procureur de la République, et même le docteur Seignebos.

Chacun d'eux en était encore à se débattre contre ce résultat invraisemblable, inconcevable, inouï !...

Enfin, après un moment de silence :

— Vous le voyez, messieurs, reprit le juge avec une amertume étrange, j'avais raison d'interroger Cocoleu... Oh ! n'essayez pas de le nier : vous partagez maintenant mes doutes et mes soupçons. Qui de vous oserait soutenir que, sous l'empire d'une émotion terrible, ce malheureux n'a pas recouvré durant quelques minutes la plénitude de sa raison ! Lorsqu'il vous a dit avoir vu le crime et qu'il vous a nommé le coupable, vous avez haussé les épaules. Mais d'autres témoins sont venus, et de l'ensemble de leurs dépositions résulte un faisceau de présomptions terribles...

Il s'animait.

L'habitude professionnelle, plus forte que tout, reprenait le dessus :

— M. de Boiscoran, poursuivait-il, est venu ce soir au Valpinson. C'est désormais incontestable. Or, comment y est-il venu ? En se cachant. Du château de Boiscoran au Valpinson, il y a deux chemins fréquentés, celui de Bréchy et celui qui tourne les étangs. M. de Boiscoran prend-il l'un ou l'autre ? Non. Pour venir, il coupe droit à travers les marais, au risque de s'embourber et d'être forcé de se mettre à l'eau jusqu'aux épaules. Pour retourner, il se jette dans les bois de Rochepommier, en dépit de l'obscurité, et malgré le danger évident de s'y perdre et d'y errer jusqu'au jour. Qu'espérait-il donc ? N'être pas vu, cela tombe sous le sens. Et, de fait, qui rencontre-t-il ? Un coureur de femmes, Ribot, qui lui-même se cache pour se rendre à un rendez-vous d'amour. Un voleur de fagots, Gaudry, dont l'unique souci est d'éviter les gendarmes. Une fermière, enfin, maîtresse Courtois, attardée par une circonstance toute fortuite. Toutes ses précautions étaient bien prises, mais la Providence veillait...

— Oh !... la Providence !... gronda le docteur Seignebos, la Providence !...

Mais M. Galpin-Daveline n'entendit même pas l'interruption.

Et toujours plus vite :

— Peut-on, du moins, continua-t-il, invoquer en faveur de M. de Boiscoran certaines discordances de temps ?... Non. A quel moment est-il aperçu venant de ce côté ? A la tombée de la nuit. Il était huit heures et demie, déclare Ribot, quand M. de Boiscoran traversait le déversoir des étangs de la Seille. Donc, il pouvait être au Valpinson vers neuf heures et demie. Alors, le crime n'était pas commis encore. A quelle heure le rencontre-t-on, regagnant son logis ? Gaudry et la femme Courtois vous l'ont dit : après onze heures. M. de Claudieuse était blessé alors, et le Valpinson brûlait. Savons-nous quelque chose des dispositions d'esprit de M. de Boiscoran ? Oui, encore. En venant, il a tout son sang-froid. Il est fort surpris de rencontrer Ribot, et cependant il lui explique sa présence en cet endroit presque dangereux, et aussi pourquoi il a un fusil sur l'épaule.

Il a, prétend-il, quelqu'un à voir à Bréchy, et il se proposait de tirer des oiseaux d'eau. Est-ce admissible ? Est-ce même vraisemblable ? Cependant, examinons son attitude au retour. Il marchait très-vite, dépose Gaudry ; il semblait furieux et arrachait aux branches des poignées de feuilles. Que dit-il à maîtresse Courtois ? Rien. Quand elle l'appelle, il n'ose fuir, ce serait un aveu, mais c'est en toute hâte qu'il rend le service qu'elle lui demande. Et après ? Son chemin, pendant un quart d'heure, est le même que celui de cette femme ; marche-t-il avec elle ? Non. Il la quitte précipitamment, il prend les devants, il se hâte de rentrer chez lui, car il croit que M. de Claudieuse est mort, car il sait que le Valpinson est en flammes, car il tremble d'entendre sonner le tocsin et crier au feu !...

Ce n'est pas d'ordinaire avec ce laisser-aller familier que procède la justice, et ceux qui la représentent s'estiment, en général, trop au-dessus du commun des mortels pour expliquer leurs impressions, rendre compte de leurs agissements, et, en quelque sorte, demander conseil.

Cependant, lorsqu'il s'agit d'une enquête, il n'est pas, à proprement parler, de règles fixes.

Du moment où un juge d'instruction est saisi d'un crime, toute latitude lui est laissée pour arriver jusqu'au coupable.

Maître absolu, ne relevant que de sa conscience, armé de pouvoirs exorbitants, il procède à sa guise...

Mais en cette affaire du Valpinson, M. Galpin-Daveline avait été emporté par la rapidité des événements. Entre la première question adressée à Cocoleu et le moment présent, il n'avait pas eu le temps de se reconnaître. Et sa procédure ayant été publique, il était fatalement amené à l'expliquer...

— Décidément, c'est un réquisitoire en règle !... s'écria le docteur Seignebos.

Il avait retiré et essuyait furieusement ses lunettes d'or.

— Et basé sur quoi ? poursuivait-il avec trop de véhémence pour qu'on pût espérer l'interrompre ; basé sur les réponses d'un malheureux que moi, médecin, je déclare inconscient de ses paroles. C'est que l'intelligence ne s'allume pas et ne s'éteint pas dans un cerveau comme le gaz dans un réverbère. On est ou on n'est pas idiot, il l'a toujours été, et toujours il le sera. Mais, dites-vous, les autres dépositions sont concluantes. Dites qu'elles vous paraissent telles. Pourquoi ? Parce que les accusations de Cocoleu vous ont influencé. Est-ce que sans cela vous vous occuperiez de ce qu'a fait ou non M. de Boiscoran ? Il s'est promené toute la soirée ! N'est-ce pas son droit ? Il a traversé les marais ! Qui l'en empêchait ? Il a passé par les bois ! Est-ce défendu ? On l'a rencontré ! N'est-ce pas naturel ? Mais non, un idiot l'accuse, tous ses gestes sont suspects. Il parle ! C'est le sang-froid du scélérat endurci. Il se tait ! Remords d'un coupable tremblant de peur. Au lieu de nommer M. de Boiscoran, Cocoleu pouvait me nommer, moi, Seignebos. C'est alors mes démarches qu'on incriminerait, et, soyez tranquille, on y découvrirait mille preuves de ma culpabilité. On aurait beau jeu, d'ailleurs. Mes opinions ne sont-elles pas plus avancées encore que celles de M. de Boiscoran !... Car voilà le grand mot lâché : M. de Boiscoran est républicain, M. de Boiscoran ne reconnaît d'autre souveraineté, d'autre magistrature que celles du peuple...

— Docteur, interrompit le procureur de la République, docteur, vous ne pensez pas ce que vous dites...

— Je le pense, morbleu ! et même...

Mais il fut de nouveau interrompu, et par M. de Claudieuse, cette fois...

— Pour moi, déclara le comte, je reconnais la force des probabilités qu'invoque M. le juge d'instruction. Mais, au-dessus des probabilités, je place un fait positif : le caractère de l'homme accusé. M. de Boiscoran est un galant homme et un homme de cœur, incapable d'un crime lâche et odieux...

Les autres approuvaient.

— Et moi, prononça M. Séneschal, je dirai : Pourquoi ce crime ? Ah ! si M. de Boiscoran n'avait rien à perdre !... Mais

est-il ici-bas un homme plus heureux que lui, qui est jeune,
bien de sa personne, doué d'une santé admirable, immen-
sément riche, estimé et recherché de tous! Enfin, il est un
fait, qui est encore un secret de famille, mais que je puis
vous dire, et qui seul écarterait tout soupçon : M. de Boiscoran aime éperdûment Mlle Denise de Chandoré, il est
aimé d'elle à la folie, et depuis avant-hier leur mariage est
fixé au 20 du mois prochain.

Le temps passait, cependant...

La demie de quatre heures tintait au clocher de Bréchy.
Le jour était venu, faisant pâlir la lumière des lampes. Dégagé des brumes matinales, le soleil frappait les vitres de
ses gais rayons.

Mais nul ne le remarquait, de ces hommes que de si
puissantes considérations réunissaient autour du lit de
M. de Claudieuse.

Sans un mot, sans un geste, M. Galpin-Daveline avait
écouté les objections qui lui étaient présentées, et il était
redevenu assez maître de soi pour qu'il fût difficile de discerner l'impression qu'il en ressentait. A la fin, hochant
gravement la tête :

— Plus que vous, messieurs, prononça-t-il, j'ai besoin
de croire à l'innocence de M. de Boiscoran... M. Daubigeon,
qui sait ce que je veux dire, peut vous l'affirmer... Mon
cœur, avant le vôtre, plaidait sa cause... Mais je suis le représentant de la loi ; mais au-dessus de mes affections, il y
a mon devoir... Dépend-il de moi d'anéantir, si stupide, si
absurde qu'elle paraisse, l'accusation de Cocoleu! Puis-je
faire que trois dépositions inattendues ne soient pas venues
donner à cette dénonciation un caractère de vraisemblance
inquiétant !...

Le comte de Claudieuse se désolait :

— Ce qu'il y a d'affreux, disait-il, c'est que M. de Boiscoran me croit son ennemi. Pourvu qu'il n'aille pas imaginer
que ces soupçons indignes ont été suggérés par ma femme
ou par moi. Que ne puis-je me lever !... Du moins, messieurs que M. de Boiscoran sache bien que j'ai déclaré répondre de lui comme de moi-même !... Cocoleu, détestable
idiot !... Ah! Geneviève, chère femme aimée, pourquoi
l'avoir engagé à parler! Il se fût tû obstinément sans ton
insistance !...

Mme de Claudieuse succombait alors aux angoisses de cette affreuse nuit.

Pendant les premières heures, elle avait été soutenue par cette exaltation qui suit les grandes crises; mais, depuis un moment, elle s'était affaissée sur un escabeau, près du lit où reposaient ses deux filles ; et, la tête enfoncée dans l'oreiller, elle paraissait dormir. Elle ne dormait pas, pourtant.

Au reproche de son mari, elle se redressa, pâle, les traits gonflés, les yeux rouges, et, d'une voix pénétrante ;

— Quoi !... s'écria-t-elle, on a tenté d'assassiner Trivulce, nos enfants ont failli mourir au milieu des flammes, et j'aurais laissé échapper un moyen de découvrir le misérable assassin, le lâche incendiaire !... Non ! ce que j'ai fait, je devais le faire. Quoi qu'il advienne, je ne regrette rien...

— Mais M. de Boiscoran n'est pas coupable, Geneviève, il est impossible qu'il le soit. Comment un homme qui a ce bonheur immense d'être aimé de Denise de Chandoré, qui compte les jours qui le séparent de son mariage, eût-il pu combiner un crime si abominable ?...

— Qu'il démontre donc son innocence ! fit durement la comtesse.

Le plus impertinemment du monde, le docteur faisait claquer ses lèvres.

— Voilà pourtant la logique des femmes, grommelait-il.

— Certes, reprit M. Séneschal, on ne tardera pas à reconnaître l'innocence de M. de Boiscoran. Il n'en aura pas moins été soupçonné. Et, tel est l'esprit de notre pays, que ce soupçon fera ombre à sa vie entière. Dans vingt ans d'ici, en parlant de M. de Boiscoran, on dira encore : « Ah ! oui, celui qui a mis le feu au Valpinson... »

Ce fut non M. Galpin-Daveline, mais le procureur de la République qui répondit.

— Je ne saurais, fit-il tristement, partager la manière de voir de M. le maire, mais peu importe. Après ce qui s'est passé, M. le juge d'instruction ne peut plus reculer, son devoir le lui interdit, et plus encore l'intérêt de l'homme accusé. Que diraient tous ces paysans, qui ont entendu la déclaration de Cocoleu et la déposition des témoins, si l'enquête était abandonnée ? Ils diraient que M. de Boiscoran est coupable, et que, si l'on ne le poursuit pas, c'est qu'il est noble et très-riche. Sur mon honneur, je crois à son inno-

cence absolue. Mais précisément parce qu'elle est ma conviction, je soutiens qu'il faut le mettre à même de la démontrer victorieusement. Il doit en avoir les moyens. Quand
il a rencontré Ribot, il lui a dit qu'il se rendait à Bréchy
pour voir quelqu'un...

— Et s'il n'y était pas allé? objecta M. Séneschal. Et s'il
n'eût vu personne? Si ce n'eût été là qu'un prétexte pour
satisfaire l'indiscrète curiosité de Ribot?...

— Eh bien! il en serait quitte pour dire la vérité à la
justice. Je ne suis pas inquiet. Et, tenez, il est une preuve
matérielle, qui mieux que tout, disculpe M. de Boiscoran.
Est-ce que si, par impossible, il eût eu dessein de tuer
M. de Claudieuse, il n'eût pas chargé son fusil à balle, au
lieu d'y laisser du plomb de chasse...

— Et il ne m'eût point manqué à dix pas, fit le comte...

Des coups précipités, frappés à la porte, les interrompirent.

— Entrez! cria M. Séneschal.

La porte s'ouvrit, et trois paysans parurent, effarés, mais
visiblement satisfaits.

— Nous venons, dit l'un d'eux, de trouver quelque chose
de singulier.

— Quoi? interrogea M. Galpin-Daveline.

— On dirait, ma foi! un étui, mais Pitard prétend que
c'est l'enveloppe d'une cartouche.

M. de Claudieuse s'était haussé sur ses oreillers.

— Montrez!... fit-il vivement. J'ai tiré, ces jours passés,
plusieurs coups de fusil autour de la maison, pour écarter
les oiseaux qui mangeaient nos fruits; je verrai si cette
enveloppe vient de moi.

Le paysan la lui tendit.

C'était une enveloppe de plomb, très-mince, comme en
ont les cartouches de deux ou trois systèmes de fusils de
chasse américains.

Fait singulier, elle avait été noircie par l'inflammation de
la poudre, mais elle n'avait été ni déchirée, ni même faussée
par l'explosion.

Elle était si parfaitement intacte, qu'on y pouvait lire encore, en lettres repoussées, le nom du fabricant: Klebb.

— Cette enveloppe ne m'a jamais appartenu, fit le comte...

Mais il était devenu fort pâle, en disant cela, si pâle qu'e sa femme se rapprocha de lui, l'interrogeant d'un regard où se lisait la plus horrible angoisse :

— Eh bien ?...

Il ne répondit pas.

Et telle était en ce moment l'éloquence décisive de ce silence, que la comtesse parut sur le point de se trouver mal, et murmura :

— Cocoleu avait donc toute sa raison !...

Pas un détail de cette scène rapide n'avait échappé à M. Galpin-Daveline. Sur tous les visages, autour de lui, il avait pu surprendre l'expression d'une sorte d'épouvante.

Pourtant, il ne fit aucune remarque.

Il prit des mains de M. de Claudieuse cette enveloppe métallique, qui pouvait devenir une pièce de conviction de la plus terrible importance, et durant plus d'une minute il la retourna en tous sens, l'examinant au jour avec une scrupuleuse attention.

Ensuite de quoi, s'adressant aux paysans, debout et respectueusement découverts à l'entrée :

— Où avez-vous trouvé ce débris de cartouche, mes amis ? interrogea-t-il.

— Tout près de cette vieille tour, qui reste du vieux château, où l'on serre des outils, et qui est toute couverte de lierre...

Déjà M. Séneschal avait maîtrisé la stupeur dont il avait été saisi en voyant blêmir et se taire le comte de Claudieuse.

— Assurément, fit-il, ce n'est pas de là que l'assassin a tiré. De cette place, on ne voit même pas l'entrée de la maison.

— C'est possible, répondit le juge, mais l'enveloppe d'une cartouche ne tombe pas nécessairement à l'endroit d'où l'on a fait feu. Elle tombe quand on ouvre le tonnerre de l'arme pour recharger...

C'était si exact, que le docteur Seignebos lui-même n'osa pas protester.

— Maintenant, mes amis, reprit M. Galpin-Daveline, lequel de vous a trouvé ce débris de cartouche ?

— Nous étions ensemble quand nous l'avons aperçu et ramassé...

— Eh bien ! dites-moi tous trois votre nom et votre domi-

cile, pour que je puisse, au besoin, vous faire citer régulièrement.

Ils obéirent, et cette formalité remplie, ils se retiraient,
après force salutations, quand le galop d'un cheval retentit
sur l'aire qui précédait la maison.

L'instant d'après, l'homme qui avait été expédié à Sauveterre pour chercher des médicaments, entrait. Il était
furieux.

— Gredin de pharmacien!... s'écria-t-il, j'ai cru que jamais il ne m'ouvrirait.

Le docteur Seignebos s'était emparé des objets qu'on lui
rapportait.

S'inclinant alors devant le juge d'instruction, d'un air
d'ironique respect :

— Je n'ignore pas, monsieur, dit-il, combien il est urgent de faire couper le cou de l'assassin, mais je crois aussi
pressant de sauver la vie de l'assassiné. J'ai interrompu le
pansement de M. de Claudieuse plus peut-être que ne le
permettait la prudence... Et je vous prie de vouloir bien me
laisser seul faire en paix mon métier...

VI

Rien, désormais, ne retenait plus le juge d'instruction,
le procureur de la République, ni M. Séneschal.

A coup sûr, M. Seignebos eût pu s'exprimer plus conve-
nablement, mais on était fait aux façons brutales de ce
cher docteur, car elle est inouïe, la facilité avec laquelle,
en notre pays de courtoisie, les êtres les plus grossiers
se font accepter, sous prétexte qu'ils sont comme cela, et
qu'il faut bien les prendre tels qu'ils sont.

Donc, après avoir salué la comtesse de Claudieuse, après
avoir serré la main du comte, en lui promettant de promptes
et sûres informations, ils sortirent.

Faute d'aliments, l'incendie s'éteignait.

Quelques heures avaient suffi pour anéantir le fruit de
longues années de soins et de travaux incessants.

De ce domaine charmant et tant envié du Valpinson, rien

ne restait plus que des pans de murs calcinés et croulants, des amas de cendres noires et des monceaux de décombres d'où montaient encore des spirales de fumée.

Grâce au capitaine Parenteau, tout ce qu'on avait pu arracher aux flammes avait été transporté à une certaine distance et mis à l'abri vers les ruines du vieux château.

Là s'entassaient les meubles et les effets sauvés. Là se voyaient les charrettes et les instruments d'agriculture, des harnais, des barriques vides, des sacs d'avoine ou de blé. Là étaient attachés les bestiaux qu'on était parvenu, au prix de mille dangers, à tirer de leurs écuries : des chevaux, des bœufs, quelques moutons et une douzaine de vaches qui meuglaient lamentablement.

Peu de gens s'étaient éloignés.

Avec plus d'acharnement que jamais, les pompiers, aidés des paysans, continuaient à inonder les restes du bâtiment principal. Ils n'avaient rien à redouter du feu, mais ils conservaient le vague espoir de préserver d'une carbonisation complète les corps de Bolton et de Guillebault, ces deux infortunés qui avaient péri victimes de leur courage...

— Quel fléau que le feu!... murmura M. Séneschal.

Ni M. Daubigeon, ni M. Galpin-Daveline ne répondirent. Eux aussi, même après tant d'émotions violentes, ils se sentaient le cœur serré par le sinistre spectacle qui s'offrait à leurs regards.

C'est qu'un incendie n'est rien, sur le moment même, tant que dure la fièvre du péril et l'espoir du salut, tant que les flammes éclairent l'horizon de leurs rouges reflets!... Le lendemain seulement, quand tout est fini, éteint, on mesure l'horreur du désastre...

Mais les pompiers venaient d'apercevoir le maire de Sauveterre et ils le saluaient de leurs acclamations. Rapidement il se dirigea vers eux, et pour la première fois depuis que l'alarme avait été donnée, le juge d'instruction et le procureur de la République se trouvèrent seuls.

Ils étaient debout, très-rapprochés, et pendant un bon moment ils gardèrent le silence, chacun cherchant à surprendre dans les yeux de l'autre, le secret de ses pensées.

Enfin :

— Eh bien ?... demanda M. Daubigeon.

M. Galpin-Daveline tressaillit.

— C'est une épouvantable affaire !... murmura-t-il,

— Quelle est votre opinion ?...

— Eh !... le sais-je moi-même !... J'ai la tête perdue, il me semble que je suis le jouet d'un infernal cauchemar !...

— Croiriez-vous donc à la culpabilité de M. de Boiscoran ?

— Je ne crois rien. Ma raison me crie qu'il est innocent, qu'il ne peut pas ne pas l'être, et cependant je vois s'élever contre lui des charges accablantes.

Le procureur de la République était consterné.

— Hélas ! murmura-t-il, pourquoi vous êtes-vous obstiné, envers et contre tous, à interroger Cocoleu, un malheureux idiot !...

Mais le juge d'instruction se révolta.

— Me reprocheriez-vous donc, monsieur, interrompit-il violemment, d'avoir obéi aux inspirations de ma conscience ?...

— Je ne vous reproche rien.

— Un crime obominable a été commis ; tout ce qui était humainement possible, mon devoir me commandait de le tenter pour en découvrir l'auteur.

— Oui !... Et l'homme qu'on accuse est votre ami, et hier encore vous mettiez son amitié au nombre de vos meilleures chances d'avenir...

— Monsieur !...

— Cela vous étonne que je sois si exactement informé ?... Allez, rien n'échappe à la curiosité désœuvrée des petites villes... Je sais que votre espoir le plus cher était d'entrer dans la famille de M. de Boiscoran, et que vous comptiez sur son appui pour obtenir la main d'une de ses cousines...

— Je ne le nie pas.

— Malheureusement, vous avez été séduit par la perspective d'une affaire retentissante ; vous avez oublié toute prudence, et voilà vos projets à vau-l'eau. Que M. de Boiscoran soit innocent ou coupable, jamais sa famille ne vous pardonnera votre intervention. Coupable, elle vous reprochera de l'avoir livré à la cour d'assises ; innocent, elle vous reprochera plus cruellement encore de l'avoir soupçonné.

Peut-être **pour cacher** son **trouble**, M. Galpin-Daveline baissait la tête.

— Que feriez-vous donc à ma place, monsieur ? interrogea-t-il.

— Je me récuserais, répondit M. Daubigeon, quoiqu'il soit déjà bien tard.

— Ce serait compromettre ma carrière.

— Cela vaudrait mieux que de vous charger d'une affaire où vous n'apporterez ni le calme, ni la froide impartialité qui sont les premières et les plus indispensables vertus d'un magistrat instructeur...

Le juge peu à peu s'irritait.

— Monsieur ! s'écria-t-il, me croyez-vous donc homme à me laisser détourner de mon devoir par des considérations d'amitié ou d'intérêt personnel ?....

— Je ne dis pas cela.

— Ne venez-vous donc pas de me voir à l'œuvre ! Ai-je bronché, quand le nom de M. de Boiscoran est tombé des lèvres de Cocoleu ? S'il se fût agi d'un autre, peut-être en serais-je resté là. Mais M. de Boiscoran est mon ami, mais j'ai beaucoup à attendre de lui, et, pour cela précisément, j'ai insisté et persisté, et j'insiste et je persiste encore.

Le procureur de la République haussait les épaules.

— C'est bien cela, fit-il. Parce que M. de Boiscoran est votre ami, de peur d'être taxé de faiblesse, vous allez être dur avec lui, impitoyable, injuste même... Parce que vous aviez beaucoup à attendre de lui, vous voudrez absolument le trouver coupable !... Et vous vous dites impartial !.,.

M. Galpin-Daveline se redressait de toute sa roideur accoutumée :

— Je suis sûr de moi ! prononça-t-il.

— Prenez garde !...

— Mon parti est arrêté, monsieur.

Il était temps. M. Séneschal revenait, accompagné du capitaine Parenteau.

— Eh bien ! messieurs, demanda-t-il, qu'avez-vous résolu ?

— Nous allons partir pour Boiscoran, répondit le juge d'instruction.

— Quoi ! tout de suite ?

— Oui. Je tiens à trouver M. de Boiscoran encore couché. J'y tiens si fort que je me passerai de mon greffier.

Le capitaine Parenteau s'inclina.

— Votre greffier est ici, monsieur, dit-il, et même il vous demandait, il n'y a qu'un instant...

Sur quoi, de sa plus belle voix, il se mit à appeler :

— Méchinet ! Méchinet !...

Un petit homme grisonnant, jovial et joufflu, accourut presque aussitôt, et bien vite se mit à raconter comment un voisin était venu le prévenir des événements et du départ du juge d'instruction, et comment, n'écoutant que son zèle, il s'était mis en route, seul, à pied.

— Comment allez-vous, monsieur, vous rendre à Bois-coran ? demanda le maire à M. Galpin-Daveline.

— Je l'ignore, Méchinet va se mettre en quête d'un moyen de locomotion.

Prompt comme l'éclair, le greffier s'élançait déjà, M. Séneschal le retint.

— Ne cherchez pas, dit-il, je vais mettre à votre disposition mon cheval et ma voiture. Le premier paysan venu vous conduira. Le capitaine Parenteau et moi profiterons, pour rentrer à Sauveterre, du cabriolet d'un fermier de Bréchy. Car il nous faut y rentrer au plus tôt. Je viens de recevoir des nouvelles inquiétantes. Je crains du désordre. Les paysannes, qui se rendaient au marché, y ont raconté, avec toutes sortes d'exagérations, les malheurs déjà si grands de cette nuit. Elles ont assuré que dix ou douze hommes avaient été tués et blessés, et que l'incendiaire, M. de Bois-coran, était arrêté. La foule s'est portée chez la veuve du malheureux Guillebault, et il y a une manifestation devant la maison des demoiselles de Lavarande, où demeure la fiancée de M. de Boiscoran, Mlle Denise de Chandoré...

Pour rien au monde, en des temps ordinaires, M. Séneschal n'eût consenti à confier à des mains étrangères son bon cheval — Caraby — le meilleur peut-être de l'arrondissement.

Mais il était affreusement bouleversé, on le voyait bien, malgré ses efforts pour conserver cette impassible dignité qui sied si bien à l'autorité.

Il fit un signe, et en un moment sa voiture fut prête.

Seulement, lorsqu'il demanda quelqu'un pour conduire, personne ne se présenta.

Tous ces braves campagnards qui venaient de passer la

nuit dehors, avaient hâte de regagner leur logis, **où les ré-**
clamaient les soins à donner à leur bétail.

Voyant l'hésitation des autres :

— Eh bien ! c'est moi qui mènerai la justice, déclara le
fils Ribot, ce gars avantageux qui avait rencontré M. de
Boiscoran au déversoir de la Seille.

Et s'emparant du fouet et des guides, il s'installa sur la
banquette de devant, pendant que prenaient place le procureur de la République, le juge d'instruction et le greffier
Méchinet.

— Surtout, ménage Caraby, recommanda M. Séneschal,
qui sentit à cet instant suprême se réveiller toute sa sollicitude.

— N'ayez pas peur, monsieur le maire, répondit le gars
en enlevant vigoureusement le cheval, si je tapais trop
fort, M. Méchinet me retiendrait...

C'était presque une puissance à Sauveterre, que ce Méchinet, greffier du juge d'instruction, et les plus huppés
comptaient avec lui.

Ses fonctions officielles étaient humbles et peu rétribuées,
mais il avait eu l'art d'y adjoindre, sans que le tribunal y
trouvât rien à redire, quantité d'occupations parasites qui
grandissaient singulièrement son importance et sextuplaient
ses revenus.

Lithographe distingué, c'était lui qui faisait toutes les
cartes de visite que l'on commandait à M. Serpin, le premier imprimeur de la ville et le propriétaire et gérant responsable de l'*Indépendant de Sauveterre*. Comptable expérimenté, il tenait les livres et débrouillait les comptes chez
plusieurs négociants. Il donnait aussi des consultations de
droit aux paysans processifs et rédigeait habilement des
actes sous seings-privés. Depuis longtemps il était chef de
la musique des pompiers et directeur de l'orphéon. Correspondant de la société des auteurs dramatiques, dont il
percevait les droits, il devait à ce titre ses entrées au
théâtre, non-seulement dans la salle, par la porte du public, mais dans les coulisses, par le couloir étroit et malpropre réservé aux artistes. Enfin, il donnait, selon la volonté des personnes, des leçons d'écriture et de français aux
petites filles et des leçons de flûte ou de cornet à pistons
aux jeunes amateurs.

Tant de talents divers lui avaient longtemps attiré la

sourde inimitié des autres employés de la localité, du secrétaire de la mairie, du factotum de la sous-préfecture, du premier commis des hypothèques et même du fondé de pouvoirs de la recette particulière...

Mais tous ces ennemis avaient fini par désarmer devant une supériorité universellement reconnue.

Et de même que tout le monde, lorsqu'un événement imprévu les prenait sans vert :

— Allons consulter Méchinet, disaient-ils.

Lui dissimulait, sous les apparences rassurantes d'une éternelle bonne humeur, l'ambition qui le dévorait de devenir riche et l'un des premiers personnages de Sauveterre.

C'est que c'était un diplomate retors, que ce Méchinet, fin comme l'ambre et plus délié que la soie.

Il l'avait bien prouvé, en réalisant ce problème de remplir la ville du mouvement de sa personnalité remuante, de se mêler de tout et de tous sans se faire un seul ennemi déclaré.

Le fait est qu'on le craignait et qu'on avait une peur terrible de sa langue.

Non qu'il eût jamais fait de mal à personne, — il n'était pas si sot, — mais à cause du mal qu'il eût pu faire, pensait-on, étant l'homme le mieux au courant de tous les petits secrets de Sauveterre, et le plus exactement informé de toutes les intrigues, de toutes les vilenies et de tous les tripotages.

Cela tenait à sa situation particulière.

Célibataire, il vivait chez ses sœurs, les demoiselles Méchinet, qui étaient les premières couturières de la ville, et de plus des dévotes célèbres affiliées à toutes les congrégations religieuses.

Par elles, il avait l'œil et l'oreille dans la belle société, et il savait le fin et dernier mot des cancans dont il recueillait l'écho, soit à son imprimerie, soit au palais.

Il disait plaisamment :

— Comment m'échapperait-il quelque chose, à moi, qui ai pour me renseigner l'église et le journal, le tribunal et le théâtre...

Un tel homme eût failli à son rôle s'il n'eût pas connu sur le bout du doigt tout ce qu'on pouvait connaître dans le pays des antécédents de M. de Boiscoran.

Aussi, tandis que roulait la voiture, sur la route bien unie, par la plus belle matinée de juin, débitait-il ce qu'il appelait le casier judiciaire du prévenu.

M. de Boiscoran — Jacques de son prénom — n'était pas fixé à sa propriété, et rarement y séjournait plus d'un mois de suite.

Il **vivait à Paris**, où sa famille posséaait, rue de l'Université, un confortable hôtel. Car il avait encore ses parents.

Son père, le marquis de Boiscoran, maître d'une belle fortune territoriale, député sous Louis-Philippe, représentant en 1848, s'était retiré des affaires à l'avénement du second empire et dépensait, depuis, tout ce qu'il avait d'activité et de capitaux à collectionner toutes sortes de bibelots artistiques, des porcelaines spécialement et des faïences, dont il avait écrit une monographie

Sa mère, une Chalusse, avait eu la reputation d'une des plus charmantes et des plus spirituelles femmes de la cour du roi-citoyen. Même, à une certaine époque, la médisance ne l'avait pas épargnée, et vers 1845 ou 1846, elle avait été, prétendait-on, l'héroïne d'une aventure un peu vive, dont le héros était un galant substitut devenu depuis le plus austère des magistrats.

En vieillissant, la marquise de Boiscoran avait incliné vers la politique comme d'autres se jettent dans la dévotion. Et tandis que son mari se vantait de n'avoir pas ouvert un journal depuis dix ans, elle avait fait de son salon un petit centre parlementaire qui n'était pas sans influence.

Ayant encore son père et sa mère, Jacques de Boiscoran possédait néanmoins une fortune personnelle assez importante : vingt-cinq ou trente mille livres de rentes.

Cette fortune, qui comprenait le château de Boiscoran, ses terres, ses prairies et ses bois, lui avait été léguée par un de ses oncles, le frère aîné de son père, mort veuf et sans enfants en 1868...

Jacques de Boiscoran était alors un homme de vingt-six à vingt-sept ans, brun, grand, vigoureux, bien découplé, non pas joli garçon précisément, mais ayant, ce qui vaut mieux, une de ces physionomies ouvertes et intelligentes qui préviennent en leur faveur.

Son caractère était, à Sauveterre, moins connu que sa personne. Les gens qui avaient eu avec lui des relations le disaient loyal et généreux, grand ami du plaisir, spirituel et gai, de cette bonne et franche gaieté devenue si rare.

Lors de l'invasion prussienne, il avait été nommé capitaine d'une des compagnies de mobiles de l'arrondissement, et même — chose honteuse à dire, et qu'il faut dire pourtant — il s'était trouvé des gens dans le pays pour lui reprocher de n'avoir pas su, comme d'autres chefs, éviter le danger.

Il avait vaillamment conduit ses hommes au feu, et s'y était si bien comporté que le général Chanzy avait cru devoir appliquer sur une blessure qu'il avait reçue, un bout de ruban rouge.

— Et un tel homme aurait commis le crime si lâche du Valpinson! dit M. Daubigeon au juge d'instruction. Non! ce n'est pas possible, il va, dès les premiers mots, dissiper les doutes affreux qui nous tourmentent...

— Et ce sera bientôt, fit le gars Ribot, car nous arrivons...

En Saintonge, pays aisé, mais où les grandes fortunes sont assez rares, on donne carrément le nom de château à la moindre bicoque ayant girouette sur un toit pointu.

Mais Boiscoran est bel et bien un château.

C'est une construction de la fin du xviie siècle, d'un goût déplorable, mais massive comme une forteresse.

L'emplacement en est heureux. Tout autour verdoient des bois et des prairies, et, au bas des jardins en pente, coule sur un lit de cailloux une petite rivière qui doit sans doute, à son perpétuel gazouillément, son nom : la Pibole, — la pie, en patois saintongeois.

VII

Il était sept heures, quand la voiture « qui portait la justice » entra dans la cour de Boiscoran — une vaste cour plantée de tilleuls et entourée de bâtiments d'exploitation.

Le château était bien éveillé.

Devant la porte de son logis, la métayère récurait le chaudron où elle avait fait cuire la soupe du matin; des filles de ferme allaient et venaient, et près de l'écurie, un robuste gars brossait à tour de bras un cheval de sang.

Debout sur le perron, le valet de chambre de M. de Boiscoran, M. Antoine, surveillait tout en fumant son cigare au soleil.

C'était un homme d'une cinquantaine d'années, fort alerte encore, qui avait été légué à Jacques de Boiscoran par son oncle, en même temps que sa fortune.

Il avait été marié et avait perdu sa femme, mais sa fille était au service de la marquise de Boiscoran.

Né dans la famille, ne l'ayant jamais quittée, il se considérait comme en faisant partie, et ne voyait aucune différence entre son intérêt à lui, et celui de ses maîtres.

Et de fait, on le traitait moins en serviteur qu'en ami, et il pensait bien ne rien ignorer des affaires de M. de Boiscoran...

Voyant descendre de voiture le juge d'instruction et le procureur de la République, il jeta son cigare, et s'avançant rapidement vers eux en les saluant de son plus accueillant sourire :

— Ah ! messieurs, fit-il, quelle bonne surprise ! Monsieur va être bien content !

Avec des étrangers, Antoine ne se fût point permis cette familiarité, car il était formaliste, mais il avait déjà vu au château M. Daubigeon, et il savait quels projets avaient été agités entre son maître et M. Galpin-Daveline.

Aussi, fut-il singulièrement étonné de la roideur embarrassée de ces messieurs, et de l'accent dont le juge d'instruction lui demanda :

— M. de Boiscoran est-il levé ?

— Pas encore, répondit-il, et même monsieur m'avait bien recommandé de ne pas le réveiller... Comme il est rentré assez tard, il se proposait de dormir la grasse matinée...

Instinctivement, le juge et le procureur de la République détournèrent la tête, chacun craignant de rencontrer le regard de l'autre.

— Ah ! M. de Boiscoran est rentré tard ? insista M. Galpin-Daveline.

— Vers minuit ; plutôt après, qu'avant.

— Et il était sorti ?...

— Sur les huit heures.

— Comment était-il vêtu ?

— Comme d'ordinaire. Il avait un pantalon gris clair, de velours côtelé ; une jaquette de velours marron et un grand chapeau de paille.

— Avait-il son fusil ?

— Oui, monsieur.

— Savez-vous où il est allé ?

Le respect seul que professait Antoine pour les amis de son maître, avait pu le déterminer à répondre à cet interrogatoire, qu'il jugeait à part soi de la plus haute inconvenance.

Mais cette dernière question lui parut passer les bornes.

Et c'est d'un ton de réserve offensée qu'il répondit :

— Je n'ai pas l'habitude de demander à monsieur où il va quand il sort, ni d'où il vient quand il rentre.

A quels honorables sentiments obéissait l'honnête valet de chambre, M. Daubigeon le comprit. Et c'est d'un air dont la conviction s'imposait, que prenant la parole :

— Ne croyez pas, mon ami, dit-il, qu'une vaine curiosité nous fasse vous poser toutes ces questions. Répondez. Votre franchise peut servir votre maître plus que vous ne l'imaginez.

C'est d'un regard décidément stupéfait qu'Antoine examinait tour à tour le juge d'instruction et le procureur de la République, le greffier Méchinet et enfin Ribot, qui, descendu de son siége, avait déroulé la longe de Caraby et l'attachait à un arbre.

— Je vous jure, messieurs, répondit-il, que j'ignore où M. de Boiscoran a passé la soirée.

— Vous ne le soupçonnez même pas ?

— Non.

— Peut-être était-il à Bréchy, chez un de ses amis ?

— Je ne lui connais pas d'amis à Bréchy.

— Qu'a-t-il fait en rentrant ?

L'inquiétude, visiblement, gagnait le digne serviteur.

— Attendez ! répondit-il... Monsieur, en rentrant, est monté à sa chambre et y est resté quatre ou cinq minutes. Il est redescendu, ensuite, et a mangé une tranche de pâté et bu un verre de vin... Après, il a allumé un cigare, et m'a dit d'aller me coucher, qu'il voulait faire un tour et qu'il se déshabillerait seul...

— Et vous êtes allé vous coucher ?

— Naturellement.

— De sorte que vous ignorez ce qu'a pu faire votre maître ?

— Pardonnez-moi : je l'ai entendu ouvrir la porte qui donne sur le jardin.

— Il ne vous a pas paru... extraordinaire ?

— Non... il était comme tous les jours, plus gai, peut-être, il chantait...

— Pouvez-vous me montrer le fusil qu'il avait emporté ?

— Non... monsieur a dû le déposer dans sa chambre.

M. Daubigeon ouvrait la bouche pour présenter une objection, le juge l'arrêta d'un geste, et vivement :

— Y a-t-il longtemps, demanda-t-il au domestique, que M. de Boiscoran et M. de Claudieuse ne se sont recontrés ?

Antoine tressaillit, comme si un pressentiment eût traversé son esprit.

— Très-longtemps, répondit-il... A ce que je crois, du moins.

— Vous n'ignorez pas qu'ils sont au plus mal ?..

— Oh !...

— Ils ont eu ensemble les altercations les plus violentes...

— Des fâcheries, tout au plus... Ne se fréquentant pas, comment se seraient-ils haïs?... Vingt fois, d'ailleurs, j'ai entendu monsieur dire qu'il tenait le comte de Claudieuse pour le meilleur et le plus loyal des hommes, et qu'il le respectait infiniment...

Durant plus d'une minute, M. Galpin-Daveline se tut, cherchant s'il n'oubliait rien. Puis, tout à coup :

— Quelle distance y a-t-il d'ici au Valpinson ? interrogea-t-il.

— Six kilomètres, monsieur, répondit Antoine.

— Si vous aviez à vous rendre chez M. de Claudieuse quel chemin prendriez-vous ?

— La grande route, celle qui passe par Bréchy.

— Vous ne traverseriez pas les marais ?

— Certes, non...

— Pourquoi ?

— Parce que la Seille est débordée, monsieur, et que les fossés sont pleins d'eau.

— Est-ce qu'en coupant à travers bois, on ne s'abrégerait pas ?...

— On aurait moins de chemin à faire, mais on mettrait plus de temps... les sentiers sont mal tracés et encombrés d'ajoncs.

Le procureur de la République dissimulait mal une réelle douleur. De plus en plus, les réponses d'Antoine lui semblaient fâcheuses.

4

— Maintenant, reprit le juge, si le feu prenait à Boiscoran, apercevrait-on l'incendie de la cour du Valpinson?...

— Je ne le crois pas, monsieur; nous sommes séparés
par des collines et des bois...

— D'ici, entendez-vous les cloches de Bréchy?

— Quand le vent est au nord, oui, monsieur.

— Et hier soir? Et cette nuit?

— Le vent était à l'ouest, comme toujours quand il y a
tempête.

— De sorte que vous ne savez rien, vous n'avez pas entendu parler d'un... accident épouvantable.

— Un accident... Je ne sais pas ce que monsieur veut dire.

C'est dans la cour qu'avait lieu cet interrogatoire, et sur
ces derniers mots parurent, à cheval, deux gendarmes à
qui M. Galpin-Daveline, avant de quitter le Valpinson, avait
commandé de venir le rejoindre.

Les apercevant :

— Mon Dieu !... s'écria le vieil Antoine, qu'est-ce que
cela signifie !... Je cours réveiller monsieur !...

Le juge l'arrêta.

— Pas un mouvement, lui dit-il durement, pas un mot !...

Et montrant Ribot aux gendarmes qui avaient mis pied
à terre :

— Vous allez garder ce garçon à vue, ajouta-t-il, et l'empêcher de communiquer avec qui que ce soit.

Puis, revenant à Antoine :

— Et maintenant, commanda-t-il, conduisez-nous à la
chambre de M. de Boiscoran !...

VIII

Avec ses apparences de demeure féodale, le château de
Boiscoran n'était en réalité qu'un pied à terre de garçon, —
pied à terre passablement négligé, même.

Des quatre-vingts ou cent pièces qui s'y trouvaient, c'est
tout au plus si huit ou dix étaient meublées, et encore de la
façon la plus rudimentaire. Un salon, une salle à manger,
quelques chambres d'amis, c'était tout autant qu'il en fallait pour les séjours de M. de Boiscoran.

Lui-même occupait, au premier étage, un tout petit appartement, dont la porte ouvrait sur le palier du grand escalier.

Lorsqu'arrivèrent devant cette porte, guidés par le vieil Antoine, le juge d'instruction, le procureur de la République et le greffier Méchinet :

— Frappez, commanda M. Galpin-Daveline au valet de chambre.

Le bonhomme obéit, et tout aussitôt de l'intérieur :

— Qui est là? cria une voix jeune et forte.

— C'est moi, monsieur, répondit le fidèle serviteur, je voudrais...

— Va-t-en au diable !... interrompit la voix.

— Cependant, monsieur...

— Laisse-moi dormir, bourreau, je n'ai pu fermer l'œil qu'au jour...

Impatienté, le juge d'instruction écarta le domestique, et, saisissant la poignée de la porte, il essaya de l'ouvrir : elle était fermée en dedans.

Mais il eut vite pris un parti.

— C'est moi, monsieur de Boiscoran, prononça-t-il, ouvrez...

— Eh !... c'est ce cher Daveline !... fit joyeusement la voix.

— Il faut que je vous parle...

— Et je suis à vous, magistrat très-illustre !... Le temps de voiler d'un inexpressible mes formes apolloniennes et j'apparais.

Presque aussitôt, en effet, la porte s'ouvrit, et M. de Boiscoran se montra, les cheveux ébouriffés, les yeux encore chargés de sommeil, mais rayonnant de jeunesse et de santé, la lèvre souriante et la main largement tendue.

— Par ma foi ! disait-il, c'est une fameuse inspiration que vous avez eue là, mon cher Daveline, de venir me demander à déjeuner...

Et saluant M. Daubigeon :

— Sans compter, ajouta-t-il, que je ne saurais trop vous remercier d'avoir décidé à vous accompagner notre cher procureur de la République. C'est une vraie descente de justice...

Mais il s'arrêta, glacé par l'expression du visage de M. Daubigeon, stupéfait de voir M. Galpin-Daveline se reculer au lieu de prendre et de serrer la main qu'il lui tendait.

— Ah ça, fit-il, qu'est-ce qui arrive, mon cher ami?...

Jamais le juge d'instruction n'avait été si roide.

— Il nous faut oublier nos relations, monsieur, prononça-t-il. Ce n'est pas l'ami qui se présente chez vous aujourd'hui, c'est le juge.

M. de Boiscoran semblait confondu, mais nulle ombre d'inquiétude n'assombrissait sa franche et loyale physionomie.

— Je veux être pendu, commença-t-il, si je comprends...

— Entrons! fit M. Daveline.

Ils entrèrent, et au moment de passer la porte :

— Monsieur, murmura Méchinet à l'oreille de M. Daubigeon, cet homme est certainement innocent. Jamais un coupable ne nous eût accueillis ainsi...

— Silence! monsieur, dit sévèrement le procureur de la République, qui, cependant, était un peu de l'avis du greffier; silence!...

Et, grave et attristé, il alla se placer dans l'embrasure d'une fenêtre.

M. Galpin-Daveline, lui, était debout au milieu de la chambre, et il s'efforçait d'en embrasser et d'en fixer, dans son esprit, jusqu'aux moindres détails.

Le désordre de cette chambre disait avec quelle précipitation M. de Boiscoran avait dû se coucher la veille. Ses effets, ses bottes, sa chemise, son gilet, sa jaquette et son chapeau de paille étaient jetés au hasard sur les meubles et à terre. Il avait sur lui ce pantalon gris-clair, reconnu et désigné successivement par Cocoleu, par Ribot, par Gaudry et par la femme Courtois.

— Maintenant, monsieur, commença M. de Boiscoran, avec cette nuance de mécontentement d'un homme qui se demande si on ne se moque pas de lui, m'expliquerez-vous, puisque vous n'êtes plus mon ami, ce qui me vaut l'honneur matinal de votre visite!

Pas un muscle de la figure de M. Galpin-Daveline ne bougea.

Et comme si la question se fût adressée à tout autre qu'à lui :

— Veuillez, monsieur, me montrer vos mains, dit-il froidement.

Une vive rougeur colora les joues de M. de Boiscoran, et une perplexité singulière se lut dans ses yeux.

— Si c'est une plaisanterie, dit-il, elle a peut-être assez duré!...

Il allait s'emporter, c'était évident. M. Daubigeon crut devoir intervenir.

— Malheureusement, monsieur, prononça-t-il, jamais situation ne fut plus grave. Faites ce que vous demande M. le juge d'instruction.

De plus en plus surpris, M. de Boiscoran promenait autour de lui un rapide regard.

Dans le cadre de la porte, Antoine, le vieux valet de chambre, se tenait debout, l'angoisse peinte sur le front. Près de la cheminée, le greffier Méchinet avait avisé une table, et il s'y était installé avec son papier, ses plumes et son écritoire de corne.

Alors, avec un mouvement d'épaules qui annonçait que, décidément, il renonçait à comprendre, M. de Boiscoran montra ses mains.

Elles étaient parfaitement blanches et nettes. Les ongles, assez longs, étaient soigneusement nettoyés.

— Quand vous êtes-vous lavé les mains pour la dernière fois? demanda M. Galpin-Daveline, après un minutieux examen.

A cette question, le visage de M. de Boiscoran s'éclaira, et éclatant de rire :

— Par ma foi! s'écria-t-il, j'avoue que j'y ai été pris. J'allais m'emporter. J'ai eu presque peur...

— Et vous aviez raison d'avoir peur, monsieur, prononça M. Galpin-Daveline, car une accusation terrible pèse sur vous. Et de votre réponse, à la question que je vous pose, et qui vous semble ridicule, dépendent peut-être votre honneur et votre liberté...

Ah! il n'y avait plus cette fois à s'y méprendre. M. de Boiscoran se sentit saisi de cet effroi que la Justice inspire aux plus honnêtes, aux plus sûrs d'eux-mêmes...

Il pâlit, et d'une voix troublée :

— Quoi! dit-il, une accusation pèse sur moi, et c'est vous, M. Galpin-Daveline, qui vous présentez chez moi pour m'interroger...

— Je suis magistrat, monsieur !

— Mais vous étiez aussi mon ami. Si quelqu'un, devant moi, se fût permis de vous accuser d'un crime, d'une lâcheté, d'une infamie, je vous aurais défendu, monsieur, et de toute mon énergie, sans hésitation, sans arrière-pensée... Je vous aurais défendu jusqu'à ce qu'on m'eût fourni des

4.

preuves éclatantes, irrécusables, matérielles, de [votre culpabilité. Et si, à la fin, il m'eût été démontré que vous étiez
coupable, je vous aurais plaint, et je ne m'en serais pas
moins rappelé qu'à [un certain moment je vous avais assez
estimé pour vous faciliter une alliance qui eût fait de vous
mon parent... Tandis que vous !... On m'accuse, je ne sais
de quoi, faussement, évidemment, et tout de suite vous
ajoutez foi à l'accusation absurde, et vous acceptez d'être
mon juge... Eh bien ! soit ! Je me suis lavé les mains hier
soir, en rentrant.

C'est avec raison que M. Galpin-Daveline avait vanté son
sang-froid et sa puissance sur soi. Il ne sourcilla pas à cette
rude apostrophe, et toujours du même ton :

— Qu'est devenue l'eau dont vous vous êtes servi? demanda-t-il.

— Elle doit encore être là, dans mon cabinet de toilette.

Le juge d'instruction y courut.

Sur la table de marbre était une cuvette de porcelaine
pleine d'eau. Cette eau était noire et sale. Au fond, on voyait
distinctement des résidus de charbon. A la surface, mêlés à
de la mousse de savon, surnageaient quelques fragments
d'une extrême ténuité, mais cependant appréciables, de
papier brûlé.

Avec des précautions infinies, le juge d'instruction apporta lui-même la cuvette sur la table où écrivait Méchinet,
et la montrant à M. de Boiscoran.

— Est-ce bien là, interrogea-t-il, l'eau dans laquelle vous
vous êtes lavé les mains en rentrant?

D'un ton d'insouciance dédaigneuse :

— Oui, répondit M. de Boiscoran :

— Vous aviez donc manié du charbon, touché des ma-
tières enflammées?...

— Vous le voyez bien !...

Placés presque en face l'un de l'autre, le procureur de la
République et le greffier Méchinet échangèrent un rapide
coup d'œil.

Ils avaient, en même temps, ressenti la même impression.

Si M. de Boiscoran n'était pas innocent, c'était à coup sûr
un homme d'une audace et d'une énergie extraordinaires,
et qui obéissait à quelque plan longuement médité, car ses
réponses, comme autant d'aveux, semblaient le livrer pieds
et poings liés à la prévention,

Le juge d'instruction lui-même parut frappé de stupeur.
Mais ce ne fut qu'un éclair, et se retournant vers son greffier :

— Écrivez! lui commanda-t-il.

Et il lui dicta le procès-verbal de cette scène, exactement,
minutieusement, se reprenant même parfois pour arriver à
l'expression juste et châtier son style.

Ayant terminé :

— Reprenons, monsieur, dit-il à M. de Boiscoran. Vous
avez passé dehors la soirée d'hier.

— Oui, monsieur.

— Sorti à huit heures, vous n'êtes rentré qu'à minuit.

— Après minuit.

— Vous aviez emporté votre fusil ?

— Oui.

— Où est-il?

D'un geste insouciant, M. de Boiscoran le montra, dans
l'angle de la cheminée, et dit :

— Le voilà!...

Vivement M. Galpin-Daveline s'en empara.

C'était une arme de luxe, à double canon, d'un travail et
d'un fini exceptionnels. Sur les incrustations de la crosse
se lisait le nom du fabricant : Klebb.

— Quand avez-vous fait feu avec ce fusil pour la dernière
fois, monsieur? interrogea le juge d'instruction.

— Il y a quatre ou cinq jours.

— A quelle occasion?

— Pour tuer des lapins qui ravagent mes bois.

Avec toute l'attention dont il était capable, M. Galpin-Daveline examinait et faisait jouer la batterie de cette arme,
dont le mécanisme avait une certaine analogie avec le
système Remington.

Bientôt il ouvrit le tonnerre et constata que le fusil était
chargé. Dans chacun des canons se trouvait une cartouche
à enveloppe de plomb.

Cela fait, il remit l'arme à sa place, et tirant de sa poche
l'enveloppe métallique trouvée par Pitard, il la présenta à
M. de Boiscoran, en demandant :

— Reconnaissez-vous ceci?

— Parfaitement! répondit M. de Boiscoran. C'est l'enve-
oppe d'une de mes cartouches que j'aurai jetée après l'avoir
brûlée.

— Croyez-vous donc être le seul dans le pays à avoir une arme de ce système?

— Je ne le crois pas, j'en suis sûr.

— De telle sorte qu'une enveloppe de cartouche Klebb, celle-ci, par exemple, trouvée dans un endroit quelconque, y attesterait nécessairement votre présence?

— Nécessairement, non. J'ai vu plus d'une fois des enfants ramasser les enveloppes que je venais de jeter et jouer avec.

Tout en faisant voler sa plume sur le papier, le greffier Méchinet se permettait certaines grimaces des plus significatives.

Il était trop au fait des allures d'une instruction criminelle pour ne pas se rendre compte de la tactique de M. Galpin-Daveline, tactique horriblement dangereuse et perfide, qui consiste à tourner le prévenu avant de l'attaquer sérieusement.

— Il joue serré, murmura-t-il, en se penchant vers M. Daubigeon.

Le juge d'instruction s'était assis.

— Ceci posé, reprit-il, je vous prie, monsieur, de vouloir bien me donner l'emploi de votre soirée de huit heures à minuit... Ne vous pressez pas, réfléchissez, prenez votre temps, votre réponse aura certainement une influence décisive...

M. de Boiscoran, jusqu'à ce moment, était demeuré calme, mais de ce calme inquiétant qui décèle de terribles tempêtes intérieures, difficilement contenues. Les avertissements du juge, et plus encore le ton dont ils étaient donnés, le révoltèrent comme la plus odieuse des hypocrisies, et cessant de se contenir, les yeux pleins d'éclairs:

— Enfin, monsieur, s'écria-t-il, que voulez-vous de moi!... De quoi m'accuse-t-on?

M. Galpin-Daveline ne broncha pas.

— Vous le saurez, monsieur, quand le moment sera venu, répondit-il. Commencez par répondre, et croyez-moi, dans votre intérêt, répondez franchement. Qu'avez-vous fait hier soir?...

— Eh!... le sais-je!... Je me suis promené...

— Ce n'est pas une réponse.

— C'est cependant la vérité. J'étais sorti sans but, j'ai marché au hasard...

— Votre fusil sur l'épaule.

— J'emporte toujours mon fusil, mon valet de 'chambre vous le dira.

— N'avez-vous pas traversé les marais de la Seille?

— Non.

Le juge d'instruction hocha gravement la tête.

— Vous ne dites pas la vérité, monsieur, fit-il.

— Monsieur...

— Vos bottes, que j'aperçois là, sur votre descente de lit, vous donnent le démenti le plus formel. D'où vient la boue dont elles sont couvertes?

— Les prairies, autour de Boiscoran, sont très-humides..

— N'insistez pas. Vous avez été vu.

— Cependant...

— Vous avez été rencontré par le fils Ribot au moment où vous passiez le déversoir des étangs.

M. de Boiscoran ne répondit pas.

— Où alliez-vous? demanda le juge.

Pour la première fois, une inquiétude réelle contracta les traits de M. de Boiscoran, l'inquiétude d'un homme qui voit tout à coup s'ouvrir sous ses pas un précipice qu'il ne soupçonnait pas.

Il hésita, et, comprenant que nier était inutile :

— J'allais à Bréchy, répondit-il.

— Chez qui?

— Chez le marchand de bois à qui j'ai vendu mes coupes de 1870. Ne l'ayant pas trouvé, je suis revenu par la grande route...

D'un geste, M. Galpin-Daveline l'arrêta.

— C'est faux! prononça-t-il durement.

— Oh!

— Vous n'êtes pas allé à Bréchy.

— Permettez...

— Et la preuve, c'est que, vers onze heures, vous traversiez d'un pas hâtif les bois de Rochepommier.

— Moi!...

— Vous-même. Et ne dites pas non, car, tenez, votre pantalon est encore tout hérissé des épines des ajoncs que vous avez traversés.

— Il y a des ajoncs ailleurs que dans les bois de Rochepommier.

— C'est vrai, mais on vous y a vu.

— Qui ?

— Gaudry, le braconnier. Et il vous a si bien vu, qu'il a pu nous dire votre humeur. Vous étiez troublé et fort en colère, vous parliez haut, vous juriez, vous arrachiez des feuilles aux branches d'arbre...

Tout en parlant, le juge d'instruction s'était levé, et avait pris sur un fauteuil la jaquette de M. de Boiscoran. Il en fouilla les poches et en retira une poignée de feuilles flétries.

— Et tenez, voilà une preuve de la véracité de Gaudry.

— Il y a des feuilles d'arbre partout, murmura M. de Boiscoran.

— Oui, mais une femme, maîtresse Courtois, vous a vu sortir du bois de Rochepommier. Vous l'avez aidée à replacer sur son âne un sac qu'elle ne pouvait soulever seule. Le niez vous ? Non. Vous avez raison, car ici, tenez, sur la manche, et sur un des pans de votre jaquette j'aperçois de la poussière blanche qui certainement est de la farine...

M. de Boiscoran baissait la tête.

— Avouez donc, insista le juge d'instruction, que hier au soir, entre dix et onze heures, vous étiez au Valpinson...

— Jamais, monsieur, cela n'est pas.

— C'est cependant au Valpinson, près des ruines de l'ancien château, qu'a été ramassée cette enveloppe de cartouche Klebb que je viens de vous montrer...

— Eh ! monsieur, interrompit M. de Boiscoran, ne vous ai-je pas dit que vingt fois j'ai vu des enfants ramasser, pour jouer, de ces enveloppes métalliques...

Et, essayant de réagir :

— Si j'étais allé au Valpinson, ajouta-t-il, quel intérêt aurais-je à le nier ?

M. Galpin-Daveline se redressa, et, de sa voix la plus solennelle :

— Je vais vous le dire, prononça-t-il. Hier soir, entre dix et onze heures, le feu a été mis au Valpinson, dont il ne reste plus que des cendres...

— Oh !...

— Hier au soir on a tiré deux coups de fusil sur le comte de Claudieuse...

— Grand Dieu !...

— Et la justice pense, la justice a de fortes raisons de

croire que l'incendiaire, que l'assassin, c'est vous, Jacques de Boiscoran.

IX

Tel qu'un homme pris de vertige, pâle comme si tout le sang de ses veines eût afflué à son cœur, Jacques de Boiscoran jetait autour de lui des regards éperdus.

Il ne rencontra que des visages mornes et consternés.

Antoine, son vieux valet de chambre, s'appuyait chancelant à l'huisserie de la porte. Le greffier Méchinet restait la plume en l'air, béant de stupeur. M. Daubigeon baissait la tête...

— C'est horrible, murmura-t-il, horrible !

Et lourdement il se laissa tomber sur un fauteuil, comprimant de ses deux mains le sanglot qui brisait sa poitrine.

Il n'y avait que M. Galpin-Daveline à ne pas paraître ému.

La loi, dont il se considérait comme une imposante manifestation, ne s'émeut pas.

Même, le pli de ses lèvres minces trahissait comme l'ébauche d'un sourire aussitôt réprimé ; le froid sourire de l'ambitieux, content d'avoir bien joué son petit rôlet.

Tout ne lui prouvait-il pas que Jacques de Boiscoran était coupable, et qu'ayant à choisir entre un ami et l'occasion de se mettre en évidence, il avait habilement choisi.

Après une minute de silence qui parut un siècle, se posant debout, les bras croisés, devant l'infortuné :

— Avouez-vous ?... interrogea-t-il.

Comme s'il eût été mû par un ressort, M. de Boiscoran se dressa.

— Quoi ? fit-il, que voulez-vous que j'avoue ?

— Que vous êtes l'auteur du crime de Valpinson.

D'un mouvement convulsif, le malheureux jeune homme pressait son front entre ses mains.

— Mais c'est de la folie !... s'écria-t-il. Moi, l'auteur d'un tel crime, si odieux, si lâche !... Est-ce possible, est-ce vraisemblable !... Je l'avouerais, que vous ne voudriez pas me croire !... Non, vous ne me croiriez pas !...

Il eût réussi à émouvoir le marbre de la cheminée avant M. Galpin-Daveline.

— Ce n'est pas de moi qu'il s'agit, prononça le magistrat d'un ton glacé. Pourquoi revenir sur des relations qui doivent être oubliées ? Ici, ce n'est plus l'ami, ce n'est même plus l'homme qui vous parle, c'est le juge. On vous a vu...

— Quel est le misérable ?...

— Cocoleu.

M. de Boiscoran parut anéanti.

— Cocoleu, balbutia-t-il, ce pauvre idiot épileptique recueilli par la comtesse de Claudieuse !

— Lui-même.

— Et il a suffi des propos incohérents d'un malheureux frappé d'imbécillité pour que l'on me crût coupable, moi, d'un incendie, d'un meurtre...

Jamais le juge d'instruction n'avait visé avec tant d'efforts, à cette solennité qui frappe les esprits et s'impose.

— Pendant une heure, au moins, monsieur, le pauvre Cocoleu a joui de la plénitude de sa raison. Les desseins de la Providence sont impénétrables...

— Eh ! monsieur...

— Qu'a dit Cocoleu ? Qu'il vous a vu allumer l'incendie de vos mains, puis vous cacher derrière une pile de fagots et tirer sur le comte de Claudieuse deux coups de fusil...

— Et cela vous a paru tout simple !...

— Non. J'ai été révolté comme tout le monde. Vous sembliez planer si haut au-dessus des soupçons. Mais voilà que l'instant d'après, on ramasse sur le théâtre du crime une enveloppe de cartouche qui ne peut appartenir qu'à vous. Mais voici que moi, arrivant ici, à l'improviste, je trouve noire de charbon et de débris de papier brûlé l'eau où vous vous êtes lavé les mains en rentrant...

— Oui, murmura M. de Boiscoran, c'est une fatalité.

— Et ce n'est pas tout, poursuivit le juge, enflant de plus en plus la voix. Je vous interroge et vous confessez être resté dehors hier soir de huit heures à minuit. Je vous demande l'emploi de ces quatre heures, vous refusez de me le dire. J'insiste, vous mentez. Et je suis obligé, pour vous confondre, de vous produire les témoignages de Ribot, de

Gaudry et de la femme Courtois, qui vous ont reconnu là où vous prétendez n'être pas allé. Cette dernière circonstance seule vous condamne. Quel a donc été l'emploi de cette soirée, que vous ne pouvez le faire connaître !... Vous vous prétendez innocent. Aidez-moi à faire éclater votre innocence. Parlez. Qu'avez-vous fait, de huit heures à minuit ?...

M. de Boiscoran n'eut pas le temps de répondre.

Depuis un moment déjà montaient de la cour comme des clameurs sourdes, et le tumulte d'une foule irritée.

Un gendarme entra tout effaré.

— Messieurs, dit-il, s'adressant au juge d'instruction et au procureur de la République, il y a en bas une centaine de paysans, hommes et femmes, qui veulent faire un mauvais parti à M. de Boiscoran ; ils le demandent, ils disent qu'il le leur faut pour le traîner à la rivière... Quelques hommes sont armés de fourches, mais les femmes sont les plus enragées... Mon camarade et moi avons toutes les peines du monde à les contenir...

Et, en effet, comme pour appuyer ses assertions, les clameurs se rapprochèrent et redoublèrent, et très-distinctement on entendit crier :

— A l'eau Boiscoran ! A l'eau l'incendiaire !

Le procureur de la République se leva :

— Descendez dire à ces paysans, commanda-t-il, que la justice interroge le prévenu, et qu'ils la troublent, et que s'ils continuent, c'est à moi qu'ils auront affaire !...

Le gendarme obéit.

M. de Boiscoran était devenu livide.

— Tous ces malheureux me croient donc coupable ! murmura-t-il.

— Oui, répondit M. Galpin-Daveline, et vous comprendriez leur indignation, jusqu'à un certain point légitime, si vous connaissiez les déplorables événements de la nuit...

— Quoi encore !

— Deux pompiers de Sauveterre, dont un, père de cinq enfants, ont péri dans les flammes. Deux hommes, un fermier de Bréchy et un gendarme, en essayant de leur porter secours, ont été si grièvement brûlés qu'on craint pour leur vie.

M. de Boiscoran se taisait.

5

— Et c'est vous, poursuivit le juge, qu'on accuse de tant
de malheurs... Vous voyez combien il importerait de vous
justifier...

— Eh !... le puis-je !...

— Si vous êtes innocent, oui. Faites-moi connaître l'emploi de votre soirée...

— Je vous ai dit tout ce que je pouvais dire...

Le juge d'instruction, pendant une bonne minute, parut
réfléchir ; puis :

— Prenez garde, M. de Boiscoran, prononça-t-il, je vais
être obligé de décerner contre vous un mandat...

— Faites.

— Je vais être forcé de vous faire arrêter séance tenante
et diriger sur la prison de Sauveterre...

— Soit.

— Vous avouez donc !...

— J'avoue que je suis victime d'un concours inouï de
circonstances. J'avoue... que vous avez raison, et qu'il faut
l'idée d'une Providence pour expliquer certaines fatalités.
Mais, par tout ce qu'il y a de saint au monde, je le jure, je
suis innocent.

— Prouvez-le !

— Eh ! ce serait fait, si je pouvais.

— Veuillez alors vous habiller, monsieur, et vous préparer à suivre les gendarmes.

Sans un mot, M. de Boiscoran passa dans son cabinet de
toilette, et il y fut suivi par son valet de chambre portant
des vêtements.

Tout occupé de dicter à son greffier la dernière partie de
l'interrogatoire, M. Galpin-Daveline semblait oublier « son
prévenu ».

Le vieil Antoine en profita.

— Monsieur, souffla-t-il à l'oreille de son maître, tout en
paraissant l'aider.

— Quoi.

— Chut !... Plus bas !... La fenêtre du fond du cabinet est
ouverte... Elle n'est qu'à vingt pieds du sol du jardin... La
terre, au-dessous, est molle... Tout près est un des soupi-
raux des caves, et au fond est la cachette que vous connaissez... La mer n'est qu'à cinq lieues, j'aurai un bon
cheval cette nuit, à l'entrée du parc...

Un amer sourire monta aux lèvres de M. de Boiscoran.

— Et toi aussi, fit-il, toi, mon vieil ami, tu me crois coupable.

— Je vous en conjure, monsieur, insista Antoine, je réponds de tout; il n'y a que vingt pieds... Au nom de votre mère !...

Mais, au lieu de lui répondre, Jacques de Boiscoran se retourna et appela le juge d'instruction.

Et quand M. Galpin-Daveline se fut approché :

— Voyez cette fenêtre, monsieur, lui dit-il... J'ai de l'argent, de bons chevaux, et la mer est à cinq lieues... Un coupable vous eût échappé... Je suis innocent, je reste.

En un point, du moins, M. de Boiscoran disait vrai : rien ne lui était plus aisé que de s'évader et de gagner le jardin, et très-probablement cette retraite que lui rappelait son valet de chambre.

Mais après?

Il avait, c'était incontestable, le vieil Antoine l'aidant surtout, quelques chances de se soustraire à toutes les recherches. Mais il était plus probable, mille fois, qu'il serait découvert dans sa cachette même, ou rejoint en essayant d'atteindre la côte.

S'il réussissait à fuir, que deviendrait-il? En quels pays et sous quels travestissements éviterait-il une extradition toujours menaçante ?

Ce serait bien autre chose, s'il était repris. Sa situation, déjà si compromise, serait alors perdue sans ressources. Fatalement sa tentative de fuite serait considérée comme le plus explicite des aveux.

En de telles conditions, résister à la tentation de s'évader et bien faire savoir qu'on résistait, qu'on tenait à rester sous la main de la justice, c'était bien moins démontrer son innocence que donner la preuve d'une rare habileté.

Voilà ce qu'en un clin d'œil aperçut ou crut apercevoir M. Galpin-Daveline.

C'est d'après soi qu'on juge les autres. Calculateur oblique et circonspect, il n'admettait pas les inspirations soudaines, les mouvements irréfléchis.

Et de cet accent de froid persiflage de l'homme qui tient à bien faire comprendre qu'il n'est pas dupe :

— Il suffit, monsieur, fit-il. Cette circonstance, comme toutes les autres, sera relatée au procès-verbal.

Bien autres étaient les idées du procureur de la République et du greffier Méchinet.

Si le juge d'instruction était trop aveuglé par ses préventions pour rien discerner, ils avaient fort bien remarqué, eux, par combien d'émotions étrangement diverses venait de passer le prévenu.

Étourdi tout d'abord, jusqu'au point de paraître croire à une plaisanterie de mauvais goût, sa contenance avait ensuite trahi la plus violente colère, puis la peur, puis l'abattement le plus complet. Mais à mesure que les charges s'étaient accumulées, toujours plus accablantes, et que le cercle de l'accusation s'était rétréci, bien loin de se démoraliser davantage, il avait semblé recouvrer son assurance.

— C'est tout de même singulier, grommela Méchinet.

M. Daubigeon, lui, ne souffla mot. Mais lorsque M. de Boiscoran sortit de son cabinet de toilette, habillé et prêt :

— Une question encore, monsieur, fit-il.

Le malheureux s'inclina. Il était pâle, mais calme et maître de soi.

— Je suis, dit-il, prêt à répondre.

— Je serai bref. Vous avez paru surpris et indigné qu'on osât vous accuser, c'est une faiblesse. Institution humaine, la justice ne peut juger que sur des apparences. Réfléchissez, et vous reconnaîtrez que toutes les apparences sont contre vous.

— Je ne le reconnais que trop.

— Juré, vous n'hésiteriez pas à condamner un accusé qui se trouverait dans la même situation que vous...

— Non, monsieur, non !...

Le procureur de la République bondit sur sa chaise.

— Vous n'êtes pas sincère, fit-il.

Tristement, M. de Boiscoran hocha la tête.

— C'est sans espoir de vous convaincre, monsieur, répondit-il, mais c'est en toute sincérité que je vous parle. Non, je ne condamnerais pas l'homme que vous dites, s'il s'affirmait innocent, et si je ne discernais pas le mobile de son action. Car enfin, à moins d'être fou, on ne commet pas un crime uniquement pour le commettre. Or, moi, je vous le demande, moi pour qui la destinée n'a eu que des sourires, moi qui suis à la veille d'un mariage ardemment désiré, pourquoi, dans quel but, dans quel intérêt aurais-je été incendier le Valpinson et tenter d'assassiner le comte de Claudieuse !...

Ce n'est pas sans une impatience mal dissimulée que M. Galpin-Daveline avait vu M. Daubigeon prendre la parole.

Saisissant l'occasion qui s'offrait d'intervenir :

— Votre mobile, à vous, monsieur, interrompit-il, était la haine. Vous haïssiez mortellement le comte et la comtesse de Claudieuse. Ne protestez pas, ce serait inutile, tout le pays le sait, vous me l'avez dit à moi-même !

Jacques de Boiscoran pâlit encore, s'il était possible, et d'un ton d'écrasant dédain :

— Quand cela serait, prononça-t-il, je ne sais pas de quel droit vous abuseriez des confidences d'un ami, vous qui proclamiez en entrant ici, qu'il n'était plus d'amitié entre nous. Mais cela n'est pas. Jamais je ne vous ai rien dit de pareil. Mes sentiments n'ayant pas varié, je puis répéter mes paroles textuellement. Je vous ai dit que M. de Claudieuse était un voisin tracassier, entêté de ses droits et jaloux de son gibier jusqu'à l'absurde. J'ai ajouté que, s'il déclarait mes opinions politiques exécrables, j'estimais les siennes ridicules et dangereuses. Pour ce qui est de la comtesse, je vous ai dit simplement, en manière de plaisanterie, qu'une personne si parfaite ne serait pas mon fait, et que je serais bien malheureux d'avoir pour femme une sorte de Madone qui traverse la vie sans presque daigner toucher la terre du bout de son orteil...

— Alors, c'est uniquement pour cela qu'un jour vous avez couché en joue le comte de Claudieuse ?... Un flot de sang de plus à votre cerveau, et le meurtre avait lieu ce jour-là...

Un geste terrible trahit la colère de M. de Boiscoran ; mais se maîtrisant :

— Mon emportement était moins grand qu'il n'a dû le paraître, dit-il. J'ai pour le caractère de M. de Claudieuse la plus profonde estime. Ce m'est une grande douleur ajoutée à toutes les autres que de penser qu'il a pu m'accuser...

— Mais il ne vous a pas accusé ! interrompit M. Daubigeon, il a été au contraire le premier et le plus obstiné à vous défendre...

Et en dépit des signes que lui faisait M. Galpin-Daveline :

— Malheureusement, poursuivit le procureur de la République, tout cela n'enlève rien de l'évidence des faits qui vous accusent. Si vous vous obstinez à vous taire, c'est la cour d'assises, c'est le bagne. Si vous êtes innocent, pourquoi ne pas essayer de vous justifier... Qu'attendez-vous, qu'espérez-vous ?...

— Rien...

Méchinet venait d'achever la rédaction du procès-verbal.

— Il faut partir, dit M. Galpin-Daveline.

— Me sera-t-il permis, demanda M. de Boiscoran, d'écrire quelques lignes à mon père et à ma mère ? Ils sont vieux : un tel événement peut les tuer...

— Impossible ! fit le juge.

Et, s'adressant au vieil Antoine :

— Je vais mettre les scellés sur cette pièce, dit-il, et vous en serez provisoirement le gardien... Vous savez à quelle surveillance cela vous oblige, et de quelles peines vous seriez puni si la justice ne retrouvait pas les pièces de conviction décrites au procès-verbal... Maintenant, comment regagner Sauveterre ?

Après mûre délibération, il fut arrêté que M. de Boiscoran ferait la route dans une voiture à lui, où monterait un gendarme. M. Daubigeon, le juge et le greffier, devaient reprendre la voiture du maire, toujours conduite par Ribot, lequel était furieux d'avoir été gardé à vue.

— Descendons, dit le juge, quand les dernières formalités furent remplies.

Jacques de Boiscoran descendait lentement. Il savait sa cour pleine de paysans furieux, et s'attendait à des huées.

Il se trompait. Le gendarme dépêché par M. Daubigeon avait si bien rempli sa mission que pas un cri ne retentit.

Mais lorsqu'il eut pris place dans sa voiture et que le cheval partit au trot, des malédictions frénétiques s'élevèrent, et une volée de pierres fut lancée, dont une blessa le gendarme au front.

— Décidément, vous portez malheur, mon accusé, dit cet homme, qui était un ami de celui qui avait été si cruellement blessé au Valpinson.

M. de Boiscoran ne répondit pas.

Il s'enfonça dans son coin, et parut tomber dans une sorte d'anéantissement dont il ne sortit qu'au moment où la voiture s'arrêta dans la cour de la prison de Sauveterre.

Sur le seuil de la geôle, le geôlier. maître Blangin, attendait, souriant à l'idée de posséder un prisonnier de cette importance.

— Je vais vous conduire à ma plus belle chambre, monsieur, dit-il au malheureux, mais il faut auparavant que je donne un reçu au gendarme et que je vous écroue.

Et en effet, atteignant son registre crasseux, il écrivit le nom de Jacques de Boiscoran au-dessous du nom de Frumence Cheminot, un vagabond arrêté la veille, au moment où il escaladait une clôture.

C'en était fait : Jacques de Boiscoran était prisonnier, au secret...

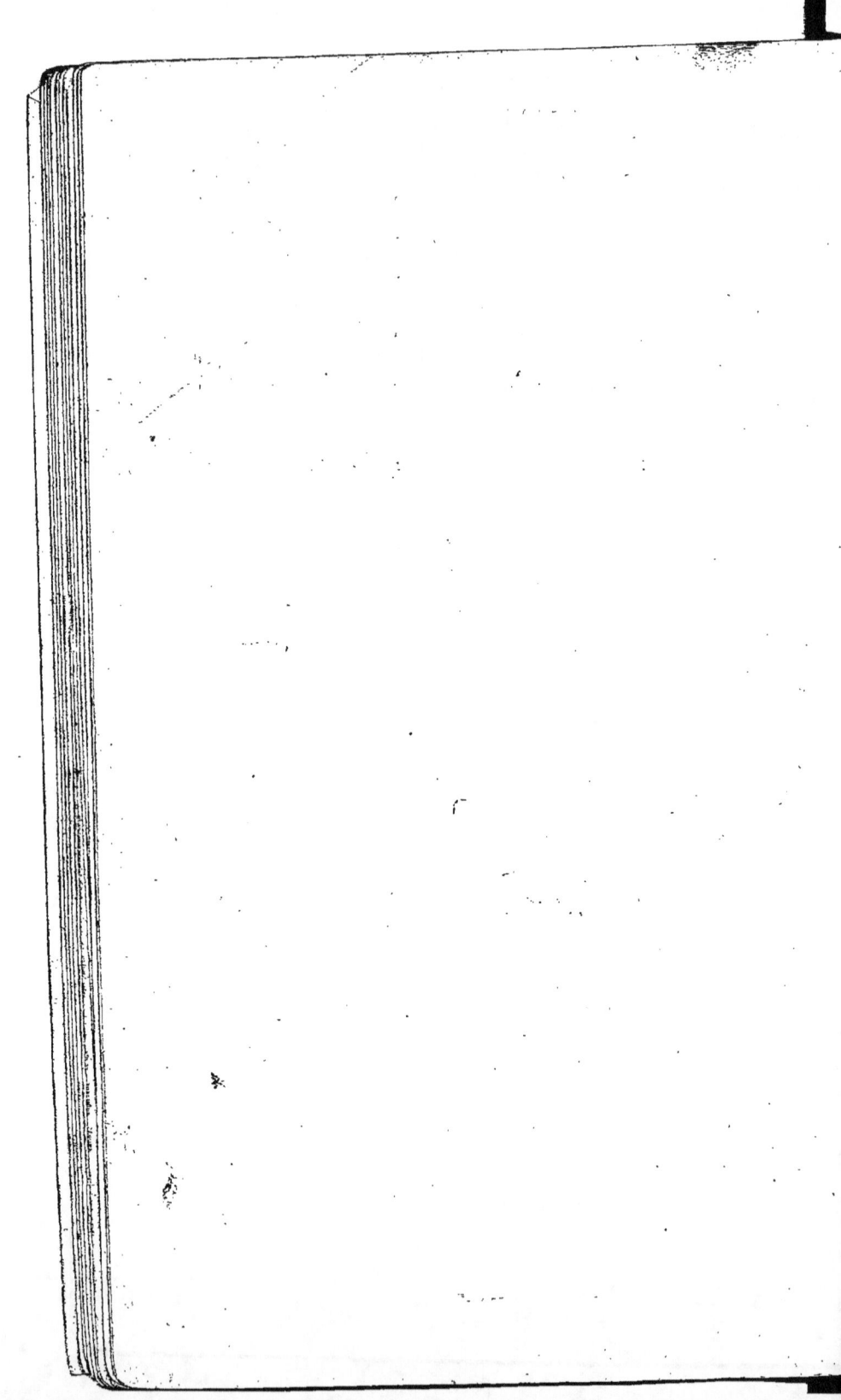

DEUXIÈME PARTIE

L'AFFAIRE DE BOISCORAN

I

L'hôtel de Boiscoran, rue de l'Université, 216, est d'apparence modeste.

Étroite est la cour qui le précède, et il serait hardi de donner le nom de jardin aux quelques mètres de terre humide qui s'étendent derrière.

Il ne faut pas se fier à ces dehors.

Le logis lui-même est un chef-d'œuvre de confortable, où des mains patientes et soigneuses ont réuni toutes les aises de la vie, et ce luxe solide dont le goût et le secret se perdent.

Le pavé du vestibule, une mosaïque étonnante, a été rapporté de Venise en 1798, par un Boiscoran qui avait mal tourné et qui s'était attaché à la fortune de Bonaparte. La rampe de l'escalier est un chef-d'œuvre de serrurerie, et les boiseries de la salle à manger sont sans rivales à Paris, depuis qu'ont été dispersées au vent des enchères les boiseries fameuses du château de Bercy.

Le salon, où la marquise aime à s'entourer d'hommes politiques, est à la hauteur de ces magnificences.

Pas un meuble n'y a été admis qui n'ait sa valeur artistique. On ferait un bon marché en payant au poids de l'or la garniture de la cheminée. Le lustre est une merveille. Et chacune des huit toiles suspendues aux lambris est une œuvre hors ligne de quelque maître illustre.

Tout cela n'est rien, pourtant, comparé au cabinet de curiosités du marquis de Boiscoran.

Situé au second étage de l'hôtel, dont il occupe toute la profondeur et la moitié de la largeur, ce cabinet, disposé en façon d'atelier, prend jour par le haut, et ferait les délices d'un artiste.

Dans de vastes armoires vitrées, placées tout autour, s'étalent les collections du marquis, trésors de toutes les époques, ses ivoires, ses émaux, ses bronzes, ses manuscrits uniques, ses porcelaines incomparables, et surtout ses faïences, ses chères faïences, la joie et le tourment de sa vieillesse.

L'homme était digne du cadre.

A soixante et un ans qu'il avait alors, le marquis était droit comme un I et de la maigreur la plus aristocratique. Il avait un grand diable de nez qu'il ne cessait de bourrer de tabac; la bouche large, mais encore bien meublée, et de petits yeux brillants, où se lisait toute la malice d'un amateur obligé de lutter sans cesse de ruses avec les marchands de curiosités et les brocanteurs de l'hôtel des ventes.

C'est vers 1845 qu'il avait atteint l'apogée de sa carrière, signalée par un grand discours sur le *droit de réunion;* aussi semblait-il que sa montre se fut arrêtée cette année-là.

Toutes ses idées trahissaient l'homme de la dynastie de juillet, de même que son extérieur, son costume, sa haute cravate, ses favoris et le toupet qui bouclait son front, décelaient l'admirateur et l'ami du roi-citoyen.

Il ne s'occupait pas de politique pour cela, et même, à vrai dire, il ne s'occupait de rien.

A la seule condition de respecter l'inoffensive passion de son mari, Mme de Boiscoran régnait despotiquement au logis, administrant la fortune, régentant son fils unique, Jacques, décidant sans appel de toutes choses.

Inutile de rien demander au marquis, sa réponse était invariable :

— Adressez-vous à ma femme.

Cet excellent homme avait acheté la veille, un peu au hasard, un lot assez considérable de faïences, représentant des scènes de la Révolution, et sur les trois heures, installé dans son cabinet, une loupe à la main, il s'occupait d'établir l'origine et la valeur de ses plats et de ses assiettes, lorsque la porte s'ouvrit brusquement.

La marquise entra, tenant à la main un papier bleu.

Plus jeune de six ou huit ans que son mari, Mme de Boiscoran était bien la compagne qu'il fallait à cet esprit paresseux et ami du repos.

A sa démarche, à son geste, à sa voix, on reconnaissait tout de suite la femme qui tient le gouvernail, qui commande et qui veut être obéie à la baguette.

D'une beauté jadis célèbre, elle gardait encore d'assez remarquables restes pour faire excuser bien des prétentions. Elle n'en avait aucune, affirmait-elle, disant que, puisqu'il est impossible d'éviter les ravages des années, c'est faire preuve d'esprit que de les accepter de bonne grâce.

Cependant, la coquetterie ne perd jamais ses droits. Si Mme de Boiscoran ne se rajeunissait pas, elle se vieillissait à plaisir. Les quelques années que les femmes, d'ordinaire, s'efforcent de dissimuler de leur âge, elle les ajoutait obstinément au sien. Il y avait de l'affectation dans la façon dont elle faisait bouffer les masses de ses cheveux gris autour de ses tempes encore fraîches comme celles d'une jeune fille. Pour bien peu, elle y eût mis de la poudre.

Elle était si défaite et si terriblement agitée quand elle entra dans le cabinet de son mari, qu'il en fut ému, lui qui, depuis longues années, s'était fait une loi de ne s'émouvoir de rien.

Abandonnant le plat qu'il était en train d'examiner :

— Qu'est-ce? interrogea-t-il d'une voix inquiète, qu'arrive-t-il?...

— Un horrible malheur.

— Jacques est mort!... s'écria le vieux collectionneur.

La marquise secoua la tête.

— Non, c'est plus affreux peut-être...

Le vieillard, qui s'était dressé à la vue de sa femme, se laissa pesamment retomber sur son fauteuil.

— Dis, balbutia-t-il, parle... J'ai du courage.

Elle lui tendit ce papier bleu qu'elle tenait, et lentement :

— Voici, fit-elle, la dépêche que je reçois à l'instant du valet de chambre de Jacques, de notre vieil Antoine.

D'une main tremblante, le marquis déplia le papier, et
lut :

Malheur épouvantable. M. Jacques accusé d'avoir incendié château du Valpinson et assassiné comte de Claudieuse. Charges terribles contre lui. Interrogé, s'est à peine défendu. Vient d'être
arrêté et conduit en prison. Désespéré. Que faire...?

La marquise avait tremblé que son mari ne fût comme
foudroyé par cette dépêche, dont le laconisme révélait les
terreurs d'Antoine.

Il n'en fut rien.

C'est de l'air le plus calme qu'il la replaça sur la table, et
que, haussant les épaules, il dit :

— C'est absurde!...

Mme de Boiscoran n'en pouvait revenir.

— Vous n'avez pas compris, mon ami, commença-t-elle...

Il l'interrompit.

— J'ai compris, fit-il, que notre fils est accusé d'un crime
qu'il n'a pas, qu'il ne peut pas avoir commis. Est-il possible
que vous doutiez de lui! Quelle mère êtes-vous donc! Je
suis, pour ma part, je vous l'assure, parfaitement tranquille.
Jacques incendiaire, Jacques assassin!... C'est stupide.

— Ah! vous n'avez pas lu la dépêche! s'écria la marquise.

— Pardonnez-moi.

— Vous n'avez pas vu qu'il y a contre lui des charges...

— S'il n'y en avait aucune, il est clair qu'on ne l'eût pas
arrêté. C'est désagréable, c'est même pénible...

— Mais il ne s'est pas défendu, monsieur...

— Parbleu!... Croyez-vous que si demain on venait m'accuser d'avoir dévalisé la boutique d'un bijoutier, je pren-
drais la peine de me défendre...

— Vous ne voyez donc pas, monsieur, qu'Antoine croit
notre fils coupable...

— Antoine est un vieux sot... déclara le marquis.

Et, tirant sa tabatière et bourrant son nez de tabac :

— D'ailleurs, raisonnons, fit-il. Ne m'avez-vous pas dit
que Jacques est amoureux de la petite Denise de Chandoré ?...

— Comme un fou, monsieur, comme un enfant...

— Et elle?...

— Elle adore Jacques, monsieur.

— Bon! et ne m'avez-vous pas dit aussi que le jour de
leur mariage est définitivement fixé...

— Depuis trois jours.

— Jacques vous a écrit à ce sujet?

— Une lettre adorable...

— Où il vous annonce son arrivée?...

— Oui, il voulait faire lui-même ses emplettes de noces...

D'un mouvement superbe d'insouciance, le marquis frappa sur le couvercle de sa tabatière.

— Et vous voulez, fit-il, qu'un garçon tel que notre fils, Jacques, un Boiscoran, amoureux, aimé, qui va se marier, qui a la tête pleine de corbeilles de noces, ait commis un crime abominable!... Cela ne se discute pas, et la preuve, c'est que je vais, si vous le voulez bien, me remettre paisiblement à ma besogne.

Si le doute est contagieux, la foi est communicative.

Peu à peu, la marquise de Boiscoran se rassurait de l'assurance superbe de son mari. Le sang remontait à ses joues et le sourire à ses lèvres pâlies.

Et d'une voix plus ferme :

— Peut-être, en effet, dit-elle, ai-je été trop prompte à m'alarmer.

Du geste, le marquis approuvait.

— Oui, beaucoup trop prompte, chère amie, fit-il. Et même, entre nous, je vous engage à ne point vous en vanter. Comment la justice n'accuserait-elle pas ce pauvre Jacques, lorsque sa mère elle-même le soupçonne !

Mme de Boiscoran avait repris et relisait la dépêche d'Antoine.

— Et cependant, murmura-t-elle, répondant aux dernières objections de son esprit, qui donc, à ma place, n'eût été frappé d'épouvante! Ce nom de Claudieuse, surtout...

— Eh bien! mais c'est le nom d'un très-digne et très-loyal gentilhomme, le meilleur que je sache, en dépit de ses façons de loup de mer.

— Jacques le hait, mon ami.

— Jacques, ma chère, se soucie de lui comme de l'an quarante.

— Ils ont eu plusieurs querelles.

— Nécessairement; Claudieuse est un forcené légitimiste, et, comme tel, c'est toujours avec le dernier mépris qu'il parle de nous autres tous, qui avons servi la famille d'Orléans.

— Jacques lui a envoyé du papier timbré.

— Et il a parbleu bien fait, de même qu'il a eu tort de ne pas pousser le procès jusqu'au bout. Claudieuse a, sur le cours de la rivière qui nous sépare, La Pibole, des prétentions par trop exorbitantes. Ne voudrait-il pas, en toute saison et selon son gré, retenir les eaux, au risque de noyer les prés de Boiscoran, qui sont bien plus bas que les siens! Déjà feu mon frère, qui était un ange de patience et de douceur, avait eu maille à partir avec ce despote...

Mais la marquise n'était pas convaincue.

— Il y a autre chose, fit-elle.

— Quoi?

— Ah! c'est ce que je me demande.

— Jacques vous l'aurait-il donné à entendre?

— Non. Voici ce qui s'est passé. L'an dernier, chez la duchesse de Champdoce, j'ai eu l'occasion de rencontrer la comtesse de Claudieuse et ses filles. Elle est charmante, cette jeune femme, et comme nous donnions un bal la semaine suivante, l'idée me vint, que je mis aussitôt à exécution, de l'inviter. Elle refusa, et d'un ton de réserve si glacial qu'il n'y avait pas à insister...

— C'est que probablement elle n'aime pas la danse, grommela le marquis.

— Le soir même, je parlai de ma démarche à Jacques. Il s'en montra très-irrité, et me dit, avec un emportement que son respect contenait à peine, que j'avais eu grand tort, et qu'il avait ses raisons pour n'avoir rien de commun avec ces gens-là...

Si parfaite était la sécurité de M. de Boiscoran, qu'il n'écoutait déjà plus que d'une oreille distraite, guignant du coin de l'œil ses précieuses faïences.

— Soit, interrompit-il. Jacques déteste les Claudieuse. Qu'est-ce que cela prouve? On n'assassine pas, Dieu merci! tous les gens qu'on déteste...

Mme de Boiscoran ne poursuivit pas.

— Enfin, demanda-t-elle, que faire?...

Elle avait si peu l'habitude de consulter son mari, qu'il parut stupéfait.

— L'important, répondit-il, est de tirer Jacques de prison... Il faudrait voir... consulter...

Quelques coups rapides et légers, frappés à la porte, l'interrompirent,

— Entrez!... cria-t-il.

Un domestique entra, portant une large enveloppe avec cette mention : télégraphie privée.

— Parbleu !... s'écria le marquis, j'en étais bien sûr !... Voilà qui va nous mettre l'esprit en repos !...

Le domestique s'était retiré ; il rompit l'enveloppe... Mais, au premier regard jeté sur cette dépêche, le sourire se glaça sur ses lèvres ; il pâlit et dit seulement :

— Mon Dieu !...

Rapide comme la pensée, Mme de Boiscoran s'empara du papier fatal. Elle lut d'un coup d'œil :

Vite, arrivez. Jacques en prison, au secret, accusé d'un crime affreux. Toute la ville dit qu'il est coupable et qu'il a même avoué. C'est une infâme calomnie. Son juge est son ancien ami Galpin-Daveline, qui devait épouser cousine Lavarande. Ne sais rien, sinon que Jacques est innocent. C'est une intrigue abominable. Grand-père Chandoré et moi ferons l'impossible. Votre secours indispensable. Venez, venez. — Denise de Chandoré.

— Ah ! mon fils est perdu ! s'écria Mme de Boiscoran en fondant en larmes.

Mais déjà le marquis s'était redressé sous ce coup terrible.

— Et moi, s'écria-t-il, plus que jamais je dis comme Denise, qui est une brave fille : Oui, Jacques est innocent. Mais il est en péril, je le reconnais... c'est un dangereux engrenage que celui d'un procès criminel... Que ne fait-on pas dire à un homme au secret.

— Il faut agir !... interrompit Mme de Boiscoran, à demi-folle de douleur.

— Oui, et sans perdre une seconde... Nous avons des amis... Cherchons lesquels d'entre eux nous serviront le plus utilement...

— Je puis écrire à M. de Margeril...

De pâle qu'il était, le marquis devint livide...

— C'est vous !... s'écria-t-il, vous, qui osez prononcer ce nom devant moi !...

— Il est tout-puissant, monsieur, mon fils est en danger...

D'un geste menaçant, le marquis l'arrêta.

— J'aimerais mieux, s'écria-t-il, de l'accent de la haine la plus atroce, j'aimerais mieux mille fois laisser mon fils innocent périr sur l'échafaud que de devoir son salut à cet homme...

Mme de Boiscoran semblait près de s'évanouir.

— Mon Dieu ! balbutia-t-elle, vous savez pourtant bien que je n'ai été qu'imprudente...

— Assez !... interrompit durement le marquis.

Et se maîtrisant, grâce à un puissant effort :

— Avant de rien tenter, il faut savoir à quoi s'en tenir, reprit-il. Ce soir, vous partirez pour Sauveterre...

— Seule ?...

— Non. Je vous trouverai un conseil, un légiste habile et sûr... un avocat qui ne soit pas un homme politique... s'il en reste encore un... Il vous guidera, là-bas, et me tiendra au courant, afin que je puisse agir ici selon les circonstances... Denise a raison : Jacques doit être victime de quelque ténébreuse intrigue... N'importe, nous le sauverons... Mais il faut du calme, beaucoup de calme...

Et ce disant, il sonnait avec une telle violence, que tous les domestiques accoururent effarés.

— Vite, commanda M. de Boiscoran, qu'on aille me chercher mon avoué, maître Chapelain... qu'on prenne une voiture.

Le domestique qui se chargea de la commission fit une telle diligence que vingt minutes plus tard, maître Chapelain arrivait.

— Ah ! nous avons besoin de toute votre expérience, mon digne ami, lui dit le marquis. Tenez, lisez ces dépêches...

Fort heureusement l'avoué savait garder le secret de ses impressions, car il crut à la culpabilité de Jacques, sachant bien avec quelle circonspection sont délivrés les mandats d'arrêt.

— J'ai l'homme qu'il faut à madame la marquise, dit-il enfin.

— Ah !

— Un garçon que sa modestie a toujours empêché de se produire, bien qu'il soit un des plus habiles jurisconsultes que je sache, et un admirable orateur.

— Et vous le nommez ?...

— Manuel Folgat... Je vais vous l'envoyer...

Deux heures après, en effet, le protégé de maître Chapelain franchissait le seuil de l'hôtel de Boiscoran.

C'était un homme de trente à trente-deux ans, très-brun, avec de grands yeux bien ouverts, et dont toute la physionomie respirait l'intelligence et l'énergie.

Il plut au marquis, lequel, après lui avoir exposé ce qu'il

savait de la situation de Jacques, entreprit de lui faire connaître le terrain sur lequel il allait manœuvrer, lui disant quels alliés et quels adversaires il rencontrerait à Sauveterre, lui recommandant surtout de se fier à M. Séneschal, un vieil ami de la famille, personnage influent et le plus retors de tous ces diplomates de sous-préfecture, qui renraient des points à Machiavel.

— Tout ce qu'il est humainement possible de faire sera fait, monsieur, dit l'avocat.

Et le soir même, à huit heures quinze minutes, la marquise de Boiscoran et Manuel Folgat prenaient place dans un coupé du chemin de fer d'Orléans.

II

Le chemin de fer qui relie Sauveterre à la ligne d'Orléans doit une légitime célébrité à une série de courbes absolument inutiles, mais qui sont comme un défi au bon sens, et qui seraient le théâtre d'accidents quotidiens si l'on s'avisait de marcher à une vitesse de plus de huit ou dix kilomètres à l'heure.

La gare, toujours pour la plus grande commodité de messieurs les voyageurs, a été bâtie à une bonne demi-lieue de la ville, sur l'emplacement des jardins de M. Thibault, le premier banquier de l'arrondissement.

On y arrive par une jolie route, jalonnée d'auberges et de cabarets, lesquels, les jours de marché, s'emplissent de paysans qui, le verre à la main et la bouche pleine de protestations de bonne foi, cherchent à se voler à qui mieux mieux.

Les jours ordinaires, même, cette route est assez fréquentée, car le chemin de fer est devenu un but de promenade.

On y va voir arriver ou partir les trains, dévisager les étrangers, et aussi épiloguer sur les motifs connus ou secrets qui peuvent déterminer M. un tel ou Mme une telle à se mettre en voyage.

Il était neuf heures du matin, lorsque approcha enfin de Sauveterre le train qui amenait la marquise de Boiscoran et maître Folgat.

La marquise était brisée des fatigues et des angoisses de cette nuit, passée tout entière à discuter es cnances de salut de son fils, et d'autant plus anéantie que maître Folgat s'était étudié à ne pas encourager ses espérances.

C'est qu'il partageait, sans en avoir rien laissé paraître, les doutes de maître Chapelain.

De même que le vieil avoué, le jeune avocat s'était dit qu'on n'arrête pas un homme, tel que Jacques de Boiscoran, sans les plus fortes raisons, sans avoir en main de ces preuves qui valent presque une certitude...

Bientôt le train ralentit sa marche.

— Pourvu, mon Dieu! fit Mme de Boiscoran, pourvu que Denise et M. de Chandoré aient eu l'idée d'envoyer une voiture au-devant de nous !...

— Pourquoi cela, madame? demanda maître Folgat.

— Pour m'y jeter bien vite, monsieur, pour y dérober à tous les yeux ma douleur et mes larmes...

Le jeune avocat secoua la tête.

— C'est ce que vous vous garderez de faire, madame, dit-il, si j'ai sur vos actions quelque influence...

Elle le regardait d'un air surpris.

— Je veux dire, insista-t-il, qu'il ne faut pas que vous paraissiez éviter les regards. Ce serait une faute immense, peut-être irréparable. Que penserait-on, si l'on vous voyait désolée et en pleurs? On penserait que vous êtes sûre de la culpabilité de votre fils, et ceux qui doutent encore, ne douteraient plus. Il vous faut, du premier coup, conquérir l'opinion; car elle est souveraine, madame, dans les petits pays surtout, où chacun vit sous le contrôle immédiat du voisin. L'opinion s'impose à tous, et, quoi qu'on dise, quoi qu'on fasse, elle poursuit les jurés jusque dans la salle de leurs délibérations....

— C'est vrai, murmurait la marquise, ce n'est que trop vrai !...

— Donc, madame, au nom des intérêts les plus sacrés, faites appel à toute votre énergie, refoulez au plus profond de votre âme vos maternelles angoisses, séchez vos larmes et montrez à tous une confiance superbe. Que chacun, en vous apercevant, se dise : Non, une mère n'est pas ainsi quand son fils est coupable.

Mme de Boiscoran se redressa.

— Vous avez raison, monsieur, dit-elle, et je vous remercie. Oui, c'est à moi de frapper l'opinion, et autant je souhaitais trouver la gare déserte, autant je désire maintenant qu'elle soit pleine de monde. Je vous ferai voir ce que peut une femme que soutient la pensée de son fils.

La marquise de Boiscoran n'était pas une femmelette.

Tirant un peigne de son sac de voyage, elle répara le désordre de sa coiffure; en quelques gestes rapides elle rétablit l'harmonie de sa toilette; ses traits, grâce à une puissante projection de volonté, reprirent leur sérénité accoutumée; elle contraignit sa bouche à sourire, sans qu'on discernât l'effort, et d'une voix d'un timbre pur et net :

— Regardez-moi, monsieur, dit-elle. Puis-je paraître, maintenant ?

Le train s'arrêtait devant les bâtiments de la station.

Maître Folgat sauta légèrement à terre, et offrant la main à la marquise pour l'aider à descendre :

— Soyez satisfaite, madame, lui dit-il, votre courage ne sera pas perdu; tout Sauveterre doit être là.

C'était plus d'à moitié vrai.

Dès la veille au soir, le bruit s'était répandu, — semé par qui? on ne sait — que la « mère de l'assassin », comme on disait déjà charitablement, arriverait par le train de neuf heures, et chacun s'était bien promis à part soi de se trouver, par hasard, à la gare à son arrivée.

C'était une émotion à ne pas négliger, dans une localité où la conversation vit trois jours sur la dernière robe arborée par la sous-préfète.

De l'impression de Mme de Boiscoran, en se trouvant en face de tant de monde, nul ne s'était inquiété ni soucié.

C'est qu'à Sauveterre la curiosité a du moins cette qualité de n'être pas hypocrite. On y est indiscret naïvement et sans la moindre pudeur. On s'y plante carrément devant vous, et les yeux dans vos yeux, on s'efforce de démêler le secret de votre joie ou de votre douleur.

Il est vrai d'ajouter que les esprits étaient fort montés contre Jacques de Boiscoran.

S'il n'y eût eu à sa charge que la destruction du Valpinson et les coups de fusil tirés à M. de Claudieuse, ce n'eût été que peu de chose.

Mais l'incendie avait eu des conséquences épouvantables.

Deux hommes y avaient péri, et deux autres y avaient été

blessés assez grièvement pour qu'on les crût en danger de mort.

La veille, on avait vu un convoi sinistre traverser la rue Nationale.

Dans une charrette, recouverte d'un drap et près de laquelle marchaient deux prêtres, on rapportait les restes carbonisés et n'ayant plus forme humaine, de Bolton, le tambour, et du pauvre Guillebault. Dans une voiture qui suivait étaient les deux blessés, l'un, le gendarme, impassible; l'autre, le fermier, poussant des cris déchirants.

Toute la ville avait pu voir la veuve de Guillebault se rendre chez le maire, portant entre ses bras son dernier enfant, et traînant, pendus à ses jupes, les quatre autres, dont l'aîné n'avait pas douze ans.

Attribuant tous ces malheurs à Jacques, les gens le chargeaient de malédictions et songeaient peut-être à les faire remonter en huées jusqu'à sa mère, jusqu'à la marquise de Boiscoran.

— La voilà!... la voilà! murmura-t-on dans la foule, quand elle parut sur le seuil de la gare, donnant le bras à maître Folgat.

Seulement, on ne dit que cela, tant on était surpris de l'assurance de son maintien.

Deux courants aussitôt divisèrent l'opinion. — Elle a du toupet!... pensaient les uns. Et les autres : — Elle est sûre de l'innocence de son fils.

Elle avait, en tout cas, assez de sang-froid pour discerner l'impression qu'elle produisait, et combien elle avait eu raison de suivre les conseils de maître Folgat. Sa force en fut doublée. Et distinguant dans la foule quelques personnes de sa connaissance, elle s avança vers elles, et toujours souriante ;

— Eh bien!... dit-elle, vous savez ce qui nous arrive! C'est inouï! Voici maintenant la liberté d'un homme tel que mon fils, à la merci du premier soupçon saugrenu qui passera par la cervelle d'un juge. J'ai appris la nouvelle hier soir par le télégraphe, et j'accours avec monsieur, qui est de nos amis et l'un des plus remarquables avocats de Paris.

Maître Folgat fronçait les sourcils. Il eût voulu la marquise plus mesurée. Cependant il ne pouvait se dispenser de la soutenir.

— Ces messieurs du parquet, prononça-t-il d'un ton d'o-
racle, regretteront peut-être d'avoir été si prompts.

Heureusement, un jeune garçon qui portait pour toute li-
vrée une casquette à galon d'or, s'approcha de Mme de Boiscoran.

— La voiture de M. de Chandoré est là, dit-il, aux ordres de
madame la marquise.

— Je suis à vous, mon petit ami, dit-elle au jeune garçon.

Et saluant les braves Sauveterriens, interloqués de son assurance :

— Excusez-moi de vous quitter si brusquement, **dit-elle**,
mais M. de Chandoré m'attend. J'espère d'ailleurs avoir
cette après-midi même, le plaisir de vous rendre visite..
au bras de mon fils.

La maison de Chandoré, pour parler comme à Sauveterre, est bâtie de l'autre côté de la place du Marche-Neuf,
tout au sommet de la rue de la Rampe, une rue qui n'est
guère plus praticable qu'un escalier, et dont M. Séneschal,
le maire, ne cesse de demander la rectification au conseil
municipal, qui ne se lasse pas de la lui refuser.

C'est une construction toute moderne, gauche, massive,
et flanquée d'une prétentieuse tourelle à toit pointu, que le
radical docteur Seignebos appelle une perpétuelle menace
du système féodal.

Il est certain que les Chandoré affichaient autrefois de
hautes prétentions nobiliaires, le dédain profond de quiconque n'avait pas eu des ancêtres aux croisades, et la haine
de toutes les idées qui datent de la Révolution.

Mais s'ils avaient jamais été redoutables, ils avaient depuis longues années cessé de l'être.

De cette grande famille, une des plus nombreuses de
Saintonge et des plus puissantes, il ne restait plus qu'un
vieillard, le baron de Chandoré, et une enfant, sa petite-
fille, la fiancée de Jacques de Boiscoran. Denise était orpheline.

Elle n'avait pas trois ans, lorsqu'à moins de cinq mois
d'intervalle, elle perdit son père, tué en duel, à la suite
d'une discussion futile, et sa mère, une demoiselle de Lavarande, qui n'eut pas l'énergie de survivre à l'homme qu'elle
avait aimé.

Ce fut, certes, pour l'enfant, un immense malheur; mais
ni les soins ni la tendresse ne lui manquèrent.

Sur elle seule son grand-père reporta toutes ses affections et toutes ses espérances, et les deux sœurs de sa mère, les demoiselles de Lavarande, déjà d'un certain âge, prirent la résolution définitive de ne se jamais marier, afin de se consacrer plus exclusivement à leur nièce.

Dès cette époque, les deux bonnes demoiselles avaient demandé à M. de Chandoré à venir demeurer avec lui.

Il avait rejeté bien loin leurs propositions, déclarant que sa petite-fille étant à lui seul, il prétendait, sarpejeu ! la garder pour lui seul. Il trouvait déjà bien beau, ajoutait-il, de permettre aux demoiselles de Lavarande de s'occuper de Denise et de passer avec elle toutes les journées.

De ce différend devait naître et naquit en effet, entre les tantes et le grand-père, une rivalité qui se traduisit par les plus étonnantes exagérations. Ce fut à qui capterait, et dame ! par n'importe quels moyens, la première place dans l'affection de la petite fille, à qui déroberait une de ses caresses ou achèterait le plus cher un de ses sourires. A cinq ans, Denise avait eu tous les joujoux qui ont été inventés. A dix ans, elle était rassasiée de robes et ne savait plus où mettre ses bijoux.

Du soir au lendemain, pour ainsi dire, on avait vu se métamorphoser M. de Chandoré. Brusque, sévère, dur, il avait, sans transition, tourné au « papa gâteau ». Il avait éteint l'éclat métallique de ses yeux, fixé sur ses lèvres un perpétuel sourire et donné à sa voix ces inflexions mignardes que prennent les nourrices.

On ne rencontrait que lui, par les rues, en courses pour sa petite-fille, trottant de la boutique du pâtissier au magasin du marchand de jouets. Il invitait les petites amies, organisait des dînettes, poussait le cerceau ou le volant, et même au besoin menait les rondes.

Denise fronçait-elle le sourcil, il tressautait. Toussait-elle, il devenait tout pâle. Elle fut malade, une fois, elle eut la rougeole : il resta douze nuits sans se coucher, et fit venir de Paris des médecins qui lui rirent au nez.

Eh bien ! les demoiselles de Lavarande trouvaient encore le moyen de dépasser les folies de M. de Chandoré.

Certes, si Denise apprit quelque chose, c'est bien parce qu'elle le voulut absolument, tant au moindre signe d'impatience elles étaient disposées à congédier le professeur d'écriture ou la maîtresse de piano.

C'est en haussant les épaules, que Sauveterre assistait à ce spectacle.

— Quelle éducation pitoyable ! disaient les dames de la société. On n'a pas idée d'une faiblesse pareille. C'est un joli service qu'on rend à cette enfant.

Il est sûr que tant et de si incroyables gâteries, cette aveugle soumission et ces adorations perpétuelles couraient grand risque de faire de Denise la plus désagréable petite personne qui se pût voir.

Pas du tout. Il est de ces naturels si heureux que rien ne saurait les pervertir. Et d'ailleurs, elle fut peut-être préservée du danger par son excès même.

Plus âgée, elle disait en riant :

— Grand-père Chandoré, tantes Lavarande et moi, nous faisons tout ce que je veux.

Ce n'était là qu'une plaisanterie. Jamais jeune fille ne récompensa, par des qualités si rares et si exquises, de plus pures affections.

Elle vivait donc heureuse et insoucieuse, et elle venait d'avoir dix-sept ans lorsque arriva le grand événement de sa vie.

M. de Chandoré, ayant un matin rencontré Jacques de Boiscoran, dont l'oncle avait été son ami, l'invita à dîner.

Jacques accepta l'invitation ; il vint. Mlle Denise le vit et... l'aima.

De ce moment et pour la première fois, elle eut un secret que ne connurent ni grand-père Chandoré ni tantes Lavarande, et, pendant deux ans, ses fleurs et ses oiseaux furent les seuls confidents de cet amour qui grandissait au fond de son âme, doux comme le rêve, idéalisé par l'absence et poétisé par le souvenir.

Car Jacques fut deux ans, sans voir...

Mais aussi, le jour où il vit clair, étourdi de son bonheur, ébloui des perspectives qui s'offraient à lui, il sentit que sa destinée était fixée.

Aussi, n'hésita-t-il pas ; et à moins d'un mois de là, son père, le marquis de Boiscoran, faisait le voyage de Sauveterre pour demander la main de Mlle Denise.

Ah ! ce fut un rude coup pour grand-père Chandoré.

Certes, il n'avait pas été sans songer souvent au mariage de sa petite-fille, sans en parler quelquefois, sans lui dire, à elle-même, qu'il se faisait vieux et qu'il se sentirait soulagé d'une grosse inquiétude quand il lui aurait trouvé un bon mari.

Mais il parlait de cela, comme d'une chose lointaine, comme il parlait de mourir, par exemple.

La démarche de M. de Boiscoran l'éclaira sur ses véritables sentiments.

La pensée de donner Denise, de la voir lui préférant un homme, d'abord, puis les enfants qu'elle aurait de cet homme, lui fit horreur. Pour bien peu, il eût jeté dehors l'ambassadeur.

Cependant il se contraignit, et répondit qu'il ne pouvait rien prendre sur lui, et qu'il lui fallait consulter sa petite-fille. Il gardait encore l'espoir qu'elle repousserait cette demande.

Pauvre grand-père! Aux premiers mots qu'il hasarda :

— Quel bonheur!... s'écria la jeune fille. Mais je m'y attendais.

Sans doute pour cacher une larme qui jaillit brûlante de ses yeux, M. de Chandoré baissa la tête.

— Ce mariage se fera donc, murmura-t-il.

Déjà, un peu consolé par la joie qu'il avait vu briller dans les yeux de sa petite-fille, il en était à se reprocher son féroce égoïsme et à se gourmander de ne pas s'estimer très-heureux lorsque Denise était si contente.

Jacques avait donc été admis à faire officiellement sa cour, et l'avant-veille de l'incendie du Valpinson, après une longue délibération, où l'on avait calculé le temps strictement nécessaire aux emplettes et à l'achèvement du trousseau, le jour de la noce avait été irrévocablement fixé.

Ainsi, c'est en plein bonheur que Mlle Denise fut frappée, lorsqu'elle apprit en même temps de quels crimes on accusait Jacques de Boiscoran et son arrestation.

Foudroyée d'abord, elle était restée près de dix minutes sans connaissance entre les bras de ses tantes et de son grand-père épouvantés. Mais dès qu'elle revint à elle :

— Suis-je donc folle, s'écria-t-elle, de m'émouvoir ainsi! N'est-il pas évident qu'il est innocent...

C'est alors qu'elle avait adressé une dépêche au marquis de Boiscoran, comprenant bien qu'avant de rien tenter, il était indispensable de s'entendre avec la famille de Jacques.

Puis elle avait demandé qu'on la laissât seule, et sa nuit

s'était passée à compter les minutes qui la séparaient enco
de l'heure où arrivait le train de Paris.

Dès huit heures, elle descendit elle-même donner au domestique l'ordre d'atteler et de partir pour attendre Mme de
Boiscoran à la gare, lui recommandant surtout de revenir
bride abattue.

Elle alla ensuite s'établir dans le salon, où se trouvaient
déjà ses tantes et son grand-père. Ils lui parlaient, mais son
attention était ailleurs...

Bientôt elle entendit une voiture remonter au galop la rue
de la Rampe, et s'arrêter devant la maison .. Elle se dressa
alors, et s'élança dans le vestibule, en s'écriant :

— Voilà la mère de Jacques.

III

Ce n'est jamais impunément qu'on violente ses sentiments les plus chers.

Lorsque enfin la marquise de Boiscoran put se réfugier
dans la voiture envoyée à sa rencontre, elle était bien près
de défaillir, brisée par l'effort inouï qu'elle avait fait pour
montrer aux impitoyables curieux de Sauveterre une contenance assurée et un visage riant.

— Quelle horrible comédie !... murmura-t-elle, en se laissant tomber sur les coussins.

— Reconnaissez, du moins, madame, qu'elle était nécessaire, prononça maître Folgat. Vous venez de conquérir cent
personnes peut-être à votre fils.

Elle ne répondit pas. Les larmes l'étouffaient. Que n'eût-
elle pas donné pour se trouver seule, chez elle, pour s'abandonner librement à toutes les lâchetés de sa douleur et de
ses angoisses maternelles.

Jamais trajet ne lui avait paru aussi insupportablement
long que celui qui sépare la gare de la rue de la Rampe.
Lancé à toute vitesse, le cheval faisait feu des quatre pieds;
il lui semblait qu'il n'avançait pas...

Pourtant, la voiture finit par s'arrêter.

6

Le petit domestique avait déjà sauté à terre, et il tournait la poignée de la portière en disant :

— Nous voilà arrivés.

Aidée de Mᵉ Folgat, Mᵐᵉ de Boiscoran descendit, et son pied touchait à peine le pavé de la rue, que la porte de la maison s'ouvrit, et que Mˡˡᵉ Denise se jeta dans ses bras, trop émue pour pouvoir rien dire, sinon :

— O ma mère, ma chère mère, quel horrible malheur !...

Dans l'ombre du corridor, s'avançait M. de Chandoré, qui s'était levé en même temps que sa petite-fille.

— Rentrons, dit-il à ces infortunées, ne restons pas là... Déjà derrière tous les volets brillent des yeux qui nous épient.

Et il les entraîna dans le salon.

Positivement, maître Folgat était assez embarrassé de son personnage. Nul ne semblait s'apercevoir de son existence.

Il avait suivi, cependant, il était entré dans le salon, et debout près de la porte, ému de l'émotion de tous, il observait alternativement Mˡˡᵉ Denise, M. de Chandoré et les demoiselles de Lavarande.

Mˡˡᵉ Denise allait avoir vingt ans. On ne pouvait dire qu'elle fût remarquablement jolie, mais il était difficile de l'oublier quand on l'avait vue une fois. Petite, elle était la grâce même, et chacun de ses mouvements trahissait quelque rare et exquise perfection.

Avec des cheveux noirs d'une merveilleuse abondance, elle avait les yeux bleus et le teint d'une blonde des pays du nord, un teint dont l'éblouissante blancheur faisait paraître jaunes toutes les comparaisons imaginées par les poëtes, le lis, la neige, le lait...

En elle, tout exprimait une angélique douceur et la plus excessive timidité. Et pourtant, certain plis de ses lèvres et le mouvement de ses sourcils devaient faire soupçonner une grande énergie.

Près d'elle, grand-père Chandoré étonnait par sa haute stature et par sa carrure puissante.

Soixante et douze années n'avaient pas fait plier ses reins d'hercule, et il semblait bâti pour défier tous les orages de la vie.

Ce qu'il avait surtout de singulier, c'était un teint rouge brique, uniformément cramoisi, un teint de vieux chef mohican, que faisaient paraître plus dur et plus crû sa barbe, ses sourcils et ses cheveux blancs.

Son visage, malgré tout, exprimait une bonté presque enfantine. Mais il ne fallait pas le regarder deux fois pour comprendre qu'il eût été peu prudent de se fier au sourire bénin qui voltigeait sur ses lèvres charnues. Et, à certaines étincelles qui s'allumaient au fond de ses yeux gris, on sentait, par exemple, que celui-là eût passé un fâcheux quart d'heure entre ses mains, qui se fût permis d'offenser Mlle Denise.

Quant aux tantes Lavarande, longues et minces comme une baguette de saule, pâles, discrètes, d'une réserve et d'une froideur ultra-aristocratique, elles avaient cette physionomie placide et cette expression de sensibilité dévouée des vieilles filles dont le célibat n'a pas aigri les illusions. Elles portaient des toilettes absolument pareilles, comme c'était leur invariable habitude depuis quarante ans, des toilettes de couleur indécise, modestes comme toute leur personne.

Elles pleuraient, en ce moment, et Me Folgat se demandait de quel sacrifice elles ne seraient pas capables pour racheter les larmes de leur nièce...

— Pauvre Denise!... murmuraient-elles.

La jeune fille les entendit; et se dressant tout à coup, et rompant le lourd silence qui durait depuis longtemps déjà:

— Mais notre conduite est indigne!... s'écria-t-elle. Que dirait Jacques, si du fond de sa prison il lui était donné de nous voir! Pourquoi nous affliger? Est-il donc coupable!...

Ses yeux brillaient d'un éclat extraordinaire, sa voix avait des vibrations qui troublaient Me Folgat jusqu'au fond de l'âme.

— Je puis, du moins, me rendre cette justice, poursuivit-elle, que je n'ai pas douté de lui une seconde. Et comment le doute m'eût-il effleurée? Le soir même de l'incendie du Valpinson, Jacques m'a écrit une lettre de quatre pages, qu'il m'a envoyée ici par un de ses fermiers, et que j'ai reçue à neuf heures... Je l'ai montrée à grand-père, cette lettre, il l'a lue, et aussitôt il s'est écrié que j'avais mille et mille fois raison, et que jamais un homme méditant un crime affreux n'eût écrit cela.

— Je l'ai dit et je le pense, approuva M. de Chandoré, et tout homme sensé sera de mon avis, seulement...

Mais sa petite-fille ne le laissa pas achever.

— Il est donc évident, interrompit-elle, que Jacques est victime de quelque intrigue abominable, c'est à nous à la déjouer. Assez pleuré, il faut agir...

Et s'adressant à Mme de Boiscoran :

— Et c'est pour nous aider à cette œuvre de salut, chère mère, que je vous ai appelée...

— Et me voici, dit la marquise, non moins sûre que vous, chère enfant, de l'innocence de mon fils...

Ce n'était sans doute pas tout ce qu'avait rêvé M. de Chandoré, car intervenant :

— Et le marquis ? demanda-t-il.

— Mon mari reste à Paris.

Le vieillard eut une grimace des plus significatives.

— Ah ! je le reconnais bien là !... s'écria-t-il. Rien ne saurait l'émouvoir. Son fils unique est lâchement accusé d'un crime, arrêté, jeté en prison... On le prévient, on pense qu'il va accourir... Erreur ! Que son fils se tire d'affaire s'il peut. Lui restera à surveiller ses potiches... Ah ! si j'avais encore un fils !...

— Mon mari, monsieur, protesta la marquise, pense qu'il sera plus utile à Jacques en restant à Paris. Il peut y avoir des démarches à faire...

— Le chemin de fer n'est-il pas là...

— Enfin, prononça Mme de Boiscoran, il m'a confiée à monsieur...

Elle montrait le jeune avocat.

— ...M. Manuel Folgat, dont l'expérience, le talent et le dévouement nous sont acquis...

Ainsi présenté régulièrement, maître Folgat s'inclinait.

— Et j'ai bon espoir, dit-il, tant il avait été gagné par la confiance de Mlle Denise. Mais je suis de l'avis de Mlle de Chandoré. Il faut agir sans perdre une seconde. Or, avant d'arrêter une ligne de conduite, j'aurais besoin de connaître exactement les faits...

— Malheureusement, nous ne savons rien, répondit M. de Chandoré. Rien, sinon que Jacques est au secret.

— Eh bien ! nous nous informerons. Vous connaissez sans doute les magistrats de Sauveterre ?...

— Fort peu, à l'exception du procureur de la République...

— Et le juge chargé de l'instruction ?

L'aînée des demoiselles de Lavarande se dressa :

— Celui-là, s'écria-t-elle, M. Galpin-Daveline est un monstre d'hypocrisie et d'ingratitude. Il se disait l'ami de Jacques. Et, en effet, Jacques l'aimait assez pour nous avoir décidées, ma sœur et moi, à accorder à ce petit juge la main d'une de nos cousines, une Lavarande... Pauvre enfant ! Quand elle a connu l'affreuse vérité : « O mon Dieu ! » s'est-elle écriée, soyez béni de m'avoir épargné la honte » d'être la femme d'un tel homme ! »

— Et en effet, ajouta l'autre vieille demoiselle, si tout Sauveterre croit Jacques coupable, c'est que chacun se dit : C'est un ami qui est son juge...

Me Folgat hochait la tête.

— Il me faudrait des renseignements plus précis, dit-il. M. de Boiscoran m'avait parlé du maire de la ville, M. Séneschal.

M. de Chandoré sauta sur son chapeau.

— En effet, s'écria-t-il, celui-là est notre ami, et si quelqu'un est bien informé, c'est lui... Allons le trouver. Venez...

Certainement M. Séneschal était l'ami des Chandoré, et aussi des Lavarande, et pareillement des Boiscoran.

Si avoué que l'on soit, ce ne peut-être sans s'attacher aux gens que, vingt années durant, on est leur confident et leur conseil.

Bien après avoir vendu sa charge, M. Séneschal était encore le seul à avoir l'absolue confiance de ses anciens clients. Jamais ils n'eussent pris une détermination grave sans avoir son avis. Ils s'adressaient à son successeur, mais ils le consultaient avant.

Les services, d'ailleurs, étaient réciproques.

La clientèle de grand-père Chandoré et de l'oncle de Jacques n'avait pas été sans attirer plus d'un paysan processif en l'étude de Me Séneschal. Leur appui ne lui avait pas été inutile, lorsque, pris du vertigo de l'ambition, il s'était « sacrifié à son pays » en sollicitant la place de maire et le mandat de conseiller général.

Aussi, ce digne et excellent homme était-il consterné, lorsqu'au matin de l'incendie du Valpinson, il rentra à Sauveterre.

Il était si blême et si défait que sa femme en fut toute saisie.

6.

— Seigneur Dieu ! Auguste, s'écria-t-elle, que t'est-il arrivé ?

Auguste était le prénom de M. Séneschal.

— Il arrive quelque chose d'affreux ! répondit-il, d'un accent si tragique que Mme Séneschal en frémit.

Il est vrai que Mme Séneschal frémissait aisément.

C'était une femme de quarante-huit à cinquante ans, très-brune, courte, dodue, et dont la poitrine mettait à de rudes épreuves les corsages que lui confectionnaient ses couturières, les demoiselles Méchinet, les sœurs du greffier.

Jeune, elle avait eu la beauté du diable. Elle gardait en vieillissant des joues enluminées comme une image d'Épinal, une forêt de cheveux noirs bien plantés et des dents admirables.

Pourtant elle n'était pas heureuse. Sa vie s'était consumée à souhaiter un enfant et elle n'en avait pas eu.

— Ce qui doit, disait-elle, paraître inexplicable aux personnes qui nous connaissent, M. Séneschal et moi ; lui qui a été un des beaux hommes de Sauveterre, et moi, qui ai toujours joui d'une santé exceptionnelle.

Et tout de suite, qu'on fût ou non de son intimité, elle entrait à ce sujet dans les détails les plus délicats, disant ses déceptions et celles de son mari, les pèlerinages qu'elle avait faits, le nom des médecins qu'ils avaient consultés, et combien de mois elle avait passés au bord de la mer, vivant presque exclusivement de poisson qu'elle n'aimait point.

Rien n'avait réussi ; et ses espérances s'évanouissant avec les années, elle s'était résignée, et l'amertume de ses regrets s'était changée en une sorte de mélancolie sentimentale qu'elle nourrissait de romans et de poésies.

Elle avait une larme au service de toutes les infortunes, et quelques paroles de consolation pour toutes les douleurs. Sa charité était proverbiale. Jamais une pauvre femme en couches ne s'était inutilement adressée à son cœur.

Ce qui ne l'empêchait pas d'être une maîtresse femme qu'il était malaisé de duper, menant sa maison au doigt et à l'œil, dirigeant une lessive ou réglant un dîner comme pas une dame de Sauveterre.

C'est donc en sanglotant qu'elle écouta le récit que lui fit son mari des événements de la nuit.

Et lorsqu'il eut achevé :

— Cette pauvre Denise, dit-elle, est capable d'en mourir.

A ta place, j'irais bien vite chez M. de Chandoré, lui apprendre avec tous les ménagements convenables, cette funeste nouvelle...

— C'est ce dont je me garderai bien, s'écria M. Séneschal, et même je te défends expressément d'y aller...

C'est qu'il n'était pas un héros de stoïcisme, et que, s'il se fût écouté, il eût pris le chemin de fer et se fût enfui à cent lieues, pour n'être pas témoin de la douleur de grand-père Chandoré et de tantes Lavarande, du désespoir de Denise, surtout, qu'il affectionnait particulièrement, et dont, depuis tant d'années, il soignait et arrondissait la dot avec autant de sollicitude que si elle eût été sa fille.

C'est qu'aussi il ne savait plus que croire, et qu'influencé par l'assurance de M. Galpin-Daveline, désorienté par le déchaînement de l'opinion, il en arrivait à se demander si Jacques, véritablement, n'avait pas commis les crimes dont on l'accusait.

Ses occupations, par bonheur, devaient être, ce jour-là, trop nombreuses pour lui laisser le loisir de la réflexion.

Il avait à assurer le transport des restes informes du tambour Bolton et du pauvre Guillebault. Il dut recevoir la mère de l'un et la femme de l'autre, écouter leurs lamentations et essayer de les consoler ; promettre à la première une petite pension, affirmer à la seconde qu'il ferait obtenir à l'aîné de ses garçons une bourse entière au collége de Sauveterre ou au petit séminaire de Pons.

Il lui avait fallu, de plus, donner des ordres pour qu'on rapportât, avec toutes les précautions nécessaires, les blessés de l'incendie, le gendarme et le paysan.

Il s'était, aussitôt après, mis en quête d'une maison pour le comte et la comtesse de Claudieuse, et ne l'avait pas trouvée sans peine.

Enfin, une bonne partie de son après-midi avait été prise par une violente discussion avec le docteur Seignebos.

Le docteur, au nom, prétendait-il, de la science outragée, au nom de la justice et de l'humanité, réclamait l'arrestation immédiate de Cocoleu, ce misérable, dont le témoignage inconscient avait été la base de la prévention. Il exigeait, jurait-il, en frappant du poing sur la table, que cet idiot épileptique fût conduit à l'hôpital, et séquestré, par mesure administrative, pour être ultérieurement soumis à l'examen des hommes de l'art.

Longtemps le maire avait résisté à ces prétentions, qui lui paraissaient exorbitantes, mais M. Seignebos avait parlé si haut et si ferme, qu'à la fin il avait expédié deux gendarmes à Bréchy, avec l'ordre de ramener Coçoleu.

Ils étaient revenus quelques heures plus tard, les mains vides. L'idiot avait disparu. Personne, dans le pays, n'avait pu leur donner de ses nouvelles.

— Et vous trouvez cela naturel! s'était écrié le docteur Seignebos, dont les yeux étincelaient sous ses lunettes d'or. Moi, j'y vois la preuve irrécusable du complot organisé pour perdre M. de Boiscoran.

— Mais, sacrebleu! soyez donc tranquille, avait répondu M. Séneschal agacé, Cocoleu n'est pas perdu, on le retrouvera.

Le médecin s'était éloigné sans insister, mais avant de rentrer chez lui, il était monté au cercle, et là, en présence de plus de vingt personnes, il avait dit avoir acquis la preuve que Jacques de Boiscoran était victime de ses opinions avancées, que les partis monarchistes ne lui pardonnaient pas d'avoir déserté leurs rangs, et que certainement les jésuites n'étaient pas étrangers à l'affaire.

Cette intervention devait être plus nuisible qu'utile à Jacques, et le résultat ne se fit pas attendre.

Le soir même, lorsque M. Galpin-Daveline traversa la place du Marché-Neuf, il fut outrageusement sifflé.

Tout naturellement, le juge d'instruction, furieux, se transporta chez le maire, s'en prenant à lui de l'insulte faite à la justice en sa personne, et réclamant la plus énergique répression.

M. Séneschal promit de prendre les mesures nécessaires, et courut chez M. Daubigeon, le procureur de la République, pour se concerter avec lui.

Là il apprit ce qui s'était passé à Boiscoran, et le résultat terrible de l'interrogatoire.

Il était donc rentré chez lui fort triste, désolé de la situation de Jacques et très-inquiet de la couleur politique que prenait cette affaire.

Avec de telles préoccupations, il avait passé une mauvaise nuit, et il s'était levé d'une humeur si massacrante, que c'est à peine si sa femme avait osé lui adresser la parole.

C'est que tout n'était pas fini. A deux heures précises devait avoir lieu l'enterrement de Bolton et de Guillebault, et il avait promis au capitaine Parenteau qu'il y assisterait, ceint de son écharpe, à la tête d'une partie du conseil municipal.

Il venait même de donner l'ordre de préparer ses habits de cérémonie, quand son domestique lui annonça la visite de M. de Chandoré et d'un autre monsieur...

— Il ne manquait que cela!... s'écria-t-il.

Mais réfléchissant :

— Tôt ou tard, la scène aura toujours lieu... Qu'ils entrent!...

M. Séneschal était bien bon de s'émouvoir ainsi d'avance, et de s'affermir contre une déchirante explosion de douleur.

Il fut stupéfait de l'air dégagé dont M. de Chandoré lui présenta son compagnon :

— M. Manuel Folgat, mon cher Séneschal, un des avocats en renom de Paris, qui a bien voulu accompagner la marquise de Boiscoran, arrivée ce matin.

— Je suis étranger au pays, monsieur le maire, ajouta Me Folgat, j'en ignore les idées, les coutumes, les mœurs, les intérêts, les préjugés, tout enfin, et je risquerais de commettre quelque grosse sottise si je n'avais un conseiller expérimenté, habile et sûr... M. de Boiscoran et M. de Chandoré m'ont fait espérer que vous voudriez bien être ce conseiller...

— Assurément, monsieur, et du meilleur cœur, répondit M. Séneschal, tout en s'inclinant, visiblement flatté de la déférence de l'avocat de Paris.

Il avait avancé des siéges à ses hôtes. Lui-même s'était assis, et le coude appuyé au bras de son fauteuil de cuir, il caressait de la main son menton rasé de frais.

— L'affaire est grave, messieurs, prononça-t-il enfin.

— Une accusation criminelle l'est toujours, dit Me Folgat.

— Sarpejeu! messieurs, s'écria M. de Chandoré, doutez-vous donc de l'innocence de Jacques!...

M. Séneschal ne répondit pas : non. Il se taisait, il cherchait de ces atténuations savantes dont sa femme parlait la veille.

— Comment imaginer, commença-t-il enfin, les idées qui peuvent germer dans un cerveau de vingt-cinq ans, exalté par le souvenir de certaines offenses!... La colère est une conseillère perfide.

Grand-père Chandoré n'en put écouter plus long.

— Que me parlez-vous de colère, interrompit-il, et où en voyez-vous trace en cette affaire du Valpinson!... Je n'aperçois, moi, que le plus lâche des crimes, longuement prémédité et froidement exécuté...

Gravement, le maire hochait la tête.

— Vous ne savez pas tout ce qui s'est passé, fit-il.

— Monsieur, dit Me Folgat, c'est avec l'espoir d'être renseignés, que nous sommes venus à vous.

— Soit, fit M. Séneschal.

Et tout de suite, avec la lucidité d'un vieil avoué accoutumé à débrouiller les fils les plus enchevêtrés d'une procédure, il exposa les faits dont il avait été témoin au Valpinson, et ceux que le procureur de la République lui avait dit s'être passés à Boiscoran.

Et en terminant :

— Enfin, conclut-il, savez-vous ce que m'a dit Daubigeon, dont certes vous ne suspecterez pas le témoignage? Il m'a dit en propres termes : « Daveline ne pouvait pas ne pas » faire arrêter M. de Boiscoran. Est-il coupable? Je ne sais » plus que penser. Les charges sont écrasantes. Il jure ses » grands dieux qu'il est innocent, mais il refuse de faire » connaître l'emploi de sa soirée... »

M. de Chandoré, cet homme si robuste, semblait près de défaillir, encore bien que son visage conservât ses tons cramoisis, dont nulle émotion ne pouvait pâlir l'éclat.

— Que va dire Denise, mon Dieu!... murmura-t-il.

Puis, tout haut, et s'adressant à Me Folgat :

— Et cependant, fit-il, Jacques avait certainement des projets pour ce soir-là.

— Vous croyez, monsieur?

— J'en suis sûr. Est-ce que sans cela il ne fût pas venu à la maison comme tous les soirs depuis un mois!... Lui-même le dit d'ailleurs, dans la lettre qu'il a envoyée à Denise par un de ses fermiers, cette lettre dont elle vous a parlé... Il lui écrit : « C'est du fond du cœur que je maudis » l'affaire qui m'empêchera de passer la soirée près de » vous, mais il m'est impossible de la remettre. À de- » main... »

— Vous voyez!... s'écria M. Séneschal.

— Telle est cette lettre, continua le vieillard, qu'il est impossible, je le répète, qu'un homme méditant un odieux forfait l'ait pensée et écrite. Pourtant, à vous, je puis l'avouer, lorsque j'ai appris la funeste nouvelle, cette circonstance d'une affaire urgente m'a impressionné péniblement.

Mais le jeune avocat semblait bien loin d'être convaincu.

— Il est clair, prononça-t-il, que M. de Boiscoran ne veut, à aucun prix, qu'on sache où il est allé.

— Il a menti, monsieur, insista M. Séneschal, il a commencé par nier avoir pris la route où les témoins l'ont rencontré.

— Naturellement, puisqu'il tient à cacher l'endroit où il est allé.

— Quand on lui a signifié qu'il était arrêté, il n'a pas parlé.

— Parce qu'il espère se tirer d'affaire sans dire où il est allé.

— Si c'était vrai, ce serait bien étrange !

— On a vu plus étrange encore.

— Se laisser accuser de meurtre et d'incendie quand on est innocent...

— Être innocent et se laisser condamner est bien plus fort encore. Et cependant, on en sait des exemples.

Le jeune avocat s'exprimait de cet accent impérieux et bref qui est comme un des priviléges de sa profession, et avec un tel accent de certitude, que M. de Chandoré semblait renaître à la vie.

M. Séneschal en était presque interloqué.

— Que pensez-vous donc, monsieur? interrogea-t-il.

— Que M. de Boiscoran doit être innocent, répondit le jeune avocat.

Et sans permettre une objection :

— C'est, insista-t-il, l'avis d'un homme dont nulle considération ne trouble le jugement. J'arrive, sans idée préconçue, je ne connais pas plus M. de Claudieuse que M. de Boiscoran. Un crime a été commis, on m'en dit les circonstances, et tout aussitôt je reconnais que les raisons même qui ont fait arrêter le prévenu me feraient le mettre en liberté.

— Oh !...

— Je m'explique : Si M. de Boiscoran est coupable, il a montré, par la façon dont il a reçu M. Galpin-Daveline, une puissance sur soi inouïe, et un incomparable talent de comédien. Donc, s'il est coupable, il est très-fort...

— Cependant...

— Permettez. S'il est coupable, il a fait preuve dans son interrogatoire d'une absence de sang-froid insigne, et, tranchons le mot, d'une imbécillité sans nom... Donc, s'il est coupable, il est très-faible...

— Mais...

— Pardon, j'achève. Le même homme peut-il être à la fois si fort et si faible que cela? Décidez. Il y a plus : Si M. de Boiscoran était coupable, c'est à Charenton et non au bagne qu'il faudrait l'envoyer, car tout autre qu'un fou eût jeté l'eau où il avait lavé ses mains noires de charbon, et enterré n'importe où ce fusil Klebb, que la prévention brandit si victorieusement...

— Jacques est sauvé !... s'écria M. de Chandoré.

M. Séneschal n'était pas si prompt à l'enthousiasme.

— C'est spécieux, fit-il. Malheureusement, il faut autre chose qu'une déduction, si logique qu'elle soit, à des juges qui ont les mains pleines de preuves...

— On leur en trouvera de plus fortes.

— Que comptez-vous donc faire?

— Je ne sais... Je viens de vous dire ma première impression ; maintenant, il faut que j'étudie l'affaire, que j'interroge les gens, à commencer par le vieil Antoine...

M. de Chandoré s'était levé.

— Nous pouvons être à Boiscoran dans une heure, fit-il. Dois-je envoyer chercher ma voiture?...

— Le plus tôt sera le mieux, répondit le jeune avocat.

Chargé de cette commission, le domestique de M. Séneschal était de retour moins d'un quart d'heure après, annonçant que la voiture était devant la porte.

M. de Chandoré et Mᵉ Folgat y prirent place, et tandis qu'ils s'installaient :

— Surtout, recommanda le maire à l'avocat parisien, soyez prudent et circonspect... Déjà cette affaire ne passionne que trop l'opinion... La politique s'en mêle. Je crains une manifestation à l'enterrement des pompiers, et l'on m'annonce que le docteur Seignebos prononcera un discours au cimetière. Allons, bonne chance !

Le cocher fouetta le cheval, et pendant que la voiture roulait le long du faubourg des Dames :

— Je ne m'explique pas, disait M. de Chandoré, qu'Antoine ne soit pas venu me trouver aussitôt après l'arrestation de son maître. Que peut-il lui être arrivé ?

IV

Le cheval de M. Séneschal était peut-être un des meilleurs de l'arrondissement : mais celui de M. de Chandoré lui était encore supérieur.

En moins de cinquante minutes furent franchis les treize kilomètres qui séparent Boiscoran de Sauveterre. Cinquante minutes pendant lesquelles M. de Chandoré et Mᵉ Folgat n'échangèrent pas cinquante mots.

Lorsqu'ils arrivèrent, la cour du château de Boiscoran était silencieuse et déserte. Portes et fenêtres étaient hermétiquement closes.

Sur les marches du perron était assis un jeune paysan à robuste carrure, lequel, à la vue des « bourgeois », se leva et porta la main à son bonnet de laine.

— Où est Antoine ? lui demanda M. de Chandoré.

— Là-haut, monsieur le baron.

Le vieux gentilhomme essaya d'ouvrir la porte ; elle résista.

— Oh ! monsieur, Antoine est barricadé en dedans, dit le paysan.

— Singulière idée, fit M. de Chandoré, en frappant du bout de sa canne.

Il frappait depuis un moment de plus en plus fort, quand enfin, de l'intérieur :

— Qui va là ?... cria la voix d'Antoine.

— C'est moi, sarpejeu ! le baron de Chandoré.

Bruyamment les barres furent retirées, et le vieux valet de chambre se montra. Il était blême et défait. Au désordre de sa barbe, de ses cheveux et de ses vêtements, il était aisé de voir qu'il ne s'était pas couché. Et ce désordre était fort significatif, de la part d'un homme qui, en toute circonstance, mettait son amour-propre à afficher l'irréprochable tenue d'un gentleman anglais.

7

M. de Chandoré en fut si frappé, qu'avant tout :

— Qu'avez-vous, mon brave Antoine? demanda-t-il.

Au lieu de répondre, le fidèle serviteur attira le baron et son compagnon à l'intérieur. Et après qu'il eut refermé la porte, se croisant les bras devant eux :

— J'ai, répondit-il d'un accent étrange, j'ai... que j'ai peur !

Le vieux gentilhomme et l'avocat se regardaient.

— Ce malheureux, pensaient-ils, a perdu l'esprit.

Antoine comprit, car vivement :

— Non ! je ne suis pas fou, dit-il, quoiqu'en vérité, il se passe ici des choses telles qu'on se demande si l'on jouit bien de tout son bon sens !... Si j'ai peur, ce n'est pas sans motifs !...

— Douteriez-vous de votre maître ? interrogea M⁰ Folgat.

Si menaçant fut le regard que l'honnête domestique lança au questionneur, que tout de suite M. de Chandoré intervint.

— Mon cher Antoine, dit-il, monsieur est un ami, un ami dévoué, un avocat venu de Paris avec Mᵐᵉ de Boiscoran pour défendre Jacques. Non-seulement vous ne devez pas vous défier de lui, mais il faut lui dire tout ce que vous savez, tout absolument et quand même...

Le visage du digne serviteur s'éclaira.

— Ah ! monsieur est un avocat !... s'écria-t-il. Qu'il soit le bien venu. Je vais pouvoir dire tout ce que j'ai sur le cœur... Non, certes, je ne crois pas M. Jacques coupable, il est impossible qu'il le soit, il est stupide de penser qu'il puisse l'être... Mais ce que je crois, ce dont je suis sûr, c'est qu'il y a un coup monté pour lui mettre sur le dos les horreurs du Valpinson...

— Un coup monté !... interrompit M⁰ Folgat, par qui, comment, dans quel but ?...

— Ah !... c'est ce que j'ignore. Mais je ne me trompe pas, et vous penseriez comme moi, si vous aviez assisté à l'interrogatoire... C'était effrayant, messieurs, c'était inouï, à ce point que, moi, j'ai été comme ébloui, et qu'à un moment j'ai douté de mon maître, et que je lui ai conseillé de fuir... Non, jamais on n'a entendu chose pareille. Tout était contre lui... Chacune de ses réponses était comme un aveu. Il y a eu un crime au Valpinson... on l'y a vu aller et en revenir par des chemins détournés. On a mis le feu; l'eau où il s'était lavé les mains était noire de charbon. On a tiré

des coups de fusil... on a retrouvé une de ses cartouches
près de l'endroit où M. de Claudieuse a été blessé. Même,
c'est là que j'ai reconnu le coup monté. Est-ce que toutes
les circonstances se seraient ajustées si exactement, si
elles n'eussent été d'avance prévues, calculées et arran-
gées !... Ce pauvre M. Daubigeon avait les larmes aux yeux,
et ce « tout se mêle » de Méchinet, le greffier, lui-même
était confondu. Il n'y avait à paraître content que ce Galpin-Daveline de malheur. Car c'était lui qui était le juge et
qui interrogeait. Lui, l'ami de monsieur! Un homme qui à
tout moment arrivait ici, manger notre pain, dormir dans
nos lits, et tirer notre gibier. Il était à genoux devant monsieur, alors, pour obtenir la main de la nièce des demoiselles
de Lavarande. Alors, c'était « mon bon Jacques » par ci,
« mon cher Boiscoran » par là, et des protestations et des
cajoleries à n'en plus finir, au point que je me disais toujours qu'un matin je trouverais les bottes de monsieur
cirées par lui. Ah ! il a pris sa revanche, hier matin, et il
fallait voir de quel air il disait à monsieur : « Nous ne
sommes plus amis. » Bandit !... non, nous ne sommes plus
amis, et si le bon Dieu était juste, tu aurais dans le ventre
les deux coups de fusil qu'on a tirés sur M. de Claudieuse,
et tu ne les digérerais pas...

L'impatience de M. de Chandoré était grande.

Aussi, dès qu'Antoine s'arrêta pour reprendre haleine :

— Pourquoi, fit-il, n'êtes-vous pas venu me raconter cela
tout de suite?

Le vieux serviteur se permit un haussement d'épaules.

— Est-ce que je le pouvais ! répondit-il. Quand l'interrogatoire a été fini, le Galpin a mis partout les scellés, des
bandes de toile fixées avec de la cire, comme on en pose
sur le secrétaire des morts. Oh ! il en a mis sur toutes les
ouvertures, et deux plutôt qu'une. Il en a placé trois sur la
porte extérieure. Puis il m'a dit qu'il me constituait gardien, que j'aurais une rétribution pour cela, mais que les
galères m'attendaient, si quelqu'un touchait aux scellés,
seulement du bout du doigt. Là-dessus, après avoir livré
monsieur aux gendarmes, le Galpin est parti, me laissant
seul ici, hébété comme un homme qui aurait reçu un coup
de marteau sur la tête... Pourtant, je serais allé trouver
monsieur le baron, sans une idée qui m'est venue, et qui
m'a donné le frisson.

. Grand-père Chandoré frappait du pied.

— Au fait!... dit-il. Au fait!...

— Voilà. Il faut que ces messieurs sachent que, dans l'interrogatoire, il a été beaucoup question du fusil Klebb, que monsieur avait emporté le soir de l'incendie. Le Galpin a manié ce fusil et a ensuite demandé quand monsieur avait fait feu avec pour la dernière fois. Monsieur a répondu qu'il y avait cinq jours... Vous m'entendez, je dis : cinq jours. Et là-dessus, mon Galpin a remis le fusil à sa place, sans examiner les canons.

— Eh bien ? fit Me Folgat.

— Eh bien! monsieur, moi, Antoine, j'avais, l'avant-veille, — je dis bien : l'avant-veille, lavé et nettoyé à fond le Klebb de monsieur...

— Sarpejeu!... s'écria M. de Chandoré, comment n'avez-vous pas dit cela plus tôt, Antoine... Si les canons sont propres, c'est la preuve irrécusable que Jacques est innocent!...

Le vieux serviteur branla la tête.

— C'est vrai, dit-il, seulement... les canons sont-ils propres?

— Oh !

— Monsieur peut s'être trompé quant à la date de son dernier coup de fusil, et alors, les canons seraient encrassés, et au lieu de le sauver, ma déclaration le perdrait définitivement... Avant de parler, il faut être sûr.

— Oui, approuva Me Folgat, et vous avez bien fait de vous taire, mon brave, et je ne saurais trop vous adjurer de ne parler à personne au monde de cette circonstance, qui peut devenir pour la défense un argument décisif...

— Oh ! je saurai tenir ma langue, monsieur ; seulement vous devez comprendre ce que je me suis fait de mauvais sang, devant ces maudits scellés qui m'empêchaient d'aller m'assurer de l'état du fusil... Oh! si j'avais osé les briser !...

— Malheureux!

— J'en ai eu l'idée, mais je me suis retenu. Seulement j'ai songé, après, que cette pensée pouvait venir à d'autres. Les scélérats qui ont organisé ce complot abominable contre M. Jacques sont capables de tout, n'est-ce pas?... Pourquoi ne seraient-ils pas venus, de nuit, briser les scellés... J'ai mis le métayer de garde dans le jardin, sous les fenêtres; j'ai placé son fils de faction dans la cour, et moi je suis resté en sentinelle devant les scellés, avec des armes sous la main... Les brigands pouvaient venir, ils auraient trouvé à qui parler !...

On a beau dire, les avocats valent mieux que leur réputation. Il est des grâces d'état. Le premier qui versera une larme à la représentation d'un drame bien noir, sera toujours un dramaturge, un homme du métier qui connaît toutes les ficelles et pour qui les coulisses n'ont plus de secrets.

L'avocat, tant accusé de scepticisme, est par excellence crédule et naïf. C'est sincèrement qu'il se passionne, et, quand on pense qu'il joue la comédie, il est de bonne foi. Les trois quarts du temps est gagnée dans son esprit la cause détestable qu'il plaide et qu'il perd devant les juges.

D'heure en heure, depuis son arrivée à Sauveterre, Me Folgat s'était pénétré de l'innocence de Jacques de Bois-coran, et le récit du vieil Antoine n'était pas fait pour ébranler ses convictions.

Non qu'il admît l'existence d'un complot. Mais il n'était pas éloigné de croire à l'audacieux calcul de quelque scélérat, profitant de circonstances connues de lui seul, pour faire retomber le châtiment de son crime sur M. de Bois-coran.

Mais il avait bien d'autres explications à demander, et il était difficile de les obtenir d'Antoine, dans l'état de fiévreuse exaltation où il se trouvait.

Car interroger un homme, si disposé qu'il soit à parler, n'est pas facile. Et si l'on n'apporte pas à cette tâche un grand sang-froid, beaucoup de soin et une méthode imperturbable, on risque fort de passer à côté du fait le plus important à recueillir.

Donc après un moment :

— Mon brave Antoine, reprit Me Folgat, je ne saurais trop louer votre conduite en toute cette affaire... Nous sommes loin d'en avoir fini... Seulement, comme je n'ai rien pris depuis hier à Paris, et que j'entends sonner midi...

M. de Chandoré se frappa le front.

— Ah ! vieil oublieux que je suis !... interrompit-il. Comment ne vous ai-je rien offert !... Pourtant, vous m'excuserez, n'est-ce pas, je suis si bouleversé !... Antoine, qu'avez-vous à nous servir ?

— La métayère a des œufs, du confit d'oie, du jambon...

— Ce qui sera le plus vite prêt sera le meilleur, dit le jeune avocat.

— Avant vingt minutes, ces messieurs seront à table ! s'écria le digne serviteur.

Et il s'élança dehors, pendant que M. de Chandoré faisait entrer Mᵉ Folgat dans le salon.

Le pauvre grand-père faisait appel à toute son énergie pour garder une contenance assurée.

— Cette circonstance du fusil, dit-il, c'est le salut, n'est-ce pas ?

— Peut-être, répondit le jeune avocat.

Et ils gardèrent le silence : le grand-père songeant à la douleur de sa petite-fille, et maudissant le jour où, en ouvrant sa maison à Jacques, il l'avait ouverte à tant et de si cruelles angoisses ; l'avocat classant dans son esprit les faits qu'il avait recueillis et préparant les questions qu'il voulait poser encore.

Ils étaient, l'un et l'autre, si profondément enfoncés dans leurs réflexions, qu'ils tressautèrent quand Antoine reparut disant :

— Ces messieurs sont servis !

La table avait été dressée dans la salle à manger, et les deux convives y ayant pris place, l'honnête domestique se plantait debout, près d'eux, la serviette au bras, quand M. de Chandoré l'interpellant :

— Mettez un troisième couvert, Antoine, dit-il, et déjeunez avec nous...

— Oh !... monsieur, protesta le brave homme, monsieur le baron...

— Asseyez-vous, insista M. de Chandoré, manger après nous vous ferait perdre du temps, et un serviteur tel que vous fait partie de la famille...

Antoine obéit, confus, mais rouge de plaisir de l'honneur qui lui était fait, car ce n'est pas par excès de familiarité que péchait le baron de Chandoré.

Et le jambon et les œufs de la métayère expédiés :

— Maintenant, reprit Mᵉ Folgat, revenons à notre affaire, et vous, mon cher Antoine, du calme, et rappelez-vous que si nous n'obtenons pas une ordonnance de non-lieu, vos réponses seront les éléments de ma défense ! Quelles étaient, ici, les habitudes de M. de Boiscoran ?

— Ici, monsieur, il n'en avait pour ainsi dire pas. Nous venions si rarement et pour si peu de temps !...

— N'importe, quel était son genre de vie ?

— Il se levait tard, il se promenait beaucoup, il chassait quelquefois, il dessinait, il lisait... car monsieur est un grand liseur, et qui aime les livres autant que M. le marquis, son père, aime la porcelaine...

— Qui recevait-il ?

— M. Galpin-Daveline, le plus souvent ; le docteur Seignebos, le curé de Bréchy, M. Séneschal, M. Daubigeon...

— Comment passait-il ses soirées ?

— Chez M. le baron de Chandoré, qui est ici pour le dire.

— Il n'avait pas d'autres relations dans le pays ?...

— Non.

— Vous ne lui connaissez pas quelque... bonne amie ?...

Antoine eut un geste pudibond.

— Oh !... monsieur, prononça-t-il, monsieur, ne savez-vous donc pas que monsieur est le fiancé de Mlle Denise !...

Le baron de Chandoré n'était pas né d'hier, ainsi qu'il se plaisait à le dire. Si puissamment intéressé qu'il fût, il se leva.

— J'ai besoin de prendre l'air, fit-il.

Et il sortit, comprenant que sa qualité de grand-père de Denise pouvait arrêter la vérité sur les lèvres d'Antoine.

— Voilà un homme d'esprit, pensa Me Folgat.

Et tout haut :

— Puisque nous voilà seuls, mon brave Antoine, reprit-il, parlons nettement. M. de Boiscoran avait-il quelque maîtresse dans le pays ?

— Non, monsieur.

— N'en a-t-il jamais eu ?

— Jamais. On vous dira peut-être que, dans le temps, il regardait avec plaisir la Fougerouse, une grande rousse, la fille d'un meunier qui demeure tout près d'ici, et que la mâtine venait au château plus souvent qu'il n'était besoin, tantôt sous un prétexte, tantôt sous un autre... Mais c'était pur enfantillage. D'ailleurs, il y a cinq ans de cela, et depuis trois la Fougerouse est mariée à un saunier des environs de Marennes.

— Vous êtes sûr de ce que vous dites ?

— Comme de mon existence. Et monsieur en serait sûr s'il connaissait ¹ pays comme moi, et la langue infernale des gens. Il n'y a pas de ruses qui tiennent, ni précautious ; je défie un homme de parler trois fois à une femme sans que tout le monde le sache. A Paris, je ne dis pas...

Me Folgat dressa l'oreille.

— Il y a donc eu quelque chose à Paris ?... interrogea-t-il.

Mais Antoine hésitait.

— C'est que, balbutia-t-il, les secrets de mon maître ne sont pas les miens, et après le serment que je lui ai fait...

— De votre franchise dépend peut-être le salut de votre maître, interrompit le jeune avocat, soyez sûr qu'il ne vous en voudra pas d'avoir parlé...

Quelques secondes encore l'honnête serviteur demeura indécis ; puis :

— Eh bien ! commença-t-il, monsieur a eu, comme on dit, une grande passion...

— Quand ?...

— Ah ! je l'ignore ; cela avait commencé avant mon entrée au service de monsieur. Ce que je sais, c'est que, pour recevoir... la personne, monsieur avait acheté à Passy, au bout de la rue des Vignes, au milieu d'un immense jardin, une belle maison qu'il avait fait meubler magnifiquement...

— Ah !...

— C'est là un secret que ni le père de monsieur, ni sa mère comme de juste ne connaissent. Et si je le sais, c'est que monsieur, un jour qu'il était à cette maison, est tombé dans l'escalier et s'est déboîté le pied, et qu'il m'a fait venir pour le soigner. C'est probablement sous son nom qu'il l'a achetée, mais ce n'était pas sous son nom qu'il l'occupait. Il s'y faisait passer pour un Anglais, M. Burnett, et c'était une servante anglaise qui le servait...

— Et... la personne...

— Ah ! monsieur, non-seulement je ne la connais pas, mais je ne soupçonne pas qui elle pouvait être. Ah ! monsieur, et elle prenait de fières précautions ! Étant ici pour tout dire, j'avouerai que j'ai eu la curiosité de questionner la servante anglaise. Elle m'a répondu qu'elle n'était pas plus avancée que moi ; qu'elle savait bien qu'il venait une dame, mais que jamais elle n'avait réussi à lui voir seulement le bout du nez. Monsieur prenait si adroitement son temps, que toujours la servante était en course quand la dame arrivait et repartait. Quand elle était à la maison, monsieur et elle se servaient seuls. Et s'ils voulaient se promener dans le jardin, ils envoyaient la servante faire une commission à tous les diables, à Versailles ou à Fontainebleau, ce dont elle enrageait, comme de raison.

D'un mouvement machinal qui lui était familier, Me Folgat tortillait une mèche de sa barbe noire.

Un instant, il lui avait semblé voir poindre la femme, cette inévitable femme dont l'inspiration toujours se retrouve au fond de toutes les actions d'un homme, et voici que décidément elle s'avanouissait.

Car c'est en vain que d'un esprit alerte il cherchait un rapport quelconque, possible, sinon probable, entre la mystérieuse visiteuse de la rue des Vignes et les événements dont le Valpinson venait d'être le théâtre, il n'en découvrait aucun.

Quelque peu découragé :

— Enfin, mon brave Antoine, reprit-il, cette grande passion de votre maître n'existe sans doute plus?...

— Évidemment, monsieur, puisque M. Jacques allait épouser Mlle Denise.

La raison n'était peut-être pas aussi péremptoire que l'imaginait le fidèle serviteur; pourtant le jeune avocat ne fit aucune observation.

— Et, selon vous, poursuivit-il, quand cette passion aurait-elle pris fin ?

— Pendant la guerre, monsieur et la dame ont dû se trouver séparés, car monsieur n'est pas resté à Paris. Il commandait une compagnie de nos mobiles, et même il a été blessé à leur tête, ce qui lui a valu la croix...

— Possède-t-il encore sa maison de la rue des Vignes?

— Je le crois.

— Pourquoi?

— Parce que monsieur et moi sommes allés passer huit jours à Paris, après les événements, et qu'un soir il m'a dit : « La guerre et la Commune me coûtent bon. Ma bicoque a reçu plus de vingt obus, et il y a logé tour à tour des francs-tireurs, des communeux et des soldats. Les murs sont à jour, et il n'y reste pas un meuble intact. Mon architecte me dit que, tout compris, j'aurai pour plus de quarante mille francs de réparations... »

— Comment! de réparations !... Il comptait donc encore utiliser cette maison ?

— A cette époque, monsieur, le mariage de monsieur n'était pas encore arrêté.

7.

— Soit, mais cette circonstance tendrait à prouver qu'il a revu à cette époque la dame mystérieuse, et que la guerre n'avait pas brisé leurs relations...

— C'est possible.

— Et il ne vous a jamais reparlé de cette dame?

— Jamais...

Il s'arrêta. Dans le vestibule, on entendait M. de Chandoré tousser avec cette affectation d'un homme qui tient à s'annoncer.

Aussitôt qu'il reparut :

— Par ma foi, monsieur, lui dit M⁰ Folgat, lui indiquant ainsi que sa présence n'avait plus aucun inconvénient, je me disposais à aller à votre recherche, craignant que vous ne fussiez incommodé...

— Je vous remercie, répondit le vieux gentilhomme, l'air m'a tout à fait remis.

Il s'assit; et le jeune avocat se retournant vers Antoine :

— Revenons, dit-il, à M. de Boiscoran. Comment était-il, le jour qui a précédé l'incendie?

— Comme tous les autres jours, monsieur.

— Qu'a-t-il fait, avant de sortir?

— Il a dîné comme d'habitude, de bon appétit. Il est ensuite monté dans son appartement, où il est resté plus d'une heure. En descendant il tenait à la main une lettre, qu'il a remise à Michel, le fils du fermier, pour la porter à Sauveterre, à M¹¹ᵉ de Chandoré...

— Précisément. Dans cette lettre M. de Boiscoran dit à M¹¹ᵉ Denise qu'il est retenu loin d'elle par une affaire impérieuse...

— Ah !...

— Avez-vous idée de ce que pouvait être cette affaire?

— Aucunement, monsieur, je vous le jure.

— Cependant, voyons, ce ne peut être sans raison que M. de Boiscoran s'est privé du plaisir de passer la soirée auprès de sa fiancée?...

— Non, en effet.

— Ce ne peut être sans but, qu'au lieu de suivre la grande route, il s'est lancé à travers les marais inondés, et qu'il est revenu à travers bois...

Le vieil Antoine, littéralement, s'arrachait les cheveux.

— Ah ! monsieur, s'écria-t-il, vous dites là précisément ce que disait M. Galpin-Daveline.

— C'est malheureusement ce que dira tout homme sensé.

— Je le sais, monsieur, je ne le sais que trop. Et M. Jacques lui-même l'a si bien senti, qu'il a essayé d'inventer un prétexte. Mais il n'a jamais menti, M. Jacques, il ne sait pas mentir, et lui qui a tant d'esprit, il n'a rien su trouver qu'un prétexte dont l'absurdité saute aux yeux. Il dit qu'il allait à Bréchy voir son marchand de bois...

— Et pourquoi non !... fit M. de Chandoré.

Antoine secoua la tête.

— Parce que, répondit-il, le marchand de bois de Bréchy est un voleur, et qu'au su et vu de tout le monde, monsieur l'a mis dehors par les épaules, voilà plus de trois ans. C'est à Sauveterre que nous vendons nos coupes.

Me Folgat venait de sortir de sa poche un agenda, et il y notait certaines indications d'Antoine, arrêtant déjà les grandes lignes de sa défense.

Cela fait :

— A cette heure, commença-t-il, arrivons à Cocoleu.

— Ah ! le misérable ! s'écria Antoine.

— Vous le connaissez ?

— Comment ne le connaîtrais-je pas, moi qui ai passé toute ma vie ici, à Boiscoran, au service de défunt l'oncle de monsieur !...

— Alors, quel individu est-ce, décidément ?

— Un idiot, monsieur, ou, comme on dit ici, un innocent, qui a la danse de saint-Guy, par-dessus le marché, et qui tombe du haut-mal...

— Ainsi, il est de notoriété publique qu'il est complétement imbécile ?

— Oui, monsieur. Quoique pourtant j'aie entendu des gens soutenir qu'il n'était pas si dénué de bon sens qu'on croyait, et qu'il faisait, comme on dit, l'âne pour avoir du son...

M. de Chandoré l'interrompit.

— Sur ce sujet, dit-il, le docteur Seignebos peut donner les renseignements les plus précis, ayant gardé Cocoleu chez lui près de deux ans.

— Aussi, ai-je bien l'intention de voir le docteur, répondit Me Folgat. Mais, avant tout, il faudrait retrouver ce misérable idiot...

— Vous avez entendu M. Séneschal, monsieur, il a mis la gendarmerie à sa poursuite.

Antoine se permit une grimace.

— Quand les gendarmes prendront Cocoleu, déclara-t-il, c'est qu'il aura bien voulu se laisser prendre.

— Pourquoi, s'il vous plaît?

— Parce que, messieurs, il n'y a personne comme cet innocent pour connaître les coins et les recoins du pays, les trous, les fourrés, les cachettes, et qu'avec l'habitude qu'il a eu de vivre comme un sauvage, de fruits, de racines et d'oiseaux, il peut, en cette saison, rester trois mois sans approcher d'une maison...

— Diable! fit Me Folgat désappointé.

— Je ne connais qu'un homme, continua le vieux serviteur, capable de dénicher Cocoleu, c'est le fils de notre métayer, Michel, ce gars que vous avez vu en bas...

— Qu'il vienne!... dit M. de Chandoré.

Appelé, Michel ne tarda pas à paraître, et quand on lui eut expliqué ce qu'on attendait de lui :

— Il y a moyen, répondit-il, quoique certainement ce ne soit point aisé. Si Cocoleu n'a pas la raison d'un homme, il a la malice d'une bête... Enfin, on va essayer.

Rien ne retenait plus à Boiscoran M. de Chandoré ni Me Folgat.

Après avoir recommandé au vieil Antoine de bien surveiller les scellés, et de donner, s'il était possible, un coup d'œil au fusil de Jacques, lorsque la justice viendrait enlever les pièces à conviction, ils remontèrent en voiture.

Et cinq heures sonnaient à la cathédrale de Sauveterre quand ils arrivèrent rue de la Rampe.

Mlle Denise attendait dans le salon. Elle se leva lorsqu'ils entrèrent, pâle, les yeux secs et brillants...

— Comment! tu es seule!... s'écria M. de Chandoré, on t'a laissée seule!...

— Ne te fâche pas, grand-père. Je viens de décider Mme de Boiscoran, qui était épuisée de fatigue, à prendre, avant dîner, une heure de repos.

— Et tantes Lavarande?

— Elles sont sorties, grand-père. Elles doivent être en ce moment chez M. Galpin-Daveline...

Me Folgat tressauta.

— Oh!... fit-il.

— Mais c'est une démarche insensée !... s'écria le vieux gentilhomme.

D'un mot la jeune fille lui ferma la bouche.

— C'est moi, dit-elle, qui l'ai voulu.

V

Oui, la démarche des demoiselles de Lavarande était insensée. Au point où en étaient les choses, aller trouver M. Galpin-Daveline, c'était peut-être lui porter des armes dont il écraserait Jacques.

Mais, à qui la faute, sinon à M. de Chandoré et à Me Folgat. N'avaient-ils pas commis une impardonnable imprudence en partant pour Boiscoran sans prévenir, sans autre précaution que de faire dire par le domestique de M. Sénéschal qu'ils seraient de retour pour dîner et qu'il ne fallait pas s'inquiéter.

Ne pas s'inquiéter !... Et c'est à la marquise de Boiscoran et à Mlle Denise, à la mère et à la fiancée de Jacques qu'ils disaient cela !...

Certainement, sur le premier moment, ces deux infortunées conservèrent un sang-froid relatif, chacune s'efforçant de donner à l'autre l'exemple du courage et de la confiance. Mais à mesure que s'étaient écoulées les heures, leurs angoisses avaient repris le dessus, et peu à peu leur douleur s'était exaltée de l'échange de leurs craintes.

Elles se représentaient Jacques innocent et cependant traité comme les pires criminels, seul, au fond d'un cachot, livré aux plus horribles inspirations du désespoir. Quelles pouvaient être ses réflexions depuis plus de vingt-quatre heures qu'il était sans nouvelles des siens ?... Ne devait-il pas se croire méprisé, abandonné, renié ?...

— Cette idée est intolérable ! s'écria enfin Mlle Denise. A tout prix, il faut arriver jusqu'à lui.

— Comment ? demanda Mme de Boiscoran.

— Je ne sais, mais il doit y avoir un moyen. Il est des choses que, seule, je n'aurais pas osé ; mais avec vous, ma chère mère, je puis tout tenter. Allons à la prison...

Vivement, Mme de Boiscoran jeta sur ses épaules son manteau de voyage.

— Je suis prête, dit-elle, partons!...

Elles avaient bien l'une et l'autre entendu dire que Jacques était « au secret, » mais ni l'une ni l'autre n'attachait à cette expression sa réelle et effrayante signification.

Elles n'avaient nulle idée de cette mesure atroce et cependant indispensable en l'état de notre législation, qui supprime en quelque sorte un homme, qui le mure dans une cellule, seul en face du crime dont il est accusé, seul, à l'entière et absolue discrétion d'un autre homme, chargé de lui arracher la vérité.

Pour elles, le secret, ce n'était que la privation de la liberté, la cellule avec son mobilier sinistre, les grilles aux fenêtres, les verrous aux portes, le geôlier secouant ses trousseaux de clefs le long des corridors sombres et le soldat de faction dans la cour...

— Il est impossible, disait Mme de Boiscoran, qu'on me refuse de voir mon fils.

— Impossible, approuvait Mlle Denise. Et, d'ailleurs, je connais le geôlier Blangin, dont la femme était autrefois à notre service.

C'est donc avec une entière confiance que la jeune fille, de sa main frêle, souleva le lourd marteau de la porte de la prison.

Ce fut Blangin lui-même qui vint ouvrir, et, à la vue des deux pauvres femmes, un immense étonnement se peignit sur sa large face.

— Nous venons voir M. de Boiscoran, dit résolûment Mlle Denise.

— Ces dames ont donc une permission? demanda le geôlier.

— Une permission!... De qui?

— De M. Galpin-Daveline.

— Nous n'avons pas de permission.

— Alors j'ai le regret de dire à ces dames qu'il est impossible qu'elles voient M. de Boiscoran. Il est au secret, et j'ai les ordres les plus rigoureux...

Mlle Denise fronçait les sourcils.

— Vos ordres, monsieur Blangin, interrompit-elle, ne sauraient concerner madame, qui est la marquise de Boiscoran...

— Mes ordres concernent tout le monde, mademoiselle.

— Vous empêcheriez, vous, une mère désolée d'embrasser son fils !...

— Eh !... ce n'est pas moi, mademoiselle !... Moi ! Que
suis-je ? Rien, un verrou que la justice pousse ou tire à son
gré.

Pour la première fois, la jeune fille eut l'idée que sa tentative pouvait échouer.

— Mais moi, mon bon monsieur Blangin, insista-t-elle,
avec des larmes plein les yeux, moi, me refuserez-vous...
Ne me connaissez-vous pas ? Votre femme ne vous a-t-elle
jamais parlé de moi ?...

Le geôlier, certainement, était ému.

— Je sais, répondit-il, tout ce que ma femme et moi
devons aux bontés de mademoiselle, mais... j'ai ma consigne, mademoiselle ne voudrait pas faire perdre la place
d'un pauvre homme...

— Si vous perdez votre place, monsieur Blangin, moi,
Denise de Chandoré, je vous en garantis une qui vous vaudra le double...

— Mademoiselle...

— Douteriez-vous de ma parole, monsieur Blangin ?

— Dieu m'en garde ! mademoiselle, mais ce n'est pas
seulement de ma place qu'il s'agit... Si je faisais ce que
vous demandez, je serais puni sévèrement...

A l'accent du geôlier, Mme de Boiscoran comprit que
Mlle de Chandoré n'obtiendrait rien :

— N'insistez pas, mon enfant, dit-elle, rentrons...

— Quoi !... sans savoir rien de ce qui se passe derrière
ces murs implacables, sans savoir même si Jacques est
vivant ou mort !...

Il était clair qu'un rude combat se livrait dans le cœur
du geôlier. Tout à coup, d'une voix brève, et en jetant autour de lui des regards inquiets :

— Parler, dit-il, m'est interdit, mais n'importe... Je ne
vous laisserai pas vous éloigner sans vous apprendre que
M. de Boiscoran est en bonne santé...

— Ah !

— Hier, quand on l'a amené, il était comme hébété...
Il s'est jeté sur son lit à corps perdu, et il y est resté sans
faire un mouvement plus de deux heures. Je crois bien
qu'il pleurait...

Un sanglot, que ne put maîtriser Mlle Denise, fit tres-saillir M. Blangin.

— Oh ! rassurez-vous, mademoiselle, reprit-il bien vite, cet état n'a pas duré. Bientôt M. de Boiscoran s'est levé en s'écriant : « Ah ça ! mais je suis stupide de me désespérer ainsi... »

— Vous l'avez entendu? demanda Mme de Boiscoran.

— Pas personnellement. C'est Frumence Cheminot qui l'a entendu...

— Frumence Cheminot...

— Oui, un de nos détenus. Oh ! un simple vagabond, pas méchant du tout, et qui a la commission de monter la garde au guichet de M. de Boiscoran et de ne jamais le perdre de vue... C'est M. Galpin-Daveline qui a eu l'idée de cette précaution, parce que les accusés, quelquefois, dans le premier moment, si le désespoir les prend et le dégoût de la vie... un malheur est si vite arrivé !... Frumence empêcherait le malheur...

Mme de Boiscoran frémissait d'horreur. Mieux que tout, cette précaution lui donnait la mesure exacte de la situation de son fils.

— Du reste, poursuivit M. Blangin, il n'y a plus rien à craindre. M. de Boiscoran est redevenu calme, tranquille et même gai, si j'ose m'exprimer ainsi. Quand il s'est levé ce matin, après avoir dormi toute la nuit comme un loir, il m'a appelé pour me demander du papier, de l'encre et des plumes. C'est ce que les prisonniers demandent le second jour. J'avais ordre de lui en donner : il en a eu. Et quand je suis allé lui porter son déjeuner, il m'a remis une lettre, à l'adresse de Mlle de Chandoré...

— Comment! s'écria Mlle Denise, vous avez une lettre pour moi et vous ne me la donnez pas!...

— C'est que je ne l'ai plus, mademoiselle; c'est que je l'ai remise, comme c'était mon devoir, à M. Galpin-Dave-line, quand il est venu, avec son greffier Méchinet, pour interroger M. de Boiscoran...

— Et qu'a-t-il dit?...

— Il a décacheté la lettre, il l'a lue, et il l'a mise dans sa poche en disant : « Bon! »

Des larmes, mais de colère, cette fois, jaillirent des yeux de Mlle Denise...

— Quelle honte!... s'écria-t-elle. Cet homme, lire une lettre que Jacques m'adressait!... C'est infâme!...

Et, sans songer à remercier M. Blangin, elle entraîna Mme de Boiscoran, et jusqu'à la maison, elle ne prononça pas une parole.

— Ah! pauvre enfant, tu n'as pas réussi! s'écrièrent tantes Lavarande lorsqu'elles virent rentrer leur nièce...

Mais quand Denise leur eut tout appris :

— Eh bien!... s'écrièrent-elles, nous allons aller le voir, nous, ce petit juge, qui avant-hier encore, nous faisait bassement sa cour pour obtenir la dot de notre nièce. Et nous lui dirons son fait. Et si nous n'obtenons pas qu'il nous rende Jacques, nous troublerons du moins son triomphe, et nous rabaisserons son orgueil.

Comment Mlle de Chandoré n'eût-elle pas adopté l'idée des tantes Lavarande, un projet qui donnait à sa colère une satisfaction immédiate et qui servait ses secrètes espérances!

— Oh! oui, vous avez raison, chères tantes, s'écria-t-elle. Vite, sans perdre une minute, partez...

Incapables de résister à de tels accents, elles se mirent en route, sans écouter les timides objections de la marquise de Boiscoran.

Seulement les bonnes demoiselles se trompaient quant aux dispositions d'esprit de M. Galpin-Daveline.

L'ex-prétendant de leur nièce Lavarande n'était pas sur un lit de roses.

Au début de cette étrange affaire, il s'y était jeté fiévreusement, comme sur l'occasion admirable qu'il guettait depuis tant d'années, et qui devait ouvrir à deux battants les portes jusqu'alors fermées à son ambition.

Puis, une fois engagé, l'enquête commencée, il avait été emporté par un courant plus rapide que la réflexion.

Aussi est-ce avec une sorte de satisfaction malsaine qu'il avait vu les charges se multiplier et grossir jusqu'à le contraindre de signer un mandat d'arrêt contre son ancien ami.

Alors, il était comme aveuglé par les plus magnifiques espérances. Ne prouvait-elle pas les plus hautes facultés et un savoir-faire supérieur, cette enquête, qui, en quelques heures, avait conduit la justice d'un crime presque inex-

plicable à un coupable que personne n'eût osé soupçonner !...

Mais quelques heures plus tard, M. Galpin-Daveline ne
voyait plus les événements du même œil. La réflexion le
refroidissant, il commençait à douter de son habileté, et à
se demander s'il n'avait pas agi avec trop de précipitation.

Si Jacques était coupable, rien de mieux. Il y avait,
c'était clair, de l'avancement pour le juge d'instruction au
bout d'une condamnation.

Oui, mais... si Jacques allait être innocent !...

Cette idée se dressant pour le première fois devant
M. Galpin-Daveline, le glaça jusqu'à la moelle des os.

Jacques innocent ! c'était sa condamnation à lui, Galpin-
Daveline, c'était son avenir perdu, ses espérances anéan-
ties sa carière à jamais entravée !...

Jacques innocent !... C'était une disgrâce certaine. On le
retirerait de Sauveterre, devenu impossible pour lui après
un tel éclat. Mais ce serait pour le reléguer dans quelque
pays perdu, sans aucune chance d'avancement.

Vainement il objectait qu'il n'avait fait que son devoir.
On lui répondait, si même on daignait lui répondre, qu'il
est de ces maladresses éclatantes, de ces erreurs scanda-
leuses qu'un magistrat ne doit pas commettre, et que, pour
la gloire de la justice, et dans l'intérêt de la magistrature
si violemment attaquée, mieux vaut, en certaines circonstances, laisser un coupable impuni qu'emprisonner un innocent.

Avec de telles angoisses, les plus cruelles qui puissent
déchirer le cœur d'un ambitieux, M. Galpin-Daveline devait
trouver son chevet rembourré d'épines.

Dès six heures du matin, il était debout. A onze heures,
il envoyait chercher son greffier, Méchinet, et ils se rendaient ensemble à la prison, afin de procéder à un nouvel
interrogatoire.

C'est à ce moment qu'avait été remise au juge d'instruction la lettre adressée par Jacques à Mⁱˡᵉ Denise.

Elle était brève, et telle que peut l'écrire un homme trop
intelligent pour ne pas savoir qu'un prisonnier ne doit pas
compter sur le secret de sa correspondance. Elle n'était
même pas cachetée, circonstance qui avait échappé à
M. Blangin, le geôlier.

« Denise, ma bien-aimée, écrivait Jacques, la pensée de l'horrible chagrin que je vous cause est ma plus cruelle et presque mon unique souffrance. Dois-je m'abaisser jusqu'à vous jurer que je suis innocent ? Non, n'est-ce pas ? Je suis victime d'un si fatal concours de circonstances, que la justice a dû s'y tromper. Mais, rassurez-vous, soyez sans inquiétude. Je saurai, le moment venu, dissiper cette funeste erreur.

    » A bientôt...

                » JACQUES. »

— Bon ! avait dit, en effet, M. Galpin-Daveline après avoir lu cette lettre...

Elle ne lui en avait pas moins donné un coup au cœur.

— Quelle assurance !... avait-il pensé.

Pourtant, il s'était un peu remis en montant l'escalier de la prison. Jacques, évidemment, ne s'était pas imaginé que sa lettre arriverait directement à destination ; donc, il y avait lieu de conjecturer qu'il l'avait écrite pour la justice bien plus que pour Mlle Denise. L'absence de cachet donnait à cette présomption un certain poids.

— Enfin, c'est ce que nous allons voir, se disait M. Galpin-Daveline, pendant que Blangin lui ouvrait la cellule du prévenu.

Mais il trouva Jacques aussi calme que s'il eût été libre à son château de Boiscoran, hautain et même railleur. Impossible de rien tirer de lui. Pressé de questions, il se renfermait dans le silence le plus obstiné ou répondait qu'il avait besoin de réfléchir.

Le juge d'instruction était donc rentré chez lui bien plus inquiet qu'il n'en était parti.

L'attitude de Jacques le confondait.

Ah !... s'il eût pu reculer !...

Mais il ne le pouvait plus, il avait brûlé ses vaisseaux et il était condamné à aller quand même jusqu'au bout.

Pour son salut, désormais, pour son avenir, il fallait que Jacques de Boiscoran fût coupable, qu'il fût traduit en cour d'assises et qu'il fût condamné. Il le fallait absolument. C'était une question de vie ou de mort.

Voilà précisément qu'elles étaient ses réflexions, quand on vint lui annoncer que les demoiselles de Lavarande demandaient à lui parler.

Il se dressa tout d'une pièce, et, en moins d'une seconde, son esprit surexcité embrassa toutes les éventualités imaginables. Que pouvaient lui vouloir ces deux vieilles filles?

— Qu'elles entrent, dit-il enfin.

Elles entrèrent, roides, hautaines, refusant le fauteuil que leur avançait le magistrat.

— Je m'attendais peu à l'honneur de votre visite, mesdemoiselles, commença-t-il...

L'aînée des tantes Lavarande, Mlle Adélaïde, lui coupa la parole.

— Je le conçois, dit-elle, après ce qui s'est passé...

Et tout de suite, avec une énergie de dévote flétrissant l'impie, elle se mit à lui reprocher ce qu'elle appelait son infâme trahison. Quoi! lui! prendre parti contre Jacques, son ami, un homme qui s'était employé à lui procurer la faveur d'une alliance inespérée!... Par le seul fait de ses espérances de mariage, il faisait en quelque sorte partie de la famille. D'où était-il donc né, pour avoir oublié qu'entre parents, se haït-on à la mort, on se doit aide et protection, dès qu'il s'agit de défendre ce patrimoine sacré qui s'appelle l'honneur!...

Étourdi comme un passant qui reçoit d'un cinquième étage une volée de pierres, M. Galpin-Daveline gardait cependant assez de sang-froid pour se demander s'il n'y avait nul parti à tirer de cet incident extraordinaire. Un retour était-il impossible?...

Aussi, dès que Mlle Adélaïde s'arrêta, entreprit-il de se justifier, peignant en métaphores hypocrites la douleur dont il était saisi, jurant qu'il n'avait pas pu maîtriser les événements, que Jacques lui était plus cher que jamais...

— S'il vous est si cher, interrompit Mlle Adélaïde, faites-le mettre en liberté...

— Eh!... le puis-je, mademoiselle...

— Alors, donnez à sa famille et à ses amis la permission de le voir...

— La loi me le défend. S'il est innocent, qu'il se disculpe. S'il est coupable, qu'il avoue. Dans le premier cas, il sera libre. Dans le second, il recevra qui bon lui semblera...

— C'est peut-être aussi par amitié que vous vous êtes permis de lire une lettre de Jacques à sa fiancée...

— J'ai rempli en cela un des devoirs de ma pénible profession, mademoiselle...

— Ah!... Et cette profession vous défend-elle de nous donner cette lettre que vous avez lue?...

— Oui... Mais je puis vous la communiquer.

Il la tira d'un dossier, en effet, et la plus jeune des tantes. Mlle Élisabeth, la copia au crayon. Cela fait, elles se retirèrent presque sans saluer...

M. Galpin-Daveline était ivre de colère.

— Ah!... vieilles sorcières, s'écria-t-il, votre démarche me prouve que vous êtes loin de croire à l'innocence de Jacques... Pourquoi sa famille tient-elle tant à arriver jusqu'à lui?... Sans doute pour lui fournir le moyen de se soustraire, par le suicide, au châtiment de son crime... Mais, de par Dieu, cela ne sera pas, je saurai l'empêcher.

A quoi bon récriminer sur un fait accompli contre lequel on ne peut rien!...

Si contrarié que fût Me Folgat, lorsqu'il apprit de Mlle Denise la démarche des tantes Lavarande, il évita d'en rien laisser paraître. N'é ..t-ce pas à lui d'avoir du sang-froid pour tous au milieu de cette famille si cruellement éprouvée...

M. de Chandoré, d'ailleurs, dissimulait mal son mécontentement. Et, en dépit de son respect pour les volontés de Mlle Denise :

— Certes, chère fille, je ne dis pas que tu as eu tort... Cependant tu connais tes tantes, et tu sais combien peu elles sont conciliantes... Elles sont capables d'exaspérer M. Galpin-Daveline...

— Qu'importe!... interrompit fièrement la jeune fille. La circonspection ne sied qu'aux coupables, et Jacques est innocent...

— Mademoiselle a raison, approuva Me Folgat, qui parut ainsi subir, comme toute la famille, l'ascendant de Mlle Denise. Quoi que puissent faire ou dire les demoiselles de Lavarande, elles n'empireront pas la situation. M. Galpin-Daveline n'en sera ni plus ni moins un ennemi acharné.

Grand-père Chandoré eut un soubresaut.

— Cependant, commença-t-il...

— Oh!... ce n'est pas à lui que je m'en prends, interrompit le jeune avocat, mais à l'institution dont il subit la fatalité. Est-il bien possible qu'un juge d'instruction demeure absolument impartial, en certaines causes retentissantes

comme celle-ci, où il joue en quelque sorte son avenir !...
On est certes un magistrat intègre, incapable de forfaiture,
étroitement attaché au devoir, mais on est homme, mais on
a ses intérêts !... On n'aime pas au ministère les enquêtes qui
aboutissent à une ordonnance de non-lieu. Le juge qu'on
récompense n'est pas toujours celui qui a le mieux su dégager la vérité d'une ténébreuse affaire...

— Mais M. Galpin-Daveline était notre ami, monsieur...

— Oui, et c'est là ce qui m'épouvante. Quelle sera sa situation, le jour où M. de Boiscoran sera reconnu innocent ?...

— Enfin !... nous allons savoir ce qu'ont fait les tantes
Lavarende...

Elles rentraient, en effet, très-fières de leur expédition, et
agitant triomphalement la copie de la lettre de Jacques.

Cette copie, Mlle Denise la prit, et, tandis qu'elle se retirait à l'écart pour la lire, Mlle Adélaïde racontait l'entrevue,
disant combien elle avait été ferme et dédaigneuse, et combien M. Galpin-Daveline lui avait paru humble et repentant.

— Car il a été foudroyé, reprenaient, en duo, les vieilles
demoiselles, car il a été anéanti, écrasé !...

— Oui, vous venez de faire un beau coup, grommelait
M. de Chandoré, et je vous engage à vous en vanter...

— Les tantes ont bien agi, déclara Mlle Denise. Voyez plutôt ce que m'écrivait Jacques. C'est précis, c'est net. Que
pouvons-nous craindre, après cette dernière phrase : « Soyez
» sans inquiétudes... Je saurai, le moment venu, dissiper
» cette funeste erreur !... »

Ayant pris la copie et l'ayant lue, Me Folgat hochait la tête.

— Il n'était pas besoin de cette lettre, prononça-t-il, pour
fixer mon opinion. Au fond de cette affaire est un secret que
nul de nous n'a pénétré. Seulement, M. de Boiscoran est
bien téméraire de jouer ainsi avec un procès criminel. Que
ne s'est-il disculpé tout de suite. Ce qui était facile hier,
peut devenir difficile demain et impossible dans huit jours...

— Jacques, monsieur, s'écria Mlle Denise, est un homme
trop supérieur pour qu'on ne s'en remette pas absolument à
ce qu'il dit...

Mme de Boiscoran, qui entrait, empêcha l'avocat de répondre.

Deux heures de repos avaient rendu à la malheureuse
femme une partie de son énergie et de sa présence d'esprit

accoutumée, et elle venait demander qu'on expédiât un télégramme à son mari.

— C'est le moins que nous puissions faire, murmura M. de Chandoré, quoiqu'en vérité ce soit bien inutile. Boiscoran se soucie bien de son fils, ma foi!... Ah!... s'il s'agissait d'une faïence rare, ou d'une assiette qui manque à sa collection, ce serait une autre histoire!...

La dépêche n'en fut pas moins rédigée et envoyée au télégraphe, juste comme un domestique venait annoncer que le dîner était servi.

Et ce repas fut moins triste qu'on ne l'eût supposé. Certes, chacun avait bien le cœur oppressé, en songeant qu'en ce moment même, c'était un geôlier qui servait à Jacques l'ordinaire de la prison. Certes, Mlle Denise ne sut pas retenir une larme en voyant Me Folgat à la place où s'asseyait son fiancé...

Mais personne, hormis le jeune avocat, ne croyait que Jacques fût vraiment en péril.

M. Séneschal, par exemple, qui arriva au moment où on servait le café, partageait, c'était manifeste, les anxiétés de Me Folgat.

L'excellent maire venait chercher des nouvelles de ses amis, et leur dire comment s'était passée sa journée.

L'enterrement des pompiers avait eu lieu sans bruit, sinon sans une profonde émotion. La manifestation qu'il redoutait n'avait pas donné signe de vie, et le docteur Seignebos n'avait point pris la parole au cimetière.

Manifestation et discours eussent été, du reste, mal accueillis, ajoutait M. Séneschal, car il avait eu la douleur de constater que l'immense majorité des Sauveterriens croyait fermement à la culpabilité de M. de Boiscoran. Dans plusieurs groupes, il avait entendu des gens qui disaient : « Et » cependant, vous verrez qu'il ne sera pas condamné. Un » pauvre diable qui aurait commis ce crime abominable, » serait sûr d'avoir le cou coupé. Mais lui, le fils du mar- » quis de Boiscoran... vous verrez qu'on le renverra blanc » comme neige. »

Le roulement d'une voiture qui s'arrêtait à la porte de la rue, lui coupa fort à propos la parole.

— Qu'est-ce?... fit Mlle Denise en se dressant.

On entendit, dans le corridor, un bruit de voix et de pas, quelque chose comme le trépignement d'une lutte, et presque immédiatement la porte de la salle à manger s'ouvrit, et le fils du métayer de Boiscoran, Michel, parut, en s'écriant :

— C'est fait, je le tiens, je l'amène !...

Et en même temps, il attirait Cocoleu, lequel se débattait en grognant, et jetait autour de lui les regards effarés de la bête prise au piége.

— Par ma foi ! mon gars, s'écria M. Séneschal, vous avez été plus habile que les gendarmes.

A la façon dont Michel cligna de l'œil, il fut aisé de voir que sa foi en l'habileté de la gendarmerie n'était pas illimitée.

— Ce tantôt, dit-il, quand j'ai promis à M. le baron de dénicher Cocoleu, j'avais mon idée. Je savais que, dans le temps, il allait souvent se terrer, comme une bête puante qu'il est, dans une manière de trou qu'il s'était creusé sous des rochers, au plus épais des bois de Rochepommier. C'était le hasard qui m'avait fait découvrir ce terrier, car on passerait bien cent fois à côté et même dessus, sans se douter qu'il existe. Donc, quand M. le baron m'a dit que « l'innocent » avait disparu, j'ai pensé, en moi-même : Sûr, il se cache dans son trou, allons voir !... Là-dessus, je prends mes jambes à mon cou, j'arrive aux rochers, et je trouve Cocoleu... Seulement, je peux dire que j'ai eu du mal à le tirer dehors, le gredin, il ne voulait pas venir, et en se défendant, il m'a mordu la main, comme un chien enragé qu'il est...

Sur quoi, Michel agitait sa main gauche enveloppée d'un linge ensanglanté.

— Pour amener mon idiot, poursuivit-il, ça été tout une histoire. J'ai été obligé de lui lier les mains et de le porter jusque chez mon père. Là, nous l'avons hissé dans notre cabriolet, et le voilà... Regardez-moi le joli garçon !...

Il était hideux, en ce moment, avec sa face livide, marquée de plaques rouges, ses lèvres pendantes, frangées de bave et ses regards hébêtés.

— Pourquoi ne voulais-tu pas venir ? lui demanda M. Séneschal.

L'idiot ne sembla même pas entendre.

— Pourquoi as-tu mordu Michel ? insista le maire.

Cocoleu ne répondit pas.

— Sais-tu que M. de Boiscoran est en prison à cause de ce que tu as dit ?...

Toujours pas de réponse.

— Ah! ce n'est pas la peine de l'interroger, dit Michel...
Vous le batteriez jusqu'à demain, que vous lui feriez sortir
l'âme du corps plutôt qu'une parole de la bouche...

— J'ai... j'ai faim!... bégaya Cocoleu.

Me Folgat eut un geste indigné.

— Et penser, murmura-t-il, que c'est sur la déposition
d'un tel être qu'on base une accusation capitale!

Grand-père Chandoré, lui, semblait assez embarrassé.

— Avec tout cela, demanda-t-il, qu'allons-nous faire de
ce misérable idiot?

— Je vais moi-même, à l'instant, répondit M. Séneschal,
le conduire à l'hôpital, et prévenir de la trouvaille le docteur Seignebos et le procureur de la République.

Le docteur Seignebos avait des ridicules, c'est incontestable, et toutes les burlesques aventures que lui attribuaient
ses ennemis n'étaient pas imaginaires.

Il avait, en tout cas, cette qualité, devenue rare, de pro-
fesser pour son « art », comme il disait, un respect voisin
du fanatisme.

La Faculté, selon lui, était impeccable, et volontiers il lui
attribuait l'infaillibilité qu'il déniait au pape. Il confessait
bien dans l'intimité que certains de ses confrères étaient
des ânes ânonnant, mais jamais il n'eût permis à un pro-
fane d'émettre, devant lui, cette irrévérencieuse opinion.
Du moment où un homme était muni de ce fameux diplôme
qui confère le droit de vie et de mort, cet homme, à son
avis, devait être pour le vulgaire un personnage auguste.
C'était un crime, à ses yeux, que de ne se point soumettre
aveuglément à l'arrêt d'un médecin.

De là, son opiniâtreté à tenir tête à M. Galpin-Daveline,
l'amertume de ses contradictions, et le sans-façon avec lequel il avait prié « messieurs de la justice » d'aller procéder hors de la chambre où gisait son malade.

— Car ces diables-là, avait-il dit, tueraient un homme
pour en tirer le moyen de faire couper la tête à un autre...

Et là-dessus, reprenant ses pinces, ses bistouris et son
éponge, il s'était remis à l'œuvre, et Mme de Claudieuse l'aidant, il avait recommencé à extraire les grains de plomb
qui criblaient les chairs du comte.

A neuf heures, il avait fini.

— Non que je prétende avoir tout retiré, déclara-t-il modestement, mais s'il reste encore quelques grains, ils sont hors de ma portée, et il me faut attendre que certains symptômes me révèlent leur présence.

Du reste, ainsi qu'il l'avait prévu, la situation de M. de Claudieuse paraissait fort empirée. A son exaltation première, avait succédé une si grande prostration, qu'il semblait insensible à tout ce qui se passait autour de son lit. La fièvre traumatique commençait à se manifester par de légers frissons, et étant donnée la constitution du comte, il était aisé de prévoir que la journée ne s'écoulerait pas sans que le délire s'emparât de son cerveau.

— Je considère cependant le danger comme nul, dit M. Seignebos à la comtesse, après lui avoir signalé, pour qu'elle ne s'en alarmât pas, tous les accidents qui pouvaient survenir, après lui avoir bien recommandé, surtout, de ne laisser personne approcher du lit de son mari, et M. Galpin-Daveline moins que quiconque.

La recommandation n'était pas inutile, car presque au même moment, un paysan vint annoncer qu'il y avait là un bourgeois de Sauveterre, lequel demandait à parler à M. de Claudieuse.

— Qu'il vienne, répondit le docteur. C'est moi qui vais le recevoir.

C'était un nommé Têtard, un ancien huissier qui avait vendu son étude pour se lancer dans le commerce des pierres.

Seulement, outre qu'il était ancien officier ministériel et négociant, ainsi que le portaient ses cartes de visite, ledit Têtard était le représentant d'une compagnie d'assurances contre l'incendie.

C'est en cette dernière qualité qu'il osait se présenter, déclara-t-il à la comtesse, parlant à sa personne.

Il avait ouï dire que les bâtiments du Valpinson, assurés à sa compagnie, venaient d'être détruits, et que l'incendie avait été allumé sciemment par M. de Boiscoran, et c'est sur ce sujet qu'il voulait conférer avec M. de Claudieuse. Loin de lui, protestait-il, la pensée de décliner la responsabilité de sa compagnie; seulement il tenait à réserver pour elle le recours légal contre M. de Boiscoran, lequel avait de la fortune, et serait certainement condamné à payer le sinistre dont il était l'auteur. Mais certaines formalités étaient nécessaires, et il venait engager M. de Claudieuse à prendre, de concert avec lui, Tétard, les mesures...

— Et moi, je vous engage à me montrer les talons!... s'écria M. Seignebos d'une voix tonnante, et je vous trouve bien hardi de prononcer ainsi le nom de M. de Boiscoran...

M. Tétard fila sans mot dire, et c'est tout ému de cet incident que le docteur examina la plus jeune des filles de Mme de Claudieuse, celle qu'elle veillait au moment de la catastrophe, et qui allait décidément mieux.

Après cela, rien ne le retenait plus au Valpinson.

Il serra soigneusement dans sa trousse les grains de plomb extraits des blessures du comte; puis, attirant Mme de Claudieuse jusqu'au seuil de la pauvre masure :

— Avant de m'éloigner, madame, dit-il, je tiens à vous demander ce que vous pensez des événements de cette nuit...

Plus pâle qu'une morte, la malheureuse femme semblait ne tenir debout que par un miracle d'énergie. Il n'y avait en elle de vivants que les yeux, qui brillaient d'un éclat extraordinaire.

— Eh!... le sais-je, monsieur, répondit-elle d'une voix faible. Ai-je donc, après de si rudes épreuves, la tête assez à moi pour réfléchir...

— Vous avez cependant interrogé Cocoleu?...

— Qui n'aurais-je pas interrogé pour découvrir la vérité!...

— Et le nom qu'il a prononcé ne vous a pas stupéfiée!...

— Vous avez dû le voir, monsieur...

— Je l'ai vu, et c'est pour cela que j'insiste, et que je tiens à avoir votre opinion sur l'état mental de Cocoleu.

— Le malheureux est idiot, monsieur, ne le savez-vous pas?

— Je le sais, et c'est pour cela que j'ai été surpris de votre insistance à le faire parler. Vous pensiez donc qu'en dépit de son imbécillité habituelle, il peut avoir quelques lueurs de raison...

— Il venait, l'instant d'avant, d'arracher mes enfants aux flammes...

— Cela prouve son dévouement pour vous.

— Il m'est attaché, en effet, comme le serait un pauvre animal que j'aurais recueilli et dont j'aurais pris soin...

— Soit... Et pourtant son action dénote plus qu'un instinct purement bestial...

— C'est possible. Il m'est arrivé de surprendre chez Cocoleu des éclairs d'intelligence.

Ayant retiré ses lunettes d'or, le docteur les essuyait
avec fureur.

— Il est bien fâcheux, grommela-t-il, qu'un de ces éclairs
ne l'ait pas illuminé, quand il a vu M. de Boiscoran allumer
le feu et se préparer à assassiner M. de Claudieuse.

Comme si elle eût été près de défaillir, Mme de Claudieuse
s'accotait aux montants de la porte.

— C'est précisément, murmura-t-elle, à l'émotion qu'il a
ressentie en voyant les flammes et en entendant les coups
de feu, que j'attribue le réveil de la raison de Cocoleu...

— Possible !... fit le docteur, possible !...

Et, rajustant ses lunettes d'or :

— C'est, ajouta-t-il, ce que décideront les hommes de
l'art à l'examen desquels ce misérable imbécile sera soumis...

— Comment, on va l'examiner...

— Et de près, oui, madame, je vous le promets... Sur
quoi je vais avoir l'honneur de vous dire : au revoir. Car je
reviendrai ici ce soir, si vous ne réussissez pas à vous
installer dans la journée à Sauveterre, ce qui serait bien
désirable, pour moi d'abord, puis pour votre mari et votre
fille, qui sont fort mal dans cette cahute...

Et cela dit, soulevant légèrement son chapeau à larges
bords, le docteur Seignebos avait regagné Sauveterre et
était allé tout droit demander impérieusement à M. Séneschal l'arrestation de Cocoleu.

Malheureusement, les gendarmes avaient fait buisson
creux, et M. Seignebos, qui voyait la fâcheuse tournure que
prenait l'affaire de Jacques, commençait à s'impatienter
horriblement, lorsque le samedi soir, sur les dix heures,
M. Séneschal entra chez lui en s'écriant :

— Cocoleu est retrouvé !...

D'un saut, le docteur fut debout, canne à la main, chapeau en tête, demandant :

— Où est-il ?

— A l'hôpital, où je l'ai moi-même installé dans une
chambre isolée...

— J'y cours.

— Quoi ! à cette heure.

— Ne suis-je pas un des médecins de l'hôpital, ne doit-il
pas m'être ouvert de nuit comme de jour ?...

— Les sœurs seront couchées...

Le docteur, à dix reprises au moins, haussa les épaules.

— C'est juste, fit-il, ce serait un sacrilége que de troubler leur sommeil, à ces bonnes sœurs, à ces chères sœurs, comme vous dites !... Ah ! monsieur le maire, quand donc ferons-nous de la médecine laïque, et quand donc me remplacerez-vous vos saintes filles par de bons et solides infirmiers ?

M. Séneschal avait eu, sur ce sujet, trop de prises avec le docteur pour entamer une nouvelle discussion. Il se tut et fit bien, car M. Seignebos se rassit en disant :

— Enfin !... ce sera pour demain.

VI

« L'hôpital de Sauveterre, dit le *Guide Joanne*, est, mal-
» gré ses proportions restreintes, un des établissements
» hospitaliers les mieux entendus des Deux-Charentes. La
» chapelle et les bâtiments neufs sont dûs à la pieuse mu-
» nificence de la comtesse de Maupaisan, veuve du ministre
» de Louis-Philippe. »

Mais ce que ne dit pas Joanne, c'est que l'hôpital doit à Mme Séneschal la fondation de trois lits pour les femmes en couches. C'est également de ses deniers qu'ont été construits les deux pavillons qui flanquent la grande porte.

Un de ces pavillons, celui de droite, est occupé par le portier, le sieur Vaudevin, un vieillard superbe, qui jadis était suisse à la cathédrale, et qui aime encore à rappeler ce temps où, par sa magnifique prestance, par son uniforme rouge, son baudrier d'or, sa hallebarde et sa canne à pomme d'argent, il contribuait aux pompes du culte.

Ce portier, le dimanche matin, un peu avant huit heures, fumait sa pipe dans la cour, lorsqu'il vit arriver M. Seignebos.

Le docteur marchait d'un pas plus saccadé que de coutume, le chapeau sur les yeux, signe de bourrasque, et les mains enfoncées jusqu'au coude dans ses poches.

Au lieu d'entrer, comme tous les jours, avant sa visite,

8.

dans le réduit de la sœur pharmacienne, c'est chez Mme la supérieure qu'il monta tout droit.

Là, après un léger salut :

— On a dû, ma sœur, commença-t-il, vous amener hier soir un malade, un idiot du nom de Cocoleu...

— En effet, docteur.

— Où l'avez-vous placé ?

— Monsieur le maire lui-même l'a fait installer dans la petite chambre qui est en face la lingerie.

— Et comment s'est-il comporté ?

— Très-bien... La sœur veilleuse ne l'a pas entendu bouger.

— Merci, ma sœur, dit M. Seignebos.

Et déjà il gagnait la porte quand Mme la supérieure le retint.

— Montez-vous donc visiter ce malheureux, monsieur le docteur ? demanda-t-elle.

— Oui, ma sœur, pourquoi ?...

— C'est que vous ne pouvez pas le voir.

— Je ne puis pas...

— Non, nous avons reçu de M. le procureur de la République l'ordre d'empêcher qui que ce soit, hormis la sœur qui le soigne, d'approcher de Cocoleu. Qui que ce soit, docteur, même le médecin, à moins d'urgence, bien entendu...

M. Seignebos eut un geste ironique.

— Ah ! vous avez cet ordre, fit-il en ricanant, eh bien, moi, je vous déclare que je le tiens pour nul et non avenu. M'interdire l'accès de mon malade !... Voyez-vous cela !... Que M. le procureur de la République mande, ordonne et commande en son palais de justice, rien de mieux. Mais ici, dans mon hôpital !... Ma sœur, je monte chez Cocoleu...

— Docteur, vous n'entrerez pas, il y a un gendarme de faction devant la porte...

— Un gendarme !...

— Qui nous est arrivé ce matin avec la consigne la plus sévère...

Un instant le docteur demeura abasourdi... Puis tout à coup, avec une violence extraordinaire, et des éclats de voix à faire trembler les vitres :

— C'est un procédé inouï, s'écria-t-il, un abus de pouvoir intolérable !... Et par les cent mille tonnerres du ciel ! j'en aurai raison, et justice me sera rendue, quand je devrais aller jusqu'à Thiers...

Et, sans saluer cette fois, il s'élança dehors, traversa la cour, et partit comme un trait, dans la direction du logis du procureur de la République...

En ce moment même, M. Daubigeon se levait, mécontent parce qu'il avait passé une mauvaise nuit, ayant passé une mauvaise nuit parce qu'il était horriblement préoccupé de cette affaire Boiscoran, comme on disait déjà.

C'est qu'il partageait presque la conviction de M. Galpin-Daveline. Vainement il se rappelait le noble caractère de Jacques, son admirable loyauté, ses sentiments si vifs de l'honneur... les preuves étaient là, flagrantes, indiscutables.

Il voulait douter, mais l'impitoyable expérience lui criait que le passé d'un homme ne répond pas de son avenir. Et d'ailleurs, de même que plusieurs criminalistes, il pensait, sans trop oser le dire, que beaucoup de grands coupables agissent sous l'empire d'une sorte de vertige, et que c'est ainsi que s'explique la stupidité, la naïveté presque de certains crimes, commis par des gens d'une intelligence supérieure.

N'importe! Depuis son retour de Boiscoran, il s'était tenu obstinément enfermé, et il était en train de se promettre de ne pas sortir de la journée lorsqu'on sonna chez lui à briser la sonnette.

L'instant d'après, le docteur Seignebos entrait comme une bombe.

— Je sais ce qui vous amène, s'écria M. Daubigeon. Vous venez pour cet ordre que j'ai donné relativement à Cocoleu...

— C'est bien cela, oui, monsieur, cet ordre est une injure...

— Il m'a été formellement demandé par M. Galpin-Daveline...

— Et vous ne le lui avez pas refusé, monsieur. C'est vous seul par conséquent que j'en rends responsable. Vous êtes procureur de la République, c'est-à-dire le chef du parquet et le supérieur de M. Galpin...

M. Daubigeon hochait la tête.

— C'est en quoi vous vous trompez, docteur, dit-il. Le juge d'instruction ne dépend ni de moi ni du tribunal. Il est en quelque sorte même indépendant du procureur général, qui peut bien lui adresser des avertissements, mais non lui tracer une ligne de conduite. M. Galpin-Daveline, en tant que juge d'instruction, exerce une juridiction à part, et il est armé de pouvoirs presque illimités... Mieux que personne un juge d'instruction peut dire avec le poëte : « Ainsi je veux et j'ordonne, et ma volonté suffit »,

Hoc volo, sic jubeo, sit pro ratione voluntas...

Positivement, M. Seignebos se sentait désarmé par l'accent de M. Daubigeon.

— Ainsi, fit-il, M. Galpin a même le droit de priver un malade des soins du médecin...

— Sous sa responsabilité, oui. Mais telle n'est pas son intention. Il se proposait même de vous convoquer officiellement, quoique ce soit aujourd'hui dimanche, pour assister ce matin à un nouvel interrogatoire de Cocoleu... Je suis surpris que vous n'ayez pas reçu son assignation ou que vous ne l'ayez pas vu à l'hôpital à l'heure de votre visite...

— Alors, j'y cours, s'écria le médecin.

Et il repartit précipitamment, et bien lui prit de se hâter, car sur le seuil de l'hôpital, il se trouva en face de M. Galpin-Daveline, lequel arrivait d'un pas solennel, suivi de son inévitable greffier Méchinet.

— Vous arrivez à propos, monsieur le docteur, commença le juge...

Mais si rapide qu'eût été la course du docteur, elle lui avait donné le temps de réfléchir et de se calmer. Au lieu donc d'éclater en récriminations :

— Oui, je sais, répondit-il d'un ton de politesse railleuse. C'est au sujet de ce pauvre diable, à qui vous avez donné un gendarme pour garde-malade. Nous pouvons monter, je suis tout à vos ordres...

La chambre où l'on avait placé Cocoleu était vaste, blanchie à la chaux, et n'avait pour tous meubles qu'un lit, une table et deux chaises. Le lit devait être bon, mais l'idiot en avait enlevé matelas et couvertures, et s'était couché tout habillé sur la paillasse.

C'est là que le trouvèrent le médecin et le juge.

Il se dressa à leur vue, mais apercevant le gendarme, il poussa un cri et fit un mouvement pour se cacher sous le lit.

Ce fut même si manifeste, que M. Galpin-Daveline ordonna au gendarme de sortir. S'avançant alors :

— N'aie pas peur, mon garçon, dit-il à Cocoleu, nous ne te ferons pas de mal. Seulement, il faut nous répondre. Te souviens-tu de ce qui est arrivé l'autre nuit au Valpinson ?...

Cocoleu éclata de rire, de ce rire navrant particulier aux idiots, mais il ne répondit pas.

Et c'est en vain que, pendant une heure, le juge varia ses questions, priant, menaçant et promettant tour à tour, invoquant même le souvenir de Mme de Claudieuse, il ne lui arracha pas une syllabe.

A bout de patience :

— Allons-nous en, dit-il enfin ; ce misérable est décidément au-dessous de la brute.

— Était-il donc au-dessus, monsieur, demanda le docteur, quand il vous a désigné M. de Boiscoran ?

Mais le juge parut ne pas entendre ; et au moment de quitter Cocoleu :

— Vous savez que j'attends votre rapport, docteur, dit-il au médecin.

— Avant quarante-huit heures, j'aurai l'honneur de vous le remettre, monsieur, répondit M. Seignebos.

Et tout en s'éloignant :

— Même, grommelait-il, ce rapport pourrait bien vous gêner, monsieur le juge !...

M. Galpin-Daveline fût entré dans une belle colère, s'il eût soupçonné la vérité !

Le rapport de M. Seignebos était prêt, et s'il ne le remettait pas immédiatement au juge d'instruction, c'est qu'il avait calculé que, plus il tarderait, plus il aurait chance de déranger le plan de la prévention.

— Puisque je le garde encore deux jours, pensait-il, tout en regagnant sa maison, pourquoi ne le communiquerais-je pas à cet avocat venu de Paris avec Mme de Boiscoran ? Rien ne m'en empêche, que je sache, puisque, dans son trouble, ce pauvre Galpin a totalement oublié de me faire prêter serment...

Mais il s'interrompit.

Oui ou non, selon le code qui régit la médecine légale, avait-il le droit de donner connaissance d'une pièce de l'instruction à l'avocat du prévenu ?

Cette question le troublait. Car s'il se vantait de ne pas croire en Dieu, il croyait fermement au devoir professionnel et se fût fait hacher en morceaux plutôt que de manquer aux obligations médicales.

— Mais mon droit est clair, grommelait-il, et indiscutable. C'est le serment seul qui engage. Les textes sont précis et formels. J'ai pour moi les arrêts de la cour de cassation des 27 novembre et 27 décembre 1828, et ceux du 13 juin 1835, du 9 mai 1844 et du 26 juin 1863...

Le résultat de cette délibération fut que le docteur Seignebos, dès qu'il eut déjeuné, mit son rapport dans sa poche, et s'en alla, par les rues détournées, sonner rue de la Rampe, chez M. de Chandoré.

Tantes Lavarande et Mme de Boiscoran étaient encore à la grand'messe, où elles avaient cru politique de se montrer, et il n'y avait au salon que Mlle Denise, grand-père Chandoré et Me Folgat.

Grande fut la surprise du vieux gentilhomme en voyant apparaître le docteur.

M. Seignebos était bien son médecin, mais il y avait entre eux de telles divergences d'opinion, que jamais, hors les cas de maladie, ils ne se visitaient.

— Si vous me voyez, dit le docteur, dès le seuil, c'est que, sur mon âme et conscience, je crois M. Boiscoran innocent.

Pour ces seuls mots, Mlle Denise lui eût sauté au cou, et c'est avec l'empressement de la reconnaissance, qu'elle lui avança un fauteuil en lui disant de sa plus douce voix :

— Asseyez-vous donc, je vous prie, cher docteur.

— Merci, fit-il brusquement, bien obligé !...

Et s'adressant plus particulièrement à Me Folgat :

— Ma conviction, dit-il, revenant à sa marotte, est que M. Boiscoran est victime du courage qu'il a eu d'affirmer hautement ses opinions républicaines. Car votre futur petit-fils est républicain, monsieur le baron...

Grand-père Chandoré ne sourcilla pas.

On fût venu lui apprendre que Jacques avait été membre de la Commune qu'il n'en eût probablement pas été plus ému. Denise l'aimait. Cela suffisait.

— Or, poursuivait le docteur, je suis radical, moi, maître...

— Folgat, dit l'avocat.

— Oui, M⁰ Folgat, je suis radical, et il est de mon devoir de défendre un homme dont la religion politique se rapproche de la mienne. C'est pourquoi je viens vous soumettre mon rapport médical, afin que vous en tiriez parti pour la défense de M. Boiscoran et que vous me suggériez vos idées...

— Ah !... c'est un immense service, monsieur, s'écria le jeune avocat.

— Mais entendons-nous, fit sévèrement le médecin. Lorsque je parle d'adopter les idées que vous pourriez avoir, c'est en tant qu'elles ne blesseront en rien la vérité. Pour arracher mon fils, si j'en avais un, à l'échafaud, je ne souillerais pas mes lèvres d'un mensonge qui serait une atteinte à la majesté de ma profession...

Il avait tiré son rapport de la poche de sa longue lévite, il le déposa sur la table, en disant :

— Je viendrai le reprendre demain matin. D'ici là, vous aurez le temps de le méditer. Je voudrais seulement vous en signaler la partie essentielle, le point culminant, si j'ose m'exprimer ainsi...

Il s'exprimait, en tout cas, avec une sorte d'hésitation, et en regardant fixement Mˡˡᵉ Denise, comme pour lui faire comprendre qu'il eût été content qu'elle se retirât.

Voyant qu'elle ne bougeait pas :

— Une discussion médico-légale, fit-il, n'intéressera guère mademoiselle...

— Eh ! monsieur, interrompit la jeune fille, comment ne serais-je pas intéressée passionnément, lorsqu'il s'agit de l'homme dont je dois devenir la femme...

— C'est que les dames sont, en général, très-impressionnables, dit assez peu poliment le docteur, très-sensibles...

— Rassurez-vous, docteur. Pour le salut de Jacques, je saurais montrer une énergie virile.

Le docteur connaissait assez Mˡˡᵉ Denise, pour comprendre qu'elle ne s'éloignerait pas.

— Comme il vous plaira ! grommela-t-il.

Et se retournant vers M⁰ Folgat :

— Vous le savez, reprit-il, deux coups de fusil ont été tirés sur M. de Claudieuse. Le premier, qui l'a atteint au flanc, a, comme on dit, légèrement écarté. Le second, qui a frappé l'épaule et le cou, a fait balle...

— Je sais cela, dit l'avocat.

— La différence des effets prouve que ces deux coups de feu ont été tirés de distances inégales, le second de plus près que le premier...

— Je sais, je sais...

— Permettez... Si je rappelle ces détails, c'est qu'ils ont leur valeur. Appelé au milieu de la nuit près de M. de Claudieuse, je procédai immédiatement à l'extraction des grains de plomb. Pendant que j'opérais, M. Galpin est arrivé. Je croyais qu'il allait me demander à voir les plombs déjà retirés, il n'en a pas eu l'idée, tant il avait la cervelle à l'envers. Il ne songeait qu'au coupable, à son coupable... Je ne lui ai pas rappelé l'*a*, *b*, *c*, de son métier, ce n'est pas mon affaire. Le médecin doit obtempérer aux injonctions de la justice, mais non pas aller au devant...

— Et alors?...

— Alors, M. Galpin est parti pour Boiscoran et j'ai continué ma besogne. J'ai extrait cinquante-sept grains de plomb des plaies du côté, et cent neuf des blessures de l'épaule et du cou. Et cela fait, savez-vous ce que j'ai constaté?

Il s'arrêta, ménageant son effet; et l'attention lui semblant assez surexcitée :

— J'ai constaté, reprit-il, que le plomb des deux blessures n'est pas pareil...

M. de Chandoré et Me Folgat eurent en même temps une même exclamation :

— Oh!...

— Le plomb du premier coup, continua M. Seignebos, celui qui a atteint le flanc, est de la cendrée aussi menue que possible. Le plomb des blessures de l'épaule, au contraire, est d'un numéro assez fort, de celui, je crois, qu'on emploie pour le lièvre... J'en ai là, d'ailleurs, des échantillons.

Et, en disant cela, il dépliait un morceau de papier blanc où se trouvaient dix ou douze grains de plomb, tachés de sang coagulé, et dont la différence de grosseur sautait aux yeux.

Me Folgat semblait confondu.

— Y aurait-il donc eu deux assassins!... murmura-t-il.

— Je pense plutôt, dit M. de Chandoré, que l'assassin, comme beaucoup de chasseurs, avait un canon chargé pour les petits oiseaux et l'autre pour le lièvre ou le lapin...

— En tout cas, reprit Mᵉ Folgat, ceci écarte toute idée de préméditation. Ce n'est pas avec de la cendrée qu'on charge son fusil, quand on part pour tuer un homme...

En ayant assez dit, à ce qu'il pensait, le docteur Seignebos se levait pour se retirer, lorsque M. de Chandoré lui demanda des nouvelles du comte de Claudiéuse.

— Il n'est pas bien, répondit le docteur, le déplacement, malgré toutes les précautions, l'a énormément fatigué. Car il est à Sauveterre, depuis hier, installé provisoirement dans une maison que M. Séneschal lui a louée, rue Mautrec. Toute la nuit il a eu le délire, et quand je me suis présenté chez lui, ce matin, je ne crois pas qu'il m'ait reconnu.

— Et la comtesse?... interrogea Mˡˡᵉ Denise.

— Mᵐᵉ de Claudieuse, mademoiselle, est tout aussi malade que son mari, et si elle m'eût écouté, elle se fût mise au lit. Mais c'est une femme d'une rare énergie, et qui, d'ailleurs, puise dans son affection pour le comte, une force de résistance inconcevable.

Il avait, tout en parlant, gagné la porte.

— Pour ce qui est de Cocoleu, ajouta-t-il, l'examen de son état mental pourrait bien révéler des particularités auxquelles on ne s'attend guère... Mais nous en recauserons plus tard... Et sur ce, mademoiselle et messieurs... j'ai l'honneur de vous saluer...

— Eh bien !... demandèrent Mˡˡᵉ Denise et M. de Chandoré, dès qu'ils eurent entendu la porte de la rue se refermer sur le docteur Seignebos.

Mais déjà s'était refroidi l'enthousiasme de Mᵉ Folgat.

— Avant de me prononcer, répondit-il prudemment, j'ai besoin d'étudier le rapport de ce digne médecin...

Malheureusement, ce rapport ne contenait rien que n'eût dit M. Seignebos. Et c'est en vain que le jeune avocat employa son après-midi à chercher comment en tirer parti. Il y découvrit, certes, des arguments qui seraient d'une haute valeur pour la défense, si M. de Boiscoran venait à être traduit en cour d'assises, mais il n'y trouvait aucun moyen de nature à faire lâcher prise à la prévention.

Toute la maison était donc sous l'empire d'une déception

9

cruelle, lorsque, sur les cinq heures, le vieil Antoine arriva
de Boiscoran. Il semblait fort triste.

— Je suis relevé de ma faction, dit-il; ce tantôt, à deux
heures, M. Galpin est venu lever les scellés. Il était accompagné de son greffier Méchinet et amenait M. Jacques, qui
était gardé par deux gendarmes en bourgeois. L'appartement
ouvert, ce Galpin de malheur a fait reconnaître à monsieur les vêtements qu'il portait le soir de l'incendie, ses
bottes, son fusil Klebb et l'eau de la cuvette. La reconnaissance terminée, l'eau a été transvasée dans un grand bocal
qui a été scellé et confié à un gendarme. On a ensuite mis
dans une malle les effets de monsieur, son fusil, plusieurs
paquets de cartouches, et enfin divers objets que le juge
appelait des pièces de conviction. La malle a été scellée
comme le bocal, portée sur la voiture, et le Galpin est parti
en me disant que j'étais libre.

— Et Jacques, interrogea vivement Mlle Denise, quelle
était son attitude?...

— Monsieur, mademoiselle, souriait d'un air de mépris...

— Lui avez-vous parlé? demanda Me Folgat.

— Impossible, monsieur, le Galpin ne l'a pas permis.

— Et... avez-vous eu le temps d'examiner le fusil?

— Je n'ai pu que donner un coup d'œil à la batterie.

— Et vous avez vu?...

Le front du fidèle serviteur s'assombrit encore.

— J'ai vu, répondit-il d'une voix sourde, que j'ai bien fait
de me taire... La batterie est noire de poudre, preuve que
monsieur a tiré depuis que j'ai nettoyé ce maudit Klebb...

Grand-père Chandoré et Me Folgat échangèrent un regard
désolé. C'était une espérance, encore, qui s'envolait.

— Maintenant, reprit le jeune avocat, dites-moi comment
M. de Boiscoran chargeait son fusil...

— Il le chargeait avec des cartouches, monsieur, naturellement. Il en avait reçu, je crois, deux mille avec le fusil,
les unes à balles, les autres à chevrotines, les autres à plomb
de tous les numéros. En ce temps, où la chasse est fermée,
monsieur ne pouvait tirer que du lapin, ou de ces petits
oiseaux de passage, vous savez, qu'on trouve dans les marais. C'est pourquoi il chargeait un des canons de plomb
assez gros, et l'autre de menue cendrée...

Mais il s'arrêta, épouvanté de l'effet produit par ses paroles.

— C'est horrible!... s'écria Mlle Denise, tout est contre nous.

Me Folgat ne lui laissa pas le temps de s'expliquer davantage.

— Mon brave Antoine, interrogea-t-il, M. Galpin-Daveline a-t-il saisi toutes les cartouches de votre maître?...

— Non, certes, monsieur.

— Eh bien! vous allez à l'instant retourner à Boiscoran, et vous nous rapporterez trois ou quatre cartouches de chaque numéro de plomb.

— Soyez tranquille, répondit le bonhomme, je ne serai pas longtemps.

Il partit, sur cette promesse, et il fit, en effet, une telle diligence, qu'à sept heures sonnant, au moment où la famille finissait de dîner et se réunissait au salon, il reparut et posa sur la table un lourd paquet de cartouches.

M. de Chandoré et Me Folgat eurent bientôt fait d'en ouvrir quelques-unes, et, dès la septième ou huitième, ils avaient trouvé deux numéros de plomb qui semblaient exactement pareils aux échantillons que leur avait laissés le docteur.

— C'est une fatalité inconcevable!... murmura le vieux gentilhomme.

Le jeune avocat, lui-même, semblait bien près de perdre courage.

— C'est folie, prononça-t-il, que de chercher à établir l'innocence de M. de Boiscoran, avant de pouvoir communiquer avec lui!...

— Et si on le pouvait demain? demanda Mlle Denise.

— Alors, mademoiselle, il nous donnerait la clef du problème que nous essayons en vain de résoudre, ou, dans tous les cas, il nous dirait dans quel sens diriger nos efforts... Mais il n'y faut point penser. M. de Boiscoran est au secret, et vous pouvez croire que M. Galpin-Daveline a pris toutes ses précautions pour que le secret ne soit pas violé...

— Qui sait! interrompit la jeune fille.

Et tout de suite, entraînant M. de Chandoré dans un des petits salons de jeu qui ouvraient sur le grand salon :

— Bon papa, demanda-t-elle, suis-je riche?...

De sa vie elle ne s'était préoccupée de cela, et elle ignorait en quelque sorte la valeur de l'argent.

— Oui, tu es riche, mon enfant, repondit le vieux gentilhomme.

— Qu'est-ce que j'ai ?

— Tu possèdes, à toi appartenant, c'est-à-dire du chef de ta mère et de ton pauvre père, vingt-six mille livres de rentes, soit un capital de plus de huit cent mille francs.

— Et c'est beaucoup ?

— C'est assez pour que tu sois une des plus riches héritières de Saintonge ; car tu as, outre ta fortune actuelle, des espérances considérables.

M{ll} Denise était si préoccupée de son idée, qu'elle ne protesta même pas.

— Qu'appelle-t-on l'aisance, à Sauveterre ? poursuivit-elle.

— Cela dépend, ma chère fille, et si tu voulais me dire...

Elle l'interrompit en frappant du pied.

— Rien ! fit-elle, je t'en prie, réponds.

— Eh bien ! mais, dans notre petite ville avec un revenu de quatre à huit mille francs...

— Mettons six.

— Soit. Avec un revenu de six mille francs, on a une honorable aisance.

— Et combien faut-il de capital, pour faire six mille livres de rentes.

— A cinq pour cent, il faut cent vingt mille francs.

— C'est-à-dire, un peu plus du huitième de ma fortune.

— Justement.

— N'importe ! Je comprends que ce doit être une grosse somme, et qu'il te serait peut-être bien difficile, bon papa, de la réunir d'ici à demain.

— Non, parce que j'ai pour bien plus que cela d'obligations de chemins de fer au porteur, et que les titres au porteur sont une monnaie courante...

— Ah ! c'est-à-dire que si je donnais à quelqu'un pour cent vingt mille francs de ces titres, il n'en serait pas plus embarrassé que de cent vingt mille francs de billets de banque...

— Tu l'as dit.

Mlle Denise souriait, elle touchait au but.

— Cela étant, reprit-elle, je te prie, bon papa, de me donner cent vingt mille francs en titres au porteur.

Le vieux gentilhomme tressauta.

— Plaisantes-tu, s'écria-t-il. Qu'en veux-tu faire ? Mais tu plaisantes sûrement...

— Jamais, au contraire, je n'ai parlé si sérieusement, prononça la jeune fille d'un ton auquel il n'y avait pas à se méprendre. Je t'en conjure, bon papa, au nom de ton affection pour moi, donne-moi ces cent vingt mille francs ce soir, à l'instant... Tu hésites ? O mon Dieu ! c'est peut-être la vie que tu me refuses...

Non, M. de Chandoré n'hésitait plus.

— Puisque tu le veux, fit-il... je vais monter te les cher cher.

Elle battait des mains de joie.

— C'est cela, dit-elle, va vite et habille-toi, parce qu'il faut que je sorte et que tu m'accompagnes.

Et, revenant près des tantes Lavarande et de Mme de Boiscoran :

— Vous m'excuserez de vous quitter, dit-elle, mais j'ai à sortir...

— A cette heure ! interrompit tante Élisabeth, où veux-tu aller ?...

— Chez mes couturières, Mlles Méchinet, j'ai envie d'une robe...

— Doux Jésus !... s'écria tante Adélaïde, cette petite perd l'esprit.

— Je t'assure que non, tante.

— Alors, je vais aller avec toi.

— Non, tante, j'irai seule, s'il te plaît... C'est-à-dire, seule avec bon papa.

Et comme M. de Chandoré reparaissait, les poches gonflées de titres, le chapeau sur la tête et la canne à la main, elle l'entraîna en disant :

— Allons, viens, bon papa, viens, nous sommes très-pressés...

VII

Si à genoux que fût M. de Chandoré devant les volontés de sa petite-fille, devant les moindres désirs de cette enfant, en qui survivaient, pour lui, vieillard, toutes ses affections brisées par la mort et ses suprêmes espérances, ce n'est pas sans une arrière-pensée qu'il était monté prendre, dans son secrétaire, cette fortune qu'elle lui demandait.

Aussi, dès qu'ils furent hors de la maison :

— A présent que nous voilà bien seuls, chère fille, commença-t-il, ne me diras-tu pas ce que tu veux faire de tant d'argent?

— C'est mon secret, répondit-elle.

— Et tu n'as plus assez de confiance en ton vieux père pour le lui dire, chérie?...

Il s'arrêtait. Elle l'entraîna de nouveau.

— Tu sauras tout, poursuivit-elle, et avant une heure. Mais.... oh! ne te fâche pas, bon papa.... J'ai un projet dont je ne comprends que trop la folie. Si je te le disais, tu voudrais peut-être m'en détourner, et si tu réussissais, et qu'ensuite il arrivât malheur à Jacques, je ne survivrais pas à un malheur, et quels ne seraient pas tes regrets, lorsque tu penserais : « Si je l'avais laissée faire, cependant !... »

— Denise, cruelle enfant !...

— D'un autre côté, continuait-elle, si tu ne parvenais pas à me détourner de mes projets, tu diminuerais certainement mon courage, et j'en ai bien besoin, va, grand-père, pour oser ce que je vais tenter.

— C'est que, chère enfant, pardonne-moi de te répéter cela, cent vingt mille francs, c'est une très-grosse somme, et il y a bien des gens courageux et habiles qui travaillent et se privent toute leur vie sans parvenir à l'amasser.

— Ah! tant mieux, interrompit la jeune fille, tant mieux mille fois. Puisse, en effet, cette fortune être assez tentante pour qu'on ne me la refuse pas !...

Grand-père Chandoré commençait à comprendre.

— Avec tout cela, fit-il, tu ne me dis pas où tu me conduis.

— Chez mes couturières.

— Chez les demoiselles Méchinet?

— Oui.

M. de Chandoré dut être fixé.

— Nous ne les trouverons pas, dit-il. C'est aujourd'hui dimanche, elles doivent être à l'église, pour le salut...

— Nous les trouverons, bon papa, parce qu'elles soupent toujours à sept heures et demie, à cause de leur frère, le greffier. Mais il faut nous hâter.

Le vieux gentilhomme se hâtait bien; seulement, il y a loin de la rue de la Rampe à la place du Marché-Neuf.

Car c'est place du Marché-Neuf que demeurent les sœurs Méchinet, et dans une maison à elles, s'il vous plaît, — une maison qui devait réaliser le rêve de leurs jours, et qui est devenue le cauchemar de leurs nuits.

C'est l'année qui a précédé la guerre qu'elles ont acquis cet immeuble, sur les conseils de leur frère, et de moitié avec lui, moyennant une somme totale de quarante-sept mille francs, y compris les frais.

C'était une brillante affaire, car le rez-de-chaussée et le premier étage sont loués deux mille trois cents francs par an au plus gros épicier de Sauveterre.

Les Méchinet ne crurent pas commettre une imprudence en consacrant à cette acquisition dix mille francs, et en s'engageant à payer le reste en trois ans.

La première année, tout alla bien. Mais la guerre survenant et ses désastres, les revenus du frère et des deux sœurs se trouvèrent taris, et réduits aux émoluments de la place de greffier, ils durent s'imposer les plus rudes privations et encore emprunter pour faire face à leurs engagements.

Avec la paix, l'argent commença à leur rentrer, et personne ne doutait à Sauveterre qu'ils ne se sortissent d'affaire, le frère étant le plus industrieux des hommes, et les sœurs ayant la clientèle des dames « les plus distinguées » de l'arrondissement...

— Bon papa, elles sont chez elles, déclara Mlle Denise en arrivant à la place.

— Tu crois?

— J'en suis sûre. Je vois de la lumière à leurs fenêtres.

M. de Chandoré s'arrêta.

— Que dois-je faire, maintenant? demanda-t-il.

— Tu vas, grand-père, me donner les titres que tu as dans ta poche et m'attendre, en faisant les cent pas, pendant que je monterai chez Mlles Méchinet... Je te dirais bien de venir, mais ta présence effrayerait... D'ailleurs, si la démarche tournait mal, venant d'une jeune fille elle serait sans conséquences...

Le vieux gentilhomme n'avait plus de doutes.

— Tu ne réussiras pas, ma pauvre enfant, fit-il.

— Oh! mon Dieu!... dit-elle, retenant à peine ses larmes, pourquoi me décourager...

Il ne répondit pas.

Étouffant un soupir, il sortit ses titres que Mlle Denise, tant bien que mal, logea dans toutes ses poches et dans le petit sac qu'elle portait à la main.

— Allons, à tout à l'heure, grand-père, dit-elle, quand elle eut achevé.

Et, légère comme l'oiseau, elle franchit la rue et monta chez ses couturières...

Ces braves filles et leur frère achevaient en ce moment un souper exclusivement composé d'un petit morceau de porc froid, et d'une salade largement vinaigrée.

A l'entrée inattendue de Mlle de Chandoré, tous se dressèrent.

— Vous, mademoiselle, s'écria l'aînée des couturières, vous !...

Tout ce qu'il y avait dans ce : Vous, Mlle Denise ne le comprenait que trop. Il signifiait, l'intonation aidant : «Quoi ! » votre fiancé est accusé d'un crime abominable, il a contre » lui des charges accablantes, il est en prison, au secret, » tout le monde dit qu'il passera en cour d'assises, qu'il » sera condamné, et cependant vous voici !... »

Mais Mlle Denise garda aux lèvres le sourire qu'elle s'était imposé.

— Oui, c'est moi, répondit-elle. J'ai absolument besoin de deux robes pour la semaine prochaine, et je viens vous prier de me montrer des échantillons...

Toujours sur les conseils de leur frère, les demoiselles Méchinet s'étaient entendues avec un magasin de Bordeaux, qui leur confiait des échantillons de toutes ses étoffes, et qui leur payait une remise sur ce qu'elles vendaient.

— Je suis à vous, mademoiselle, répondit la sœur aînée, permettez-moi seulement d'allumer une lampe, on n'y voit presque plus...

Et tout en essuyant le verre et en coupant la mèche :

— Est-ce que tu ne vas pas à ton Orphéon ? demanda-t-elle à son frère.

— Pas ce soir, répondit-il.

— On t'attend, cependant.

— Non, j'ai prévenu. J'ai deux cartes à mettre sur pierre pour mon imprimeur, et des copies très-pressées à achever pour le tribunal.

Tout en répondant, il avait plié sa serviette et allumé une bougie.

— Bonne nuit, dit-il à ses sœurs, car vous ne me reverrez pas ce soir.

Et, s'étant incliné profondément devant Mlle de Chandoré, il sortit, sa bougie à la main.

— Où va donc votre frère? demanda vivement Mlle Denise.

— Chez lui, mademoiselle. Sa chambre est en face de celle-ci, de l'autre côté de l'escalier.

Mlle de Chandoré était plus rouge que le feu... Allait-elle donc laisser échapper l'occasion qui la servait au delà de ses espérances !... Rassemblant tout ce qu'elle avait d'énergie :

— Mais au fait, s'écria-t-elle, j'ai deux mots à lui dire, à votre frère, mes chères demoiselles... Attendez-moi, je reviens à l'instant.

Et elle s'élança dehors, laissant les couturières béantes de stupeur et se demandant si le coup dont elle venait d'être atteinte n'avait pas troublé sa raison.

Le greffier, lui, était encore sur le palier, cherchant dans sa poche la clef de sa chambre.

— Il faut que je vous parle, lui dit Mlle Denise, à l'instant.

Si grand fut l'étonnement de Méchinet, qu'il ne trouva rien à répondre. Il fit seulement un mouvement comme pour revenir chez ses sœurs...

— Non, chez vous, fit la jeune fille, il ne faut pas qu'on puisse nous entendre... Ouvrez, monsieur, mais ouvrez donc, on peut venir.

Le fait est qu'il était tellement abasourdi, qu'il fut plus d'une demi-minute à introduire la clef dans la serrure.

Enfin, la porte s'étant ouverte, il s'effaça pour que Mlle Denise passât la première.

Mais elle :

— Non, dit-elle, entrez...

Il obéit. Elle le suivit, et, une fois dans la chambre, elle referma la porte, poussant même une targette qu'elle avait aperçue...

Méchinet, le greffier, était, à Sauveterre, renommé pour son aplomb.

Mlle de Chandoré, elle, était la timidité même, et pour un rien rougissait jusqu'au blanc des yeux et demeurait sans voix.

9.

Pourtant, ce n'était pas la jeune fille qui était interdite, en ce moment :

— Asseyez-vous, monsieur Méchinet, dit-elle, et écoutez-moi.

Il posa son flambeau sur la table et s'assit.

— Vous me connaissez, n'est-ce pas? commença Mlle Denise.

— Assurément, mademoiselle.

— Vous n'êtes pas sans avoir entendu dire que mon mariage est arrêté avec M. Jacques de Boiscoran?

Comme s'il eût été mû par un ressort, le greffier se dressa, se frappant le front d'un furieux coup de poing.

— Ah! fichue bête que je suis, s'écria-t-il, je comprends!...

— Oui, c'est bien cela, continua la jeune fille, je viens vous parler de M. de Boiscoran, de mon fiancé, de mon mari!...

Elle s'arrêta, et durant plus d'une minute Méchinet et elle restèrent face à face, silencieux et immobiles, les yeux dans les yeux, lui se demandant ce qu'elle allait lui proposer, elle essayant de deviner ce qu'elle pouvait oser.

— Vous devez donc comprendre ce que je souffre, monsieur, reprit-elle enfin, depuis trois jours que M. de Boiscoran est en prison, accusé du plus lâche des crimes!

— Oh! oui, je le comprends, s'écria le greffier.

Et, emporté par son émotion :

— Mais je puis vous affirmer, poursuivit-il, que moi qui ai assisté à toute l'instruction et qui ai l'expérience des affaires criminelles, je crois M. de Boiscoran innocent. Tel n'est pas, je le sais, l'avis de M. Galpin-Daveline, ni de M. Daubigeon, ni de ces messieurs du tribunal, ni de la ville entière, n'importe! c'est le mien. J'étais là, voyez-vous, quand on est allé prendre M. de Boiscoran au saut du lit. Eh bien! rien qu'au timbre de sa voix, quand il s'est écrié : « Eh! c'est ce cher Daveline! » je me suis dit : « Cet homme n'est pas coupable! »

— Oh!... monsieur, balbutiait Mlle Denise, merci, merci...

— Il n'y a pas à me remercier, mademoiselle, car le temps n'a fait qu'affermir ma conviction. Est-ce que jamais un coupable aurait l'attitude de M. de Boiscoran! Tenez, ce tantôt, lorsque nous sommes allés lever les scellés, il fallait le voir, calme, digne, répondant froidement aux questions qui lui étaient adressées. A ce point que je n'ai pu me retenir de dire à M. Galpin-Daveline ce que je pensais. Il m'a répondu que je n'étais qu'un sot. Eh bien ! moi, je soutiens que c'est lui qui est... pardon !... que c'est lui qui se trompe. Plus j'étudie M. de Boiscoran, plus il me fait l'effet d'un homme qui n'a qu'un mot à dire pour se justifier.

Mlle Denise écoutait avec une telle intensité d'attention, qu'elle oubliait presque pourquoi elle était venue.

— Ainsi, fit-elle, M. de Boiscoran ne vous semble pas trop affecté ?...

— Je mentirais, mademoiselle, si je vous disais qu'il n'est pas triste. Mais pour inquiet, non, il ne l'est pas. Le premier étourdissement passé, son sang-froid ne s'est plus démenti, et c'est en vain que depuis trois jours M. Galpin-Daveline épuise tout ce qu'il a de pénétration et de sagacité...

Mais il s'arrêta court, tel qu'un homme ivre, qui, recouvrant soudain sa lucidité, reconnaît que le vin lui a trop délié la langue.

— Mon Dieu ! qu'est-ce que je dis là ! s'écria-t-il. Au nom du ciel, mademoiselle, ne répétez à personne ce que vient de m'arracher ma respectueuse sympathie.

Pour Mlle Denise, le moment décisif était arrivé.

— Si vous me connaissiez mieux, monsieur, prononça-t-elle, vous sauriez qu'on peut compter sur ma discrétion. Ne vous repentez pas d'avoir, par votre confiance, apporté quelque adoucissement à une horrible douleur. Ne vous repentez pas, car...

Sa voix faiblissait, et il lui fallut un effort pour ajouter :

— Car je viens vous demander plus encore, oh ! oui, bien plus !...

Méchinet était devenu affreusement pâle.

— Plus un mot, mademoiselle, interrompit-il violemment, votre espoir seul est une injure. Ignorez-vous donc ce qu'est ma profession, et que par serment je me suis engagé à être aussi muet que les cellules où l'on enferme les prisonniers. Moi, un greffier, livrer le secret d'une instruction criminelle...

Mlle de Chandoré tremblait comme la feuille, mais son esprit restait net et clair.

— Vous laisseriez plutôt, fit-elle, périr un infortuné...

— Mademoiselle !...

— Vous laisseriez condamner un innocent lorsqu'il vous serait possible de dissiper, d'un mot, l'épouvantable erreur dont il est victime. Vous vous diriez : « C'est malheureux,

» mais j'ai juré de me taire... » et vous le verriez, d'une conscience tranquille, monter à l'échafaud !... Non, ce n'est pas possible, ce n'est pas vrai !

— Je vous l'ai dit, mademoiselle, je crois M. de Boiscoran innocent...

— Et vous refusez de m'aider à faire éclater son innocence !... O mon Dieu ! Quelle idée les hommes se font-ils donc du devoir !... Comment vous émouvoir, comment vous convaincre ? Faut-il vous rappeler ce que doivent être les tortures de cet honnête homme, accusé d'un ignoble assassinat !... Dois-je vous dire nos mortelles angoisses, à nous, ses amis, ses parents, les larmes de sa mère, ma douleur à moi, sa fiancée !... Nous le savons innocent, et cependant nous ne pouvons faire éclater son innocence, faute d'un ami qui ait pitié de nous !...

De sa vie, le greffier n'avait eu de tels accents. Remué jusqu'au plus profond de l'âme :

— Que voulez-vous donc de moi ? demanda-t-il, frémissant.

— Oh ! bien peu de chose, monsieur, bien peu... Que vous fassiez tenir dix lignes à M. de Boiscoran, rien que dix lignes, et que vous nous rapportiez sa réponse...

L'audace de la proposition parut frapper le greffier d'épouvante.

— Jamais ! prononça-t-il.

— Vous resterez impitoyable !

— Ce serait forfaire à l'honneur...

— Et laisser condamner un innocent, que serait-ce donc ?

L'angoisse de Méchinet était visible. Etourdi, bouleversé, il ne savait que résoudre ni que répondre...

Enfin, un motif de refus se présentant à son esprit en détresse :

— Et si j'étais découvert, balbutia-t-il. Ce serait perdre ma place, ruiner mes sœurs, briser mon avenir...

D'une main fiévreuse, Mlle Denise retirait de ses poches et jetait en tas sur la table les titres que lui avait donnés son grand-père...

— Il y a là cent vingt mille francs, commença-t-elle...

Violemment, le greffier se rejeta en arrière.

— De l'argent ! s'écria-t-il, vous m'offrez de l'argent !...

— Oh ! ne vous offensez pas, reprit la jeune fille, d'un accent à émouvoir les pierres. Voudrais-je vous offenser, vous, à qui je demande plus que la vie. Il est de ces services qui ne se payent pas. Mais si les ennemis de M. de Boiscoran viennent à savoir que vous nous avez aidés, c'est contre vous que se tournera leur rage...

Machinalement, le greffier dénouait sa cravate... La lutte, au dedans de lui, devait être terrible... Il étouffait.

— Cent vingt mille francs ! fit-il d'une voix rauque.

— N'est-ce pas assez ! insista la jeune fille. Oui, vous avez raison, c'est trop peu ! mais j'en ai autant, j'en ai le double à votre disposition....

Blême, les yeux hagards, Méchinet s'était rapproché, et d'un geste convulsif il maniait cette masse de titres en répétant :

— Six mille livres de rentes !... Six mille livres de rentes !...

— Non, le double, dit Mlle Denise, et en même temps notre reconnaissance, notre amitié dévouée, toute l'influence des familles réunies de Chandoré et de Boiscoran, c'est-à-dire la fortune, la considération, une situation enviée...

Mais déjà, grâce à une toute-puissante projection de volonté, le greffier avait repris possession de lui-même.

— Assez, mademoiselle, dit-il, assez !...

Et d'une voix résolue, bien que tremblante encore :

— Reprenez cet argent, continua-t-il. Quand on fait ce que vous me demandez, quand on trahit son devoir, si c'est pour de l'argent, on est le dernier des misérables... Si on n'a eu d'autre mobile qu'une conviction sincère et l'intérêt de la vérité, on peut passer pour un fou, on n'en reste pas moins digne de l'estime des gens d'honneur... Reprenez cette fortune, mademoiselle, qui a fait un instant vaciller la conscience d'un honnête homme... Je ferai ce que vous désirez, mais... pour rien...

Si grand-père Chandoré s'impatientait à faire les cent pas sur la place du Marché-Neuf, les sœurs Méchinet, dans leur atelier, trouvaient le temps bien plus long encore.

— Qu'est-ce, se demandaient-elles l'une à l'autre, qu'est-ce que Mlle de Chandoré peut bien avoir à dire à notre frère ?

Au bout de dix minutes, leur curiosité, irritée par les conjectures les plus insensées, devint un tel supplice que n'y tenant plus, elles se décidèrent à aller frapper à la chambre du greffier.

— Ah ! laissez-moi en repos, leur cria-t-il, irrité d'être ainsi interrompu.

Mais réfléchissant, il courut ouvrir, et plus doucement :

— Rentrez chez vous, dit-il à ces bonnes filles, et si vous tenez à m'épargner les plus graves désagréments, ne parlez à personne de l'entretien que Mlle de Chandoré et moi avons en ce moment.

Dressées à obéir, les deux sœurs se retirèrent, mais non si vivement qu'elles n'eussent eu le temps d'apercevoir les titres que Mlle Denise avait jetés sur la table, et qui étaient des obligations de Paris-Lyon-Méditerranée. Or, précisément, les demoiselles Méchinet connaissaient ces obligations pour en avoir possédé huit, autrefois, avant l'achat de leur maison.

Leur ardent désir de savoir se compliqua donc aussitôt d'une vague terreur, et dès qu'elles furent rentrées :

— Tu as vu? demanda la cadette.

— Oui, ces titres, répondit l'autre.

— Il y en avait bien cinq ou six cents...

— Peut-être plus.

— C'est-à-dire pour une somme considérable.

— Énorme.

— Qu'est-ce que cela signifie, sainte Vierge! et à quoi faut-il nous attendre !...

— Et notre frère qui nous recommande le secret !...

— Il était plus blanc que sa chemise, et affreusement troublé.

— Mlle de Chandoré pleurait comme une Madeleine...

C'était vrai. Tant qu'elle avait douté du résultat, Mlle Denise avait été soutenue par cette idée que le salut de Jacques dépendait de son courage à elle, sa fiancée, et de sa présence d'esprit.

Certaine du succès, elle n'avait plus su maîtriser son émotion, et, brisée par l'effort, elle s'était affaissée sur une chaise en fondant en larmes.

Ayant refermé sa porte, le greffier la considéra un moment, et, plus maître de soi qu'il l'avait été jusqu'alors :

— Mademoiselle, commença-t-il...

Mais, au son de sa voix, elle se dressa, et lui prenant les mains qu'elle garda un instant entre les siennes :

— Comment vous remercier, monsieur, s'écria-t-elle, comment vous prouver jamais l'étendue de ma reconnaissance !...

Si l'idée était venue au greffier de se dédire, elle se fût envolée, tant irrésistiblement il subissait le charme.

— Ne parlons pas de cela, dit-il, avec la brusquerie des gens qui essayent de dissimuler leur émotion...

— Je n'en parlerai plus, monsieur, fit doucement la jeune fille, mais je veux cependant vous dire que nul de nous n'oubliera jamais la dette que nous contractons aujourd'hui. L'immense service que vous allez nous rendre n'est pas sans danger, m'avez-vous dit. Quoi qu'il advienne, rappelez-vous que, de ce moment, vous avez en nous les plus dévoués des amis...

L'interruption des sœurs Méchinet avait eu cet effet de rendre au greffier une bonne partie de son sang-froid.

— J'espère bien qu'il ne m'arrivera pas malheur, dit-il, et cependant, mademoiselle, je ne dois pas vous cacher que le service que je vais essayer de vous rendre présente beaucoup plus de difficultés qu'on ne croirait...

— Mon Dieu !... murmura Mlle Denise.

— M. Daveline, poursuivit le greffier, n'a peut-être pas une intelligence très-supérieure, mais il sait son métier, et il est de plus très-fin et excessivement défiant. Hier encore, il me disait qu'il prévoyait que la famille de M. de Boiscoran tenterait l'impossible pour le soustraire à l'action de la justice. De là, chez lui, des transes incessantes, un redoublement de défiance et un luxe de précautions dont on n'a pas l'idée. S'il l'osait, il établirait son lit en travers la porte de M. Jacques...

— Cet homme me hait, monsieur Méchinet...

— Non, mademoiselle, non ; mais il est ambitieux, il croit que sa carrière dépend du résultat de cette instruction, et il tremble que son prévenu ne s'envole ou qu'on ne le lui prenne...

Fort perplexe évidemment, Méchinet se grattait l'oreille.

— Comment vais-je m'y prendre, continuait-t-il, pour remettre un billet à M. de Boiscoran ? S'il était averti, ce ne serait rien. Mais il ne l'est pas. Mais il est tout aussi défiant que M. Daveline. Il craint toujours qu'on ne lui tende quelque piége, et il se tient sur ses gardes. Si je lui fais un signe, me comprendra-t-il ? Et si je fais un signe, M. Daveline, qui a l'œil d'une pie, ne le surprendra-t-il pas ?...

— N'êtes-vous donc jamais seul avec M. de Boiscoran, monsieur ?...

— Jamais une seconde, mademoiselle. C'est avec le juge d'instruction que j'entre dans la prison et avec lui que j'en sors. Vous me direz qu'en sortant, comme je passe le dernier, je pourrais laisser tomber adroitement le billet... Mais, quand nous sortons, le geôlier, qui a de bons yeux, est là. J'aurais, de plus, à redouter l'excès de prudence de M. de Boiscoran. Voyant un billet lui arriver de cette façon, il serait bien capable de le remettre, sans l'ouvrir, à M. Galpin-Daveline.

Il s'arrêta, et, après un moment de réflexion :

— Le plus sûr, reprit-il, serait peut-être de mettre dans la confidence le geôlier Blangin, ou un détenu qui est chargé de servir et d'espionner M. de Boiscoran...

— Frumence Cheminot ! fit vivement Mlle Denise.

La plus extrême surprise se peignit sur les traits de Méchinet.

— Vous savez son nom ! dit-il.

— Je le sais, parce que Blangin m'a parlé de ce prisonnier, et que son nom m'a frappé le jour où Mme de Boiscoran et moi, ignorant ce que c'est que le secret, sommes allées à la prison demander à voir Jacques...

Le greffier eut un geste de dépit.

— Maintenant, fit-il, je m'explique les terreurs de M. Daveline. Il aura eu vent de votre démarche et se sera imaginé que vous vouliez lui enlever son prisonnier.

Il marmotta entre ses dents quelques mots encore que Mlle Denise n'entendit pas ; puis se décidant :

— N'importe ! prononça-t-il, j'agirai selon les circonstances. Écrivez votre lettre, mademoiselle, voici de l'encre et du papier...

Pour toute réponse, la jeune fille s'assit à la table de Méchinet ; mais au moment de prendre la plume :

— M. de Boiscoran a-t-il des livres dans sa prison ? demanda-t-elle.

— Oui, mademoiselle. Sur sa demande, M. Daveline est allé de sa personne lui chercher, chez M. Daubigeon, quelques volumes de voyages et plusieurs romans de Cooper...

Une exclamation joyeuse de Mlle Denise l'interrompit.

— O Jacques ! s'écria-t-elle, merci d'avoir compté sur moi !...

Et sans remarquer le profond étonnement de Méchinet, elle écrivit :

« Nous sommes sûrs de votre innocence, Jacques, et cependant
» nous sommes au désespoir. Votre mère est ici, avec un avocat
» de Paris, M⁰ Folgat, tout dévoué à nos intérêts. Que devons-nous
» faire? Donnez-nous vos instructions. Vous pouvez répondre sans
» crainte, puisque vous avez NOTRE livre. — DENISE. »

— Lisez, monsieur, dit-elle au greffier, dès qu'elle eut
terminé.

Mais lui, au lieu d'user de la permission, plia le billet
qu'elle lui tendait et le glissa dans une enveloppe qu'il ca-
cheta.

— Oh! vous êtes bon, murmura la jeune fille, touchée
de cette délicatesse.

— Non, répondit-il, je cherche simplement à faire le plus
honnêtement possible une action... malhonnête. Demain,
mademoiselle, j'espère avoir une réponse.

— Je viendrai la chercher...

Méchinet tressaillit.

— Gardez-vous en bien, mademoiselle, interrompit-il. Les
gens de Sauveterre sont assez fins pour comprendre que la
toilette ne doit guère vous préoccuper en ce moment, et
vos visites ici sembleraient suspectes. Remettez-vous-en à
moi du soin de vous faire tenir la réponse de M. de Boiscoran.

Pendant que M¹¹ᵉ Denise écrivait, le greffier avait fait un
paquet des titres qu'elle avait apportés. Il le lui remit en
disant :

— Prenez, mademoiselle, s'il me fallait de l'argent pour
Blangin ou pour Frumence Cheminot, je vous le ferais savoir... Et maintenant... partez. Il est inutile de revoir mes
sœurs. Je me charge de leur expliquer votre visite.

VIII

— Que peut-il être arrivé à Denise, qu'elle ne revient
pas! murmurait grand-père Chandoré en arpentant la place
du Marché-Neuf et en consultant sa montre pour la ving-
tième fois.

Longtemps la crainte de déplaire à sa petite-fille et la

peur d'être grondé le retinrent à l'endroit où elle lui avait commandé d'attendre; mais à la fin, sérieusement tourmenté :

— Ah! ma foi, tant pis !... se dit-il, je me risque...

Et traversant la chaussée qui sépare la place des maisons, il s'engagea dans le long corridor de l'immeuble des sœurs Méchinet.

Déjà il mettait le pied sur la première marche de l'escalier lorsqu'il vit le haut s'éclairer. Il entendit presque aussitôt la voix de sa petite-fille et reconnut son pas léger...

— Enfin!... pensa-t-il.

Et, leste comme l'écolier qui entend venir le maître, tremblant d'être pris en flagrant délit d'inquiétude, il regagna la place.

Mlle Denise y fut presque en même temps, et lui sautant au cou :

— Bon papa, dit-elle en faisant claquer ses lèvres si fraîches sur les joues rudes du vieillard, je te rapporte tes titres.

Si une chose devait étonner M. de Chandoré, c'était qu'il se trouvât en ce monde un être assez dur, assez cruel, assez barbare pour résister aux prières et aux larmes de Mlle Denise — surtout à des larmes et à des prières appuyées de cent vingt mille francs.

Néanmoins :

— Je t'avais bien dit, chère fillette, fit-il tristement, que tu ne réussirais pas...

— Et tu te trompais, bon papa, et tu te trompes encore, j'ai réussi.

— Cependant... puisque tu rapportes l'argent.

— C'est que j'ai trouvé un honnête homme, grand-père, un homme de cœur. Pauvre garçon ! à quelle épreuve j'ai mis sa probité !.... car il est très-gêné, je le sais de bonne source, depuis que ses sœurs et lui ont acheté leur maison. C'était plus que l'aisance, c'était évidemment la fortune que je lui offrais. Aussi, il fallait voir l'éclat de ses yeux et le tremblement de ses mains pendant qu'il regardait ces titres et qu'il les maniait. Eh bien! il les a refusés, bon papa, il les refuse. Il ne veut pas de récompense pour l'immense service qu'il va nous rendre...

De la tête, M. de Chandoré approuvait :

— Tu as raison, fillette, dit-il, ce greffier est un brave

homme, et qui vient d'acquérir des droits éternels à notre reconnaissance...

— Il convient d'ajouter, reprit Mlle Denise, que j'ai été extraordinairement brave. Jamais je ne me serais crue capable de tant d'audace. Que n'étais-tu caché dans un petit coin, bon papa, pour me voir et pour m'entendre ! Tu n'aurais pas reconnu ta petite-fille. J'ai bien pleuré un peu, mais après, quand j'ai obtenu ce que je voulais...

— Oh! chère, chère enfant ! murmurait le vieillard ému.

— C'est que, vois-tu, je ne songeais qu'au danger de Jacques et à la gloire de me montrer digne de lui, qui est si courageux. J'espère qu'il sera content de moi...

— Ce serait un seigneur difficile, s'il ne l'était pas!... s'écria M. de Chandoré.

Mais c'est sous les arbres de la place du Marché-Neuf que causaient le grand-père et sa petite-fille, et déjà plusieurs promeneurs avaient trouvé le moyen de passer trois ou quatre fois près d'eux, les oreilles largement ouvertes, fidèles à cette discrétion charmante qui est un des agréments de Sauveterre.

Mise sur ses gardes par les prudentes recommandations de Méchinet, Mlle Denise ne tarda pas à s'en apercevoir.

— On nous écoute, dit-elle à son grand-père, viens, je te dirai tout en route.

Et en effet, tout en cheminant, elle lui racontait jusqu'aux moindres détails de son entrevue, et le vieux gentilhomme déclarait ne savoir en vérité ce qu'il devait le plus admirer de sa présence d'esprit à elle ou du désintéressement de Méchinet.

— Raison de plus, conclut la jeune fille, pour ne pas augmenter les périls auxquels va s'exposer cet honnête homme. Je lui ai promis une discrétion absolue, je tiendrai ma promesse. Si tu veux me croire, bon papa, nous ne parlerons de rien, ni aux tantes ni à Mme de Boiscoran.

— Dis tout de suite, rusée, que tu voudrais sauver Jacques à toi seule...

— Ah ! si je le pouvais!... Malheureusement il va falloir mettre Me Folgat dans la confidence, car nous ne saurions nous passer de conseils.

Ainsi fut-il fait. Tantes Lavarande et la marquise de Boiscoran durent se contenter de l'explication assez peu vraisemblable que donnait, de sa sortie, Mlle Denise.

Et quelques heures plus tard, la jeune fille, M⁰ Folgat et M. de Chandoré tenaient conseil dans le cabinet du baron.

Plus que M. de Chandoré encore, le jeune avocat devait être surpris de la conception de Mˡˡᵉ Denise et de sa hardiesse à l'exécuter. Jamais il ne l'eût soupçonnée capable d'une telle démarche, tant, jeune fille, elle gardait encore les grâces naïves et les timidités de l'enfant.

Il voulait la complimenter, mais elle :

— Où est mon mérite ? interrompit-elle vivement. A quel danger me suis-je exposée ?

— A un danger fort réel, mademoiselle, je vous l'assure.

— Bah !... fit M. de Chandoré.

— Corrompre un fonctionnaire, poursuivait Mᵉ Folgat, c'est grave ! Il y a dans le Code pénal un certain article 179 qui ne plaisante pas et qui assimile le corrupteur au corrompu...

— Eh bien ! tant mieux ! s'écria Mˡˡᵉ Denise, si ce pauvre Méchinet va en prison, j'irai avec lui.

Et sans remarquer l'expression de mécontentement de son grand-père :

— Enfin, monsieur, dit-elle à Mᵉ Folgat, voici le vœu que vous formiez réalisé. Maintenant nous allons avoir des nouvelles positives de M. de Boiscoran, il nous donnera ses instructions...

— Peut-être, mademoiselle...

— Comment ! peut-être... Vous avez dit devant moi...

— Je vous ai dit, mademoiselle, qu'il serait inutile, imprudent peut-être, de rien tenter avant de savoir la vérité. La saurons-nous ? Pensez-vous que M. de Boiscoran, qui a tant de raisons de se défier de tout, la dira dans une réponse qui doit passer par plusieurs mains avant de vous arriver...

— Il la dira, monsieur, sans restrictions, sans crainte, sans péril...

— Oh !...

— Mes mesures sont prises... Vous verrez.

— Alors nous n'avons plus qu'à attendre.

Hélas ! oui, il fallait attendre, et c'était bien là ce qui désolait Mˡˡᵉ Denise. A peine dormit-elle. Sa journée du lendemain fut un long supplice. A chaque coup de sonnette, elle tressaillait et courait voir...

Enfin, vers cinq heures, rien n'étant venu :

— Ce ne sera pas pour aujourd'hui, dit-elle. Pourvu, mon

Dieu ! que ce pauvre Méchinet ne se soit pas laissé surprendre !

Et peut-être pour échapper aux obsessions de ses craintes,
elle consentit à accompagner Mme de Boiscoran qui allait
rendre visite.

Ah ! si elle eût su !... Il n'y avait pas dix minutes qu'elle
était dehors quand un de ces gamins, comme on en rencontre, à toute heure du jour, polissonnant sur les places de
Sauveterre, se présenta, porteur d'une lettre à l'adresse de
Mlle Denise.

On la porta à M. de Chandoré, qui, en attendant le dîner,
faisait un tour de jardin en compagnie de Me Folgat.

— Une lettre pour Denise ! s'écria le vieux gentilhomme,
dès que le domestique se fut éloigné, c'est la réponse que
nous attendons...

Il rompit le cachet bravement : Ah ! empressement
inutile. Le billet renfermé dans l'enveloppe était ainsi
conçu :

31 : 9, 17, 19 23, 25, 28, 32, 101, 102, 129, 137, 504, 515
— 37 : 2, 3, 4, 5, 7, 8, 10, 11, 13, 14, 24, 27, 52, 54, 118,
119, 120, 200, 201 — 41 : 7, 9, 17, 21, 22, 44, 45, 46...

Et il y en avait deux pages comme cela.

— Tenez, maître, essayez de comprendre, dit M. de Chandoré, en tendant cette réponse à Me Folgat.

Positivement, le jeune avocat essaya. Mais, après cinq
minutes d'efforts inutiles :

— Je comprends, fit-il, que Mlle de Chandoré avait raison
de nous dire que nous saurions la vérité... M. de Boiscoran
et elle étaient convenus autrefois d'un chiffre...

Grand-père Chandoré leva les mains vers le ciel.

— Voyez-vous ces petites filles, dit-il, voyez-vous !...
Nous voilà à sa discrétion, puisqu'il n'y a qu'elle pour nous
traduire ce grimoire.

Si, en accompagnant la marquise de Boiscoran chez Mme Séneschal, Mlle Denise espérait dissiper les tristes pressentiments dont elle était agitée, son espoir fut déçu.

L'excellente femme du maire n'était pas de celles à qui
on peut aller demander du courage aux heures de défaillance.

Elle ne sut que se jeter alternativement dans les bras de
Mme de Boiscoran et de Mlle de Chandoré, et leur répéter,
en éclatant en sanglots, qu'elle les tenait, l'une pour la plus

malheureuse des mères, l'autre pour la plus infortunée des fiancées.

— Cette femme croit donc Jacques coupable? pensait, non sans irritation, Mlle Denise.

Et ce n'est pas tout. En revenant, vers le haut de la rue Mautrec, non loin de la maison où étaient provisoirement installés le comte et la comtesse de Claudieuse, elle entendit un jeune garçon qui criait :

— M'man, viens donc voir la mère et la bonne amie de l'assassin !...

La pauvre jeune fille rentrait donc plus affligée qu'elle n'était partie, lorsque sa femme de chambre, qui, bien évidemment, guettait son retour, lui dit que son grand-père et Me Folgat l'attendaient dans le cabinet du baron.

Sans prendre le temps d'ôter son chapeau, elle y courut, et dès qu'elle entra :

— Voici la réponse, lui dit M. de Chandoré, en lui présentant la lettre de Jacques...

Elle ne put retenir un cri de joie, et, d'un geste rapide, elle porta cette lettre à ses lèvres, en répétant :

— Nous sommes sauvés, nous sommes sauvés !...

M. de Chandoré souriait du bonheur de sa petite-fille.

— Seulement, mademoiselle la cachottière, reprit-il, vous aviez, à ce qu'il paraît, de grands secrets à échanger avec M. de Boiscoran, puisque vous aviez adopté un chiffre, ni plus ni moins que des conspirateurs. Me Folgat et moi y avons perdu notre latin...

Alors seulement la jeune fille se rappela la présence de l'avocat de Paris, et, plus rouge qu'une pivoine :

— En ces derniers temps, dit-elle, Jacques et moi, je ne sais à quel propos, avions eu l'occasion de parler des moyens imaginés pour correspondre secrètement, et il m'a enseigné celui-ci. Deux correspondants font choix d'un ouvrage quelconque et en ont chacun un exemplaire de la même édition. Celui qui écrit cherche dans son exemplaire les mots dont il a besoin et les indique par des chiffres. Celui qui reçoit la lettre, avec les chiffres, retrouve les mots. Ainsi, dans le billet de Jacques, les numéros suivis de deux points indiquent une page et les autres le numéro d'ordre des mots choisis dans cette page.

— Eh! eh!... fit grand-père Chandoré, j'aurais cherché longtemps !...

— C'est très-simple, continua Mlle Denise, très-connu, et cependant très-sûr. Comment un étranger devinerait-il le livre choisi par les correspondants. Puis il est des moyens encore, pour dérouter les indiscrétions. On convient, par exemple, que jamais les chiffres n'auront leur valeur, ou plutôt que cette valeur variera selon que le jour où on reçoit la lettre est le premier, le second, le troisième ou le dernier de la semaine. Ainsi, aujourd'hui nous sommes lundi, premier jour, n'est-ce pas. Eh bien ! de chaque numéro de page je dois retirer 1 et ajouter 1 à chaque numéro de lettre...

— Et tu vas t'y reconnaître ? fit M. de Chandoré.

— Assurément, bon papa. Dès que Jacques m'a eu expliqué ce système, j'ai tenu à l'essayer, comme de juste. Nous avons choisi un livre que j'aime beaucoup, le *Lac Ontario*, de Cooper, et nous nous amusions à nous écrire des lettres infinies. Oh !... cela occupe, va, et c'est long, parce qu'on ne trouve pas toujours les mots qu'on voudrait employer, et qu'il faut alors les désigner lettre par lettre...

— Et M. de Boiscoran a le *Lac Ontario* dans sa prison ? demanda Me Folgat.

— Oui, monsieur, je l'ai appris par M. Méchinet. Le premier soin de Jacques, dès qu'il s'est vu au secret, a été de demander quelques romans de Cooper, et M. Galpin-Daveline qui est si fin, si clairvoyant, si défiant, est allé les lui chercher lui-même. Jacques comptait sur moi, monsieur...

— Alors, chère fille, va nous déchiffrer cette énigme, dit M. de Chandoré.

Et dès qu'elle fut sortie :

— Comme elle l'aime, murmura-t-il, comme elle l'aime, ce Jacques !... S'il lui arrivait malheur, monsieur, elle en mourrait...

Me Folgat ne répondit pas, et il s'écoula près d'une heure avant que Mlle Denise, enfermée dans sa chambre, réussît à rassembler tous les mots désignés par les chiffres de Jacques de Boiscoran.

Mais lorsqu'elle eut achevé, et qu'elle reparut dans le cabinet de son grand-père, le plus profond désespoir se lisait sur son jeune visage.

— C'est horrible !... dit-elle.

La même idée, telle qu'une flèche aiguë, traversa l'esprit de M. de Chandoré et de Me Folgat.

Jacques avouait-il donc !...

—Tenez, lisez, leur dit Mlle Denise en leur tendant sa traduction.

Jacques écrivait :

« Merci de votre lettre, ma bien-aimée. Un pressentiment
» me l'avait si bien annoncée, que je m'étais procuré le *Lac*
» *Ontario.*

» Je ne comprends que trop votre douleur de voir que ma
» détention se prolonge et que je ne me disculpe pas. Si je
» me suis tu, c'est que j'espérais que les preuves de mon
» innocence viendraient du dehors. Je reconnais que l'es-
» pérer encore serait insensé, et qu'il faudra que je parle. Je
» parlerai. Mais ce que j'ai à dire est si grave, que je gar-
» derai le silence tant qu'il ne me sera pas permis de con-
» sulter un homme qui ait toute ma confiance. C'est plus
» que de la prudence qu'il me faut maintenant, c'est de l'ha-
» bileté. Jusqu'à ce moment, fort de mon innocence, j'étais
» tranquille. Mon dernier interrogatoire vient de m'ouvrir
» les yeux et de me montrer l'étendue du danger que je
» cours.

» Mes angoisses seront affreuses jusqu'au jour où je pour-
» rai voir un avocat. Merci à ma mère d'en avoir amené un.
» J'espère qu'il me pardonnera de m'adresser d'abord à un
» autre qu'à lui. J'ai besoin d'un homme qui connaisse à
» fond notre pays et ses mœurs.

» C'est Me Mergis que je choisis, et je vous charge de
» l'avertir de se tenir prêt pour le jour où, l'instruction
» étant terminée, le secret sera levé.

» Jusque-là, rien à faire, rien, que d'obtenir, si c'est pos-
» sible, qu'on retire mon affaire à G. D. et qu'on la confie
» à un autre.

» Cet homme se conduit indignement. Il me veut cou-
» pable absolument, il commettrait un crime pour m'en
» accuser, et il n'est sorte de piége qu'il ne me tende. Il faut
» me faire violence, pour garder mon calme, toutes les fois
» que je vois entrer dans ma prison ce juge qui s'est dit
» mon ami.

» Ah ! chers, j'expie bien cruellement une faute dont, jus-
» qu'ici, je n'avais pour ainsi dire pas eu conscience !
» Et vous, mon unique amie, me pardonnerez-vous jamais
» les horribles tourments que je vous cause...
» J'en aurais beaucoup encore à vous dire ; mais le dé-

Voir page 246

» tenu qui m'a remis votre billet m'a dit de me hâter, et
» les mots sont longs à rassembler...   J... »

La lecture de cette lettre achevée, Me Folgat et M. de
Chandoré détournèrent tristement la tête, craignant peut-
être que Mlle Denise ne surprît dans leurs yeux le secret de
leurs pensées.

Mais elle ne comprit que trop ce que signifiait ce mouvement.

— Douterais-tu donc de Jacques, grand-père ! s'écria-
t-elle.

— Non, murmura faiblement M. de Chandoré, non...

— Et vous, Me Folgat, seriez-vous froissé de ce que
Jacques veut consulter un autre avocat que vous ?...

— J'aurais été le premier, mademoiselle, à lui conseiller
de voir un homme du pays...

Il fallait à Mlle Denise toute son énergie pour retenir ses
larmes.

— Oui, cette lettre est terrible, dit-elle ; mais commen
ne le serait-elle pas !... Ne comprenez-vous pas que Jacques
est désespéré, que sa raison chancelle après tant de tortures
imméritées...

Quelques coups légers frappés à la porte l'interrompirent.

— C'est moi, disait la voix de Mme de Boiscoran.

Grand-père Chandoré, Me Folgat et Mlle Denise se consul-
tèrent un instant du regard. Enfin :

— La situation est trop grave, prononça l'avocat, pour
que la mère de M. de Boiscoran ne soit pas consultée...

Et il se leva pour ouvrir.

Depuis que tenaient conseil Mlle Denise, son grand-père
et Me Folgat, un domestique, à cinq reprises différentes, était
venu leur crier à travers la porte fermée au verrou que la
soupe était sur la table.

— C'est bien, avaient-ils répondu à chaque fois.

Mais comme ils ne descendaient toujours pas, Mme de Boiscoran avait fini par comprendre qu'il se passait quelque
chose d'extraordinaire.

Or, que pouvait être ce quelque chose, pour qu'on lui en
fît mystère !... On ne lui eût pas caché, pensait-elle, un
événement heureux !...

C'est donc avec la très-ferme résolution de se faire ouvrir,
qu'elle était montée frapper au cabinet de M. de Chandoré.

Et dès que Me Folgat lui eut ouvert, dès en entrant :

— Je veux savoir !... dit-elle.

Mlle Denise lui répondit :

— Quoi qu'il arrive, madame, dit-elle, rappelez-vous qu'un seul mot de ce que je vais vous confier, arraché à votre douleur ou à votre joie, suffirait pour perdre un honnête homme envers qui nous avons contracté une de ces dettes dont on ne s'acquitte jamais. J'ai réussi à lier une correspondance entre nous et Jacques...

— Denise !...

— Je lui ai écrit, ma mère, je viens de recevoir sa réponse... lisez-la.

Saisie d'une sorte de délire, la marquise de Boiscoran se jeta sur la traduction que lui tendait la jeune fille...

Mais à mesure qu'elle lisait, on pouvait voir à chaque ligne tout son sang se retirer de son visage, ses lèvres blémir, ses yeux se voiler, l'air manquer à sa poitrine haletante.

Et à la fin, la lettre échappant à ses mains défaillantes, elle s'affaissa lourdement sur un fauteuil, en balbutiant :

— Pourquoi lutter, puisque nous sommes perdus !...

Superbe fut le geste de Mlle Denise, et admirable l'accent dont elle s'écria :

— Pourquoi ne dites-vous pas tout de suite, ma mère, que Jacques est un incendiaire et un assassin !...

Et secouant la tête d'un mouvement d'indomptable énergie, la lèvre frémissante, promenant autour d'elle un regard où éclataient la colère et le dédain :

— Resterais-je donc seule, fit-elle, à le défendre, lui qui comptait tant d'amis en ses jours prospères !... Soit...

Moins ému, comme de raison, que M. de Chandoré et Mme de Boiscoran, Me Folgat avait été le premier à se remettre.

— Nous serions deux, en tout cas, mademoiselle, interrompit-il ; car je serais impardonnable si je me laissais influencer par cette lettre. Je serais sans excuse, moi qui sais par expérience ce que votre cœur a deviné. La prison préventive a des angoisses qui dissolvent les caractères les plus vigoureusement trempés. Les jours s'y traînent interminables et les nuits y ont des terreurs sans nom. L'innocent, dans la cellule des secrets, se voit devenir coupable, de même que l'homme le plus sain d'esprit sent son cerveau se troubler dans le cabanon des fous !...

Mlle de Chandoré ne le laissa pas poursuivre.

— Voilà, monsieur, s'écria-t-elle, ce que je sentais, ce que je n'aurais pas su exprimer comme vous !...

Honteux de leur défaillance, grand-père Chandoré et la marquise de Boiscoran s'efforçaient de réagir contre le doute affreux qui un moment les avait terrassés.

— Enfin, quel parti prendre? fit la marquise d'une voix faible.

— Votre fils nous l'indique, madame, répondit l'avocat de Paris; nous n'avons qu'à attendre la fin de l'instruction.

— Pardon, dit M. de Chandoré, nous avons à obtenir un changement de juge...

Me Folgat secoua la tête.

— Malheureusement, fit-il, ce n'est là qu'un rêve irréalisable. On ne récuse pas comme un simple juré un juge d'instruction agissant à ce titre.

— Cependant...

— Le législateur a voulu, selon l'énergique expression d'Ayrault, que rien ne pût prévaloir contre le juge d'instruction, lui couper le chemin ou brider sa puissance. L'article 542 du code d'instruction criminelle est formel...

— Et... que dit cet article? interrogea Mlle Denise.

— Il dit en substance, mademoiselle, que la récusation proposée par un prévenu contre un juge d'instruction, constitue une demande en renvoi pour cause de suspicion légitime, demande sur laquelle il n'appartient qu'à la cour de cassation de statuer, parce que le juge d'instruction, dans les limites de sa compétence, constitue à lui seul une juridiction... Je ne sais si je m'exprime clairement?...

— Oh! très-clairement, déclara M. de Chandoré. Seulement, puisque Jacques le désire...

— C'est vrai, monsieur; mais M. de Boiscoran ne sait pas...

— Pardon ! Il sait que son juge est son mortel ennemi...

— Soit. En quoi serons-nous plus avancés d'obéir? Pensez-vous donc que la demande en renvoi empêcherait M. Galpin-Daveline de continuer à suivre la procédure? Point. Il la suivrait jusqu'à la décision de la cour de cassation. Il serait, jusque-là, c'est vrai, empêché de rendre une ordonnance définitive; mais M. de Boiscoran doit la souhaiter, cette ordonnance, dont le premier effet sera de lever le secret, et de lui permettre de voir son avocat.

— C'est atroce !... murmura M. de Chandoré.

Oui, c'est atroce, en effet, mais c'est la loi.

Et ils sont heureux, ceux qui jamais en leur vie, qu'il s'agisse d'eux ou d'un être cher, n'ont eu l'occasion d'ouvrir ce livre formidable qui s'appelle le Code, et d'y chercher, le cœur serré d'une inexprimable anxiété, l'article fatidique et inexorable d'où dépend leur destinée...

Mais, depuis un moment déjà, Mlle Denise réfléchissait.

— Je vous ai bien compris, monsieur, dit-elle au jeune avocat, et dès demain vos objections seront soumises à M. de Boiscoran...

— Et surtout, insista le jeune avocat, expliquez-lui bien que toutes nos démarches, dans le sens qu'il indique, tourneraient contre lui. M. Galpin-Daveline est notre ennemi, mais nous n'avons à articuler contre lui aucun grief positif. On nous répondrait toujours : « Si M. de Boiscoran est innocent, que ne parle-t-il... »

C'est ce que ne voulait pas admettre grand-père Chandoré.

— Cependant, commença-t-il, si nous avions pour nous de hautes influences...

— En avons-nous ?

— Assurément. Boiscoran a des amis intelligents qui ont su rester fort puissants sous tous les régimes. Il a été fort lié, jadis, avec M. de Margeril.

Fort significatif fut le geste de Me Folgat.

— Diable! interrompit-il, si M. de Margeril voulait nous donner un coup d'épaule... Mais c'est un homme peu accessible...

— On peut toujours lui dépêcher Boiscoran... Puisqu'il est resté à Paris pour faire des démarches, voilà une occasion... Je lui écrirai ce soir même.

Depuis que ce nom de Margeril avait été prononcé, Mme de Boiscoran était devenue plus pâle, s'il est possible... Sur les derniers mots du vieux gentilhomme, elle se dressa, et vivement :

— N'écrivez pas, monsieur, dit-elle, ce serait inutile, je ne le veux pas...

Si évident était son trouble, que les autres en étaient confondus.

— Boiscoran et M. de Margeril sont donc brouillés? interrogea M. de Chandoré.

— Oui.

— Mais il s'agit du salut de Jacques, ma mère, s'écria Mlle Denise.

Hélas!... la pauvre femme ne pouvait pas dire quels soupçons avaient troublé la vie du marquis de Boiscoran, ni combien cruellement la mère payait en ce moment une imprudence de l'épouse.

— S'il le fallait absolument, fit-elle d'une voix étouffée, si c'était là notre suprême ressource... c'est moi qui irais trouver M. de Margeril...

Seul, Me Folgat eut le soupçon des douloureux souvenirs que ce nom éveillait dans l'âme de Mme de Boiscoran.

Aussi, intervenant :

— En tout état de cause, déclara-t-il, mon avis est d'attendre la fin de l'instruction. Cependant je puis me tromper, et avant de répondre à M. Jacques, je désire que l'avocat qu'il nous désigne soit consulté.

— Voilà certainement le parti le plus sage, approuva M. de Chandoré.

Et sonnant un domestique, il lui commanda de se rendre chez Me Mergis, le prier de passer après son dîner.

Le choix de Jacques de Boiscoran était heureux...

M. Magloire Mergis, plus connu sous le nom de Me Magloire, passait à Sauveterre pour le plus habile et le plus éloquent avocat, non-seulement du département, mais encore de tout le ressort de Poitiers.

Il avait encore, ce qui est plus rare et bien autrement glorieux, une réputation inattaquable et bien méritée d'intégrité et d'honneur.

Il était connu que jamais il n'eût consenti à plaider une cause équivoque, et on citait de lui des traits héroïques, tels que de jeter à la porte par les épaules les clients assez mal avisés pour venir, l'argent à la main, le supplier de se charger de quelque affaire véreuse.

Aussi n'était-il guère riche, et gardait-il, à cinquante-quatre ou cinq ans qu'il avait, les habitudes modestes et frugales d'un débutant sans fortune.

Marié jeune, Me Magloire avait perdu sa femme après quelques mois de ménage, et jamais il ne s'était consolé de cette perte. Après plus de trente ans, la plaie n'était pas cicatrisée et toujours, fidèlement, à de certaines époques, on le voyait traverser la ville, un gros bouquet à la main, et s'acheminer vers le cimetière.

De tout autre, les esprits forts de Sauveterre ne se fussent pas privés de rire. De lui ils n'osaient, tant était grand le respect qu'imposait cet honnête homme, au visage calme et serein, aux yeux clairs et fiers, aux lèvres finement dessinées, véritables lèvres d'orateur, traduisant tour à tour la pitié ou la colère, la raillerie ou le dédain.

De même que le docteur Seignebos, Me Magloire était républicain, et aux dernières élections de l'empire, il avait fallu aux bonapartistes d'incroyables efforts, l'appui de l'administration et quantité de manœuvres assez louches pour parvenir à l'écarter de la Chambre.

Encore n'eussent-ils pas réussi, sans le concours de M. de Claudieuse, qui ne les aimait guère cependant, et qui avait déterminé un grand nombre d'électeurs à s'abstenir.

Voilà l'homme qui, sur les neuf heures du soir, se rendant à l'invitation de M. de Chandoré, se présentait rue de la Rampe.

Mlle Denise et son grand-père, Mme de Boiscoran et Me Folgat l'attendaient...

Il les salua d'un air affectueux, mais en même temps si triste que Mlle Denise en reçut un coup au cœur.

Elle crut comprendre que Me Magloire n'était pas éloigné de croire à la culpabilité de Jacques de Boiscoran.

Et elle ne se trompait pas, car Me Magloire ne tarda pas à le donner à entendre, avec de grands ménagements, sans doute, mais très-clairement.

Ayant passé la journée au palais, il avait recueilli l'opinion des membres du tribunal, et cette opinion était loin d'être favorable au prévenu.

En de telles conditions, se prêter aux désirs de Jacques et introduire contre M. Daveline une demande en renvo eût été une impardonnable faute...

— L'instruction durera donc des années, s'écria Mlle Denise, puisque M. Galpin-Daveline prétend obtenir de Jacque l'aveu d'un crime qu'il n'a pas commis!...

Me Magloire secoua la tête.

— Je crois, au contraire, mademoiselle, répondit-il, qu l'instruction sera bientôt terminée...

— Si Jacques se tait, cependant...

— Le mutisme d'un prévenu, pas plus que son caprice ou son obstination, ne saurait entraver la marche de la procédure. Mis en demeure de produire sa justification, s'il refuse de le faire, la justice passe outre...

— Pourtant, monsieur, quand un prévenu a des raisons...

— Il n'y a jamais de raisons valables de se laisser accuser injustement. Cependant le cas a été prévu. Libre au prévenu de ne pas répondre à une question qui l'embarrasse : *Nemo tenetur prodere se ipsum*. Mais avouez que ce refus de répondre autorise le juge à considérer comme décisives les charges sur lesquelles le prévenu ne s'explique pas...

Plus était calme le célèbre avocat de Sauveterre, plus ses auditeurs, à l'exception de Mᵉ Folgat, étaient effrayés.

En écoutant ces expressions techniques qu'il employait, ils se sentaient glacés jusqu'aux moelles, comme les amis d'un blessé qui entendent le chirurgien repasser des bistouris.

— Ainsi, monsieur, demanda d'une voix faible Mᵐᵉ de Boiscoran, la situation de mon malheureux fils vous paraît grave...

— J'ai dit périlleuse, madame.

— Vous pensez avec Mᵉ Folgat que chaque jour qui s'écoule ajoute au danger qu'il court...

— Je n'en suis que trop sûr. Et si M. de Boiscoran est réellement innocent...

— Ah! monsieur, interrompit Mˡˡᵉ Denise, monsieur, pouvez-vous parler ainsi, vous qui êtes l'ami de Jacques...

C'est d'un air de commisération profonde, et bien sincère, que Mᵉ Magloire considéra un moment la jeune fille. Puis :

— C'est parce que je suis un ami, mademoiselle, répondit-il, que je vous dois la vérité. Oui, j'ai connu et apprécié les hautes qualités de M. de Boiscoran, je l'ai aimé, je l'aime... Mais ce n'est pas avec le cœur, c'est avec la raison qu'il faut examiner la situation... Jacques est homme, c'est par d'autres hommes qu'il sera jugé... Il y a de sa culpabilité des indices matériels, palpables, tangibles... Quelles preuves avez-vous à offrir de son innocence!... Des preuves morales!...

— Mon Dieu!... murmurait Mˡˡᵉ Denise.

— Je pense donc, comme mon honorable confrère.

Et Mᵉ Magloire saluait Mᵉ Folgat.

— ... Je crois fermement que si M. de Boiscoran est innocent, il a adopté un système déplorable. Ah!... si par bonheur il a un alibi, qu'il se hâte, qu'il se hâte de le produire.
Qu'il ne laisse pas la procédure arriver à la chambre des
mises en accusation... Une fois là, un prévenu est aux trois
quarts condamné...

Positivement, le cramoisi des joues de M. de Chandoré
pâlissait.

— Et cependant, s'écria-t-il, Jacques ne changera pas de
système; ce n'est que trop sûr pour qui connaît son entê-
tement de mule.

— Et, malheureusement, sa résolution est prise, dit
Mlle Denise, et Me Magloire, qui le connaît bien, ne le verra
que trop par cette lettre qu'il nous écrit.

Jusqu'alors, rien n'avait été dit qui pût faire soupçonner
à l'avocat de Sauveterre le moyen employé pour correspondre avec le prisonnier.

Lui montrant la lettre, il fallait le mettre dans la confidence, et c'est ce que fit Mlle Denise.

Étonné d'abord, il ne tarda pas à froncer le sourcil.

— C'est bien imprudent, murmura-t-il, dès qu'il sut tout,
c'est bien hardi...

Et regardant Me Folgat :

— Notre profession, continua-t-il, a certaines règles dont
il est toujours fâcheux... de s'écarter. Corrompre un greffier,
profiter de sa faiblesse et de sa pitié!...

L'avocat de Paris avait rougi imperceptiblement.

— Je n'aurais jamais conseillé une telle imprudence,
dit-il; mais du moment où elle était commise, je n'ai pas
cru devoir refuser d'en profiter, et dussé-je encourir un
blâme sévère, ou pis encore... j'en profiterai.

Me Magloire ne répondit pas; mais ayant lu la lettre de
Jacques :

— Je suis aux ordres de M. de Boiscoran, dit-il, et dès
que le secret sera levé, je me rendrai près de lui. Je crois,
comme Mlle Denise, qu'il s'obstinera à garder le silence.
Cependant, puisque vous avez un moyen de lui faire parvenir une lettre... Allons, bien! voici que, moi aussi, je
profite de l'imprudence commise... Suppliez-le, dans son
intérêt, au nom de tout ce qu'il a de plus cher, de parler,
de se disculper, de s'expliquer...

Et, saluant, Me Magloire se retira précipitamment, lais-

sant ses auditeurs consternés, tant il était visible que le but
de sa brusque retraite était surtout de cacher la pénible impression qu'il ressentait de la lettre de Jacques.

— Certes !... dit M. de Chandoré, nous allons lui écrire,
mais ce sera comme si nous chantions... Il attendra la fin
de l'instruction.

— Qui sait !... murmura Mlle Denise.

Et après une minute de méditation :

— On peut toujours essayer, ajouta-t-elle.

Et sans s'expliquer davantage, elle sortit et **courut à sa**
chambre écrire ce laconique billet :

« Il faut que je vous parle. Notre jardin a une petite porte
» qui donne sur la ruelle de la Charité, je vous y attends.
» Si tard que vous soit remis ce mot, venez. Denise. »

Puis, ayant mis ce billet sous enveloppe, elle appela la
vieille bonne qui l'avait élevée, et après toutes les recommandations que la prudence lui pouvait inspirer :

— Il faut, lui dit-elle, que M. Méchinet, le greffier, **ait**
cette lettre ce soir même ; pars, dépêche-toi !...

IX

Depuis vingt-quatre heures, Méchinet était si changé que
ses sœurs ne le reconnaissaient plus.

Aussitôt après le départ de Mlle Denise, elles étaient allées
le trouver, espérant qu'il leur apprendrait enfin ce que
signifiait cette mystérieuse entrevue ; mais dès les premiers
mots :

— Cela ne vous regarde pas ! s'était-il écrié d'un accent
qui fit frémir les deux couturières. Cela ne regarde personne !...

Et il était resté seul, tout étourdi de l'aventure, et rêvant
aux moyens de tenir sa promesse sans se compromettre.

Ce n'était pas aisé.

Le moment décisif arrivé, il reconnut que jamais il ne
réussirait à faire passer à Jacques de Boiscoran le billet qui

brûlait sa poche sans être aperçu de l'œil de lynx de M. Galpin-Daveline.

Force lui fut donc, après de longues hésitations, de recourir à la complicité de l'homme qui servait Jacques, de Frumence Cheminot enfin.

C'était, d'ailleurs, un assez bon diable, que ce pauvre diable, dont le vice capital était une incurable paresse, et qui n'avait sur la conscience que de légers délits de vagabondage.

Il aimait Méchinet, lequel, pendant ses séjours antérieurs à la prison de Sauveterre, lui avait donné quelquefois du tabac ou quelques sous pour s'acheter du vin.

Il ne fit donc aucune objection à la proposition que lui fit le greffier de remettre un billet à M. de Boiscoran et de rapporter une réponse. Et il s'acquitta fidèlement et honnêtement de la commission.

Mais de ce que tout s'était bien passé cette fois, il ne s'ensuivait pas que Méchinet fût plus tranquille.

Outre qu'il était assailli de remords en songeant à ses devoirs trahis, il frémissait de se sentir à la merci d'un complice.

Que fallait-il, pour qu'il fût découvert ? Une indiscrétion, une maladresse, un hasard malheureux.

Qu'adviendrait-il alors ?

Destitué, il perdrait successivement toutes ses places. La confiance et la considération se retireraient de lui. Adieu les rêves ambitieux, les illusions de fortune, l'espoir d'arriver à une belle position par un mariage avantageux.

Et cependant, contradiction bizarre, Méchinet ne regrettait pas ce qu'il avait fait, et il se sentait prêt à recommencer.

Telles étaient ses dispositions, quand la vieille bonne de M. de Chandoré lui apporta la lettre de sa maîtresse.

— Quoi, encore !... s'écria-t-il.

Et quand il eut parcouru les quelques lignes :

— Dites à Mlle de Chandoré que je suis à ses ordres, répondit-il, persuadé que quelque événement fâcheux était survenu.

Moins d'un quart d'heure après, en effet, il sortit, et avec toutes sortes de précautions pour dépister les curieux, il gagna la ruelle de la Charité.

La petite porte du jardin était entre-bâillée, il n'eut qu'à la pousser pour entrer.

Quoiqu'il n'y eût pas de lune, la nuit était fort claire : à quelques pas, sous les arbres, il reconnut Mlle Denise et s'avança...

— Excusez-moi, monsieur, commença-t-elle, d'avoir osé vous envoyer chercher...

Toutes les angoisses de Méchinet se dissipaient. Il ne songeait plus qu'à l'étrangeté de la situation. Sa vanité se délectait de se voir le confident de cette jeune fille, la plus noble, la plus jolie et la plus riche héritière du pays.

— Vous avez bien fait de me mander, si je puis vous être utile, mademoiselle, dit-il.

En peu de mots elle l'eut mis au fait, et quand elle lui demanda son avis :

— Je pense comme Me Folgat, répondit-il, que le chagrin et l'isolement commencent à agir d'une façon désastreuse sur le moral de M. de Boiscoran...

— Oui, c'est à devenir fou !... murmura la jeune fille.

— Je crois, avec Me Magloire, poursuivit le greffier, que M. de Boiscoran, en s'obstinant à se taire, empire sa situation. J'en ai la preuve. M. Galpin-Daveline, si anxieux les deux premiers jours, a recouvré toute son assurance. Le procureur général lui a écrit pour le féliciter de son énergie.

— Et alors...

— Alors, mademoiselle, il faudrait déterminer M. de Boiscoran à parler. Je sens bien que sa résolution est très-fermement arrêtée, mais si vous lui écriviez, puisque vous pouvez lui écrire...

— Une lettre serait inutile.

— Cependant !...

— Inutile, vous dis-je. Seulement, je sais un moyen...

— Employez-le bien vite, alors, mademoiselle, interrompit le greffier ; ne perdez pas une minute, il n'est que temps...

Si claire que fût la nuit, Méchinet ne pouvait voir la pâleur de la jeune fille.

— Eh bien ! reprit-elle, il faut que j'arrive jusqu'à M. de Boiscoran, que je le voie, que je lui parle...

Elle supposait que le greffier allait bondir, se récrier, point :

— En effet, dit-il du ton le plus tranquille ; mais comment ?

— Blangin le geôlier, et sa femme, ne tiennent à leur place que parce qu'elle les fait vivre. Pourquoi ne leur offrirais-je pas, en échange d'une entrevue avec M. de Boiscoran, de quoi s'établir à la campagne...

— Pourquoi non ? fit le greffier.

Et plus bas, répondant aux objections de son expérience :

— La prison de Sauveterre, poursuivit-il, ne ressemble en rien aux maisons d'arrêt des grandes villes... Les prisonniers y sont rares, la surveillance y est nulle. Les portes fermées, Blangin y est le maître...

— J'irai le trouver demain !... déclara Mlle Denise.

Il est de ces pentes sur lesquelles on ne saurait se retenir. En cédant une première fois aux suggestions de Mlle Denise, Méchinet, à son insu, s'était engagé pour l'avenir.

— Non, n'y allez pas, mademoiselle, dit-il. Vous ne sauriez ni démontrer à Blangin qu'il ne court aucun danger, ni exciter suffisamment ses convoitises. C'est moi qui lui parlerai.

— Oh ! monsieur, s'écria Mlle Denise, monsieur, comment jamais...

— Combien puis-je offrir ? interrompit le greffier.

— Tout ce que vous jugerez convenable, tout...

— Alors, mademoiselle, demain, ici, à la même heure qu'aujourd'hui, je vous apporterai la réponse...

Et il s'éloigna, laissant Mlle Denise si enflammée d'espoir, que tout le reste de la soirée et toute la journée du lendemain, tantes Lavarande et Mme de Boiscoran, à qui elle n'avait rien confié, ne cessèrent de se demander :

— Qu'a donc cette petite ?...

Elle songeait que si la réponse était favorable, avant vingt-quatre heures elle verrait Jacques, et elle se disait :

— Pourvu que Méchinet soit exact.

Il le fut. A dix heures précises, comme la veille, il poussait la petite porte, et tout d'abord :

— J'ai réussi, dit-il.

Si violente fut l'émotion de Mlle Denise, qu'elle dut s'appuyer à un arbre.

— Blangin consent, poursuivit le greffier. Je lui ai promis seize mille francs. C'est peut-être beaucoup.

— C'est bien trop peu...

— Il exige qu'ils lui soient remis en or.

— Il les aura.

— Enfin, il met à l'entrevue des conditions qui vous paraîtront peut-être bien dures, mademoiselle...

Déjà la jeune fille s'était remise.

— Dites, monsieur.

— Tout en prenant ses précautions pour le cas où il serait découvert, Blangin tient à ne pas l'être. Voici donc comment il a réglé les choses. Demain soir, à six heures, vous passerez devant la prison. La porte sera ouverte, et sur la porte se tiendra la femme de Blangin, que vous connaissez bien, puisqu'elle a été à votre service. Si elle ne vous salue pas, continuez votre chemin, il serait survenu quelque empêchement. Si elle vous salue, allez à elle, toute seule, et elle vous conduira dans une petite pièce qui dépend de son logement. Vous y resterez jusqu'à l'heure, assez avancée nécessairement, où Blangin croira pouvoir vous conduire sans danger à la cellule de M. de Boiscoran. L'entrevue terminée, vous reviendrez à votre petite chambre, où un lit sera préparé, et vous y passerez le reste de la nuit... Car voilà la condition terrible, vous ne pourrez sortir de la prison que de jour.

C'était terrible, en effet.

Pourtant, après un moment de réflexion :

— N'importe!... fit Mlle Denise. J'accepte. Dites à Blangin, monsieur Méchinet, que tout est convenu!...

Que Mlle Denise acceptât toutes les conditions du geôlier Blangin, rien de mieux, — rien du moins de plus naturel.

Obtenir l'assentiment de M. de Chandoré devait être plus difficile.

La pauvre jeune fille le comprit si bien que, pour la première fois, elle se sentit émue en présence de son grand-père, qu'elle hésita, qu'elle prépara ses phrases et qu'elle chercha ses mots.

Mais c'est en vain qu'avec un art dont la veille elle ne se fût pas crue capable, elle ménagea l'étrangeté de sa requête ; dès qu'elle se fut expliquée :

— Jamais! s'écria M. de Chandoré, jamais! jamais!...

Jamais, c'est positif, le vieux gentilhomme ne s'était exprimé

11

avec cette autorité décisive. Jamais ses sourcils ne s'étaient ainsi froncés. Jamais, à une demande de sa petite-fille, il n'avait répondu : non, sans que son œil répondit : oui.

— Impossible !... prononça-t-il encore, et d'un ton qui ne semblait pas admettre de réplique.

Certes, en ces douloureuses circonstances, il ne s'était pas marchandé, et il avait bien montré à Mlle Denise tout ce qu'elle pouvait attendre de lui. Du doigt et de l'œil, elle lui avait imposé ses volontés. Selon qu'elle lui avait soufflé, il avait dit : oui, il avait dit : non, il avait dit : peut-être. Que n'eût-il pas dit encore ?

Sans lui apprendre ce qu'elle en voulait faire, Mlle Denise lui avait demandé cent vingt mille francs, et il les lui avait donnés, bien que ce soit une grosse somme en tout pays, énorme à Sauveterre, immense pour un vieillard qui l'a économisée louis à louis. Il était prêt à en donner autant, à en donner le double, sans plus d'explications.

Mais que Mlle Denise quittât la maison paternelle un soir, à six heures, pour ne rentrer que le lendemain...

— C'est ce que je ne puis souffrir !... répétait-il.

Mais que Mlle Denise allât passer la nuit dans la prison de Sauveterre, pour y avoir une entrevue avec son fiancé, prisonnier et accusé de meurtre et d'incendie, la nuit entière, seule, à l'absolue discrétion d'un geôlier, d'un homme dur, avide et grossier...

— C'est ce que je ne permettrai pas !... s'écria encore le vieux gentilhomme.

Calme, Mlle Denise avait laissé passer l'orage.

Et lorsque son grand-père s'arrêta :

— Et s'il le faut, cependant ? dit-elle.

M. de Chandoré haussa les épaules.

— S'il le faut, insista-t-elle en haussant le ton, pour déterminer Jacques à renoncer à un système qui le perd, pour le déterminer à parler avant la fin de l'instruction ?

— Ce n'est pas ton rôle, mon enfant, dit M. de Chandoré.

— Oh !...

— C'est le rôle de sa mère, de la marquise de Boiscoran. Ce que Blangin consent à risquer pour toi, il le risquera pour elle au même prix. Que Mme de Boiscoran aille passer la nuit à la prison, je l'approuverai ; qu'elle voie son fils, elle fera son devoir...

— Ce n'est pas elle qui changera les résolutions de Jacques...

— Et tu te crois sur lui plus d'influence que sa mère !...

— Ce n'est pas la même chose, bon papa...

— N'importe !...

Ce « n'importe » de M. de Chandoré n'était pas moins net que son « impossible », mais il discutait. Et discuter, c'est s'exposer à être entamé par les objections de l'adversaire.

— N'insiste pas, chère fille, reprit-il, mon parti est irrévocablement arrêté, et je te jure...

— Ne jure pas, bon papa, interrompit la jeune fille.

Et si résolue était son attitude, et si ferme son accent, que le vieux gentilhomme en demeura un instant abasourdi.

— Si je ne veux pas, cependant, reprit-il...

— Tu consentiras, bon papa, tu ne mettras pas ta petite-fille, qui t'aime tant, dans la douloureuse nécessité de te désobéir pour la première fois de sa vie...

— Parce que pour la première fois, en effet, je ne fais pas la volonté de ma petite-fille...

— Bon papa, laisse-moi te dire...

— Écoute-moi, plutôt, pauvre chère enfant, et laisse-moi te montrer à quels dangers, à quels malheurs tu t'exposerais... Aller passer la nuit à cette prison, ce serait risquer, entends-tu bien, ton honneur de jeune fille, cette fleur de renommée qu'une médisance flétrit, le bonheur et le repos de toute ta vie...

— L'honneur et la vie de Jacques sont en danger...

— Pauvre imprudente ! Sais-tu seulement s'il ne serait pas le premier à te reprocher cruellement ta démarche ?

— Lui !

— Les hommes sont ainsi faits qu'ils s'irritent des plus admirables dévouements...

— Soit. Je souffrirais moins des injustes reproches de Jacques, que de ne pas faire mon devoir.

Le désespoir gagnait M. de Chandoré.

— Et si je priais, Denise, reprit-il, au lieu de commander... Si ton vieux grand-père te conjurait à genoux de renoncer à ce funeste projet...

— Tu me ferais une peine affreuse, bon papa, et inutile ; car je résisterais à tes prières, comme je résiste à tes ordres...

— Implacable !... s'écria le vieillard, elle est implacable !...
Et, tout à coup, changeant de ton :

— Pourtant, je suis le maître, s'écria-t-il.

— Bon papa, de grâce !...

— Et puisque rien ne saurait te toucher, c'est à Méchinet
que je m'adresserai, c'est à Blangin que je signifierai ma
volonté...

Plus blanche qu'un marbre, mais l'œil étincelant, Mlle De-
nisé recula d'un pas...

— Si tu faisais cela, grand-père, interrompit-elle, si tu
brisais ma dernière espérance...

— Eh bien !...

— Demain, je te le jure par la mémoire de ma mère, je
serais dans un couvent, et tu ne me reverrais de ma vie ;
non, pas même au moment de ma mort, qui ne tarderait
pas...

D'un mouvement désespéré, M. de Chandoré leva les bras
vers le ciel, et, d'une voix rauque :

— O mon Dieu !... s'écria-t-il, voilà donc nos enfants, et
voilà ce qui nous attend, nous, vieillards ! Notre existence
entière s'est passée à veiller sur eux, nous avons été à genoux devant toutes leurs fantaisies, ils ont été notre souci
le plus cher et notre meilleure espérance ; de même que
nous leur avons donné notre vie jour à jour, nous vou-
drions leur donner notre sang goutte à goutte, ils sont tout
pour nous et nous nous croyons aimés !... Pauvres fous !... Un
jour, un jeune homme passe, insoucieux, rieur, l'œil brillant
et quelques mots d'amour aux lèvres, et c'est fini, notre enfant n'est plus à nous, notre enfant ne nous connaît plus...
Meurs en ton coin, vieillard...

Et succombant à son émotion, de même que le chêne
touché par la hache, le vieux gentilhomme chancela et
s'affaissa lourdement sur son fauteuil...

— Ah ! ... c'est affreux, murmura Mlle Denise, c'est affreux
ce que tu dis là, grand-père, toi, douter de moi !...

Elle s'était agenouillée, elle pleurait, et ses larmes roulaient sur les mains du vieux gentilhomme...

A cette sensation, il se dressa, et tentant un dernier
effort :

— Malheureuse ! reprit-il, et si Jacques était coupable, et
si, lorsque tu paraîtras, il te faisait l'aveu de son crime...

Mlle Denise secoua la tête.

— C'est impossible, dit-elle, et cependant, si cela était, je devrais être punie comme lui, car je sens que, s'il l'eût voulu, j'aurais été sa complice...

— Elle est folle ! soupira M. de Chandoré en retombant sur son fauteuil, elle est folle !...

Mais il était vaincu, et le lendemain, à cinq heures du soir, le cœur déchiré d'une horrible douleur, il descendait la rue de la Rampe, donnant le bras à sa petite-fille.

Mlle Denise avait choisi la plus simple et la plus sombre de ses toilettes, et le petit sac qu'elle portait au bras renfermait non pas seize, mais vingt mille francs en or.

Comme de raison, il avait fallu mettre dans la confidence Mme de Boiscoran, tantes Lavarande et Me Folgat, et, à la profonde stupeur de M. de Chandoré, personne n'avait risqué une objection.

Jusqu'à la rue de la prison, le grand-père et sa petite-fille n'échangèrent pas une parole. Mais là :

— Je vois Mme Blangin sur sa porte, bon papa, dit Mlle Denise, faisons bien attention...

Ils approchaient ; Mme Blangin salua.

— Allons, le moment est venu, dit la jeune fille... A demain, bon papa, et surtout rentre bien vite et ne t'inquiète pas.

Et, rejoignant la femme du geôlier, elle disparut dans l'intérieur de la prison.

X

La prison, à Sauveterre, c'est le château situé tout au haut de la vieille ville, au milieu d'un quartier pauvre et presque désert.

Très-important autrefois, le château de Sauveterre a été démantelé lors du siége de La Rochelle, et il n'en reste plus que des débris maladroitement restaurés, des remparts dont les fossés ont été comblés, une porte surmontée d'un beffroi, une chapelle convertie en magasin militaire, et enfin deux tours massives reliées par un immense bâtiment dont le rez-de-chaussée est voûté.

Rien de moins triste que ces ruines entourées d'un mur tapissé de lierre, et jamais on ne soupçonnerait leur destination sans le soldat qui, nuit et jour, monte à l'entrée sa faction monotone.

Des ormes séculaires ombragent les vastes cours, et sur les plates-formes, et dans les crevasses des murailles, il fleurit assez de ravinelles et de lilas de terre pour faire la joie de cent prisonniers.

Mais les prisonniers manquent à cette poétique prison.

— C'est une cage sans oiseaux, dit parfois le geôlier d'un ton mélancolique.

Il en profite pour cultiver des légumes le long des préaux, et l'exposition est si favorable, qu'il est toujours le premier, à Sauveterre, à cueillir des petits pois.

Il en a de même profité, — avec l'autorisation de l'administration, — pour s'attribuer dans une des tours un joli logement, qui se compose de deux pièces au rez-de-chaussée et d'une chambre à l'étage supérieur, où on arrive par un étroit escalier pratiqué dans l'épaisseur du mur.

C'est dans cette chambre que la geôlière, avec la promptitude de la peur, entraîna Mlle Denise.

La pauvre jeune fille suffoquait, tant son cœur violemment battait dans sa poitrine, et, à peine entrée, elle se laissa tomber sur une chaise...

— Jésus Dieu ! s'écria la geôlière, vous trouvez-vous donc mal, ma chère demoiselle !... Attendez, je descends vous quérir du vinaigre...

— C'est inutile, fît Mlle Denise d'une voix faible ; restez près de moi, ma bonne Colette, restez !...

Forte et robuste commère de quarante-cinq ans, brune comme le pain bis, avec un épais duvet noir à la lèvre supérieure, Mme Blangin s'appelait Colette.

— Pauvre demoiselle, reprit-elle, cela vous semble drôle, de vous trouver ici...

— Oui, très-drôle, assurément. Mais où est donc votre mari ?

— En bas, à faire le guet, mademoiselle. Il ne tardera pas à monter.

Bientôt, en effet, un pas pesant retentit dans l'escalier, et Blangin apparut, pâle et l'œil trouble, comme un homme qui vient de courir un grand danger.

— Ni vu ni connu, dit-il, personne ne se doute de rien.

Je ne craignais que ce mauvais chien de factionnaire, et juste comme mademoiselle arrivait, j'ai réussi à l'attirer derrière le mur en lui offrant la goutte. Je commence à croire que je ne perdrai pas ma place.

Mlle de Chandoré prit cette phrase pour une mise en demeure.

— Eh! qu'importe votre place, dit-elle, affectant une gaieté bien loin de son âme, puisqu'il est convenu que je vous en assure une meilleure...

Et, ouvrant son sac, elle déposait sur la table les rouleaux qu'il contenait.

— Ah! c'est l'or! fit Blangin, dont l'œil étincela.

— Oui. Chacun de ces rouleaux contient mille francs, et en voici seize...

Une tentation irrésistible contractait les traits du geôlier.

— On peut voir? interrogea-t-il.

— Certes, répondit la jeune fille, vérifiez...

Elle se trompait. Blangin songeait bien à vérifier, vraiment! Ce qu'il voulait, c'était repaître sa vue de cet or, l'entendre sonner, le manier...

D'un geste fiévreux, il déchira les enveloppes et se mit à faire tomber les pièces en cascades sur la table, et, à mesure que le tas grossissait, ses lèvres blêmissaient et la sueur perlait à ses tempes.

— Tout cela est est à moi!... fit-il avec un rire stupide.

— Oui, à vous, répondit Mlle Denise.

— Je ne me figurais pas ce que pouvaient faire seize mille francs. Comme c'est beau, l'or! Regarde donc, ma femme.

Mais la geôlière détournait la tête.

Elle était aussi âpre au gain que son mari, et plus émue peut-être, mais elle était femme, elle savait dissimuler.

— Ah! chère demoiselle, reprit-elle, jamais mon homme ni moi ne vous aurions demandé de l'argent pour vous rendre service, si nous n'avions à songer qu'à nous! Mais nous avons des enfants...

— Votre devoir est de vous préoccuper de vos enfants, dit Mlle Denise.

— Je sais bien que seize mille francs, c'est une grosse somme... Mademoiselle regrette peut-être de nous donner tant d'argent...

— Je le regrette si peu, interrompit la jeune fille, que j'ajouterais volontiers quelque chose encore.

Et elle montrait un des quatre rouleaux restés dans son sac.

— Alors, en effet, au diable la place !... s'écria Blangin.

Et, grisé par la vue et le contact de l'or :

— Vous êtes ici chez vous, mademoiselle, poursuivit-il, et la prison et le geôlier sont à vos ordres. Que désirez-vous ? Parlez. J'ai neuf prisonniers, sans compter M. de Boiscoran et Cheminot. Voulez-vous que je leur donne la clef des champs ?...

— Blangin !... fit sévèrement la femme.

— Quoi !... Ne suis-je pas le maître de lâcher les prisonniers ?

— Avant de faire le fier, attends d'avoir rendu à mademoiselle le service qu'elle attend de toi.

— C'est juste.

— Alors, insista la prudente geôlière, cache cet argent qui nous trahirait.

Et, tirant de l'armoire un bas de laine, elle le tendit à son mari qui y glissa les seize mille francs, moins une douzaine de pièces, qu'il garda dans sa poche pour avoir sous la main une preuve matérielle de sa fortune nouvelle.

Et quand ce fut fait, et quand le bas, plein à craquer, fut remis au fond de l'armoire sous une pile de linge :

— Maintenant, descends, commanda la geôlière à son mari. On peut encore venir, et si tu n'allais pas ouvrir dès qu'on frappera, cela donnerait des soupçons...

Époux bien dressé, Blangin obéit sans réplique, et aussitôt la geôlière entreprit de distraire Mlle Denise.

Elle espérait bien, disait-elle, que sa chère demoiselle lui ferait l'honneur d'accepter quelque chose. Cela la soutiendrait, et d'ailleurs l'aiderait à passer le temps, car il n'était que sept heures, et ce ne serait qu'après dix que Blangin pourrait la conduire sans danger à la cellule de M. de Boiscoran.

— Mais j'ai dîné, objectait Mlle Denise, je n'ai besoin de rien...

L'autre n'en insistait que plus fort. Elle se rappelait bien, Dieu merci, les goûts de sa chère demoiselle, et elle lui avait préparé un bouillon exquis et une crème incomparable.

Et, tout en parlant, elle dressait la table, ayant mis dans

sa tête que, dût Mlle Denise en périr, elle mangerait, — ce qui est d'ailleurs une tradition de Saintonge.

Du moins, les fastidieux empressements de cette femme eurent cet avantage qu'ils empêchèrent Mlle Denise de s'abandonner à ses douloureuses pensées...

La nuit était venue. Neuf heures sonnèrent, puis dix. Puis on entendit le pas de la ronde qui allait relever les factionnaires.

Un quart d'heure après, Blangin reparut, portant une lanterne et un énorme trousseau de clefs.

— J'ai envoyé coucher Cheminot, dit-il, mademoiselle peut venir.

Mlle Denise était déjà debout.

— Allons, dit-elle simplement.

Et, à la suite du geôlier, elle traversa d'interminables corridors, puis une immense salle voûtée, où les pas retentissaient comme dans une église, puis une longue galerie...

Enfin, montrant une porte massive dont les fentes laissaient filtrer quelques rayons de lumière :

— C'est là ! dit Blangin.

Mais Mlle Denise lui prit le bras, et d'une voix à peine distincte :

— Attendez un moment, dit-elle.

C'est qu'elle était près de succomber à tant d'émotions successives. C'est qu'elle sentait ses jambes fléchir et ses yeux se voiler. Son âme gardait toujours son admirable énergie, mais la chair échappait à sa volonté, et lui manquait en quelque sorte...

— Êtes-vous malade ? interrogea le geôlier. Que faites-vous ?

Elle demandait à Dieu de lui donner du courage et des forces. Et, sa prière achevée :

— Entrons, dit-elle.

Et, avec un grand bruit de clefs et de verrous, Blangin ouvrit la porte de Jacques de Boiscoran.

Ce n'était déjà plus les jours, c'était les heures que comptait Jacques de Boiscoran depuis qu'il était au secret.

Il avait été écroué le vendredi matin, 23 juin, et on était au mercredi soir, 28.

Il y avait donc cent trente-deux heures que, selon la terrible expression d'Ayrault, il avait été, « vivant, rayé du monde des vivants et muré dans la tombe ».

Aussi, chacune de ces cent trente-deux heures avait-elle pesé sur son front autant qu'un mois entier.

Aussi, en le voyant pâle et amaigri, les cheveux et la barbe en désordre, les yeux brillant de fièvre comme des charbons mal éteints, eût-on eu peine à reconnaître l'heureux et insoucieux châtelain de Boiscoran, ce Benjamin de la destinée, à qui toujours tout avait souri, ce fier et sceptique garçon qui, du haut de son passé, défiait l'avenir.

C'est que de tous les supplices imaginés par les sociétés obligées de se défendre, il n'en est pas de plus effroyable que « le secret ». C'est qu'il n'en est pas qui, plus promptement, détrempe les énergies, désarticule les volontés et réduise les plus indomptables organisations.

C'est qu'il n'est pas de lutte plus émouvante que la lutte qui s'établit entre un prévenu innocent ou coupable, et un juge inexorable ou clément; où l'on voit un homme sans défense se débattre contre un autre homme armé d'un pouvoir discrétionnaire.

Si les grandes douleurs n'avaient pas leur pudeur, Mˡˡᵉ Denise se serait informée de Jacques. Rien ne lui était plus facile.

Et si elle se fût informée, elle eût appris par Blangin, qui gardait et épiait M. de Boiscoran, et par la geôlière qui préparait ses repas, par quelles phases il avait passé depuis son arrestation.

Anéanti sur le premier moment, il n'avait pas tardé à réargir, et, le vendredi et le samedi, il s'était montré tranquille et plein de confiance, causeur et presque gai.

Le dimanche lui avait été fatal.

Conduit à Boiscoran entre deux gendarmes pour la levée des scellés, il avait été, le long du chemin, accablé d'injures et de malédictions par des gens qui l'avaient reconnu, et il était rentré mortellement triste.

Pendant toute la journée du lundi, il avait été torturé par le juge d'instruction, et après six heures d'interrogatoire, quand on lui avait apporté son dîner, il avait dit que sa santé n'y résisterait pas, et qu'autant vaudrait le tuer tout de suite.

Le mardi, il avait reçu la lettre de Mˡˡᵉ Denise et y avait répondu. Ç'avait été pour lui le sujet d'une extrême agitation, et, pendant une partie de la nuit, Frumence Cheminot "avait vu se promener dans sa cellule avec les gestes et les imprécations incohérentes d'un fou.

Il espérait un mot pour le mercredi.

Ce mot n'étant pas venu, il était tombé dans une torpeur glacée dont M. Galpin-Daveline n'avait pas pu le tirer. Il n'avait rien pris de la journée qu'une tasse de bouillon et un peu de café.

Et, le juge parti, il s'était accoudé à sa table, en face de la fenêtre, et il y était resté immobile comme une statue, les lèvres pendantes, le regard hébété, si profondément enfoncé dans ses rêveries, qu'il ne s'était pas dérangé quand on lui avait monté de la lumière.

C'est ainsi qu'il était encore, quand, un peu après dix heures, il entendit grincer les verroux de sa porte.

Déjà il était assez au fait de la prison pour en connaître les usages.

Il savait à quelles heures on lui apportait ses repas, à quel moment Cheminot venait mettre en ordre sa cellule, et quand enfin il devait s'attendre à voir paraître le juge d'instruction.

La nuit venue, il s'appartenait jusqu'au lendemain.

Donc, une visite si tardive annonçait immanquablement un événement insolite, — la liberté, peut-être, cette visiteuse qu'implorent tous les prisonniers.

Aussi se dressa-t-il.

Et dès qu'il distingua dans l'ombre le rude visage de Blangin :

— Que me veut-on? demanda-t-il vivement.

Blangin salua. C'était un geôlier poli.

— Monsieur, répondit-il, je vous amène une personne...

Et s'effaçant, il livra passage à Mlle Denise, ou plutôt il la poussa dans la chambre, car elle semblait avoir perdu la faculté de se mouvoir.

— Une personne... répétait M. de Boiscoran.

Mais le geôlier ayant élevé sa lanterne, le malheureux reconnut sa fiancée.

— Vous ! s'écria-t-il, ici !

Et il se rejeta en arrière, tremblant d'être dupe d'un rêve, d'être le jouet d'une de ces effrayantes hallucinations qui précèdent la folie et qui se fixent dans les cerveaux malades comme les orfraies au milieu des ruines.

— Denise ! murmura-t-il encore. Denise !

Quand il se fût agi, non de sa vie, elle n'y pensait pas, mais de la vie de Jacques, la pauvre jeune fille n'eût pu articuler une parole, tant l'émotion serrait sa gorge et contractait ses lèvres.

Le geôlier répondit pour elle.

— Oui, fit-il, mademoiselle de Chandoré...

— A cette heure, dans ma prison !...

— Elle avait quelque chose d'important à vous communiquer, elle est venue me trouver...

— O Denise, balbutia Jacques, amie incomparable !...

— Et j'ai consenti, poursuivait Blangin d'un ton paterne, à l'introduire secrètement... C'est une grande faute que je commets, et si cela venait à se savoir !... Mais on a beau être geôlier, on a un cœur comme tout le monde !... Si je dis cela à monsieur, c'est que Mademoiselle oublierait peut-être de le prévenir... Si le secret n'était pas bien gardé, je perdrais ma place, et je ne suis qu'un pauvre homme, j'ai femme et enfants...

— Vous êtes le meilleur des hommes !... s'écria M. de Boiscoran, bien éloigné de soupçonner le prix de la sensibilité de Blangin, et le jour où je serai libre, je vous prouverai, mon brave, que vous n'avez pas obligé des ingrats !...

— Bien à votre service, monsieur, fit modestement le geôlier...

Mais peu à peu, Mlle Denise reprenait possession d'elle-même.

— Laissez-nous, mon ami, dit-elle doucement à Blangin.

Et dès qu'il se fut retiré, sans laisser à M. de Boiscoran le temps de prononcer une parole :

— Jacques, murmura-t-elle, mon grand-père m'a dit qu'en venant à vous, seule, en secret, la nuit, je m'exposais à diminuer votre affection pour moi et à amoindrir votre estime...

— Ah !... vous ne l'avez pas cru !...

— Mon grand-père a plus d'expérience que moi, Jacques... Pourtant je n'ai pas hésité, me voici, et j'aurais bravé bien d'autres périls, parce qu'il s'agit de votre honneur qui est le mien, de votre vie qui est la mienne, de notre avenir, de notre bonheur, de toutes nos espérances ici-bas !...

Une joie délirante avait comme transfiguré le visage du prisonnier.

— Grand Dieu !... s'écria-t-il, un tel moment rachèterait des années de tortures...

Mais Mlle Denise s'était juré, en venant, que rien ne la détournerait de son œuvre :

— J'en atteste la mémoire de ma mère, Jacques, continua-t-elle, jamais une seconde je n'ai douté de votre innocence...

Le malheureux eut un geste désolé.

— Vous ! dit-il, mais les autres, mais M. de Chandoré...

— Serais-je donc ici, s'il vous croyait coupable !... Mes tantes et votre mère sont aussi sûres de vous que je le suis moi-même...

— Et mon père ? Vous ne m'en parlez pas dans votre lettre...

— Votre père est resté à Paris, pour le cas où il y aurait quelque démarche à faire...

Jacques de Boiscoran secouait la tête :

— Je suis en prison à Sauveterre, murmura-t-il, accusé d'un crime atroce, et mon père reste à Paris... Est-ce donc vrai qu'il ne m'a jamais aimé !... J'ai toujours été un bon fils, cependant, et jamais, jusqu'à cette catastrophe effroyable, il n'a eu à se plaindre de moi... Non, mon père ne m'aime pas...

Mlle Denise ne pouvait le laisser s'égarer ainsi.

— Écoutez-moi, Jacques, interrompit-elle, écoutez pourquoi je risque cette démarche si grave et qui me coûte tant !... C'est au nom de tous nos amis que je viens, au nom de Me Folgat, cet avocat de Paris que votre mère a amené, et que vous ne connaissez pas, et aussi au nom de Me Magloire, en qui vous avez tant de confiance. Tous sont d'accord. Vous avez adopté un système affreux. Vous obstiner à vous taire, c'est courir volontairement aux abîmes. Entendez bien ce que je vous dis : si vous attendez, pour vous disculper, que l'instruction soit close, vous êtes perdu. Le jour où la chambre des mises en accusation sera saisie du procès, c'est en vain que vous parlerez. Il sera trop trop. Et vous irez, vous, innocent, grossir la liste déplorable des erreurs judiciaires...

C'est en silence, et le front penché vers la terre, comme pour en dérober la pâleur, que Jacques de Boiscoran avait écouté Mlle de Chandoré.

Et dès qu'elle s'arrêta, palpitante :

— Hélas !... murmura-t-il, tout ce que vous venez de me dire, je me l'étais dit déjà...

— Et vous vous êtes tu !...

— Je me suis tu.

— Ah !... c'est que vous ne soupçonnez pas le danger que vous courez, Jacques, c'est que vous ne savez pas...

Il l'interrompit d'un geste. Et d'une voix sourde :

— Je sais, prononça-t-il, que c'est l'échafaud que je risque... ou le bagne.

Mlle Denise était pétrifiée d'horreur.

Pauvre. jeune fille ! Elle s'était imaginé qu'elle n'aurait qu'à paraître pour triompher de l'obstination de M. de Bois-coran, et que dès qu'elle l'aurait entendu elle serait rassurée. Et au lieu de cela !...

— Malheureux !... s'écria-t-elle, ces épouvantables idées vous sont venues et vous persisteriez à garder le silence !...

— Il le faut.

— C'est impossible... Vous n'avez pas réfléchi !...

— Pas réfléchi !... répéta-t-il.

Et plus bas :

— Que croyez-vous donc que j'aie fait, depuis cent trente mortelles heures que je suis seul dans cette prison, seul en face d'une accusation terrible et des plus effroyables éventualités...

— Voilà le malheur, Jacques, vous avez été dupe de votre imagination !... Qui ne l'eût été, à votre place ! Me Folgat me le disait hier encore : il n'est pas d'homme qui, après quatre jours de secret, ait tout son sang-froid. La douleur et la solitude sont de mauvaises conseillères. Jacques, revenez à vous, écoutez vos amis les plus chers dont ma voix vous transmet les conseils... Jacques, votre Denise vous en conjure, parlez...

— Je ne puis.

— Pourquoi ?

Elle attendit quelques secondes, et comme il ne répondait pas :

— Le premier des devoirs, insista-t-elle, non sans une nuance d'amertume, n'est-il donc pas, quand on est innocent, de faire éclater son innocence ?

D'un mouvement désespéré, le prisonnier étreignait son front de ses mains crispées.

Se penchant vers Mlle Denise, si près qu'elle sentit son souffle dans ses cheveux :

— Et quand on ne peut pas, dit-il, quand on ne peut pas faire éclater son innocence !

Elle recula, pâle comme pour mourir, chancelant à ce point d'être réduite à s'appuyer au mur, et fixant sur Jacques de Boiscoran des regards où montaient toutes les épouvantes de son âme :

— Que dites-vous, mon Dieu ! balbutia-t-elle.

Il riait, le malheureux, de ce rire sinistre qui est la dernière expression du désespoir.

— Je dis, répondit-il, qu'il est de ces circonstances fatales qui confondent la raison, de ces coïncidences inouïes qui feraient douter de soi. Je dis que tout m'accuse, que tout m'accable, que tout témoigne contre moi. Je dis que si j'étais à la place de Galpin-Daveline, et qu'il fût à la mienne, j'agirais certainement comme lui !...

— C'est de la démence !... s'écria Mlle de Chandoré.

Mais Jacques de Boiscoran ne l'entendit pas.

Toutes les amertumes des jours passés lui remontaient à la gorge ; il s'animait, ses joues s'empourpraient.

Et toujours plus vite, en phrases haletantes :

— Faire éclater son innocence !... poursuivait-il. Ah ! c'est aisé à conseiller... Mais comment ?... Non, je ne suis pas coupable, mais un crime a été commis, et pour ce crime il faut un coupable à la justice !... Si ce n'est moi qui ai tiré sur M. de Claudieuse et mis le feu au Valpinson, qui donc est-ce ?... Où étiez-vous, me dit-on, au moment de l'attentat ?... Où j'étais ?... Est-ce que je puis le dire !... Me disculper, c'est accuser !... Et si je me trompais !... Et si, ne me trompant pas, j'étais incapable de démontrer la réalité de mes accusations !... Est-ce que le meurtrier, est-ce que l'incendiaire n'a pas pris toutes ses mesures pour échapper au châtiment et le faire retomber sur ma tête !... J'étais averti !... Il est des haines qui méditent de ces vengeances exécrables !... Ah ! si on savait, si on pouvait prévoir !... Comment lutter !... Et moi, qui le premier jour me disais : « Une telle imputation ne saurait m'atteindre, c'est un nuage que d'un souffle je dissiperai !... » Misérable fou !... Le nuage est devenu avalanche et je puis être écrasé !... Je ne suis ni un enfant, ni un lâche, et j'ai tou-

jours marché droit aux fantômes... J'ai mesuré le péril, il
est immense !...

Mlle Denise frissonnait.

— Qu'allons-nous devenir ! s'écria-t-elle.

Cette fois, M. de Boiscoran l'entendit, et il eut honte
de sa faiblesse. Mais avant qu'il réussît à maîtriser son
trouble :

— Qu'importent, reprit la jeune fille, ces considérations vaines !... Au-dessus des calculs les plus habiles et
des systèmes les mieux combinés, il y a la vérité, invincible, immuable !... Il faut dire la vérité, Jacques, sans
arrière-pensée, sans restrictions, sans détours...

— Ce n'est plus possible ! murmura l'infortuné.

— Elle est donc bien affreuse ?...

— Elle est invraisemblable.

Ce n'est pas sans effroi que Mlle Denise le considérait.
Elle ne retrouvait en lui ni l'expression de son visage, ni
son regard, ni le timbre de sa voix.

Elle s'approcha, et lui prenant la main entre ses petites
mains blanches :

— Mais à moi, fit-elle, à moi, votre amie, vous pouvez la
dire, cette vérité !...

Il tressaillit, et reculant :

— A vous moins qu'à tout autre, s'écria-t-il...

Et comprenant ce que cette réponse avait d'affligeant :

— Trop pur est votre esprit, ajouta-t-il, pour de si hon-
teuses intrigues... Je ne veux pas que sur votre robe de
noces rejaillisse une tache de cette boue où l'on m'a pré-
cipité !

Fut-elle dupe ?... Non, mais elle eut ce courage de sem-
bler l'être.

— Soit, poursuivit-elle, mais cette vérité, il vous faudra
la dire tôt ou tard...

— Oui, à Me Magloire...

— Eh bien !... Jacques, ce que vous lui diriez, écrivez-le
lui, voici des plumes et de l'encre, je porterai fidèlement
votre lettre...

— Il est des choses qu'on n'écrit pas, Denise !

Elle se sentait vaincue, elle comprenait que rien ne ferait
plier cette volonté glacée ; et cependant :

— Mais si je vous suppliais, Jacques, reprit-elle, au nom

de notre passé et de notre avenir, au nom de cet amour unique et éternel que vous me juriez...

— Voulez-vous donc, interrompit-il, rendre mille fois plus atroces encore mes heures de prison !... Voulez-vous m'enlever ce qu'il me reste encore de forces et de courage !... N'avez-vous plus en moi aucune confiance !... Ne sauriez-vous me faire crédit de quelques jours encore...

Il s'arrêta. On frappait à la porte ; et presque aussitôt :

— Le temps passe, cria Blangin par le guichet, je voudrais être en bas quand on relèvera les factionnaires. Je joue gros jeu... Je suis un père de famille...

— Éloignez-vous, Denise, dit Jacques vivement, éloignez-vous... La pensée qu'on vous surprendrait ici m'est odieuse.

Combien elle courait peu de risques d'être surprise, Mlle de Chandoré avait payé pour le savoir. Pourtant elle ne résista pas...

Elle tendit son front à Jacques, qui l'effleura de ses lèvres, et plus morte que vive, et se tenant aux murs, elle regagna la chambrette du geôlier.

On lui avait préparé un lit, elle s'y jeta toute habillée, et elle y resta, aussi immobile que si elle eût été morte, plongée dans un anéantissement qui lui enlevait jusqu'à la faculté de souffrir...

Il faisait grand jour, il était huit heures, quand elle se sentit tirer par le bras :

— Chère demoiselle, lui disait la geôlière, le moment serait bien propice pour vous esquiver... On s'étonnera peut-être de vous voir seule dans les rues, mais on se dira que vous revenez de la messe de sept heures...

Sans mot dire, Mlle Denise sauta à terre, et en un tour de main elle eut réparé le désordre de sa toilette.

Puis, comme Blangin, inquiet, venait voir si elle se décidait à partir :

— Tenez, lui dit-elle en lui donnant un des rouleaux de mille francs restés dans son sac, ceci est pour que vous vous souveniez de moi si j'avais encore besoin de vous...

Et, rabattant sa voilette sur son visage, elle sortit...

XI

Le baron de Chandoré avait eu, en sa vie, une nuit terrible, dont il avait compté les secondes au pouls de son fils agonisant.

La veille au soir, les médecins lui avaient dit :

— S'il passe cette nuit, il peut être sauvé.

Au jour, il avait rendu le dernier soupir.

Eh bien ! c'est à peine si, pour le vieux gentilhomme, cette nuit fatale avait eu plus d'angoisses que celle-ci, passée tout entière hors de la maison par Mlle Denise.

Il savait bien que Blangin et sa femme étaient de braves gens, malgré leur avarice et leur âpreté au gain ; il savait bien que Jacques de Boiscoran était un homme d'honneur...

N'importe !... Toute la nuit, son vieux valet de chambre l'entendit se promener de long en large dans sa chambre, et dès sept heures du matin, il était sur le seuil de la porte, interrogeant d'un œil inquiet le lointain de la rue.

Vers sept heures et demie, Me Folgat vint le rejoindre, mais c'est à peine s'il lui souhaita le bonjour, et certainement il n'entendit rien de tout ce que lui dit l'avocat pour le rassurer.

Jusqu'à ce qu'enfin :

— La voilà !... s'écria le vieillard.

Il ne se trompait pas. Mlle Denise venait de tourner le coin de la rue de la Rampe. Elle remontait avec une hâte fiévreuse, comme si elle eût senti que ses forces étaient à bout et qu'il lui en resterait bien juste assez pour arriver...

C'est avec une sorte de joie farouche que grand-père Chandoré se jeta au-devant d'elle, et qu'il la serra entre ses bras, en répétant :

— O Denise, ô ma fille bien-aimée, comme j'ai souffert, comme tu as tardé !... Mais tout est oublié, viens, viens vite !...

Et il l'entraîna, il la porta plutôt, dans le salon, et il l'assit mollement sur une causeuse.

Il s'agenouilla ensuite près d'elle, riant de bonheur. Mais dès qu'il lui eut pris les mains :

— Tes mains sont brûlantes ! s'écria-t-il. Tu as la fièvre...

Il la regarda. Elle venait de relever son voile.

— Tu es pâle comme la mort, continua-t-il, tu as les yeux rouges et gonflés...

— J'ai pleuré, bon papa, répondit-elle doucement.

— Pleuré !... Pourquoi ?...

— Hélas !... Je n'ai pas réussi !...

Comme s'il eût été mû par un ressort, M. de Chandoré se dressa.

— Par le saint nom de Dieu !... s'écria-t-il, on n'a jamais rien ouï de pareil depuis que le monde est monde !... Quoi ! tu es allée, toi, Denise de Chandoré, le trouver dans sa prison, tu l'as supplié...

— Et il est resté inflexible, oui, bon papa. Il ne parlera pas avant la fin de l'instruction...

— C'est que nous nous étions trompés, ce garçon n'a ni cœur ni âme...

Péniblement, Mlle Denise s'était soulevée.

— Ah !... ne l'accuse pas, bon papa, interrompit-elle, ne l'accuse pas. Il est si malheureux !

— Enfin, que dit-il, pour ses raisons ?...

— Il dit que la vérité est tellement invraisemblable que certainement on refusera de le croire, et qu'il se perdrait s'il parlait tant qu'il est au secret et privé de l'assistance d'un défenseur. Il dit que son horrible situation est le résultat d'une exécrable vengeance. Il dit qu'il croit connaître le coupable, et que, puisqu'il y est réduit, pour se défendre il accusera...

Témoin silencieux jusqu'à ce moment, Me Folgat s'approcha.

— Êtes-vous bien sûre, mademoiselle, interrogea-t-il, que M. de Boiscoran se soit exprimé ainsi ?

— Oh !... très-sûre, monsieur, et je vivrais des milliers d'années que je n'oublierais ni l'expression de son regard, ni le timbre de sa voix...

M. de Chandoré ne permit pas qu'on l'interrompît davantage.

— Mais à toi, reprit-il, à toi, chère fille, Jacques a dû dire quelque chose de plus précis.

— Rien.

— Tu ne lui as donc pas demandé ce qu'est cette vérité si invraisemblable ?

— Oh ! si !...

— Eh bien ?

— Il s'est écrié que c'était à moi surtout qu'il ne pouvait pas la dire, que j'étais la dernière personne du monde à qui il la dirait...

— Cet homme mériterait d'être brûlé à petit feu ! gronda M. de Chandoré.

Puis, à haute voix :

— Et tout cela, chère fille, interrogea-t-il, ne te paraît pas bien extraordinaire, bien étrange ?...

— Tout cela me semble affreux...

— J'entends... Mais que penses-tu de la conduite de Jacques ?

— Je pense, bon papa, que s'il agit ainsi, c'est qu'il ne peut agir autrement. Jacques est un homme trop supérieur par l'intelligence et par le courage pour s'abuser grossièrement. Étant seul à savoir, il est seul bon juge de la situation. Plus que personne je dois respecter ses raisons...

Mais le vieux gentilhomme ne se croyait pas obligé de les respecter, lui, et cette réponse résignée de sa petite-fille achevant de l'exaspérer, il allait lui dire toute sa pensée, lorsqu'elle se leva, non sans effort.

— Je suis brisée, bon papa, fit-elle d'une voix expirante, permets-moi, je te prie, de regagner ma chambre...

Elle quitta le salon, en effet; M. de Chandoré la suivit jusqu'à la porte, et il y resta jusqu'à ce qu'il l'eût vue monter l'escalier au bras de sa femme de chambre.

Revenant alors à Me Folgat :

— On me la tuera, monsieur, s'écria-t-il, avec une explosion de colère et de désespoir effrayants chez un homme de cet âge. J'ai vu dans ses yeux, à travers ses larmes, le regard qu'avait sa mère, quand après la mort de son mari, de mon fils, elle me disait : « Je n'y survivrai pas. » Elle n'y a pas survécu, en effet... Et alors, moi, vieillard, je suis resté seul avec cette enfant qui peut-être avait en elle le germe du mal affreux qui a emporté sa mère... Seul !... et

voilà vingt ans que je retiens mon haleine pour écouter si
elle respire toujours du même souffle égal et pur...

— Vous vous alarmez à tort, monsieur, commença
Mᵉ Folgat.

Grand-père Chandoré secoua la tête.

— Non, dit-il, mon enfant est peut-être frappée au cœur...
Ne venez-vous donc pas de la voir, plus blanche que la cire,
et d'entendre sa voix, sans vie et sans chaleur!... Dieu
puissant! resterai-je donc seul des miens ici-bas! Mon
Dieu! de quelle faute me punissez-vous en mes enfants!
Par pitié, rappelez-moi à vous avant celle qui est la joie de
ma vie!... Et ne rien pouvoir pour conjurer le malheur!
Vieillard inepte et stupide! Ah! ce Jacques de Boiscoran!...
S'il était coupable cependant!... Si cet homme que Denise
aime était un assassin!... Ah! le misérable!... j'achèterais
la place du bourreau pour qu'il pérît de mes mains!

Profondément ému, Mᵉ Folgat arrêta du geste M. de Chandoré.

— N'accablez pas M. de Boiscoran, alors que tout l'accable, monsieur, prononça-t-il. De nous tous, c'est encore
lui le plus cruellement éprouvé, car il est innocent.

— Le croyez-vous toujours?

— Plus que jamais. Si peu qu'il ait parlé, il en a dit assez
à Mˡˡᵉ Denise pour me démontrer la justesse de mes conjectures et me prouver que j'avais touché du doigt le point
précis...

— Quand?

— Le jour où nous sommes allés ensemble à Boiscoran,
monsieur le baron...

M. de Chandoré parut chercher.

— Je ne me rappelle pas, commença-t-il...

— Et cependant, insista l'avocat, vous êtes sorti pour
permettre au vieil Antoine que j'interrogeais, de me répondre plus librement...

— C'est juste!... interrompit M. de Chandoré, c'est très-
juste!... Et alors vous supposez...

— Je crois que mon point de départ était exact, oui,
monsieur. Quant à chercher comment, c'est ce que je ne
ferai pas. M. de Boiscoran nous dit que la vérité est invraisemblable, j'en serais donc pour mes conjectures. Seulement, puisque nous voici les mains liées et réduits à attendre la fin de l'instruction, j'en profiterai pour questionner

des gens du pays, qui me répondront peut-être mieux qu'Antoine. Vous avez parmi vos amis des personnes qui doivent être bien informées, M. Séneschal, le docteur Seignebos...

Pour ce dernier, Me Folgat ne devait pas avoir longtemps à attendre, car au moment où son nom était prononcé, il le criait au domestique, dans le corridor : « C'est moi, Seignebos, le docteur Seignebos !... »

Et presque aussitôt, il entra comme une trombe dans le salon.

Il y avait alors quatre jours que le docteur Seignebos n'avait paru rue de la Rampe.

Car il n'était pas venu reprendre lui-même le rapport et les grains de plomb qu'il avait confiés à Me Folgat ; il les avait envoyé chercher par son domestique, s'excusant sur l'importance et la multiplicité de ses occupations.

Il est de fait que ces quatre jours, il les avait autant dire passés à l'hôpital, en compagnie d'un sien confrère, médecin au chef-lieu, mandé par le parquet pour procéder, « conjointement avec le docteur Seignebos », à l'examen de l'état mental de Cocoleu.

— Et c'est cette expertise qui m'amène, s'écria-t-il, dès en entrant, c'est cette expertise qui, si nous n'y mettons bon ordre, est en train d'enlever à M. de Boiscoran sa plus belle et sa plus sûre chance de salut...

Après ce que venait de leur rapporter Mlle Denise, ni M. de Chandoré ni Me Folgat n'attachaient une grande importance à l'état de Cocoleu.

Ce mot de salut leur fit pourtant dresser l'oreille. Il n'y a pas de circonstance indifférente, dans un procès criminel.

— Il y a donc du nouveau, docteur? demanda l'avocat.

Le médecin commença par fermer soigneusement les portes, et posant sur la table sa canne et son chapeau à larges bords :

— Non, il n'y a rien de nouveau, répondit-il. On continue, comme par le passé, à vouloir perdre M. de Boiscoran, et, pour y parvenir, on ne recule devant aucune manœuvre...

— On... qui, on? demanda M. de Chandoré.

Dédaigneusement, le docteur haussa les épaules.

— En êtes-vous vraiment encore à vous le demander, monsieur? répondit-il. Les faits, cependant, parlent assez haut. Du reste, écoutez: Dans notre département, comme dans plusieurs autres, on trouve, j'ai la douleur de l'avouer, un certain nombre de médecins qui ne sont pas à la hauteur de leur grande mission et qui, même, pour parler net, sont des ânes bâtés !...

Si grave que fût la situation, Me Folgat avait quelque peine à réprimer un sourire, tant le docteur avait de singulières façons.

— Mais il est un de ces ânes, poursuivait-il, qui, pour l'épaisseur du sabot et la longueur des oreilles, dépasse de beaucoup tous les autres... Eh bien ! c'est celui-là que le parquet a trié sur le volet et m'a adjoint.

Sur ce chapitre, il était prudent de brider la verve du docteur Seignebos.

— Bref ?... interrogea M. de Chandoré.

— Bref, monsieur, mon docte confrère est absolument persuadé que sa mission de médecin légiste consiste uniquement à opiner du bonnet et à dire *amen* à toutes les antiennes de la prévention. « Cocoleu est idiot ! » déclare péremptoirement M. Galpin-Daveline. « Il l'est ou doit l être », répond mon docte confrère. « S'il a parlé lors du crime, c'est par suite d'une inspiration d'en haut », reprend le juge d'instruction. « Évidemment, conclut le confrère, il y a eu inspiration d'en haut. » Car enfin, voilà la conclusion du rapport de ce savant docteur : Cocoleu est un idiot qui a été providentiellement illuminé par un éclair de raison. Il ne l'a pas écrit en propres termes, mais c'est tout comme.

Il avait retiré ses lunettes d'or, et il les essuyait avec une sorte de rage.

— Mais votre opinion à vous, docteur ? demanda Me Folgat.

D'un geste solennel, M. Seignebos rajusta ses lunettes, et froidement :

— Mon avis, répondit-il, et je l'ai longuement développé dans mon rapport, mon avis est que Cocoleu n'est pas idiot.

M. de Chandoré tressauta, tant la proposition lui parut monstrueuse.

Il connaissait Cocoleu, lui. Il l'avait vu traîner par les rues de Sauveterre, pendant les dix-huit mois que ce misérable était resté en traitement chez le docteur.

— Quoi !... Cocoleu ne serait pas idiot ? répéta-t-il.

— Non, déclara péremptoirement M. Seignebos, et, pour

en acquérir la certitude, il n'y a qu'à l'examiner. A-t-il la
face large et plate, la bouche démesurée, la peau jaune et
tannée, les lèvres épaisses, les dents cariées et les yeux louches? Sa tête déformée se balance-t-elle d'une épaule à l'autre, trop lourde pour le cou? Sa taille est-elle difforme, sa
colonne vertébrale déviée? Lui trouvez-vous un ventre volu-
mineux et lâche, les mains lourdes et épaisses pendant sur
les hanches, les jambes gauches, les articulations d'une
épaisseur insolite?... Messieurs, ce sont là les caractères
principaux de l'idiot. Les apercevez-vous chez Cocoleu? Moi
je vois un gaillard qui a une santé de fer, fort adroit de ses
mains, qui grimpe comme un singe sur les arbres pour y
dénicher des nids, et qui franchit des fossés de dix pieds...
Certes, je ne prétends pas qu'il ait une intelligence normale,
mais je soutiens qu'il faut le classer parmi ces imbéciles
chez qui certaines facultés peuvent être développées, même
en l'absence de certaines autres facultés, en quelque sorte
plus essentielles...

Si Me Folgat écoutait avec toutes les marques d'un puissant intérêt, il n'en était pas de même de M. de Chandoré.

— Entre un idiot et un imbécile,... commença-t-il.

— Il y a un abîme! s'écria M. Seignebos.

Et tout de suite, avec une volubilité torrentielle:

— L'imbécile, poursuivit-il, garde encore des fragments
d'intelligence. Il sait parler, exprimer ses sensations, traduire ses besoins. Il associe des idées, compare ses impressions, se souvient, acquiert de l'expérience. Il est capable
de ruse et de dissimulation. Il hait, il aime ou il craint. S'il
n'est pas toujours sociable, il est toujours accessible aux
suggestions d'autrui. On arrive aisément à exercer sur lui
une domination absolue. L'inconsistance de ses desseins est
caractéristique, et cependant il est souvent d'une obstination inexpugnable et peut s'attacher à une idée avec une
opiniâtreté extraordinaire. Enfin, les imbéciles, précisément
à cause de cette demi-lucidité, sont fréquemment dangereux. C'est parmi eux que se trouvent presque tous ces misérables monomanes que la société est obligée de séquestrer
faute de savoir comment réfréner leurs instincts...

— Très-bien!... approuvait Me Folgat, qui trouvait peut-
être là les éléments d'une plaidoirie, très-bien!...

Le docteur s'inclina.

— Tel est Cocoleu, prononça-t-il. S'ensuit-il que je l'estime responsable de ses actes? Non, certes. Mais il s'ensuit que je puis voir en lui un faux témoin stylé pour perdre un honnête homme...

Il était clair qu'un tel système ne plaisait pas à M. de Chandoré.

— Autrefois, docteur, fit-il, vous ne disiez pas cela...

— Je disais même précisément le contraire, monsieur, répondit, non sans dignité, M. Seignebos. Je n'avais pas assez étudié Cocoleu, et j'ai été sa dupe, il ne m'en coûte pas de l'avouer. Mais, de mon aveu précisément, je tirerai une preuve de l'astuce et de la perversité obstinées de ces demi-idiots, et de leur aptitude à poursuivre un dessein. Après un an d'expériences, j'ai renvoyé Cocoleu en déclarant, et en croyant certes qu'il était incurable. La vérité est qu'il ne voulait pas être guéri. Les campagnards, ces fins et soupçonneux observateurs, ne s'y sont pas trompés, eux. Presque tous vous diront que Cocoleu est bien plus malin que bête. C'est exact. Il a constaté qu'en exagérant son imbécillité, qui, je le répète, existe, il gagnerait de pouvoir vivre sans travailler, et il l'a exagérée. Installé chez M. de Claudieuse, il a eu l'art de montrer juste assez d'intelligence pour se rendre plus supportable et s'attirer un meilleur traitement, sans toutefois être astreint à aucune besogne.

— En un mot, fit M. de Chandoré, toujours incrédule, Cocoleu serait un grand comédien...

— Assez grand pour m'avoir trompé, oui, monsieur, répondit le docteur.

Et s'adressant à Me Folgat :

— Tout cela, reprit-il, je l'avais dit à mon docte confrère avant de le conduire à l'hôpital. Nous y avons trouvé Cocoleu plus que jamais obstiné dans le mutisme dont n'avait jamais pu le tirer M. Galpin-Daveline. Tous nos efforts pour lui arracher un mot ont échoué, bien qu'il fût très-évident pour moi qu'il comprenait. Je voulais recourir à certains artifices fort licites, selon moi, qu'on emploie pour découvrir les simulateurs, mon confrère s'y est opposé et a été encouragé dans sa résistance, je ne sais de quel droit, par le juge d'instruction. Alors j'ai demandé qu'on fît venir Mme de Claudieuse, et qu'on la priât d'interroger Cocoleu, puisqu'elle a le talent de le faire parler... M. Daveline ne l'a pas permis. Et voilà où nous en sommes...

Il arrive tous les jours que deux médecins chargés d'une

expertise médico-légale diffèrent totalement de sentiment.

Là justice aurait fort à faire si elle prétendait les mettre d'accord. Elle nomme donc simplement un troisième expert dont l'opinion décide.

Ainsi allait-il arriver, nécessairement, pour le cas de Cocoleu.

— Et non moins nécessairement, concluait le docteur Seignebos, le parquet, qui m'a adjoint un premier âne, m'en adjoindra un second. Ils s'entendront comme baudets en foire, et je serai atteint et convaincu d'ignorance et de présomption.

Si donc il se présentait chez M. de Chandoré, ajoutait-il, c'est qu'il avait à réclamer un coup d'épaule.

Il demandait que les familles de Boiscoran et de Chandoré missent en branle toutes leurs relations et fissent jouer toutes leurs influences pour obtenir qu'une commission de médecins étrangers au pays, et Parisiens s'il était possible, fût chargée d'examiner Cocoleu et de se prononcer sur son état mental.

— A des hommes éclairés, disait-il, je me fais fort de démontrer que l'imbécillité de ce triste sujet est en partie simulée, et que son mutisme obstiné n'est qu'un système pour s'éviter des réponses compromettantes.

Mais ni M. de Chandoré ni Me Folgat ne répondirent tout d'abord. Ils méditaient.

— Notez, insista M. Seignebos, choqué de leur silence, notez, je vous prie, que si mon opinion triomphe, comme je suis en droit de l'espérer, l'affaire prend aussitôt une tournure nouvelle.

Eh ! oui, assurément, les bases de l'accusation pouvaient, par suite, se trouver en quelque sorte déplacées, et c'était là ce qui préoccupait si fort Me Folgat.

— Et c'est ce qui fait, commença-t-il, que je me demande s'il ne sera pas plutôt nuisible qu'utile à M. de Boiscoran, de démontrer la fourberie de Cocoleu...

Le docteur Seignebos bondit.

— Je voudrais, parbleu ! savoir...

— Rien de si simple, répondit l'avocat. L'idiotie de Cocoleu est peut-être le plus grave embarras de la prévention et le plus solide argument de la défense. Que peut répondre M. Galpin-Daveline, lorsque M. de Boiscoran lui reproche de baser une accusation capitale sur les propos incohérents d'un malheureux privé de toute intelligence, et par suite irresponsable...

— Ah ! permettez !... s'écria M. Seignebos.

Mais M. de Chandoré ne perdait pas une syllabe.

— Permettez-vous-même, docteur, interrompit-il. Cet argument de l'imbécillité de Cocoleu est celui que vous avez invoqué dès le premier jour, et qui vous paraissait, disiez-vous, si décisif, qu'il n'était pas besoin d'en chercher un autre...

Avant que le médecin eût trouvé une réplique, Me Folgat poursuivit :

— Qu'il soit établi, au contraire, que Cocoleu a véritablement conscience de ses paroles, et tout change, et la prévention est en droit, de par un arrêt de la Faculté, de dire à M. de Boiscoran : « Il n'y a plus à nier, vous avez été » vu, voilà un témoin. »

Il fallait que ces considérations frappassent bien vivement M. Seignebos, car il demeura court dix bonnes secondes, essuyant d'un air pensif ses lunettes d'or. Allait-il donc avoir nui à Jacques de Boiscoran en prétendant le servir !...

Mais il n'était pas homme à douter longtemps de soi.

— Je ne discuterai pas, messieurs, reprit-il d'un ton sec. Je vous adresserai seulement une question : oui ou non, croyez-vous à l'innocence de Jacques de Boiscoran?

— Nous y croyons absolument, répondirent M. de Chandoré et Me Folgat.

— Alors, messieurs, nous ne courons, ce me semble, aucun risque à essayer de démasquer un misérable garnement...

Tel n'était pas l'avis du jeune avocat.

— Démontrer que Cocoleu a conscience de ce qu'il dit, reprit-il, serait funeste, si l'on ne réussissait pas à prouver en même temps qu'il a menti et que son accusation lui a été suggérée. Peut-on le prouver ? Est-il un moyen d'établir que s'il s'obstine à ne répondre à aucune question, c'est qu'il redoute les conséquences de son faux témoignage?...

Le docteur n'en voulut pas écouter davantage.

— Arguties d'avocat, que tout cela ! s'écria-t-il assez peu poliment. Je ne connais qu'une chose, moi, la vérité...

— Elle n'est pas toujours bonne à dire, murmura l'avocat.

— Si, monsieur, toujours !... riposta le médecin, toujours

et quand même, et quoi qu'il puisse arriver. Je suis l'ami de M. de Boiscoran, mais je suis encore plus l'ami de la vérité. Si Cocoleu est un misérable fourbe, comme j'en ai la conviction, notre devoir est de le démasquer...

Ce que ne disait pas M. Seignebos, — et peut-être ne se l'avouait-il pas, — c'est que c'était entre Cocoleu et lui une affaire personnelle. Cocoleu l'avait joué, pensait-il, et lui avait été l'occasion d'une averse de quolibets dont il avait cruellement souffert, sans qu'il y parût. Démasquer Cocoleu, c'était prendre sa revanche et renvoyer à ses ennemis le ridicule dont ils l'avaient accablé.

— Ainsi, reprit-il, mon parti est pris, et quoi que vous décidiez, messieurs, je vais dès aujourd'hui me mettre en campagne, pour obtenir, s'il est possible, la nomination d'une commission.

— Il serait peut-être prudent, objecta Mᵉ Folgat, de réfléchir avant de rien faire, de consulter Mᵉ Magloire...

— Je n'ai pas besoin des consultations de Mᵉ Magloire, quand le devoir parle...

— Vous nous accorderez bien vingt-quatre heures...

Le docteur Seignebos fronçait ses sourcils en broussaille.

— Pas une heure, s'écria-t-il, et je me rends de ce pas chez M. Daubigeon, le procureur de la République...

Sur quoi, reprenant son chapeau et sa canne, il salua et sortit, aussi mécontent que possible, sans daigner répondre à grand-père Chandoré, qui lui demandait des nouvelles de M. de Claudieuse, dont la situation, d'après ce qui se disait en ville, loin de s'améliorer, empirait de jour en jour.

— Le diable emporte le vieil original!... s'écria M. de Chandoré, avant même que le médecin eût quitté le corridor.

Puis, s'adressant à Mᵉ Folgat :

— Bien que je doive convenir, ajouta-t-il, que vous avez un peu froidement accueilli les grandes nouvelles qu'il nous apportait....

— C'est précisément parce qu'elles sont terriblement graves, répondit l'avocat, que j'aurais voulu qu'il me laissât le temps de réfléchir. Cocoleu jouant l'imbécillité, ou du moins exagérant son inintelligence !... c'est la confirmation de ce que disait hier M. de Boiscoran à Mˡˡᵉ Denise. C'est la preuve d'un odieux guet-apens, d'une exécrable vengeance longuement méditée et préparée. Là est le nœud de l'affaire, évidemment...

M. de Chandoré tombait de son haut.

— Quoi !... s'écria-t-il, telle est votre opinion, et vous avez hésité à appuyer les démarches de Seignebos, qui est un brave homme, décidément...

Le jeune avocat hochait la tête.

— Si je tenais à gagner vingt-quatre heures, c'est que je crois indispensable de consulter M. de Boiscoran. Pouvais-je dire cela à M. Seignebos ? Avais-je le droit de lui livrer le secret de Mlle Denise ?...

— C'est juste, murmura M. de Chandoré, c'est juste...

Mais pour écrire à M. de Boiscoran, l'assistance de Mlle Denise était indispensable, et ce n'est que dans l'après-midi qu'elle reparut, très-pâle encore, mais armée, visiblement, d'une énergie nouvelle.

Me Folgat lui dicta les questions à poser au prisonnier, elle se hâta de les traduire, et, vers les quatre heures, la lettre fut portée au greffier Méchinet.

Le lendemain soir, la réponse arriva.

« Le docteur Seignebos doit avoir raison, mes chers amis,
» écrivait Jacques. Je n'ai que trop de raisons d'être sûr que
» l'imbécillité de Cocoleu est en partie simulée, et que sa
» déposition lui a été suggérée. Cependant, je vous en prie,
» ne faites aucune démarche pour provoquer une nouvelle
» enquête médicale. La moindre imprudence peut me per-
» dre. Au nom du ciel, attendez pour agir la fin de l'instruc-
» tion, qui est prochaine maintenant, d'après ce que me dit
» Daveline...»

C'est en famille que fut lue cette réponse, et sa concision résignée arracha à Mme de Boiscoran un cri de désespoir.

— Lui obéirons-nous donc, s'écria-t-elle, lorsqu'il est évident qu'il se perd, le malheureux, en s'obstinant ainsi...

Mlle Denise se leva.

— Seul juge de la situation, prononça-t-elle, Jacques a le droit de commander et notre devoir est d'obéir... J'en appelle à Me Folgat.

Du geste le jeune avocat approuvait.

— Tout ce qui était possible a été fait, dit-il... Maintenant, il ne reste plus qu'à attendre.

XII

Depuis la nuit fameuse de l'incendie du Valpinson, Sauveterre ne s'ennuyait plus.

Sauveterre avait sur le tapis, désormais, palpitant d'un
intérêt toujours renouvelé, intarissable, fécond en discussions et en conjectures, un sujet de conversation : l'affaire
Boiscoran.

— Où en est l'affaire? se demandaient les gens qui s'abor-
daient.

Aussi, lorsque M. Galpin-Daveline se rendait du palais à
la prison, et qu'il remontait de son pas solennel et roide la
rue Nationale, vingt bourgeoises embusquées derrière leurs
rideaux cherchaient à surprendre sur son visage les secrets
de l'instruction.

Elles n'y surprenaient que l'empreinte des plus cuisants
soucis, et une pâleur de jour en jour plus visible.

- De sorte qu'elles se disaient :

— Vous verrez que ce pauvre M. Galpin finira par attraper
la jaunisse.

Si triviale que fût l'expression, elle traduisait exactement
les sensations de l'ambitieux magistrat.

Cette affaire de Boiscoran lui était devenue comme une de
ces plaies vives, dont rien ne saurait calmer l'incessante
irritation.

— J'en ai perdu le sommeil, disait-il au procureur de la
République.

L'excellent M. Daubigeon, qui avait toutes les peines du
monde à modérer les ardeurs de son zèle, ne le plaignait
que médiocrement.

— A qui la faute ! répondait-il. Mais on veut parvenir, et
les soucis suivent de près la fortune croissante :

> Crescentem sequitur cura pecuniam
> Majorumque fames...

— Eh !... je n'ai fait que mon devoir ! s'écriait le juge

d'instruction, et ce serait à recommencer que j'agirais de même.

Pourtant, chaque jour lui éclairait d'une lumière plus crue la fausseté de sa situation.

L'opinion publique, tout en étant hostile à M. de Boiscoran, était bien loin de lui être favorable, à lui, Daveline.

On croyait généralement à la culpabilité de Jacques, et on appelait sur lui toute la rigueur des lois; mais, d'un autre côté, on s'étonnait que M. Galpin-Daveline eût accepté cette mission si cruelle de juge d'instruction.

Ce fait, d'instruire contre un ancien ami, de rechercher les preuves de ses crimes, de le pousser vers la cour d'assises, c'est-à-dire au bagne ou à l'échafaud, avait comme un reflet de trahison qui révoltait les consciences.

Rien qu'à la façon dont les gens lui rendaient son salut, ou même l'évitaient, le magistrat pouvait se rendre compte du sentiment dont il était l'objet.

Sa colère contre Jacques en redoublait, et, par contre, son inquiétude.

Il avait reçu, c'est vrai, des félicitations du procureur général, mais est-on jamais sûr de l'issue d'une instruction tant que le coupable n'a pas avoué?

Certes, les charges qui s'élevaient contre Jacques étaient trop accablantes pour que la décision de la chambre des mises en accusation fût douteuse.

Mais, au-dessus de la chambre des mises en accusation, il y a le jury.

— Et, en somme, mon cher, objectait le procureur de la République, vous n'avez pas un seul témoin oculaire. Et, comme le dit Loisel en ses *Maximes du droit coutumier* :

> Un seul œil a plus de crédit
> Que deux oreilles n'ont d'audivi.
> — Témoin qui l'a vu est meilleur
> Que cil qui a ouy, et plus seur...

— J'ai Cocoleu, interrompit M. Daveline, que les éternelles citations de M. Daubigeon avaient le don d'exaspérer.

— Les médecins ont donc décidé qu'il n'est pas idiot?

— Non. M. Seignebos est toujours seul de son avis.

— Alors, du moins, Cocoleu consent à répéter son témoignage?

— Non.

— C'est donc comme si vous n'aviez personne !...

Eh ! oui, M. Daveline ne le comprenait que trop. De là ses angoisses.

Plus il étudiait *son* prévenu, plus il lui trouvait une attitude énigmatique et menaçante qui ne présageait rien de bon.

— Aurait-il un alibi ? pensait-il. Tiendrait-il en réserve, pour le dernier moment, quelqu'un de ces moyens imprévus qui démolissent tout l'échafaudage de la prévention et couvrent de ridicule le magistrat instructeur !...

Lorsque de telles idées lui venaient, si invraisemblables qu'elles fussent, elles faisaient perler des gouttes de sueur à ses tempes et il traitait comme un nègre son pauvre greffier Méchinet.

Et ce n'était pas tout. Si retiré qu'il vécût depuis cette affaire, bien des échos lui arrivaient encore de la rue de la Rampe.

Certes, il était à mille lieues d'imaginer qu'on y eût des intelligences avec son prévenu, et des intelligences, qui plus est, nouées et servies par Méchinet, par son propre greffier. Il eût haussé les épaules, si on fût venu lui dire que Mlle Denise avait passé une nuit dans la prison et rendu une visite à Jacques.

Mais il lui revenait toujours quelque chose des espérances et des projets des parents et des amis de Jacques, et ce n'est pas sans une secrète terreur qu'il se les représentait puissants par la fortune et par l'honorabilité, appuyés par de hautes relations, aimés et estimés de tous.

Il savait que près de Mlle Denise se groupaient des hommes intelligents et dévoués, grand-père Chandoré, M. Séneschal, le docteur Seignebos, Me Magloire, et, enfin, cet avocat que la marquise de Boiscoran avait amené de Paris, Me Folgat.

— Et Dieu sait ce qu'ils tenteraient, pensait-il, pour soustraire le coupable à l'action de la justice.

Aussi peut-on dire que jamais instruction ne fut conduite avec tant d'ardeur passionnée, avec un zèle si méticuleux.

Chacun des points acquis à la prévention fut pour M. Galpin-Daveline le sujet d'une laborieuse enquête. En moins de quinze jours, soixante-sept témoins défilèrent dans son cabinet. Il fit comparaître le quart de la population de Bréchy. Il eût cité le pays entier, s'il l'eût osé.

Inutiles efforts !... Après des semaines d'investigations enragées, l'instruction restait au même point, le mystère demeurait aussi impénétrable.

Le prévenu n'avait pas dissipé une seule des charges écrasantes qui pesaient sur lui, mais le juge n'avait pas recueilli une preuve nouvelle à ajouter aux preuves qu'il avait réunies dès le premier jour.

Il fallait en finir cependant.

Par une chaude après-midi de juillet, les bourgeoises de la rue Nationale crurent remarquer que M. Daveline était plus soucieux encore que d'ordinaire.

Elles ne se trompaient pas.

Après une longue conférence avec le procureur de la République et le président du tribunal, le juge d'instruction avait pris son parti.

Arrivé à la prison, il se fit conduire à la cellule de Jacques de Boiscoran, et là, voilant son émotion d'une roideur plus grande :

— Ma pénible mission touche à sa fin, monsieur, commença-t-il, l'instruction dont j'étais chargé va être close. Dès demain, les pièces de la procédure, avec un état des pièces servant à conviction, seront transmises à M. le procureur général, pour être soumises à la chambre d'accusation.

Jacques ne sourcilla pas.

— Bien ! fit-il simplement.

— N'avez-vous rien à ajouter, monsieur ? insista le juge.

— Rien, sinon que je suis innocent.

C'est à peine si M. Daveline réussit à réprimer un mouvement d'impatience.

— Alors, prouvez-le, fit-il. Alors détruisez les charges qui vous accusent, qui vous accablent, qui font que pour moi, pour la justice, pour tout le monde vous êtes coupable. Alors, parlez, expliquez votre conduite...

Obstinément, Jacques garda le silence.

— Votre résolution est bien arrêtée, reprit encore le juge, vous ne voulez rien dire ?...

— Je suis innocent !...

Ce n'était pas la peine d'insister, M. Galpin-Daveline le comprit.

— A dater de ce moment, monsieur, dit-il, votre secret
est levé. Vous pourrez recevoir, au parloir de la prison, les
visites de votre famille. Le défenseur que vous désignerez
sera admis dans votre cellule pour conférer avec vous...

— Enfin !... s'écria Jacques avec une explosion de joie.
Et tout de suite :

— M'est-il permis, demanda-t-il, d'écrire à M. de Chandoré ?

— Oui, répondit le juge, et si vous voulez écrire immédiatement, mon greffier se chargera de faire parvenir votre
lettre ce soir même...

A l'instant même Jacques de Boiscoran profita de l'occasion, et il eut vite fini, car le billet qu'il écrivit et qu'il remit à Méchinet n'avait que ces deux lignes :

« J'attends Me Magloire demain matin, à neuf heures.
— J. »

Du jour où ils avaient compris qu'une fausse démarche
pouvait avoir les plus funestes conséquences, les amis de
Jacques de Boiscoran s'étaient scrupuleusement abstenus.

A quoi bon des démarches, d'ailleurs !...

Sur sa seule requête, le docteur Seignebos avait été en
partie exaucé, et le parquet avait désigné pour décider de
l'état mental de Cocoleu, un médecin de Paris, un aliéniste
célèbre.

C'est un samedi, que M. Seignebos vint tout triomphant
annoncer rue de la Rampe cette heureuse nouvelle. Dès le
mardi suivant, il revenait, blême de colère, raconter son
échec.

— Il y a des ânes à Paris comme ailleurs ! s'écriait-il,
d'une voix à faire vibrer les vitres du salon Chandoré, ou
plutôt, en ce temps d'égoïsmes trembleurs et de servilités
avides, les hommes indépendants sont aussi introuvables
à Paris qu'en province. J'attendais un savant inaccessible à
toutes les considérations mesquines ; on m'envoie un farceur qui serait désolé d'être désagréable à messieurs du parquet... Ah ! la surprise est cruelle !...

Et toujours, comme de coutume, tracassant ses lunettes
d'or :

— J'étais informé, poursuivait-il, de l'arrivée du confrère
de la capitale, et j'étais allé, de ma personne, l'attendre au
chemin de fer. Le train arrive, et immédiatement je distingue mon homme dans la foule. Belle tête, bien encadrée

de cheveux grisonnants, œil fin, lèvre gourmande et nar-
quoise... C'est lui, me dis-je. Hum! il avait bien un peu la
mise d'un freluquet, beaucoup de décorations à la boutonnière, des favoris taillés comme les buis de mon jardin, et
au lieu de fidèles lunettes, un binocle impertinent..., mais
nul n'est parfait. Je m'approche, je me nomme, nous échan-
geons une poignée de main, je l'invite à déjeuner, il accepte,
et bientôt nous voilà à table, lui, rendant bonne justice à
mon vin de Bordeaux, moi lui exposant méthodiquement
l'affaire. Le repas fini, il veut voir Cocoleu; nous nous ren-
dons à l'hôpital, et là, tout de suite, après un seul coup d'œil :
« Ce garçon, s'écrie-t-il, est tout bonnement le plus complet
» type d'idiot que j'aie vu de ma vie!...» Un peu déconcerté,
j'entreprends de lui réexpliquer l'affaire; il refuse de m'é-
couter. Je le supplie de revoir Cocoleu : il m'envoie promener. Blessé, je lui demande alors comment il explique le
témoignage si net de cet idiot, la nuit du crime. Il me répond en chantonnant qu'il ne l'explique pas. Je veux discuter,
il me plante là pour se rendre au tribunal... Et savez-vous
où il dînait, le soir même? A l'hôtel, avec notre confrère du
chef-lieu. Et là, ils rédigeaient, de concert, un rapport qui
boucle Cocoleu dans la plus parfaite imbécillité qui se puisse
rêver...

Il se promenait à grands pas par le salon, et, sans rien
écouter, il continuait :

— Mais le sieur Galpin aurait tort de chanter victoire!...
Tout n'est pas dit!... On ne se débarrasse pas comme cela
du docteur Seignebos... J'ai dit que Cocoleu est un ignoble
fourbe, un misérable simulateur, un faux témoin, je le
prouverai... Boiscoran peut compter sur moi...

Il s'interrompit sur ces mots, et se plantant devant Me Folgat :

— Et si je dis que Boiscoran peut compter sur moi, ajouta-
t-il, c'est que j'ai mes raisons. Il m'est venu de singuliers
soupçons, monsieur l'avocat, très-singuliers...

Me Folgat, Mlle Denise et la marquise de Boiscoran le pressaient de s'expliquer, mais il déclara que le moment n'était
pas venu encore, et que, d'ailleurs, il n'était pas assez sûr...

Et il s'échappa, jurant qu'il était très-pressé, ayant abandonné ses malades depuis quarante-huit heures, et étant
attendu par la comtesse de Claudieuse, dont le mari allait
de mal en pis.

— Quels soupçons peut avoir ce vieil original ?... demandait encore grand-père Chandoré, une heure après le départ du médecin.

Me Folgat eût pu répondre que ces soupçons vraisemblablement n'étaient autres que les siens, mais plus précis alors et appuyés sur des indices positifs.

Mais à quoi bon dire cela, puisque toute investigation était interdite, puisqu'un seul mot imprudemment prononcé pouvait donner l'éveil.

A quoi bon troubler d'espérances peut-être aussitôt déçues la morne tristesse de ces longues journées qui, l'une après l'autre, s'écoulaient à attendre le bon plaisir de M. Galpin-Daveline.

Déjà, à ce moment, les nouvelles de Jacques de Boiscoran étaient devenues plus rares. Les interrogatoires n'ayant lieu qu'à d'assez longs intervalles, Méchinet était quelquefois jusqu'à quatre ou cinq jours sans apporter de lettre.

— C'est la plus intolérable des agonies,... ne cessait de répéter Mme de Boiscoran...

L'heure du dénoûment allait sonner.

Mlle Denise se trouvait seule au salon, une après-midi, lorsqu'elle crut reconnaître dans le vestibule la voix du greffier.

Précipitamment, elle sortit. Elle ne s'était pas trompée.

— Ah ! l'instruction est terminée ! s'écria-t-elle, comprenant bien qu'il ne fallait rien moins que ce grave événement pour décider Méchinet à se montrer en plein jour rue de la Rampe.

— En effet, mademoiselle, répondit le brave garçon, et c'est sur l'ordre de M. Daveline que je vous apporte ce billet de M. de Boiscoran...

Elle le prit, elle le lut d'un coup d'œil, et oubliant tout, à demi-folle de joie, elle courut à son grand-père et à Me Folgat, criant en même temps à un domestique d'aller bien vite chercher Me Magloire.

Moins d'une heure plus tard, le premier avocat de Sauveterre arrivait, et quand on lui eût remis le billet qui le mandait :

— J'ai promis mon assistance à M. de Boiscoran, dit-il d'un ton embarrassé, elle ne lui fera pas défaut... Je serai demain près de lui à l'ouverture de la prison, et je viendrai vous rendre compte de notre entrevue.

On ne put lui rien tirer de plus ; il était visible qu'il ne croyait pas à l'innocence de son client ; dès qu'il fut sorti :

— Jacques est fou, s'écria M. de Chandoré, de confier sa défense à un homme qui doute ainsi de lui.

— M⁰ Magloire est un honnête homme, bon papa, dit M¹¹ᵉ Denise, s'il pensait compromettre Jacques, il se retirerait.

Pour cela, oui, M⁰ Magloire était un honnête homme, et encore assez accessible aux sentiments tendres, pour que l'idée lui fût affreuse de revoir prisonnier, accusé d'un crime odieux, et accusé justement, pensait-il, un homme qu'il avait aimé, et que, malgré tout, il aimait encore.

Il n'en dormit pas de la nuit, et chacun put remarquer sa mine soucieuse, lorsqu'il traversa la ville le lendemain matin, pour se rendre à la prison.

Blangin, le geôlier, le guettait :

— Ah ! venez vite, monsieur, lui cria-t-il, le prévenu est fou d'impatience...

Lentement, et avec un sourd battement de cœur, le célèbre avocat gravit l'étroit escalier. Il traversa la longue galerie. Blangin lui ouvrit une porte... Il était dans la cellule de Jacques de Boiscoran.

— Enfin, vous voilà ! s'écria le malheureux jeune homme, en se jetant au cou de M⁰ Magloire. Enfin, je vois un visage ami et je presse une main loyale !... Ah ! j'ai cruellement souffert ! si cruellement que je m'étonne que ma raison ait résisté ! Mais vous voici, vous êtes près de moi, je suis sauvé !...

Si l'avocat se taisait, c'est qu'il était effrayé des ravages de la douleur sur la physionomie si noble et si intelligente de Jacques. C'est qu'il s'épouvantait du désordre de ses traits, de l'éclat délirant de ses yeux, du rire convulsif qui pinçait ses lèvres.

— Malheureux ! murmura-t-il enfin.

Jacques se méprit, et il devait se méprendre au sens de cette exclamation. Il recula, plus blanc que le plâtre du mur.

— Vous me croyez coupable ! s'écria-t-il.

— Je crois, mon pauvre ami, que tout vous accuse, répondit l'avocat...

Une expression d'indicible désespoir contracta le visage de Jacques.

— En effet, interrompit-il, avec un éclat de rire terrible,
il faut que les charges soient bien accablantes, puisqu'elles
ont convaincu mes amis les plus chers... Aussi , pourquoi
me suis-je tû, le premier jour... L'honneur !... Effroyable
duperie !... Et cependant, victime d'une inconcevable vengeance, je me tairais encore, s'il ne s'agissait que de la vie.
Mais il y va de mon honneur, de l'honneur des miens,
de la vie de Denise... Je parlerai. A vous, Magloire, je dirai
la vérité, je puis me disculper d'un mot...

Et saisissant le poignet de Mᵉ Magloire, et le serrant à le
briser :

— D'un mot, fit-il d'une voix sourde, je vais tout vous
expliquer : j'étais l'amant de la comtesse de Claudieuse.

XIII

Moins affreusement troublé, Jacques de Boiscoran eût reconnu combien sagement il avait été inspiré en choisissant,
pour se confier à lui, le célèbre avocat de Sauveterre.

Un étranger, Mᵉ Folgat, par exemple, l'eût écouté sans
sourciller, n'eût vu dans la révélation que le fait lui-même
et ne lui eût donné que son impression personnelle.

Par Mᵉ Magloire, au contraire, il eut l'impression du pays
entier.

Et Mᵉ Magloire, en l'entendant déclarer que la comtesse
de Claudieuse avait été sa maîtresse, eut un geste de réprobation et s'écria :

— C'est impossible !

Du moins, Jacques ne fut pas surpris.

Il avait été le premier à dire qu'on refuserait de le croire
quand il avouerait la vérité, et cette conviction n'avait pas
peu contribué à retenir les aveux sur ses lèvres.

— C'est invraisemblable, je le sais, dit-il, et cependant
cela est...

— Des preuves !... interrompit Mᵉ Magloire.

— Je n'ai pas de preuves.

L'expression attristée et bienveillante du visage de l'avocat de Sauveterre venait de changer du tout au tout. Il y

avait de l'étonnement et de l'indignation dans le regard obstiné qu'il fixait sur le prisonnier.

— Il est de ces choses, reprit-il, qu'il est bien téméraire d'avancer, lorsqu'on n'est pas à même de les prouver. Réfléchissez...

— Ma situation me commande de tout dire...

— Pourquoi avoir tant attendu?

— J'espérais qu'on m'épargnerait cette horrible extrémité...

— Qui, on?

— Mme de Claudieuse.

De plus en plus, Me Magloire fronçait les sourcils.

— Je ne suis pas suspect de partialité, prononça-t-il. Le comte de Claudieuse est peut-être le seul ennemi que j'aie en ce pays, mais c'est un ennemi acharné, irréconciliable. Pour m'empêcher d'arriver à la Chambre et m'enlever des voix, il est descendu à des actes peu dignes d'un galant homme. Je ne l'aime point. Mais la justice m'oblige de déclarer hautement que je considère la comtesse de Claudieuse comme la plus haute, la plus pure et la plus noble manifestation de la femme, de l'épouse, de la mère de famille...

Un sourire amer crispait les lèvres de Jacques.

— Et cependant j'étais son amant, dit-il.

— Quand? Comment? Mme de Claudieuse habitait le Valpinson, vous habitiez Paris...

— Oui, mais tous les ans Mme de Claudieuse venait passer le mois de septembre à Paris, et je venais plusieurs fois à Boiscoran.

— Il est bien difficile que, d'une telle intrigue, il n'ait pas transpiré quelque chose!

— C'est que nous avons su prendre nos précautions.

— Et personne, jamais, ne s'est douté de rien?

— Personne...

Mais Jacques s'irritait, à la fin, de l'attitude de Me Magloire. Il oubliait qu'il n'avait que trop prévu les flétrissants soupçons auxquels il se voyait en butte.

— Pourquoi toutes ces questions? s'écria-t-il. Vous ne me croyez pas? Soit. Laissez-moi du moins essayer de vous convaincre. Voulez-vous m'écouter?

Me Magloire attira une chaise, et, s'y plaçant, non à la façon ordinaire, mais à cheval, et croisant les bras sur le dossier:

— Je vous écoute, dit-il.

Livide, l'instant d'avant, la face de Jacques de Boiscoran était devenue pourpre. La colère flambait dans ses yeux.

Être traité ainsi, lui !...

Jamais les hauteurs de M. Galpin-Daveline ne l'avaient offensé autant que cette condescendance froidement dédaigneuse de Mᵉ Magloire.

La pensée de lui commander de sortir traversa son esprit... Mais après ?... Il était condamné à vider jusqu'à la lie le calice des humiliations... Car il fallait se sauver, avant tout, se retirer de l'abîme...

— Vous êtes dur, Magloire, prononça-t-il d'un ton de ressentiment à grand'peine contenu, et vous me faites impitoyablement sentir l'horreur de ma situation... Oh ! ne vous excusez pas !... A quoi bon !... Laissez-moi parler, plutôt...

Il fit au hasard quelques pas dans sa cellule, passant et repassant la main sur son front, comme pour y rassembler ses souvenirs.

Puis, d'un accent plus calme :

— C'est, commença-t-il, dans les premiers jours du mois d'août 1866, à Boiscoran, où j'étais venu passer quelques semaines près de mon oncle, que, pour la première fois, j'ai aperçu la comtesse de Claudieuse.

La comté de Claudieuse et mon oncle étaient alors au plus mal, toujours au sujet de ce malheureux cours d'eau qui traverse nos propriétés, et un ami commun, M. de Besson, s'était mis en tête de les réconcilier et les avait décidés à se rencontrer chez lui à dîner.

Mon oncle m'avait emmené avec lui. La comtesse avait accompagné son mari.

Je venais d'avoir vingt ans, elle en avait vingt-six.

En la voyant, je restai béant d'admiration. Il me semblait que jamais encore je n'avais rencontré une femme si parfaitement belle et gracieuse, ni contemplé un si charmant visage, des yeux si beaux, un sourire si doux.

Elle ne parut pas me remarquer, je ne lui adressai pas la parole, et cependant je sentis en moi comme un pressentiment que cette femme jouerait un rôle dans ma vie, et un rôle fatal...

Même, l'impression fut si vive, qu'en sortant de la maison où nous avions dîné, je ne pus me retenir d'en dire quelque

chose à mon oncle... Il se mit à rire et me répondit que je
n'étais qu'un nigaud, et que si jamais mon existence était
troublée par une femme, ce ne serait pas par la comtesse
de Claudieuse.

En apparence, il avait mille fois raison. A peine pouvait-
on imaginer un événement qui, de nouveau, me rapprochât
de la comtesse. La tentative de réconciliation de M. de Besson avait complétement échoué, Mᵐᵉ de Claudieuse vivait au
Valpinson, je repartais le surlendemain pour Paris...

Je partis cependant préoccupé, et le souvenir du dîner
de M. de Besson palpitait encore dans mon esprit, quand à
un mois de là, à Paris, me trouvant à une soirée chez M. de
Chalusse, le frère de ma mère, il me sembla reconnaître
Mᵐᵉ de Claudieuse...

C'était bien elle. Je la saluai. Et voyant, à la façon dont
elle me rendait mon salut, qu'elle me reconnaissait, je
m'approchai tout tremblant, et elle me permit de m'asseoir
près d'elle...

Elle m'apprit qu'elle était à Paris pour un mois, comme
tous les ans, chez son père, le marquis de Tassar de Bruc.
Elle était venue à cette soirée à son corps défendant, et ne
s'y amusait guère, détestant le monde. Elle ne dansait pas,
je restai à causer avec elle jusqu'au moment où elle se
retira...

J'étais amoureux fou en la quittant, et cependant je ne
cherchai pas à la revoir... C'est encore le hasard qui nous
réunit.

Un jour, que j'avais affaire à Melun, arrivant à la gare
comme le train allait partir, je n'eus que le temps de me
jeter dans le vagon le plus rapproché de l'entrée...

Dans ce vagon était Mᵐᵉ de Claudieuse !...

Elle me dit, et je ne retins que cela de tout ce qu'elle me
dit, qu'elle se rendait à Fontainebleau chez une de ses amies
avec laquelle, chaque semaine, elle passait le mardi et le
samedi. Le plus ordinairement, elle prenait le train de neuf
heures...

C'était un mardi, et, pendant les trois jours qui suivirent
se livrèrent en moi les plus étranges combats. J'étais passionnément épris de la comtesse, et cependant elle me faisait peur...

Mais ma mauvaise étoile l'emporta, et le samedi suivant, à
neuf heures, j'arrivais à la gare de Lyon.

Mme de Claudieuse, elle me l'a avoué depuis, m'attendait.
M'apercevant, elle me fit un signe, et, lorsqu'on ouvrit les
portes, j'allai me placer dans le même compartiment qu'elle...

Déjà, depuis un moment, Me Magloire s'agitait sur sa
chaise avec tous les signes de la plus extrême impatience.

N'y tenant plus, à la fin :

— C'est trop invraisemblable... s'écria-t-il.

Jacques de Boiscoran ne répondit pas tout d'abord.

A remuer ainsi les cendres de son passé, il frissonnait,
troublé d'émotions indicibles. Il était comme frappé de stupeur de sentir monter à ses lèvres le secret, si longtemps
enseveli au plus profond de son cœur, de ses amours
éteintes...

Il avait aimé, après tout, et il avait été aimé. Et il est de
ces sensations poignantes qui jamais plus ne se renou-
vellent, et que rien ne saurait effacer...

L'attendrissement le gagnait, des larmes mouillaient ses
yeux...

Pourtant, comme le célèbre avocat de Sauveterre répétait
son exclamation et disait encore :

— Non, ce n'est pas croyable !...

— Je ne vous demande pas de me croire, mon ami, dit
Jacques doucement, je vous demande seulement de m'é-
couter.

Et réagissant de toute son énergie contre la torpeur qui
l'envahissait :

— Ce voyage à Fontainebleau, reprit-il, décida de notre
destinée.

Bien d'autres le suivirent.

Mme de Claudieuse passait la journée chez son amie, et
moi j'usais les longues heures à errer dans la forêt. Mais
nous nous retrouvions le soir à la gare. Nous nous jetions
dans un coupé que je faisais garder depuis Lyon, et nous
rentrions ensemble à Paris, et je l'accompagnais en voiture
jusqu'à la rue de la Ferme-des-Mathurins, où demeurait le
marquis de Tassar de Bruc, son père...

Puis enfin, un soir, elle sortit bien de chez son amie de
Fontainebleau à l'heure ordinaire... mais elle ne rentra
chez son père que le lendemain...

— Jacques ! interrompit Me Magloire, révolté comme s'il
eût entendu un blasphème, Jacques !...

M. de Boiscoran ne broncha pas.

— Oh ! je sais, dit-il, je sens ce que doit vous paraître ma conduite, Magloire. Vous pensez qu'il n'est point d'excuses pour l'homme qui trahit la confiance de la femme qui s'est abandonnée à lui ! Attendez avant de me juger.

Et d'un accent plus ferme :

— Alors, poursuivit-il, je m'estimais le plus heureux des hommes, et mon cœur se gonflait de vanités malsaines, en songeant qu'elle était à moi, cette femme si belle, et dont la pure renommée planait bien au-dessus de toutes les calomnies.

Je venais de nouer autour de mon cou une de ces cordes fatales que la mort seule peut trancher, et, insensé que j'étais, je me félicitais.

Peut-être m'aimait-elle véritablement alors.

Elle ne calculait pas, du moins, et, bouleversée par la seule, par l'unique passion de sa vie, elle me découvrait son âme jusqu'en ses plus sombres profondeurs...

Alors, elle ne songeait pas encore à se mettre en garde contre moi et à m'asservir à toutes ses volontés, et elle me disait le secret de son mariage, de ce mariage qui autrefois avait stupéfié le pays.

Ayant donné sa démission, le marquis de Bruc, son père, n'avait pas tardé à se lasser de son oisiveté et à s'irriter de la médiocrité de sa fortune. Il s'était lancé dans des spéculations hasardeuses; il avait perdu tout ce qu'il possédait et compromis jusqu'à son honneur.

Désespéré, dévoré de regrets et de craintes, il songeait au suicide lorsque tomba chez lui à l'improviste un de ses anciens camarades de promotion, le comte de Claudieuse.

En un moment d'expansion, M. de Tassar de Bruc avoua tout, et l'autre lui jura de l'arracher à cet abîme de honte.

C'était beau et grand, cela. Il devait en coûter une somme considérable. Et ils sont rares les amis d'enfance capables de si ruineux dévouements.

Malheureusement, le comte de Claudieuse ne sut pas rester le héros qu'annonçait ce début.

Ayant vu Mlle Geneviève de Tassar de Bruc, il fut ébloui de sa beauté; et épris d'une ces passions que rien n'entrave, oubliant qu'elle n'avait que vingt ans et qu'il allait en avoir cinquante, il fit comprendre à son ami qu'il était toujours disposé à lui rendre le service promis, mais.... qu'il voulait en échange la main de Mlle Geneviève.

Le soir même, le gentilhomme ruiné entrait dans la chambre de sa fille, et, les larmes aux yeux, lui exposait l'horrible situation. Elle n'hésita pas.

« — Avant tout, dit-elle à son père, sauvons l'honneur
» que votre mort ne rachèterait pas. M. de Claudieuse est
» un fou cruel d'oublier qu'il a trente ans de plus que moi.
» De ce moment, je le méprise et je le hais. Dites-lui que
» je suis prête à devenir sa femme. »

Et comme son père, éperdu de douleur, s'écriait que jamais le comte n'accepterait un tel consentement :

« Oh ! soyez tranquille, lui répondit-elle, — à ce qu'elle
» m'a dit, du moins, — je saurai m'exécuter de bonne
» grâce, et votre ami ne fera pas un marché de dupe. Mais
» je sais ma valeur, et si grand que soit le service qu'il
» vous rend, rappelez-vous que vous ne lui devez rien... »

A moins de quinze jours de là, en effet, Mlle Geneviève avait laissé soupçonner au comte de Claudieuse qu'elle pouvait l'aimer, et, un mois plus tard, elle devenait sa femme.

Le comte, de son côté, avait dépassé ses promesses et déployé la plus habile délicatesse pour que nul ne soupçonnât la ruine de M. de Tassar de Bruc. Il lui avait remis deux cent mille francs pour arranger ses affaires, il avait reconnu à sa jeune femme une dot de cinquante mille écus, qui n'avait pas été versée, et, enfin, il s'était engagé à servir à M. et Mme de Bruc, leur vie durant, dix mille livres de rentes. Plus de la moitié de sa fortune y avait passé...

Me Magloire, alors, ne songeait plus à protester.

Roide sur sa chaise, les pupilles dilatées par la stupeur, tel qu'un homme qui se demande s'il veille ou s'il est le jouet d'un rêve :

— C'est, inconcevable, murmurait-il, c'est inouï !...

Jacques, lui, s'animait peu à peu :

— Voilà, poursuivait-il, ce que Mme de Claudieuse me racontait aux premières heures d'enivrement. Et c'est posément qu'elle me le racontait, froidement, et comme une chose toute naturelle.

« Et certes, disait-elle, M. de Claudieuse n'a jamais eu à
» regretter le marché qui me livrait à lui. S'il a été géné-
» reux, j'ai été loyale. Mon père lui doit la vie, mais je lui
» ai donné des années d'un bonheur qui n'était plus fait
» pour lui. S'il n'a pas eu l'amour, il en a eu la comédie
» divine, et des apparences plus délicieuses que la réalité. »

Et, comme je ne savais pas dissimuler mon étonnement:
« — Seulement, ajoutait-elle en riant, j'apportais au marché
» une restriction mentale. Je me réservais de prendre, quand
» elle passerait à ma portée, ma part de bonheur ici-bas.
» Cette part, c'est vous, Jacques. Et ne croyez pas qu'aucun
» remords me trouble. Tant que mon mari se croira heu-
» reux, je serai dans les termes du contrat... »

Ainsi elle parlait, en ce temps, Magloire, et un homme
plus expérimenté eût été effrayé... Mais j'étais un enfant,
mais je l'aimais de toute mon âme et de toute ma chair,
j'admirais son génie et je m'éprenais de ses sophismes...

Une lettre du comte de Claudieuse nous éveilla de notre
songe.

Imprudente pour la première et la dernière fois de sa
vie, la comtesse était restée à Paris trois semaines de plus
qu'il n'était convenu, et son mari inquiet parlait de venir la
chercher.

« Il faut rentrer au Valpinson, me dit-elle, car il n'est rien
» que je ne sacrifie à la renommée que j'ai su me faire. Ma
» vie, la vôtre, la vie de ma fille, je sacrifierais tout, sans hé-
» siter, à ma réputation d'honnête femme. »

Nous étions alors, — ah! les dates sont restées dans ma
mémoire comme dans du bronze, — nous étions, dis-je,
au 12 octobre.

« — Je ne saurais, me dit-elle, rester plus d'un mois sans
» vous voir. D'aujourd'hui en un mois, c'est-à-dire le 12 no-
» vembre, à trois heures précises, trouvez-vous dans le bois
» de Rochepommier, au carrefour des Hommes-Rouges... J'y
» serai...»

Et elle partit, me laissant plongé dans une extase qui
m'empêchait de souffrir de notre séparation.

La pensée que j'étais aimé d'une telle femme, m'emplis-
sait d'un orgueil excessif, et qui m'évita, je puis l'avouer,
bien des écarts.

L'ambition me mordait au cœur, en songeant à elle. Je
voulais travailler, me distinguer, conquérir une supériorité
quelconque...

— Je veux qu'elle soit fière de moi, me disais-je, honteux
de n'être rien à mon âge, que le fils d'un père riche...

Dix fois déjà, Me Magloire s'était soulevé sur sa chaise, et
ses lèvres avaient remué comme s'il allait présenter une objection.

13.

Mais il s'était engagé, vis-à-vis de lui-même, à ne pas interrompre, et de son mieux, il se tenait parole.

— Cependant, continuait Jacques, l'époque fixée par Mme de Claudieuse approchait. Je partis pour Boiscoran, et au jour dit, un peu après l'heure indiquée, j'arrivais au carrefour des Hommes-Rouges.

Si j'étais ainsi en retard, ce dont j'étais désolé, c'est que je connaissais fort imparfaitement les bois de Rochepommier, et que l'endroit choisi par la comtesse, pour notre rendez-vous, est situé au plus épais des futaies.

Le temps était d'une rigueur extraordinaire pour la saison. Il était tombé beaucoup de neige, la veille, les sentiers étaient tout blancs, et une bise âpre secouait les flocons dont les arbres étaient chargés.

De loin, j'aperçus la comtesse de Claudieuse, marchant avec une sorte d'impatience fébrile dans un étroit espace où le terrain était sec et abrité du vent par d'énormes blocs de rochers.

Elle portait une robe de soie grenat, très-longue, un manteau de drap garni de fourrure et une toque de velours pareil à sa robe.

En trois bonds, je fus près d'elle.

Mais elle ne sortit pas la main de son manchon, pour me la tendre, et sans me permettre de m'excuser de mon retard :

« — Quand êtes-vous arrivé à Boiscoran ? » me demanda-t-elle d'un ton sec.

» — Hier soir.

» — Quel enfant vous faites !... s'écria-t-elle en frappant » du pied. Hier soir !... Et sous quel prétexte ?

» — Je n'ai pas besoin de prétexte pour venir visiter » mon oncle.

» — Et il n'a pas été surpris de vous voir tomber chez » lui, en cette saison, par un temps pareil ?

» — Mais... si, un peu, » répondis-je niaisement, incapable que j'étais de lui dissimuler la vérité.

Son mécontentement redoublait.

« — Et ici, reprit-elle, comment êtes-vous ici ? Vous con- » naissiez donc ce carrefour ?

» — Non, je me le suis fait indiquer.

» — Par qui ?

» — Par un des domestiques de mon oncle, et même ses

» renseignements étaient si peu clairs que je me suis trompé
» de chemin.... »

Elle me regarda en souriant d'un sourire tellement ironique que je m'arrêtai.

« — Et tout cela vous paraît simple! interrompit-elle. Vous
» croyez qu'on va trouver tout naturel à Boiscoran, de vous
» voir arriver comme une bombe, et tout de suite vous
» mettre en quête du carrefour des Hommes-Rouges? Qui
» sait si l'on ne vous a pas suivi! qui sait si derrière quel-
» qu'un de ces arbres il n'y a pas deux yeux qui nous
» épient!... »

Et comme, en parlant, elle regardait autour d'elle avec la
plus vive expression d'inquiétude, je ne pus me retenir de
lui dire :

« — Que craignez-vous? Ne suis-je pas là!...»

Il me semble voir encore le coup d'œil dont elle me toisa.

« — Je n'ai peur de rien, entendez-vous, me dit-elle, de
» rien au monde... que d'être, je ne dirai pas compromise,
» mais seulement soupçonnée. Il me plaît d'agir comme
» j'agis, il me convient d'avoir un amant. Mais je ne veux
» pas qu'on le sache. C'est si on savait ce que je fais, que je
» ferais mal. Entre ma réputation et ma vie, ce n'est pas
» ma vie que je choisirais. A ce point que si je devais être
» surprise avec vous, j'aimerais mieux que ce fût par mon
» mari que par un étranger. Je n'ai nulle affection pour
» M. de Claudieuse, et je ne lui pardonnerai jamais notre
» mariage, mais il a sauvé l'honneur de mon père, je dois
» garder le sien intact. Il est mon mari, d'ailleurs, le père
» de ma fille, je porte son nom, je prétends qu'il soit res-
» pecté. Je mourrais de douleur, de honte et de rage, s'il
» me fallait donner le bras à un homme qu'accueilleraient
» des sourires mal dissimulés. Les femmes sont lâchement
» stupides, qui ne comprennent pas que, sur elles, rejaillit
» en mépris, le ridicule bêtement injuste dont elles n'ont
» pas su préserver l'homme qu'elles ont trahi. Non, je
» n'aime pas M. de Claudieuse, Jacques, et je vous adore...
» Mais entre vous et lui, rappelez-vous que je ne balancerais
» pas une seconde, et que, pour lui épargner l'ombre d'un
» soupçon, dût mon cœur s'en briser, c'est le sourire aux
» lèvres que je sacrifierais votre vie et votre honneur... »

Je voulais répliquer.

« — Assez, fit-elle. Chaque minute que nous passons ici

» est une imprudence de plus. De quel prétexte allez-vous
» colorer votre voyage à Boiscoran ?...

» — Je ne sais, répondis-je...

» — Il faut emprunter de l'argent à votre oncle, une cer-
» taine somme, pour payer des dettes. Il se fâchera peut-
» être, mais s'expliquera votre soudaine passion de voyage
» au mois de novembre. Allons, adieu...»

Etourdi, confondu :

« — Quoi !... m'écriai-je, sans nous revoir, ne fût-ce que
» de loin...

» — A ce voyage, répondit-elle, ce serait une insigne folie.
» Attendez, cependant... Restez à Boiscoran jusqu'à di-
» manche. Votre oncle ne manque jamais la grand'messe ;
» accompagnez-le. Mais prenez garde, soyez maître de vous,
» surveillez vos yeux. Une imprudence, une faiblesse, et je
» vous mépriserais... Maintenant, il faut nous quitter. Vous
» trouverez à Paris une lettre de moi... »

Jacques s'arrêta sur ces mots, cherchant sur le visage de
M⁰ Magloire, un reflet de ses impressions et de ses pensées.

Mais le célèbre avocat demeurant impassible, il soupira
et reprit :

— Si je suis entré dans de tels détails, Magloire, c'est
qu'il faut que vous sachiez quelle femme est Mᵐᵉ de Claudieuse, pour comprendre sa conduite.

Elle ne me prenait pas en traître, vous le voyez ; elle
m'éclairait de ses mains l'abîme où je devais rouler...

Hélas !... loin de m'effrayer, les côtés sombres de ce caractère étrange exaltaient ma passion. J'admirais ses airs
impérieux, sa bravoure et sa prudence, son absence de
toute morale qui contrastait si étrangement avec sa terreur
de l'opinion.

— Celle-là, me disais-je avec une fierté imbécile, celle-là
est une femme forte.

Elle dut être contente de moi, à la grand'messe de Bréchy, car je sus même me défendre d'un tressaillement en
la voyant et en la saluant, et en passant près d'elle, si près
que ma main frôla sa robe.

Je lui obéis d'ailleurs scrupuleusement.

Je demandai six mille francs à mon oncle, qui me les
donna en souriant, car c'était le plus généreux des hommes,
mais qui me dit en même temps :

« — Je me doutais bien que ce n'était pas uniquement

» pour courir les bois de Rochepommier que tu étais venu
» à Boiscoran. »

Cette futile circonstance devait encore contribuer à redoubler mon admiration pour Mme de Claudieuse. Comme elle avait su prévoir l'étonnement de mon oncle, alors que moi, je n'y avais pas songé !

— Elle a le génie de la prudence, pensais-je.

Oui, en effet, elle l'avait, et celui du calcul aussi, et je ne tardai pas à en avoir une preuve.

En arrivant à Paris, j'avais trouvé une lettre d'elle, qui n'était qu'une longue paraphrase de ses recommandations au carrefour des Hommes-Rouges. Cette lettre fut suivie de plusieurs autres, qu'elle me recommandait de garder pour l'amour d'elle, et qui toutes avaient à l'un des angles un numéro d'ordre.

La première fois que je la revis :

« — Pourquoi ces numéros ? lui demandai-je.

» — Mon cher monsieur Jacques, me répondit-elle, une
» femme doit toujours savoir combien elle a écrit de lettres
» à son amant... Jusqu'à ce moment, vous avez dû en rece-
» voir neuf... »

Cela se passait au mois de mai 1867, à Rochefort, où elle était allée pour assister à la mise à l'eau d'une frégate, où je m'étais rendu sur son ordre, et où nous avions pu dérober quelques heures.

Comme un niais je me mis à rire de cette idée de comptabilité épistolaire, et je n'y pensai plus. J'avais alors bien d'autres préoccupations.

Elle m'avait fait remarquer que le temps passait, malgré les tristesses de notre séparation, et que le mois de septembre, son mois de liberté, serait bientôt arrivé.

En serions-nous réduits, comme l'année précédente, à ces voyages de Fontainebleau, si périlleux malgré nos précautions ?... Pourquoi ne pas se procurer une maison isolée dans un quartier désert...

Chacun de ses désirs était un ordre. La générosité de mon oncle était inépuisable. J'achetai une maison...

Enfin, à travers les explications de Jacques de Boiscoran, une circonstance apparaissait, qui allait peut-être devenir un commencement de preuve.

Aussi, Me Magloire tressaillit-il, et vivement:

— Ah ! vous avez acheté une maison ? interrompit-il.

— Oui, une jolie maison, avec un grand jardin, rue des Vignes, à ⌐ ⌐ J...

— Et elle vous appartient encore ?

— Oui.

— Vous en avez les titres, par conséquent.

Jacques eut un geste désolé.

— Ici encore, dit-il, la fatalité est contre moi. Il y a toute une histoire au sujet de cette maison...

Plus promptement qu'elle s'était éclaircie, la physionomie de l'avocat de Sauveterre se rembrunit.

— Ah !... il y a une histoire, fit-il, ah ! ah !...

— J'étais à peine majeur, reprit Jacques, lorsque je voulus acheter cette maison. Je craignis des difficultés, j'eus peur que mon père n'en apprît quelque chose ; enfin, je tins à me hausser jusqu'à la prudence savante de Mme de Claudieuse. Je priai donc un de mes amis, un gentleman anglais, sir Francis Burnett, de faire cette acquisition à son nom. Il y consentit volontiers. Et l'acte, une fois passé et enregistré, il me le remit en même temps qu'une contre-lettre qui constatait mes droits...

— Eh bien ! mais alors...

— Oh ! attendez. Je n'emportai pas ces titres dans le logement que j'occupais chez mon père. Je les déposai dans le tiroir d'un meuble de ma maison de Passy. Quand la guerre éclata, je ne songeai pas à les reprendre. J'avais quitté Paris avant l'investissement, vous le savez, puisque je commandais une compagnie de mobiles du département. Pendant les deux siéges, ma maison fut successivement occupée par des gardes nationaux, par des soldats de la Commune et par les troupes régulières. Lorsque je rentrai, je retrouvai bien les quatre murs troués par les obus, mais tous les meubles avaient disparu et mes titres avec eux...

— Et sir Francis Burnett ?...

— Il a quitté la France au moment de l'invasion, et j'ignore ce qu'il est devenu. Deux de ses amis d'Angleterre auxquels j'ai écrit, m'ont répondu, l'un qu'il devait être en Australie, l'autre qu'il le croyait mort.

— Et vous n'avez fait aucune démarche pour vous assurer la propriété d'un immeuble qui vous appartient légitimement ?

— Aucune, jusqu'à présent.

— C'est-à-dire, que, selon vous, il y aurait à Paris une

maison sans propriétaire, oubliée de tout le monde, même du percepteur...

— Pardon ! Les contributions ont toujours été fort justement acquittées, et pour tout le quartier, le propriétaire, c'est moi. C'est sur la personnalité qu'il y a erreur. Je me suis emparé sans façon de celle de mon ami. Pour les voisins, pour les fournisseurs des environs, pour les ouvriers et les entrepreneurs que j'ai employés, pour le tapissier et pour le jardinier, je suis sir Francis Burnett. Allez demander Jacques de Boiscoran, rue des Vignes, on vous répondra : « Connais pas. » Demandez sir Burnett, on vous dira : « Ah ! très-bien ! » et on vous tracera mon portrait.

C'est d'un air peu convaincu que Me Magloire branlait la tête.

— Alors, fit-il, vous dites que Mme de Claudieuse est allée dans cette maison de Passy.

— Plus de cinquante fois en trois ans.

— Cela étant, on l'y connaît.

— Non.

— Cependant...

— Paris n'est pas Sauveterre, Magloire, et on n'y est pas exclusivement préoccupé de ce que fait, dit ou pense le voisin. La rue des Vignes est fort déserte, et la comtesse prenait, pour venir et pour partir, les plus habiles précautions...

— Soit, j'admets cela pour l'extérieur. Mais à l'intérieur ? Vous aviez bien quelqu'un pour garder et entretenir cette maison que vous n'habitiez pas, et pour vous servir quand vous y veniez.

— J'avais une servante anglaise...

— Eh bien ! cette fille doit connaître Mme de Claudieuse.

— Jamais elle ne l'a seulement entrevue.

— Oh !...

— Lorsque la comtesse devait venir, ou quand elle sortait, ou quand nous voulions nous promener dans le jardin, j'envoyais cette fille en courses. Je l'ai envoyée jusqu'à Orléans, pour nous débarrasser d'elle vingt-quatre heures. Le reste du temps, nous nous tenions à l'étage supérieur, et nous nous servions nous-mêmes...

Visiblement, Me Magloire était au supplice.

— Vous devez vous abuser, reprit-il. Les domestiques sont curieux, et se cacher d'eux, c'est irriter leur curiosité jusqu'à la folie. Cette fille doit vous avoir épié. Cette fille doit avoir trouvé le moyen de voir la femme que vous receviez. On peut l'interroger. Est-elle toujours à votre service ?...

— Non. Elle m'a quitté lors de la guerre.

— Pour aller ?

— En Angleterre, je suppose.

— De sorte qu'il faut renoncer à la retrouver.

— Je le crois.

— Renonçons-y donc. Mais votre valet de chambre ? Le vieil Antoine avait toute votre confiance ; ne lui avez-vous jamais rien dit ?

— Jamais. Une seule fois je l'ai fait venir rue des Vignes, et encore était-ce parce qu'en glissant dans l'escalier, je m'étais foulé le pied.

— De sorte qu'il vous est impossible de prouver que Mme de Claudieuse est allée à la maison de Passy. Vous n'avez ni une preuve, ni un témoin de sa présence.

— J'ai eu des preuves autrefois. Elle avait apporté divers menus objets à son usage, ils ont disparu pendant la guerre...

— Ah ! oui, fit Me Magloire, toujours la guerre... elle répond à tout.

Jamais aucun des interrogatoires de M. Galpin-Daveline n'avait été aussi pénible à Jacques de Boiscoran, que cette série de questions rapides trahissant une désolante incrédulité.

— Ne vous ai-je pas dit, Magloire, reprit-il, que Mme de Claudieuse avait le génie de la circonspection. Il est aisé de se cacher quand on peut jeter l'argent sans compter. Est-il possible que vous me fassiez un crime de n'avoir pas de preuves à fournir !... Le devoir d'un homme d'honneur n'est-il pas de tout faire au monde pour préserver de l'ombre d'un soupçon la réputation de la femme qui s'est fiée à lui ! J'ai fait mon devoir, et quoi qu'il advienne, je ne m'en repens pas. Pouvais-je prévoir des événements inouïs !... Pouvais-je prévoir qu'un jour fatal viendrait, où ce serait moi, Jacques de Boiscoran, qui dénoncerais la comtesse de Claudieuse, et qui en serais réduit à chercher contre elle des preuves et des témoins !...

Le célèbre avocat de Sauveterre détournait la tête. Et, au lieu de répondre :

— Continuez, Jacques, dit-il d'une voix altérée, conti-
nùez...

Surmontant le découragement qui le gagnait :

— C'est le 2 septembre 1867, reprit Jacques de Boiscoran, que, pour la première fois, Mme de Claudieuse entra
dans cette maison de Passy achetée et décorée pour elle,
et, pendant cinq semaines qu'elle resta à Paris cette année-
là, elle vint presque tous les jours y passer quelques heures.

Elle jouissait chez ses parents d'une indépendance absolue, presque sans contrôle. Elle confiait à sa mère, la marquise de Tassar de Bruc, sa fille, — car elle n'avait qu'une
fille, à cette époque, — et elle était libre de sortir et d'aller
où bon lui semblait.

Lorsqu'elle voulait une liberté plus grande, elle allait
visiter son amie de Fontainebleau, et, à chaque fois, elle
gagnait vingt-quatre ou quarante-huit heures sur le voyage.

De mon côté, pour ne pas être gêné par les obligations de
la famille, j'étais ostensiblement parti pour l'Irlande, et
j'étais venu me fixer à demeure rue des Vignes.

Ces cinq semaines passèrent comme un rêve, et cependant je dois dire que la séparation ne me fut pas aussi douloureuse que je l'aurais supposé.

Non que le prisme fût brisé ! Mais j'ai toujours trouvé
humiliant d'être obligé de se cacher. Je commençais à me
lasser de cette existence de précautions incessantes, et il
me tardait un peu d'abandonner la personnalité de mon
ami Francis Burnett, et de reprendre la mienne.

Nous nous étions bien juré, d'ailleurs, Mme de Claudieuse
et moi, de ne jamais rester un mois sans passer quelques
heures ensemble, et elle avait imaginé divers expédients
pour nous voir sans danger.

Un malheur de famille vint précisément, à cette époque,
servir nos projets.

Le frère aîné de mon père, cet oncle indulgent qui
m'avait donné de quoi acheter ma maison de Passy, mourut en me léguant toute sa fortune.

Propriétaire de Boiscoran, j'allais désormais avoir des
raisons sérieuses d'habiter le pays et d'y venir, en tous cas,
sans que personne s'inquiétât de ce que j'y venais faire.

XIV

Jacques de Boiscoran, c'était manifeste, avait hâte d'en finir, d'en arriver à la nuit de l'incendie du Valpinson et de savoir enfin, du célèbre avocat de Sauveterre, ce qu'il avait à craindre ou à espérer.

Après un moment de silence, car la respiration lui manquait, après quelques pas au hasard dans sa cellule :

— Mais à quoi bon des détails, Magloire, reprit-il d'un ton amer. Aurez-vous la foi qui vous manque, parce que je vous aurai énuméré une à une mes entrevues avec la comtesse de Claudieuse, et que je vous aurai rapporté jusqu'à ses moindres paroles ?...

Nous en étions vite venus à calculer si exactement et si prudemment nos pas et nos démarches, que nous nous rencontrions assez fréquemment sans danger. Nous nous disions en nous quittant, ou elle m'écrivait : « A tel jour, à telle heure, en tel endroit, » et si éloigné que fût le jour, si incommode que fût l'heure, si grande que fût la distance, nous arrivions.

J'étais parvenu promptement à connaître le pays mieux que les plus vieux braconniers, et rien ne nous servait autant que cette connaissance parfaite de toutes les retraites ignorées.

La comtesse, de son côté, ne laissait jamais s'écouler trois mois sans découvrir quelque motif urgent de se rendre à La Rochelle ou à Angoulême, et, de Paris, j'allais l'y rejoindre.

Et rien ne la retenait. Sa grossesse même, car c'est cette année de 1867 qu'elle eut sa seconde fille, n'empêcha pas ses voyages.

Il est vrai que ma vie, à moi, se passait sur les grands chemins, et qu'à tout moment, lorsqu'on s'y attendait le moins, je disparaissais des semaines entières.

Voilà l'explication de cette humeur vagabonde dont se moquait mon père, et que vous-même, Magloire, m'avez reprochée autrefois...

— C'est vrai ! approuva l'avocat. Je me souviens...

Jacques de Boiscoran ne releva pas l'approbation.

— Je mentirais, poursuivait-il, si je disais que cette vie me déplaisait. Non. Le mystère et le danger ajoutaient à l'attrait de nos amours. Les obstacles irritaient ma passion. Je trouvais quelque chose de sublime dans ce fait de deux êtres intelligents consacrant exclusivement tout ce qu'ils avaient d'intelligence à poursuivre et à cacher une dangereuse intrigue.

Mieux je constatais la vénération dont la comtesse de Claudieuse était l'objet dans le pays, mieux j'acquérais la preuve de l'habileté de sa dissimulation et de la profondeur de sa perversité, et plus j'étais fier d'elle.

L'orgueil, en chaudes bouffées, me montait au cerveau, quand, à Bréchy, où je me rendais le dimanche, uniquement pour elle, je la voyais passer calme et sereine, dans l'imposante sécurité de sa pure renommée...

Je riais de la naïveté de ces braves dupes qui s'inclinaient si bas, croyant saluer une sainte, et c'est avec un ravissement idiot que je me félicitais d'être le seul à connaître la véritable comtesse de Claudieuse, celle qui prenait si gaîment sa revanche dans notre maison de la rue de Vignes.

Mais de tels délires ne sauraient durer...

Il ne m'avait pas fallu beaucoup de temps pour reconnaître que je m'étais donné un maître, et le plus impérieux et le plus exigeant qui fut jamais.

J'avais en quelque sorte cessé de m'appartenir. J'étais devenu sa chose et je ne devais plus vivre, respirer, penser, agir, que pour elle. Que lui importaient mes répugnances et mes goûts ! Elle voulait, cela suffisait. Elle m'écrivait : « Venez », il fallait accourir à l'instant. Elle me disait : « Partez », je n'avais qu'à m'éloigner au plus vite.

Au début, c'est avec joie que j'acceptais le despotisme de son amour ; mais peu à peu je me fatiguai de cette abdication perpétuelle de ma volonté. Il me déplut de ne pouvoir disposer de moi, de n'oser plus faire un projet vingt-quatre heures d'avance. Je commençai à sentir la gêne de la corde que je m'étais passée autour du cou.

L'idée de fuir me vint.

Un de mes amis allait entreprendre un voyage autour du monde, qui devait durer dix-huit mois ou deux ans, j'eus envie de partir avec lui.

Qui me retenait? J'étais, par ma position et par ma fortune, absolument indépendant. Pourquoi ne pas suivre cette inspiration?...

Ah! Pourquoi!... C'est que le prisme n'était pas brisé encore. C'est que si je maudissais la tyrannie de Mme de Claudieuse, je tressaillais encore quand j'entendais prononcer son nom. C'est que si je songeais à la fuir, un seul de ses regards me remuait encore jusqu'au fond des veines. C'est que je lui étais attaché par les mille fils de l'habitude et de la complicité, ces fils qui semblent plus ténus qu'un fil de la Vierge, et qui sont plus durs à briser que le câble d'un vaisseau.

Pourtant, cette idée qui m'était venue, fut cause que, pour la première fois, je prononçai devant elle le mot de séparation, lui demandant ce qu'elle ferait si je venais à la quitter.

Elle me regarda d'un air singulier, et, au bout d'un moment :

« — Est-ce sérieux? me demanda-t-elle. Est-ce une préface? »

Je n'osai pas pousser plus loin, et, m'efforçant de sourire :

« — Ce n'est qu'une plaisanterie, répondis-je.

» — Alors, fit-elle, n'en parlons pas. Si jamais vous en ve-
» niez là, vous verriez ce que je ferais. »

Je n'insistai plus, mais son regard me resta dans l'esprit, et me fit comprendre que j'étais bien plus étroitement lié encore que je ne l'avais supposé. Pour cette raison, rompre devint mon idée fixe.

— Eh bien! il fallait rompre! s'écria l'avocat.

Jacques de Boiscoran secoua la tête.

— C'est aisé à conseiller, répondit-il. J'ai essayé, je n'ai pas pu. Dix fois je suis arrivé près de Mme de Claudieuse, résolu à lui dire : « Ne nous revoyons plus, » dix fois, au dernier moment, le courage m'a manqué.

Elle m'irritait, j'en arrivais presque à la haïr, mais pouvais-je oublier combien je l'avais aimée et tout ce qu'elle avait risqué pour moi!...

Puis, pourquoi ne pas l'avouer? elle me faisait peur.

Ce caractère inflexible que j'avais tant admiré jadis, m'épouvantait, et je frissonnais, saisi de vagues et sinistres appréhensions, en songeant à tout ce dont je la savais capable.

J'étais donc en proie aux plus affreuses perplexités, lorsque ma mère me parla d'un mariage qu'elle rêvait pour moi depuis longtemps.

Ce pouvait être le prétexte que je n'avais pas su trouver. A tout hasard, je demandai à réfléchir. Et la première fois que je me trouvai avec Mme de Claudieuse, rassemblant tout mon courage :

« — Vous savez ce qui arrive, lui dis-je, ma mère veut me
» marier. »

Elle devint plus pâle que la mort, et me fixant bien dans les yeux, comme si elle eût espéré lire jusqu'au fond de mon âme :

« — Et vous, me demanda-t-elle, que voulez-vous?

» — Moi, répondis-je, en riant d'un rire forcé, je ne veux
» rien pour le moment. Mais il faudra bien tôt ou tard en
» passer par là. Il faut à un homme un intérieur, des affec-
» tions que le monde reconnaisse...

» — Et moi, interrompit-elle, que suis-je donc pour
» vous?...

» — Vous, m'écriai-je, vous, Geneviève, je vous aime de
» toutes les forces de mon âme, mais un abîme nous sé-
» pare, vous êtes mariée. »

Elle me fixait toujours obstinément.

« — En d'autres termes, reprit-elle, vous m'avez aimée
» pour passer le temps... J'ai été la distraction de votre jeu-
» nesse, la poésie de vos vingt ans, ce roman d'amour que
» tout homme veut avoir... Mais vous vous faites grave, il
» vous faut des affections sérieuses, et vous m'abandon-
» nez... Soit. Mais que vais-je devenir, moi, si vous vous
» mariez ? »

Je souffrais cruellement.

« — Vous avez votre mari, balbutiai-je, vos enfants... »

Elle m'arrêta.

« — C'est cela, fit-elle, je retournerai vivre au Valpinson,
» dans ce pays tout plein de votre souvenir, dont chaque
» site me rappelle un de nos rendez-vous, près de mon
» mari que j'ai trahi, près de mes filles dont une est vôtre...
» Ce n'est pas possible, Jacques... »

J'étais alors en veine de courage.

« — Cependant, dis-je, il est possible que je me marie.
» Que feriez-vous?...

» — Oh ! peu de chose, me répondit-elle. Je remettrais
» toutes vos lettres au comte de Claudieuse... »

Depuis tantôt trente ans qu'il plaidait aux assises, Me Magloire avait entendu d'étranges confidences.

Jamais cependant ses idées n'avaient été bouleversées
comme en ce moment.

— C'est à confondre l'esprit, murmurait-il.

Mais Jacques, déjà, poursuivait.

— La menace de la comtesse de Claudieuse était-elle sé-
rieuse? Je n'en doutais pas. Affectant cependant un grand
calme :

« — Vous ne feriez pas cela, lui dis-je.

» — Sur tout ce que j'ai au monde de cher et de sacré,
» me répondit-elle, je le ferais !... »

Bien des mois se sont écoulés depuis cette scène, Magloire, bien des événements se sont succédé, et cependant,
il me semble qu'elle date d'hier.

Je revois encore la comtesse, plus blanche qu'un spectre,
j'entends toujours sa voix frémissante, et c'est presque
textuellement que je vous rapporte ses paroles :

« — Ah ! ma résolution vous étonne, Jacques, continuait-
» elle, en phrases enflammées. Je le conçois. Les femmes
» qui manquent à leurs devoirs n'ont pas habitué leurs
» amants à compter avec elles. Trahies, elles se taisent.
» Délaissées, elles se résignent. Sacrifiées, elles cachent
» leurs larmes, car pleurer ce serait avouer la faute. Qui les
» plaindrait d'ailleurs, si elles laissaient soupçonner leur
» désespoir ! L'abandon n'est-il pas le châtiment prévu !
» Aussi, parmi les hommes, et il en est d'assez bassement
» cyniques pour l'avouer, est-il convenu qu'une femme
» mariée est une maîtresse commode, dont on n'a jamais à
» craindre la jalousie, et qu'on peut toujours quitter comme
» on l'a prise, en un moment de caprice ! Ah ! lâches que
» nous sommes !... Si nous avions plus de courage, on y
» regarderait à deux fois avant de s'emparer de la femme
» d'autrui !... Mais ce que les autres n'osent pas, je l'oserai,
» moi !... Il ne sera pas dit que de notre faute commune il
» sera fait deux parts, que vous en aurez recueilli tout le
» bénéfice et que j'en supporterai tout le châtiment... Quoi !
» vous, demain, vous seriez libre de courir à de nouvelles

» amours et de recommencer votre vie, et moi, je resterais,
» seule, au fond de l'abîme de honte, déchirée de regrets et
» rongée de remords !... Je ne serais dans votre passé qu'un
» rêve charmant, et vous seriez dans le mien un souvenir
» affreux !... Non, non !... Des liens tels que les nôtres,
» rivés par des années de complicité, ne se brisent pas
» ainsi !...

» Vous m'appartenez, vous êtes à moi, et envers et con-
» tre toutes je vous défendrai avec les seules armes qui
» soient à ma portée !... Je vous ai dit que je tenais à ma
» réputation plus qu'à la vie, mais je ne vous ai pas dit que
» je tinsse à la vie !... Mariez-vous... La veille de votre ma-
» riage mon mari saura tout... Je ne survivrai pas à la perte
» de mon honneur, mais du moins je serai vengée !... Si
» vous échappez à la haine du comte de Claudieuse, votre
» nom restera attaché à une si tragique histoire, que votre
» vie en sera à tout jamais perdue... »

Ainsi elle s'exprimait, Magloire, et avec des emportements
dont je ne saurais vous donner une idée.

C'était absurde, ce qu'elle disait, c'était insensé ! Mais la
passion n'est-elle pas insensée et absurde ?

Ce n'était pas, d'ailleurs, une inspiration soudaine de son
orgueil blessé, que cette vengeance dont elle me menaçait.

A la précision de ses phrases, à la sûreté de ses coups, il
m'était impossible de ne pas reconnaître un projet longuement médité, dont elle avait calculé l'effroyable portée, et
irrévocablement arrêté.

J'étais atterré.

Et comme je gardais un morne silence:

« — Eh bien ! » me demanda-t-elle froidement.

Il me fallait gagner du temps avant tout.

« — Eh bien ! répondis-je, je ne m'explique pas votre
» colère. Ce mariage dont je viens de vous parler n'a jamais
» existé que dans l'imagination de ma mère...

» — Bien vrai ? interrogea-t-elle.

» — Je vous l'affirme. »

Elle m'examinait d'un œil soupçonneux.

« — Allons, je vous crois, dit-elle enfin, avec un grand
» soupir. Mais vous voilà prévenu. Et maintenant chassons
» ces vilaines idées. »

Elle pouvait les chasser, peut-être ; moi, non.

C'est la rage dans le cœur que je la quittai.

Ainsi donc, elle avait disposé de moi. J'avais pour la vie autour du cou cette corde fatale dont les meurtrissures devenaient chaque jour plus douloureuses. Et à la moindre tentative pour la rompre, je devais m'attendre à un scandale abominable, à quelqu'une de ces aventures sinistres qui écrasent un homme.

Pouvais-je, du moins, espérer lui faire entendre raison ? Non, je n'en étais que trop sûr.

Je ne savais que trop que je perdrais mon temps à essayer de lui rappeler que je n'étais pas si coupable qu'elle le voulait bien dire, à essayer de lui démontrer que sa vengeance atteindrait plus que moi encore son mari et ses enfants, et que si elle avait à reprocher au comte de Claudieuse les conditions de leur mariage, ses filles, elles, étaient innocentes...

Mais c'est en vain que je m'épuisais à chercher une issue à cette horrible situation.

Sur mon honneur, Magloire, il y avait des moments où j'étais tenté de passer outre et d'imaginer un semblant de mariage, pour déterminer la comtesse à agir, pour faire éclater enfin sur moi ces menaces toujours suspendues sur ma tête.

Je ne crains pas le danger, mais savoir qu'il existe et l'attendre les bras croisés, m'est insupportable. Il faut que je marche à lui.

L'idée que Mme de Claudieuse se servait du comte pour me retenir me révoltait. Il me semblait ridicule et ignoble à la fois, qu'elle fît de son mari le gendarme de son amant. Pensait-elle donc qu'il me faisait peur !... Ah ! comme je lui eusse tout écrit, si cette dénonciation ne m'eût pas paru si odieuse !...

Ma mère, cependant, m'avait demandé le résultat de mes réflexions au sujet de ce mariage dont elle m'avait entretenu, et c'est avec un pouce de rouge sur la face que je lui avais répondu que décidément je ne voulais pas me marier encore, que je me trouvais trop jeune pour accepter la responsabilité d'une famille.

C'était vrai; mais ce ne l'eût pas été qu'il m'eût fallu le répondre quand même.

Voilà où j'en étais, me répétant qu'il fallait en finir, et flottant entre plusieurs partis contraires, quand la guerre éclata.

Mes opinions plus encore que mon âge, me faisaient soldat. J'accourus à Boiscoran. On venait d'organiser les mobiles du pays, et ils me nommèrent leur capitaine, et c'est à leur tête que je rejoignis l'armée de la Loire.

Dans la disposition d'esprit où je me trouvais, la guerre n'avait rien qui m'effrayât; toute émotion me semblait bonne, qui pouvait me donner l'oubli. Et si j'ai montré quelque bravoure, mon mérite n'est pas grand.

Pourtant, comme les semaines s'écoulaient, puis les mois, et que je n'entendais plus parler de la comtesse de Claudieuse, un secret espoir me venait, qu'elle m'oubliait, et que le temps et l'absence faisant leur œuvre, elle se résignait.

La paix signée, je revins à Boiscoran, et pas plus que les mois passés, la comtesse ne me donna signe de vie.

Je commençais à me rassurer et à reprendre possession de moi-même, quand un jour, M. de Chandoré me rencontrant, m'invita à dîner. J'y allai. Je vis Mlle Denise.

Il y avait déjà longtemps que je la connaissais, et son souvenir n'avait peut-être pas été sans contribuer à me détacher de Mme de Claudieuse.

Pourtant, j'avais toujours eu la raison de la fuir, tremblant d'attirer sur elle quelque sinistre vengeance.

Rapproché d'elle par son grand-père, je n'eus plus le courage de m'éloigner. Et le jour où il me sembla lire dans ses yeux si beaux qu'elle m'aimait, mon parti fut pris, et je me dis que je braverais tout.

Mais comment exprimer mes angoisses, Magloire, et avec quelles anxiétés chaque soir, en rentrant à Boiscoran, je demandais :

— Il n'est pas venu de lettre?...

Il n'en venait toujours pas. Et cependant il était impossible que la comtesse de Claudieuse n'eût pas été informée de mon mariage. Mon père était venu demander la main de Denise; on me l'avait accordée, j'avais été admis officiellement à faire ma cour, il ne restait plus à fixer que le jour de la cérémonie...

Ce calme m'épouvantait!

Épuisé, haletant, Jacques de Boiscoran s'était arrêté, appuyant ses deux mains sur sa poitrine, comme pour comprimer les battements désordonnés de son cœur.

Il touchait au dénoûment.

Et cependant, c'est en vain qu'il attendait de l'avocat de Sauveterre, un mot, un signe d'encouragement. Mᵉ Magloire demeurait impénétrable, son visage restait aussi impassible qu'un masque de plomb.

Enfin, avec un grand effort :

— Oui, reprit Jacques, ce calme me semblait présager la tempête. Etre aimé de Denise, c'était trop de bonheur.

J'attendais un éclat, une catastrophe, quelque chose de funeste. Je l'attendais si positivement que j'avais fini par décider en moi-même qu'il était de mon devoir de tout avouer à M. de Chandoré. Vous le connaissez, Magloire. Il est, ce vieux gentilhomme, la plus pure, la plus respectable expression de l'honneur. Je pouvais lui confier mon secret, tout aussi impunément qu'autrefois, en mes heures de délire, je livrais au vent de la nuit le nom de Geneviève.

Hélas ! pourquoi ai-je tant hésité, tant combattu, tant tardé...

Un mot prononcé alors me sauvait, et je ne serais pas ici, accusé d'un crime atroce, innocent, et réduit à vous voir douter de mes paroles.

Mais la fatalité était sur moi.

Après avoir durant toute une semaine remis mes aveux un soir, sur un mot de Denise, à propos des pressentiments, je me dis, bien décidé à me tenir parole : Ce sera demain.

Et le lendemain, en effet, je partis de Boiscoran de bien meilleure heure que de coutume, et à pied, parce que j'avais à donner des ordres à une douzaine d'ouvriers qui travaillaient à mes vignes.

Je pris au plus court, par les champs. Hélas ! pas un détail n'est sorti de ma mémoire ! Et mes ordres donnés, je venais de regagner la grande route, quand je rencontrai le vieux curé de Bréchy, qui est mon ami.

« — Il faut, me dit-il, que vous me fassiez un bout de
» conduite. Puisque vous allez à Sauveterre, cela ne vous
» allongera pas beaucoup de prendre la traverse, qui passe
» par le Valpinson et les bois de Rochepommier. »

A quoi tiennent les destinées, cependant !...

J'accompagnai le curé, et je ne le quittai qu'à cet endroit où la grande route et la traverse se croisent, et qu'on appelle dans le pays la « Cafourche des Maréchaux ».

Sitôt seul, je doublai le pas, et j'avais presque traversé

le bois, quand tout à coup, à vingt pas de moi, venant
en sens inverse, je reconnus la comtesse de Claudieuse...

Si grand que fût mon émoi, je poursuivis mon chemin,
résolu à me contenter de la saluer sans lui adresser la
parole.

Ainsi je fis, et déjà je la dépassais, quand je l'entendis
m'appeler :

« — Jacques !... »

Je m'arrêtai, ou plutôt je fus cloué sur place par cette
voix, qui, si longtemps, avait eu sur mon âme un empire
absolu.

Aussitôt elle s'approcha. Elle était plus émue que moi
encore, son regard vacillait, ses lèvres tremblaient.

« — Eh bien ! me dit-elle, ce n'est pas une illusion, cette
» fois vous épousez Mlle de Chandoré. »

Le temps était passé des ménagements.

« — Oui, répondis-je.

» — Ainsi, c'est bien vrai, reprit-elle, tout est bien fini !
» C'est en vain que je vous rappellerais ces serments d'un
» éternel amour que vous me juriez autrefois, tenez, là-bas,
» sous ce bouquet de chênes, en face de cet admirable ho-
» rizon... Ce sont les mêmes arbres et le même paysage, et
» je suis toujours la même femme... votre cœur seul a
» changé... »

Je ne répondis pas.

« — Vous l'aimez donc bien ! » insista-t-elle.

Obstinément je gardai le silence.

» — Je vous comprends, fit-elle, je ne vous comprends
» que trop. Et elle, Denise ?... Elle vous aime à ce point de
» ne savoir plus le dissimuler. Elle arrête ses amies pour
» leur apprendre son mariage et leur dire combien elle est
» heureuse... Oh ! oui, bien heureuse, en effet !... Cet
» amour qui était ma honte est sa gloire, à elle... J'étais
» réduite à m'en cacher comme d'un crime, elle s'en pare
» comme d'une vertu... Les conventions sociales sont ab-
» surdes et iniques, mais bien fou qui cherche à s'y sous-
» traire... »

Des larmes, les premières que je lui aie vu répandre,
brillaient entre ses longs cils.

« — N'être plus rien pour vous, reprit-elle, rien !... Ah !
» j'ai trop calculé !... Vous souvient-il qu'au lendemain de
» la mort de votre oncle, riche désormais, vous me propo-

» siez de fuir?... J'ai refusé. Je tenais à ma renommée,
» j'avais soif de considération. Je croyais qu'on peut faire
» deux parts de sa vie : consacrer l'une au plaisir et l'autre
» à l'hypocrisie du devoir. Pauvre folle !... Et cependant, il
» y a bien longtemps que j'ai deviné votre lassitude. Je vous
» connaissais si bien ! Votre cœur était pour moi comme
» un livre ouvert où je lisais vos plus secrètes pensées. Alors
» je pouvais vous retenir encore. Il fallait me faire humble,
» prévenante, soumise... Au lieu de cela, j'ai prétendu
» m'imposer... »

Un spasme lui coupa la parole, puis brusquement :

« — Et vous, me demanda-t-elle, êtes-vous heureux, au
» moins ?

» — Je ne puis l'être complétement, vous sachant mal-
» heureuse, répondis-je... Mais il n'est pas de douleur que le
» temps ne cicatrise, vous oublierez...

» — Jamais ! s'écria-t-elle. »

Et baissant la voix :

« — Puis-je vous oublier, poursuivit-elle, alors que sans
» cesse je retrouve votre regard dans les yeux de ma plus
» jeune fille !... M. de Claudieuse est pour elle plus affectueux
» que pour l'aînée... Vous doutez-vous ce que je souffre,
» quand il la tient sur ses genoux, quand il la caresse,
» quand il l'embrasse... Comprenez-vous quelle violence je
» dois me faire, pour ne pas la lui arracher, pour ne pas lui
» crier : Eh ! tu vois bien qu'elle n'est pas la tienne, celle-
» là !... Ah ! le crime est affreux, mon Dieu ! mais quel châ-
» timent !... »

Des gens, au loin, apparaissaient sur la route.

« — Remettez-vous, » lui dis-je.

Elle se roidit contre son émotion. Les gens passèrent en
nous saluant poliment. Et après un moment :

« — Enfin, reprit-elle, à quand le mariage ? »

Je tressaillis. D'elle-même elle venait au devant de l'explication.

« — Il n'est pas encore fixé, dis-je. Ne devais-je pas vous
» voir avant ? Vous m'avez fait autrefois certaines menaces...

» — Et vous aviez peur ?

» — Non. Je croyais vous connaître assez pour être sûr
» que vous ne voudriez me punir comme d'un crime de
» vous avoir aimée. Tant d'événements sont survenus de-
» puis ce jour où vous me menaciez...

» — Oui, bien des événements en effet, interrompit-elle.
» Mon pauvre père est incorrigible. Une fois encore, il s'est
» exposé follement, et de nouveau mon mari a dû sacrifier
» une grosse somme pour le sauver. Ah! M. de Claudieuse
» est un noble cœur, et il est bien fâcheux que je sois la seule
» envers qui jamais il ait manqué de générosité. Chacun
» de ces bienfaits dont il me comble, dont il m'écrase, est
» pour moi un nouveau grief..., mais en les acceptant je me
» suis enlevé le droit de le frapper d'un coup plus terrible
» que le coup de la mort... Vous pouvez épouser Denise,
» Jacques, vous n'avez rien à craindre de moi... »

Ah! je n'espérais pas tant, Magloire.

Éperdu de joie, je saisis sa main, et la portant à mes
lèvres :

«— Vous êtes la meilleure des amies, » m'écriai-je.

Mais vivement, et comme si mes lèvres l'eussent brûlée,
elle retira sa main :

« — Non, pas cela, » dit-elle en pâlissant.

Et maîtrisant à peine son trouble :

« — Cependant, il faut nous revoir encore une fois, reprit-
» elle. Vous avez mes lettres, n'est-ce pas ?

» — Je les ai toutes.

» — Eh bien ! il faut me les rapporter... Mais où, et
» comment ? Il m'est bien difficile de m'absenter, en ce mo-
» ment, la plus jeune de mes filles... notre fille, Jacques, est
» bien malade... Cependant il faut en finir... Voyons, jeudi,
» êtes vous libre ?... Oui... En ce cas, jeudi soir, vers neuf
» heures, soyez au Valpinson... Vous me trouverez de l'autre
» côté des chais, à l'entrée du bois, près de ces vieilles
» tours de l'ancien château que mon mari a fait réparer.

» — Est-ce bien prudent ?... demandai-je.

» — Ai-je jamais rien livré au hasard, me répondit-elle, et
» est-ce en ce moment que je manquerais de prudence !...
» Fiez-vous à moi !... Allons, il faut nous séparer, Jacques.
» A jeudi, et soyez exact. »

... Étais-je donc libre ? La chaîne était-elle brisée, rede-
venais-je enfin mon maître !

Je le crus, et dans le délire de ma liberté, je pardonnais
à Mme de Claudieuse toutes mes angoisses depuis un an.
Que dis-je ? Déjà je m'accusais d'injustice et de cruauté. Je
l'admirais de s'immoler à mon bonheur. J'aurais voulu,

dans l'effusion de ma reconnaissance, m'agenouiller à ses
pieds et baiser le bas de sa robe.

Confier mon secret à M. de Chandoré devenait inutile.
Je pouvais rentrer à Boiscoran.

Mais j'étais à plus de moitié chemin, je continuai, et
quand j'arrivai à Sauveterre, mon visage reflétait si bien
l'épanouissement de mon âme, que Denise me dit :

« — Il vous arrive quelque chose d'heureux, Jacques !... »

Oh ! oui, de bien heureux. Pour la première fois près
d'elle, je respirais librement. Il m'était permis de l'aimer
sans trembler que mon amour ne lui fût fatal.

Cette sécurité dura peu.

Réfléchissant, je ne tardai pas à m'étonner du singulier
rendez-vous que Mᵐᵉ de Claudieuse m'avait assigné.

— Ne serait-ce pas un piége ? pensais-je, à mesure que le
jour approchait.

Toute la journée du jeudi, je fus assailli par les plus
tristes pressentiments. Si j'avais su comment faire prévenir
la comtesse, très-certainement je ne serais pas allé à son
rendez-vous. Mais je n'avais aucun moyen de l'avertir. Et je
la connaissais assez pour savoir que lui manquer de parole,
ce serait tout remettre en question.

Je dînai cependant à mon heure accoutumée, et, quand
'eus achevé, je montai à mon appartement, où j'écrivis à
Denise de ne pas m'attendre de la soirée, que je serais re-
enu loin d'elle par une affaire de la plus haute importance.

Je remis cette lettre au fils de mon fermier, Michel, en
lui commandant de la porter sans perdre une minute.

Cela fait, je réunis toutes les lettres de Mᵐᵉ de Claudieuse
en un paquet que je mis dans ma poche. Je pris mon fusil,
et je partis.

Il pouvait être huit heures. Il faisait encore grand jour...

Que Mᵉ Magloire ajoutât ou non foi au récit du prévenu,
il était manifestement intéressé au plus haut point. Il avait
rapproché sa chaise. A tout moment des exclamations
sourdes lui échappaient.

— En toute autre circonstance, reprit Jacques, j'aurais
suivi, pour me rendre au Valpinson, une des deux routes
ordinaires. Travaillé de défiances comme je l'étais, je ne
songeai qu'à me cacher, et je pris à travers les marais. Ils
étaient en partie inondés, je le savais, mais je comptais,

pour n'être pas arrêté par l'eau, sur ma parfaite connaissance du terrain et sur mon agilité.

Je me disais que par là je ne serais certainement pas vu, que je ne rencontrerais personne...

Je me trompais. En arrivant au déversoir de la Seille, et au moment de le traverser, je me trouvai en face du gars Ribot, le fils d'un fermier de Bréchy.

Il parut tellement surpris de me voir en cet endroit, que je me crus obligé de lui expliquer ma présence, et mon trouble me rendant stupide, je lui dis que j'avais affaire à Bréchy, et que je traversais les marais pour tirer des oiseaux d'eau.

« — Si c'est ainsi, fit-il en ricanant, nous ne chassons point le même gibier. »

Il s'éloigna, mais cette rencontre me contraria vivement. Et c'est en envoyant le gars Ribot à tous les diables que je continuai ma route qui, de plus en plus, devenait difficile et périlleuse.

Neuf heures devaient être sonnées depuis longtemps, lorsque j'arrivai aux environs du Valpinson.

Mais la nuit était fort claire. Je redoublai de précautions.

L'endroit choisi par la comtesse pour notre rendez-vous, était éloigné de plus de deux cents mètres de l'habitation et des métairies, abrité par les bâtiments des chais, et tout rapproché du bois.

C'est par le bois que j'approchai.

Caché par les arbres, j'explorai le terrain, et je ne tardai pas à apercevoir Mme de Claudieuse, debout près d'une des vieilles tours. Elle était vêtue d'un peignoir de mousseline claire qui se voyait de très-loin.

Ne découvrant rien de suspect, j'avançai, et dès qu'elle m'aperçut :

« — Voilà près d'une heure que je vous attends, » me dit-elle.

Je lui expliquai les difficultés du chemin que j'avais pris, et tout de suite :

« — Mais où est votre mari ? lui demandai-je.

» — Il souffre de ses rhumatismes, me répondit-elle, il est couché.

» — Ne s'étonnera-t-il pas de votre absence ?

» — Non. Il sait que je dois veiller la plus jeune de mes filles... Je suis sortie par la petite porte de la buanderie. »

Et sans me laisser répliquer :

« — Mais où sont mes lettres? reprit-elle.

» — Les voici, » dis-je en les lui tendant.

Elle les prit d'un mouvement fiévreux, en disant à demi-voix :

« — Il y en a quatre-vingt-quatre. »

Et sans souci de l'injure qu'elle me faisait, elle se mit à les compter.

« — Elles y sont bien toutes, » dit-elle quand elle eut fini.

Et tirant un paquet de son sein :

« — Et voici les vôtres, » ajouta-t-elle.

Mais elle ne me les donna pas.

« — Nous allons, déclara-t-elle, les brûler. »

Je tressaillis de surprise.

« — Y pensez-vous? m'écriai-je, ici, à cette heure... La » flamme attirerait quelqu'un.

» — Qui? Que craignez-vous? D'ailleurs nous allons en- » trer sous bois... Allons, donnez-moi des allumettes. »

Je cherchai dans toutes mes poches, mais inutilement.

« — Je n'en ai pas, répondis-je.

» — Alons donc, vous, un fumeur obstiné, vous qui, » même près de moi, ne saviez pas renoncer à vos ci- » gares...

» — J'ai oublié ma boîte hier chez M. de Chandoré. »

Elle frappait du pied violemment.

« — Puisque que c'est ainsi, dit-elle, je vais rentrer en prendre... »

C'était un retard et une imprudence nouvelle. Compre-nant qu'il fallait en passer par où elle voulait :

« — C'est inutile, dis-je, attendez. »

Il est un moyen, connu de tous les chasseurs, de rem-placer les allumettes. Je l'employai. Retirant de mon fusil une cartouche, j'en enlevai la charge de plomb, que je rem-plaçai par un morceau de papier. Appuyant ensuite mon arme contre terre, pour étouffer l'explosion, j'enflammai la poudre...

Nous avions du feu, je le communiquai aux lettres. .

Et quelques minutes après, il ne restait plus que des dé-bris noircis que j'émiettai entre mes mains et que j'éparpil-lai au vent...

Immobile autant qu'une statue, Mme de Claudieuse me regardait faire...

« — Voila donc, murmura-t-elle, ce qu'il reste de cinq
» années de notre vie, de nos amours et de vos serments!...
» Des cendres... »

Je ne répondis que par une exclamation équivoque. J'avais hâte de me retirer. Elle ne le comprit que trop, et violemment :

« — Décidément, je vous fais donc horreur! » s'écria-t
elle.

« — Nous venons, dis-je, de commettre une imprudence
» inouïe...

» — Eh! qu'importe! »

Puis, d'une voix sourde :

« — Le bonheur vous attend, vous, ajouta-t-elle, et une
» nouvelle vie pleine d'enivrantes promesses, il est naturel
» que vous ayez peur... Moi, dont la vie est finie et qui n'ai
» plus rien à attendre, en qui vous avez tué jusqu'à l'espé-
» rance, moi je ne crains pas... »

Je sentais monter sa colère.

« — Regretteriez-vous donc votre générosité, Geneviève, »
dis-je doucement.

« — Peut-être!... répondit-elle d'un accent qui me fit fré-
» mir. J'ai été bien faible et bien lâche... Comme vous de-
» vez rire de moi... Quelle chose misérable qu'une femme
» abandonnée qui se résigne et qui pleure!... »

Puis, brusquement :

« — Avouez, reprit-elle, que vous ne m'avez jamais ai-
» mée!...

» — Ah!... vous savez bien le contraire.

» — Pourtant, vous m'abandonnez... pour une autre...
» pour cette Denise!...

» — Vous êtes mariée, vous ne pouviez être à moi.

» — Alors si j'avais été... libre... Si j'avais été... veuve...

» — Vous seriez ma femme, vous le savez bien!... »

D'un geste éperdu elle leva les bras au ciel, et d'une voix
qui me parut retentir jusqu'au château :

« — Sa femme!... s'écria-t-elle. Si j'étais veuve, je serais
» sa femme... ô mon Dieu!... heureusement, cette idée af-
» freuse ne m'est pas venue plus tôt!... »

Tout d'une pièce, à ces mots, le célèbre avocat de Sauveterre se dressa, et se plantant devant Jacques de Boiscoran,

et l'enveloppant d'un de ces regards qui essayent de fouiller
au plus profond des consciences :

— Et après ? interrogea-t-il.

Pour conserver encore quelques apparences de sang-froid,
Jacques n'avait pas trop de toute sa volonté.

— Ensuite, répondit-il, je tentai l'impossible pour calmer
Mme de Claudieuse, pour l'émouvoir, pour la ramener aux
sentiments généreux des jours passés... J'étais bouleversé
au point de n'y plus voir clair en moi... Je la haïssais d'une
haine mortelle, et cependant je ne pouvais m'empêcher de
la plaindre... Je suis homme, et il n'est pas d'homme qui
ne soit touché de se voir l'objet de tels regrets et d'un si effrayant désespoir... Sais-je tout ce que je lui ai dit! Il y allait de mon bonheur et du bonheur de Denise... Je ne suis
pas un héros de roman, moi! J'ai été lâche, je me suis humilié, j'ai supplié, j'ai menti... J'ai juré que c'était ma famille surtout qui voulait mon mariage... J'espérais, à force
de paroles caressantes, adoucir l'amertume de mon abandon... grossier!...

Elle écoutait plus froide qu'un bloc de glace, et dès que je
m'arrêtai :

« — Et c'est à moi que vous contez tout cela, fit-elle avec
» un rire sinistre. Votre Denise!... Eh! si j'étais une femme
» comme les autres, je me tairais aujourd'hui, et avant un
» an, je vous reverrais à mes pieds. »

Avait-elle donc réfléchi depuis notre rencontre sur la
grande route? Était-ce la convulsion suprême de la passion,
au moment où se brisaient nos derniers liens!...

Je voulais parler encore, mais brusquement :

« — Oh!... assez l'interrompit-elle, épargnez-moi du moins
» l'offense de votre commisération!... Je verrai... Je ne vous
» promets rien... Adieu!... »

Et elle s'enfuit vers le château, et je restai planté sur mes
jambes, hébété de stupeur, me demandant si elle ne courait pas tout avouer au comte de Claudieuse.

C'est même à ce moment que, machinalement, je retirai
de mon fusil la cartouche brûlée et que je la remplaçai par
une neuve...

Puis, comme rien ne bougeait, je m'éloignai à grands
pas.

— Quelle heure était-il? interrogea Me Magloire.

— Il me serait impossible de le préciser. Il est de ces

tourmentes pendant lesquelles on perd toute notion du temps. J'ai pris, pour revenir, par les bois de Rochepommier...

— Et vous n'avez rien vu?

— Non.

— Rien entendu?

— Rien.

— Pourtant, d'après votre récit, vous ne pouviez être loin du Valpinson quand l'incendie a éclaté...

— C'est vrai, et en rase campagne j'aurais certainement aperçu les flammes... Mais j'étais sous bois, les arbres me dérobaient l'horizon...

Et ces mêmes arbres ont empêché la détonation des deux coups de fusil tirés sur M. de Claudieuse d'arriver jusqu'à vous...

— Ils auraient pu y contribuer. Mais il n'en était pas besoin. Je remontais le vent qui était déjà violent, et il est prouvé que dans de telles conditions, on n'entend pas à cinquante mètres l'explosion d'une arme de chasse.

C'est bien juste si Mᵉ Magloire réprimait ses mouvements d'impatience. Et, sans s'apercevoir que lui, l'avocat, il était plus dur que le juge d'instruction :

— Ainsi, reprit-il, vous croyez que votre récit répond à tout !

— Je crois que mon récit, qui est l'expression de la plus scrupuleuse vérité, explique les charges relevées contre moi par M. Galpin-Daveline... Il explique comment je tenais à cacher ma visite au Valpinson, comment j'ai été rencontré à l'aller et au retour, et à des heures qui correspondent à celles de l'incendie ; comment enfin mon premier mouvement a été de tout nier... Il explique encore pourquoi l'enveloppe d'une de mes cartouches a été ramassée près des ruines, et pourquoi l'eau où j'avais lavé mes mains en rentrant était noire...

Rien ne semblait devoir ébranler les convictions de l'avocat de Sauveterre.

— Et le lendemain, demanda-t-il, quand on est venu vous arrêter, quelle a été votre première impression ?...

— J'ai pensé immédiatement au Valpinson...

— Et quand on vous a appris quel crime avait été commis ?

— Je me suis dit que Mme de Claudieuse avait voulu de venir veuve.

Tout le sang de Me Magloire affluait à son visage.

— Malheureux !... s'écria-t-il, osez-vous bien accuser la comtesse de Claudieuse d'un tel forfait !...

La colère rendait des forces à Jacques.

— Qui donc accuserais-je ! répondit-il. Un crime a été commis, et dans de telles conditions qu'il ne peut l'avoir été que par elle ou par moi. Je suis innocent, donc elle est coupable...

— Pourquoi n'avoir pas dit tout cela le premier jour ?...

Jacques haussa les épaules.

— Combien donc de fois, répondit-il, d'un ton d'ironie amère, et sous combien de formes faudra-il que je vous expose mes raisons ? Si je me suis tu le premier jour, c'est que j'ignorais les circonstances du crime, c'est qu'il me répugnait d'accuser une femme qui a été ma maîtresse et que la passion a rendue criminelle ; c'est qu'enfin, tout en me sentant compromis, je ne me croyais pas en danger... Plus tard, j'ai gardé le silence, parce que j'espérais que la justice saurait découvrir la vérité, ou que Mme de Claudieuse ne pourrait supporter l'idée de me voir accusé, moi, innocent... Plus tard, enfin, quand j'ai reconnu le péril, j'ai eu peur de la vérité...

L'honnêteté de l'avocat semblait révoltée.

— Vous mentez, Jacques ! interrompit-il, et je vais vous dire pourquoi vous vous êtes tu !... C'est qu'il était difficile de trouver un roman qui s'ajustât à toutes les circonstances de la prévention... Mais vous êtes un homme de ressources, vous avez cherché et vous avez trouvé... Rien ne manque à votre récit, rien... que la vraisemblance. Vous me diriez que Mme de Claudieuse a volé son éclatante renommée, qu'elle a été cinq ans votre maîtresse, — peut-être consentirais-je à vous croire... Mais qu'elle ait de sa main incendié sa maison, et qu'elle se soit armée d'un fusil pour tirer sur son mari, c'est ce que jamais vous ne me ferez admettre...

— C'est la vérité, pourtant.

— Non, car le témoignage de M. de Claudieuse est précis, Il a vu son assassin, c'est un homme qui a tiré sur lui...

— Et qui vous dit que M. de Claudieuse ne sait pas tout,

et qu'il ne veut pas sauver sa femme et me perdre... Ce serait une vengeance, cela...

L'objection éblouit une seconde l'avocat, mais la rejetant bien vite :

— Ah !... taisez-vous, s'écria-t-il, ou prouvez...

— Toutes les lettres sont brûlées.

— Quand on a été cinq ans l'amant d'une femme, on a toujours des preuves.

— Vous voyez bien que non.

— Ne vous obstinez pas, prononça Mᵉ Magloire.

Et d'une voix qu'altéraient l'émotion et la pitié :

— Malheureux !... ajouta-t-il, ne comprenez-vous donc pas que, pour échapper au châtiment d'un crime, vous commettez un crime mille fois plus grand...

Jacques se tordait les mains.

— C'est à devenir fou !... disait-il.

— Et quand moi, votre ami, je vous croirais, poursuivait Mᵉ Magloire, à quoi cela vous servirait-il ?... Les autres vous croiraient-ils !... Tenez, je vais vous dire toute ma pensée : je serais sûr de la vérité de votre récit, que jamais, sans preuves, je n'en ferais mon moyen de défense... Plaider cela, entendez-vous bien, ce serait vous perdre.

— C'est cependant ce qui sera plaidé, puisque c'est la vérité...

— Alors, interrompit Mᵉ Magloire, vous chercherez un autre défenseur...

Et il se dirigeait vers la porte , il se retirait.

— Dieu puissant !... s'écria Jacques éperdu, il m'abandonne...

— Non, répondit l'avocat; mais je ne saurais discuter avec vous dans l'état d'exaltation où vous êtes... Vous réfléchirez... je reviendrai demain...

Il sortit, et Jacques de Boiscoran s'affaissa comme une masse sur une des chaises de la prison.

— C'en est fait, balbutiait-il, je suis perdu !...

XV

Pendant ce temps, rue de la Rampe, l'anxiété était affreuse.

Dès huit heures du matin, tantes Lavarande et la marquise de Boiscoran, M. de Chandoré et Me Folgat étaient venus s'établir au salon et y attendre le résultat de l'entrevue.

Mlle Denise ne descendit que plus tard, et son grand-père ne put s'empêcher de remarquer qu'elle s'était préoccupée de sa toilette.

— N'allons-nous pas revoir Jacques !... répondit-elle avec un sourire où éclataient la confiance et la joie.

C'est qu'en effet elle était bien persuadée qu'il devait suffire d'un mot de Jacques à son avocat pour confondre la prévention, et qu'il allait reparaître triomphant au bras de Me Magloire.

Les autres ne partageaient pas ces espérances.

Tantes Lavarande, plus jaunes que leurs vieilles dentelles, se tenaient immobiles dans un coin, Mme de Boiscoran dévorait ses larmes et Me Folgat faisait son possible pour paraître absorbé dans la contemplation d'un recueil de gravures.

Moins maître de soi, grand-père Chandoré arpentait le salon, les mains derrière le dos, répétant toutes les dix minutes :

— C'est incroyable comme le temps semble long quand on attend !

A dix heures, pas de nouvelles.

— Me Magloire aurait-il donc oublié sa promesse?... dit Mlle Denise que l'inquiétude gagnait.

— Non, il ne l'a pas oubliée, dit un nouvel arrivant.

C'était l'excellent M. Séneschal qui, en effet, une heure plus tôt, avait croisé Me Magloire rue Nationale, et qui venait aux informations, un peu pour lui, ajoutait-il, mais beaucoup pour Mme Séneschal qui, depuis vingt-quatre heures, était malade d'anxiété.

Onze heures sonnèrent. La marquise de Boiscoran se leva.

— Je ne saurais, dit-elle, supporter une minute de plus cette mortelle incertitude; je vais à la prison.

— Et je vous y accompagne, chère mère, déclara Mlle Denise.

Mais une telle démarche n'était guère raisonnable. M. de Chandoré la combattit, soutenu par M. Séneschal et par Me Folgat.

— On peut, du moins, envoyer quelqu'un, proposèrent timidement les tantes Lavarande.

— C'est une idée, approuva M. de Chandoré.

Il sonna, et ce fut le vieil Antoine qui accourut à l'appel de la sonnette, le vieil Antoine qui, depuis la veille, sachant la fin de l'instruction, était venu s'établir à Sauveterre.

Dès qu'on lui eut expliqué ce qu'on attendait de lui:

— Avant une demi-heure je serai de retour, dit-il.

Et c'est en effet au pas de course qu'il descendit la rue de la Rampe, qu'il suivit la rue Nationale et remonta la rue du Château.

En le voyant paraître, M. Blangin, le geôlier, devint tout pâle.

M. Blangin ne dormait plus depuis qu'il avait reçu de Mlle Denise dix-sept mille francs en or...

Lui, l'ami des gendarmes autrefois, il frissonnait maintenant lorsqu'il voyait le brigadier entrer dans sa geôle.

Ce n'est pas qu'il eût des remords d'avoir trahi son devoir, non, c'est qu'il tremblait d'être découvert.

Déjà, à plus de dix reprises, il avait changé de place le bas de laine qui renfermait sont trésor; mais en quelque endroit qu'il l'enfouît, il lui semblait toujours que les regards de ses visiteurs s'arrêtaient obstinément sur sa cachette.

Il se rassura, cependant, lorsque Antoine lui eut exposé l'objet de sa mission, et du ton le plus civil:

— Me Magloire, répondit-il, était ici à neuf heures précises. Je l'ai conduit immédiatement à la cellule de M. de Boiscoran, et, depuis ce moment, ils parlent, ils parlent...

— Vous en êtes sûr?

— Naturellement. Ne dois-je pas savoir tout ce qui se passe dans ma prison!... Je suis allé prêter l'oreille... Mais

on n'entend rien du corridor... Ils ont fermé le guichet, et la
porte est épaisse...

— C'est singulier, murmura le vieux serviteur.

— C'est mauvais signe aussi, déclara le geôlier d'un air
capable. J'ai remarqué que les prévenus qui en ont si long
à conter à leur défenseur attrapent toujours le maximum...

Antoine, comme de raison, ne rapporta pas à ses maîtres
la lugubre réflexion de Blangin; mais ce qu'il leur apprit
de la longueur de l'entrevue, suffit à accroître leurs appréhensions.

Peu à peu, les couleurs avaient disparu des joues de
Mlle Denise, et c'est d'une voix dont les larmes altéraient le
timbre si pur qu'elle dit que peut-être elle eût mieux fait
de prendre des vêtements de deuil, et que de voir ainsi
toute la famille réunie cela lui rappelait les apprêts d'une
cérémonie funèbre...

L'arrivée soudaine du docteur Seignebos lui coupa la
parole.

Il était fort en colère, comme toujours, Il ne salua personne, selon son habitude. Mais dès le seuil :

— Sotte ville, que Sauveterre, s'écria-t-il, ville de cancans
et de caquets, ville d'indiscrets et de bavards... C'est à se
cacher, à déserter, à fuir... De chez moi ici vingt curieux
implacables m'ont arrêté, sous prétexte que je suis votre
médecin, pour me demander où en est l'affaire de M. de
Boiscoran... Car la ville est en rumeur... La ville sait que
Magloire est à la prison, et c'est à qui saura le premier ce
que Jacques et lui ont pu se dire...

Il avait déposé sur la table son chapeau à bords immenses,
et tout en promenant autour du salon un regard un peu inquiet :

— Et ici, interrogea-t-il, on ne sait rien encore ?...

— Rien, répondirent en même temps M. Sénéschal et
Me Folgat.

— Et ce retard nous épouvante, dit Mlle Denise.

— Pourquoi donc ?... fit le médecin.

Et retirant et essuyant vivement ses lunettes d'or :

— Pensez-vous donc, chère demoiselle, fit-il, que l'affaire de Jacques de Boiscoran serait terminée en cinq minutes ?... Si on vous l'a laissé croire, on a eu tort... Moi
qui méprise les ménagements, je vais vous dire toute ma
pensée... Au fond de ces événements du Valpinson, s'agite,

j'en mettrais la main au feu, quelque ténébreuse intrigue qu'il ne sera pas facile de débrouiller... Certainement nous tirerons Jacques d'affaire, mais je crains que ce ne soit pas sans peine...

— M. Magloire Mergis !... annonça le vieil Antoine.

Le célèbre avocat de Sauveterre entra.

Il était si défait et ses traits gardaient si profondément la trace de ses émotions, qu'à tous vint la même et fatale pensée qu'exprima Mlle Denise en s'écriant :

— Jacques est perdu !

Me Magloire ne répondit pas non.

— Je crois sa situation périlleuse, dit-il.

— Jacques !... murmura la marquise de Boiscoran, mon fils !...

— J'ai dit périlleuse, reprit l'avocat ; mais c'est étrange, que j'aurais dû dire, inimaginable et de nature à déconcerter toutes les prévisions...

— Parlez, monsieur, fit Mme de Boiscoran.

L'embarras de l'avocat était extrême, et c'est avec une visible détresse que ses regards allaient alternativement des tantes Lavarande à Mlle Denise.

Mais personne n'y prenait garde. Ce que voyant :

— Il faut avant, déclara-t-il, que je reste seul avec ces messieurs...

Docilement, les tantes Lavarande se levèrent et entraînèrent dehors la mère et la fiancée de Jacques, qui semblait près de défaillir.

Et, dès que la porte fut refermée :

— Merci, Me Magloire, s'écria grand-père Chandoré fou de douleur, merci de me donner le temps de préparer mon enfant au coup terrible... car je ne vous ai que trop compris, Jacques est coupable.

— Arrêtez, interrompit l'avocat, je n'ai rien dit de pareil... Plus que jamais, M. de Boiscoran proteste de son innocence ; seulement, il allègue pour se justifier un fait tellement invraisemblable, tellement inadmissible...

— Enfin, que dit-il ?... interrogea M. Séneschal.

— Il prétend que la comtesse de Claudieuse était... sa maîtresse.

Le docteur Seignebos bondit, et, rajustant ses lunettes d'or d'un geste triomphant :

— J'en étais sûr !... s'écria-t-il. Je l'avais deviné !...

Mᵉ Folgat, en cette occasion, ne pouvait avoir, il le comprenait bien, voix délibérative.

Il arrivait de Paris avec les idées de Paris, et quoi qu'il ṕût entendu dire déjà, le nom de la comtesse de Claudieuse ne lui révélait rien.

Mais à l'effet qu'il fit sur les autres, il put juger l'allégation de Jacques de Boiscoran.

Loin de partager l'impression du docteur Seignebos, grand-père Chandoré et M. Séneschal parurent aussi révoltés que Mᵉ Magloire.

— Ce n'est pas croyable ! déclara l'un.

— C'est impossible ! prononça l'autre.

Mᵉ Magloire secouait la tête.

— Et voilà justement, fit-il, ce que j'ai répondu à Jacques.

Mais le docteur n'était pas de ces hommes qui s'étonnent ou s'effrayent de n'être pas de l'avis de tout le monde.

— Vous ne m'avez donc pas entendu, s'écria-t-il, vous ne m'avez donc pas compris !... La preuve que le fait n'est ni invraisemblable ni impossible, c'est que je le soupçonnais. Et c'était indiqué, pardieu !... A quel propos un garçon tel que Jacques, heureux comme pas un, riche, bien tourné, amoureux et aimé d'une charmante fille, irait-il s'amuser à incendier les maisons et à assassiner les gens !... Vous me répondrez que M. de Claudieuse ne lui était pas sympathique !... Diable !... Si tous les gens qui exècrent le docteur Seignebos se mettaient à lui tirer dessus, savez-vous que j'aurais le corps plus troué qu'une écumoire !... De vous tous, Mᵉ Folgat ici présent, est le seul à n'avoir pas eu la berlue...

Modestement, le jeune avocat essaya de protester :

— Monsieur...

Mais l'autre lui coupant la parole :

— Oui, monsieur, poursuivit-il, vous y avez vu clair, et, la preuve, c'est que tout de suite vous avez cherché l'âme, l'inspiration, la cause, la pensée, le mobile, la femme, enfin, de l'énigme. La preuve, c'est que vous êtes allé demandant à tous, à Antoine, le valet de chambre, à M. de Chandoré, à M. Séneschal, à moi-même, si Jacques de Boiscoran n'avait pas ou n'avait pas eu quelque passion dans le pays. Tous vous ont répondu non, étant à mille lieues de se douter de la vérité. Seul, sans vous répondre précisément, je vous ai donné à entendre que votre sentiment était le mien, et ce, en présence de M. Chandoré.

— C'est exact! affirmèrent le vieux gentilhomme et Me Folgat.

M. Seignebos triomphait.

Et toujours gesticulant, et toujours retirant et remettant ses lunettes d'or :

— C'est que j'ai appris à me défier des apparences, continuait-il, c'est que dès les premiers moments j'avais eu d'étranges soupçons. Étudiant l'attitude de Mme de Claudieuse, pendant la nuit de l'incendie, je l'avais trouvée embarrassée, anormale, équivoque, suspecte... Je m'étais étonné de sa complaisance à céder aux fantaisies du sieur Galpin et de sa facilité à se prêter à l'interrogatoire de Cocoleu... Car enfin c'est elle seule qui a fait parler ce soi-disant idiot. J'ai de bons yeux, messieurs, sous mes lunettes. Eh bien ! sur tout ce que j'ai de plus sacré, sur ma foi républicaine, je suis prêt à le jurer, quand Cocoleu a prononcé le nom de M. de Boiscoran, la comtesse de Claudieuse n'a pas été surprise...

De leur vie, en aucune circonstance, sur n'importe quel sujet, le maire de Sauveterre et le docteur Seignebos n'avaient pu s'entendre.

La question qui s'agitait n'était pas de nature à les mettre d'accord.

— J'étais présent à l'interrogatoire de Cocoleu, déclara M. Séneschal, et j'ai, au contraire, constaté la stupeur de la comtesse...

Le médecin levait les épaules.

— Assurément, dit-il, elle a fait : Ah !... mais ce n'est ni une difficulté, ni une preuve. Moi aussi, je saurais très-bien faire comme cela : Ah !... si l'on venait me dire que M. le maire a tort, et cependant je n'en serais pas étonné...

— Docteur !... fit M. de Chandoré d'un ton conciliant, docteur...

Mais déjà M. Seignebos s'était retourné vers Me Magloire, qu'il avait à cœur de convaincre.

Et il poursuivait :

— Oui, le visage de la comtesse de Claudieuse a exprimé la stupeur, mais ses yeux trahissaient la colère la plus atroce, la haine et la joie de la vengeance... Et ce n'est pas tout!... Que M. le maire me dise, s'il lui plaît, où était

Mme de Claudieuse quand son mari a été réveillé par les
flammes... était-elle près de lui ?... Non. Elle veillait la plus
jeune de ses filles, atteinte de la rougeole... Hum! Que pensez-vous de cette rougeole qui exige une garde de nuit...
Et quand les deux coups de feu ont été tirés, où se trouvait la comtesse? Toujours près de sa fille, et de l'autre
côté de la maison, précisément du côté opposé à celui où
a éclaté l'incendie...

Le maire de Sauveterre n'était pas moins entêté que le
médecin.

— Je vous ferai remarquer, docteur, objecta-t-il, que
M. de Claudieuse lui-même a déclaré que lorsqu'il avait
couru au feu, il avait retrouvé la porte de la maison fermée
en dedans, telle qu'il l'avait fermée de sa main quelques
heures auparavant.

De son air le plus ironique, le docteur Seignebos saluait.

— N'y avait-il donc qu'une porte au château de Valpinson? demanda-t-il.

— A ma connaissance, déclara M. de Chandoré, il y en
avait au moins trois.

— Et je dois dire, ajouta Me Magloire, que selon les allégations de M. de Boiscoran, la comtesse de Claudieuse,
pour venir le rejoindre, ce soir-là, serait sortie par la porte
de la buanderie...

— Que disais-je! s'écria M. Seignebos.

Et essuyant ses lunettes à en briser les verres :

— Et les enfants!... continua-t-il. M. le maire trouve-t-il
naturel que Mme de Claudieuse, cette mère incomparable,
selon lui, ait oublié ses enfants au milieu de l'incendie!...

— Quoi!... cette malheureuse femme est attirée dehors
par l'explosion de deux coups de feu, elle voit sa maison en
flammes, elle trébuche contre le corps inanimé de son
mari, et vous lui reprochez de n'avoir pas gardé sa liberté
d'esprit!...

— C'est une appréciation, mais ce n'est pas la mienne. Je
crois plus volontiers que la comtesse s'étant attardée dehors, a été empêchée de rentrer par l'incendie... Je trouve
aussi que Cocoleu est arrivé là bien à propos, et qu'il est
bien heureux que la Providence ait illuminé sa cervelle
vide de cette idée sublime, de sauver les enfants au péril
de ses jours !...

M. Séneschal, cette fois, ne répliqua pas.

— Fortifiés de toutes ces circonstances, reprit le docteur, mes soupçons devinrent tels que je résolus de les vérifier, s'il était possible. Dès le lendemain, j'interrogeai Mme de Claudieuse, et non sans perfidie, je puis l'avouer. Ses réponses et sa contenance furent loin de modifier mes impressions. Quand je lui demandai en la regardant bien dans le blanc des yeux ce qu'elle pensait de l'état mental de Cocoleu, elle fut sur le point de se trouver mal, et c'est d'une voix à peine intelligible qu'elle me confessa avoir surpris chez lui quelques éclairs d'intelligence. Lorsque je voulus savoir si Cocoleu lui était attaché, c'est avec un trouble insurmontable qu'elle me déclara que son dévouement était celui d'un animal reconnaissant des soins qu'on lui donne. Que pensez-vous de cela, messieurs?... Moi, je pensai que Cocoleu était le nœud de l'affaire, qu'il savait la vérité, et que je sauverais Jacques, si j'arrivais à démontrer que l'imbécillité de Cocoleu est en partie simulée, et que son mutisme est un artifice de la peur... Et je l'aurais démontré, si on m'eût adjoint d'autres experts que cet âne du chef-lieu, et ce farceur de Paris...

Il s'arrêta dix secondes...

Mais sans laisser à personne le temps de répliquer :

— Maintenant, reprit-il, revenons au point de départ et concluons. Pourquoi, à votre avis, est-il impossible et invraisemblable que Mme de Claudieuse ait trahi ses devoirs? Parce qu'elle jouit d'une éclatante renommée de sagesse et de vertu? Eh bien! mais il me semble que la réputation d'honneur de Jacques de Boiscoran était indiscutable. Selon vous il est absurde de soupçonner Mme de Claudieuse d'avoir eu un amant. Serait-il donc naturel que du soir au lendemain, Jacques fût devenu un abject scélérat!...

— Oh! ce n'est pas la même chose, fit M. Séneschal.

— C'est vrai! s'écria le docteur, et cette fois, monsieur le maire, vous avez raison. Commis par M. de Boiscoran, le crime du Valpinson serait un de ces crimes absurdes qui révoltent le bon sens... Commis par la comtesse, il n'est plus que le dénoûment fatal d'une situation créée par M. de Claudieuse, le jour où il a épousé une femme plus jeune que lui de trente ans.

Il ne fallait pas trop se fier aux grandes colères du docteur Seignebos. Alors même qu'il semblait le plus hors de

soi, il ne disait jamais que ce qu'il voulait **bien dire**, possédant cette faculté admirable et méridionale, de jeter feu
et flammes et de rester intérieurement aussi glacé qu'une
banquise.

Mais cette fois, il découvrait bien toute sa pensée.

Et il en avait assez dit, et il avait montré la situation sous
un aspect assez nouveau pour donner à réfléchir à ses auditeurs.

— Vous m'auriez converti, docteur, lui dit Me Folgat, si
je ne l'avais été d'avance.

— Il est certain, fit M. de Chandoré, qu'après avoir entendu le docteur, le fait ne paraît plus impossible...

— Tout est possible !... murmura philosophiquement
M. Séneschal lui-même.

Seul, le célèbre avocat de Sauveterre n'était pas ébranlé.

— Eh bien ! moi, prononça-t-il, j'admets plutôt une heure
de vertige que des années d'une monstrueuse hypocrisie.
Jacques peut avoir commis le crime et n'être qu'un fou. Si
Mme de Claudieuse était coupable, ce serait à désespérer de
l'humanité et à ne plus croire à rien au monde. Je l'ai vue,
messieurs, entre son mari et ses enfants... on ne feint pas
les regards d'esquise tendresse dont elle les enveloppait...

— Il n'en démordra pas !... interrompit le docteur Seignebos.

Et frappant sur l'épaule de son ami, — car Me Magloire
était son ami depuis bien des années, et même ils se tutoyaient :

— Ah !... je te reconnais bien là, poursuivit-il, avocat
singulier, qui, jugeant les autres d'après toi, refuse de
croire au mal... Oh ! ne proteste pas, car c'est pour cela
surtout que nous t'aimons et que nous t'admirons, et que
nous sommes fiers de te voir dans les rangs républicains...
Mais il faut bien l'avouer, tu n'es pas l'homme qu'il faut
pour débrouiller une telle intrigue... A vingt-huit ans, tu as
épousé une jeune fille que tu adorais, tu as eu le malheur
de la perdre, et, depuis, chastement fidèle à son souvenir,
tu as vécu si loin des passions, que tu ne sais plus si elles
existent... Homme heureux !... dont le cœur a vingt ans, et
qui, avec des cheveux blancs, crois encore aux sourires et
aux regards des femmes.

Il y avait beaucoup de vrai là-dedans, mais il est certaines vérités qu'on n'aime pas toujours à s'entendre dire.

— Ma naïveté ne fait rien à l'affaire, dit Mᵉ Magloire. Je prétends et je soutiens qu'il est impossible, qu'après avoir été cinq ans l'amant d'une femme, on n'en puisse pas administrer la preuve...

— Eh bien !... tu te trompes, maître ! fit le médecin, en rajustant ses lunettes d'or d'un air de fatuité qui eût été bien comique en tout autre moment.

— Quand les femmes se mettent à être prudentes et défiantes, prononça M. de Chandoré, elles ne le sont pas à demi...

— Il tombe sous le sens, d'ailleurs, ajouta Mᵉ Folgat, que jamais Mᵐᵉ de Claudieuse ne se fût déterminée à un crime si audacieux si elle n'eût pas été sûre que, les lettres brûlées, nulle preuve ne subsistait contre elle...

— Voilà la vérité !... s'écria M. Seignebos.

Mᵉ Magloire ne dissimulait pas son impatience :

— Malheureusement, messieurs, reprit-il d'un ton sec, ce n'est pas de vous que dépend l'acquittement ou la condamnation de M. de Boiscoran. Ce n'est ni pour vous convaincre, ni pour être convaincu que je suis ici. Je suis venu pour discuter avec les amis de M. de Boiscoran la conduite à suivre, et arrêter les bases de la défense.

A Mᵉ Magloire, évidemment, appartenait la situation.

Il alla s'adosser à la cheminée, et quand les autres se furent assis en face de lui :

— Tout d'abord, commença-t-il, je veux admettre les allégations de M. de Boiscoran. Il est innocent. Il a été l'amant de Mᵐᵉ de Claudieuse, mais il n'a pas de preuves. Ceci admis, quel parti prendre ? Dois-je lui conseiller de faire appeler le juge d'instruction et de tout lui raconter ?

Personne ne répondit d'abord.

Et ce n'est qu'après un assez long silence que le docteur Seignebos dit :

— Ce serait bien grave...

— Très-grave, en effet, insista le célèbre avocat de Sauveterre. Par nos impressions il nous est aisé d'imaginer l'impression de M. Galpin-Daveline. Avant tout il demanderait des preuves, la déclaration d'un témoin, un indice quelconque... Et dès que Jacques lui répondrait qu'il ne peut rien que donner sa parole, M. Daveline lui dirait qu'il ment...

— Il se déciderait peut-être à un supplément d'instruction, dit M. Séneschal. Il manderait probablement Mme de Claudieuse...

De la tête Me Magloire approuvait.

— Il la manderait certainement, déclara-t-il. Mais après... Avouerait-elle ? Ce serait folie que de l'espérer. Si elle est coupable, c'est une femme d'une trop robuste énergie pour se laisser arracher la vérité... Elle nierait donc tout, superbement, magnifiquement, et de façon à ne pas laisser subsister l'ombre d'un doute.

— Ce n'est que trop probable, grommela le docteur ; ce pauvre Galpin n'est pas fort...

— Que résulterait-il donc de cette démarche ? poursuivait Me Magloire. La cause de M. de Boiscoran en deviendrait mille fois plus mauvaise, car à l'horreur de son crime s'ajouterait l'odieux de la plus vile, de la plus lâche des calomnies...

Plus que tous les autres, Me Folgat était attentif.

— N'ayant pas de preuves, dit-il, mon avis est que M. de Boiscoran ne doit pas demander de supplément d'instruction.

L'avocat de Sauveterre s'inclina.

— Je suis bien aise, fit-il, que cette opinion vienne de mon honorable confrère. Donc, il ne faut plus songer à éviter le jugement à M. de Boiscoran... il passera en cour d'assises.

D'un mouvement désespéré, M. de Chandoré leva les bras au ciel.

— Mais Denise en mourra de douleur et de honte !... s'écria-t-il.

Emporté par la situation, Me Magloire continuait.

— Nous voici donc en cour d'assises, à Sauveterre, devant des magistrats du ressort, devant des jurés du pays, incapables de forfaiture, j'en suis sûr, mais fatalement accessibles à l'opinion qui, depuis longtemps, a condamné M. de Boiscoran... L'audience est ouverte, le président interroge l'accusé... Dira-t-il ce qu'il m'a dit à moi, qu'étant l'amant de Mme de Claudieuse, il était allé au Valpinson lui reporter ses lettres et prendre les siennes, et que toutes ont été brûlées... Soit, il le dit... Et aussitôt s'élève une clameur indignée et un concert de malédictions et de mépris... N'importe ! Armé de ses pouvoirs discrétionnaires, le président suspend l'audience et envoie chercher la comtesse de

Claudieuse... Puisque nous la supposons coupable, nous croyons à son infernale énergie, n'est-ce pas ?... Elle a prévu ce qui arrive, et elle a répété son rôle... Citée, elle vient pâle, vêtue de deuil, et un murmure de respectueuse sympathie salue son entrée... Vous voyez son attitude, n'est-ce pas ?... Le président lui explique ce dont il s'agit, et elle ne comprend pas, elle ne peut comprendre une si épouvantable calomnie... Mais quand elle a compris !... Voyez-vous le regard superbe dont elle écrase Jacques, et de quelle hauteur elle répond : « N'ayant pas réussi à assassiner le mari, » cet homme essaye de déshonorer la femme... Je vous » confie mon honneur de mère et d'épouse, messieurs, » je ne répondrai pas aux infamies de cet abject calomnia- » teur... »

— Mais ce serait le bagne !... s'écria M. de Chandoré, ce serait l'échafaud !...

— Ce serait le maximum, en tout cas, répondit l'avocat de Sauveterre. Mais les débats continueraient, le ministère public prononcerait un réquisitoire foudroyant, et enfin viendrait le tour du défenseur de prendre la parole... Messieurs, vous vous êtes irrités de mon obstination... Je n'ajoute pas foi, je l'avoue, aux allégations de M. de Bois-coran... Mais mon jeune confrère y croit, lui... Eh bien ! qu'il réponde franchement : Oserait-il plaider le système de l'accusé, et essayer de démontrer que Mme de Claudieuse était la maîtresse de Jacques ?...

Me Folgat fronçait les sourcils.

— Je ne sais, murmura-t-il.

— Eh bien ! moi je sais que vous n'oseriez pas, s'écria Me Magloire, et vous auriez raison, car ce serait vous perdre de réputation, sans nulle chance de sauver Jacques... Oui, sans nulle chance... Car, enfin, supposons un résultat inespéré... supposons que vous parveniez à démontrer que Jacques a dit vrai, qu'il a été l'amant de la comtesse... Qu'arrivera-t-il ?... On arrête Mme de Claudieuse... Relâche-t-on M. de Boiscoran pour cela ? Non, assurément... On le garde et on lui dit : « Oui, cette femme a essayé d'as- » sassiner son mari, mais elle était votre maîtresse, » vous êtes donc son complice... » Messieurs, voilà la situation !...

Dégageant la question des commentaires inutiles, des vaines appréciations et de toute phraséologie sentimentale,

Mᵉ Magloire la posait enfin comme elle devait être posée pour être résolue, et dans toute son effrayante simplicité...

Éperdu, grand-père Chandoré se dressa sur ses pieds, et d'une voix rauque :

— Alors, tout est bien fini !... s'écria-t-il. Innocent ou coupable, Jacques de Boiscoran doit être condamné.

Mᵉ Magloire ne répondit pas.

— Et c'est là, dit encore le vieux gentilhomme, ce que vous appelez la justice !...

— Hélas !... fit M. Séneschal, il serait puéril de le nier, la cour d'assises est une loterie...

M. de Chandoré, d'un geste terrible de colère, l'interrompit :

— En d'autres termes, reprit-il, l'honneur et la vie de Jacques dépendent à cette heure d'un caprice du sort, d'un hasard, du temps qu'il fera le jour de l'audience ou des dispositions d'un juré !... Et s'il ne s'agissait que de Jacques, encore !... Mais c'est là vie de mon enfant, messieurs, c'est la vie de Denise qui est en jeu !... frapper Jacques, c'est la frapper...

Mᵉ Folgat dissimulait assez mal une larme ; M. Séneschal et le docteur Seignebos lui-même frissonnaient, tant faisait mal à voir la douleur de ce vieillard, menacé en sa plus chère, en son unique, en sa suprême affection...

Il avait pris les mains de l'avocat de Sauveterre, et les serrant d'une étreinte désespérée :

— Mais vous le sauverez, n'est-ce pas, Magloire, poursuivit-il... Innocent ou coupable, qu'importe, puisque Denise l'aime ! Vous en avez sauvé tant d'autres !... Les juges, c'est bien connu, ne savent pas résister à l'autorité de votre parole... Vous trouverez des accents irrésistibles pour sauver un malheureux qui a été votre ami...

Le célèbre avocat eût été lui-même le coupable qu'il n'eût pas été plus abattu. Ce que voyant :

— Qu'est-ce à dire, ami Magloire !... s'écria le docteur Seignebos, n'es-tu plus l'homme dont l'admirable éloquence est l'honneur de notre pays !... Haut le front, morbleu !... Jamais plus noble cause ne te fut confiée.

Mais il secouait la tête.

— Je n'ai pas la foi, murmura-t-il, et je ne sais pas plaider quand ce n'est pas ma conscience qui me fournit mes arguments...

Et son embarras redoublant :

— Seignebos, ajouta-t-il, l'a dit tout à l'heure : je ne suis pas l'homme d'une telle cause. Toute mon expérience n'y servirait de rien. Mieux vaut confier l'affaire à mon jeune confrère...

Pour la première fois de sa vie, Me Folgat trouvait un de ces procès qui mettent un homme à même de montrer toute sa valeur, et qui lui ouvrent les deux battants de l'avenir.

Pour la première fois, il rencontrait une de ces causes où out se réunit pour exalter l'intérêt : la grandeur du crime, la situation de la victime, le caractère de l'accusé, le mystère, la diversité des avis, la difficulté de la défense, l'incertitude du résultat... une de ces causes pour lesquelles un avocat se passionne, qu'il embrasse de toute son énergie, où il se met tout entier, où il partage les angoisses et les espérances de son client...

Il eût donné de grand cœur cinq ans de ses honoraires pour en être chargé.

Mais il était honnête homme, avant tout.

— Songeriez-vous donc à abandonner M. de Boiscoran, maître Magloire? s'écria-t-il.

— Vous le servirez mieux que moi, répondit le célèbre avocat.

Peut-être était-ce l'intime conviction de Me Folgat.

N'importe :

— Vous n'avez pas réfléchi à l'effet que cela produirait, mon cher maître, dit-il.

— Oh !...

— Que penserait-on dans le public, si l'on apprenait tout à coup que vous vous retirez ?... Il faut, dirait-on, que l'affaire de M. de Boiscoran soit bien mauvaise, pour que Me Magloire renonce à la plaider... Et ce serait une charge ajoutée à toutes celles qui accablent cet infortuné...

Le docteur ne laissa pas à son ami le temps de répliquer.

— Il est interdit à Magloire de se retirer, déclara-t-il, mais il a le droit de s'adjoindre un confrère. Il doit rester l'avocat et le conseil de Jacques de Boiscoran, mais Me Folgat peut lui prêter le concours de ses lumières, le renfort de sa jeunesse et de son activité, l'assistance même de sa parole.

Une fugitive rougeur colora les joues du jeune avocat.

— Je suis tout aux ordres de Me Magloire, dit-il.

Le célèbre avocat de Sauveterre réfléchissait.

Et, après un moment, se retournant vers son jeune confrère :

— Avez-vous une idée, lui demanda-t-il, un plan?... Que feriez-vous ?

A l'étonnement de tous, un nouveau Folgat se révéla, en quelque sorte.

Il parut grandir, son visage s'illumina, ses yeux brillèrent, et d'une voix pleine et sonore, d'une de ces voix dont le timbre métallique vibre dans la poitrine des auditeurs :

— Avant tout, commença-t-il, je verrais M. de Boiscoran. Seul, il dicterait mes résolutions définitives... Mais déjà mon plan est esquissé... Moi, j'ai la foi, messieurs, je vous l'ai dit... L'homme aimé de Mlle Denise ne saurait être un scélérat... Qu'entreprendrais-je donc? De prouver la vérité du récit de M. de Boiscoran. Est-ce possible? je l'espère. M. de Boiscoran assure qu'il n'existe ni témoins ni preuves de ses relations avec Mme de Claudieuse. Je suis persuadé qu'il se trompe. Elle a été, dit-il, d'une prudence et d'une habileté extraordinaires. Peu importe. La défiance éveillé la défiance, et c'est quand on prend le plus de précautions qu'on est observé. On veut se cacher, on se découvre. On ne voit personne, on est vu...

Maître de la défense, dès demain je commencerais une contre-instruction. L'argent ne nous manque pas, le marquis de Boiscoran a de hautes influences, nous serions bien servis... Avant quarante-huit heures, j'aurais mis en campagne des hommes expérimentés... Je connais la rue des Vignes, elle est fort déserte, mais il s'y trouve des yeux comme partout... Pourquoi certains de ces yeux n'auraient-ils pas remarqué la mystérieuse visiteuse de M. de Boiscoran?... Voilà ce que mes agents iraient demandant de porte en porte... Et pour cette besogne, inutile de leur livrer un nom. Ce n'est pas Mme de Claudieuse qu'ils auraient mission de rechercher, mais bien une inconnue vêtue de telle et telle façon... Et s'ils découvraient quelqu'un l'ayant vue, et capable de la reconnaître, ce quelqu'un serait notre premier témoin...

En attendant, je m'informerais de l'ami de M. de Boiscoran, de cet Anglais dont il portait le nom, et je me mettrais en rapport avec la police de Londres. Si cet Anglais était mort, je le saurais, et ce serait un malheur... S'il n'était qu'à l'autre bout du monde, le câble transatlantique me

permettrait de l'interroger et d'avoir ses réponses en moins
d'une semaine.

Déjà j'aurais lancé d'habiles limiers sur les traces de cette
servante anglaise qui tenait la maison de la rue des Vignes.
M. de Boiscoran déclare que jamais elle n'a seulement entrevu Mme de Claudieuse. Erreur. Il est impossible qu'une
servante n'ait pas eu envie et trouvé le moyen de dévisager
une femme que reçoit son maître... Retrouvée, elle parle-
rait.

Et ce n'est pas tout : il venait des étrangers dans cette
maison de la rue des Vignes. Je les interrogerais un à un.
Je questionnerais le jardinier et ses aides, le porteur d'eau,
le tapissier, les garçons de tous les fournisseurs... Qui nous
dit que l'un d'eux n'est pas en possession de cette vérité
que nous cherchons en ce moment?...

Enfin, quand une femme a passé tant de journées dans
une maison, il est impossible qu'elle n'y ait pas laissé des
traces de son passage... Depuis, m'objecterez-vous, la guerre
est survenue, puis la Commune... N'importe !... J'interrogerais les débris, je fouillerais les ruines, j'examinerais
chaque arbre du jardin, je chercherais sur les vitres épar-
gnées un nom écrit à la pointe d'un diamant, je forcerais
les glaces restées intactes à me livrer l'image qu'elles ont
reflétée si souvent !...

— Ah !... voilà qui est parler ! s'écria le docteur Seignebos
enthousiasmé.

Les autres frissonnaient d'émotion.

Ils comprenaient que la lutte allait enfin commencer.

Mais déjà, insoucieux des impressions de ses auditeurs,
Me Folgat continuait :

— Ici, à Sauveterre, la tâche serait plus difficile, mais,
en cas de succès, plus décisifs aussi seraient les résultats.
Ici, j'amènerais quelqu'un de ces policiers au flair subtil,
qui ont su faire un art de leur profession, un Lecoq ou un
Tabaret quelconque, dont j'aurais intéressé la vanité. A celui-là, il faudrait tout dire, et même livrer les noms. Mais
ce serait sans inconvénient. Son désir de réussir, la magni-
ficence de la récompense, l'habitude professionnelle enfin,
nous garantiraient son silence. Il arriverait secrètement,
caché sous le travestissement qui lui semblerait devoir le
mieux servir ses investigations, et recommencerait, au bénéfice de la défense, l'enquête faite par M. Galpin-Daveline.

au profit de la prévention. Découvrirait-il quelque chose? On est en droit de l'espérer. Je sais des policiers qui, avec des indices bien moins positifs, ont su remonter jusqu'à des vérités bien autrement invraisemblables.

Littéralement, grand-père Chandoré, l'excellent M. Séneschal, le docteur Seignebos et Me Magloire lui-même buvaient les paroles du jeune avocat.

— Est-ce tout, messieurs? poursuivait-il. Pas encore. Servi par sa vieille expérience, M. le docteur Seignebos avait, dès le premier jour, pressenti le personnage essentiel de cette ténébreuse intrigue.

— Cocoleu!...

— Oui, docteur, Cocoleu. Acteur, confident ou témoin, Cocoleu a évidemment le mot de l'énigme. Ce mot, il faut à tout prix essayer de le lui arracher. Une expertise médico-légale vient de lui décerner un brevet d'idiotie. N'importe, nous protestons. Nous n'avons plus à garder les ménagements d'autrefois. Nous prétendons que l'imbécillité de ce misérable est à dessein exagérée. Nous soutenons que son mutisme opiniâtre est une insigne fourberie. Quoi! il aurait eu assez d'intelligence pour témoigner contre nous, et il ne lui en resterait plus pour expliquer ou seulement répéter son témoignage?... C'est inadmissible. Nous soutenons qu'il se tait maintenant, de même qu'il a parlé la nuit de l'incendie, par ordre. Si son silence servait moins la prévention, elle trouverait bien un moyen de le lui faire rompre. Nous exigeons que ce moyen soit recherché. Nous demandons qu'on assigne la personne qui, une fois déjà, a su lui délier la langue, et qu'on lui ordonne de recommencer l'expérience. Nous voulons une expertise nouvelle, ce n'est pas au pied levé et en quarante-huit heures qu'on décide de l'état mental d'un individu intéressé à jouer l'imbécillité. Et nous voulons surtout que les nouveaux experts nous présentent à nous, faussement accusés par Cocoleu, des garanties de savoir et d'indépendance!...

Le docteur Seignebos trépignait d'enthousiasme. Sous une forme précise et énergique, il retrouvait toutes ses idées.

— Oui, s'écria-t-il, voilà la marche à suivre. Qu'on me donne carte blanche, et avant quinze jours Cocoleu est démasqué.

Moins bruyamment expansif, le célèbre avocat de Sauveterre serrait la main de M⁰ Folgat.

— Vous le voyez, lui dit-il, c'est à vous que doit être confiée l'affaire de Jacques de Boiscoran.

Le jeune avocat n'essaya pas de protester.

Quand il avait pris la parole, sa détermination était
arrêtée.

— Tout ce qu'il est humainement possible de faire, prononça-t-il, je le ferai. La tâche acceptée, je m'y dévoue
corps et âme. Mais je tiens à ce qu'il soit bien entendu et
bien répété, dans le public, que M⁰ Magloire ne se retire pas,
que je ne suis que son second...

— C'est convenu, dit le vieil avocat.

— Alors, quand verrons-nous M. de Boiscoran?

— Demain matin.

— C'est qu'il m'est impossible de rien entreprendre sans
l'avoir consulté.

— Oui, mais vous ne pouvez être admis près de lui que
sur une autorisation de M. Galpin-Daveline, et je doute que
nous puissions l'obtenir aujourd'hui...

— C'est fâcheux...

— Non, parce que nous avons pour aujourd'hui notre
besogne toute taillée. Nous avons à examiner les pièces de
la procédure mises à ma disposition par le juge d'instruction.

Le docteur Seignebos bouillait d'impatience.

— Oh!... que de paroles! interrompit-il. A l'œuvre, avocats, à l'œuvre... Allons, partons-nous?...

Ils sortaient. D'un geste, M. de Chandoré les retint.

— Jusqu'ici, messieurs, dit-il, nous n'avons pensé qu'à
Jacques... Et Denise?...

D'un air surpris, les autres le regardaient.

— Que vais-je lui répondre, poursuivit-il, quand elle me
demandera le résultat de l'entrevue de Jacques et de
M⁰ Magloire, et pourquoi on n'a pas voulu parler en sa présence?...

Le docteur Seignebos l'avait déclaré; il n'était pas parti-
san des ménagements.

— Vous lui répondrez la vérité, conseilla-t-il.

— Quoi! je lui dirais que Jacques était l'amant de M⁰⁰ de
Claudieuse!...

— Ne l'apprendra-t-elle pas tôt ou tard! Mlle Denise est une fille énergique...

— Oui, mais Mlle Denise est la plus saintement ignorante des jeunes filles, interrompit vivement Me Folgat, et elle aime M. de Boiscoran. Pourquoi troubler la pureté de ses pensées et sa sécurité! N'est-elle pas assez malheureuse! M. de Boiscoran n'est plus au secret; il verra sa fiancée, libre à lui de parler s'il le juge convenable. Seul il en a le droit. Je l'en dissuaderai, pourtant. Du caractère dont je connais Mlle de Chandoré, il lui serait impossible de garder le silence si le hasard la mettait en présence de Mme de Claudieuse.

— M. de Chandoré doit se taire, décida Me Magloire. C'est déjà trop d'être obligé de tout confier à Mme de Boiscoran. Car, ne l'oubliez pas, messieurs, la moindre indiscrétion ferait sûrement échouer le projet, si chanceux déjà, de Me Folgat...

Tous sortirent sur ces mots, et quand M. de Chandoré se trouva seul :

— Oui, ils ont raison ! murmura-t-il, mais que dire ?

Il cherchait dans sa tête une explication plausible, quand une femme de chambre vint lui annoncer que Mlle Denise le demandait.

— Je vous suis ! lui répondit-il.

Et il la suivit, en effet, d'un pas pesant, et composant de son mieux son visage, pour y effacer les traces des terribles émotions par lesquelles il venait de passer.

C'est dans le salon du premier étage que les tantes Lavarande avaient entraîné Denise et Mme de Boiscoran.

C'est là que M. de Chandoré alla les rejoindre et qu'il les trouva, Mme de Boiscoran affaissée sur un fauteuil, pâle et toute défaillante, Mlle Denise, au contraire, marchant de çà et de là, d'un pas fiévreux, la joue en feu, les yeux étincelants.

Dès qu'il parut :

— Eh bien!... il n'y a plus d'espoir, n'est-ce pas? lui demanda sa petite-fille, d'un ton bref.

— Plus que jamais, au contraire, répondit-il en se forçant à sourire.

— Alors, pourquoi Me Magloire nous a-t-il fait sortir ?

Le vieux gentilhomme avait eu le temps de ruminer un mensonge.

— Parce que, dit-il, Magloire avait à nous annoncer une nouvelle fâcheuse. Impossible d'espérer une ordonnance de non-lieu. Jacques subira un jugement...

Tout d'un bloc, Mme de Boiscoran se dressa.

— Jacques en cour d'assises ! s'écria-t-elle, mon fils, un Boiscoran !...

Et elle retomba comme une masse.

Pas un muscle du visage de Mlle Denise n'avait tressailli.

— J'attendais pis !... fit-elle d'un accent étrange... On peut éviter la cour d'assises...

Et elle sortit en repoussant la porte avec une telle violence que les tantes Lavarande s'élancèrent à sa poursuite.

Désormais, M. de Chandoré ne se croyait plus obligé de se contraindre.

Il vint se planter devant Mme de Boiscoran, et donnant cours enfin à l'effroyable colère qu'il refoulait depuis si long-temps :

— Votre fils !... s'écria-t-il, votre Jacques !... Je le vou-drais mort mille fois, le misérable qui tue mon enfant, car il me la tue, vous le voyez bien...

Et, impitoyable, il se mit à raconter l'histoire de Jacques et de la comtesse de Claudieuse...

Anéantie, brisée par les sanglots, Mme de Boiscoran n'avait même pas la force de lui demander grâce...

Et quand il eut achevé, avec l'expression du plus affreux égarement :

— L'adultère !... murmura-t-elle. O mon Dieu !... Voilà donc le châtiment !...

XVI

C'est au palais de justice, qu'au sortir du salon de M. de Chandoré, se rendaient Me Folgat et Me Magloire.

Et tout en descendant la rue de la Rampe :

— Il faut, disait l'avocat parisien, que M. Galpin-Daveline se croie terriblement sûr de son affaire, pour accorder ainsi à la défense la communication de la procédure instruite con-tre M. de Boiscoran.

C'est qu'en effet, le Code d'instruction criminelle semble n'ordonner, n'autoriser même cette communication qu'après l'arrêt de la chambre des mises en accusation, et après que l'accusé a été interrogé par le président des assises.

Parce qu'alors seulement, disent tous ces commentateurs, qui sont le fléau de notre jurisprudence, « parce qu'alors » seulement l'instruction peut être considérée comme terminée, et que de ce moment seulement se fait sentir le besoin d'une défense libre d'entraves et basée sur la connaissance de tout ce qui a précédé. »

Le bon sens et l'équité se révoltent d'une telle doctrine.

Elle n'en a pas moins été consacrée et confirmée par des arrêts de la cour de Poitiers et de la cour de cassation.

Ainsi, voilà un malheureux accusé de quelque crime atroce, accusé faussement peut-être, présumé innocent de par la loi, et il devra ignorer les charges accumulées secrètement contre lui, les preuves recueillies, les dépositions des témoins !...

Ses intérêts les plus chers sont en jeu, il y va de son honneur et de sa vie, de l'honneur et de la vie des siens, n'importe !... On lui dérobera les résultats de l'instruction.

Et c'est au dernier moment, lorsque déjà l'opinion est faite, quand déjà sont convoqués les jurés qui doivent décider de son sort, qu'il lui sera permis de prendre connaissance de son dossier.

A cela, les sempiternels commentateurs répondent par des volumes d'arguments et d'arguties.

Ils invoquent, pour justifier cette terrible doctrine, les intérêts de l'univers entier, de la société, du juge, des témoins...

Comme s'il pouvait être des intérêts plus sacrés que ceux de la défense !...

Comme si la justice humaine était infaillible.

Comme s'il ne valait pas mieux mille fois laisser échapper mille coupables que risquer de condamner un seul innocent !

Heureusement, il est avec la loi des accommodements.

Et moyennant l'assentiment du procureur de la République, et sous sa responsabilité, le juge d'instruction peut donner officieusement communication, lecture ou copie au prévenu ou à son conseil, de tout ou partie des procès-verbaux, des interrogatoires ou des informations,...

Ainsi avait fait M. Galpin-Daveline.

Et de la part d'un tel homme, toujours disposé à interpréter la loi dans son sens le plus rigoureux, et qui ne marchait pas plus sans ses textes qu'un aveugle sans son bâton, — de la part d'un ennemi avoué de Boiscoran, cette facilité donnée à la défense acquérait immédiatement une réelle signification.

Mais était-ce celle que lui attribuait Me Folgat?

— Je parierais que non, répondit Me Magloire, moi qui connais le paroissien, pour l'avoir pratiqué pendant des années. Sûr de soi, il serait impitoyable. Il est bienveillant, c'est qu'il a peur. Cette concession, c'est une porte dérobée qu'il se ménage en cas d'échec.

Le célèbre avocat de Sauveterre avait raison.

Si convaincu que fût M. Galpin-Daveline de la culpabilité de Jacques, il était toujours aussi inquiet de ses moyens de défense.

Vingt interrogatoires n'avaient rien arraché au prévenu que des protestations d'innocence.

Poussé à bout par le juge:

— Je m'expliquerai, répondait-il, quand j'aurai vu mon défenseur.

C'est le plus souvent l'unique réponse du stupide gredin qui ne cherche qu'à gagner du temps.

Mais M. Galpin-Daveline avait de l'intelligence de son ancien ami une trop haute idée pour n'être pas persuadé que son mutisme opiniâtre cachait quelque chose de sérieux...

Quoi!... un mensonge savant, un alibi laborieusement ménagé, des témoignages achetés de longue main?

M. Galpin-Daveline eût donné bonne chose, pour savoir.

Et c'est pour savoir plus tôt qu'il avait accordé cette communication.

Avant de se décider, cependant, il était allé soumettre ses perplexités au procureur de la République.

L'excellent M. Daubigeon, qu'il avait trouvé en train de se mirer dans la tranche dorée de ses bouquins chéris, l'avait fort mal reçu.

— Est-ce encore des signatures que vous voulez? s'était-il écrié, je suis prêt à vous en donner. Pour autre chose, serviteur:

> ...Quand la sottise est faite,
> Il est trop tard, ma foi! de demander conseil!

Si peu encourageant que fût l'accueil, M. Galpin-Daveline avait insisté :

— En sommes-nous donc là, avait-il repris d'un ton amer, que ce soit une sottise de faire son devoir ! Un crime a-t-il été commis ? Avais-je mission de le poursuivre et d'en rechercher l'auteur ? Oui. Eh bien ! est-ce ma faute, si l'auteur de ce crime a été mon ami, et si j'ai dû jadis épouser une de ses parentes !... Il n'est personne au tribunal qui doute de la culpabilité de M. de Boiscoran, personne qui ose blâmer ma conduite, et cependant c'est à qui me témoignera le plus de froideur.

— Voilà le monde !... avait dit M. Daubigeon, avec une grimace ironique : On vante la vertu, mais on la laisse se morfondre.

Probitas laudatur et alget !

— Eh bien ! oui, c'est vrai, s'était écrié à son tour M. Galpin-Daveline. Oui, on en veut aux gens qui font ce qu'on n'eût pas eu le courage de faire. M. le procureur général m'a adressé des félicitations, parce qu'il juge les choses de haut et de loin. Ici, on subit les influences des coteries. Ceux-là même qui devraient me soutenir, m'encourager, me réconforter, se déclarent contre moi. Le procureur de la République mon allié naturel, m'abandonne et me raille. C'est d'un ton d'insupportable ironie que M. le président, mon chef immédiat, me disait ce matin : « Je ne sais guère » de magistrats capables, comme vous, de sacrifier à l'intérêt » de la vérité et de la justice leurs relations et leurs amitiés, » vous êtes un homme antique, vous irez loin !... »

Le procureur de la République n'en avait pu supporter davantage.

— Brisons là, avait-il dit, nous ne pouvons pas nous entendre... Jacques de Boiscoran est-il innocent ou coupable ? Je l'ignore. Ce que je sais, c'est que c'était le plus aimable garçon de la terre, un hôte admirable, un causeur et un érudit, et qu'il possédait les plus jolies éditions d'Horace et de Juvénal que je connaisse. Je l'aimais, je l'aime encore, et je suis désolé de le savoir en prison... Ce qui est positif, c'est que j'avais à Sauveterre les plus agréables relations, et que les voilà brisées. Et c'est vous qui vous plaignez ! Est-ce donc moi qui suis l'ambitieux ?... Est-ce donc moi qui ai tenu à attacher mon nom à un procès retentissant ?

Est-ce moi qui ai refusé de me récuser quand on me le conseillait? M. de Boiscoran sera probablement condamné... Vous devriez être au comble de vos vœux... Vous vous plaignez, cependant... Que diable! on ne peut pas tout avoir. Qui donc jamais a conçu un projet assez admirable pour n'avoir jamais à se repentir de l'entreprise et du succès...

Quid, tam dextro pede concipis ut te
Conatus non pœnite'at votique peracti!

Après cela, M. Galpin-Daveline n'avait plus qu'à se retirer. Et il s'était éloigné, en effet, furieux, mais en même temps bien résolu à faire profit des rudes vérités dont venait de le souffleter M. Daubigeon, en qui il lui fallait bien reconnaître l'interprète de la pensée de tous.

C'était plus qu'il n'en fallait pour vaincre ses dernières hésitations.

Et tout de suite il avait accordé la communication des pièces, en recommandant à son greffier la plus grande complaisance.

Ce n'est pas sans un profond étonnement que Méchinet avait entendu M. Galpin-Daveline lui donner l'ordre de communiquer toute la procédure.

Il connaissait à fond son patron, ce juge d'instruction dont il était comme l'ombre, depuis des années.

— Toi, s'était-il dit, tu as peur.

Et comme M. Daveline insistait encore, ajoutant que c'est l'honneur de la justice de se départir de ses rigueurs lorsqu'elles ne sont pas indispensables :

— Oh! soyez tranquille, monsieur, avait répondu gravement le greffier, ce n'est pas la bienveillance qui me manquera.

Mais, dès que le juge d'instruction eut le dos tourné, Méchinet se mit à rire.

— Il ne me ferait pas toutes ces recommandations, pensait-il, s'il soupçonnait la vérité, et à quel point je suis dévoué à la défense... Quelle fureur, sac à papier! s'il venait jamais à apprendre que j'ai trahi le secret de l'instruction, que j'ai été le messager de la correspondance de M. de Boiscoran avec ses amis, que j'ai fait de Frumence Cheminot mon complice, que j'ai corrompu Blangin, le geôlier, pour que Mlle de Chandoré pût visiter son fiancé !...

16

Car il avait fait tout cela, c'est-à-dire quatre fois plus qu'il n'en fallait pour être chassé du tribunal et même pour devenir, pendant quelques mois, le pensionnaire de Blangin.

Il sentait des frissons lui courir le long de l'échine, quand il y réfléchissait froidement, et il était entré dans une furieuse colère, un soir que ses sœurs, les dévotes couturières, s'étaient avisées de lui dire :

— Décidément, Méchinet, tu es tout chose, depuis cette visite de Mlle de Chandoré.

— Bavardes infernales ! s'était-il écrié, d'un accent à les faire rentrer sous terre, voulez-vous donc me voir sur l'échafaud !...

Mais s'il avait des moments de transes, il n'avait pas l'ombre d'un remords.

Mlle Denise l'avait complétement ensorcelé, et non moins sévèrement qu'elle, il jugeait la conduite de M. Galpin-Daveline.

Assurément, M. Daveline n'avait rien fait de contraire à la loi, mais il avait violé l'esprit de la loi. Ayant eu le triste courage d'instruire contre un ami, il n'avait pas su demeurer impartial. Craignant d'être taxé de faiblesse, il avait exagéré la dureté. Et, surtout, il avait dirigé l'enquête uniquement dans le sens de ses convictions, comme si le crime eût été prouvé, et sans tenir compte des intérêts d'un prévenu qui protestait de son innocence.

Or, Méchinet y croyait fermement, à cette innocence, et il était intimement persuadé que le jour où Jacques de Boiscoran verrait son défenseur serait le jour de sa justification.

C'est dire avec quelle ponctualité il se rendit au Palais attendre Me Magloire...

Mais à midi, le célèbre avocat de Sauveterre n'avait pas paru. Il était encore en conférence chez M. de Chandoré.

— Serait-il survenu quelque anicroche ? pensa le greffier.

Et telle était son inquiétude, qu'au lieu de rentrer déjeuner avec ses sœurs, il envoya un garçon de bureau lui chercher un petit pain qu'il arrosa d'un verre d'eau.

Enfin, comme trois heures sonnaient, Me Magloire et Me Folgat arrivèrent, et rien qu'à leur contenance, Méchinet comprit qu'il s'était trompé, et que Jacques ne s'était pas justifié.

Cependant, devant M⁰ Magloire, il n'osa pas s'informer.

— Voici les pièces, dit-il simplement, en posant sur une table un immense carton.

Mais, tirant M⁰ Folgat à l'écart :

— Qu'arrive-t-il donc? demanda-t-il.

Certes, le greffier s'était conduit de façon à ce qu'on n'eût pas de secret pour lui, et il s'était trop compromis pour qu'on ne fût pas assuré de sa discrétion.

Pourtant, M⁰ Folgat n'osa pas prendre sur lui de livrer le nom de Mᵐᵉ de Claudieuse, et évasivement :

— Il arrive, répondit-il, que M. de Boiscoran se justifie pleinement... il ne manque que des preuves à ses allégations, et nous nous occupons de les réunir...

Et il alla s'asseoir près de M⁰ Magloire, lequel était attablé déjà, et retirait du carton des quantités de paperasses.

Avec ces documents, il était aisé de suivre pas à pas l'œuvre de M. Galpin-Daveline, de se rendre compte de ses efforts et de comprendre sa stratégie...

C'est le dossier de Cocoleu que les avocats cherchèrent tout d'abord.

Ils ne le trouvèrent pas.

De la déposition de l'idiot, la nuit de l'incendie, des tentatives faites depuis pour lui arracher un nouveau témoignage, de l'expertise des médecins, rien, pas un mot.

M. Galpin-Daveline supprimait Cocoleu. Et c'était son droit. L'accusation retient les témoins qui lui conviennent et écarte les autres.

— Ah! le mâtin est habile!... grommela M⁰ Magloire, désappointé.

L'habileté, en effet, était grande. M. Galpin-Daveline privait ainsi la défense d'un de ses moyens les plus sûrs, d'un effet prévu, d'un sujet de discussion passionné, d'un de ces incidents d'audience, peut-être, qui agissent si puissamment sur l'esprit des jurés.

— Nous avons toujours la ressource de le faire citer, ajouta M⁰ Magloire.

Ils avaient cette ressource, c'est vrai.

Mais quelle différence d'effet et de résultat!...

Invoqué par l'accusation, Cocoleu était un témoin à charge, et la défense pouvait s'écrier d'un accent indigné :

« Quoi !... c'est sur le témoignage d'un être pareil que vous
» nous avez soupçonné d'un crime !... »

Appelé par la défense, au contraire, Cocoleu devenait en
quelque sorte un témoin à décharge, c'est-à-dire un de ces
témoins que suspecte toujours le jury, et c'était alors l'accusation qui s'écriait :

« Qu'espérez-vous de ce pauvre idiot, dont l'état mental est
» tel que nous avons négligé sa déposition quand il vous ac-
» cusait ! »

— S'il nous faut aller en cour d'assises, murmura Me Folgat, c'est évidemment une chance considérable qui nous
est ravie. Voilà le pivot de l'affaire changé. Mais alors,
comment M. Daveline établit-il la culpabilité ?

Oh ! le plus simplement du monde.

La déclaration de M. de Claudieuse précisant l'heure du
crime, était le point de départ de M. Daveline.

De là, il passait immédiatement à la déposition du gars
Ribot, qui avait rencontré M. de Boiscoran se dirigeant vers
le Valpinson par les marais, avant le crime ; et au témoignage de Gaudry, qui l'avait vu revenant du Valpinson par
les bois après le crime commis.

Trois autres témoins découverts au cours de l'instruction
précisaient encore l'itinéraire de M. de Boiscoran.

Et avec cela seul, en rapprochant les heures, M. Daveline
arrivait à prouver jusqu'à l'évidence que le prévenu était
allé au Valpinson et non ailleurs, et qu'il s'y trouvait au moment du crime.

Qu'y faisait-il ?

A cette question, la prévention répondait par les charges
relevées dès le premier jour : par l'eau où Jacques s'était
lavé les mains, par l'enveloppe de cartouche trouvée sur le
théâtre du crime, par l'identité des grains de plomb extraits
de la blessure de M. de Claudieuse et des grains de plomb
des cartouches du fusil Klebb, saisies à Boiscoran...

Et nulle discussion, nul écart, pas une supposition. C'était
simple, précis et formidable à la fois, et en apparence aussi
irréfutable qu'une déduction mathématique.

— Innocent ou coupable, dit Me Magloire à son jeune
confrère, Jacques est perdu si vous n'arrivez pas à recueillir
quelque preuve contre Mme de Claudieuse. Et même en ce
cas, même si la justice admet que Mme de Claudieuse est

coupable, jamais elle ne voudra croire que Jacques n'est pas complice...

Cependant, ils passèrent une partie de la nuit à bien examiner tous les interrogatoires et à étudier chacun des points de l'accusation.

Et le matin, sur les neuf heures, après quelques heures seulement de sommeil, ils se rendaient ensemble à la prison.

XVII

Le geôlier de Sauveterre, la veille au soir, en soupant, avait dit à sa femme :

— J'en ai assez décidément de l'existence que je mène ici. J'ai trop peur. On m'a payé pour perdre ma place, n'est-ce pas? Je veux m'en aller.

— Tu n'es qu'un sot, lui avait répondu sa femme. Tant que M. de Boiscoran sera prisonnier, on peut espérer des profits. Tu ne sais pas ce que ces Chandoré sont riches. Il faut rester...

Ainsi que beaucoup de maris, Blangin avait la prétention d'être le maître au logis.

Il y criait très-fort. Il y jurait à écailler le crépi des murs. Il s'oubliait jusqu'à démontrer à tour de bras qu'il était le plus fort. Seulement...

Seulement, Mᵐᵉ Blangin ayant décidé qu'il resterait, il restait...

Et assis à l'ombre, devant sa porte, en proie aux plus sombres pressentiments, il fumait sa pipe, lorsque Mᵉ Magloire et Mᵉ Folgat se présentèrent à la prison, munis d'un laisser-passer de M. Galpin-Daveline.

Dès qu'ils entrèrent, il se leva. Pensant bien que Mˡˡᵉ Denise les avait mis dans le secret, ils les craignait. Aussi souleva-t-il poliment son bonnet de laine, et retirant sa pipe de sa bouche :

— Ah! ces messieurs viennent pour M. de Boiscoran, fit-il avec un sourire obséquieux. Je vais les conduire. Le temps seulement de prendre la clef de la cellule.

Mᵉ Magloire le retint.

— Avant tout, demanda-t-il, comment va M. de Boiscoran ?...

— Comme ci comme ça, répondit le geôlier.

— Qu'a-t-il ?...

— Eh !... ce qu'ont tous les accusés, quand ils voient que
leur affaire prend une vilaine tournure.

Les défenseurs échangèrent un regard attristé.

Il était clair que Blangin croyait à la culpabilité de Jacques,
et c'était d'un sinistre augure.

Les gens qui gardent les prisonniers ont d'ordinaire le
flair excellent et souvent les avocats les consultent, à peu
près comme un auteur prend l'avis des gens du théâtre où
il donne une pièce.

— Vous a-t-il dit quelque chose ? interrogea M⁰ Folgat.

— A moi, personnellement, presque rien, répondit le
geôlier.

Et secouant la tête :

— Mais on a son expérience, n'est-ce pas, poursuivit-il.
Quand un accusé vient de recevoir son avocat, je monte
toujours lui rendre une petite visite et lui offrir quelque
chose, histoire de lui remettre du cœur au ventre... C'est
pourquoi, hier, dès que M⁰ Magloire a été parti, j'ai grimpé
les escaliers quatre à quatre...

— Et vous avez trouvé M. de Boiscoran malade !...

— Je l'ai trouvé dans un état à faire pitié, messieurs... Il
était étendu à plat ventre sur son lit, la tête enfoncée dans
son oreiller, ne bougeant pas plus qu'une souche... J'étais
dans sa cellule depuis plus d'une minute, qu'il n'avait encore rien entendu... Je secouais mes clefs, je piétinais, je
toussais, rien... L'inquiétude me prend, je m'approche, et
je lui tape sur l'épaule : « — Hé ! monsieur !...» Cristi !... Il
bondit haut comme ça, et se mettant sur son séant :
« — Qu'est-ce que vous me voulez? » dit-il... Naturellement
j'essaye de le consoler, de lui expliquer qu'il faut se faire
une raison, que c'est bien désagréable de passer aux assises,
mais qu'après tout on n'en meurt pas, et que même on en
sort blanc comme neige, quand on a un bon avocat... J'aurais aussi bien fait de chanter « femme sensible !...» Plus
je lui parlais, plus ses yeux flamboyaient, et sans seulement me laisser finir : « — Sortez !... se met-il à crier
» sortez !...»

Il s'interrompit et se détourna pour tirer une bouffée de sa pipe.

Mais elle était éteinte. Il la mit dans la poche de sa veste et continua :

— Je pouvais lui répondre que j'ai le droit d'entrer dans les cellules quand il me plaît et d'y rester tant que je veux. Mais les prisonniers sont des enfants, il ne faut pas les contrarier. Je sortis donc; seulement, j'eus soin d'ouvrir le guichet, et j'y restai en faction... Ah! messieurs... depuis vingt ans que je suis dans les prisons, j'ai vu bien des désespoirs... jamais je n'en ai vu d'aussi terrible que celui de ce pauvre jeune homme. Il avait sauté à terre dès que j'avais eu les talons tournés, et il allait, et il venait dans sa cellule en sanglotant tout haut. Il était plus blanc que sa chemise, et il lui roulait le long des joues des larmes si grosses que je les voyais...

Chacun de ces détails éveillait un remords dans le cœur de Me Magloire.

Son opinion, depuis la veille, ne s'était pas sensiblement modifiée, mais il avait eu le temps de réfléchir et il se reprochait amèrement sa dureté.

— J'étais en observation depuis une bonne heure, au moins, poursuivait le geôlier, quand voilà que tout à coup, M. de Boiscoran saute sur la porte et se met à la secouer et à la taper à grands coups de pied et à appeler de toutes ses forces. Je le fais attendre un peu, pour qu'il ne me sache pas si près, et enfin j'ouvre en faisant celui qui a monté l'escalier en courant. Dès que je parais : « J'ai le droit, » n'est-ce pas, de recevoir des visites? » me dit-il. — « Oui, » monsieur, au parloir... » — « Et personne n'est venu me » demander? » — « Personne! » — « Vous en êtes bien sûr?...» « Très-sûr!... » C'était comme le coup de la mort que je lui donnais. Il se tenait le front à deux mains, comme cela, et il disait : « — Personne!... Et j'ai une mère, une fiancée, » des amis!... Allons, c'est fini!... Je n'existe plus, je suis » abandonné, réprouvé, renié!... » Il disait cela d'une voix à tirer des larmes des pierres de la prison, et moi, ému, je lui proposai d'écrire une lettre que je ferais porter chez M. de Chandoré. Mais aussitôt, entrant en fureur : «— Non, » jamais, s'écria-t-il, jamais, laissez-moi, je n'ai plus qu'à » mourir... »

Me Folgat n'avait pas prononcé une parole, mais sa pâleur trahissait son émotion.

— Vous devez comprendre, messieurs, disait Blangin,
que je n'étais pas rassuré du tout. La cellule qu'occupe
M. de Boiscoran n'a pas de chance. J'y ai eu, depuis que je
suis à Sauveterre, un suicide et une tentative de suicide.
Sitôt sorti, j'appelai Frumence Cheminot, un pauvre diable
de détenu qui m'aide dans mon service, et il fut convenu
que nous monterions la garde à tour de rôle, pour ne pas
perdre l'accusé de vue une seule minute. Mais la précaution
était inutile. Le soir, quand on monta le dîner de M. de
Boiscoran, il était tout à fait calme, et même il me dit qu'il
allait essayer de manger parce qu'il voulait conserver ses
forces. Pauvre malheureux ! s'il n'a de forces que celles que
lui donnera son dîner d'hier, il n'ira pas loin. A peine
avait-il avalé quatre bouchées qu'il fut pris d'un tel étouffe-
ment que nous avons cru, Cheminot et moi, qu'il allait
nous passer entre les mains, et même je pensais que ce serait peut-être un bonheur. Enfin, vers neuf heures, il était à
peu près remis, et il est resté toute la nuit accoudé à sa fenêtre...

Me Magloire était à bout.

— Montons, dit-il à son jeune confrère.

Ils montèrent. Mais en s'engageant dans le corridor des
cellules, ils aperçurent Cheminot, qui de loin leur faisait
signe de marcher doucement.

— Qu'arrive-t-il donc? demandèrent-ils à voix basse...

— Je crois qu'il dort, répondit le détenu. Pauvre homme !
Il rêve peut-être qu'il est libre dans son beau château.

Sur la pointe du pied Me Folgat s'approcha du guichet.

Mais Jacques était éveillé. Il avait entendu des pas et des
voix, et il venait de sauter à terre...

Blangin ouvrit donc la porte, et dès le seuil :

— Je vous amène du renfort, mon ami, dit Me Magloire au
prisonnier. Me Folgat, mon confrère venu de Paris avec votre
mère...

Froidement, sans un mot, M. de Boiscoran s'inclina.

— Je vois que vous m'en voulez, reprit le célèbre avocat
de Sauveterre, j'ai été vif, hier, beaucoup trop vif...

Jacques secoua la tête et reprit d'un ton glacé :

— Je vous en ai voulu, dit-il, mais j'ai réfléchi, et maintenant je vous remercie de votre franchise... Au moins je

sais mon sort. Si je passais en cour d'assises, innocent, je
serais condamné comme assassin et incendiaire. » J'aviserai
à ne pas passer en cour d'assises...

— Malheureux!... Tout espoir n'est pas perdu!...

— Si. Du moment où vous, qui êtes mon ami, vous ne
m'avez pas cru, qui donc me croirait!...

— Moi!... s'écria Me Folgat. Moi, qui sans vous connaître
croyais à votre innocence, et qui l'affirme maintenant que
je vous ai vu!...

Plus prompt que la pensée, Jacques de Boiscoran saisit
la main du jeune avocat, et la serrant d'une étreinte convulsive :

— Pour cette seule parole que vous venez de prononcer,
s'écria-t-il, merci!... Soyez béni, monsieur, de cette foi que
vous avez en moi!...

C'était la première fois, depuis son arrestation, que l'infortuné tressaillait d'espérance et de joie.

Ce ne fut, hélas! qu'un tressaillement.

Son regard, presque aussitôt, s'éteignit, son front devint
plus sombre encore, et d'une voix sourde :

— Malheureusement, reprit-il, nul désormais ne peut
rien pour moi. Me Magloire a dû vous dire, monsieur, ma
lamentable histoire et mes explications ; je n'ai pas de preuves... ou du moins, pour en fournir, il me faudrait descendre à de tels détails que la justice ne saurait les admettre,
ou que si, par impossible, elle les admettait, j'en resterais
à tout jamais avili à mes yeux... Il est de ces confidences
dont il est interdit de profiter, de ces secrets qu'on ne livre
jamais, de ces voiles que, même au prix de la vie, on ne
soulève pas... Mieux vaut être condamné innocent qu'être
acquitté infâme et dégradé. Messieurs, je renonce à me défendre...

Pour s'exprimer ainsi, à quel parti désespéré s'était-il
donc arrêté?

Ses défenseurs tremblaient de le deviner.

— Vous n'avez pas le droit de vous abandonner ainsi,
monsieur, dit Me Folgat...

— Pourquoi?

— Parce que vous n'êtes pas seul en cause, monsieur.
Parce que vous avez des parents, des amis...

Un sourire d'amère ironie crispait les lèvres de Jacques
de Boiscoran.

— Leur dois-je donc quelque chose, interrompit-il, à eux qui n'ont pas même eu le courage d'attendre, pour me renier, que le jugement fût rendu !... A eux dont le verdict impitoyable a devancé celui de la cour d'assises ! C'est d'un inconnu, c'est de vous, monsieur Folgat, que me vient le premier témoignage de sympathie.

— Ah ! ce n'est pas vrai !... s'écria Me Magloire, et vous le savez bien !...

Jacques ne parut pas l'entendre.

— Des amis !... poursuivait-il, c'est vrai, oui, j'en avais aux jours prospères... M. Galpin-Daveline et M. Daubigeon étaient mes amis... L'un est devenu mon juge, le plus cruel et le plus implacable des juges, et l'autre, qui est procureur de la République, n'a pas même essayé de venir à mon secours... Me Magloire aussi était mon ami, et cent fois il m'avait dit que je pouvais compter sur lui comme il comptait sur moi, aussi est-ce lui que j'avais choisi entre tous pour m'assister de ses conseils et de son expérience..., et quand j'ai entrepris de lui démontrer mon innocence, il m'a répondu que je mentais...

De nouveau le célèbre avocat de Sauveterre essaya de protester, en vain.

— Des parents !... continuait Jacques, d'un accent où vibraient toutes ses colères, j'en ai, vous avez raison, j'ai un père et une mère... Où sont-ils, pendant que leur fils, victime d'une fatalité inouïe, se débat misérablement dans les mailles de la plus odieuse et de la plus perfide des intrigues ?... Mon père, tranquillement resté à Paris, tout à ses occupations et à ses plaisirs accoutumés... Ma mère est accourue à Sauveterre, elle y est en ce moment, mais c'est inutilement qu'on lui a fait savoir qu'il m'était permis de recevoir sa visite... Je l'attendais hier, mais le malheureux accusé d'un crime n'est plus son fils !... C'est en vain que du fond de l'abîme je l'ai appelée, c'est en vain que je l'ai attendue, comptant les secondes aux palpitations de mon cœur !... Elle n'est pas venue... Personne n'est venu. Je suis seul au monde désormais, et vous voyez bien que j'ai le droit de disposer de moi...

Me Folgat n'eut pas l'idée de discuter. A quoi bon !... Est-ce que le désespoir raisonne !... Il dit simplement :

— Vous oubliez Mlle de Chandoré, monsieur.

Un flot de sang empourpra les joues de Jacques, et avec un long frémissement :

— Denise !... murmura-t-il.

— Oui, Denise, poursuivit le jeune avocat. Vous oubliez son courage, son dévouement et tout ce qu'elle a tenté pour vous. Direz-vous qu'elle vous abandonne et qu'elle vous renie, celle qui, oubliant pour vous toutes ses timidités et toutes ses pudeurs, est venue s'enfermer une nuit dans votre prison ! C'était son honneur de jeune fille qu'elle risquait, car elle pouvait être découverte ou trahie, elle le savait. N'importe ! elle n'a pas hésité...

— Ah ! vous êtes cruel, monsieur, interrompit Jacques.

Et serrant à le briser le bras de l'avocat :

— Ne comprenez-vous donc pas, continua-t-il, que c'est son souvenir qui me tue, et que mon malheur est d'autant plus affreux que je sais quelles félicités je perds !... Ne voyez-vous donc pas que j'aime Denise comme jamais femme n'a été aimée !... Ah ! s'il ne s'agissait que de moi !... Moi, du moins, j'ai une faute à expier. Mais elle ! Pourquoi, mon Dieu ! me suis-je trouvé sur son chemin !...

Il demeura pensif une minute, puis :

— Et cependant, ajouta-t-il, pas plus que ma mère, elle n'est venue hier !... Pourquoi? Ah ! c'est que sans doute on lui a tout révélé. On lui a dit comment je me trouvais au Valpinson le soir du crime...

— Vous vous trompez, Jacques, prononça Me Magloire, Mlle de Chandoré ne sait rien...

— Est-ce possible !...

— Me Magloire n'a point parlé devant elle, ajouta Me Folgat, et nous avons fait promettre à M. de Chandoré de garder le secret. J'ai soutenu que vous seul aviez le droit d'apprendre la vérité à Mlle Denise.

— Alors, comment s'explique-t-elle que je ne me sois pas disculpé ?

— Elle ne se l'explique pas.

— Grand Dieu ! me croirait-elle donc coupable?

— Vous lui diriez que vous l'êtes, qu'elle refuserait de vous croire...

— Et cependant elle n'est pas venue hier...

— Elle ne le pouvait pas, monsieur. Si on lui a tû la vérité, on a dû la révéler à votre mère. Mme de Boiscoran a été comme foudroyée par ce dernier coup. Pendant plus d'une heure elle est restée sans connaissance entre les bras de Mᵐˡˡᵉ Denise. Quand elle est revenue à elle, sa première parole a été pour vous, mais il était trop tard pour se présenter à la prison...

En invoquant le nom de Mˡˡᵉ Denise, Mᵉ Folgat avait trouvé le moyen le plus sûr, et peut-être le seul, de briser la volonté de Jacques.

— Comment jamais m'acquitter envers vous, monsieur! murmura-t-il.

— En me jurant de renoncer au funeste dessein que vous aviez conçu, répondit le jeune avocat. Coupable, je vous dirais : Soit! Et je serais le premier à vous fournir une arme. Le suicide serait une expiation. Innocent, vous n'avez pas le droit de vous tuer, car le suicide serait un aveu.

— Que faire?...

— Vous défendre, lutter!...

— Sans espoir?

— Oui, même sans espoir. Est-ce que jamais, en présence de l'ennemi, vous avez été tenté de vous faire sauter la cervelle? Non. Vous saviez cependant que les Prussiens étaient les plus nombreux et que probablement ils seraient vainqueurs! N'importe! Eh bien! vous êtes en présence de l'ennemi, et eussiez-vous la certitude d'être vaincu, c'est-à-dire condamné, que je vous dirais encore : « Il faut combattre!... » Vous seriez condamné et à la veille de monter à l'échafaud, que je vous dirais toujours : « Il faut vivre jusque-là, car d'ici là tel événement peut surgir qui dénonce le coupable!... » Et dût cet événement ne se pas présenter, je vous répéterais quand même : « Il faut attendre le bourreau pour protester du haut de la plate-forme contre l'erreur judiciaire dont vous êtes victime et une dernière fois affirmer votre innocence... »

Peu à peu, à la voix de Mᵉ Folgat, Jacques s'était redressé.

— Sur mon honneur, monsieur, prononça-t-il, je vous jure que j'aurai le courage d'aller jusqu'au bout...

— Bien! approuva Mᵉ Magloire, bien, très-bien!...

— Mais, qu'allons-nous tenter? demanda Jacques.

— Avant tout, répondit Mᵉ Folgat, je prétends recommencer, à votre profit, l'instruction si incomplète de M. Galpin-Daveline. Ce soir même madame votre mère et moi partons pour Paris. Je viens vous demander les renseignements nécessaires, et aussi les moyens d'explorer votre maison de la rue des Vignes, et de rechercher l'ami dont vous aviez emprunté le nom et la servante qui vous servait...

Un grincement de verroux l'interrompit.

Le judas pratiqué dans la porte de la cellule s'ouvrait, et au grillage se collait le visage rubicond de Blangin.

— Monsieur, dit-il, Mme de Boiscoran est au parloir, et elle vous prie de descendre dès que vous aurez terminé avec ces messieurs...

Jacques était devenu très-pâle.

— Ma mère !... murmura-t-il.

Et tout aussitôt :

— Ne vous éloignez pas, cria-t-il au geôlier, nous allons avoir fini.

Trop grande était son agitation pour qu'il pût la maîtriser.

— Il faut que nous en restions là pour aujourd'hui, messieurs, dit-il à Me Magloire et à Me Folgat, je n'ai plus ma tête à moi...

Mais Me Folgat, ainsi qu'il venait de l'annoncer, était résolu à partir pour Paris le soir même.

— Le succès dépend de la rapidité de nos mouvements, prononça-t-il. Permettez-moi d'insister pour obtenir immédiatement les quelques renseignements dont j'ai besoin.

Tristement, Jacques secoua la tête.

— C'est une tâche impossible que vous entreprenez, monsieur, commença-t-il...

— Faites toujours ce que mon confrère vous demande, interrompit Me Magloire.

Sans plus résister, et, qui sait ! agité peut-être du secret espoir qu'il ne s'avouait pas, Jacques de Boiscoran mit le jeune avocat au fait des moindres circonstances de ses relations avec Mme de Claudieuse.

Il lui apprit à quelle heure elle venait rue des Vignes, quel chemin elle prenait, et comment elle était vêtue le plus habituellement.

Les clefs de la maison étaient à Boiscoran, dans un tiroir que Jacques indiquait. Il n'y avait qu'à les demander à Antoine.

Il dit ensuite comment on arriverait peut-être à savoir au juste ce qu'était devenu cet Anglais, son ami, dont il avait emprunté le nom. Sir Francis Burnett avait un frère à Londres. Jacques ignorait son adresse précise, mais il savait qu'il faisait des affaires considérables avec l'Inde, et qu'il avait été autrefois le caissier principal de la célèbre maison de banque Gilmour et Benson.

Quant à la servante anglaise, qui avait tenu pendant trois ans son ménage, rue des Vignes, Jacques l'avait prise les yeux fermés, sur la seule recommandation d'un bureau de placement de la rue du Faubourg-Saint-Honoré, et jamais il ne s'était occupé d'elle autrement que pour lui payer ses gages ou lui donner de temps à autre quelque gratification. Ce qu'il pouvait dire, et encore est-ce par hasard qu'il l'avait appris, c'est que cette fille s'appelait Suky Wood, qu'elle était née à Folkestone, où ses parents tenaient une auberge de matelots, et qu'avant de venir en France, elle avait habité Liverpool, où elle était femme de chambre à l'hôtel Adolphi.

Soigneusement, Me Folgat prit note de tous ces renseignements.

— En voici plus qu'il ne faut, s'écria-t-il, pour ouvrir la campagne. Je n'ai plus à vous demander que l'adresse et le nom de vos fournisseurs de la rue des Vignes.

— Vous en trouverez la liste sur un petit portefeuille qui est dans le même tiroir que les clefs. Là sont aussi tous les titres et tous les papiers relatifs à la maison. Enfin, vous feriez peut-être bien d'emmener Antoine, qui est un homme dévoué.

— Certes, je l'emmènerai, puisque vous le permettez, dit le jeune avocat.

Et serrant précieusement toutes ses notes :

— Mon voyage, ajouta-t-il, ne durera pas plus de trois ou quatre jours, et, à mon retour, selon les circonstances, nous dresserons notre plan de défense... D'ici là, mon cher client, bon courage !...

Sur quoi, ayant appelé Blangin pour qu'il leur ouvrît la porte, et donné à Jacques de Boiscoran une poignée de main, Me Folgat et Me Magloire se retirèrent.

— Eh bien !... descendons-nous, à présent ? demanda le geôlier.

Mais Jacques ne lui répondit pas.

C'est du plus profond de son cœur qu'il avait souhaité la visite de sa mère : puis voici qu'au moment de la voir, il se sentait assailli de toutes sortes d'appréhensions vagues. La

dernière fois qu'il l'avait embrassée, c'était à Paris, dans le beau salon de leur hôtel. Il partait, le cœur gonflé d'espérance et de joie, pour rejoindre Mlle Denise, et il se rappelait que sa mère lui avait dit : « Je ne te verrai plus, main-
» tenant, que la veille de ton mariage... »

Et c'est dans le parloir d'une prison, accusé d'un crime abominable, qu'il allait la revoir... Et peut-être doutait-elle de son innocence !...

— Monsieur, madame la marquise vous attend, insista le geôlier.

A la voix de cet homme, Jacques tressaillit.

— Je suis à vous, répondit-il, marchons ! Et tout en descendant l'escalier, il n'était préoccupé que de composer son visage et de s'armer de courage et de sang-froid.

— Car il ne faut pas, se disait-il, qu'elle se doute de l'horreur de la situation.

Au bas de l'escalier, montrant une porte :

— Voilà le parloir, dit Blangin... Quand Mme la marquise voudra sortir, vous m'appellerez.

Sur le seuil, Jacques s'arrêta.

Le parloir de la prison de Sauveterre est une immense salle voûtée, éclairée par deux étroites fenêtres armées d'une double rangée de solides barreaux.

Point de meubles, sinon un banc grossier scellé dans le mur humide et malpropre.

Et sur ce banc, en pleine lumière, était assise ou plutôt affaissée, et comme privée de sentiment, la marquise de Boiscoran.

L'apercevant, Jacques eut à peine la force d'étouffer un cri de douleur et d'effroi.

Était-ce bien sa mère, cette vieille femme amaigrie, au teint plombé, aux yeux rougis, et dont les mains tremblaient !...

— O mon Dieu !... murmura-t-il.

Elle l'entendit, car elle releva la tête ; et le reconnaissant elle essaya de se dresser ; mais ses forces la trahirent, et elle retomba lourdement sur le banc en s'écriant :

— Jacques, mon fils !...

Elle aussi, elle était épouvantée, en voyant ce qu'avaient fait de Jacques deux mois d'angoisses et d'insomnies...

Mais déjà il s'était agenouillé à ses pieds, sur les dalles boueuses, et d'une voix à peine intelligible :

— Me pardonnes-tu, balbutia-t-il, les horribles souffrances
que je te cause ! ..

Elle le considéra un moment avec une expression délirante, puis tout à coup, lui prenant la tête à deux mains et
l'embrassant avec une violence passionnée :

— Si je te pardonne !... s'écria-t-elle... Hélas ! qu'ai-je à
te pardonner !... Coupable, je t'aimerais toujours, et tu es
innocent !...

Jacques respira plus librement. A l'accent de sa mère, il
comprit qu'elle était sûre de lui.

— Et mon père ? interrogea-t-il.

De fugitives rougeurs marbrèrent les joues blêmes de la
marquise.

— Je le verrai demain, répondit-elle, car je pars ce soir
avec M⁰ Folgat...

— Quoi !... faible comme tu l'es !...

— Il le faut.

— Mon père ne saurait-il abandonner ses collections huit
jours ! Comment n'est-il pas ici ? Me croit-il donc coupable ?...

— C'est précisément parce qu'il est sûr de ton innocence
qu'il reste à Paris. Il ne te croit pas en danger. Il prétend
que la justice ne saurait se tromper...

— Je l'espère bien !... fit Jacques avec un sourire forcé.

Et changeant aussitôt de ton :

— Et Denise, demanda-t-il, pourquoi ne t'a-t-elle pas accompagnée ?...

— Parce que je ne l'ai pas voulu. Elle ne sait rien. Il a
été convenu qu'on ne prononcerait pas devant elle le nom
de Mᵐᵉ de Claudieuse, et je voulais, moi, te parler de cette
exécrable femme !... Jacques, mon pauvre enfant, vois où
t'a conduit une passion coupable !...

Il ne répondit pas.

— Tu l'aimais ? reprit Mᵐᵉ de Boiscoran.

— J'ai cru l'aimer.

— Et elle ?...

— Oh ! elle !... Dieu seul peut savoir le secret de cette âme
troublée.

— Il n'y a donc rien à espérer d'elle, ni pitié ni remords...

— Rien. Je l'ai abandonnée, elle s'est vengée. Elle m'a-
vait prévenu...

Mᵐᵉ de Boiscoran soupira.

— C'est ce que je pensais, dit-elle. Dimanche dernier,

alors que j'ignorais tout, je me suis trouvée près d'elle à l'église, et, involontairement, j'admirais son calme recueillement, la pureté de son regard, la noblesse et la simplicité de son maintien. Hier, quand j'ai appris la vérité, j'ai frémi ! J'ai compris combien doit être redoutable une femme qui peut affecter un tel calme, alors que son amant est en prison accusé du crime qu'elle a commis !...

— Rien au monde ne saurait la troubler, ma mère !...

— Elle doit trembler, cependant, elle doit bien imaginer que tu nous as tout dit. Que faudrait-il pour qu'elle fût démasquée !...

Mais l'heure passait et Blangin ne tarda pas à paraître, annonçant à Mme de Boiscoran qu'il lui fallait se retirer.

Elle se retira, en effet, après avoir une dernière fois embrassé son fils.

Et le soir même, ainsi qu'il était convenu, elle prenait, avec Me Folgat et le vieil Antoine, l'express de Paris.

XVIII

Tous, à Sauveterre, M. de Chandoré aussi bien que Jacques lui-même, calomniaient le marquis de Boiscoran.

Il s'obstinait à demeurer à Paris, c'est vrai, mais ce n'était certes pas par indifférence, car il s'y mourait d'anxiété.

Il avait sévèrement défendu sa porte, même pour ses plus vieux amis, même pour ses marchands de curiosités; il ne sortait plus, la poussière s'amassait sur ses collections, et rien n'était capable de le tirer de son morne abattement que l'arrivée d'une lettre de Sauveterre.

Chaque matin, il en recevait jusqu'à trois ou quatre, de la marquise ou de Me Folgat, de M. Séneschal ou de Me Magloire, de M. de Chandoré, de Mlle Denise et du docteur Seignebos lui-même.

Et ainsi il pouvait suivre à distance toutes les phases et jusqu'aux moindres incidents du procès.

Seulement, c'est en vain qu'on le pressait de venir, qu'on l'en conjurait dans l'intérêt même de son fils. Il ne bougeait toujours pas.

Une seule fois, ayant reçu, par l'entremise de Mlle de Chandoré, une lettre de Jacques, il commanda à son valet de chambre de préparer sa malle pour le soir même.

Mais, au dernier moment, il avait ordonné de la défaire, disant qu'il avait réfléchi, qu'il ne partirait pas.

— Il se passe quelque chose d'extraordinaire dans l'esprit de M. le marquis, disait aux autres domestiques le valet de chambre de confiance.

Et, dans le fait, il passait ses journées et une partie de ses nuits dans son cabinet, affaissé sur son fauteuil, mangeant à peine, ne dormant plus, insensible à tout ce qui s'agitait autour de lui.

Sur sa table, il avait rangé bien en ordre toutes ses lettres de Sauveterre, et sans cesse il les lisait et les relisait, les comparant entre elles, commentant toutes les phrases, essayant, sans y parvenir, de dégager la vérité de cette masse de détails et de renseignements.

C'est qu'il était bien loin de sa sécurité superbe du premier moment: C'est que chaque jour lui avait apporté un doute, chaque courrier une incertitude.

C'est que, sans trêve ni relâche, il était assailli par les plus horribles craintes. Il les écartait, mais toujours elles revenaient, plus fortes et plus irrésistibles à chaque fois, comme les lames de la marée montante.

Ainsi un matin, de très-bonne heure, il était dans son cabinet.

Ses angoisses étaient plus intolérables que de coutume, car la veille Me Folgat lui avait écrit : « Demain cesseront » nos incertitudes. Demain le secret sera levé, et M. Jacques » pourra recevoir Me Magloire, le défenseur qu'il a choisi. » Aussitôt, vous aurez des nouvelles. »

Ces nouvelles, M. le marquis de Boiscoran les attendait.

Et, deux fois déjà, il avait sonné pour demander si le facteur n'était pas venu, lorsque tout à coup son valet de chambre parut, et d'un air effaré :

— Madame la marquise, monsieur, dit-il. Elle vient d'arriver avec Antoine, le domestique de M. Jacques...

Il n'avait pas achevé, que la marquise entrait, plus défaite encore que la veille dans le parloir de la prison, écrasée qu'elle était par les fatigues d'une nuit de chemin de fer.

Le marquis, lui, s'était dressé tout d'une pièce.

Et dès que le valet de chambre fut sorti et la porte refermée, d'une voix frémissante, de cette voix qui sollicite et cependant redoute une réponse décisive :

— Il arrive quelque chose d'extraordinaire ? dit-il.

— Oui.

— Heureux ou malheureux ?

— Triste !...

— Dieu !... Jacques aurait-il avoué ?...

— Comment avouerait-il, puisqu'il est innocent !...

— Il s'est disculpé, alors ?

— Pour moi, pour Me Folgat, pour le docteur Seignebos, pour nous tous qui le connaissons et qui l'aimons, oui. Non pour le public, pour ses ennemis, pour la justice... Il explique tout, mais les preuves lui manquent.

Le visage déjà si sombre du marquis de Boiscoran s'assombrit encore.

— En d'autres termes, on doit le croire sur parole, fit-il.

— Ne le croyez-vous donc pas ?

— Ce n'est pas de moi qu'il s'agit, mais de ses juges...

— Eh bien ! pour ses juges, on trouvera des preuves. Me Folgat, qui vient d'arriver par le même train que moi, et que vous verrez aujourd'hui même, espère en découvrir...

— Des preuves de quoi ?

Peut-être Mme de Boiscoran avait-elle appréhendé cet accueil. Elle avait dû s'y préparer, et cependant il la troublait.

— Jacques, commença-t-elle, a été l'amant de la comtesse de Claudieuse...

— Ah ! ah ! interrompit le marquis.

Et d'un ton d'offensante ironie :

— C'est une histoire d'adultère, ajouta-t-il.

La marquise ne répondit pas.

— Quand Mme de Claudieuse, poursuivit-elle, a appris le mariage de Jacques et qu'il l'abandonnait, exaspérée, elle a voulu se venger...

— Et, pour se venger, elle a essayé d'assassiner son mari....

— Elle voulait être libre.

D'un formidable juron, le marquis de Boiscoran interrompit sa femme.

— Et voilà tout ce que Jacques a trouvé !... s'écria-t-il. C'est pour aboutir à cette histoire qu'il s'est tu pendant l'instruction !...

— Vous ne me laissez pas parler, monsieur... Notre fils est victime de coïncidences inouïes...

— Naturellement !... Les coïncidences inouïes sont l'éternel refrain des quelques milliers de gredins que l'on condamne chaque année. Pensez-vous donc qu'ils avouent? Jamais. Interrogez-les, tous vous prouveront qu'ils sont victimes de la fatalité, d'une intrigue ténébreuse, et, enfin, d'une erreur judiciaire. Comme s'il pouvait y avoir des erreurs judiciaires, à notre époque, après l'enquête du juge d'instruction et l'examen de la chambre des mises en accusation...

— Vous verrez Me Folgat, il vous dira ses espérances...

— Et si elles échouent ?...

Mme de Boiscoran baissa la tête.

— Qu'adviendrait-il? insista le marquis.

— Tout ne serait pas encore perdu, monsieur; mais alors nous aurions cette horrible douleur de voir notre fils traduit en cour d'assises...

La haute taille du vieux gentilhomme s'était redressée, sa face s'empourprait, ses narines se gonflaient, la plus épouvantable colère étincelait dans ses yeux.

— Jacques en cour d'assises ! s'écria-t-il d'une voix formidable, et c'est vous qui venez me dire cela, froidement, comme une chose toute naturelle, comme une chose possible !... Et qu'arrivera-t-il, s'il passe en cour d'assises ?... Il sera condamné, et on verra un Boiscoran au bagne !... Mais non, ce n'est pas vrai !... Je ne prétends pas qu'un Boiscoran ne puisse commettre un crime, la passion a des entraînements insensés... Seulement, un Boiscoran revenu à lui se ferait justice lui-même. Le sang lave tout. Jacques, lui, préfère le bourreau, il attend, il ruse, il veut plaider... Pourvu qu'il sauve sa tête, il sera content... Il s'estimera heureux s'il en est quitte pour quelques années de travaux forcés... Et ce lâche serait un Boiscoran, il coulerait de mon sang dans ses veines ! Allons donc, madame, Jacques n'est pas mon fils !

Si écrasée que fût la marquise, elle se redressa sous cette injure atroce.

— Monsieur !... s'écria-t-elle.

Mais M. de Boiscoran était hors d'état de rien entendre.

— Je sais ce que je dis, continua-t-il. Je me souviens de tout, moi, si vous avez tout oublié... Allons, un retour sur votre passé... Rappelez-vous la date de la naissance de Jacques, et dites-moi en quelle année M. de Margeril a refusé de se battre avec moi !...

L'indignation rendait des forces à la marquise.

— Et c'est aujourd'hui, s'écria-t-elle, que vous venez me dire cela, après trente ans, et dans quelles circonstances, ô mon Dieu !

— Oui, après trente ans !... L'éternité passerait sur de tels souvenirs qu'elle ne les effacerait pas... Et sans ces circonstances que vous invoquez, je ne vous aurais rien dit jamais... Au temps dont je vous parle, j'avais à choisir entre deux rôles : je pouvais être à mon gré ridicule ou odieux.... J'ai préféré me taire et ne pas éclaircir mes doutes... C'en était fait du bonheur, j'ai voulu conserver le repos. Nous avons vécu en bonne intelligence, mais entre nous, toujours, ainsi qu'un mur d'airain, s'est dressé le soupçon... Doutant, je me suis tu. Mais, aujourd'hui que les faits donnent raison à mes doutes, je vous le répète : Jacques n'est pas mon fils !...

Au fond de combien d'existences, paisibles en apparence et heureuses, reposent ainsi, comme de subtils poisons au fond d'une coupe d'eau limpide, d'atroces défiances qui, à la moindre secousse, remontent à la surface.

Éperdue de douleur, de honte et de colère, la marquise de Boiscoran se tordait les mains.

— Quelle humiliation !... s'écriait-elle. Ce que vous faites est horrible, monsieur. C'est une indignité que d'ajouter ce supplice infâme au martyre que j'endure !...

M. de Boiscoran riait d'un rire convulsif.

— Est-ce donc moi, dit-il, qui ai créé cette situation !...

— Eh bien ! oui, c'est vrai, un jour j'ai été imprudente et inconsidérée. J'étais jeune, je ne savais rien de la vie, le monde me faisait fête et vous, mon mari, mon guide, tout à votre ambition, vous paraissiez m'abandonner... Je n'ai pas su prévoir les conséquences d'une coquetterie bien inoffensive...

— Voyez-les donc, maintenant, ces conséquences. Après trente ans, je renie l'enfant qui porte mon nom et je dis que, s'il est innocent, il expie la faute de sa mère. Fatalement, votre fils devait convoiter et prendre la femme d'un autre, et, l'ayant prise, c'est justice qu'il périsse par un adultère...

7.

— Mais vous savez bien que je n'ai pas trahi mes devoirs, monsieur !...

— Je ne sais rien...

— Vous l'avez reconnu, cependant, puisque vous vous êtes refusé à une explication qui m'eût justifiée...

— C'est vrai, j'ai reculé devant une explication qui, avec votre intraitable orgueil, eût abouti fatalement à une rupture, c'est-à-dire à un affreux scandale....

La marquise eût pu répondre à son mari qu'en se refusant à sa justification, il avait renoncé au droit d'articuler un reproche... A quoi bon !...

— Tout ce que je sais, continuait-il, c'est qu'il y a de par le monde un homme que j'ai voulu tuer. Les propos de deux fats m'avaient livré son nom. Je suis allé le trouver en lui disant que j'exigeais une satisfaction et que je comptais assez sur son honneur pour dissimuler, même à nos témoins, le motif réel de notre rencontre. Il m'a refusé la satisfaction que je lui demandais, répondant qu'il ne me la devait pas, que vous aviez été calomniée et qu'il ne se battrait avec moi que si je l'insultais publiquement...

— Eh bien !...

— Que faire après cela ? Commencer une enquête ? Vos précautions devaient être prises pour qu'elle n'aboutît pas. Vous épier ? C'eût été me dégrader inutilement, puisque vous étiez sur vos gardes. Fallait-il plaider en séparation ? La loi m'offrait cette ressource. Je pouvais vous traîner devant des juges, vous livrer aux sarcasmes de mon avocat et m'exposer aux railleries du vôtre... J'avais le droit de nous avilir, de déshonorer mon nom, de clamer notre honte, de l'afficher, de la publier dans les journaux... Ah ! plutôt être dupe mille fois !

Mme de Boiscoran semblait confondue.

— Voilà donc, murmura-t-elle, l'explication de votre conduite depuis tant d'années...

— Oui. Voilà pourquoi, tout à coup, j'ai renoncé aux affaires, moi que vous appeliez ambitieux. Voilà pourquoi je me suis dérobé au monde, où toujours il me semblait voir les visages sourire sur mon passage... Voilà pourquoi, vous abandonnant l'éducation de votre fils et la direction de notre maison, je suis devenu l'enragé collectionneur, le maniaque égoïste que l'on connaît ! Est-ce donc d'aujour-

d'hui seulement que vous découvrez que vous avez gâté
ma vie !...

Il y avait plus de compassion que de ressentiment dans
le regard dont Mme de Boiscoran enveloppait son mari.

— Vous m'aviez dit vos injustes soupçons, monsieur, répondit-elle, mais j'étais forte de mon innocence, et j'espérais que le temps et ma conduite les avaient effacés...

— La foi perdue ne revient plus...

— Jamais l'épouvantable idée ne m'était venue que vous
doutiez, que vous pouviez douter de votre paternité !...

Le marquis de Boiscoran secouait la tête.

— C'était ainsi, cependant, dit-il. J'ai cruellement souffert. J'aimais Jacques. Oui, malgré tout, malgré moi-même,
je l'aimais ! N'avait-il pas toutes les qualités qui sont l'orgueil et la joie d'une famille ! N'était-il pas généreux et fier,
ouvert à tous les nobles sentiments, affectueux et toujours
empressé de me plaire ! Jamais je n'ai eu qu'à me louer de
lui. Et encore en ces derniers temps, pendant cette exécrable guerre, n'a-t-il pas fait preuve de la plus rare bravoure, et n'a-t-il pas vaillamment conquis la croix qu'on lui
a donnée !... Toujours, de tous côtés, me sont venues à son
sujets des félicitations. On me vantait son intelligence, son
application au travail. Hélas !... c'est quand on me disait que
j'étais un heureux père, que j'étais le plus malheureux des
hommes. Combien de fois ne m'est-il pas arrivé, d'un mouvement irrésistible, de l'attirer sur mon cœur ! Mais aussitôt
le doute horrible tressaillait en moi. S'il n'était pas mon
fils !... Et je le repoussais, et dans ses traits je cherchais
quelque chose des traits de l'autre.

Sa colère s'épuisait, usée par son excès même.

Il s'attendrissait.

Et se laissant tomber sur un fauteuil, et cachant son
visage entre ses mains :

— S'il était mon fils, cependant ! murmura-t-il. S'il était
innocent... Ah ! ce doute est intolérable !... Et moi qui me
suis obstiné à ne pas bouger d'ici !... Moi qui n'ai rien fait
pour lui !... Je pouvais tout, au début. Il m'eût été si facile
d'obtenir que l'instruction fût confiée à un autre qu'à ce
Galpin-Daveline, son ami autrefois, maintenant son ennemi
mortel !...

M. de Boiscoran l'avait dit, l'orgueil de la marquise était
intraitable.

Et cependant, blessée aussi cruellement qu'une femme puisse l'être, elle refoulait toutes les révoltes de son être, et, songeant à son fils, elle demeurait humble.

Tirant de son sein une lettre que Jacques lui avait fait parvenir dans la soirée de son départ, elle la tendit à son mari en disant :

— Voulez-vous lire ce que vous écrit notre fils, monsieur?...

D'une main tremblante, le marquis prit cette lettre, et, l'enveloppe brisée, il lut :

« M'abandonnez-vous donc, mon père, quand tout le monde » m'abandonne? Jamais votre affection ne m'a été si néces- » saire. Le péril est immense. Tout est contre moi. Jamais » un tel concours de circonstances fatales ne s'est vu. Peut- » être me sera-t-il impossible de démontrer mon innocence. » Mais vous, est-il possible que vous croyiez votre fils cou- » pable d'un crime stupide et lâche !... Oh! non, n'est-ce » pas? Ma résolution est prise, je lutterai jusqu'au bout... » Jusqu'à mon dernier souffle, je défendrai, non ma vie, » mais mon honneur... Ah! si vous saviez !... Mais il est de » ces choses qu'on n'écrit pas, et qu'on ne peut dire qu'à » son père... Je vous en conjure, venez, que je vous voie, » que votre main serre la mienne... Ne refusez pas cette » consolation suprême à votre malheureux fils... »

D'un bloc, le marquis s'était dressé.

— Oh !... oui, bien malheureux, s'écria-t-il.

Et s'inclinant à demi devant sa femme :

— Je vous ai interrompu, fit-il... Maintenant, je vous prie de tout me dire...

L'amour de la mère étouffa le ressentiment de la femme.

Sans l'ombre d'une hésitation, et comme si rien ne se fût passé, Mᵐᵉ de Boiscoran répéta le récit de Jacques à Mᵉ Magloire.

Le marquis semblait un homme assommé.

— C'est inouï !... répétait-il.

Et quand sa femme eut achevé :

— Voilà donc, reprit-il, pourquoi Jacques s'était si fort irrité quand vous lui avez parlé d'inviter Mᵐᵉ de Claudieuse, et pourquoi il vous avait dit que, s'il la voyait entrer par une porte, il sortirait par l'autre... Nous ne comprenions pas cette aversion...

— Hélas !... ce n'était pas de l'aversion. Jacques ne faisait

en cela que servir la savante dissimulation de Mme de Claudieuse...

En moins d'une minute, les résolutions les plus opposées
se lurent sur le visage de M. de Boiscoran. Il hésita, et
enfin :

— Tout ce qui est possible pour réparer mon inaction,
dit-il, je le ferai. J'irai à Sauveterre. Il faut que Jacques soit
sauvé. M. de Margeril est tout-puissant, voyez-le, je vous le
permets, je vous le demande...

Deux larmes brûlantes, les premières depuis le commencement de cette scène, jaillirent des yeux de la marquise.

— Ne comprenez-vous donc pas, monsieur, dit-elle, que
ce que vous me demandez est maintenant impossible...
Tout, oui, tout au monde, excepté cela !... Mais Jacques et
moi sommes innocents; Dieu aura pitié de nous, Me Folgat
nous sauvera.

XIX

Déjà Me Folgat était à l'œuvre.

Confiance en sa cause, conviction de l'innocence de
Jacques, attrait de l'inconnu, fièvre de la lutte, incertitude
du résultat, convoitises du succès, affection, intérêt, passion, tout se réunissait pour exalter le génie du jeune avocat
et fouetter son activité.

Et au-dessus de tout encore planait, mystérieux et indé-
finissable, le sentiment que lui inspirait Mlle de Chandoré.

Car il avait subi le charme, comme tous les autres.

Ce n'était pas de l'amour, car dire amour, c'est dire espérance, et il savait bien que toute et à tout jamais Mlle Denise appartenait à Jacques; c'était un sentiment puissant et
doux, qui lui faisait souhaiter se dévouer pour elle et dé-
sirer d'être pour quelque chose dans sa vie et dans son
bonheur.

C'est pour elle que, sacrifiant toutes ses affaires et oubliant ses clients, il était resté à Sauveterre.

C'est pour elle surtout qu'il voulait sauver Jacques de
Boiscoran.

A peine arrivé à la gare, il avait laissé la marquise de

Boiscoran à la garde du vieil Antoine, et, sautant dans une voiture, il s'était fait conduire chez lui.

La veille, il avait adressé une dépêche, son domestique l'attendait.

En moins de rien, il eut changé de vêtements.

Remontant aussitôt en voiture, il partit à la recherche de l'homme le plus apte, selon lui, à éclaircir cette ténébreuse intrigue.

C'était un certain Goudar, qui avait à la préfecture de police des fonctions assez mal définies, mais assez bien rétribuées pour lui donner l'aisance.

C'était un de ces agents à tout faire, que la police réserve pour les opérations délicates et les expéditions scabreuses, où il faut à la fois du flair et du tact, une intrépidité à toute épreuve et un imperturbable sang-froid.

Me Folgat avait eu occasion de le connaître et de l'apprécier, lors de l'affaire de la *Société d'Escompte mutuel*.

Lancé sur les traces du gérant, qui s'était enfui laissant un déficit de plusieurs millions, Goudar l'avait rejoint et arrêté au Canada, après trois mois de courses effrénées à travers l'Amérique.

Mais le jour de son arrestation ce gérant n'avait sur lui, dans son portefeuille et dans ses malles, que quarante-trois mille francs.

Qu'étaient devenus les millions?

Lorsqu'on l'interrogea, il répondit qu'ils étaient dissipés; qu'il avait joué à la Bourse, qu'il avait été malheureux...

Tout le monde le crut, sauf Goudar.

Surexcité par l'appât d'une récompense magnifique, il se remit en campagne et réussit, en moins de six semaines, à retrouver seize cent mille francs qui avaient été déposés à Londres chez une femme de mœurs équivoques.

L'histoire elle-même est bien connue.

Ce qu'on ignore, c'est le génie d'investigation, la fertilité de ressources et d'expédients qu'avait dû déployer Goudar pour obtenir un tel résultat.

Or, Me Folgat le savait exactement, lui qui avait été le conseil et l'avocat des actionnaires de la *Société d'Escompte mutuel*.

Et il s'était bien juré que si jamais une occasion se présentait, c'est à cet habile homme qu'il aurait recours.

Goudar, qui était marié et père de famille, demeurait au diable, route de Versailles, tout près des fortifications.

Il occupait, seul avec les siens, une petite maison dont il était, ma foi, propriétaire, véritable retraite du sage, avec un jardinet sur la route, et de l'autre côté, un vaste jardin, où il cultivait des plantes et des fruits admirables, et où il élevait toutes sortes d'animaux.

Car c'est un fait à remarquer, que tous ces hommes de police, qui remuent à la journée le fumier social, adorent la campagne, et dégoûtés sans doute des hommes, aiment de passion les bêtes et les fleurs.

Lorsque M° Folgat descendit de voiture devant cette plaisante habitation, une jeune femme de vingt-cinq à vingt-six ans, éblouissante de beauté, de jeunesse et de fraîcheur, jouait dans le jardinet avec une petite fille de trois à quatre ans, toute blonde et toute rose.

— Monsieur Goudar, madame ? demanda M° Folgat après avoir salué.

La jeune femme rougit légèrement, et modeste, mais non embarrassée :

— Mon mari, monsieur, répondit-elle d'une voix admirablement timbrée, est dans le jardin, et vous le trouverez en prenant cette allée qui tourne la maison.

Ayant suivi l'indication, le jeune avocat ne tarda pas à apercevoir son homme.

La tête couverte d'un vieux chapeau de paille, en pantoufles et en bras de chemise, ayant devant lui un tablier bleu à pièce et à poche comme en portent les jardiniers, Goudar était grimpé sur une échelle et s'appliquait à loger dans des sacs de crin les superbes chasselas de ses treilles.

Entendant le sable crier sous des pas, il tourna la tête, et tout du suite :

— Tiens !... fit-il, M° Folgat chez moi !... Bonjour, maître !...

Grande fut la surprise du jeune avocat de se voir ainsi reconnu du premier coup d'œil. Il n'eût certes pas, lui, reconnu ainsi le policier. Plus de trois ans s'étaient écoulés depuis qu'ils ne s'étaient vus. Et combien de temps s'étaient-ils vus ! pas une heure en deux fois.

Il est vrai que Goudar était un de ces hommes dont on ne garde pas souvenir.

De taille moyenne, il n'était ni gras ni maigre, ni brun ni blond, ni jeune ni vieux. Un employé aux passe-ports eût certainement écrit ainsi son signalement : front ordinaire, nez ordinaire, bouche ordinaire, yeux de couleur indécise, absence de signes particuliers.

On ne pouvait pas dire qu'il eût l'air niais, mais il n'avait pas l'air intelligent. En lui, tout était ordinaire, moyen et indécis. Pas un trait saillant. Il devait fatalement passer inaperçu et être oublié aussitôt passé.

— Vous me voyez en train de préparer ma récolte pour l'hiver, dit-il à M⁰ Folgat. Agréable besogne ! Cependant je suis à vous. Encore ces trois grappes dans ces trois sacs, et je descends,

Ce fut l'affaire d'un instant, et dès qu'il fut à terre :

— Eh bien !... interrogea-t-il, que dites-vous de mon jardin !...

Et tout de suite il voulut faire visiter son domaine, et avec les extases d'un propriétaire, il vantait la saveur de ses poires duchesse, il exaltait les couleurs éclatantes de ses dalhias, il célébrait l'aménagement de sa basse-cour, où se voyaient des cabanes pour les lapins, et un bassin pour les canards de toutes couleurs et des espèces les plus variées...

Du fond du cœur, M⁰ Folgat maudissait ces enthousiasmes. Que de temps perdu !... Mais quand on attend un service d'un homme, c'est bien le moins qu'on flatte sa manie. Aussi renchérissait-il sur tous les éloges. Et toujours dans le but de se concilier les bonnes grâces du policier, tirant un étui à cigares et le lui présentant tout ouvert :

— Vous en offrirais-je un ? fit-il.

— Merci, je ne fume jamais, répondit Goudar.

Et voyant l'étonnement de l'avocat :

— Jamais chez moi, du moins, ajouta-t-il. J'ai cru remarquer que l'odeur du tabac déplaît à ma femme...

Positivement, si M⁰ Folgat n'eût pas connu l'homme, il l'eût pris pour quelque bon et simple rentier, inoffensif et rien moins que subtil, et, lui tirant sa révérence, il se fût retiré.

Mais il l'avait vu à l'œuvre, et à sa suite il visita et admira encore une serre bien établie, la couche des melons et la force des asperges.

Jusqu'à ce qu'enfin, conduisant son hôte au fond du jardin,

sous une tonnelle où se trouvaient une table et des siéges rustiques :

— Maintenant, dit Goudar, asseyons-nous, maître, et dites-moi votre affaire, car ce n'est pas pour l'unique plaisir de visiter mon domaine que vous êtes venu...

Goudar était de ces hommes qui ont reçu en leur vie plus de confidences que dix confesseurs, dix avoués et dix médecins ensemble. On pouvait tout lui dire.

Sans l'ombre d'une hésitation, et tout d'un trait, M⁰ Folgat lui dit l'histoire de Jacques et de Mme de Claudieuse.

Il écouta sans un mot, sans un geste, sans qu'un des muscles de son visage tressaillît. Et quand l'avocat eut achevé :

— Eh bien !... demanda-t-il.

— Avant tout, répondit M⁰ Folgat, je voudrais votre impression. Admettez-vous les explications de M. de Boiscoran ?

— Pourquoi non ?... J'en ai, par ma foi ! vu bien d'autres.

— Alors vous pensez que, malgré tant de charges qui l'accablent, il faut croire à son innocence.

— Permettez, je ne pense rien. Diable ! il faut étudier une affaire avant d'émettre son opinion.

Il sourit, et regardant le jeune avocat :

— Mais voilà bien des préambules, fit-il. Qu'attendez-vous donc de moi?...

— Votre aide, pour faire jaillir la vérité !...

L'homme de la préfecture, assurément, s'attendait à quelque proposition de ce genre.

Après une minute de réflexion, regardant fixement M⁰ Folgat :

— Si je vous ai bien compris, reprit-il, vous voudriez procéder à une contre-instruction au bénéfice de la défense?

— Précisément.

— Et à l'insu de l'accusation?

— Juste.

— Eh bien ! il m'est impossible de vous servir.

Le jeune avocat était trop au courant des affaires pour n'avoir pas prévu une certaine résistance, et il s'était préoccupé des moyens d'en triompher.

— Ce n'est pas votre dernier mot, mon cher Goudar, dit-il.

— Pardonnez-moi. Je ne m'appartiens pas, j'ai un emploi et des occupations journalières...

— Vous pouvez demander, et on ne vous refuserait certainement pas un congé d'un mois...

— C'est vrai, mais il est certain aussi qu'on s'inquièterait à la préfecture de ce congé. On me surveillerait probablement. Et si l'on venait à découvrir que je me mêle de faire de la police pour le compte des particuliers, on me laverait la tête solidement et on se priverait de mes services.

— Oh !...

— Il n'y a pas de oh ! on ferait ce que je vous dis, et on aurait raison. Car enfin, où irions-nous, et que deviendraient la sécurité et la liberté individuelles, si le premier venu avait le droit d'embaucher les agents de la préfecture et de les employer à sa fantaisie ? Et que deviendrais-je, si je venais à perdre ma place !...

— La famille de M. de Boiscoran est riche, et témoignerait magnifiquement sa reconnaissance à l'homme qui le sauverait...

— Et si je ne le sauvais pas ! Et si au lieu de réussir à démontrer son innocence, je ne parvenais qu'à recueillir des preuves nouvelles de sa culpabilité !...

L'objection était si forte que Me Folgat n'essaya même pas de la discuter.

— Je pourrais, dit-il, vous remettre comme entrée de jeu, une certaine somme qui vous resterait acquise quel que fût le résultat...

— Quelle somme ? Une centaine de louis ? Certes, cent louis ne sont pas à dédaigner, mais qu'en ferais-je, si j'étais mis à pied ? Je n'ai pas à penser qu'à moi ; j'ai une femme et un enfant, et pour toute fortune cette bicoque qui n'est même pas finie de payer. Ma femme, qui est orpheline, n'avait en dot que son état de repriseuse de dentelles et de cachemires. Ma place n'est pas le Pérou, mais avec les gratifications extraordinaires elle me vaut, bon an mal an, sept ou huit mille francs, sur lesquels j'en économise deux ou trois...

D'un geste amical, le jeune avocat l'arrêta.

— Si je vous offrais dix mille francs ?...

— Une année d'appointements...

— Si je vous en offrais quinze mille ?...

— Goudar ne répondit pas, mais son œil brilla.

— C'est une affaire intéressante que celle de M. de Boiscoran, poursuivit Me Folgat, et telle qu'il ne s'en présente

guère. L'homme qui parviendrait à démontrer l'inanité de
l'accusation grandirait singulièrement sa réputation...

— Se ferait-il aussi des amis au parquet ?

— J'avoue que je ne le pense pas.

L'homme de la police secouait la tête.

— Eh bien ! moi, dit-il, j'avoue que ce n'est ni pour la
gloire ni par amour de l'art que je travaille. Oh ! je sais
bien que la vanité est le grand mobile de quelques-uns de
mes confrères ; j'ai connu le père Tabaret, je connais Lecoq... je suis plus positif. Mon métier ne m'a jamais plu,
et si je continue à l'exercer, c'est faute d'argent pour en entreprendre un autre. Il désespère ma femme, d'ailleurs, qui
ne vit pas tant que je suis dehors, et qui tremble toujours
qu'on ne me rapporte un beau matin avec un couteau
planté entre les épaules...

Sans cesser d'écouter, Me Folgat avait tiré de sa poche et
posé sur la table un portefeuille fort gonflé.

— Avec quinze mille francs, prononça-t-il, on peut entreprendre quelque chose...

— C'est vrai... Il y a à vendre touchant mon jardin, un
terrain qui m'irait comme un gant... Le commerce des
fleurs rapporte gros à Paris, et plairait joliment à ma
femme... On peut gagner beaucoup avec les fruits...

L'avocat comprenait bien qu'il tenait son homme.

— Ajoutez, mon cher Goudar, insista-t-il, qu'en cas de
succès, ces quinze mille francs ne seraient qu'un à-compte.
Peut-être les doublerait-on. M. de Boiscoran est le plus généreux des hommes, et ce lui serait une joie que de récompenser royalement l'homme qui l'aurait sauvé...

Il ouvrait son portefeuille, tout en parlant, et il en tirait
quinze billets de mille francs qu'il étalait sur la table.

— A tout autre qu'à vous, continua-t-il, j'hésiterais à remettre d'avance une somme aussi forte... Un autre, l'argent
reçu, ne s'occuperait peut-être plus de mon affaire... Mais je
sais votre probité, et si en échange de mes billets, vous me
donnez votre parole, je serai tranquille... Voyons, est-ce
dit ?

L'émotion du policier était grande, car si maître qu'il fût
de ses impressions, il avait légèrement pâli.

Hésitant, il maniait les billets de banque d'un main frémissante, jusqu'à ce que tout à coup :

— Attendez-moi deux minutes, dit-il.

Et se levant brusquement, il courut vers la maison.

— Va-t-il consulter sa femme ? se demandait Me Folgat.

Il y allait positivement, car le moment d'après ils apparurent au bout de l'allée discutant avec une certaine animation.

D'ailleurs, la discussion dura peu. Revenant à la tonnelle :

— C'est entendu, déclara Goudar, je suis votre homme.

Joyeusement l'avocat lui serra la main.

— Merci, s'écria-t-il, car, aidé par vous, je réponds presque du succès... Malheureusement le temps presse... Quand nous mettrons-nous à l'œuvre ?

— A l'instant. Permettez-moi de changer de costume et je suis à vous. Il faudra que vous me donniez les clefs de la maison de la rue des Vignes.

— Je les ai dans ma poche...

— En ce cas, nous allons y aller immédiatement, car il me faut avant tout reconnaître le terrain .. Et vous allez voir si je suis long à ma toilette !...

Moins d'un quart d'heure après, effectivement, il reparaissait, vêtu d'une longue redingote noire et ganté, présentant le type achevé de ces dignes boutiquiers retirés, après fortune faite, qu'on rencontre dans la banlieue de Paris, promenant au soleil l'ennui de leur oisiveté et l'incurable regret de leur boutique.

— Partons, dit-il à l'avocat.

Et après avoir salué Mme Goudar, qui les accompagna de son plus radieux sourire, ils montèrent en voiture, en criant au cocher : rue des Vignes, 23.

C'est une singulière rue que cette rue des Vignes, qui ne mène nulle part, peu connue, et si peu fréquentée que l'herbe y pousse dru. Très-longue, elle affecte la forme d'un vaste demi-cercle dont la rue de Boulainvilliers est la corde. Montueuse, tortueuse, raboteuse, à peine pavée, elle ressemble bien plus à une ruelle de village qu'à une des voies de Paris. Point de boutiques, à peine quelques maisons, mais de droite et de gauche d'interminables murs de jardins, au-dessus desquels s'élèvent de grands arbres.

— Ah !... l'endroit est bien choisi pour de mystérieux rendez-vous, grommelait Goudar. Trop bien choisi même, car nous n'y trouverons pas de renseignements.

La voiture s'arrêtait devant une petite porte percée dans

un vieux mur dont les nombreuses réparations trahissaient les ravages des deux siéges.

— Nous voilà au 23, bourgeois, dit le cocher, mais je ne vois pas de maison...

On ne la voyait pas de la rue, mais étant entrés, Me Folgat et Goudar l'aperçurent, s'élevant au milieu d'un immense jardin, simple et coquette, avec son double perron, son toit d'ardoises et ses persiennes fraîchement peintes.

— Mon Dieu ! s'écria l'homme de la préfecture, qu'un jardinier serait bien ici !

Et Me Folgat devina à son accent de telles convoitises, que tout aussitôt :

— Si nous sauvons M. de Boiscoran, dit-il, je suis bien sûr qu'il ne gardera pas cette habitation...

— Visitons !... dit l'agent, d'un ton qui révélait une envie immense de réussir.

Malheureusement Jacques de Boiscoran avait dit vrai. Meubles, tapis, tentures, tout était neuf, et c'est inutilement que Goudar et Me Folgat explorèrent les quatre pièces du rez-de-chaussée et les quatre pièces de l'étage supérieur, le sous-sol, où était la cuisine, et enfin les greniers.

Nous ne recueillerons pas un indice dans cette maison, déclara l'homme de la préfecture. Pour l'acquit de ma conscience, j'y viendrai passer une après-midi, mais aujourd'hui nous avons mieux à faire. Voyons les gens des environs...

Les habitants ne sont pas nombreux, rue des Vignes.

Un chef d'institution et un nourrisseur, un serrurier en bâtiments et un loueur de voitures, cinq ou six propriétaires et l'inévitable marchand de vin-traiteur, constituent toute la population.

— Notre tournée sera bientôt faite, dit l'homme de police, après avoir ordonné au cocher d'aller attendre au bout de la rue.

Ni le chef d'institution ni ses employés ne savaient rien.

Le nourrisseur avait ouï dire que la maison numéro 23 appartenait à un Anglais, mais il ne l'avait jamais aperçu et ignorait même son nom.

Le serrurier, lui, savait que cet Anglais s'appelait Francis Burnett. Il avait fait pour lui divers travaux dont il avait été fort bien payé, et avait eu par conséquent occasion de le voir, mais il y avait si longtemps de cela qu'il se déclarait incapable de le reconnaître.

— Nous jouons de malheur, disait M° Folgat après cette troisième visite.

Plus fidèle était la mémoire du loueur de voitures. Il connaissait fort bien, affirma-t-il, l'Anglais du n° 23, l'ayant conduit deux ou trois fois, et le signalement qu'il en donna était exactement celui de Jacques de Boiscoran. Il se rappelait encore qu'un soir qu'il faisait un temps affreux, sir Burnett était venu de sa personne lui demander une voiture. C'était pour une dame qui y était montée seule, et qui s'était fait conduire place de la Madeleine. Mais la nuit était sombre, la dame portait un voile épais, il n'avait pas distingué ses traits, et tout ce qu'il pouvait dire, c'est qu'elle lui avait paru d'une taille au-dessus de la moyenne...

— C'est toujours cela, disait Goudar en quittant le loueur. Mais le mieux renseigné doit être le marchand de vin. Si j'étais seul, je déjeunerais chez lui.

— J'y déjeunerai volontiers avec vous, déclara M° Folgat.

Ainsi fut-il fait, et ce fut sagement fait.

Le marchand de vin ne savait pas grand'chose; mais son garçon, qui habitait le quartier depuis cinq ou six ans, connaissait de vue sir Burnett, et avait surtout bien connu sa domestique anglaise, Suky Wood.

Et, tout en servant, il donnait quantité de détails.

Suky, racontait-il, était une grande diablesse de plus de cinq pieds, rousse à mettre le feu à ses bonnets, et qui avait les grâces d'un cuirassier habillé en femme. Il avait souvent et longuement causé avec elle, quand elle venait chercher une portion du « plat du jour » pour son dîner, ou acheter de la bière qu'elle aimait beaucoup.

Elle se déclarait fort satisfaite de sa place, disant qu'elle y était bien payée et qu'elle n'avait autant dire rien à faire, puisqu'elle était seule à la maison les trois quarts de l'année...

Par elle, le garçon marchand de vin avait appris que M. Burnett devait avoir un autre domicile, et qu'il ne venait rue des Vignes que pour recevoir une dame.

Même, cette dame intriguait beaucoup Suky. Jamais, prétendait-elle, jamais elle n'avait pu seulement lui voir le bout du nez, tant elle savait bien prendre ses précautions; mais elle se promettait bien qu'elle finirait par la dévisager...

— Et comptez qu'elle y aura réussi tôt ou tard, souffla Goudar à l'oreille de Me Folgat.

Enfin, par ce garçon marchand de vin, on sut encore que Suky avait été très-liée avec la servante d'un vieux rentier célibataire qui demeurait au n° 27.

— Il faut y aller, décida Goudar.

Précisément le maître de cette fille venait de sortir, et elle était seule au logis.

Un peu effrayée d'abord de la visite et des questions de ces deux inconnus, elle ne tarda pas à se rassurer aux patelinages de l'homme de la préfecture, et, comme elle avait la langue des mieux pendues, elle confirma pleinement et développa toutes les assertions du garçon marchand de vin.

Suky, dont elle avait eu toute la confiance, ne s'était pas gênée pour lui dire que M. Burnett n'était pas Anglais et ne s'appelait pas Burnett, et que s'il venait se cacher ainsi rue des Vignes sous un faux nom, c'était pour y recevoir sa bonne amie, qui était une femme du grand monde, admirablement belle...

Enfin, au moment de la guerre, quand elle avait quitté Paris, Suky avait annoncé qu'elle se rendait en Angleterre dans sa famille...

En sortant de la maison du vieux rentier :

— C'est bien peu, ce que nous venons de recueillir, disait Goudar au jeune avocat, et des jurés ne s'en contenteraient pas... Mais c'est assez pour confirmer, au moins en partie, le récit de M. Jacques de Boiscoran. Il nous est prouvé désormais qu'il recevait une femme qui avait le plus grand intérêt à se cacher. Était-ce, comme il l'affirme, Mme de Claudieuse ? C'est ce que Suky nous apprendrait, car certainement elle l'a vue. Donc, il faut retrouver Suky... Et, maintenant, remontons en voiture et rendons-nous à la préfecture. Vous m'attendrez au café du Palais-de-Justice. Je n'en ai pas pour plus d'un quart d'heure...

Il en eut pour une grande heure et demie, et Me Folgat commençait à presque s'inquiéter, quand enfin il reparut, l'air fort satisfait.

— Garçon, un bock, commanda-t-il.

Et s'asseyant en face de l'avocat :

— J'ai été longtemps, dit-il, mais je n'ai pas perdu mon temps. D'abord, j'ai obtenu un congé d'un mois. J'ai ensuite mis la main précisément sur le gaillard que je rêvais

pour expédier à la recherche de sir Burnett et de Suky.
C'est un brave garçon nommé Barousse, fin comme l'ambre,
et qui parle anglais comme s'il était né à Londres. Il demande, ses frais de voyage payés, vingt-cinq francs par
jour, plus quinze cents francs de gratification s'il réussit.
J'ai rendez-vous avec lui à six heures, pour lui rendre une
réponse définitive. Si ces conditions vous conviennent, ce
soir même, bien stylé par moi, il sera en route pour l'Angleterre.

Pour toute réponse, M⁰ Folgat sortit un billet de mille
francs, en disant :

— Voilà pour les premiers frais.

Goudar avait achevé son bock.

— Cela étant, maître, reprit-il, je vous quitte... Je vais
aller rôder rue de la Ferme-des-Mathurins, rôder autour de
la maison de M. de Tassar de Bruc, le père de Mᵐᵉ de Claudieuse. Peut-être y récolterai-je quelque chose. Demain, je
passerai la journée à étudier à la loupe la maison de la rue
des Vignes, et à interroger les fournisseurs dont vous m'avez
donné la liste. Après-demain, j'aurai probablement fini ici.
Donc, dans quatre ou cinq jours vous verrez arriver à Sauveterre un individu qui sera moi.

Et se levant :

— Car il faut que je sauve M. de Boiscoran, ajouta-il; je
le veux, il le faut... Il a une trop jolie maison... Allons, au
revoir à Sauveterre...

Quatre heures sonnaient.

Sur les talons de Goudar, M⁰ Folgat quitta le café et descendit les quais pour gagner la rue de l'Université. Il avait
hâte de revoir M. et Mᵐᵉ de Boiscoran.

— Mᵐᵉ la marquise repose, lui répondit le valet auquel il
s'adressa, mais M. le marquis est dans son cabinet...

C'est là, en effet, que le jeune avocat le trouva, encore
tout bouleversé de l'épouvantable scène du matin.

Il n'avait rien dit à sa femme qu'il ne pensât, malheureusement; mais il était désespéré de l'avoir dit en de telles
circonstances. Et, cependant, il en éprouvait un grand sou-
lagement; car, en vérité, il se sentait en partie délivré des
horribles doutes dont il avait si longtemps gardé le secret.

Lorsqu'il vit entrer M⁰ Folgat :

— Eh bien?... interrogea-t-il d'une voix altérée.

Minutieusement le jeune avocat répéta le récit de la marquise ; mais il dit, en outre, ce qu'elle n'avait pas pu dire, puisqu'elle l'ignorait, les projets désespérés de Jacques...

A cette révélation, M. de Boiscoran eut un geste désolé.

— Malheureux !... s'écria-t-il. Et moi qui l'accusais !... Il songeait à se tuer !...

— Et nous avons eu bien de la peine, Me Magloire et moi, ajouta Me Folgat, à triompher de sa résolution, bien de la peine à lui faire comprendre que jamais, quoi qu'il arrive, un innocent n'a le droit de recourir au suicide...

Une grosse larme roulait le long des joues du vieux gentilhomme.

— Ah !... j'ai été cruellement injuste ! murmura-t-il.. Pauvre malheureux enfant !...

Puis, tout haut :

— Mais je le verrai, reprit-il, je suis résolu à accompagner Mme de Boiscoran à Sauveterre... Quand partez-vous ?

— Rien ne me retient plus à Paris, tout ce que j'avais à y faire est fait, et je pourrais partir ce soir même... Mais je suis vraiment trop fatigué. Je compte prendre demain matin le train de dix heures quarante-cinq...

— Cela étant, nous ferons le voyage ensemble. C'est entendu, n'est-ce pas ? Demain, à dix heures, à la gare d'Orléans. Nous serons à Sauveterre à minuit.

XX

Lorsque la marquise de Boiscoran, le jour de son départ de Sauveterre, était allée rendre visite à son fils, Mlle Denise de Chandoré avait demandé à y aller avec elle.

Refusée, la jeune fille n'avait pas insisté.

— Je vois bien qu'on me cache quelque chose, avait-elle dit simplement, mais qu'importe !...

Et elle s'était réfugiée au salon, et là, assise à la place où elle s'asseyait autrefois, en ces temps heureux où Jacques passait près d'elle toutes ses soirées, elle était restée de longues heures, immobile, les sourcils froncés, semblant suivre de l'œil dans l'espace des scènes invisibles pour les autres..

L'inquiétude était sans bornes de grand-père Chandoré et des tantes Lavarande.

C'est qu'ils savaient, mieux peut-être qu'elle ne se savait elle-même, Denise, leur enfant adorée, leur plus cher et leur unique souci depuis bientôt vingt ans. C'est qu'ils connaissaient chacune des expressions de cette physionomie, miroir fidèle de l'âme la plus pure. C'est qu'à un tressaillement de son visage, à un geste, à une intonation de sa voix, ils s'étaient habitués à démêler ses pensées.

— Certainement, Denise médite quelque grave projet, disaient les tantes à M. de Chandoré. Elle réfléchit, elle calcule, elle est en train de prendre une résolution.

C'était l'avis du vieux gentilhomme. Et à plusieurs reprises :

— A quoi penses-tu, chère fille ? lui demanda-t-il.

— A rien, bon papa, répondit-elle.

— Tu es plus triste encore qu'à l'ordinaire; pourquoi ?

— Hélas ! le sais-je moi-même !... Sait-on pourquoi, selon les jours, on a le cœur plein de soleil ou plein de brume !...

Mais, le lendemain, elle voulut absolument qu'on la conduisît chez ses couturières, et, comme elle y trouva Méchinet, le greffier, elle resta en conférence avec lui une grosse demi-heure. Puis, le soir, le docteur Seignebos étant venu, elle le guetta à sa sortie et le tint longtemps à causer tout bas devant la porte.

Et enfin, le lendemain encore, elle demanda qu'il lui fût permis d'aller visiter Jacques.

Il n'y avait pas à lui refuser cette triste satisfaction. Il fut convenu que l'aînée des tantes Lavarande, Mlle Adélaïde, l'accompagnerait.

Et, sur les deux heures, elles frappaient à la porte de la prison, et demandaient Jacques au geôlier qui était venu leur ouvrir.

— Je cours le chercher, mademoiselle, répondit Blangin. En attendant, prenez donc la peine d'entrer chez moi, car le parloir est tellement humide, que moins vous y resterez, mieux cela vaudra.

Ainsi fit Mlle Denise, ou plutôt elle fit plus, car laissant la tante Lavarande dans la pièce du bas, elle entraîna Mme Blangin dans la chambre du haut, ayant, prétendit-elle, quelque chose à lui dire.

Quand elles redescendirent, Blangin était de retour, annonçant que M. de Boiscoran attendait.

— Viens! dit la jeune fille en entraînant sa tante...

Mais elle n'avait pas fait dix pas dans l'étroit et long corridor qui menait au parloir, qu'elle s'arrêta...

Saisie par l'humidité qui tombait des voûtes comme un linceul glacé, fléchissant sous l'excès des plus terribles émotions, elle chancelait et en était réduite à s'appuyer au mur tout fleuri de salpêtre.

— Seigneur! elle se trouve mal!... s'écria Mlle Adélaïde.

Du geste, Mlle Denise lui imposa silence.

— Ce n'est rien, dit-elle, tais-toi!...

Et rassemblant toute son énergie, et appuyant sa petite main caressante sur l'épaule de la vieille demoiselle :

— Tante aimée, ajouta-t-elle, il faut que tu nous rendes un immense service... C'est bien important ce que j'ai à dire à Jacques, et il serait très-dangereux qu'on l'entendît... Je sais qu'on épie souvent les conversations des prisonniers... Reste, je t'en prie, dans ce corridor, si quelqu'un venait, tu nous préviendrais...

— Y songes-tu, chère enfant, serait-il convenable...

La jeune fille l'arrêta encore.

— Quand je suis venue passer la nuit ici, dit-elle, était-ce convenable ?... Hélas! dans notre situation, toute démarche est convenable qui peut être utile!...

Et comme tante Lavarande ne répondait pas, certaine de sa ponctuelle soumission, elle s'avança vers le parloir.

— Denise! s'écria Jacques dès qu'elle apparut sur le seuil. Denise!...

Il était debout, le malheureux, au milieu de cette grande salle lugubre, plus blanc que le plâtre de la muraille; mais calme, en apparence, et presque souriant.

La violence qu'il se faisait était horrible. Mais pouvait-il laisser voir à sa fiancée l'horreur de son désespoir! Ne devait-il pas tout faire, au contraire, pour la rassurer!...

S'avançant vers elle et lui prenant les mains :

— Ah!... vous êtes bonne d'être venue, commença-t-il, trop bonne!... Et cependant je vous attendais. Depuis ce matin, j'ai l'oreille au guet et je tressaille à tous les grincements de la porte de la prison. Mais me pardonnerez-vous jamais de vous avoir réduite à pénétrer, pour me voir, dans

un lieu tel que celui-ci, malpropre et laid, et qui n'a pas
même la sinistre poésie de l'horrible...

Elle le regardait avec une fixité si obstinée, que les paroles finirent par expirer sur ses lèvres.

— Pourquoi me mentir, Jacques? dit-elle tristement.

— Je vous mens, moi !...

— Oui. Pourquoi affecter cette tranquillité si loin de votre
âme, et cette gaîté qui fait mal? N'avez-vous plus confiance
en moi? Me jugez-vous si enfant qu'il faille me dissimuler
la vérité, ou si faible et si veule que je ne puisse porter ma
moitié de nos peines !... Cessez de sourire, Jacques, car vous
n'avez plus d'espoir !...

— Vous vous trompez Denise, je vous le jure.

— Non, Jacques. On me cache quelque chose, je m'en
suis bien aperçue, et je ne vous demande pas ce que c'est...
Ce que je sais suffit : vous êtes renvoyé devant la cour
d'assises...

— Pardon, la chambre des mises en accusation n'a pas
encore rendu son arrêt...

— Mais elle le rendra, et il sera fatal...

C'était bien l'opinion et la terreur de Jacques. Il frémit.
Et pourtant s'obstinant au rôle qu'il s'était imposé :

— Bast !... fit-il, si je passe en cour d'assises, je serai
acquitté.

— En êtes-vous bien sûr?

— J'ai pour moi quatre-vingt-dix-neuf chances sur cent.

— Il en est donc une contre !... s'écria la jeune fille.

Et, saisissant les poignets de Jacques et les serrant avec
une force dont jamais on ne l'eût crue capable :

— Cette chance unique, ajouta-t-elle, vous n'avez pas le
droit de la courir.

Jacques tressaillit de tout son corps. Était-ce possible !
Comprenait-il bien? Denise venait-elle lui conseiller cet
acte de suprême désespoir auquel l'avaient fait renoncer ses
défenseurs !...

— Que voulez-vous dire ? fit-il d'une voix troublée.

— Je dis qu'il faut fuir.

— Fuir !...

— Rien n'est si facile. J'ai réfléchi, consulté, tout prévu.
Les geôliers sont à nous. Je viens de m'entendre avec la
femme de Blangin. Un soir, sitôt la nuit, on vous ouvre les
portes. Un cheval sellé vous attend hors de la ville et des

relais ont été préparés. Vous montez à cheval et en quatre heures vous êtes à La Rochelle. Là, un de ces bateaux pilotes qui peuvent braver les plus grosses mers vous prend à son bord et vous transporte en Angleterre...

Jacques hochait la tête.

— C'est impossible, murmura-t-il... Je suis innocent... Je ne puis pas abandonner tout ce qui m'est cher, vous, Denise, vous...

Une épaisse rougeur couvrait les joues de la jeune fille.

— Je me suis mal expliquée, Jacques, balbutia-t-elle, vous ne partiriez pas seul.

D'un mouvement éperdu, il leva les mains vers le ciel...

— Dieu juste! s'écria-t-il, tu me devais cette compensation.

Et cependant, d'une voix plus forte, Mlle Denise poursuivait :

— Me supposeriez-vous assez lâche pour abandonner l'ami que tout trahit... Non! non!... Grand-papa et tantes Lavarande m'accompagneront, et nous vous rejoindrons en Angleterre... Vous changerez de nom et nous passerons en Amérique, et nous chercherons bien avant dans les terres, loin des villes et des hommes, quelque contrée nouvelle où nous nous fixerons... Ce ne sera pas la France, c'est vrai... Mais la patrie, Jacques, c'est le pays où l'on est libre, où l'on est aimé, où l'on vit heureux !...

Remué jusqu'aux dernières, jusqu'aux plus subtiles fibres de son être, par les plus délirantes sensations, Jacques de Boiscoran laissait tomber son masque d'impassible insouciance.

Était-il au monde un homme ayant reçu une preuve plus étonnante de dévouement et d'amour !

Et de quelle femme? D'une jeune fille qui réunissait toutes ces qualités dont une seule rend fières les autres jeunes filles; l'esprit et la grâce, la noblesse, la fortune, la beauté, et qui était la réalisation sublime de tout ce qui se peut concevoir d'angélique et de pur.

Ah! elle ne calculait pas, celle-là, — comme l'autre !... Elle ne songeait pas à prendre ses sûretés avant de tendre ses lèvres à un premier baiser !... Elle ne faisait pas de la duplicité une science, et de l'hypocrisie son unique vertu !... C'est bien entièrement et sans arrière-pensée qu'elle s'abandonnait !...

Et c'est au moment où Jacques voyait tout s'écrouler autour de lui, et lorsqu'il touchait aux plus sombres abîmes du désespoir, que ce bonheur lui arrivait, si grand et si inattendu, que son âme fléchissait sous le poids.

Un instant il demeura immobile, perdu de stupeur.

Puis tout à coup, d'une étreinte convulsive, attirant à lui sa fiancée, la pressant contre sa poitrine et inondant de baisers ses cheveux à demi-dénoués :

— Soyez bénie, ô ma bien-aimée ! s'écria-t-il, soyez bénie de votre fidélité au malheur. Je ne me plaindrai plus. J'aurai eu, quoi qu'il advienne, ma part de félicité !...

Elle crut qu'il consentait.

Plus palpitante qu'une mésange aux mains d'un enfant, elle se dégagea, et se reculant et plongeant son beau regard dans les yeux de Jacques :

— Fixons donc le jour, dit-elle.

— Quel jour ?

— Celui de votre évasion.

Ce seul mot rappela Jacques au sentiment affreux de sa situation. Il planait au plus haut de l'azur, il retomba dans les fanges de la réalité. Son visage rayonnant d'une joie céleste s'assombrit tout à coup, et d'une voix rauque :

— C'est un rêve trop beau, prononça-t-il, que nous venons de faire, il ne saurait se réaliser...

Ah ! la pauvre jeune fille vit que trop qu'elle s'était trop tôt réjouie.

— Que dites-vous ?... balbutia-t-elle.

— Je ne peux pas, je ne dois pas, je ne veux pas fuir !...

— Vous me refusez, Jacques !

Il ne répondit pas.

— Vous me refusez lorsque je vous jure que j'irai vous rejoindre et partager votre exil !... Doutez-vous donc de ma parole ? Craignez-vous que mon grand-père et mes tantes Lavarande ne me retiennent ici malgré moi ?...

Aux accents de cette voix suppliante, Jacques sentait en quelque sorte se détremper son énergie et sa volonté vaciller.

— Je vous en conjure, Denise, interrompit-il, n'insistez pas, ne m'enlevez pas mon courage !...

Elle devait souffrir horriblement. Ses yeux brillaient d'un éclat insupportable. Ses lèvres sèches tremblaient.

— Vous v   résignez donc à passer en cour d'assises ?
dit-elle.

— Oui.

— Et si vous êtes condamné ?...

— Je puis l'être, je le sais.

— C'est insensé !... s'écria la jeune fille.

Désespérée, elle se tordait les mains; et sans suite, les
paroles jaillissaient de sa bouche.

— Mon Dieu !... disait-elle, inspirez-moi ! Comment le
fléchir, quelles paroles employer... Jacques, ne m'aimez-
vous donc plus ? Pour moi, si ce n'est pour vous, je vous
en supplie, fuyons !... C'est la honte évitée, c'est la liberté,
c'est le salut ! Rien ne peut donc vous toucher !... Que voulez-vous ? Faut-il que je me traîne à vos pieds !...

Et elle se laissait, en effet, glisser aux pieds de Jacques.

— Fuyez, répétait-elle, fuyez !...

Ainsi que tous les hommes vraiment énergiques, Jacques,
par l'excès même de l'émotion, recouvrait la plénitude de
son sang-froid. Maîtrisant l'affreux désordre de sa pensée, il
releva Mlle Denise et la porta toute défaillante jusqu'au banc
grossier du parloir.

S'agenouillant ensuite devant elle, et lui prenant les
mains :

— Denise, commença-t-il, par pitié, revenez à vous et
écoutez-moi... Je suis innocent, et fuir, ce serait avouer
que je suis coupable...

— Eh !... qu'importe !...

— Pensez-vous donc que ma fuite arrêterait le procès ?
Non. Absent, je n'en serais pas moins jugé, et, reconnu
coupable sans discussion, je serais condamné, flétri, déshonoré sans retour...

— Qu'importe !... dit-elle encore.

Alors il comprit que ce ne serait pas avec de telles objections qu'il la ramènerait à la raison.

Il se releva et d'une voix ferme :

— Laissez-moi donc, prononça-t-il, vous apprendre ce que
vous ignorez. M'évader est aisé, j'en conviens. Je crois
comme vous que nous gagnerions facilement l'Angleterre,
et même que nous réussirions à nous embarquer sans être
inquiétés... Mais après ? Le câble transatlantique devance
les plus rapides paquebots, et en mettant le pied sur le sol
américain, j'y trouverais sans doute des agents chargés de

m'arrêter... Supposons cependant que j'échappe à ce premier danger !... Croyez-vous qu'il soit au monde un lieu d'asile pour les incendiaires et les assassins ?... Il n'en est pas... Aux plus extrêmes limites de la civilisation, je rencontrerais toujours une police et des soldats qui, le traité d'extradition à la main, me livreraient à la justice de mon pays. Seul, je parviendrais peut-être à déjouer toutes les recherches. Je n'y réussirais jamais vous ayant avec moi et ayant près de nous votre grand-père et les tantes Lavarande.

Frappée de ces objections dont elle n'avait pas même eu l'idée, Mᶜˡᵉ de Chandoré se taisait.

— Cependant, continuait Jacques, j'admets que nous ayons échappé à tous les périls. Quelle serait notre vie ? Vous imaginez-vous ce que ce doit être, que de toujours fuir et toujours se cacher, que de n'oser affronter les regards d'un étranger et de trembler sans cesse d'être découvert !... Avec moi, Denise, votre existence serait celle de la femme d'un de ces bandits que traquent toutes les polices du monde... Et, sachez-le, cette existence est si épouvantable qu'on a vu des scélérats endurcis se livrer pour en finir, et donner leur tête en échange d'une nuit de sommeil !...

Pareilles aux perles d'un collier qui s'égrène, de grosses larmes roulaient silencieuses sur les joues de Mˡˡᵉ Denise.

— Peut-être avez-vous raison, Jacques, murmura-t-elle. Mais, malheureux, si vous êtes condamné !...

— Eh bien ! j'aurai du moins fait mon devoir. J'aurai tenu tête à la destinée et défendu mon honneur. Et, quelle que puisse être la condamnation, elle ne me terrassera pas, et tant que mon cœur n'aura pas cessé de battre, je continuerai à lutter. Et si je meurs avant d'avoir démontré mon innocence, c'est à mes amis, à mes parents, à vous, Denise, que je léguerai la tâche de poursuivre ma réhabilitation !...

Elle était digne de comprendre et de partager de tels sentiments.

— J'ai eu tort, Jacques, dit-elle, en lui tendant la main, il faut me pardonner...

Elle s'était levée, et après quelques instants elle s'apprêtait à se retirer, lorsque Jacques la retint.

— Je ne veux pas fuir, fit-il, mais les gens qui consentaient à favoriser mon évasion, ne consentiraient-ils pas à

me fournir le moyen de passer un soir quelques heures
hors de la prison...

— Je le crois, répondit la jeune fille, et si vous le voulez,
je m'en assurerai.

— Oui. Ce serait peut-être une suprême ressource...

Ils se séparèrent, sur ces mots, en s'exhortant au courage
et en se promettant de se revoir les jours suivants.

Mlle Denise rejoignit la pauvre tante Lavarande, bien lasse
de sa longue faction, et elles se hâtèrent de regagner la rue
de la Rampe.

— Comme tu es pâle, mon Dieu ! s'écria M. de Chandoré
en apercevant sa petite-fille, comme tu as les yeux rouges !
Qu'est-il donc arrivé ?...

Elle lui raconta tout, et le vieux gentilhomme se sentit
glacé jusque dans la moelle des os, en reconnaissant qu'il
n'avait dépendu que de Jacques de lui enlever sa petite-fille.
Il ne l'avait pas fait, cependant !...

— Ah ! c'est un honnête homme ! s'écria-t-il.

Et effleurant de ses lèvres le front de Mlle Denise :

— Mais tu l'aimes donc plus que jamais ? murmura-t-il.

— Hélas ! répondit-elle, n'est-il pas plus que jamais malheureux !...

XXI

— Vous savez la nouvelle ?

— Non.

— Mlle de Chandoré est allée visiter M. de Boiscoran.

— Est-ce possible !

— C'est exact. Vingt personnes l'ont vue remonter la rue
du Château, au bras de l'aînée des demoiselles de Lavarande. Entrée à la prison à deux heures dix minutes, elle
n'en est ressortie qu'à trois heures un quart...

— Cette jeune personne est folle !

— Et la tante, que dites-vous de la tante ?

— Qu'elle est plus folle encore que sa nièce.

— Et M. de Chandoré ?

— Il faut qu'il ait perdu la tête pour autoriser des frasques pareilles. Après cela, vous savez, tantes et grand-père ont toujours fait les quatre volontés de Mlle Denise...

— Jolie éducation !..

— Voilà ce qu'elle produit. Après un tel éclat, il est impossible qu'une jeune fille trouve un homme qui consente à l'épouser...

Ainsi fut accueillie à Sauveterre la nouvelle de la visite de Mlle Denise à Jacques, nouvelle qui, en un moment, eut fait le tour de la ville.

Les « dames de la société » n'en revenaient pas.

C'est qu'on est excessivement vertueux à Sauveterre, et qu'on s'y croit, en conséquence, le droit d'être encore plus sévère, et que surtout on n'y badine pas sur le chapitre des convenances.

Braver l'opinion y est un crime qui ne se pardonne pas.

Or, l'opinion, de plus en plus, se déclarait contre Jacques de Boiscoran. Il était à terre, on se disputait la gloire de le frapper.

— S'en tirera-t-il ?

Ce problème, quotidiennement posé au « Cercle littéraire », avait fait jaillir des flots d'éloquence, provoqué d'ardentes discussions et même soulevé des disputes terribles, dont l'une avait failli se terminer par un duel.

Mais nul ne se demandait plus :

— Est-il innocent ?...

L'éloquence du docteur Seignebos, l'influence de M. Séneschal, les habiles efforts de Méchinet, avaient également échoué.

— Ah ! nous aurons une session intéressante ! disaient quantité de gens qui déjà s'inquiétaient de savoir quel serait le président des assises, afin d'être des premiers à lui demander des places.

Aussi, de jour en jour, s'intéressait-on plus passionnément au procès et à tous ceux qui directement ou indirectement s'y trouvaient mêlés.

On voulait savoir ce que faisaient, disaient et pensaient M. et Mme de Claudieuse, Cocoleu, M. Galpin-Daveline, Me Magloire, Mlle de Chandoré, Mme de Boiscoran, le docteur Seignebos.

On puisait dans l'absence du marquis de Boiscoran une preuve nouvelle de la culpabilité de Jacques.

On s'étonnait du séjour prolongé de Me Folgat, lequel

avait généralement déplu, par suite de son extrême réserve, qu'on attribuait à une fierté aussi excessive que déplacée, et on disait :

— Il faut qu'il n'ait guère d'ouvrage à Paris, pour rester comme cela des mois à Sauveterre...

Tout naturellement le rédacteur de l'*Indépendant de Sauveterre* exploitait d'une ardeur sans pareille cette mine inespérée d'intérêt.

Il en oubliait sa grande querelle avec le rédacteur de l'*Impartial de la Seudre*, qu'il accusait de bonapartisme et qui lui répondait par l'épithète de communard.

Chaque jour, en dehors de la chronique locale, il ajoutait un paragraphe à l'*Affaire Boiscoran*.

Et il écrivait, usant et abusant de l'initiale :

La santé du comte de C..., bien loin de s'améliorer, décline visiblement. Il se levait lors de son installation à Sauveterre, et maintenant il ne quitte plus le lit. Celle de ses blessures qui, dans le principe, semblait présenter le moins de danger, celle de l'épaule, s'est soudainement aggravée sous l'influence des chaleurs tropicales de ces derniers jours. A un moment, on a pu redouter la gangrène, et croire qu'il en faudrait venir à une amputation. Hier, M. le docteur S...: nous a paru inquiet.

Et comme un malheur ne vient jamais seul, la plus jeune des filles du comte de C... est très-souffrante. Elle était malade de la rougeole, lors de l'incendie; la terreur, le froid, et le déplacement ont amené une rechute qui peut n'être pas sans danger.

Au milieu de si cruelles épreuves, Mme la comtesse de C... est admirable de dévouement, de courage et de résignation. Aussi, lorsqu'il lui arrive de quitter un moment ses chers malades pour venir à l'église prier pour eux, recueille-t-elle sur son passage les marques de la plus respectueuse sympathie et la plus sincère admiration.

— Ah! misérable Boiscoran! s'écriaient les Sauveterriens après un tel article.

Le lendemain, ils lisaient :

Nous avons envoyé prendre à l'hôpital, et Mme la supérieure a bien voulu nous donner des nouvelles de C..., le pauvre idiot dont le rôle a été si décisif dans le drame sanglant du Valpinson. L'état mental de C... ne s'est pas modifié depuis qu'il a été soumis à l'examen des hommes de l'art. L'étincelle d'intelligence allumée en son cerveau par l'horreur du crime, semble évidemment et à tout

jamais éteinte. Impossible de lui arracher une parole. A peine
semble-t-il reconnaître les gens qui prennent soin de lui. Il n'est
cependant pas enfermé. Inoffensif et doux, comme un pauvre animal qui aurait perdu son maître, il erre tristement à travers les
cours et les jardins de l'hospice.

M. le docteur S..., qui s'était beaucoup occupé de lui, a presque
totalement renoncé à le voir.

Quelques personnes pensaient que C... serait appelé en témoignage. Des informations puisées aux meilleures sources nous auto-
risent à croire, au contraire, que les débats perdront cet élément si
dramatique d'intérêt, et que C... ne paraîtra pas devant le jury.

— Décidément la déclaration de Cocoleu a été un coup
de la Providence, disaient, après cela, en hochant la tête,
des gens qui n'étaient pas bien éloignés d'y voir un miracle.

Le jour suivant, le rédacteur de l'*Indépendant* s'occupait
de M. Galpin-Daveline :

M. G. D..., écrivait-il, le juge d'instruction, est en ce moment
assez souffrant, ce qui est bien compréhensible, après une enquête
aussi laborieuse que celle de l'affaire Boiscoran. On nous assure
qu'il n'attend que l'arrêt de la chambre des mises en accusation
pour prendre un congé qu'il compte passer à une des stations ther-
males des Pyrénées.

Arrivait alors le tour de Jacques :

M. J. de B... supporte mieux qu'on ne s'y serait attendu la détention préventive. Sa santé, d'après les renseignements qui nous
parviennent, serait excellente, et son moral n'aurait point souffert.
Il lit beaucoup et consacre une partie de ses nuits à préparer sa défense et à rédiger des notes pour ses avocats...

Puis venaient au jour le jour de moindres nouvelles :

Le secret de M. J. de B... vient d'être levé.

Ou :

M. de B... a eu ce matin une entrevue avec ses défenseurs,
Me M..., l'homme le plus éminent de notre barreau, et Me F...,
un jeune et déjà célèbre avocat de Paris. Cette conférence a duré
plusieurs heures. Nous nous abstiendrons de détails, mais nos lecteurs comprendront la réserve que nous impose la situation pénible

d'un prévenu qui continue à protester énergiquement de son innocence...

Et encore :

M. de B... a reçu hier la visite de sa mère.

Ou enfin :

Nous apprenons, à l'instant, le départ pour Paris de Mme la mar
quise de B... et de Me F... — Notre correspondant de Poitiers
nous écrit que la décision de la chambre des mises en accusation ne
saurait tarder.

Jamais l'*Indépendant de Sauveterre* n'avait eu tant de lecteurs assidus.

Et comme c'était à qui serait le mieux renseigné, quantité
de désœuvrés s'étaient constitués les espions volontaires
des amis de Jacques, et passaient leur vie à essayer de surprendre ce qui se passait chez M. de Chandoré. Les plus
hardis arrêtaient les domestiques et les interrogeaient.

Voilà comment, le soir de la visite de Mlle Denise à la
prison, il se trouvait des gens à flâner rue de la Rampe.

Vers les dix heures et demie, ils virent la voiture de M. de
Chandoré sortir de sa remise et venir s'arrêter devant la
porte.

A onze heures, M. de Chandoré et le docteur Seignebos
y prirent place, et le cocher fouetta son cheval qui partit
au grand trot.

— Où peuvent-ils bien aller?... se demandèrent les curieux...

Et ils suivirent la voiture.

C'est à la gare que se faisaient conduire le docteur et
grand-père Chandoré.

Prévenus par une dépêche, ils se rendaient au-devant du
marquis et de la marquise de Boiscoran et de Me Folgat.

Ils arrivèrent bien trop tôt.

Le chemin de fer d'intérêt local qui dessert Sauveterre n'est
pas le premier du monde pour la régularité, et garde encore dans son service certaines habitudes de ces anciennes
pataches, dont le conducteur, au moment du départ, avait
toujours oublié une commission.

A minuit et quart, le train qui eût dû être en gare à onze
heures cinquante-cinq, n'était pas encore signalé. Tout aux

environs était silencieux et désert. A travers les vitres, on apercevait le chef de la station sommeillant dans son grand fauteuil de cuir. Employés et facteurs dormaient, allongés sur les banquettes de la salle d'attente.

Mais on est fait à ce système, à Sauveterre, on en a pris son parti, et c'est sans étonnement ni impatience que M. de Chandoré et le docteur Seignebos se mirent à se promener de long en large dans la cour.

On ne les eût pas beaucoup plus surpris, car ils connaissaient leur ville, si on leur eût dit qu'en ce moment même ils étaient observés. C'était ainsi, pourtant. Deux curieux, plus obstinés que les autres, avaient pris, pour les suivre jusqu'au bout, l'omnibus qui dessert tous les trains. Et, postés un peu à l'écart, ils se disaient :

— Ah ça ! qu'attendent-ils comme cela ?...

Enfin, vers une heure moins un quart, une sonnette tinta, et la station parut s'éveiller en sursaut. Le chef de gare ouvrit son guichet, les facteurs se dressèrent en se détirant les bras et en se frottant les yeux, des jurons retentirent, les portes claquèrent, et le sable cria sous la roue des brouettes...

Bientôt on entendit dans le lointain comme un sourd roulement de tonnerre, et presque aussitôt, tout à l'extrémité de la voie, brilla dans la nuit, comme une boule de feu, la lanterne rouge de la locomotive... M. de Chandoré et le docteur coururent à la salle d'attente.

Le train s'arrêtait. Une porte s'ouvrit et Mme de Boiscoran parut, s'appuyant au bras de Me Folgat. Le marquis de Boiscoran, un sac de voyage à la main, suivait...

— Tout s'explique !... se dirent les espions volontaires qui étaient venus coller l'œil à une des fenêtres.

Et comme le train n'amenait aucun autre voyageur, ils obtinrent du conducteur de l'omnibus de partir à l'instant même, pressés qu'ils étaient d'annoncer l'arrivée du père de l'accusé.

L'heure était indue; depuis longtemps la ville dormait, mais ils ne désespéraient pas de trouver encore quelques habitués au Cercle littéraire. On veille souvent fort avant dans la nuit, à ce cercle, depuis qu'on y joue, — car on y joue et même assez gros jeu pour y perdre très-joliment son billet de cinq cents francs.

Cette aimable distraction, à vrai dire, ne date que de

quelques années. A dix heures sonnantes, autrefois, les journaux lus et relus et les cancans épuisés, chacun regagnait tranquillement son logis. Mais voilà que, vers 1850, un homme de plaisir, grand ami de la vie joyeuse, et d'ailleurs fort spirituel, fut nommé sous-préfet à Sauveterre. Il s'y ennuya, et, pour se distraire, il eut l'idée d'inoculer aux habitués du cercle le virus du baccarat tournant. Il n'y avait pas de chance, mais les autres y prirent un goût extrême.

Et, depuis, le sous-préfet a été changé, mais le baccarat est resté, au grand désespoir des « dames de la société... »

Donc les implacables curieux avaient chance de trouver des oreilles pour leur grosse nouvelle. Et cependant, moins pressés de la répandre, ils eussent assisté, et non sans émotion peut-être, à cette première entrevue de M. de Chandoré et du marquis de Boiscoran.

D'un même mouvement instinctif, ils s'étaient précipités à la rencontre l'un de l'autre, et, désespérément, ils se serraient les mains... Ils avaient des larmes dans les yeux. Ils ouvraient la bouche pour se parler, puis ils se taisaient, comme si les plaintes qui leur montaient aux lèvres leur fussent retombées dans le cœur... Entre eux, d'ailleurs, qu'était-il besoin de paroles !... N'était-ce pas assez de cette muette étreinte pour que le père de Jacques comprît tout ce que devait souffrir le grand-père de Denise !...

Et ils demeuraient immobiles, en face l'un de l'autre, quand le docteur Seignebos, qui se donnait comme toujours beaucoup de mouvement, vint à eux.

— Les bagages sont sur la voiture, leur dit-il, venez-vous ?...

Ils sortirent.

La nuit était fort claire et à l'horizon, au-dessus de la masse noire de la ville endormie, se détachaient sur le bleu pâle du ciel les deux tours du vieux château transformé en prison.

— Voilà donc où est Jacques ! murmura M. de Boiscoran. Voilà où est enfermé mon fils accusé d'un crime atroce...

— Nous l'en tirerons, morbleu ! interrompit M. Seignebos en aidant le marquis à monter en voiture.

Mais c'est en vain que, durant le trajet, le docteur essaya, ainsi qu'il le dit, de remonter le courage de ses compagnons de route. Ses espérances ne trouvaient nul écho en ces âmes désolées.

Mᵉ Folgat s'informa de Mˡˡᵉ Denise, qu'il avait été surpris
de ne pas voir à la gare.

M. de Chandoré lui répondit qu'elle était restée à la maison avec les tantes Lavarande, pour tenir compagnie à
Mᵉ Magloire. Et ce fut tout.

Il est de ces situations où parler est un supplice.

Le marquis de Boiscoran n'avait pas trop de toute sa
volonté pour maîtriser des spasmes qui ressemblaient fort
à des sanglots. De se voir à Sauveterre, cela le bouleversait.
La distance, quoi qu'on dise, émousse les sensations. Une
poignée de main de M. de Chandoré l'avait plus remué que
toutes les lettres qu'il avait reçues depuis un mois. Et, en
découvrant au loin la prison de Jacques, il avait eu la notion exacte de l'épouvantable torture de ce malheureux im-
puissant à se disculper...

Mᵐᵉ de Boiscoran, elle, était depuis la veille anéantie,
comme si tous les ressorts de son âme se fussent brisés
d'un coup.

Et M. de Chandoré frémissait de les voir ainsi accablés.
S'ils désespéraient, qu'avait-il à espérer, lui qui savait la
destinée de Denise indissolublement liée à la destinée de
Jacques.

La voiture, cependant, s'arrêtait rue de la Rampe.

La porte de la maison s'ouvrit aussitôt, et Mᵐᵉ de Boiscoran se trouva dans les bras de Denise, qui la soutint jusqu'à un fauteuil du salon.

Les autres avaient suivi. Il était plus de deux heures,
mais chaque minute désormais avait sa valeur.

Rajustant ses lunettes :

— Je suis d'avis, commença le docteur Seignebos, d'échanger nos renseignements. Moi, ici, j'en suis toujours au
même point. Mais, vous savez mes convictions? Je n'en dé-
mords pas. Cocoleu est un simulateur et je le prouverai. Je
semble ne plus m'occuper de lui; en réalité, je l'observe de
plus près que jamais.

Mˡˡᵉ Denise l'interrompit.

— Avant de rien décider, fit-elle, il est un fait qu'il faut
que vous sachiez. Écoutez-moi...

Et pâle, car il lui en coûtait affreusement de livrer le
secret de son cœur, mais l'œil étincelant d'énergie, et d'une
voix vibrante, elle raconta ce que déjà elle avait avoué à

son grand-père, c'est-à-dire les propositions qu'elle était allée porter à Jacques et son refus obstiné de fuir.

— Bien! jeune fille, approuvait M. Seignebos enthousiasmé, très-bien!... Si malheureux que soit Jacques, on peut encore envier son sort!...

Mlle Denise terminait.

Adressant à Me Magloire un regard de triomphe :

— Après cela, ajouta-t-elle, est-il quelqu'un encore qui puisse croire que Jacques est un lâche assassin!...

Le célèbre avocat de Sauveterre n'était pas de ceux qui tiennent à leur opinion plus qu'à la vérité.

— J'avoue, dit-il, que si j'avais à voir Jacques demain pour la première fois, je ne lui parlerais pas comme je l'ai fait...

— Et moi, s'écria le marquis de Boiscoran, je déclare que je réponds de mon fils comme de moi-même, et je le lui dirai demain...

Et, se penchant vers sa femme, et assez bas pour qu'elle fût seule à l'entendre :

— Et j'espère, ajouta-t-il, que vous me pardonnerez des soupçons qui maintenant me font horreur.

Mais les forces de la marquise étaient à bout; elle défaillait, et elle dut se retirer accompagnée de Denise et des tantes Lavarande.

Sur leurs talons, le docteur Seignebos donna un tour de clef à la porte, et s'adossant à la cheminée, et retirant, pour les essuyer, ses lunettes d'or :

— Maintenant, Me Folgat, dit-il, nous pouvons parler librement. Quelles nouvelles apportez-vous?...

XXII

Onze heures venaient de sonner, quand le geôlier Blangin entra tout effaré dans la cellule de Jacques de Boiscoran.

— Monsieur, votre père est en bas!...

D'un bond le prisonnier fut debout.

Dès la veille au soir, un billet de M. de Chandoré l'avait prévenu de l'arrivée du marquis de Boiscoran, et tout son

temps, depuis, s'était passé à se préparer à cette première
entrevue.

Que serait-elle?... Rien ne pouvait le lui faire prévoir.

Aussi s'était-il résolu à se tenir sur la réserve. Et tout en
suivant Blangin le long des escaliers et des interminables
corridors, ne se préoccupait-il que de se composer un visage impassible, et de préparer une phrase strictement
respectueuse.

Mais, avant d'avoir pu prononcer un seul mot, il était
dans les bras de son père, qui le serrait contre sa poitrine,
en balbutiant :

— Jacques, mon pauvre fils, malheureux enfant!...

De sa vie, longue et déjà bien éprouvée, le marquis de
Boiscoran n'avait été si rudement secoué.

Attirant Jacques sous une des fenêtres du parloir, et se
reculant pour le mieux considérer, il s'étonnait des doutes
qui si longtemps l'avaient déchiré.

Il lui semblait se revoir à l'âge de Jacques. Il reconnaissait son attitude et son visage, ses traits, l'expression
franche et un peu hautaine de sa physionomie, son regard
droit et clair...

Puis, soudain, passant aux détails, il s'inquiétait de
l'amaigrissement extraordinaire de Jacques, de sa pâleur,
et il s'effrayait de lui voir aux tempes, entre les boucles de
ses cheveux noirs, quelques mèches blanches...

— Malheureux, s'écria-t-il, comme tu as dû souffrir!

— J'ai cru que je deviendrais fou, répondit simplement
Jacques.

Et avec un tremblement dans la voix :

— Mais vous, mon père, reprit-il, comment ne m'avez-
vous pas donné signe de vie? Pourquoi avez-vous tant tardé?

Le marquis de Boiscoran ne s'attendait que trop à cette
question. Mais pouvait-il y répondre? Pouvait-il livrer à Jacques le secret lamentable de son abstention!...

Détournant un peu la tête :

— En restant à Paris, dit-il, j'espérais te servir plus utilement qu'ici.

Mais son embarras était trop manifeste pour échapper à
Jacques.

— Doutiez-vous donc de votre fils, mon père? fit-il tristement.

— Jamais, s'écria le marquis, jamais je n'en ai douté une

minute. Interroge ta mère, elle te dira que c'est la certitude superbe de ton innocence qui m'a empêché de partir avec elle. Quand j'ai su de quoi on t'accusait, j'ai répondu : C'est absurde!...

Jacques hochait la tête :

— L'accusation était absurde, en effet, prononça-t-il, et cependant vous voyez où elle m'a conduit.

Deux grosses larmes longtemps contenues jaillirent brûlantes des yeux du marquis de Boiscoran.

— Vous m'en voulez, murmura-t-il, Jacques, mon fils!...

Il n'est pas d'homme qui, en voyant pleurer son père, ne sente son cœur se briser.

Toutes les résolutions de Jacques s'évanouirent. Et serrant entre les siennes les mains du vieux gentilhomme :

— Non, je ne vous en veux pas, mon père, interrompit-il, non!... Et cependant il n'est pas de mots pour vous exprimer tout ce que votre absence a ajouté de douleurs à mes mortelles angoisses... Je me croyais abandonné, renié!...

Pour la première fois depuis son arrestation, le malheureux trouvait un cœur où verser toutes les amertumes dont son cœur débordait. Devant sa mère et devant Mlle Denise, l'honneur lui commandait de dissimuler son désespoir. L'incrédulité de Me Magloire avait empêché toute expansion ; Me Folgat, tout en lui étant aussi sympathique que possible, n'était pour lui qu'un inconnu...

Tandis qu'en ce moment, devant cet ami, le plus cher et le plus précieux qu'ait jamais un homme, devant son père, qu'avait-il à craindre de se livrer?...

— Est-il au monde, poursuivait-il, un exemple d'une infortune aussi inouïe!.... Être innocent et ne pouvoir le démontrer! Connaître le coupable et n'oser le nommer!.... Ah! je n'avais pas compris dès le premier jour toute l'horreur de la situation. J'avais bien été un instant effrayé, en reconnaissant l'importance des charges qui s'élevaient contre moi, mais je n'avais pas tardé à me rassurer en me disant que la justice saurait bien démêler la vérité. La justice! C'était mon ami Galpin-Daveline, qui la représentait, et il se souciait bien de la vérité, vraiment, pourvu qu'il prouvât que son coupable était le coupable. Et comment ne l'eût-il pas prouvé! Lisez les pièces de l'instruction, mon père, et vous verrez de quel concours infernal de circonstances je suis victime. Pas une circonstance qui ne m'accuse. Jamais ne s'est ainsi manifestée cette puissance mystérieuse, aveugle et absurde, qui se joue de nous, et que nous appelons la fatalité !...

Presque inquiet de la violence de son fils, M. de Boiscoran se taisait.

Et Jacques continuait.

— L'honneur d'abord, la prudence ensuite, ont retenu sur mes lèvres le nom de Mme de Claudieuse. Le jour où je l'ai livré, Me Magloire, mon ami, m'a dit que je mentais. Alors il m'a semblé que tout était perdu. Alors je n'ai plus aperçu d'autre issue que la cour d'assises, c'est-à-dire le bagne ou l'échafaud. J'ai voulu me tuer. J'étais résolu à me débarrasser d'un fardeau devenu trop lourd pour mes forces. Mes amis m'ont fait comprendre que je ne m'appartiens pas, et que tant qu'il me restera une lueur d'intelligence et une étincelle d'énergie, je n'ai pas le droit de disposer de ma vie...

— Malheureux !... s'écria M. de Boiscoran, non, vous n'en avez pas le droit !...

— Hier, poursuivait Jacques, Denise est venue me visiter... Savez-vous ce qu'elle m'offrait ?..... De fuir ; non pas seul, mais avec elle. Mon père, la tentation a été terrible... Libre, Denise à moi, que m'importerait l'opinion du monde !... Et elle insistait, cette amie incomparable, et tenez, là, à cette place où vous êtes, elle s'est mise à mes genoux ! Je suis resté, cependant. Je doute du salut, et je reste !

Il s'attendrissait. Il s'affaissa sur le banc grossier du parloir, cachant son visage entre ses mains, sans doute pour cacher ses larmes...

Jusqu'à ce que tout à coup, pris d'un de ces accès de rage, comme il en avait eu trop depuis son emprisonnement :

— Mais qu'ai-je fait, s'écria-t-il, qu'ai-je fait pour mériter un tel châtiment !...

Le front du marquis de Boiscoran s'était soudainement assombri.

— Vous avez pris la femme d'un autre, mon fils, prononça-t-il.

Jacques haussa les épaules.

— J'aimais Mme de Claudieuse, fit-il, elle m'aimait...

— L'adultère est un crime, Jacques...

— Un crime !.... C'est ce que me disait Magloire. Mais

vous, mon père, vous, le croyez-vous vraiment?.... Alors c'est un crime qui n'a rien de sinistre, auquel tout engage et encourage, dont on se vante volontiers, dont tout le monde plaisante!... La loi, c'est vrai, arme le mari du droit de vie ou de mort.... Mais quand on s'adresse à la loi, elle punit les coupables de six mois de prison, qu'ils font dans une maison de santé...

Ah!... s'il eût su, le malheureux!...

— Jacques, interrompit M. de Boiscoran, Mme de Claudieuse prétend, à ce que vous avez dit, qu'une de ses filles, la plus jeune, est votre fille...

— C'est possible...

Le marquis de Boiscoran frémit.

— C'est possible!... s'écria-t-il, et vous dites cela ainsi, insoucieusement. Insensé!... Vous n'avez donc jamais songé à ce que serait la douleur du comte de Claudieuse, s'il venait à apprendre la vérité!... Et s'il la soupçonnait, seulement!... Vous ne comprenez donc pas qu'il suffirait d'un soupçon pour empoisonner sa vie, pour perdre probablement la vie de cette fille, qui est la vôtre.... Vous ne vous êtes donc jamais dit qu'il est de ces doutes atroces dont un homme souffre plus cruellement que vous n'avez souffert de l'erreur dont vous êtes victime...

Il s'arrêta. Vingt mots de plus et il livrait peut-être son secret...

Se maîtrisant, grâce à un héroïque effort :

— Mais je ne suis pas venu pour discuter, reprit-il, je suis venu vous dire que, quoi qu'il arrive, votre père ne vous abandonnera pas, et que, s'il vous faut subir l'opprobre de la cour d'assises, je serai assis à vos côtés....

Si extrême que fût le désordre de l'esprit de Jacques, il avait été frappé du trouble de son père, de l'intensité de son accent et de sa véhémence soudaine.

Durant un dixième de seconde, il eut comme une perception vague de la désolante vérité.

Mais avant d'être formulé, le soupçon s'évanouit devant cette promesse que lui faisait le marquis de Boiscoran d'affronter à ses côtés l'épouvantable humiliation d'un jugement.

Promesse sublime d'abnégation et de piété paternelle, pour qui savait son horreur du scandale, sa réserve hautaine et son respect de soi poussé jusqu'à l'exagération.

Aussi, transporté de reconnaissance :

— Ah ! c'est à moi, mon père, s'écria Jacques, de vous demander pardon, à moi qui avais douté de votre cœur !....

De son mieux, M. de Boiscoran se remettait de la secousse.

— Oui, je vous aime, mon fils, prononça-t-il d'une voix grave, et cependant ne me faites pas plus héroïque que je ne le suis réellement. J'espère encore que la cour d'assises nous sera épargnée.

— Est-il donc survenu quelque incident nouveau ?

— Sans avoir précisément réussi, les investigations de Mᵉ Folgat ont révélé des indices sur lesquels on peut baser de légitimes espérances.

Jacques eut un geste de découragement.

— Des indices, murmura-t-il.

— Attendez !... ils sont faibles, j'en conviens, et tels qu'il serait insensé de les produire devant un jury. Mais, d'un jour à l'autre, ils peuvent devenir décisifs. Et déjà ils ont assez de valeur pour vous avoir ramené Mᵉ Magloire.

— Mon Dieu ! serais-je donc sauvé !

— Je veux laisser à Mᵉ Folgat, poursuivit M. de Boiscoran, la satisfaction de vous apprendre le résultat de ses démarches. Mieux que moi, il vous en expliquera toute la portée. Et vous n'aurez pas longtemps à attendre, car hier soir, ou plutôt ce matin, quand nous nous sommes séparés, Mᵉ Magloire et lui ont pris rendez-vous pour être à la prison avant deux heures...

Quelques instants plus tard, en effet, un pas rapide retentit dans le corridor, et Frumence Cheminot parut.

C'était ce détenu dont Blangin avait fait son aide, et que Méchinet avait employé pour la correspondance de Jacques et de Mˡˡᵉ Denise.

Frumence Cheminot était un grand et robuste gars de vingt-cinq à vingt-six ans, dont la large bouche et les petits yeux riaient d'une éternelle bonne humeur...

Vagabond, sans feu ni lieu, Cheminot avait été propriétaire autrefois.

A la mort de son père et de sa mère, et lorsqu'il n'avait que dix-huit ans, il s'était trouvé possesseur, à deux portées de fusil de la Tremblade, d'une maison entourée d'un courtil, d'un pré, de quelques arpens d'une bonne terre et d'un marais salant, le tout valant bien trois mille écus.

Malheureusement l'époque de la conscription arriva.

Ainsi que beaucoup de gars du pays, Cheminot, qui avait une foi profonde aux sorciers, était allé s'acheter un sortilége, et il lui en avait coûté 50 francs, pour obtenir « un sort » infaillible, c'est-à-dire trois branches de tamarin, cueillies pendant la nuit de Noël et liées par un nombre fatidique de cheveux coupés sur la tête d'un mort.

Ayant cousu son « sort » dans la poche de sa veste, Cheminot s'en était allé au chef-lieu, et plongeant bravement la main dans l'urne, il en avait tiré le numéro 3.

Ce résultat l'avait beaucoup étonné. Mais comme il avait horreur du service militaire, et que, bâti comme il l'était, il était bien sûr de n'être pas réformé, il s'était résolu à employer, pour n'être pas soldat, un sortilége d'une efficacité plus prouvée, c'est-à-dire à emprunter de l'argent pour acheter un remplaçant.

Propriétaire, il trouva sans trop de difficultés, à la Tremblade, un homme obligeant qui, moyennant une bonne première hypothèque, consentit à lui prêter pour deux ans 3,500 francs.

L'obligation signée, et son argent en poche, Cheminot se rendit à Rochefort, où les marchands d'hommes pullulaient, malgré la rude concurrence que leur faisait l'État. Et moyennant une somme de 2,000 francs et quelques menus frais, on lui fournit un remplaçant de première qualité.

Ravi de son opération, Cheminot devait partir le lendemain pour la Tremblade, quand sa mauvaise étoile amena dans l'auberge où il soupait, un « pays », ancien camarade d'école, matelot à bord d'un navire charbonnier en charge à Charente.

Que faire, entre « pays », à moins que l'on ne boive.

Ils burent, et le matelot ayant eu tôt flairé les quelques douze cents francs qu'avait encore Cheminot, se jura qu'il allait s'amuser et qu'il ne rentrerait pas à bord tant qu'il resterait un centime.

Ainsi fut-il fait. Et après quinze jours d'une noce à « tout casser », le marin était arrêté et conduit en prison, et Cheminot, pour regagner la Tremblade, en était réduit à emprunter cent sous au conducteur de la voiture...

Ces quinze jours devaient décider de son existence.

Il y avait perdu le goût du travail et gagné la passion de ces bons cabarets où l'on boit en battant des cartes grasses.

Rentré chez lui, il prétendit continuer sa belle vie de
Rochefort, et, pour ce, il se mit à faire des dettes, à emprunter et à vendre pièce à pièce tout ce qu'il possédait de
vendable, depuis ses matelas jusqu'à ses outils.

Ce n'était pas le moyen de rembourser les 3,500 francs
qu'il devait.

Aussi, l'échéance venue, le créancier, qui voyait son
gage dépérir, n'y alla pas par quatre chemins. Commandement, assignation, jugement, saisie, vente par autorité de
justice ; en deux temps, Cheminot fut exécuté et se trouva
sur le pavé les bras ballants, ne possédant plus au monde
que les méchants habits qu'il avait sur le dos.

Il eût aisément trouvé à s'employer, étant bon ouvrier et
aimé malgré tout. Mais il avait encore plus l'horreur du
travail que l'amour de la boisson.

Si le besoin le sanglait par trop, il faisait quelques journées. Mais dès qu'il avait gagné 10 francs, bonsoir !

Il s'en allait, flânant le long des routes, causant avec les
rouliers, ou bien il rôdait autour des villages, guettant
quelqu'un de ces bons ivrognes qui, plutôt que de boire
seuls, invitent le premier venu.

Cheminot n'était pas le premier venu. Il se flattait d'être
connu tout le long de la côte, depuis Royan jusqu'à Fourras,
et dans une bonne partie du département, plus loin que Rochefort et que Sauveterre.

Et ce qu'il y a de plus surprenant, c'est qu'on ne lui en
voulait pas trop de sa paresse. Les ménagères de campagne
le saluaient bien d'un : — Que cherches-tu par ici, fainéant !... — mais elles ne lui refusaient guère une écuellée
de soupe sur un coin de table, et un verre de vin blanc.

Sa bonne humeur inaltérable et son obligeance expli-
quaient cette indulgence. Ce garçon, qui refusait des journées
bien payées, était toujours prêt à donner gratis un solide
coup de main. Et il était bon à tout, — sur terre et sur
mer, disait-il. — Et, en effet, c'est à lui que s'adressait indif-
féremment le fermier dont la besogne pressait, ou le patron
de bateau pêcheur qui avait un de ses hommes malades.

Le diable, c'est que cette existence de gueuserie rustique,
si elle a ses bons jours, a ses mauvaises séries. Par certaines semaines, on ne rencontre ni ivrognes bons enfants,
ni fermières hospitalières. La faim, elle, vient toujours.
Alors, il faut marauder, déterrer des pommes de terre qu'on

fait cuire au coin d'un bois, ou secouer les arbres des vergers. Et si en pleins champs on ne trouve ni fruits ni pommes de terre, dam! on force les clôtures ou on escalade les murs...

Relativement, Cheminot était un honnête garçon et incapable de voler une pièce d'argent. Mais des légumes, des volailles, des fruits...

Voilà comment deux fois déjà il avait été arrêté et condamné à quelques jours de prison, et à chaque fois il avait juré ses grands dieux qu'on ne l'y reprendrait plus et qu'il allait se remettre à l'ouvrage... Et, cependant, on l'y avait repris...

Ce pauvre diable avait raconté ses infortunes à Jacques. Et Jacques qui lui devait d'avoir pu, étant au secret, recevoir des nouvelles de Mlle Denise, l'avait pris en affection.

Aussi, le voyant arriver, respectueusement, son bonnet à la main :

— Qu'est-ce, Cheminot? lui demanda-t-il.

— Monsieur, répondit le vagabond, M. Blangin vous fait savoir que messieurs vos avocats viennent de monter à votre chambre.

Une dernière fois le marquis de Boiscoran embrassa son fils.

— Ne les fais pas attendre, lui dit-il, vas, et bon courage !...

XXIII

Le marquis de Boiscoran avait dit vrai :

Fortement ébranlé déjà par le récit de Mlle Denise, Me Magloire avait été définitivement vaincu par les explications de Me Folgat, et il arrivait à la prison prêt à répondre de l'innocence de Jacques.

— Mais je doute fort qu'il me pardonne mon incrédulité, disait-il à Me Folgat pendant qu'ils attendaient le prisonnier dans sa cellule.

Jacques entrait, sur ces mots, tout ému encore du dernier embrassement de son père.

Me Magloire s'avança vers lui :

— Je n'ai jamais su déguiser ma pensée, Jacques, prononça-t-il. Vous croyant coupable, et persuadé que vous accusiez faussement la comtesse de Claudieuse, je vous l'ai dit franchement, brutalement même. Revenu de mon erreur, et convaincu de la sincérité de votre relation, non moins simplement, je viens vous dire : Jacques, j'ai eu tort de croire à la réputation d'une femme plus qu'à la parole d'un ami. Voulez-vous me donner la main ?...

C'est avec un transport de joie que le prisonnier serra cette main loyale qui lui était offerte.

— Puisque vous croyez à mon innocence, s'écria-t-il, d'autres peuvent y croire, l'heure du salut est proche !

Au visage attristé des deux avocats, il comprit qu'il se réjouissait trop tôt. Ses traits se contractèrent, mais c'est d'une voix ferme qu'il dit :

— Allons, je vois que la lutte sera longue encore, et que l'issue en est toujours incertaine... N'importe ! soyez sûrs que je ne faiblirai pas...

Déjà Me Folgat avait étalé sur la table de la prison tous les papiers de son portefeuille, des copies qui lui avaient été fournies par Méchinet, et les notes de son rapide voyage.

— Avant tout, mon cher client, commença-t-il, je dois vous mettre au fait de mes démarches.

Et lorsqu'il eût exposé jusqu'en ses moindres détails son expédition en compagnie de Goudar.

— Résumons la situation, dit-il. Nous sommes dès aujourd'hui en mesure de prouver trois choses : 1° que la maison de la rue des Vignes vous appartient, et que le sir Francis Burnett, qu'on y connaît, n'est autre que vous ; 2° que vous receviez dans cette maison la visite d'une dame qui, à en juger par les précautions qu'elle prenait, avait un puissant intérêt à se cacher ; 3° que les visites de cette dame n'avaient lieu qu'à une certaine époque, chaque année, laquelle coïncidait précisément avec celle des voyages à Paris de la comtesse de Claudieuse.

De la tête, le célèbre avocat de Sauveterre acquiesçait :

— Oui, dit-il, tout ceci est définitivement acquis au procès.

— Pour nous-mêmes, continua son jeune confrère, nous avons une certitude nouvelle, c'est que la servante du faux sir Francis Burnett, Suky Wood a épié la mystérieuse visiteuse, et l'a vue, et par conséquent la reconnaîtrait.

— Parfaitement. Cela résulte de la déposition de l'amie de cette fille.

— Donc, si nous retrouvons Suky Wood, la comtesse de Claudieuse est démasquée...

— Si nous la retrouvons !... fit Mᵉ Magloire. Et ici, malheureusement, nous rentrons dans le domaine de l'hypothèse.

— Hypothèses, soit, interrompit Mᵉ Folgat, mais basées sur des faits positifs et dont cent exemples confirment la probabilité. Pourquoi donc ne retrouverions-nous pas cette Suky, dont nous connaissons le lieu de naissance et la famille, et qui n'a aucune raison de se cacher !...

Et s'animant à mesure qu'il énumérait les chances favorables :

— Goudar en a retrouvé bien d'autres, poursuivait-il, et Goudar est avec nous. Et soyez tranquille, il ne s'endormira pas. J'ai laissé tomber dans son cœur un espoir qui lui fera faire des miracles, l'espoir de recevoir en récompense du salut de M. de Boiscoran, la maison de la rue des Vignes. Trop magnifique est l'enjeu, pour qu'il ne gagne pas cette partie, lui qui en a tant gagné. Qui sait ce qu'il a trouvé, depuis qu'il m'a quitté ! Qui peut dire ce qu'il découvrira ici ! N'est-ce donc rien, ce qu'il a fait en une journée...

— C'est immense !... s'écria Jacques émerveillé des résultats obtenus.

Plus vieux que Mᵉ Folgat et que Jacques, le premier avocat de Sauveterre était moins prompt à l'enthousiasme.

— Oui, c'est immense, répéta-t-il, et si nous avions du temps devant nous, je dirais avec vous : Nous l'emportons. Mais le temps manque pour les investigations de Goudar ; mais la session est proche, et obtenir la remise de l'affaire me semble bien difficile...

— Et d'ailleurs je ne veux pas de remise, moi, interrompit Jacques.

— Cependant...

— A aucun prix, Magloire, jamais !... Quoi !... il me faudrait endurer trois mois encore les angoisses qui me torturent !... Je ne le pourrais pas, mes forces sont à bout... Assez d'incertitudes comme cela !... Il faut en finir...

D'un geste, Mᵉ Folgat l'arrêta.

— Ne vous débattez pas, fit-il, obtenir une remise est impossible. Quel prétexte invoquerions-nous, pour la demander? L'insuffisance de l'instruction?... En l'état, l'enquête est irréprochable. Il nous faudrait introduire dans l'affaire un élément nouveau, c'est-à-dire nommer Mᵐᵉ de Claudieuse...

Une immense surprise se peignit sur le visage de Jacques.

— Ne la nommerez-vous donc pas quand même ? interrogea-t-il.

— Cela dépend.

— Je ne vous comprends pas...

— C'est bien simple, cependant. Si, avant les débats, Goudar réunissait contre elle des éléments suffisants d'accusation, oui, je la nommerais, et alors fatalement l'affaire serait retirée du rôle, et l'on recommencerait une instruction où, très-probablement, vous n'interviendriez qu'en qualité de témoin. Si, au contraire, avant le jour du jugement, nous ne recueillons pas contre elle d'autres preuves que celles que nous possédons, non, je ne la nommerai pas, car ce serait, et tel est l'avis de Mᵉ Magloire, perdre irrémissiblement votre cause...

— Oui, telle est mon opinion, approuva le vieil avocat.

La stupeur de Jacques n'avait plus de bornes.

— Cependant, fit-il, pour ma défense, si je passe en cour d'assises, il faudra bien parler de mes relations avec Mᵐᵉ de Claudieuse...

— Non.

— Mais elles expliquent tout...

— Si on les admet...

— Prétendez-vous donc me défendre, espérez-vous donc me sauver en ne disant pas la vérité ?...

Mᵉ Folgat secouait la tête.

— En cour d'assises, prononça-t-il, la vérité est la moindre des choses...

— Oh !...

— Les jurés admettraient-ils des allégations que n'a point admises Mᵉ Magloire, votre ami? Non. N'en parlons donc pas, et ne songeons qu'à trouver une explication admissible aux charges relevées contre vous. Croyez-vous que nous serons les premiers à agir ainsi? Nullement. Il est peu de causes où le ministère public dise tout ce qu'il sait, et il en est moins encore où le défenseur invoque tout ce qu'il pourrait invoquer. Sur dix procès criminels, il en est au moins trois qui se plaident à côté. Que sera le réquisitoire prononcé contre vous? Le résumé du roman imaginé par le juge d'instruction pour démontrer que vous êtes coupable. Opposez-lui un autre roman qui prouve que vous êtes innocent !

— La vérité, pourtant...

— Est primée par la vraisemblance, mon cher client. Interrogez Me Magloire. C'est de la vraisemblance seule que s'inquiète l'accusation; donc, la vraisemblance doit être l'unique souci de la défense. Faillible et bornée en ses moyens, la justice humaine ne saurait descendre au fond des choses, discerner les mobiles et sonder les consciences. C'est sur des probabilités qu'elle décide, sur des apparences, et il n'est guère d'affaire qui ne garde pour elle des côtés mystérieux et inexplorés. Je n'en finirais pas si je vous énumérais les énigmes judiciaires. A-t-on su jamais le dernier mot de l'assassinat de Fualdès, du meurtre Marcellange et de l'empoisonnement Bocarmé? Non, et on ne le saura jamais. A-t-on tout dit lors du procès Lafarge, a-t-on parlé du complice qui, évidemment, existait !... La vérité !... Vous imaginez-vous que M. Galpin-Daveline l'a cherchée !... Si oui, que ne laisse-t-il comparaître Cocoleu? Mais non, du moment où, pour le crime commis, il produit un coupable probable, il est content. La vérité !... Qui donc de nous la sait ! Votre affaire, monsieur de Boiscoran, est de celles dont ni l'accusation, ni la défense, ni l'accusé lui-même ne possèdent le secret.

Un long silence suivit, si profond qu'on put entendre le pas monotone du soldat de la ligne de faction sous les fenêtres de la prison.

Me Folgat avait dit tout ce qu'il estimait pouvoir dire. Il eût cru, en insistant davantage, assumer une responsabilité trop lourde.

C'était de Jacques que l'honneur et la vie étaient en question. C'était à Jacques à décider du système de défense.

Peser sur sa décision, c'était, en cas d'insuccès possible, sinon probable, s'exposer à ce qu'il s'écriât : Que ne m'a-t-on laissé libre, je n'en serais pas là !

Et pour bien indiquer cette nuance :

— Le conseil que je vous donne, mon cher client, prononça-t-il, est, selon moi, le meilleur, et c'est celui que je donnerais à mon frère. Je ne puis dire, malheureusement, qu'il soit infaillible. A vous donc, de choisir. Quelle que soit votre détermination, je reste à vos ordres...

Jacques ne répondit pas.

Les coudes sur la table, le front entre les mains, il demeurait aussi immobile qu'une statue, abîmé en ses réflexions.

Que résoudre ?

Suivre son premier mouvement, déchirer tous les voiles, clamer la vérité... C'était chanceux, mais quel triomphe, que de réussir ainsi !...

Adopter le système de ses avocats, manœuvrer, ruser, mentir... C'était plus sûr, mais l'emporter de la sorte, était-ce vaincre !...

Les perplexités de Jacques étaient affreuses. Il ne le sentait que trop : du parti qu'il allait prendre, pouvait dépendre sa destinée.

Tout à coup, redressant la tête :

— Votre avis, Magloire ? demanda-t-il.

Le célèbre avocat de Sauveterre fronça les sourcils, et d'un ton bourru :

— Tout ce que vient de vous dire mon jeune confrère, répondit-il, j'ai eu l'honneur de l'exposer à madame votre mère. Me Folgat n'a eu qu'un tort, c'est d'y mettre tant de ménagements. Le médecin n'a pas à s'inquiéter de ce que pense le malade, des remèdes qu'il lui prescrit. Il se peut que nos prescriptions ne soient pas le salut, mais si vous ne les suivez pas, vous êtes perdu sûrement.

Quelques minutes encore, Jacques hésita.

Ces prescriptions, comme disait Me Magloire, répugnaient horriblement à son caractère chevaleresque et hardi.

— Être acquitté ainsi, murmurait-il, serait-ce bien l'être !... Serais-je réellement, et pour tous, disculpé ?... Toute mon existence, ensuite, ne serait-elle pas flétrie par de vagues soupçons... Je ne serais pas sorti des débats le front haut, je me serais esquivé en quelque sorte par un escalier de service et une porte dérobée...

— Cela vaut encore mieux que d'aller au bagne par la grande porte !... dit brutalement Me Magloire.

A ce mot de bagne, Jacques avait bondi comme au contact d'une batterie électrique.

Il se leva, et après quelques tours dans sa prison, se posant en face de ses défenseurs :

— Je m'abandonne à vous, messieurs, prononça-t-il. Dictez-moi ma conduite, j'obéirai...

Jacques avait du moins les qualités de ses défauts : une résolution prise, il ne revenait plus sur celles qu'il eût pu prendre.

Calme, désormais, et de sang-froid, il s'assit, et avec un sourire triste :

— Voyons le plan de bataille, dit-il.

Ce plan, depuis un mois, était la constante et presque unique préoccupation de Me Folgat. Tout ce qu'il avait d'intelligence, de pénétration et de pratique des affaires, il l'avait appliqué à disséquer cette cause devenue sienne, en quelque sorte, par l'intérêt passionné qui l'y attachait.

Il connaissait la tactique de l'accusation aussi bien que M. Galpin-Daveline, et mieux que lui il en savait le fort et le faible.

— Ainsi donc, commença-t-il, nous allons procéder comme si Mme de Claudieuse n'existait pas. Nous ne la connaissons plus. Il n'est plus question du rendez-vous au Valpinson, ni de lettre brûlées !...

— C'est convenu.

— Cela étant, nous avons tout d'abord à chercher, non l'emploi de notre temps, mais l'explication de notre sortie le soir du crime. Ah ! si nous en pouvions imaginer une plausible, bien vraisemblable, je répondrais presque du succès, car ne nous y méprenons pas, là est le nœud de l'affaire, et c'est sur ce point que s'acharneront les débats...

C'est ce dont Jacques ne semblait pas parfaitement convaincu.

— Est-ce bien possible ! fit-il.

— Ce n'est que trop certain, malheureusement. Et si je dis malheureusement, c'est que nous avons ici contre nous une charge terrible, la plus décisive, à coup sûr, qui ait été relevée, sur laquelle M. Galpin-Daveline n'a pas insisté, — il est bien trop fin pour cela, — mais qui, entre les mains du ministère public, peut être l'arme du coup de grâce...

— Je dois avouer, commença Jacques, que je ne vois pas trop...

— Oubliez-vous donc la lettre que vous avez écrite à Mlle Denise le jour du crime ?... interrompit Me Magloire.

Alternativement, Jacques regardait ses deux défenseurs.

— Quoi, fit-il, cette lettre...

— Nous accable, mon cher client, acheva Me Folgat. Ne vous la rappelez-vous donc plus ? Vous y dites à votre fiancée que vous serez privé du bonheur de passer la soirée près d'elle, par une affaire de la plus haute importance et qui ne souffre point de retard. Donc, d'avance, et après mûres réflexions, vous vous proposiez d'employer votre soirée à une certaine chose. Quelle ? L'assassinat de M. de Claudieuse, prétend l'accusation. Que lui répondrons-nous ?...

— Mais, pardon, cette lettre, Mlle Denise ne l'a certainement pas communiquée...

— Non, mais l'accusation sait son existence. M. de Chandoré et M. Séneschal, croyant vous disculper, en ont dit et redit le contenu. Et M. Galpin-Daveline la connaît si bien qu'il vous en a parlé à diverses reprises, et que vous avez avoué tout ce qu'il pouvait souhaiter.

Le jeune avocat cherchait parmi les papiers étalés sur la table.

Bientôt il eut trouvé.

— Tenez, reprit-il, dans votre troisième interrogatoire, voici ce que je lis :

DEMANDE. — Vous deviez épouser prochainement Mlle de Chandoré ?...

RÉPONSE. — Oui.

D. — Vous passiez près d'elle, depuis assez longtemps, toutes vos soirées ?

R. — Toutes.

D. — Sauf celle du crime, cependant.

R. — Malheureusement.

D. — Cela étant, votre fiancée a dû s'étonner de votre absence ?

R. — Non, je lui avais écrit...

— Entendez-vous, Jacques ? s'écria Me Magloire. Et remarquez que M. Daveline se garde bien d'insister. Il craint de vous donner l'éveil. Il a obtenu un aveu, cela lui suffit.

Mais déjà Me Folgat avait cherché et trouvé une autre copie.

— Dans votre sixième interrogatoire, continua-t-il, voilà ce que j'ai noté :

D. — Ainsi, c'est sans but arrêté, que le soir du crime vous êtes sorti emportant votre fusil ?

R. — Je m'expliquerai sur ce sujet lorsque j'aurai consulté mon défenseur.

D. — Il n'est pas besoin de consultation pour dire la vérité.

R. — Rien ne me fera revenir sur ma détermination.

D. — Alors, pas plus qu'hier, vous ne direz où vous êtes allé de huit heures à minuit ?

R. — Je répondrai à cette question en même temps qu'à l'autre.

D. — Il vous fallait un motif bien grave pour vous retenir dehors car vous vous saviez attendu par votre fiancée, Mlle de Chandoré ?

R. — Je lui avais écris de ne pas m'attendre.

— Ah ! Galpin-Daveline est un habile mâtin !... grommela M° Magloire.

— Enfin, reprit M° Folgat, voici un passage de l'avant-dernier interrogatoire :

D. — Quand vous aviez une commission à faire à Sauveterre, à qui aviez-vous coutume de la confier ?

R. — Au fils de mon métayer, Michel.

D. — Alors, c'est lui qui, le soir du crime, a porté à Mlle de Chandoré la lettre que vous lui écriviez pour lui dire de ne pas compter sur vous ?

R. — Oui.

D. — Vous vous prétendiez retenu par quelque grave affaire ?...

R. — C'est le prétexte ordinaire.

D. — Mais, de votre part, ce n'était pas un prétexte. Où aviez-vous à aller, où êtes-vous allé ?...

R. — Tant que je n'aurai pas vu mon défenseur, je me tairai.

D. — Prenez garde ! le système de dénégations et de réticences est périlleux !...

R. — J'en connais et j'en accepte le danger.

Jacques était confondu.

Et fatalement, il en est ainsi de tout accusé auquel on représente le procès-verbal de ses interrogatoires. Pas un qui ne s'écrie :

— Quoi ! j'ai dit cela, moi !...

Il l'a dit, et il n'y a pas à le nier, c'est écrit et il l'a signé. Comment donc l'a-t-il pu dire ?...

Ah ! voilà !... Si fort que soit un homme, il ne saurait,

durant des mois entiers, tendre au même degré toutes ses facultés et toute son énergie. Il a ses heures d'accablement et ses heures d'espérance, ses accès de révolte et ses moments d'abandon...

Et l'impassible juge d'instruction profite de tout.

Innocent ou coupable, il n'est pas de prévenu qui puisse lutter.

Si prodigieuse que puisse être sa mémoire, comment se rappellerait-il une réponse inoffensive qui a des semaines de date! Le juge, lui, l'a recueillie, et vingt fois, s'il le faut, il la représentera sous une forme nouvelle.

Et de même que l'impalpable flocon de neige devient l'irrésistible avalanche, le mot insignifiant prononcé au hasard, abandonné, puis repris, puis développé, commenté et interprété, peut devenir une charge écrasante.

Il faut avoir passé par là, il faut avoir été l'accusé ou le juge pour comprendre combien inégale est la partie, pour comprendre que les dispositions de la loi ne sont équitables que si le prévenu est coupable, et qu'en définitive il s'en faut bien que l'innocence trouve autant de protection que le crime.

Voilà ce que Jacques constata.

Si habilement et à de si longs intervalles lui avaient été posées ces questions, qu'il les avait oubliées; et cependant, rapprochant ses réponses, il lui fallait bien reconnaître que très-positivement il avait avoué qu'il se proposait de consacrer à une affaire importante la soirée du crime.

— C'est épouvantable! s'écria-t-il.

Et pénétré de l'affreuse réalité des appréhensions de Me Folgat, il ajouta:

— Comment sortir de là!

Peut-être les défenseurs, Me Magloire surtout, ne furent-ils pas mécontents de cet effroi qui leur garantissait la docilité de Jacques.

— Je vous l'ai dit, répondit Me Folgat, il faut trouver une explication plausible.

— C'est ce dont je me déclare incapable.

Le jeune avocat parut rassembler ses souvenir; puis:

— Vous étiez prisonnier, monsieur, reprit-il, et j'étais libre. Depuis un mois que je médite un système de défense, je me suis préoccupé de ce point, qui en est la base...

— Ah!...

— Où devait se célébrer votre mariage?

— Chez moi, à Boiscoran.

— Où devait avoir lieu la cérémonie religieuse?

— A l'église de Bréchy.

— En avez-vous parlé au curé?

— Plusieurs fois. Et même, à ce sujet, un jour, en plaisantant, il m'a dit: « Je vais enfin vous tenir dans mon » confessionnal! »

Me Folgat eut comme un tressaillement de joie qui n'échappa pas à Jacques.

— Donc, poursuivit-il, le curé de Bréchy était votre ami?

— Assez intime, oui. Il venait quelquefois me demander à dîner, sans façon, et jamais je ne passais près de chez lui sans entrer lui serrer la main...

La satisfaction du jeune avocat était devenue tout à fait visible.

— Décidément, s'écria-t-il, mon explication n'est pas invraisemblable. Ecoutez, et croyez que je suis parfaitement sûr de mes informations. De neuf à onze heures, le soir du crime, il n'y avait personne au presbytère de Bréchy. Le curé dînait au château de Bresson, et sa servante était allée au devant de lui avec une lanterne...

— Compris! murmura Me Magloire.

— Pourquoi, mon cher client, continua Me Folgat, pourquoi ne seriez-vous pas allé chez le curé de Bréchy? D'abord, vous aviez à vous entendre avec lui sur les détails de la cérémonie, puis, comme il est votre ami, homme d'expérience, prêtre, vous vouliez, au moment de vous marier, prendre ses conseils, et enfin, vous vous proposiez de remplir ce devoir religieux dont il vous avait parlé, et qui vous répugnait un peu.

— Bon, cela!... approuvait le célèbre avocat de Sauveterre, très-bon!...

— Donc, poursuivait le jeune avocat, c'est pour aller chez le curé de Bréchy, mon cher client, que vous vous êtes privé du bonheur de passer la soirée près de votre fiancée. Voyons comment cela répond aux charges de l'accusation. On vous demande en premier lieu pourquoi vous avez pris par les marais. Pourquoi?... C'est que c'est de beaucoup le chemin le plus court, et que vous aviez peur de trouver le curé de Bréchy couché. Rien de plus naturel, car il est bien connu que cet excellent homme a l'habitude de se mettre

au lit dès neuf heures. Cependant, c'est en vain que vous
vous êtes hâté, car lorsque vous avez frappé à la porte du
presbytère, personne n'est venu vous ouvrir...

D'un geste, M⁰ Magloire interrompit son jeune confrère.

— Jusqu'ici, dit-il, très-bien... Mais là, une invraisem-
blance se présente. Jamais, pour revenir de Bréchy à Boiscoran, personne ne s'avisera d'aller prendre par les bois de
Rochepommier. Si vous connaissiez le pays...

— Je le connais pour l'avoir soigneusement exploré. Et
la preuve, c'est que, prévoyant votre objection, j'y ai trouvé
une réponse. Pendant que M. de Boiscoran frappait à la
porte du presbytère, une petite paysanne, qu'il ne connaît
pas, est passée, et lui a dit qu'elle venait de rencontrer le
curé sur la route, près de l'endroit qu'on appelle la cafourche des Maréchaux. La situation du presbytère, isolé à l'entrée du bourg, rend très-admissible cet incident. Pour ce
qui est du curé, voici ce que le hasard m'a révélé : précisément à l'heure où M. de Boiscoran pouvait être à Bréchy,
un prêtre passait près de la cafourche des Maréchaux, et ce
prêtre, auquel j'ai parlé, est le desservant d'une commune
voisine, qui dînait chez M. de Bresson, lui aussi, et qu'on
était allé chercher pour administrer une femme qui se mourait... La petite paysanne ne mentait donc pas, elle se trompait....

— Étonnant !... fit M⁰ Magloire.

— Cependant, poursuivit M⁰ Folgat, qu'a fait M. de Boiscoran, ainsi averti ?... Il s'est lancé sur cette route, et croyant
aller à la rencontre du curé, il a marché jusqu'au bois de
Rochepommier... Reconnaissant enfin que volontairement
ou non, la petite paysanne l'avait induit en erreur, il s'est
décidé à regagner Boiscoran par les bois... Mais il était de
très-mauvaise humeur d'avoir perdu ainsi une soirée qu'il
eût pu passer près de sa fiancée, et c'est pour cela qu'il
pestait et jurait, ainsi que l'a déclaré le témoin Gaudry...

Le célèbre avocat de Sauveterre secouait la tête.

— C'est ingénieux, prononça-t-il, je le reconnais, et
j'avoue en toute humilité que jamais je n'aurais trouvé
aussi bien. Seulement... car il y a un seulement, mon cher
confrère, votre récit pèche par son admirable simplicité
même. L'accusation vous répondra : « Si telle est la vérité,
» comment M. de Boiscoran ne l'a-t-il pas dite immédiate-

» ment, et qu'avait-il besoin, pour la dire, de **consulter** ses
» défenseurs ?... »

A la contraction des traits de M⁰ Folgat, on devinait l'effort de sa pensée.

— Je ne le sais que trop, répondit-il, là est le défaut de la
cuirasse... Défaut considérable, car il est bien clair que si,
le jour de son arrestation, M. de Boiscoran eût donné cette
explication, on le relâchait... Mais comment trouver mieux !...
Comment trouver seulement autre chose !... Ce n'est là
d'ailleurs que le premier jet de mon idée, et c'est la première fois que je la formule... Aidé de vous, M⁰ Magloire,
de Méchinet auquel je dois mes plus précieux renseignements, aidé de tous nos amis, enfin, je ne désespère pas
d'ajouter à mon récit quelque particularité mystérieuse,
qui explique un peu les réticences de M. de Boiscoran...
J'avais bien pensé à y faire intervenir la politique, à pré-
tendre qu'en raison des opinions qu'on lui suppose, M. de
Boiscoran tenait à dissimuler ses relations avec le curé de
Bréchy...

— Oh ! ce serait du plus détestable effet ! interrompit
M⁰ Magloire. Nous ne sommes pas religieux, à Sauveterre,
mais nous sommes dévots, confrère, excessivement dévots...

— Aussi ai-je renoncé à mon idée...

Silencieux et jusque-là immobile, Jacques se dressa tout
à coup.

— N'est-il pas prodigieux, s'écria-t-il d'un accent de rage
concentrée, n'est-il pas inouï de nous voir ici réduits à
combiner un mensonge !... Et je suis innocent !... Que
serait-ce de plus si j'étais un assassin !...

Jacques avait raison mille fois : c'était quelque chose de
monstrueux que cette nécessité où il se trouvait de taire la
vérité.

Pourtant ses défenseurs ne relevèrent pas l'exclamation,
absorbés qu'ils étaient par l'examen minutieux du système
de défense.

— Abordons les autres points de l'accusation, fit M⁰ Magloire.

— Si ma version était admise, répondit M⁰ Folgat, le reste
irait tout seul. Mais le sera-t-elle ?... Le jour où on est venu
l'arrêter, cherchant un prétexte à sa sortie de la veille,
M. de Boiscoran a dit qu'il allait à Bréchy chez son marchand de bois... Imprudence désastreuse !... Voilà le dan-

ger!... Quant au reste, qu'est-ce en somme?... L'eau où
M. de Boiscoran s'est lavé les mains en rentrant, et où on
a retrouvé des débris de papier carbonisé... Nous n'avons
qu'à altérer légèrement la vérité, pour l'expliquer. Nous
n'avons qu'à dire ce qu'a fait réellement M. de Boiscoran,
en attribuant son action à un autre motif. M. de Boiscoran
est un fumeur déterminé, n'est-ce pas?... Pour son excur-
sion à Bréchy, il s'était muni d'une provision de cigarettes,
mais il n'avait pas pris d'allumettes... Et ceci n'est pas une
allégation en l'air. Nous fournissons des preuves, nous
produisons des témoins. Si nous n'avions pas d'allumettes,
c'est que la veille nous avons oublié chez M. de Chandoré
la boîte que nous portons habituellement sur nous, que
tout le monde nous connaît, et qui depuis est restée sur la
cheminée du petit salon de Mlle Denise, où elle est encore...
Donc, nous n'avions pas d'allumettes, et nous étions déjà
loin de Boiscoran quand nous nous en sommes aperçus...
Fallait-il donc où nous passer de fumer ou retourner sur
nos pas?... Non! Nous avions notre fusil et nous connaissons le procédé qu'emploient tous les chasseurs en pareille
occurrence... Nous avons retiré la charge de plomb d'une
de nos cartouches et en enflammant la poudre, nous avons
enflammé un morceau de papier... C'est une opération qu'il
est impossible de réussir sans se salir et se noircir les
mains. Comme nous l'avons répétée plusieurs fois, nous
avions les mains très-sales et très-noires, et les ongles pleins
de débris de papier brûlé...

— Ah! cette fois, s'écria le célèbre avocat de Sauveterre,
bravo!...

Son jeune confrère s'animait.

Et toujours employant le « nous », qui est dans les habitudes du barreau:

— Cette eau, d'ailleurs, poursuivit-il, cette eau que vous
nous reprochez, est le plus magnifique témoignage moral
de notre innocence... Incendiaire, nous l'eussions jetée avec
la précipitation que met le meurtrier à effacer de ses habits
les taches de sang qui le dénoncent...

— Très bien! encore... approuva Me Magloire.

— Et vos autres charges, continua Me Folgat, comme s'il
eût été à l'audience et se fût adressé au ministère public,
vos autres charges sont toutes de cette valeur... Notre lettre
à Mlle Denise, pourquoi l'invoquez-vous?... Parce que, selon

vous, elle établit notre préméditation... Ah !... ici je vous
arrête... Sommes-nous donc stupide et dénué du plus
vulgaire bon sens ?... Telle n'est pas notre réputation...
Quoi ! préméditant un crime, nous ne nous serions pas dit
que nous pouvions être découvert, et nous ne nous serions
pas ménagé un alibi ! Quoi ! nous serions parti de chez
nous avec l'intention bien arrêtée d'aller tuer un homme,
et c'est avec du plomb de lièvre et de la cendrée que nous
aurions chargé notre fusil !... En vérité, vous nous faites
la défense trop facile, car votre accusation ne soutient pas
l'examen...

Du geste, vivement, Jacques à son tour approuvait.

— Voilà, interrompit-il, ce que je n'ai cessé de répéter à
Daveline, et ce à quoi il ne trouvait rien à répondre... C'est
sur ce point qu'il faut insister !...

Mᵉ Folgat consultait ses notes.

— J'arrive, maintenant, reprit-il, à une circonstance capitale, et dont je ferais, si elle nous était favorable, un incident d'audience décisif... Votre valet de chambre, mon cher
client, votre vieil Antoine, m'a déclaré que l'avant-veille du
crime, il a lavé et nettoyé à fond votre fusil Klebb...

— Mon Dieu !... exclama Jacques.

— Bien. Je vois que vous mesurez la portée de ce fait.
Depuis ce nettoyage jusqu'au moment où vous avez en-
flammé une cartouche pour brûler les lettres de Mᵐᵉ de
Claudieuse, avez-vous fait feu ? Si oui, n'en parlons plus.
Si non, il est clair qu'un des canons de votre Klebb est resté
propre, et alors, c'est le salut...

Durant près d'une minute, Jacques garda le silence, réfléchissant.

— Il me semble, répondit-il enfin, je répondrais presque
que le matin du crime, j'ai tiré un lapin...

Mᵉ Magloire eut un geste de découragement.

— Fatalité ! dit-il.

— Oh !... attendez, reprit Jacques. Ce dont je suis sûr,
en tout cas, c'est que j'ai tué ce lapin d'un seul coup. Donc,
je n'ai encrassé qu'un des canons de mon fusil. Si, au Valpinson, je me suis servi du même canon pour enflammer
ma cartouche, je suis sauvé. Et notez que c'est probable.
Quand on a une arme double, machinalement, on presse
toujours en premier la détente de droite...

Mᵉ Magloire fronçait les sourcils.

— N'importe, dit-il, ce n'est pas sur une donnée aussi incertaine, que nous pouvons avancer un argument qui, en cas d'erreur, se retournerait contre nous. Mais à l'audience, quand on vous représentera votre fusil, examinez-le de façon à pouvoir me dire ce qu'il en est.

Ainsi, se trouvaient esquissées les lignes générales du plan de défense. Il ne restait plus qu'à perfectionner les détails, et c'est à quoi s'appliquaient les deux avocats, lorsque, à travers le guichet, Blangin, le geôlier, vint leur crier que les portes de la prison allaient fermer.

— Encore cinq minutes, mon brave Blangin, cria Jacques.

Et, attirant le plus loin possible du guichet ses deux défenseurs, d'une voix basse et troublée :

— Une idée m'est venue, messieurs, dit-il, que je dois vous soumettre... Il est impossible que depuis mon arrestation la comtesse de Claudieuse ne soit pas au supplice... Si sûre qu'elle puisse être de n'avoir laissé traîner aucun indice qui la dénonce, elle doit trembler que je ne me défende en disant la vérité... Elle nierait, je le sais bien, et elle est assez sûre de son prestige pour savoir que mes accusations n'entameront pas son admirable réputation... N'importe ! Il est impossible qu'elle ne s'épouvante pas du scandale... Qui sait si, pour l'éviter, elle ne nous donnerait pas un moyen de salut... Pourquoi l'un de vous, messieurs, ne tenterait-il pas près d'elle une démarche...

Me Folgat était l'homme des décisions rapides.

— Je la tenterai, dit-il, si vous me donnez un mot d'introduction.

Pour toute réponse, Jacques prit une plume et écrivit :

« J'ai tout dit à mon défenseur, Me Folgat. Sauvez-moi, et
» je vous jure un secret éternel. Me laisserez-vous périr,
» Geneviève, vous qui savez si bien que je suis innocent.

                              » JACQUES. »

— Est-ce suffisant? demanda-t-il, en tendant ce billet au jeune avocat.

— Oui, et je vous promets qu'avant quarante-huit heures j'aurai vu Mme de Claudieuse...

Blangin s'impatientait cependant, les défenseurs durent se retirer, et sortis de la prison, ils traversaient la place du

Marché-Neuf, quand, à quelques pas, ils aperçurent un musicien ambulant que suivaient quelques galopins...

C'était une espèce de ménétrier de campagne, vêtu d'un de ces habits d'ordre composite qui ne sont pas encore une redingote, mais qui ne sont déjà plus une veste. Râclant d'un mauvais violon, il chantait avec le plus pur accent du terroir une chanson saintongeoise.

> Au printemps, la mère ageace,
> Fit son nid dans les popillons,
>   La pibôle !...
> Fit son nid dans les popillons,
>   Pibolon !...

Machinalement, Me Folgat cherchait quelques sous dans son gousset, lorsque le chanteur, s'approchant de lui, et tendant son chapeau comme pour recevoir l'aumône, lui dit :

— Vous ne me reconnaissez pas, cher maître.

L'avocat tressauta.

— Vous ici !... fit-il.

— Moi-même, à Sauveterre depuis ce matin. Je vous guettais, car il faut que je vous parle. Ce soir, à neuf heures, venez m'ouvrir la petite porte du jardin de M. de Chandoré...

Et reprenant son violon, il s'éloigna en continuant d'une voix traînante :

> Au bout de cinq à six semaines,
> Elle oyut un petit ageasson.

XXIV

Bien autrement encore que Me Folgat, le célèbre avocat de Sauveterre avait été surpris de l'imprévu de la rencontre et de l'étrangeté du personnage.

Et dès que le ménétrier ambulant se fut éloigné :

— Vous connaissez cet individu? demanda-t-il à son jeune confrère.

— Cet individu, répondit Mᵉ Folgat, n'est autre que cet agent dont je vous ai parlé, et dont j'ai acheté les services.

— Goudar !

— Oui, Goudar.

— Et vous ne le reconnaissiez pas !

Le jeune avocat souriait.

— Avant qu'il eût parlé, non, dit-il. Le Goudar que je connais est assez grand, maigre, imberbe, et porte les cheveux taillés en brosse. Ce musicien des rues est petit, replet, barbu, et ses longs cheveux plats lui tombent jusqu'au milieu du dos. Comment deviner mon homme, sous son costume de vagabond, un violon à la main et patoisant une ronde saintongeoise ?

Mᵉ Magloire souriait lui aussi.

— Que sont les comédiens de profession comparés à ces gens-là ! dit-il. En voici un qui se prétend arrivé de ce matin, et qui, déjà, semble du pays autant que Cheminot lui-même. Il n'y a pas douze heures qu'il est à Sauveterre, et il sait l'existence de la petite porte du jardin de M. de Chandoré.

— Oh ! je m'explique maintenant cette circonstance, qui d'abord m'avait étonné. Ayant tout raconté en détail à Goudar, j'ai dû nécessairement lui parler de cette porte, à propos de Méchinet.

Causant ainsi, ils avaient atteint l'extrémité de la rue Nationale. Ils s'arrêtèrent.

— Un mot encore avant de nous séparer, reprit Mᵉ Magloire. Vous êtes bien décidé à voir Mᵐᵉ de Claudieuse ?

— Je l'ai promis.

— Que lui direz-vous ?

— Je ne sais. Cela dépendra de son accueil.

— Du caractère dont je la connais, à la seule vue du billet de Jacques, elle va vous commander de sortir.

— Qui sait !... Je n'aurai pas, en tout cas, à me reprocher d'avoir reculé devant une démarche qu'en mon âme et conscience je juge nécessaire..

— Quoi qu'il arrive, soyez prudent, ne vous laissez pas emporter... Songez qu'un éclat nous obligerait à changer notre système de défense, le seul qui présente quelques chances.

— Oh ! soyez sans inquiétudes..

Sur quoi, échangeant une dernière poignée de main, ils

se séparèrent, Me Magloire regagnant son logis, Me Folgat remontant la rue de la Rampe.

La demie de six heures venait de sonner; aussi le jeune avocat se hâtait-il, craignant de faire attendre. On l'attendait, en effet, pour se mettre à table, mais en entrant au salon, il ne songea plus à s'excuser, tant il fut frappé de l'accablement et de la morne tristesse des amis et des parents du prisonnier.

— Avons-nous donc quelque fâcheuse nouvelle? interrogea-t-il d'une voix hésitante...

— La plus fâcheuse que nous eussions à redouter, oui, monsieur, répondit le marquis de Boiscoran. Elle n'était que trop prévue de nous tous, et, cependant, vous le voyez, elle nous surprend comme un coup de foudre....

Le jeune avocat se frappa le front.

— La chambre des mises en accusation a rendu son arrêt!... s'écria-t-il.

De la tête, comme si la voix lui eût manqué, le marquis répondit :

— Oui!...

— C'est encore un grand secret, ajouta Mlle Denise, et si nous le savons, c'est grâce à une indiscrétion de notre bon, de notre dévoué Méchinet, Jacques est renvoyé devant la cour d'assises.

Elle fut interrompue par un domestique qui entrait annoncer que mademoiselle était servie...

On passa dans la salle à manger; mais, sous l'empire de ce dernier événement, le dîner fut lugubre. Seule, Mlle Denise, qui devait à la fièvre son étonnante énergie, aida Me Folgat à maintenir la conversation vivante. Par elle, le jeune avocat apprit que, décidément, le comte de Claudieuse était au plus mal, et qu'on lui eût administré, dans la journée, les derniers sacrements, sans le docteur Seignebos, qui s'y était opposé en déclarant que la plus légère émotion pouvait tuer son malade.

— Et s'il meurt, prononça M. de Chandoré, ce sera notre dernier coup. L'opinion, déjà si montée contre Jacques, deviendra implacable.

Cependant le repas finissait, Me Folgat s'approcha de Mlle Denise.

— J'ai à vous prier, mademoiselle, lui dit-il, de me confier la clef de la petite porte du jardin...

Elle le regardait d'un air étonné.

— J'ai à recevoir secrètement, ajouta-t-il, l'homme de la police qui m'a promis son concours.

— Il est ici ?

— De ce matin...

Mlle Denise lui ayant remis la clef, Me Folgat se hâta de gagner le fond du jardin, et au troisième coup de neuf heures, le ménétrier de la place du Marché-Neuf, Goudar, poussa la petite porte et entra, son violon sous le bras.

— Un jour de perdu !... commença-t-il, sans même songer à saluer, tout un jour, car je ne pouvais rien tenter avant de vous avoir vu...

Il semblait si furieux, que Me Folgat entreprit de le calmer.

— Laissez-moi d'abord, dit-il, vous complimenter de votre travestissement.

Mais Goudar n'était point sensible aux éloges.

— Que serait un policier qui ne saurait pas se travestir ! interrompit-il. Beau mérite, ma foi !... Et croyez que rien ne me répugne davantage... Mais pouvais-je tomber à Sauveterre avec ma véritable personnalité ? Un homme de la police ! brrr... tout le monde m'eût fui comme la peste et on n'eût répondu que des mensonges à toutes mes questions... Alors, je me suis affublé de cette défroque honteuse qui m'est familière, et pour laquelle même, j'ai pris pendant six mois un professeur de violon... Un musicien ambulant fait ce qu'il veut sans éveiller les soupçons ; il erre dans les rues ou le long des routes, il entre dans les cours, se glisse dans les maisons, visite les cafés et les cabarets ; il peut, sous prétexte de demander l'aumône, accoster les gens, leur parler, les suivre... Et, pour ce qui est de la façon dont je baragouine le saintongeois, sachez que j'ai passé six mois dans les Charentes, à la piste des faux billets de banque du fameux Gâtebourse. Si au bout de six mois on ne tient pas l'accent d'une province, on ne sera jamais un policier. Or, je le suis, moi, je suis condamné à cet exécrable métier, qui fait le désespoir de ma femme...

— Si votre ambition est vraiment ce que vous m'avez dit, mon cher Goudar, interrompit Me Folgat, peut-être pourrez-vous le quitter bientôt, ce métier que vous détestez tant... Si vous réussissez à tirer d'affaire M. de Boiscoran...

— Il me donnerait la maison de la rue des Vignes ?...

— De grand cœur...

L'homme de la préfecture leva les mains au ciel.

— La maison de la rue des Vignes, répéta-t-il. Le paradis
en ce monde. Un jardin immense, une terre d'une qualité
supérieure. Et quelle exposition, mon maître! J'y ai lorgné
des murs où j'obtiendrais des pêches plus belles que celles
de Montreuil, et des chasselas plus parfumés que ceux de
Fontainebleau.

— Y avez-vous trouvé quelque nouvel indice? demanda
Me Folgat.

Brusquement rappelé à la réalité, Goudar s'assombrit.

— Aucun, répondit-il, et c'est inutilement que j'ai interrogé tous les fournisseurs. Je ne suis pas plus avancé que
le premier jour.

— Espérons que vous serez plus heureux ici.

— Je l'espère, mais pour commencer mes opérations, il
me faut votre assistance. J'ai besoin de voir le docteur Seignebos et le greffier Méchinet. Priez-les de se trouver au
rendez-vous qu'un billet de moi leur assignera...

— Ils seront prévenus.

— Maintenant, si je veux que mon incognito soit respecté,
il me faut un permis de séjour du maire, au nom de Goudar, musicien ambulant. Je garde mon nom que personne
ici ne connaît. Mais il me faut ce permis ce soir même. Où que
je me présente pour coucher, on me demandera mes papiers...

— Attendez-moi un quart d'heure, là, sur ce banc, dit
Me Folgat, je cours chez le maire...

Un quart d'heure plus tard, en effet, Goudar avait son
permis en poche, et s'en allait demander un gîte à l'auberge du *Mouton-Rouge*, la plus mal famée de Sauveterre.

En présence d'une obligation pénible et inévitable, les
tempéraments se décèlent. Les uns ajournent tant qu'ils
peuvent, tergiversent, lanternent, pareils à ces dévotes qui
renvoient leur gros péché à la fin de leur confession; les
autres, au contraire, ont hâte de se débarrasser de l'anxiété,
et en finissent le plus tôt qu'il est possible.

Me Folgat était de ces derniers.

Réveillé avec le jour, le lendemain de l'arrivée de Goudar:

— Je verrai Mme de Claudieuse ce matin même, se dit-il.

Et en effet, dès huit heures, vêtu avec plus de recherche
peut-être que de coutume, il sortit en disant au domestique

qu'on ne l'attendît pas, s'il n'était pas rentré au moment du déjeuner.

C'est au palais de justice qu'il se rendit tout d'abord, espérant bien y rencontrer le greffier.

Et son espoir ne fut pas déçu. La salle des pas-perdus était déserte, mais déjà Méchinet était à son bureau, grossoyant avec l'activité fiévreuse qu'imprime l'idée constante d'un immeuble à payer.

Il se dressa, en voyant entrer Me Folgat, et tout de suite :

— Vous savez l'arrêt de la chambre !... fit-il.

— Oui; grâce à votre obligeance, et je dois vous avouer qu'il ne m'a pas surpris. Qu'en pense-t-on au palais ?

— Tout le monde croit à une condamnation.

— Nous verrons bien ! fit le jeune avocat.

Et baissant la voix :

— Mais je viens encore pour autre chose, continua-t-il. L'agent que j'attendais est arrivé et désirerait vous entretenir. Il vous écrira pour vous assigner un rendez-vous, accordez-le lui, je vous en prie...

— Certes, de tout mon cœur, répondit le greffier. Et Dieu veuille qu'il réussisse à disculper M. de Boiscoran, quand ce ne serait que pour rabaisser un peu le caquet de mon cher patron.

— Ah ! M. Galpin-Daveline triomphe !...

— Sans la moindre pudeur. Il voit déjà son ancien ami au bagne !... Il a reçu de M. le procureur général une nouvelle lettre de félicitations, et il est venu hier, à l'issue de l'audience, la montrer à qui voulait la lire. Tous ces messieurs l'ont complimenté, sauf M. le président toutefois qui lui a tourné le dos, et M. le procureur de la république qui lui a dit en latin de ne pas vendre la peau de l'ours avant qu'il fût par terre...

Déjà, depuis un moment, on commençait à entendre des pas dans les corridors.

— Vite une dernière recommandation, fit Me Folgat, Goudar tient à dissimuler sa personnalité, ne parlez de lui à âme qui vive. Et surtout ne vous étonnez pas du costume sous lequel il vous apparaîtra...

Le bruit de la porte qui s'ouvrait lui coupa la parole.

Un juge entra, qui après avoir salué fort civilement, se mit à demander au greffier une multitude de renseignements, au sujet d'une affaire qui venait au rôle le jour même.

— Au revoir, monsieur Méchinet, dit le jeune avocat.

Et, reprenant sa course, il alla sonner à la porte du docteur Seignebos.

— Monsieur le docteur est sorti, répondit le domestique, mais il va rentrer, et il m'a recommandé de prier monsieur de l'attendre dans son cabinet...

La preuve de confiance que donnait le docteur à M⁰ Folgat était inouïe, en lui permettant de rester seul dans le sanctuaire de ses méditations.

C'était une pièce immense, tout encombrée d'objets disparates et incohérents, et qui du premier coup révélait les idées, les opinions, les goûts et les aspirations du médecin.

Ce qui frappait, dès l'entrée, c'était, sur la cheminée, un admirable buste de Bichat, flanqué des bustes plus petits de Robespierre à droite et de Rousseau à gauche. Une horloge du temps de Louis XIV, dressée entre les deux fenêtres, battait les secondes avec des grincements de vieille ferraille. Tout un des côtés était occupé par une bibliothèque de bois noir bondée, à défoncer, de livres de toutes sortes, brochés ou habillés de reliures qui auraient bien fait rire M. Daubigeon. Un de ces meubles comme on en fabrique pour classer les herbiers, disait la passion passagère du docteur pour la flore de Sauveterre. Une machine électrique rappelait le temps où le docteur s'était engoué de l'électrothérapie...

Sur la table, placée au milieu de la pièce, des montagnes de bouquins trahissaient les récentes études du médecin. Tous les auteurs qui se sont occupés de la folie et de l'idiotie étaient là, depuis Apostolidès jusqu'à Tardieu, en passant par Broussais et Fodéré, par Spürzheim, Guardia, Marc, Esquiros, Blanche et vingt autres encore...

M⁰ Folgat achevait l'inventaire quand le docteur Seignebos entra, toujours comme une trombe, mais beaucoup plus joyeux que de coutume.

— Je savais bien, parbleu ! que je vous trouverais ici, s'écria-t-il, dès le seuil. Vous venez me demander un rendez-vous pour Goudar...

Le jeune avocat tressauta.

— Qui a pu vous le dire ? fit-il abasourdi.

— Goudar en personne ! Il me plaît, à moi, ce garçon. Évidemment on ne saurait me suspecter de tendresse pour tout ce qui, de près ou de loin, tient à la préfecture, moi qui ai traversé la vie avec des mouchards à mes trousses. Mais votre homme me raccommoderait presque avec la police...

— Quand l'avez-vous vu ?...

— Ce matin, à sept heures. Il s'ennuyait si prodigieusement de perdre son temps dans son galetas du *Mouton-Rouge*, que l'idée lui est venue de feindre une indisposition, et de m'envoyer chercher... J'y suis allé, et j'ai trouvé une manière de ménétrier de campagne qui m'a paru se porter comme un charme... Mais dès que nous avons été seuls, il m'a dégoisé toute son affaire, en me demandant mon opinion et en me disant ses idées... Me Folgat, ce Goudar est très-fort, c'est moi qui vous le dis, et nous nous sommes parfaitement entendus...

— Vous a-t-il donc expliqué ce qu'il compte faire ?...

— A peu près... Mais il ne m'a pas autorisé à le divulguer... Patience, laissez faire, attendez, et vous verrez que le vieux Seignebos a encore un certain flair !...

Et, ce disant d'un air de fatuité superbe, il retirait, essuyait et replaçait sur son nez ses lunettes d'or.

— J'attendrai donc, dit le jeune avocat, et puisque voici ma commission faite, je vous demanderai la permission de vous entretenir d'une autre affaire... Je suis chargé par M. Jacques de Boiscoran de voir la comtesse de Claudieuse...

— Fichtre !

— Et de tâcher d'obtenir d'elle un moyen de nous disculper...

— Va-t-en voir s'ils viennent !

Difficilement, Me Folgat dissimula un mouvement d'impatience.

— J'ai accepté cette mission, fit-il, d'un ton sec, je tiens à la remplir...

— Je le comprends, mon cher maître, seulement vous n'arriverez pas jusqu'à Mme de Claudieuse. Le comte est très-mal, elle ne quitte pas son chevet et ne reçoit même pas les personnes de son intimité...

— Et, cependant, il faut que je parvienne jusqu'à elle... Il faut à tout prix que je lui remette en mains propres le

billet que m'a confié mon client... Et, tenez, docteur, je vais
être franc avec vous. C'est parce que je prévoyais des difficultés que je viens vous demander un moyen de les sur-
monter ou de les tourner...

— A moi !

— N'êtes-vous pas le médecin du comte de Claudieuse?...

— Dix mille diables !... s'écria M. Seignebos, vous ne
doutez de rien, vous autres avocats !...

Et plus bas, répondant plutôt aux objections de son esprit
qu'à Mᵉ Folgat :

— Certainement, grommelait-il, je soigne M. de Claudieuse, dont, entre parenthèse, la maladie déroute toutes
mes conjectures, mais c'est pour cela précisément que je ne
puis rien... Notre profession a des règles qu'on ne saurait
enfreindre sans compromettre la dignité du corps médical
tout entier.

— Mais il y va de l'honneur et de la vie de Jacques,
monsieur, d'un ami...

— Et d'un coreligionnaire politique, c'est très-vrai... Mais
je ne puis vous aider sans abuser de la confiance de Mᵐᵉ de
Claudieuse...

— Eh ! monsieur, cette femme n'a-t-elle pas commis le
crime pour lequel M. de Boiscoran, innocent, va passer en
cour d'assises...

— Je le crois, et cependant...

Il se tut, réfléchissant, jusqu'à ce que soudain prenant
son chapeau à larges bords et l'enfonçant d'un coup sec sur
sa tête :

— Au fait, s'écria-t-il, tant pis !... Il est des intérêts sacrés qui priment tout !... Venez...

XXV

C'est rue Mautrec qu'après l'incendie du Valpinson
étaient venus s'établir provisoirement le comte et la comtesse de Claudieuse.

La maison louée pour eux par le maire, M. Séneschal, a été
pendant plus d'un siècle la demeure de la famille de Juliac, et

21

passe pour une des plus anciennes et des plus magnifiques de Sauveterre.

En moins de dix minutes, le docteur Seignebos et Me Folgat y furent arrivés...

De la rue on n'aperçoit qu'un grand mur, contemporain du château, à ce que prétendent les archéologues, et tout fleuri de pariétaires, de giroflées et de gueules de lion. Dans ce mur est encastrée une lourde porte à deux battants. Le jour, on ouvre un de ces battants et on le remplace par un portillon à claire-voie, qui, dès qu'on le pousse, met en mouvement une sonnette.

On traverse alors un grand jardin où une douzaine de statues, vertes de mousse, s'émiettent sur leur piédestal à l'ombre des vieux tilleuls plantés en quinconce...

La maison n'a que deux étages.

Un large vestibule traverse le rez-de-chaussée et l'on distingue au fond l'escalier de pierre avec sa rampe en fer ouvré.

Une fois dans ce vestibule, M. Seignebos ouvrit une porte à droite.

— Entrez là, dit-il à Me Folgat, et attendez... Je monte chez le comte, dont la chambre est au premier, et je vous envoie la comtesse...

Le jeune avocat obéit, et il se trouva dans un vaste salon largement éclairé par trois portes-fenêtres ouvrant de plein-pied sur le jardin.

Ce salon avait dû être superbe jadis. De belles menuiseries peintes en blanc, rehaussées de filets et d'arabesques d'or lambrissaient les murs. Au plafond, une vaste composition allégorique représentait des amours joufflus folâtrant dans un ciel étoilé.

Mais le temps avait promené ses doigts crasseux sur toutes ces magnificences d'un autre siècle, effacé à demi les peintures, terni l'or des arabesques, fané l'azur du plafond et écaillé les amours.

Et certes l'ameublement n'était pas fait pour atténuer la mélancolie de ces ruines.

Aux fenêtres, pas de rideaux. Sur la cheminée une pendule et des candélabres à moitié brisés. Puis çà et là, et comme au hasard, des meubles disparates arrachés à l'incendie du Valpinson, des chaises, des canapés, des fauteuils et une table ronde toute disloquée et noircie par les flammes.

Mais qu'importaient à Me Folgat ces détails...

Il ne songeait qu'à la démarche qu'il risquait, et dont il comprenait alors seulement l'audace extraordinaire et l'étrangeté...

Peut-être eût-il battu en retraite s'il l'eût pu; et il n'avait pas trop de toute sa volonté pour dominer son trouble...

Enfin, il entendit un pas rapide et léger dans le vestibule, et presque aussitôt la comtesse de Claudieuse parut...

C'était bien elle, telle qu'elle lui avait été décrite par Jacques, calme, grave et sereine, comme si son âme eût plané bien au-dessus des passions humaines.

Loin d'altérer son exquise beauté, les événements terribles qui se succédaient depuis un mois lui avaient mis au front comme une auréole divine. Elle avait quelque peu maigri, cependant. Et le cercle de bistre qui entourait ses yeux et le désordre de ses cheveux admirables, trahissaient la fatigue et les angoisses des longues nuits passées au chevet de son mari.

Pendant que Me Folgat s'inclinait :

— Vous êtes le défenseur de M. de Boiscoran, monsieur? demanda-t-elle.

— Oui, madame, répondit le jeune avocat.

— Vous désirez me parler, à ce que vient de me dire le docteur...

— Oui, madame.

D'un geste de reine, elle montra un siége, et s'asseyant elle-même :

— Je vous écoute, monsieur, dit-elle...

Non sans une importune palpitation de cœur, Me Folgat commença :

— Je dois d'abord, madame, vous exposer la situation de mon client.

— C'est inutile, monsieur, je la connais...

— Vous savez alors, madame, qu'il vient d'être renvoyé devant la cour d'assises, et qu'il peut être condamné !...

D'un mouvement douloureux, elle secoua la tête; et doucement :

— Je sais, monsieur, que le comte de Claudieuse a été victime du plus lâche des attentats, que sa vie est en péril, qu'avant peu, s'il ne survient un miracle de Dieu, je n'aurai plus de mari, mes enfants n'auront plus de père...

— Mais M. de Boiscoran est innocent, madame !...

Une profonde surprise se peignit sur les traits de Mᵐᵉ de Claudieuse, et fixant Mᵉ Folgat :

— Qui donc est l'assassin ? interrogea-t-elle.

Ah ! ce n'est pas sans peine que le jeune avocat arrêta sur ses lèvres ce seul mot terrible : « Vous ! » qui montait du fond de sa conscience révoltée.

Mais il songea au succès de sa mission, et au lieu de répondre :

— Pour un accusé, madame, reprit-il, pour un malheureux à la veille du jugement, un avocat est un confesseur auquel il ne cache rien... J'ajouterai que le défenseur a la discrétion du prêtre, et qu'il sait oublier les secrets qui lui ont été confiés...

— Je ne comprends pas, monsieur.

— Mon client, madame, avait un moyen bien simple de se disculper, c'était de dire toute la vérité... Il a mieux aimé risquer son honneur que de compromettre celui d'une autre personne...

La comtesse eut un geste d'impatience.

— Mes moments son comptés, monsieur, interrompit-elle. Veuillez vous expliquer plus clairement.

Mais Mᵉ Folgat était allé aussi loin que possible.

— Je suis chargé par M. de Boiscoran, madame, reprit-il, de vous remettre une lettre...

La surprise de Mᵐᵉ de Claudieuse parut se changer en stupeur.

— A moi !... fit-elle. A quel titre ?

Sans mot dire, le jeune avocat tira de son portefeuille la lettre de Jacques, et la tendant à la comtesse :

— La voici, dit-il...

Elle la prit, d'une main qui ne tremblait pas, et l'ouvr lentement... Mais, dès qu'elle l'eut parcourue, se dressa en pied, pourpre et les yeux pleins d'éclairs :

— Savez-vous ce que contient cette lettre, monsieur s'écria-t-elle.

— Oui.

— Vous savez que M. de Boiscoran ose m'y appeler de mon nom de jeune fille, Geneviève, comme mon mari, comme mon père !...

Le moment décisif venu, Me Folgat avait tout son sang-froid.

— M. de Boiscoran, madame, prétend qu'il vous nommait ainsi autrefois... rue des Vignes... au temps où vous l'appeliez Jacques...

La comtesse paraissait abasourdie.

— Mais c'est infâme, monsieur, balbutia-t-elle, ce que vous dites-là ! Quoi ! M. de Boiscoran a pu vous dire que moi, la comtesse de Claudieuse, j'ai été... sa maîtresse.

— Il me l'a dit, oui, madame, et il affirme que peu d'instants avant l'incendie, il était près de vous, et que s'il avait les mains noircies, c'est qu'il venait de brûler votre correspondance et la sienne...

Elle se redressa sur ces mots, et d'une voix vibrante :

— Et vous avez pu croire cela, s'écria-t-elle, vous ?... Ah ! le premier crime de M. de Boiscoran n'est rien, comparé à celui-ci !... Il ne lui suffit pas d'avoir incendié notre maison et de nous avoir ruinés, il veut nous déshonorer... Il ne lui suffit pas d'avoir pris la vie du mari, il lui faut l'honneur de la femme !...

Elle parlait si haut, que du vestibule on devait entendre les éclats de sa voix.

— Plus bas, madame, de grâce, fit Me Folgat, plus bas !...

Elle le foudroya d'un regard de mépris souverain, et haussant encore le ton :

— Oui, continua-t-elle, je conçois que vous ayez peur d'être entendu... Mais moi qu'ai-je à craindre !... Je voudrais que l'univers entier nous écoutât et nous jugeât. Plus bas, dites-vous. Pourquoi plus bas ! Pensez-vous donc que si M. de Claudieuse n'était pas mourant, cette lettre ne serait pas déjà entre ses mains ! Ah ! il saurait faire justice de cette lettre infâme, lui !... Tandis que moi, une femme !... Jamais je n'avais compris si terriblement que tout le monde croit mon mari perdu, et que je vais rester seule au monde, sans protecteur, sans amis...

— Mais, madame, M. de Boiscoran vous jure le secret le plus absolu...

— Le secret de quoi ? De vos lâches insultes, de l'abominable intrigue dont ceci n'est sans doute que le prélude...

Me Folgat pâlit sous l'outrage.

— Ah ! prenez garde, madame, fit-il d'une voix sourde, nous avons des preuves flagrantes, irrécusables...

D'un geste impérieux, Mᵐᵉ de Claudieuse l'arrêta, et superbe de douleur, de dédain et de colère :

— Eh bien ! s'écria-t-elle, produisez-les, ces preuves. Allez, faites, agissez, parlez ! nous saurons si la ville calomnie d'un criminel peut entamer l'intacte réputation d'une honnête femme !... Nous verrons si de cette boue où vous vous débattez, une seule éclaboussure jaillira jusqu'à moi !....

Et jetant aux pieds du jeune avocat la lettre de Jacques, elle gagna la porte...

— Madame, dit encore Me Folgat, madame !...

Elle ne daigna même pas tourner la tête, et elle disparut le laissant seul au milieu du salon, si écrasé de stupeur, qu'il en perdait jusqu'à la faculté de réfléchir...

Heureusement, le docteur Seignebos revenait.

— Par ma foi, commença-t-il, je ne me serais jamais imaginé que Mᵐᵉ de Claudieuse prendrait si bien ma trahison... C'est exactement comme à l'ordinaire, qu'elle vient, en vous quittant, de me demander comment j'ai trouvé son mari, ce matin, et ce qu'il y a à faire... Je lui ai répondu...

Mais le reste de sa phrase s'étouffa dans sa gorge; il s'apercevait enfin de l'attitude de Me Folgat.

— Ah çà ! qu'avez-vous?... interrogea-t-il.

Le jeune avocat le regardait de l'air d'un homme pris de vertige.

— J'ai, répondit-il, que je me demande si je veille ou si je rêve ! J'ai, que si cette femme est coupable, son audace passe toute croyance...

— Comment, si !... En êtes-vous à douter de sa culpabilité !...

Tout, en Me Folgat trahissait le plus affreux découragement.

— Eh ! le sais-je moi-même, dit-il, ne voyez-vous pas que je n'ai plus ma tête à moi, que je ne sais plus qu'imaginer ni que croire !...

— Oh !...

— C'est ainsi !... Et cependant, docteur, je ne suis pas un naïf, et depuis cinq ans que je plaide au criminel, et que je fouille aux plus bas fonds des couches sociales, j'ai découvert d'étranges choses, rencontré des types inouïs et écouté d'effroyables confidences...

Le docteur, à son tour, était abasourdi, jusqu'à ce point d'oublier de tracasser ses lunettes d'or...

— Que vous a donc dit Mᵐᵉ de Claudieuse? demanda-t-il...

— Je vous le répéterais, répondit Mᵉ Folgat, que vous n'en seriez pas plus avancé. Il vous eût fallu être là, et la voir, et l'entendre!... Quelle femme!... Pas un des muscles de son visage ne tressaillait, son œil restait limpide et clair, nulle émotion n'altérait le timbre de sa voix... Et de quel air elle me défiait!... Mais tenez, docteur, je vous en prie, sortons...

Ils sortirent, en effet, et déjà ils étaient au tiers de la longue allée du jardin, lorsqu'ils aperçurent s'avançant vers eux l'aînée des filles de la comtesse de Claudieuse rentrant, avec sa bonne, de la promenade.

M. Seignebos s'arrêta, et serrant le bras du jeune avocat, et se penchant à son oreille :

— Attention! fit-il. La vérité se trouve dans la bouche des enfants, n'est-ce pas ?...

— Qu'espérez-vous?... murmura Mᵉ Folgat.

— Eclaircir un point douteux... Silence, et laissez-moi faire.

Déjà la petite fille arrivait à eux.

C'était une gracieuse enfant de huit à neuf ans, blonde, avec de beaux yeux bleus, grande pour son âge, et qui avait presque toute l'intelligence d'une jeune fille, sans en avoir les timidités...

— Bonjour, ma petite Marthe, lui dit le docteur, de sa plus douce voix, qui était fort douce quand il voulait.

— Bonjour, messieurs, répondit-elle avec une jolie révérence.

Se penchant vers elle, M. Seignebos mit un bon baiser sur ses joues roses, puis la regardant :

— Mais tu as l'air toute triste, Marthe, ajouta-t-il.

— C'est que papa et ma petite sœur sont bien malades, monsieur, dit-elle avec un gros soupir.

— Et aussi, parce que tu regrettes le Valpinson...

— Oh! oui !...

— C'est cependant bien joli, ici, et tu as pour jouer un grand jardin...

Elle secoua la tête, et baissant la voix :

— C'est vrai que c'est joli, dit-elle, seulement... j'y ai peur.

— Et de quoi, ma mignonne ?

Elle montra les statues, et toute frissonnante :

— Le soir, répondit-elle, à la brune, il me semble toujours qu'elles remuent, et je crois voir des personnes qui se cachent derrière les arbres, comme l'homme qui a voulu tuer papa.

— Il faut chasser ces vilaines idées, mademoiselle, interrompit Me Folgat.

Mais M. Seignebos ne le laissa pas poursuivre.

— Comment, Marthe, tu es si peureuse que cela !... Je te croyais, au contraire, très-brave... Ton papa m'avait affirmé que la nuit de l'incendie du Valpinson tu n'avais pas été effrayée du tout...

— Papa a dit la vérité...

— Et cependant, quand tu as été réveillée par les flammes, ce devait être terrible.

— Oh ! ce n'est pas les flammes qui m'ont réveillée, docteur.

— Pourtant quand le feu a éclaté...

— Je ne dormais pas plus qu'en ce moment, docteur, parce que j'avais été réveillée par le bruit de la porte que maman avait fermée très-fort en rentrant...

Un même pressentiment terrible fit tressaillir le médecin et l'avocat.

— Tu dois te tromper, Marthe, reprit le docteur, ta maman n'était pas rentrée, au moment de l'incendie...

— Pardonnez-moi, monsieur...

— Non, tu te trompes...

La fillette se redressa, et de cette mine grave que prennent les enfants lorsqu'ils voient qu'on doute de leur parole :

— Je suis sûre de ce que je dis, insista-t-elle, et je me souviens très-bien de tout... On m'avait couchée à l'heure ordinaire, et comme j'étais très-lasse d'avoir joué, je m'étais endormie tout de suite... Pendant que je dormais, maman est sortie, mais en rentrant, elle m'a réveillée... Sitôt rentrée, elle est allée se pencher sur le lit de ma petite sœur, et elle l'a regardée un bon moment d'un air si triste que j'ai eu envie de pleurer... Après cela, elle est allée s'asseoir près de la fenêtre, et de mon lit, n'osant lui parler, je voyais de grosses larmes rouler le long de ses joues, quand un coup de fusil a retenti au dehors...

C'est un regard d'angoisse qu'échangeaient Me Folgat et M. Seignebos.

— Ainsi, ma mignonne, insista le médecin, tu es bien certaine que ta maman était dans votre chambre, quand on a tiré un premier coup de fusil ?

— Certainement, docteur. Et même, en l'entendant, maman s'est dressée toute droite, la tête penchée, comme quelqu'un qui écoute... Presque aussitôt, le second coup a retenti, maman a levé les bras en l'air, en s'écriant : « O mon Dieu !... » et tout de suite elle est sortie en courant.

Jamais sourire ne fut plus faux que celui que le docteur Seignebos, non sans un grand effort de volonté, maintenait sur ses lèvres.

— Tu as rêvé cela, Marthe, fit-il...

Ce fut la bonne, jusque-là silencieuse, qui répondit.

— Mademoiselle ne rêvait pas, prononça-t-elle. Moi aussi, j'avais entendu les détonations, et j'avais ouvert la porte de ma chambre pour savoir ce que ce pouvait être, quand j'ai vu madame traverser le palier en deux sauts et se lancer dans l'escalier...

— Oh ! je ne discute pas, interrompit le docteur, du ton le plus indifférent qu'il put prendre, qu'importe cette circonstance.

Mais la fillette tenait à achever son récit.

— Maman partie, continua-t-elle, l'inquiétude me prit, et je me soulevai sur mon lit, prêtant l'oreille... Je ne tardai pas à entendre des bruits que je ne connaissais pas, des craquements et des pétillements, et aussi comme des cris dans le lointain... La peur me prenant, je sautai à terre, et je courus ouvrir la porte... Mais je faillis être renversée par un tourbillon de fumée et d'étincelles... Pourtant je ne perdis pas la tête... Je réveillai ma petite sœur, je la pris dans mes bras, et j'allais essayer de gagner l'escalier, quand Cocoleu arriva comme un fou, qui nous enleva toutes deux et nous emporta...

— Marthe !... cria une voix de la maison, Marthe !...

L'enfant interrompit court son histoire :

— C'est maman qui m'appelle, dit-elle.

Et, faisant une belle révérence :

— Au revoir, messieurs...

Déjà Marthe avait disparu que Seignebos et Me Folgat res-

taient encore plantés sur leurs pieds, se regardant d'un air
de suprême détresse.

— Nous n'avons plus rien à faire ici, docteur, dit enfin le
jeune avocat...

— En effet, rentrons, et même hâtons-nous, car on m'attend peut-être... Vous déjeunez avec moi...

Ils se retirèrent alors, la tête basse, et à ce point abîmés
dans leurs réflexions qu'ils oubliaient de rendre les coups
de chapeau qu'on leur tirait le long des rues, circonstance
qui fut remarquée de plusieurs bourgeois.

En arrivant chez lui :

— Deux couverts, dit le docteur à son domestique, et
monte une bouteille de vin de Médis...

Et lorsqu'il eut conduit l'avocat à son cabinet de travail :

— Maintenant, commença-t-il, que pensez-vous de l'aventure ?...

Me Folgat eut un geste de douloureux abattement.

— Je m'y perds ! murmura-t-il.

— Peut-on admettre que Mme de Claudieuse ait fait le
mot à sa fille ?

— Non.

— Et à sa femme de chambre ?

— Encore moins. Une femme de cette trempe ne se confie
à personne ; elle combat, triomphe ou succombe seule.

— Donc la bonne et l'enfant nous ont dit la vérité.

— Je le crois fermement.

— C'est ma conviction... Alors, elle n'est pour rien dans
le meurtre de son mari ?

— Hélas !...

Ce que Me Folgat ne remarquait pas, c'est qu'un victorieux
sourire éclairait la physionomie du docteur Seignebos. Il
avait retiré ses lunettes d'or, et les essuyant vigoureusement :

— Si la comtesse était innocente, reprit-il, Jacques serait
donc coupable ! Jacques nous aurait donc dupés tous...

Me Folgat secouait la tête.

— De grâce, docteur, fit-il avec effort, ne me pressez pas
ainsi, laissez-moi me recueillir, rassembler mes idées. Je
suis épouvanté de mes conjectures. Non, M. de Boiscoran
ne nous a pas menti, et assurément Mme de Claudieuse a
été sa maîtresse. Non, il ne nous a pas trompés, et certai-

nement le soir du crime, il a eu une entrevue avec la comtesse. Marthe ne nous a-t-elle pas dit que sa mère était
sortie ? Où allait-elle, sinon au rendez-vous ? Seulement...

Il hésitait.

— Oh !... allez, allez, dit le médecin, vous n'avez rien à
craindre de moi...

— Eh bien, il se pourrait qu'après que Mme de Claudieuse
a eu quitté M. de Boiscoran, la fatalité s'en fût mêlée. M. de
Boiscoran nous a conté comment les lettres qu'il brûlait
s'étaient enflammées tout à coup, avec une telle violence
qu'il en avait été effrayé... Qui nous dit qu'une flammèche
emportée par le vent n'a pas mis le feu aux paillers !...
Tirez les conséquences... Au moment de se retirer, M. de
Boiscoran aperçoit ce commencement d'incendie ; il court
essayer de l'éteindre ; ses efforts sont inutiles, la flamme
gagne de proche en proche, elle grandit, elle illumine déjà
toute la façade du château... A ce moment, M. de Claudieuse sort... M. de Boiscoran se croit surpris, il voit ses
amours dévoilées, son mariage rompu, sa vie manquée, son
avenir brisé, son bonheur anéanti... il perd la tête, il ajuste le
comte, il fait feu et s'enfuit éperdu... Et ainsi s'explique la
maladresse des coups et aussi cette circonstance jusqu'ici
inexplicable d'un assassinat tenté avec du plomb de chasse...

— Malheureux ! interrompit le docteur...

— Quoi !... Qu'ai-je dit ?

— Gardez-vous de jamais répéter ceci. Telle est l'effroyable
vraisemblance de votre hypothèse que si elle s'ébruitait,
vous ne trouveriez plus personne pour vous croire le jour
ou vous direz la vérité...

— La vérité !... Vous pensez donc que je m'abuse ?

— Positivement.

Et rajustant ses lunettes :

— Ce que je ne pouvais admettre, reprit M. Seignebos,
c'était que Mme de Claudieuse eût de sa main fait feu sur
son mari... J'avais raison... Elle n'a pas commis le crime,
matériellement, elle l'a seulement commandé...

— Oh !...

— Serait-elle donc la première ? Voilà mon hypothèse, à
moi : avant de rejoindre Jacques au rendez-vous, Mme de
Claudieuse avait pris son parti et combiné ses mesures...
L'assassin était à son poste. Si elle eût réussi à ramener
Jacques, le complice désarmait son fusil et allait tranquillo

ment se coucher. N'ayant pu obtenir que Jacques renonçât à son mariage, résolue à se faire libre pour l'empêcher, elle a donné le signal, l'incendie a été allumé et on a tiré sur le comte...

Le jeune avocat ne semblait pas absolument convaincu.

— En ce cas, il y aurait eu préméditation, objecta-t-il, et alors comment le fusil n'était-il chargé que de cendrée?

— C'est que le complice manquait d'intelligence...

Encore bien qu'il eût prévu où tendait le docteur, M⁰ Folgat se dressa vivement.

— Toujours Cocoleu!... fit-il.

Du bout du doigt, M. Seignebos se toucha le front.

— Quand une idée est entrée là, répondit-il, elle y est solidement fixée... Oui, Mᵐᵉ de Claudieuse a un complice, et ce complice est Cocoleu... Et si l'intelligence lui a fait défaut, vous voyez jusqu'où ce misérable idiot pousse le dévouement et la discrétion...

— Si vous dites vrai, docteur, jamais nous n'aurons la clef de cette affaire, car jamais Cocoleu ne parlera...

— Ne jurez de rien. On m'a proposé un expédient...

Il fut interrompu par l'entrée brusque de son domestique.

— Monsieur, lui dit ce brave garçon, il y a en bas un gendarme qui vous amène un individu qu'il faudrait faire admettre d'urgence à l'hôpital.

— Qu'ils montent, répondit le médecin.

Et pendant que le domestique courait remplir la commission :

— Voilà mon expédient, M⁰ Folgat, dit M. Seignebos. Attention...

Un pas pesant ébranlait déjà l'escalier, et presque aussitôt un gendarme parut, qui, d'une main, tenait un violon, et de l'autre aidait à marcher un pauvre diable...

— Goudar! faillit s'écrier M⁰ Folgat.

C'était Goudar, en effet, mais en quel état! Les vêtements déchirés et tachés de boue, pâle, l'œil hagard, la barbe et les lèvres souillées d'une écume blanchâtre.

— Voilà l'histoire, major, prononça le gendarme. Ce particulier jouait du violon dans la cour de la caserne, et nous étions plusieurs aux fenêtres, quand tout à coup nous l'avons vu tomber par terre, et se rouler, et se tordre, et se débattre en hurlant et en écumant comme un loup enragé...

Nous l'avons ramassé. soigné, et je vous l'amène pour savoir...

— Laissez-nous seuls avec lui, ordonna le médecin.

Le gendarme sortit et la porte fermée :

— Quel métier !... s'écria Goudar, d'un accent d'invincible dégoût... Regardez-moi un peu !... Quelle honte si ma femme me voyait ainsi... Pouah !...

Et sortant un mouchoir de sa poche, il s'essuyait le visage, et retirait de sa bouche un petit morceau de savon.

— L'important, dit le docteur, c'est que vous avez si bien joué votre rôle d'épileptique, que les gendarmes y ont été pris...

— Belle malice, en vérité, et bien honorable surtout !...

— Malice excellente, puisque, grâce à elle, avant une heure vous serez à l'hôpital. On vous placera dans le quartier de Cocoleu, et je vous verrai tous les matins... A vous d'agir...

— Soyez tranquille, répondit l'homme de la préfecture, j'ai mon idée.

Puis se tournant vers Me Folgat :

— Me voilà prisonnier, ajouta-t-il, mais mes précautions sont prises. C'est à vous que l'agent que j'ai envoyé en Angleterre fera parvenir ses renseignements... J'ai, de plus, un service à vous demander : j'ai écrit à ma femme de vous adresser mes lettres; vous me les ferez parvenir par le docteur... Sur quoi, me voilà prêt à devenir le compagnon de Cocoleu, et bien résolu à gagner la maison de la rue des Vignes.

M. Seignebos avait signé le billet d'admission. Il rappela le gendarme et après l'avoir loué de son humanité, il le pria de conduire « ce pauvre diable » à l'hôpital...

Et resté seul avec Me Folgat :

— A présent, cher maître, dit-il, convenons de nos faits. Devons-nous parler du récit de Marthe et des projets de Goudar?... Non, car Galpin-Daveline veille, et il suffirait d'un soupçon arrivant jusqu'à l'accusation pour tout faire échouer. Donc, bornez-vous à rapporter à Jacques votre entrevue avec Mme de Claudieuse. et sur tout le reste, silence !...

XXVI

Comme presque tous les gens très-fins, le docteur Sei-gnebos avait cette faiblesse d'attribuer aux autres une partie de sa clairvoyance.

M. Galpin-Daveline veillait assurément, mais non pas avec l'âpre attention qu'on eût dû attendre d'un tel ambitieux.

Avisé le premier de la décision de la chambre des mises en accusation, il se sentit délivré des angoisses qui le torturaient. Il respira...

De remords, il n'en eut pas l'ombre. Il n'eut pas un regret...

Il ne songea pas que ce prévenu que la chambre renvoyait devant la cour d'assises avait été son ami autrefois et un ami dont il était fier, dont l'hospitalité l'enchantait, dont il avait sollicité l'alliance... Non! Ce qu'il se dit, c'est qu'ayant hasardé une partie scabreuse, dont son avenir était l'enjeu, il venait de la gagner haut la main.

Évidemment, sa responsabilité était loin d'être dégagée, mais son rôle de magistrat instructeur était terminé. Il n'avait pas à paraître aux débats. Quoi qu'il advînt, il échappait, pensait-il, à la réprobation qui l'eût frappé si son enquête eût abouti à une ordonnance de non-lieu.

Il ne se dissimulait pas que jamais il ne serait vu d'un bon œil à Sauveterre, que ses relations y resteraient pénibles, que jamais volontiers une main ne serrerait la sienne!... Il s'en inquiétait peu... Sauveterre, une misérable sous-préfecture de 5,000 âmes! Il espérait bien n'y plus moisir longtemps, et qu'un brillant avancement allait récompenser son audace et le délivrer des sottes récriminations...

Ailleurs, dans la ville où il serait nommé, — une grande ville supposait-il, — l'éloignement atténuerait et effacerait même ce que sa conduite avait eu d'odieux. Il ne lui resterait du passé que la réputation d'un de ces magistrats étonnants, comme les dépeignent les formulaires, « qui sacri-» fient tout à l'intérêt sacré de la justice, qui placent l'in-

» flexible devoir bien au-dessus de toutes ces considéra-
» tions qui troublent et émeuvent le vulgaire, dont l'âme
» est comme un roc où viennent se briser, impuissantes,
» toutes les passions humaines. »

Et avec une telle réputation, son savoir-faire et son envie
de parvenir, les occasions ne lui manqueraient plus de se
produire, de montrer sa valeur, de se rendre utile, indispensable... Il se voyait escalant l'échelle périlleuse des
hautes situations... Il se voyait à Bordeaux, à Lyon, à
Paris...

C'est dans les draps de pourpre. d'un premier succès,
qu'il s'endormit ce soir-là !...

Et le lendemain, rien qu'à le voir traverser les rues, plus
roide et plus hautain qu'à l'ordinaire, les lèvres pincées, le
regard froid et dur, les bourgeois observateurs comprirent
qu'il devait y avoir du nouveau.

— Il faut que les affaires de M. de Boiscoran aillent bien
mal, se dirent-ils, pour que M. Galpin-Daveline soit si fier.

C'est chez le procureur de la République qu'il se rendait.

Le prétexte de sa visite était le besoin de quelques signatures, qu'en toute autre occasion il eût envoyé prendre par
son greffier.

La vérité est qu'il avait sur le cœur les sévères reproches
de M. Daubigeon, et qu'il comptait savourer le régal d'une
revanche...

Il trouva le vieux collectionneur au milieu de ses bouquins
chéris, comme toujours, et plus que jamais d'une humeur
massacrante.

N'importe ! Il lui soumit les pièces à signer, et, cette besogne faite, tout en replaçant les paperasses dans une serviette à son chiffre :

— Eh bien ! cher procureur, demanda-t-il d'un ton dégagé,
vous connaissez l'arrêt ?... Qui de nous deux avait raison ?...

M. Daubigeon haussa les épaules :

— C'est entendu, gronda-t-il, je ne suis plus qu'un vieil
imbécile, un maniaque, je l'avoue, je me rends à l'évidence,
et comme l'homme d'Horace,

> Stultum me fateor, liceat concedere veris,
> Atque etiam insanum...

— Vous plaisantez... Que serait-il arrivé, pourtant, si je
vous avais écouté ?...

— Je ne tiens pas à le savoir.

— M. de Boiscoran n'en eût été ni plus ni moins renvoyé devant le jury...

— Peut-être...

— Tout autre que moi eût aussi bien recueilli les preuves qui établissent irrévocablement sa culpabilité....

— C'est une question.

— Et j'aurais entravé ma carrière en me faisant la réputation d'un de ces magistrats timides qu'un rien arrête...

— C'est une réputation qui en vaut bien une autre, interrompit le procureur de la République.

Il s'était juré de ne rien répondre que par monosyllabes, mais la colère lui faisait oublier son serment.

— Un autre que vous, reprit-il d'un ton amer, ne se serait pas uniquement attaché à prouver que M. de Boiscoran était le coupable...

— Je l'ai prouvé, c'est vrai.

— Un autre que vous eût cherché le mot de cette énigme.

— Mais je l'ai, ce me semble.

D'un air ironique, M. Daubigeon s'inclina :

— Mes compliments, fit-il. On est heureux de si bien connaître la fin des choses,

> Felix qui potuit rerum cognoscere causas ;

seulement, vous vous abusez peut-être. Vous êtes un juge d'instruction très-fort, mais je suis plus vieux que vous dans le métier. Plus je réfléchis à cette affaire, moins je me l'explique. Si vous savez si bien tout, expliquez-moi donc le mobile du crime, car enfin on ne risque pas l'échafaud ou le bagne sans un intérêt considérable, positif, évident... Où est l'intérêt de Jacques?... Vous allez me répondre qu'il haïssait M. de Claudieuse? Est-ce bien une réponse? Voyons, fouillez un peu votre conscience... Mais, bast! personne n'aime à descendre en soi-même..,

> Nemo in sese tentat descendere...

M. Daveline en était presque à regretter d'être venu. Il avait pensé trouver M. Daubigeon fort penaud, et voilà que pas du tout...

— La chambre des mises en accusation n'a pas eu vos scrupules, fit-il sèchement.

— Non, mais les jurés peuvent les avoir. Il en est d'intelligents quelquefois...

— Les jurés condamneront M. de Boiscoran sans hésitation...

— Je n'en mettrais pas la main au feu.

— Vous l'y mettriez si vous saviez qui prendra la parole.

— Oh!...

— L'accusation sera soutenue par M. Du Lopt de la Gransière lui-même...

— Malepeste!...

— Prétendriez-vous nier son talent?...

Visiblement, le juge d'instruction s'irritait, ses oreilles rougissaient, et par contre M. Daubigeon semblait recouvrer toute sa belle humeur.

— Dieu me garde, répondit-il, de nier l'éloquence de M. Du Lopt de la Gransière, c'est un homme très-fort et qui rarement manque son homme... Seulement vous savez... il en est des réquisitoires comme des livres, ils ont leurs destinées, *habent sua fata...* Jacques sera bien défendu...

— Je ne crains guère Me Magloire.

— Mais l'autre, Me Folgat...

— Un jeune homme, sans autorité... Je redouterais bien autrement Me Lachaud...

— Connaissez-vous leur système de défense?

C'était bien là que le bât blessait M. Galpin-Daveline, mais loin d'en rien laisser paraître :

— Pas du tout, répondit-il, mais que m'importe!.... Les amis de M. de Boiscoran avaient d'abord songé à tirer parti de Cocoleu, ils y ont renoncé... Je suis sûr de ce fait. Le commissaire de police que j'avais chargé d'avoir l'œil de ce côté, m'a assuré que le docteur Seignebos ne s'occupait même plus de ce pauvre idiot...

M. Daubigeon souriait d'un sourire ironique, et bien plus pour taquiner M. Daveline que parce qu'il le pensait réellement :

— Prenez garde, dit-il, ne vous fiez pas aux apparences; vous avez affaire à des gens très-fins. Je vous l'ai toujours dit, Cocoleu est peut-être le nœud de l'affaire..... Précisément parce que M. de la Gransière portera la parole, vous devez trembler... S'il allait échouer! C'est à vous qu'il s'en

prendrait de l'échec, et de sa vie il ne vous le pardonnerait.
Or, il peut échouer. Il y a loin de la coupe aux lèvres,

Multa cadunt inter calicem supremaque labra,

et je suis de l'avis de mon vieux Villon,

Rien ne m'est sûr que la chose incertaine.

A l'accent du procureur de la République, M. Daveline
comprit bien qu'il ne gagnerait rien à discuter davantage.

— Advienne que pourra! interrompit-il. L'approbation de
ma conscience me suffit.

En se hâtant, de peur d'une réplique, d'expédier les for-
mules de politesse, il sortit; et, tout en descendant l'escalier :

— C'est perdre son temps, grommelait-il, que de vouloir
raisonner avec un bonhomme pour qui les événements ne
sont plus que des prétextes à citations...

Mais il avait beau se débattre, c'en était fait de sa belle
assurance. M. Daubigeon venait de lui montrer un péril
qu'il n'avait pas prévu. Et quel péril! La rancune d'un des
personnages les plus influents de la magistrature, d'un de
ces hommes bilieux et froids qui ne pardonnent pas.

M. Daveline avait bien songé à la possibilité d'un échec,
c'est-à-dire d'un acquittement. Mais il n'avait pas réfléchi
aux conséquences de cet échec.

Qui en serait atteint? Le ministère public surtout, puisqu'en France le ministère public fait de l'accusation une
question personnelle, et s'estime offensé et humilié s'il
manque son homme.

Or, qu'adviendrait-il en ce cas?...

C'est que Du Lopt de la Gransière s'en prendrait au juge
d'instruction.

— C'est dans votre travail, lui dirait-il, que j'ai puisé les
éléments de mon réquisitoire. Si je n'ai pas obtenu une
condamnation, c'est que votre travail était incomplet. On
n'expose pas un homme comme moi à l'humiliation d'un
acquittement et surtout dans une affaire dont le retentissement doit être immense. Vous ne savez pas votre métier.

Une telle parole était une disgrâce positive. C'était, au
lieu de l'avancement tant rêvé, l'exil pour la vie, en Algérie
ou en Corse...

M. Galpin-Daveline en frissonnait. Il se voyait enseveli sous les décombre de ses châteaux en Espagne.

Et fatalement, il repassait une fois de plus tous les détails de l'instruction, analysant toutes les preuves qu'il avait fournies, pareil au soldat qui, à la veille d'une bataille, s'assure de l'état de ses armes.

Véritablement, il ne découvrait qu'une seule objection : celle du procureur de la République.

Où était l'intérêt de Jacques à commettre un si grand crime ?

— Là, évidemment, est le défaut de la cuirasse, pensait-il, et j'agirai sagement en en prévenant M. de la Gransière... Les défenseurs de Jacques sont fort capables de faire de cet argument le pivot de leurs plaidoiries.

Et quoi qu'il en eût dit à M. Daubigeon, il les craignait beaucoup, ces défenseurs.

Il n'ignorait pas l'influence énorme que Me Magloire devait à l'intégrité de sa vie et à son désintéressement. Il savait fort bien qu'il suffisait que Me Magloire se chargeât d'une affaire pour qu'on l'estimât bonne.

On disait de lui :

— Il peut se tromper, mais ce qu'il plaide, il le croit.

Quelle action un tel homme ne devait-il pas avoir, non sur des magistrats qui arrivent à l'audience avec une opinion inébranlable, mais sur des jurés qui subissent l'impression du moment et se laissent enlever par un discours.

Me Magloire, c'est vrai, n'avait pas cette éloquence dramatique qui fait fibrer les entrailles des foule, mais Me Folgat l'avait, lui.

M. Galpin-Daveline avait pris des informations, et un de ses amis de Paris lui avait répondu :

« Se défier du Folgat. Logicien bien autrement dangereux » que Lachaud, il possède à un égal degré l'art de troubler » la conscience des jurés, de les émouvoir, de leur tirer des » larmes et de leur arracher un verdict d'acquittement. » Redouter surtout avec lui les incidents d'audience, car il » a toujours quelque surprise en réserve ! »

— Voilà mes adversaires, pensait M. Daveline. Quelle surprise me réservent-ils ?... Ont-ils véritablement renoncé à se servir de Cocoleu ?

Il n'avait aucune raison de se défier de son commissaire

de police, et cependant son inquiétude devint si grande, qu'il se détourna de son chemin pour passer à l'hôpital.

La sœur supérieure, comme de raison, le reçut avec toutes les marques d'une profonde déférence, et dès qu'il s'informa de Cocoleu :

— Voulez-vous le voir, monsieur?... lui demanda-t-elle.

— J'avoue, ma sœur, que j'en serais bien aise.

— Venez avec moi, alors.

C'est dans le jardin qu'elle le conduisit, et là, s'adressant à un jardinier :

— Où est l'idiot? interrogea-t-elle.

L'homme planta sa bêche en terre, et de ce respect doucereux qui est le trait distinctif de tous les employés des maisons religieuses :

— L'idiot est dans l'allée du fond, ma mère, à cette place qu'il a choisie, vous savez, et d'où on ne peut le faire partir...

Bientôt, en effet, M. Daveline et la supérieure l'aperçurent.

On lui avait retiré les haillons qu'il portait à son entrée, et on lui avait donné l'uniforme de l'hôpital, une grande capote grise et un bonnet de coton. Il n'en avait pas la mine plus intelligente, mais il était moins repoussant. Assis à terre, il jouait avec des cailloux.

— Eh bien! mon garçon, lui demanda M. Daveline, comment te trouves-tu ici?...

Il leva sa face hébétée, arrêta son œil morne sur la supérieure, mais ne répondit pas.

— Veux-tu revenir au Valpinson?... continua le juge.

Il tressaillit, mais ne desserra pas les dents.

— Voyons, insista M. Daveline, réponds, et je te donnerai une pièce de dix sous.

Bast!... Cocoleu s'était remis à jouer.

— Voilà comme il est toujours, monsieur, déclara la supérieure. Personne, depuis qu'il est ici, n'a pu lui tirer un mot. Promesses, menaces, rien n'y fait. Un jour, pour tenter une expérience, au lieu de lui donner son déjeuner, je lui ai dit : « Tu n'auras à manger que quand tu m'auras dit : J'ai faim!... » Au bout de vingt-quatre heures, j'ai dû lui rendre sa pitance; il se serait laissé périr d'inanition plutôt que d'articuler une syllabe...

— Qu'en pense M. Seignebos?

— Le docteur ne veut plus en entendre parler, répondit la supérieure.

Et levant les yeux au ciel :

— Ce qui prouve bien, ajouta-t-elle, que sans une intervention de la Providence, jamais ce malheureux n'eût dénoncé le crime dont il a été témoin...

Et tout de suite, revenant aux choses de la terre :

— Mais ne nous débarrassera-t-on pas bientôt de ce pauvre idiot, qui est une lourde charge pour notre hôpital... Puisqu'il trouvait à vivre dans son village, pourquoi ne pas l'y renvoyer ?... Nos malades et nos vieillards sont nombreux, et nous avons peu de place.

— Il faut attendre, ma sœur, que le procès de M. de Boiscoran soit terminé, répondit le juge d'instruction.

La supérieure eut un geste résigné.

— C'est ce que le maire m'a déclaré, dit-elle, et c'est bien fâcheux... Je dois dire pourtant qu'on m'a permis de lui retirer la chambre où il avait été d'abord consigné. Je l'ai relégué au quartier des fous. Nous appelons ainsi quatre petites loges entourées d'un mur où nous plaçons les pauvres insensés qu'on nous confie provisoirement...

Mais elle s'arrêta, le portier de l'hôpital, le sieur Vaudevin, s'avançait en saluant...

— Qu'est-ce ? demanda-t-elle.

Vaudevin lui tendit un billet.

— C'est un homme que vous amène un gendarme, répondit-il. Admission d'urgence...

La supérieure parcourait ce billet signé Seignebos.

— Épileptique, fit-elle, et un peu idiot, il ne nous manquait plus que cela !... Et étranger, par-dessus le marché ! En vérité, M. Seignebos est trop facile. Que ne renvoie-t-il tous ces gens-là se faire soigner dans leur commune !

Et d'un pas assez leste pour son âge, suivie du portier et de M. Daveline, elle se dirigea vers le parloir.

C'est là qu'on avait fait entrer le nouveau malade, et affaissé sur un banc, il présentait l'image achevée du plus parfait abrutissement.

L'ayant examiné une minute :

— Qu'on le mette au quartier des fous, dit-elle, il tiendra compagnie à Cocoleu. Et qu'on prévienne la sœur pharmacienne. Mais non, j'y vais moi-même. Monsieur le juge m'excusera...

Et elle sortit, laissant M. Daveline un peu rassuré.

— Là n'est pas le danger, pensait-il en se retirant. Et si Mᵉ Folgat compte sur un incident d'audience, ce n'est pas Cocoleu qui le lui fournira.

XXVII

A l'heure même où le juge d'instruction sortait de l'hôpital, le docteur Seignebos et Mᵉ Folgat se séparaient, après un frugal déjeuner, l'un pour courir à ses malades, l'autre pour se rendre à la prison.

Le jeune avocat était cruellement préoccupé, c'est la tête basse qu'il s'en allait le long des rues, et les diplomates bourgeois qui l'épiaient au passage, comparant sa mine sombre à l'air vainqueur de M. Daveline, se persuadaient que bien décidément Jacques de Boiscoran était perdu.

En ce moment, c'était presque l'avis de Mᵉ Folgat.

Il traversait une de ces phases de morne découragement dont ne savent pas se préserver les hommes les plus énergiques lorsqu'ils s'acharnent à la poursuite de quelque but incertain et passionnément désiré.

Les déclarations de la petite Marthe et de la femme de chambre lui avaient cassé bras et jambes...

Après avoir cru bien tenir tous les fils de l'affaire, voilà que soudain l'écheveau se brouillait plus que jamais.

Et c'était ainsi depuis le commencement. A chaque pas qu'il avait fait, le problème s'était compliqué de quelque circonstance inexplicable. A chacun de ses efforts, les ténèbres, au lieu de se dissiper, s'étaient épaissies.

Ce n'était pas qu'il doutât plus qu'avant de l'innocence de Jacques. Non. Le soupçon qui avait traversé son esprit, s'était évanoui comme l'éclair.

Il admettait, avec le docteur Seignebos, la probabilité d'un complice, Cocoleu sans doute, chargé de l'exécution matérielle du crime.

Mais quel parti tirer pour la défense de cette hypothèse?... Aucun.

Goudar était un habile homme, et sa façon de s'introduire

à l'hôpital et près de Cocoleu révélait un maître. Mais si subtil qu'il fût, et rompu à toutes les astuces de son métier, parviendrait-il à confesser un gredin qui se retranchait imperturbablement derrière la feinte imbécillité !...

Si encore il eût eu du temps devant soi ! Mais les jours étaient comptés, et il allait être forcé de brusquer ses manœuvres...

— C'est à jeter le manche après la cognée, pensait le jeune avocat.

Cependant, il arrivait à la prison. Il sentit la nécessité de refouler toutes ses angoisses. Et tandis que Blangin le précédait à travers les corridors en faisant tinter ses clefs, il imposait à son visage l'expression de la confiance.

— Enfin, c'est vous !... s'écria Jacques.

Il avait évidemment souffert terriblement depuis la veille. La fièvre de l'inquiétude avait gonflé ses traits et injecté ses yeux de sang. Un tremblement nerveux le secouait.

Pourtant il attendit que le geôlier eût refermé la porte, et alors :

— Qu'a-t-elle dit ? demanda-t-il d'une voix rauque.

Minutieusement, Me Folgat rendit compte de sa mission, rapportant presque textuellement les paroles de Mme de Claudieuse.

— Je la reconnais bien là !... exclamait le prisonnier... Il me semble l'entendre... Quelle femme !... me défier ainsi !...

Et dans sa colère, il serrait les poings jusqu'à s'enfoncer les ongles dans la chair.

— Vous le voyez, reprit le jeune avocat, il n'y a pas à essayer de sortir de notre cercle de défense... Toute nouvelle démarche serait inutile !...

— Non ! interrompit Jacques, non, je n'en resterai pas là !...

Et après quelques secondes de réflexion, — si toutefois il était en état de réfléchir :

— Pardonnez-moi, mon cher maître, dit-il, de vous avoir exposé à de tels outrages. J'aurais dû les prévoir, ou, pour mieux dire, je les prévoyais... Je savais bien que ce n'était pas ainsi que je devais engager le combat !... Mais j'ai été lâche, j'ai eu peur, j'ai reculé !... Insensé !... Comme si je n'avais pas senti qu'il en faudrait toujours venir au suprême expédient !... Eh bien ! j'y arrive aujourd'hui, et mon parti est pris...

— Que voulez-vous faire !...

— Aller trouver la comtesse de Claudieuse, la voir, lui parler...

— Oh !...

— A moi, elle ne niera pas, peut-être !... A moi, quand je la tiendrai sous mon regard, il faudra bien qu'elle avoue le crime dont je suis accusé...

Me Folgat avait promis au docteur Seignebos de ne point parler des déclarations de Marthe et de sa bonne, mais il ne s'était pas interdit de s'en servir.

— Et si Mme de Claudieuse n'était pas coupable ?... fit-il.

— Qui donc le serait ?...

— Si elle avait un complice ?...

— Eh bien !... Elle me le nommera, je l'exige, il le faut... Je ne veux pas être deshonoré, je suis innocent, je ne veux pas aller au bagne...

Essayer de faire entendre raison à Jacques, c'eût été se montrer aussi fou que lui.

— Prenez garde, dit simplement le jeune avocat, notre défense est déjà difficile, ne la rendez pas impossible...

— Je serai prudent.

— Un scandale nous perd sans rémission.

— Soyez sans inquiétude.

Me Folgat se tut. Comment Jacques s'y prendrait pour sortir de la prison, il le devinait. Et s'il ne lui demandait pas de détails, c'est que sa situation de défenseur lui faisait une loi d'ignorer — ou du moins de paraître ignorer certaines choses.

— Maintenant, mon cher maître, reprit le prisonnier, un service, s'il vous plaît...

— Parlez.

— Je voudrais connaître aussi exactement que possible les dispositions de l'habitation de Mme de Claudieuse.

Sans mot dire, Me Folgat prit une feuille de papier et traça le plan de ce qu'il connaissait de la maison de la rue Mautrec, du jardin, du vestibule et du salon.

— Et la chambre du comte, interrogea Jacques, où est-elle ?

— Au premier étage.

— Vous êtes sûr qu'il ne peut pas se lever ?

— Le docteur Seignebos me l'a dit.

Le prisonnier eut un mouvement de joie.

— Alors tout va bien, fit-il, et il ne me reste plus, mon cher défenseur, qu'à vous prier de dire à Mlle de Chandoré que j'ai besoin de la voir aujourd'hui, le plus tôt possible. Qu'elle vienne accompagnée seulement d'une des tantes Lavarande. Et, je vous en conjure, hâtez-vous...

Me Folgat se hâta si bien, que vingt minutes plus tard il arrivait rue de la Rampe.

Mlle Denise était dans sa chambre. Il la fit prier de descendre, et dès qu'il lui eût dit que Jacques l'attendait :

— Je pars, répondit-elle simplement.

Et, appelant une des demoiselles Lavarande :

— Vite, tante Elisabeth, commanda-t-elle, vite, ton châle et ton chapeau, je sors et tu viens avec moi...

Le prisonnier comptait si bien sur l'empressement de sa fiancée, que déjà il s'était fait conduire au parloir lorsqu'elle y arriva, tout essoufflée de la rapidité de sa course.

Il lui prit les mains, et les pressant contre ses lèvres :

— O mon amie, balbutia-t-il, comment vous remercier jamais de votre sublime fidélité au malheur ! Sera-ce assez de toute ma vie, si je la sauve, pour vous témoigner ma reconnaissance !

Mais il se raidit contre l'attendrissement qui le gagnait, et s'adressant à la tante Elisabeth :

— Pardonnez-moi, lui dit-il, d'oser vous demander un service qu'une fois déjà vous avez bien voulu nous rendre... Il serait bien important qu'on n'entendît rien de ce que j'ai à confier à Denise, et je crains d'être épié...

Façonnée à l'obéissance passive, la brave demoiselle sortit sans se permettre une réflexion, et alla se mettre au guet dans le corridor...

L'étonnement de Mlle de Chandoré était grand, mais Jacques ne lui laissa pas le temps de prononcer une parole :

— Ici même, commença-t-il, vous m'avez dit que si je voulais m'évader, Blangin m'en fournirait les moyens...

La jeune fille recula, et d'un accent de stupeur immense :

— Voudriez-vous donc fuir ? balbutia-t-elle.

— Jamais, à aucun prix... Seulement, vous devez vous rappeler que tout en résistant à vos prières, je vous ai dit qu'un jour peut-être j'aurais besoin de quelques heures de liberté...

— Je me souviens...

— Je vous ai priée de pressentir le geôlier à ce sujet.

— C'est fait. Avec de l'argent il sera toujours à notre discrétion...

Jacques parut respirer plus librement.

— Eh bien! reprit-il, le moment est venu. Il faut que demain je passe la soirée hors de la prison. Je voudrais sortir vers neuf heures, je serai rentré avant minuit.

Mlle Denise l'arrêta.

— Attendez, dit-elle, je vais appeler la femme de Blangin.

Le ménage des geôliers de Sauveterre ressemblait à beaucoup de ménages.

Brutal, exigeant, despote, l'homme se coiffait sur l'oreille, parlait haut et ferme, en roulant de gros yeux, et, de par la raison du plus fort, prétendait régner.

Humble, soumise, résignée en apparence, la femme baissait la tête, semblait toujours obéir, mais en réalité, de par le droit de l'intelligence, gouvernait.

Quand le mari avait promis, il fallait encore le consentement de la femme.

Dès que la femme s'était engagée, elle se chargeait de faire vouloir son mari.

Mlle Denise avait donc bien fait de s'adresser tout d'abord à Mme Blangin.

Appelée, elle accourut au parloir, la bouche pleine d'hypocrites protestations, jurant qu'elle était tout à la dévotion de sa chère demoiselle, rappelant le temps où elle était au service de M. de Chandoré, le seul bon temps de sa pauvre vie, soupirait-elle, et qu'elle regrettait toujours...

— Je sais, interrompit la jeune fille, que vous m'êtes dévouée... Mais écoutez-moi.

Et vivement elle se mit à expliquer ce qu'elle souhaitait, tandis que Jacques, retiré un peu à l'écart, dans l'ombre, épiait les impressions de la femme du geôlier.

Petit à petit, elle redressait la tête, et, quand Mlle Denise eût achevé:

— Je comprends très-bien, répondit-elle, et si j'étais la maîtresse, je dirais: c'est fait... Mais c'est Blangin qui est le maître dans la prison... Oh! il n'est pas méchant, seulement, il tient à son devoir... Nous n'avons que notre place pour vivre...

— Ne vous l'ai-je pas déjà payée!...

— Oh! je sais que mademoiselle n'est pas regardante...

— Vous m'aviez promis de parler de cette affaire à votre mari.

— Je lui en ai bien parlé, seulement...

— Je donnerai la même somme que l'autre fois...

— En or?...

— Soit, en or.

Un éclair de convoitise brilla sous les épais sourcils de la geôlière, et néanmoins, se possédant toujours :

— Moyennant cela, dit-elle, mon homme consentira peut-être. Je vais l'arraisonner, et je vous l'envoie...

Elle sortit en courant, et dès qu'elle eut disparu :

— Combien donc avez-vous déjà donné à Blangin? demanda Jacques à Mlle Denise.

— Dix-sept mille francs...

— Ces gens-là nous exploitent indignement.

— Eh!... qu'importe l'argent!... Que ne sommes-nous ruinés l'un et l'autre, et que n'êtes-vous libre!...

Mais la geôlière n'avait pas été longue à décider son mari. Déjà le pas lourd de Blangin retentissait dans le corridor, et presque aussitôt il se montra, son bonnet de laine à la main, la mine obséquieuse et l'œil inquiet...

— Ma femme m'a tout dit, commença-t-il, et je consens... Seulement, il faut nous entendre... Ce n'est pas une petite chose que vous me demandez...

D'un geste, Jacques l'interrompit.

— N'exagérons rien, fit-il. Je ne prétends pas m'évader. Je veux seulement sortir. Je vous reviendrai, je vous en donne ma parole.

— Pardi! c'est bien ça qui me tourmente! S'il ne s'agissait que de vous donner définitivement la clef des champs, je vous ouvrirais la prison, et puis allez, des jambes!... Un prisonnier qui s'évade, cela se trouve tous les jours. Tandis que sortir, vous promener, revenir... Diable! Et si l'on vous rencontre en ville?... Et si l'on vient vous demander pendant que vous serez dehors? Et si l'on vous voit rentrer? Qu'est-ce que je répondrai? Je veux bien être mis à pied pour négligence, je suis payé et je m'en moque. Mais être accusé de complicité et fourré en prison, halte-là! je n'en suis plus!

Visiblement, ce n'était là qu'une préface.

— Oh!... que de paroles perdues! fit Mlle Denise. Expliquez-vous clairement.

— Voilà. Il est impossible que monsieur passe par la
porte. A la retraite, c'est-à-dire à huit heures du soir, en
cette saison, les soldats de garde s'installent à l'intérieur de
la prison, et jusqu'à la diane, le lendemain, ou autrement
dit jusqu'à cinq heures du matin, je ne puis ni ouvrir ni
fermer sans le sergent qui commande le poste...

Voulait-il se faire valoir? Faisait-il les difficultés plus sérieuses qu'elles n'étaient véritablement?

— Enfin, interrompit Jacques, si vous consentez, c'est
qu'il existe un moyen.

— J'en connais un, déclara le geôlier.

Et trop grossier pour savoir dissimuler une longue préméditation :

— Pour que la chose se fasse, continua-t-il, monsieur devra sortir de la prison comme s'il s'évadait pour tout de
bon. Le mur qui relie les deux tours n'a pas, à un certain
endroit que j'ai sondé, plus de deux pieds d'épaisseur, et de
l'autre côté, qui donne sur les terrains vagues des anciens
remparts, on ne place jamais de factionnaire. Je procu-
rerai à monsieur un pic et un levier, et il fera un trou dans
ce mur.

Jacques haussa les épaules.

— Et le lendemain, fit-il, quand je serai rentré, comment
expliquerez-vous ce trou béant...

Blangin souriait :

— Bien sûr, répondit-il, je ne dirai pas qu'il a été fait
par les rats. J'ai songé à tout. En même temps que monsieur, sortira par le trou un prisonnier qui, lui, ne re-
viendra pas...

— Quel prisonnier?...

— Frumence Cheminot, pardi! qui ne demandera pas
mieux que de prendre sa volée, et qui donnera même un
bon coup de main pour percer le mur. Que monsieur s'entende avec lui, mais sans lui dire, par exemple, que je suis
de l'affaire. Comme cela, quoi qu'il arrive, je ne serai pas
compromis...

Le plan était bon, en effet. Seulement Blangin avait tort
de s'en faire honneur. L'idée était de sa femme.

— Eh bien! dit Jacques, voilà qui est entendu... Pro-
curez-nous le pic et le levier, montrez-moi l'endroit où il
faut attaquer le mur, et je me charge de Cheminot. Demain,
dans la journée, l'argent vous sera remis.

Et il s'apprêtait à suivre le geôlier, qui venait de sortir, quand Mlle Denise le retint.

Levant sur son fiancé ses beaux yeux tremblants :

— Vous le voyez, Jacques, prononça-t-elle, je n'ai pas hésité à tout tenter pour vous faire obtenir ces quelques heures de liberté que vous souhaitiez... Puis-je maintenant vous demander ce que vous en comptez faire?...

Et comme il se taisait :

— Où voulez-vous aller? insista-t-elle...

Un flot de sang empourprait le visage du malheureux, et d'une voix troublée :

— Je vous en conjure, Denise, dit-il, n'exigez pas que je vous réponde... Permettez-moi de garder ce secret, le seul que j'aurai jamais pour vous!...

Deux larmes qui tremblaient dans les longs cils de la jeune fille roulèrent sur ses joues.

— Je vous entends, balbutia-t-elle, je ne vous entends que trop!... Quoique ne sachant rien de la vie, déjà, en découvrant qu'on me cachait quelque chose, j'avais eu comme un pressentiment... Désormais je ne puis plus douter... C'est près d'une femme que vous vous rendrez demain soir...

— Denise!... suppliait Jacques à mains jointes, Denise, par pitié!...

Elle ne l'écoutait pas. Secouant doucement la tête :

— Près d'une femme, poursuivait-elle, que vous avez aimée sans doute, ou que vous aimez encore, aux genoux de laquelle vous avez peut-être murmuré ces mêmes paroles que vous murmuriez à mes genoux!... Comment avez-vous pu vous souvenir d'elle, au milieu de nos angoisses! Elle ne vous aime donc pas!... Comment n'est-elle pas venue, vous sachant prisonnier et faussement accusé d'un crime abominable....

Jacques n'en pouvait supporter davantage :

— Grand Dieu! s'écria-t-il, plutôt mille fois tout vous dire, que de laisser un soupçon effleurer votre cœur! Écoutez et pardonnez-moi.

Mais elle l'arrêta en lui posant la main sur les lèvres, et toute palpitante :

— Non, je ne veux rien savoir, dit-elle, rien!... J'ai foi en vous! Rappelez-vous seulement que vous êtes tout pour moi : l'espérance, l'avenir, la vie... Si vous m'aviez trompée,

22.

je sens bien, malheureuse, que je ne cesserais pas de vous aimer, mais je sais aussi que je n'aurais pas longtemps à souffrir...

Éperdu de douleur et d'amour :

— Denise, répétait Jacques, Denise, mon amie adorée, laissez-moi vous avouer ce qu'est cette femme, et pourquoi il faut que je la voie...

— Non, interrompit-elle, non!... Faites ce que vous dit votre conscience, je crois en vous...

Et au lieu de lui tendre son front comme d'ordinaire, elle s'enfuit en entraînant la tante Élisabeth, et si vite qu'il se précipitât hors du parloir, il n'aperçut plus qu'une ombre glissant au fond du corridor.

Jamais encore, jusqu'à ce jour, Jacques n'avait pu prendre sur lui de haïr véritablement la comtesse de Claudieuse, de cette haine aveugle et farouche qui ne rêve plus que vengeance.

Bien des fois, sans doute, dans la solitude de sa prison, il l'avait maudite, mais toujours, au plus fort de ses colères, s'élevait du fond de son âme un sentiment de miséricorde et de pitié pour cette maîtresse qu'il avait tant aimée. Car il l'avait adorée follement, il ne se le dissimulait pas. Il lui avait dû les premières ivresses de son adolescence, ces sensations âpres ou exquises qu'on ne saurait oublier. Dans sa cellule même, il tressaillait au souvenir de certaines de ses attitudes, il revoyait ses yeux noyés de voluptueuses langueurs, il entendait le timbre charmant de sa voix, il respirait le parfum qu'elle portait d'habitude...

Situation, avenir, honneur, elle l'avait mis dans le cas de tout perdre, qu'il se sentait encore bien près de pardonner... Mais lui enlever le cœur de sa fiancée, lui ravir cet amour ardent et pur comme la flamme! Ah! c'était combler la mesure.

— Et je la ménagerais encore! se disait-il ivre de rage. J'hésiterais à la perdre! Je n'en ai plus le droit, c'est l'existence de Denise que je défends...

Plus que jamais, il était résolu à l'expédition du lendemain, sentant bien que le courage ne lui manquerait plus.

Précisément — et c'était une adresse du geôlier, — c'est Cheminot qui fut chargé de le reconduire à sa cellule, et selon l'expression des geôles, de l'y « boucler. »

Il le fit entrer, et tout de suite, carrément, il lui exposa ce qu'il attendait de lui.

Sur la foi de Blangin, il était persuadé qu'à la seule idée de s'évader, le vagabond allait bondir de joie.

Il n'en fut pas ainsi. Le visage souriant de Frumence Cheminot s'assombrit, et se grattant l'oreille d'un air perplexe :

— C'est que, répondit-il, faites excuse, je n'ai pas du tout envie de m'ensauver...

Jacques en tressauta de stupeur sur sa chaise. Cheminot lui refusant son concours, c'était sa sortie manquée, ou tout au moins remise...

— Parlez-vous sérieusement, Frumence? demanda-t-il.

— Dame! oui, mon pauvre monsieur! Ici, voyez-vous, je ne suis point mal, j'ai un bon lit, je mange deux fois tous les jours, je n'ai rien à faire et j'attrape par ci par là, de l'un ou de l'autre, quelques sous pour m'acheter du vin et du tabac...

— Mais la liberté, mon brave.

— Eh bien! quoi, on me la rendra... Je n'ai point commis de crime, n'est-ce pas?... J'ai escaladé un brin le mur d'un verger; on n'est pas pendu pour ça. J'ai consulté M. Magloire et il m'a dit tout net mon affaire. Je passerai en police correctionnelle et j'en aurai pour trois ou six mois. Ce n'est pas le diable à tirer. Tandis que si je m'évade, on mettra les gendarmes à mes trousses, ils me rattraperont, je serai ramené ici, et alors, comment me traitera-t-on! Sans compter que de s'évader et de dégrader une prison, c'est grave...

Comment combattre une résolution si sage et de si bonnes raisons!... L'inquiétude prenait presque Jacques.

— Pourquoi les gendarmes vous reprendraient-ils, mon brave? fit-il...

— Parce qu'ils sont les gendarmes, mon bon monsieur. Et puis, ce n'est pas tout, si nous étions au printemps, je vous dirais : j'en suis. Mais nous voilà en automne, les mauvais temps vont venir, l'ouvrage va manquer...

Fainéant incurable, Cheminot se préoccupait toujours beaucoup de l'ouvrage.

— Les vendanges se feront donc sans vous! reprit Jacques.

Le vagabond eut un geste de regret.

— C'est vrai qu'on s'amuse aux vendanges, dit-il.

— Eh bien !...

— Mais c'est l'affaire d'une quinzaine. Après les vendanges, l'hiver vient. Et l'hiver, bonne gent !... c'est mon ennemi. Je me suis vu, des fois qu'il gelait à pierre fendre et qu'il tombait de la neige, ne savoir où gîter... brrr !... Ici, il y a des poêles et l'administration donne des chaussons bien chauds...

— Oui, mais il n'y a pas de veillées... hein ! Frumence... de ces bonnes veillées où l'on boit du vin cuit et où l'on conte des gaillardises aux filles en écossant des haricots ou en égrenant du maïs...

— Oh !... je sais... J'ai bien ri à des moments... Mais le froid !... où aller sans le sou !...

C'était là justement que Jacques en voulait venir.

— J'ai de l'argent, moi, dit-il.

— Je le sais bien.

— Croyez-vous donc que je vous laisserais filer les poches vides ! Ce que vous me demanderiez, je vous le donnerais...

— Vrai !... s'écria le vagabond.

Et arrêtant sur Jacques un regard où se peignaient à la fois la surprise, l'espérance et la joie :

— C'est qu'il me faudrait beaucoup, reprit-il. L'hiver est long... Il me faudrait, oh ! oui, il me faudrait bien cinquante pistoles.

Cinquante pistoles, c'est cinq cents francs.

— Je vous en donnerai cent, dit Jacques.

L'œil de Cheminot étincela. Il dut avoir comme une vision de ces irrésistibles cabarets de Rochefort, où il avait mené si joyeuse vie.

Mais hésitant à croire à tant de bonheur :

— Monsieur ne voudrait-il pas se moquer de moi ?... fit-il timidement.

— Voulez-vous la somme tout de suite, répondit Jacques, attendez...

Il sortit du tiroir de la table un billet de mille francs... Mais à la vue de ce billet, le vagabond retira vivement la main qu'il tendait déjà.

— Oh !... comme cela, fit-il, non !... Je sais ce que vaut ce papier, en ayant eu de pareils autrefois... Mais en ce moment qu'en ferais-je ?... Ce serait dans ma poche comme une feuille d'arbre, car au premier endroit où je voudrais le changer, on me mettrait la main au collet...

— Ce n'est pas une difficulté. Avant demain je me serai procuré de l'or, des pièces de cent sous ou des petits billets, à votre choix...

Cette fois, Cheminot battit gaîment des mains.

— Mettez un peu de l'un et un peu de l'autre, s'écria-t-il, et je suis votre homme... Vive la liberté !... Où est le mur à percer?

— Je vous le montrerai demain... Et d'ici là, Cheminot, silence !...

C'est le lendemain seulement, en effet, que Blangin montra à Jacques l'endroit où la muraille avait le moins d'épaisseur.

C'était dans une espèce de cellier où personne jamais ne venait, où l'on serrait des outils de rebut, et où se trouvaient des pics et des leviers...

— Et pour que nul ne vous dérange, dit le geôlier, j'aurai ce soir à dîner deux camarades, et j'inviterai le sergent de garde... On rira, on ne pensera pas aux prisonniers... Ma femme aura l'œil au guet, et s'il se présentait quelque ronde, elle viendrait vite vous prévenir, et dare dare vous remonteriez chez vous...

Tout bien convenu, sitôt la nuit venue, Jacques et Frumence Cheminot, munis d'une bougie, se glissaient dans le cellier et se mettaient à la besogne.

Rude besogne que de percer ce vieux mur, et jamais Jacques n'en fût venu à bout tout seul. L'épaisseur n'était même pas ce qu'avait annoncé Blangin, mais la solidité passait toute attente. Nos pères bâtissaient bien. Le temps aidant, le ciment avait fait corps avec la pierre, et en avait acquis la dureté. C'était comme si l'on eût attaqué un bloc de granit.

Le vagabond, heureusement, avait la poigne solide. Et, malgré les précautions qu'il prenait pour que son travail ne s'entendît pas, en moins d'une heure, il eut creusé un trou par où un homme pouvait passer.

Il y avança la tête, et après un moment d'observation:

— Tout va bien !... dit-il, la nuit est noire et l'endroit est désert !... Ma foi ! je me risque...

Il passa, Jacques le suivit, et instinctivement ils se hâtèrent de gagner une place où les arbres faisaient l'ombre encore plus épaisse.

Une fois là :

— Tenez, dit Jacques, en tendant à Cheminot une liasse de billets de cinq francs, joignez ceci aux cent pistoles que je vous ai données tantôt... Merci, vous êtes un brave garçon, et si je me tire d'affaire, je ne vous oublierai pas... Et maintenant, séparons-nous... Jouez des jambes, soyez prudent, et... bonne chance...

Ayant dit, il s'éloigna à grands pas. Mais Cheminot ne tira pas de son côté, comme c'était convenu.

— Tout de même, pensait le vagabond, c'est une drôle d'histoire que celle de ce pauvre monsieur !... Où peut-il bien aller ainsi ?...

Et la curiosité l'emportant sur la prudence, il suivit.

XXVIII

C'est rue Mautrec que se rendait Jacques de Boiscoran...

Mais il savait de quelle réprobation effroyable il était l'objet. A prendre le chemin le plus court, à traverser les rues fréquentées, il eût risqué d'être reconnu et peut-être arrêté...

Il s'était donc résigné à un long détour, et il s'était engouffré dans le dédale des ruelles sombres et tortueuses de la vieille ville.

Il s'en allait d'un pied fiévreux, se détournant des rares passants, son chapeau de feutre rabattu sur les yeux, et, pour plus de sûreté encore, tenant son mouchoir appliqué contre sa figure...

Il était bien près de neuf heures et demie lorsqu'il arriva à la maison qu'habitaient le comte et la comtesse de Claudieuse.

Le portillon était enlevé et la porte fermée.

N'importe, Jacques avait son plan. Il sonna.

Une bonne qui ne le connaissait pas vint ouvrir.

— Madame la comtesse de Claudieuse ? demanda-t-il.

— Madame ne peut recevoir personne, répondit cette fille. Madame est près de monsieur qui est au plus mal ce soir.

— Il faut pourtant que je lui parle...

— Impossible.

— Allez lui dire qu'un monsieur, qui est envoyé par le juge d'instruction, désire l'entretenir un instant. C'est pour l'affaire Boiscoran.

— Que ne le disiez-vous tout de suite! fit la servante Venez...

Et dans sa précipitation, oubliant de refermer la porte, elle précéda Jacques à travers le jardin.

Une fois dans le vestibule, ouvrant le salon :

— Que monsieur entre, dit-elle, et s'asseoie pendant que je monte prévenir madame...

Et, ayant allumé les bougies d'un des candélabres de la cheminée, elle s'éloigna.

Tout, jusqu'à ce moment, marchait au gré de Jacques, et mieux même qu'il n'eût osé le souhaiter.

Restait à empêcher la comtesse de se retirer en l'apercevant et de lui échapper.

Très-heureusement, la porte du salon ouvrait en dedans. Il alla se poster derrière le battant resté ouvert et attendit.

Depuis vingt-quatre heures qu'il se préparait à cette entrevue, il avait arrangé dans sa tête ce qu'il aurait à dire... Mais voici qu'au dernier moment, de même que les feuilles mortes au souffle de la tempête, toutes ses idées s'éparpillaient... Son cœur battait avec une telle violence, qu'il lui semblait remplir du bruit de ses battements ce grand salon délabré. Il se croyait de sang-froid pourtant, et de fait, il avait cette lucidité particulière qui donne à certains actes des fous une apparence de logique...

Il commençait à s'étonner d'attendre si longtemps, quand enfin des pas légers et le frôlement d'une robe lui annoncèrent Mme de Claudieuse.

Elle entra, vêtue d'un long peignoir de couleur sombre, et fit quelques pas dans le salon, étonnée de n'apercevoir pas celui qui la demandait.

C'était bien ce qu'avait prévu Jacques.

Violemment, il repoussa le battant de la porte, et se dressant devant :

— A nous deux! dit-il.

Se retournant au bruit :

— Jacques!... s'écria la comtesse.

Et terrifiée, comme d'une apparition, elle regardait autour d'elle, cherchant une issue...

Une des portes-fenêtres du salon était demeurée entrebâillée, et elle allait s'y précipiter...

Jacques s'avança :

— N'essayez pas de m'échapper, prononça-t-il ; car je vous le jure, je vous poursuivrais jusque dans la chambre de votre mari, jusqu'au pied de son lit...

Elle le regardait comme si elle n'eût pas compris.

— Vous ! balbutia-t-elle, ici !...

— Oui, répondit-il, moi !... Cela vous étonne, n'est-ce pas ?... Vous vous disiez : il est prisonnier, bien gardé par les verrous et par les geôliers, je puis dormir tranquille... Pas de preuves, il ne parlera pas... J'ai commis le crime et c'est lui qui sera condamné... Coupable, je suis sauvée ; innocent, il est perdu !... Vous pensiez que tout était dit ?... Eh bien ! non, me voici !...

L'expression d'une indicible horreur contractait les traits si beaux de la comtesse.

— C'est monstrueux ! fit-elle.

— Monstrueux, en effet !...

— Assassin !... Incendiaire !...

Il éclata de rire, d'un rire strident, convulsif, terrible...

— C'est vous, dit-il, qui m'appelez ainsi !...

En un suprême effort, Mme de Claudieuse rassemblait toute son énergie.

— Oui, répondit-elle, oui !... A moi, vous ne pouvez pas nier le crime... Je sais, moi, les mobiles que les juges ignorent... Croyant que j'allais exécuter mes menaces, vous avez eu peur... Lorsque je vous ai quitté en courant, vous vous êtes dit : « C'est fini, elle va tout révéler à son mari !... » Et alors vous avez allumé l'incendie pour attirer mon mari dehors, incendiaire !... Et vous avez fait feu sur lui, assassin !...

Il ricanait toujours...

— Et voilà ce que vous avez trouvé !... interrompit-il... A qui espérez-vous faire croire cette explication absurde ?... Nos lettres étaient brûlées, et de même que vous niez avoir été ma maîtresse, je pouvais nier avoir été jamais votre amant ! Et d'ailleurs, est-ce moi qu'un scandale eût atteint ?... Vous savez bien que non !... Vous n'ignorez pas que la même chose qui déshonore une femme décore un homme d'un

lustre nouveau... Telles sont nos mœurs !... Et quant à redouter M. de Claudieuse, on me connaît assez pour savoir
que je ne crains personne... Au temps où nous cachions
nos amours au fond de la rue des Vignes, oui, je pouvais
avoir peur de votre mari, venant nous surprendre, le Code
d'une main, un revolver de l'autre, fort de cette loi sauvage
et stupide qui fait du mari le juge de sa propre cause et
l'exécuteur du jugement qu'il prononce... Hors de là, hors
ce cas de flagrant délit, qui permet à un homme de tuer
comme un chien un autre homme qui ne peut ou ne veut
se défendre, que m'importait le comte de Claudieuse ! Que
m'importaient vos menaces à vous, et sa haine, à lui !

C'est froidement qu'il s'exprimait ainsi, d'un accent âpre
et tranchant comme un glaive, et avec cette certitude qui
pénètre, qui s'enfonce dans l'esprit...

La comtesse chancelait :

— Est-ce imaginable ! bégayait-elle, est-ce possible !...

Puis tout à coup, redressant le front :

— Mais je deviens folle !... reprit-elle. Si vous étiez innocent, qui donc serait le coupable ?...

D'un mouvement frénétique, Jacques lui saisit les poignets, et les serrant à les meurtrir, et se penchant vers
elle, si près, qu'elle sentit son souffle comme une flamme
sur son visage :

— Toi !... exécrable créature, dit-il, toi !...

Et la repoussant avec une si furieuse violence, qu'elle
tomba sur un fauteuil :

— Toi ! poursuivit-il, qui voulais être veuve pour m'empêcher de briser ma chaîne !... A notre dernier rendez-vous,
te croyant écrasée de douleur et bouleversé par tes larmes
hypocrites, n'ai-je pas eu l'indigne faiblesse, la stupide lâcheté de te dire que si j'épousais Denise, c'était uniquement
parce que tu n'étais pas libre ! Alors, ne t'es-tu pas écriée :
« O mon Dieu ! heureusement cette épouvantable idée ne
» m'est pas venue plus tôt !... » De quelle idée s'agissait-il,
Geneviève ?... Allons, réponds et avoue qu'elle venait trop
tôt encore, puisque tu l'as mise à exécution...

Et répétant d'un ton d'écrasante ironie la phrase que venait de prononcer Mᵐᵉ de Claudieuse :

— Qui donc serait le coupable, ajouta-t-il, si vous étiez
innocente ?...

Hors de soi, elle bondit de son fauteuil, et plongeant dans

23

les yeux de Jacques un de ces regards qui fouillent jusqu'aux plus sombres profondeurs de l'âme :

— Est-il bien possible, demanda-t-elle, que vous n'ayez pas commis le crime affreux...

Il haussa les épaules.

— Mais alors, insista-t-elle, haletante, c'est donc vrai, c'est donc réel, vous croyez que c'est moi qui l'ai commis?...

— Peut-être l'avez-vous seulement commandé !...

D'un geste délirant, elle leva au ciel ses mains jointes, et d'une voix déchirante :

— O mon Dieu !... s'écria-t-elle, il le croit !... Il le croit sincèrement...

Un grand silence suivit, sinistre, formidable, tel que celui qui succède au fracas de la foudre.

Debout en face l'un de l'autre, Jacques et la comtesse de Claudieuse s'examinaient éperdûment, comprenant que l'heure suprême de leur destinée sonnait...

En chacun d'eux éclatait, fulgurante, la conviction de l'innocence de l'autre... Pas besoin d'explications. Ils avaient été abusés par les apparences, et ils le reconnaissaient, ils en étaient sûrs...

Et tel était pour eux l'effarement de cette découverte, que l'idée ne leur venait pas de rechercher quel pouvait être le coupable.

— Que faire? interrogea enfin la comtesse.

— Dire la vérité ! répondit Jacques.

— Quelle?...

— Que j'étais votre amant... Que si je suis allé au Valpinson, c'est que vous m'y aviez donné rendez-vous... Que si on a retrouvé l'enveloppe d'une de mes cartouches, c'est que je l'avais brûlée pour obtenir du feu... Que si j'avais les mains noircies, c'est que j'avais émietté, pour les éparpiller au vent, les débris carbonisés de nos lettres...

— Jamais !... s'écria la comtesse.

Des flots de sang empourpraient le visage de Jacques, et d'un accent d'impitoyable énergie :

— Ce sera, cependant, prononça-t-il; je le veux, il le faut...

Mme de Claudieuse se tordait les bras.

— Jamais ! répéta-t-elle, jamais !...

Et avec une précipitation convulsive :

— Ne comprends-tu donc pas, poursuivit-elle, que la vé

rité est impossible à dire... Ce n'est pas à notre innocence
qu'on croirait, mais à notre complicité...

— N'importe !... Je ne veux pas périr.

— Dites que vous ne voulez pas périr seul...

— Soit !...

— Tout avouer ne serait pas vous sauver, mais ce serait me
perdre sûrement ! Est-ce là ce que vous exigez ? Quand il y
aura deux victimes au lieu d'une, votre sort vous paraîtra-
t-il moins cruel ?

Il l'arrêta d'un geste menaçant :

— Toujours la même, s'écria-t-il... Je sombre, je me noie,
et elle réfléchit, elle calcule, elle se marchande... Et elle disait m'aimer !...

— Jacques ! interrompit Mme de Claudieuse.

Et se rapprochant de lui :

— Ah ! je calcule, fit-elle. Ah ! je réfléchis ! Eh bien,
écoute... Oui, c'est vrai, je tenais à mon intacte renommée
d'honnête femme mille fois plus qu'à la vie, mais, au-dessus de ma vie et de ma renommée, il y a toi ! Tu sombres,
dis-tu... Eh bien, partons ! Un mot de tes lèvres et j'abandonne tout, honneur, pays, famille, mon mari, mes enfants. Parle, et je te suis sans détourner la tête, sans un
regret, sans un remords...

De grands frissons lui couraient par tout le corps, sa poitrine haletait, ses yeux étincelaient d'un insupportable
éclat...

Dans l'emportement de ses gestes, son peignoir attaché à
la hâte se dénouait, et sur son sein et sur ses épaules qui
avaient les blancheurs éblouissantes du marbre, ses cheveux déroulés retombaient en masses fauves...

Et d'une voix frémissante de passions contenues, douce
et molle comme une caresse ou sonore comme un cuivre :

— Qui nous retient ? poursuivait-elle. Puisque tu as su
sortir de prison, le plus difficile est fait. Je songeais d'abord
à emmener notre fille, ta fille, Jacques, mais elle est bien
malade, et d'ailleurs un enfant nous trahirait... Seuls, on
ne nous rejoindra jamais... Ce n'est pas l'argent qui nous
manquera, n'est-ce pas ?... Nous nous envolerons vers ces
contrées lointaines dont on voit les descriptions féeriques
dans les livres de voyages... Là, inconnus de tous, oubliés,
ignorés, notre vie ne sera plus qu'un long enchantement !...
Tu ne diras plus alors que je me marchande, je serai bien

à toi, toute et uniquement à toi, corps et âme, ta femme, ta maîtresse, ton amie, ton esclave...

Elle renversait la tête en arrière, et les paupières mi-closes, avançant les lèvres avec des inflexions énervantes :

— Dis, insista-t-elle, veux-tu?... Jacques!...

Il l'écarta d'un geste farouche... Ce lui semblait un sacrilège, qu'elle osât, de même que Denise, lui proposer de fuir...

— Plutôt le bagne!... s'écria-t-il...

Elle blêmit, un spasme de rage convulsa ses traits, et se reculant, roide et tout d'une pièce :

— Que voulez-vous donc?... interrogea-t-elle.

— Que vous m'aidiez à me sauver, répondit-il.

— Quitte à me perdre moi-même?...

Il ne répondit pas.

Alors elle, si humble l'instant d'avant, se redressant tout à coup, et d'un accent de haineuse raillerie :

— En d'autres termes, reprit-elle, tu viens me demander de me sacrifier et de sacrifier du même coup tous les miens. Pour toi? oui. Mais bien plus encore pour Mlle de Chandoré. Et cela te paraît tout simple!... Je suis le passé, moi, le rassasiement, le dégoût... Elle est l'avenir, elle, le désir, le rêve... Et tu trouves tout naturel que la vieille maîtresse fasse litière de son amour et de son honneur à la jeune fiancée. Il t'importe peu que je sois avilie, pourvu qu'elle soit honorée, que je pleure pourvu qu'elle sourie!... Eh bien, non! et c'est de la folie que de venir me prier de te sauver pour te jeter dans les bras d'une autre. C'est de la démence, quand, pour t'arracher à Denise, je suis prête à me perdre, pourvu que tu sois à jamais perdu...

— Misérable!... s'écria Jacques.

Elle le regardait en ricanant, et de ses yeux s'irradiait une infernale audace.

— Ne me connais-tu donc pas? insista-t-elle... Va, parle, dénonce... Me Folgat a dû te dire comment je sais nier et me défendre...

Ivre de colère, arrivé à ce degré où la raison s'égare, Jacques de Boiscoran marchait la main levée sur Mme de Claudieuse, quand tout à coup :

— Ne frappez pas cette femme! dit une voix...

Jacques et la comtesse se retournèrent, et un même cri

aigu et terrible, qui dut s'entendre au loin, s'échappa de leur gorge...

Dans le cadre de la porte, le comte de Claudieuse se tenait debout, le revolver levé prêt à faire feu...

Il était plus pâle qu'un spectre, et la robe de chambre de flanelle blanche qu'il avait jetée sur ses épaules, flottait comme un linceul autour de ses membres amaigris. Le premier cri de Mᵐᵉ de Claudieuse était monté jusqu'au lit où il se mourait. Un pressentiment horrible lui avait traversé le cœur. Il s'était levé. Et se traînant, et s'accrochant à la rampe, il était venu...

— J'ai tout entendu, dit-il, foudroyant les coupables d'un regard implacable...

Avec un gémissement sourd, la comtesse s'affaissa sur un fauteuil. Mais Jacques se redressa.

— L'outrage est flagrant, monsieur, dit-il, vengez-vous!...

Le comte haussa les épaules.

— C'est la cour d'assises qui me vengera, dit-il.

— Dieu juste!... me laisseriez-vous condamner pour un crime que je n'ai pas commis!... Ah! ce serait une lâcheté indigne...

M. de Claudieuse était si faible, qu'il en était réduit à s'accoter contre le montant de la porte...

— Serait-ce une lâcheté?... fit-il. Alors, comment appelez-vous l'acte du misérable qui, bassement, honteusement, vole la femme d'un autre homme et le charge de ses bâtards... C'est vrai, vous n'êtes ni un incendiaire, ni un assassin... Mais qu'est l'incendie de ma maison, près de l'effondrement de toutes mes croyances!... Que sont les blessures du corps, comparées à cette autre blessure de l'âme, que rien ne saurait cicatriser... A vous la cour d'assises, monsieur...

Terrifié, Jacques se sentait rouler au fond d'indéfinissables abîmes!...

— La mort, plutôt, s'écria-t-il, la mort!...

Et entr'ouvrant ses vêtements :

— Mais tirez donc, monsieur, tirez donc, le sang vous fait-il peur?... Tirez... j'ai été l'amant de votre femme, votre plus jeune fille est ma fille...

Le comte, au contraire, abaissa son arme.

— La cour d'assises est plus sûre, prononça-t-il... Vous m'avez pris mon honneur, je veux le vôtre. Et s'il le faut, pour que vous soyez condamné, je dirai, et j'en ferai le serment, que je vous ai reconnu... Vous irez au bagne, monsieur de Boiscoran...

Il voulut s'avancer, mais ses forces étaient à bout, et il tomba roide, en avant, la face contre terre, les bras en croix...

Saisi d'horreur, éperdu, fou, Jacques s'enfuit...

XXIX

Me Folgat venait de se lever.

Debout, dans l'embrasure d'une des croisées de sa chambre, en face de son miroir, il achevait de se faire la barbe, quand sa porte s'ouvrit violemment.

Blême et tout effaré, le vieil Antoine entra.

— Ah! monsieur, quelle affaire!...

— Quoi?

— Parti, ensauvé, disparu!...

— Qui?

— M. Jacques...

Le rasoir, tant la surprise fut grande, faillit échapper des mains du jeune avocat. Et cependant :

— C'est faux! dit-il.

— Hélas! monsieur, reprit le vieux serviteur, tout le monde le raconte en ville. On donne des détails. Je viens de voir un homme qui prétend avoir rencontré M. Jacques, hier soir, sur les onze heures, courant comme un fou le long de la rue Nationale.

— C'est absurde.

— Je n'ai encore prévenu que Mlle Denise, et c'est elle qui m'a dit de venir avertir monsieur... Monsieur devrait aller aux informations...

Le conseil était superflu.

S'essuyant le visage à la hâte, déjà Me Folgat s'habillait.

En un moment, il fut prêt, et ayant descendu l'escalier quatre à quatre, il traversait le corridor, quand il s'entendit appeler.

Il se retourna. Mlle Denise lui faisait signe d'entrer dans le petit salon où elle se tenait d'habitude. Il obéit.

Mlle Denise et le jeune avocat étaient les seuls de la maison à savoir quel coup de parti désespérée Jacques avait dû risquer la veille.

Ils n'avaient pas échangé un mot à ce sujet, mais chacun avait bien remarqué la préoccupation de l'autre.

De toute la soirée, Me Folgat n'avait pas prononcé dix paroles, et Mlle Denise, sitôt le dîner, était remontée chez elle.

— Eh bien?... interrogea-t-elle.

— Le bruit qui court est faux, mademoiselle, répondit le jeune avocat...

— Qui sait !

— Une évasion serait un aveu. Il n'y a que les coupables qui fuient, et M. de Boiscoran est innocent. Ainsi, tranquillisez-vous, mademoiselle, de grâce, rassurez-vous.

Qui n'eût eu, comme lui, pitié de la pauvre jeune fille ! Elle était plus blanche que sa collerette et tremblait si fort que ses dents claquaient. Des larmes roulaient dans ses yeux, et à chaque parole un sanglot lui montait à la gorge...

— Vous savez où Jacques est allé, hier soir? reprit-elle.

— Oui...

Elle détourna à demi la tête, et d'une voix à peine distincte :

— Il a voulu revoir, poursuivit-elle, une... personne dont l'influence sur lui est peut-être toute-puissante... Il se peut qu'elle l'ait bouleversé, étourdi: Pourquoi ne l'aurait-elle pas déterminé à se soustraire à l'ignominie de la cour d'assises...

— Non, mademoiselle, non !

— Cette personne a été le mauvais génie de Jacques... Elle l'aime, sans doute. Elle devait être désespérée de savoir qu'il allait être mon mari... Peut-être, pour le déterminer à fuir, s'est-elle enfuie avec lui...

— Ah ! ne craignez rien, mademoiselle, Mme de Claudieuse est incapable d'un tel dévouement...

Vivement Mlle de Chandoré se rejeta en arrière, et levant sur le jeune avocat ses yeux agrandis par la stupeur :

— Mme de Claudieuse, balbutia-t-elle...

Me Folgat comprit son imprudence.

Il était persuadé que Jacques avait tout dit à sa fiancée.

et la façon dont elle lui avait parlé n'avait pu que l'affermir dans son erreur.

— Ah! c'est Mme de Claudieuse, poursuivait la jeune fille, cette femme révérée de tous à l'égal d'une sainte!... Et moi, qui l'autre jour, à l'église, admirais la ferveur de ses prières; moi qui la plaignais de toute mon âme... Maintenant, oui, je commence à comprendre ce qu'on me cachait...

Désolé de l'irréparable faute qu'il venait de commettre :

— Jamais, mademoiselle, dit Me Folgat, jamais je ne me pardonnerai d'avoir prononcé ce mot devant vous...

Elle sourit tristement :

— C'est peut-être un grand service que vous m'aurez rendu, dit-elle... Mais, de grâce, courez voir ce qu'il en est.

Me Folgat n'avait pas fait cinquante pas, qu'il reconnut que bien réellement, il devait y avoir quelque chose d'extraordinaire. La ville était tout en rumeur. Sur les portes, les gens causaient. Des groupes péroraient avec une surprenante animation.

Précipitant sa course, il venait de tourner le coin de la rue Nationale, quand il fut arrêté par un des trois ou quatre bourgeois dont il lui avait absolument fallu faire la connaissance depuis qu'il était à Sauveterre.

— Eh bien, monsieur l'avocat, lui dit civilement cet homme aimable, voilà votre plaidoirie qui court les champs...

— Je ne comprends pas, répondit Me Folgat d'un ton glacé.

— Dame!... puisque votre client a filé.

— En êtes-vous bien sûr?...

— Parbleu! c'est par la femme d'un ouvrier que j'emploie, que l'évasion a été découverte. Elle était allée le long des anciens remparts couper de l'herbe pour sa chèvre, quand, passant près du mur de la prison, elle y a aperçu un grand trou béant... Elle a aussitôt donné l'alarme, le poste est arrivé, on est allé prévenir le procureur de la République...

Pour Me Folgat ce n'était pas encore une preuve.

— Et alors, demanda-t-il, M. de Boiscoran?...

— Est introuvable... Ah! c'est comme je vous l'affirme... Je le tiens d'un ami qui le tenait lui-même d'un employé de la sous-préfecture... Blangin le geôlier est, à ce qu'il paraît, gravement compromis...

— A l'honneur de vous revoir, cher monsieur, interrompit le jeune avocat.

Et plantant là le bourgeois très-offensé de ce qui lui parut une grossière inconvenance, il traversa comme un trait la place du Marché-Neuf.

L'inquiétude le gagnait. Non qu'il pût croire à une évasion, mais il se demandait s'il n'était pas survenu quelque catastrophe...

Cent personnes au moins, difficilement contenues par des factionnaires, stationnaient devant la prison, le cou tendu et la bouche béante.

Fendant la foule, M⁰ Folgat entra.

Dans la cour, devant la loge du geôlier, discutaient le procureur de la République, le commissaire de police, le capitaine de gendarmerie, M. Séneschal et enfin M. Galpin-Daveline.

Le juge d'instruction était plus blême encore que de coutume, et, comme on dit à Sauveterre, d'une humeur de dogue. Non sans raison.

Prévenu tout aussi brusquement que M⁰ Folgat, il s'était vêtu non moins précipitamment et s'était hâté d'accourir.

Et tout le long du chemin, des témoignages non équivoques lui avaient prouvé que si l'opinion était fort montée contre l'accusé, elle ne l'était pas moins contre le juge d'instruction.

De tous côtés sur son passage il avait recueilli des saluts ironiques, des sourires gouailleurs, ou des compliments de condoléance sur ce que l'oiseau s'était envolé...

Et même, deux individus qu'il soupçonnait d'avoir des relations avec l'écarlate docteur Seignebos, avaient murmuré en le coudoyant :

— Enfoncé le pourvoyeur !..,

Il fut le premier à apercevoir le jeune avocat, et tout de suite :

— Eh bien !... monsieur, dit-il, vous venez aux renseignements ?...

Mais M⁰ Folgat n'était pas homme à se laisser prendre deux fois sans vert dans la même journée. Voilant ses appréhensions d'un salut cérémonieux :

— Il m'est revenu certains propos, répondit-il, mais je n'en ai été nullement ému. M. de Boiscoran a trop de confiance en l'excellence de sa cause et en la justice de son pays, pour songer à s'évader... Je viens simplement conférer avec lui.

— Et vous avez parbleu raison! interrompit M. Daubigeon. M. de Boiscoran est bien tranquillement dans sa cellule, ne se doutant guère des bruits qui courent... C'est Frumence Cheminot, qui s'est enfui... Frumence aux pieds légers... C'est un détenu qu'on laissait fort libre dans la prison, dont on avait même fait une espèce d'aide gardien, et qui en a profité pour percer un trou dans le mur, estimant, le gaillard,

Et certes il n'a pas tort,
Que clef des champs vaut mieux que clef de coffre-fort.

A quelques pas en arrière, la mine contrite et sournoise, se tenait planté sur ses pieds le geôlier Blangin.

— Conduisez le défenseur près du sieur Boiscoran, lui dit sèchement M. Galpin-Daveline, lequel tremblait peut-être de voir M. Daubigeon donner une édition publique des épigrammes amères dont il le gratifiait en particulier.

Saluant jusqu'à terre, le geôlier obéit. Mais dès qu'il se vit sous le porche de la prison, seul avec Me Folgat, gonflant une de ses joues, et la frappant de son poing fermé :

— Ni vu ni connu!... dit-il, en éclatant de rire...

Le jeune avocat n'eut pas l'air de comprendre.

Il ne pouvait lui convenir de paraître informé des événements de la nuit ni de se donner les apparences d'une complicité qui, matériellement, n'existait pas.

— Et cependant, reprit Blangin, tout n'est pas fini. Les gendarmes sont en mouvement. S'ils allaient rattraper mon Cheminot! Ce garçon est si bête que le plus bête des juges d'instruction lui aurait vite tiré les vers du nez. Et alors, qui est-ce qui serait dans de beaux draps?

Me Folgat ne répondait toujours pas, mais l'autre semblait s'en soucier fort peu.

— Je ne demande qu'une chose, poursuivit-il, c'est de rendre mes clefs le plus tôt possible. J'en ai par-dessus les yeux de ce métier de geôlier. La place, d'ailleurs, ne va plus être tenable. Cette évasion a mis la puce à l'oreille de tous nos messieurs du tribunal, et l'administration vient de me donner un second, un ancien sergent de ville, un mauvais chien qui ne connaît que sa consigne... Ah! les beaux jours de M. de Boiscoran sont passés. plus de visites en cachette, plus de sorties... Ordre de ne pas le perdre de vue une seconde.

C'est arrêté au pied de l'escalier, que Blangin donnait ces explications.

— Montons, dit brusquement Me Folgat, que l'impatience gagnait.

Il trouva Jacques étendu sur son lit, tout habillé, et il ne lui fallut qu'un regard pour deviner un grand malheur.

— Encore une espérance envolée, n'est-ce pas ? fit-il.

Péniblement, le prisonnier se redressa et s'assit sur le bord de sa couchette.

Et de l'accent du plus extrême découragement :

— Je suis perdu, répondit-il, et cette fois sans retour.

— Oh !...

— Ecoutez plutôt !...

C'est en frissonnant que le jeune avocat entendit le récit, pourtant bien atténué, de la veille.

Et lorsque Jacques, ayant achevé, s'arrêta :

— Ce n'est que trop vrai ! murmura-t-il. Si M. de Claudieuse exécute ses menaces, ce peut être une condamnation.

— Ce doit être, voulez-vous dire... Eh bien, n'en doutez pas, il les exécutera.

Et hochant la tête d'un geste désolé :

— Et, ce qu'il y a d'épouvantable, continua-t-il, c'est que je ne saurais l'en blâmer. La jalousie des maris, le plus souvent, n'est qu'une question d'amour-propre. Trompés, ils sont frappés dans leur vanité, mais non pas atteints au cœur. Tandis que le comte de Claudieuse !... Ah ! il aimait sa femme, lui, il l'adorait, elle était son bonheur et sa vie. En la lui prenant, je lui ai tout pris, oui, tout ! C'est en le voyant éperdu de douleur et de rage, que j'ai compris seulement l'adultère... Tout lui manquait à la fois. Sa femme avait un amant, sa fille préférée n'était pas de lui !... Je souffre cruellement, mais lui, ce qu'il endure, c'est un supplice sans nom !... Et vous voulez qu'ayant une arme entre les mains, il ne s'en serve pas !... C'est une arme traîtresse et déloyale, c'est vrai, mais ai-je été loyal et honnête ? Ce sera une lâche et ignoble vengeance, mais qu'était donc l'offense ? A sa place, j'agirais comme lui !...

Me Folgat était atterré.

— Mais après ? interrogea-t-il, en sortant de la maison ?...

D'un geste machinal, Jacques passait et repassait la main sur son front, comme s'il eût pu ainsi rassembler ses idées.

— Après, répondit-il, je me suis enfui épouvanté, tel que l'homme qui vient de commettre un crime... La porte du jardin était ouverte, je me précipitai dehors. Quelle direction j'ai prise, quelles rues ai-je traversées, je serais incapable de le dire avec quelque certitude. Je n'avais plus qu'une idée fixe, obsédante : m'éloigner le plus vite et le plus loin possible de cette maison maudite... Je n'avais plus la tête à moi, j'allais, j'allais... Quand la raison m'est revenue, j'étais en pleine campagne, à une lieue de Sauveterre, sur la route de Boiscoran. L'instinct de la bête, plus résistant que l'intelligence, m'avait guidé par des chemins familiers et me ramenait à ma maison... Sur le premier moment, j'eus peine à comprendre comment je me trouvais là... J'étais comme l'ivrogne, qui, s'éveillant, le cerveau plein de vapeurs de l'alcool, cherche à se ressouvenir de ce qui s'est passé durant son ivresse... Hélas ! je ne me suis que trop ressouvenu de l'affreuse réalité... Il me fallait rentrer à la prison, il le fallait absolument, et je me sentais accablé d'une telle lassitude, que j'ai craint un instant de n'avoir pas la force de revenir... Je suis revenu, pourtant... Blangin m'attendait, dévoré d'angoisses, car il était près de deux heures... Il m'a aidé à remonter ici, je me suis jeté tout habillé sur mon lit, et je me suis endormi aussitôt, d'un sommeil atroce, peuplé de visions sinistres, où je me voyais enchaîné au bagne, ou gravissant au bras d'un prêtre les marches de l'échafaud... Et en ce moment, je me demande presque si je suis bien éveillé, ou si ce n'est pas l'odieux cauchemar qui continue encore...

Se détournant, Me Folgat essuya une larme furtive.

— Malheureux !... murmura-t-il.

— Oh ! oui, bien malheureux, en effet, répéta Jacques... Que n'ai-je suivi la première inspiration qui m'est venue cette nuit, quand je me suis retrouvé sur la grande route !... Je serais allé jusqu'à Boiscoran, je serais monté chez moi, et je me serais brûlé la cervelle... Maintenant, je ne souffrirais plus...

Allait-il donc s'attacher de nouveau à cette fatale pensée du suicide.

— Et vos parents !... prononça Me Folgat.

— Mes parents !... Espérez-vous donc qu'il survivront à la condamnation qui va me frapper.

— Et Mlle de Chandoré !...

Il tressaillit, et vivement :

— Ah ! c'est pour elle, s'écria-t-il, que je devrais en finir... Pauvre Denise ! Certes, en apprenant mon suicide, sa douleur serait horrible... Mais elle n'a pas vingt ans... Mon souvenir s'effacerait de son âme, mon image deviendrait moins distincte, et les mois s'ajoutant aux semaines, et les années aux mois, elle se consolerait... Vivre, n'est-ce pas oublier !...

— Non ! vous ne pensez pas ce que vous dites, interrompit Me Folgat. Vous savez bien qu'elle n'oublierait pas, elle !...

Une larme brilla dans les yeux de l'infortuné, et d'une voix éteinte :

— C'est vrai, dit-il, je crois que me frapper ce serait frapper Denise. Mais songez-vous à ce que serait sa vie, après ma condamnation?... Vous représentez-vous ce que seraient ses sensations quand, à chaque instant du jour, elle se répéterait : « Celui que j'aime uniquement est au bagne, con» fondu parmi les plus vils criminels, à tout jamais souillé, » déshonoré, flétri !...» Ah ! mille fois la mort plutôt...

— Jacques !... monsieur de Boiscoran, oubliez-vous que j'ai votre parole !...

— La preuve que je ne l'ai pas oublié, c'est que je suis ici... Seulement, laissez faire, le jour n'est pas loin où vous me verrez si misérable, que vous serez le premier à me mettre une arme entre les mains...

Mais le jeune avocat était de ceux que les obstacles irritent et passionnent au lieu de les décourager. Et déjà remis de la rude secousse...

— Avant de jeter les cartes, dit-il, attendez au moins que la partie soit perdue. Êtes-vous condamné? Pas encore. Vous êtes innocent, et il est une justice au ciel pour réparer les bévues de la justice de la terre. Qui nous dit que M. de Claudieuse parlera... Savons-nous seulement si, en ce moment même, il n'a pas rendu le dernier soupir...

D'un bond, Jacques se dressa sur ses pieds, et pâlissant encore :

— Ah ! taisez-vous, s'écria-t-il, car déjà cette fatale idée m'est venue, qu'hier soir, peut-être, il ne s'est pas relevé !... Fasse Dieu qu'il n'en soit pas ainsi !... C'est alors, véritablement, que je serais un assassin !... C'est pour lui, qu'à mon réveil, a été ma première pensée... Je voulais envoyer prendre de ses nouvelles... Je ne l'ai pas osé !...

Non moins que le prisonnier, M⁰ Folgat se sentait le cœur serré d'une anxiété poignante.

— Nous ne pouvons, prononça-t-il, demeurer dans cette incertitude. Qu'aurions-nous à nous dire, ignorant le sort de M. de Claudieuse, d'où dépend le nôtre ?... Souffrez que je vous quitte... Dès que je saurai quelque chose de positif, je vous en informerai par un mot... Et pas de faiblesse, surtout, quoi qu'il advienne !...

Chez le docteur Seignebos le jeune avocat devait être certainement renseigné.

Il y courut, et dès qu'il parut :

— Arrivez donc ! morbleu ! s'écria le médecin... Je laisse vingt malades se morfondre pour vous attendre... J'étais bien sûr que vous viendriez... Que s'est-il passé hier soir chez les Claudieuse ?...

— Alors, vous savez...

— Rien. J'ai vu l'effet, mais je n'ai pu que soupçonner la cause. L'effet, le voici : hier soir, vers les onze heures, je venais de me mettre au lit, rompu de fatigue, lorsque tout à coup on s'est mis à tirer ma sonnette à la briser... Je n'aime pas qu'on carillonne si fort chez moi, et je me levais pour laver la tête du carillonneur, quand le domestique du comte de Claudieuse, bousculant mon domestique à moi, qui voulait le retenir, est entré comme un fou en me criant de venir bien vite, que son maître venait de mourir.

— Ah ! mon Dieu !...

— Voilà justement ce que je me suis écrié, parce que tout en jugeant le comte fort malade, je ne le croyais pas si près de sa fin...

— Il est donc mort...

— Pas du tout... Mais si vous m'interrompez sans cesse, nous n'en finirons jamais...

Et retirant, pour les essuyer et les remettre, ses lunettes à branches d'or :

— En un tour de main je fus habillé, poursuivit le docteur Seignebos, et en trois sauts j'arrivai rue Mautrec. C'est dans le salon du rez-de-chaussée qu'on me fit entrer. Là, à ma grande stupeur, je trouvai M. de Claudieuse gisant sur un canapé. Il était pâle et roide, ses traits étaient affreusement décomposés et il portait au front une légère blessure d'où un mince filet de sang avait jailli. Par ma foi ! je crus bien que tout était fini...

— Et la comtesse ?...

— Mme de Claudieuse était agenouillée près de son mari, et aidée de ses femmes elle essayait de le rappeler à la vie en le frictionnant et en lui appliquant sur la poitrine des serviettes brûlantes... Sans ces soins intelligents, elle serait veuve à cette heure, tandis qu'au contraire elle ne le sera peut-être pas d'ici longtemps... Ce sacré comte à l'âme chevillée dans le corps... A quatre que nous étions là, nous l'avons pris, monté dans sa chambre et couché dans son lit, préalablement chauffé fortement... Bientôt il a remué, ses yeux se sont rouverts et au bout d'un quart d'heure il avait repris toute sa connaissance et parlait fort librement, bien que d'une voix encore faible... Alors, comme de raison, je demandai ce qui s'était passé, et pour la première fois je vis se démentir l'effrayant sang-froid de la comtesse... Elle balbutiait pitoyablement, et c'est avec une expression effarée qu'elle regardait son mari, comme pour lire dans ses yeux ce qu'elle devait me répondre... C'est lui qui me répondit, et avec un embarras qui ne pouvait pas m'échapper. Il me conta que s'étant trouvé seul, et se sentant mieux que de coutume, il avait eu la fantaisie d'essayer ses forces. Il s'était donc levé, avait passé sa robe de chambre, et était descendu... Mais en entrant dans le salon, il avait été pris d'un étourdissement et était tombé si malheureusement que son front avait heurté l'angle d'un meuble. Feignant d'être dupe : « C'est fort imprudent, lui dis-je, ce que vous avez » fait là, et il ne faudrait pas recommencer... » Alors, lui, regardant sa femme d'un air singulier : — « Oh ! soyez » tranquille, me répondit-il, je ne ferai plus d'imprudence, » j'ai trop envie de guérir, jamais je n'ai tant tenu à la » vie... »

Me Folgat remuait les lèvres pour répliquer ; le docteur, d'un geste, lui ferma la bouche.

— Attendez, fit-il, je n'ai pas terminé...

Et toujours tracassant ses lunettes :

— J'allais me retirer, continua-t-il, lorsque soudain arrive une femme de chambre, qui d'un air très-effrayé annonce à Mme de Claudieuse que l'aînée de ses filles, la petite Marthe, que vous connaissez, vient d'être prise de convulsions ter-

ribles. Tout naturellement je me rends près d'elle, et je la
trouve en proie à une crise nerveuse d'un caractère véritablement alarmant. Avec beaucoup de peine je la calmai, et
lorsqu'elle me parut remise, entrevoyant une relation entre
l'indisposition de la fille et l'accident du père : — « Mainte-
» nant, mon enfant, lui dis-je d'un ton paternel, il faut m'ap-
» prendre ce que vous avez eu. » Elle hésita, puis : « —J'ai
» eu peur, » répondit-elle. « —Peur de quoi? ma mignonne. »
Elle se haussait sur son lit, cherchant du regard les yeux
de sa mère, mais je m'étais placé de façon qu'elle ne les pût
apercevoir. Ayant répété ma question : « — Eh bien, voilà !
» docteur, me dit-elle : on venait de me coucher, lorsque
» j'entendis sonner. Je me levai et j'allai me placer à la
» fenêtre pour regarder qui pouvait venir si tard. Je vis la
» bonne aller ouvrir, un flambeau à la main, et revenir vers
» la maison suivie d'un monsieur que je ne connais pas. »
La comtesse interrompit, et vivement :« C'était, s'écria-t-elle,
» un envoyé du tribunal, chargé d'une communication pres-
» sante ! » Mais je n'eus pas l'air de l'entendre, et toujours
m'adressant à Marthe : « — Est-ce donc, lui demandai-je,
» ce monsieur, qui vous a fait si grand peur ?... — Oh ! non.
» — Quoi, alors ?... » Du coin de la paupière j'épiais Mme de
Claudieuse. Elle était sur des charbons. Pourtant, elle n'osa
pas imposer silence à sa fille. « — Eh bien, docteur ! reprit
» la petite, le monsieur était à peine entré dans la maison,
» que je vis, entre les arbres, une des statues qui bougeait
» sur son piédestal, qui se mettait en mouvement, et qui,
» tout doucement, glissait le long de l'allée de tilleuls... »

Me Folgat tressaillit.

— Vous souvient-il, docteur, fit-il, que le jour où nous
avons interrogé Marthe, elle nous a avoué que les statues
du jardin lui causaient une invincible frayeur ?...

— Parbleu ! répondit le docteur. Seulement, attendez
encore. La comtesse, précipitamment, interrompit sa fille.
— « Défendez-lui donc, cher docteur, me dit-elle, de se loger
» de pareilles idées dans la tête. Elle qui n'avait peur de
» rien au Valpinson et qui allait, le soir, par tout le château,
» sans lumière, depuis que nous sommes ici, elle s'épou-
» vante de tout, et dès que la nuit vient, elle croit voir notre
» jardin se peupler d'ombres... Tu es cependant assez
» grande, Marthe, pour comprendre que des statues, qui

» sont en pierre, ne peuvent pas s'animer et marcher... »
L'enfant frissonnait.

« — Les autres fois, maman, insista-t-elle, je doutais...
» mais cette fois, je suis bien sûre... Je voulais me retirer
» de la fenêtre, et je ne le pouvais pas, c'était plus fort que
» moi, de sorte que j'ai vu, et bien vu... J'ai vu la statue,
» l'ombre, s'avancer dans l'allée, lentement, avec précaution,
» et venir se placer debout tout contre le dernier tilleul, le
» plus rapproché des fenêtres du salon... Alors, j'ai entendu
» un grand cri... puis, plus rien. L'ombre restait toujours
» contre l'arbre, et je distinguais tous ses mouvements ;
» elle se penchait d'un côté ou d'un autre ; elle se haussait
» ou s'abaissait jusqu'à terre... Tout à coup, deux grands
» cris, oh ! terribles ceux-là... Aussitôt, l'ombre qui était
» près de l'arbre a levé les bras en l'air, comme cela, et sou-
» dain s'est enfuie... mais presque au même moment une
» autre s'est montrée qui a disparu aussi vite... »

Me Folgat était comme pétrifié de surprise.

— Oh !... ces ombres ! commença-t-il...

— Vous sont suspectes, n'est-ce pas ?... Elles me le furent
autant qu'à vous. Je n'en affectai pas moins de tourner en
plaisanterie le récit de Marthe, lui expliquant comment,
dans l'obscurité, on est sujet à de singulières illusions d'op-
tiques... Et lorsque je me retirai, éclairé par le domestique
qui était venu me chercher, la comtesse, j'en suis sûr, était
bien persuadée que je n'avais pas le moindre soupçon...
J'avais mieux que cela... Aussi, dès en mettant le pied dans
le jardin, n'eus-je rien de plus pressé que de laisser tomber
une pièce de monnaie que je tenais toute prête pour cela...
Naturellement, c'est du côté du tilleul le plus rapproché du
salon que je la cherchai, éclairé par le domestique... Eh
bien, Me Folgat, je vous garantis que ce n'était pas une
ombre qui avait piétiné le terrain autour de l'arbre... Et si
les empreintes que j'ai aperçues provenaient d'une statue,
cette statue avait de maîtres pieds chaussés de souliers
joliment ferrés...

Voilà ce qu'attendait le jeune avocat.

— Il n'en faut pas douter, s'écria-t-il, la scène a eu un
témoin...

XXX

— Quelle scène ? Quel témoin ?... C'est pour que vous me
l'appreniez que je vous attendais avec tant d'impatience,
dit le docteur Seignebos à Mᵉ Folgat. J'ai constaté l'effet :
à vous de m'expliquer la cause...

Il ne parut cependant nullement surpris de ce que lui raconta le jeune avocat de la démarche désespérée de Jacques
et de son tragique résultat. Et dès que ce fut fini :

— Je l'avais deviné ! s'écria-t-il. Oui, sur ma parole, à
force de me creuser la cervelle, j'étais presque arrivé à la
vérité ! Qui donc, à la place de Jacques, n'eût voulu tenter
un suprême effort ?... Mais la fatalité est sur lui...

— Qui sait !... interrompit Mᵉ Folgat.

Et sans laisser le médecin répliquer :

— Nos chances, poursuivit-il, sont-elles donc moindres
qu'ayant cet accident ?... Non. Tout aussi bien qu'hier nous
pouvons, d'un moment à l'autre, mettre la main sur ces
preuves qui existent, nous le savons, et qui nous sauve-
raient. Qui nous dit qu'au moment où nous parlons, sir
Francis Burnett et Suky Wood ne sont pas retrouvés ? Votre
confiance en Goudar en est-elle moins grande ?...

— Oh ! pour cela, non. Je l'ai vu ce matin à l'hôpital, au
moment de ma visite, et il a trouvé le moyen de me dire
qu'il était à peu près certain de réussir.

— Eh bien !...

— Je suis donc persuadé que Cocoleu parlera. Parlera-t-il
à temps ? Voilà la question. Ah ! si nous avions seulement
un mois devant nous, je vous dirais : Jacques est sauvé.
Mais les heures sont comptées. N'est-ce pas la semaine prochaine que s'ouvre la session. Déjà, m'a-t-on affirmé, le
président des assises est arrivé, et M. Du Lopt de la Gransière a fait retenir son appartement à l'hôtel des *Messageries*. Que ferez-vous, si rien de nouveau n'est survenu le
jour des débats ?...

— M⁰ Magloire et moi nous nous renfermerons obstinément dans le système de défense convenu...

— Et si le comte de Claudieuse tient ses menaces, s'il
déclare qu'il a reconnu Jacques faisant feu sur lui?...

— Nous dirons qu'il s'est trompé...

— Et Jacques sera condamné.

— Soit, fit le jeune avocat.

Et baissant la voix, comme s'il eût craint d'être entendu :

— Seulement, la condamnation ne sera pas définitive...
Oh!... ne m'interrogez pas, docteur, et sur votre vie, sur
le salut de Jacques, pas un mot... Un soupçon effleurant
l'esprit de M. Galpin-Daveline serait l'anéantissement de
notre dernière espérance, car il aurait le temps de réparer
la bévue qu'il a commise, et qui fait que je puis vous dire :
Même après que le comte aurait parlé, même après une condamnation, rien ne serait perdu...

Il s'animait, et, à son accent et à son geste, on sentait
l'homme sûr de soi.

— Non, rien ne serait perdu, continuait-il, et alors nous
aurions du temps devant nous, en attendant une seconde
épreuve pour retrouver nos témoins, pour arracher la vérité
à Cocoleu... Que M. de Claudieuse parle donc, je l'aime autant, il m'enlèvera ainsi mes derniers scrupules. Trahir
Mᵐᵉ de Claudieuse me paraissait odieux, parce que je me disais
que le plus cruellement puni serait alors le comte. Mais le
comte nous attaque, nous nous défendons; l'opinion sera
pour nous. Bien plus, on nous admirera d'avoir sacrifié
notre honneur à celui d'une femme, et de nous être laissé
condamner, nous, innocent, plutôt que de livrer le nom de
celle qui s'était donnée à nous...

Le docteur ne semblait pas convaincu, mais le jeune
avocat n'y prenait garde.

— Non, poursuivait-il, le succès à une seconde épreuve ne
serait pas douteux. La scène de la rue Mautrec a eu un témoin; n'est-ce pas celui dont les souliers ferrés avaient laisé
leur empreinte sous le tilleul le plus rapproché du salon,
celui dont la petite Marthe a suivi tous les mouvements?
Quel peut être ce témoin, sinon Cheminot? Eh bien, nous
saurons le retrouver. Il était placé de façon à tout voir et à
ne pas perdre une parole. Il dira ce qu'il a vu et entendu.
Il dira comment le comte de Claudieuse criait à M. Jacques

de Boiscoran : « Non, je ne veux pas vous tuer, j'ai une
» vengeance plus sûre, je vous enverrai au bagne... »

Tristement, M. Seignebos hochait la tête.

— Puissent vos espérances se réaliser, mon cher maître,
prononça-t-il.

Mais, pour la troisième fois depuis une heure, on venait
chercher le docteur. Échangeant une poignée de main, ils
se séparèrent, et après une courte visite à Mᵉ Magloire, qu'il
importait de tenir au courant, Mᵉ Folgat se hâta de regagner la rue de la Rampe.

A la seule physionomie de Mˡˡᵉ Denise, il comprit qu'elle
n'avait rien à lui apprendre, qu'elle savait la vérité et l'injustice de ses soupçons.

— Que vous avais-je dit, mademoiselle ? fit-il simplement.

Elle rougit, honteuse d'avoir livré le secret des doutes qui
l'avaient déchirée, et au lieu de répondre :

— Il est venu des lettres pour vous, Mᵉ Folgat, dit-elle, et
ont les a montées dans votre chambre...

Deux lettres étaient arrivées, en effet, une de Mᵐᵉ Goudar,
l'autre de l'agent expédié en Angleterre.

La première était insignifiante. Mᵐᵉ Goudard priait simplement le jeune avocat de faire passer à son mari un billet
qu'elle lui adressait.

La seconde était, au contraire, du plus haut intérêt.

L'agent d'Angleterre écrivait :

« Non sans de grandes difficultés, non sans de fortes dé-
» penses surtout, j'ai réussi à découvrir, à Londres, le frère
» de sir Francis Burnett, ancien caissier de la maison Gil-
» mour et Benson.

» Notre sir Francis n'est pas mort. Envoyé par son père
» à Madras, pour y régler une très-importante affaire de
» banque, il est attendu par le prochain paquebot. Le jour
» même où il mettra pied à terre, nous serons avisés de
» son retour.

» J'ai eu moins de peine à dénicher les parents de Suky
» Wood, qui sont des gens très à leur aise, tenant à Folkes-
» tone une auberge bien achalandée. Il n'y a pas trois se-
» maines qu'ils ont eu des nouvelles de leur fille, qu'ils
» aiment beaucoup, à ce qu'ils m'ont affirmé. Malgré ce
» grand amour, ils n'ont pu me dire au juste où je la trou-
» verais. Tout ce qu'ils savent, c'est qu'elle doit être à Jersey,
» servante dans quelque public-house.

» Mais cela me suffit. L'île n'est pas grande, et je la con-
» nais bien pour y avoir filé autrefois un notaire qui était
» parti avec l'argent de ses clients. On peut donc considérer
» Suky comme prise.

» Lorsque vous recevrez cette lettre, je serai en route
» pour Jersey.

» Adressez-m'y des fonds à l'hôtel de la *Pomme-d'Or*, où
» je me propose de descendre. La vie est si incroyablement
» chère à Londres, que c'est à peine s'il me reste quelque
» chose de la somme qui m'a été remise à mon départ... »

Ainsi, de ce côté du moins, tout allait bien...

Tout heureux de ce premier succès, M⁰ Folgat mit sous
pli, à l'adresse indiquée, un billet de mille francs qu'il fit
porter à la poste.

Après quoi, demandant à M. de Chandoré sa voiture et
son cheval, il se fit conduire à Boiscoran.

Il voulait voir Michel, le fils du métayer, ce brave garçon
qui avait su retrouver si promptement Cocoleu.

Justement, lorsqu'il arriva, Michel rentrait à la métairie,
conduisant une charrette de paille. Le prenant à part :

— Voulez-vous rendre un grand service à M. Jacques de
Boiscoran?... lui demanda le jeune avocat.

— Que faut-il faire? répondit le digne gars d'un accent
qui, mieux que toutes les protestations, prouvait qu'il était
prêt à tout.

— Connaissez-vous Frumence Cheminot?...

— L'ancien saunier de la Tremblade?

— Précisément.

— Pardi! si je le connais! Il m'a assez volé de pommes, le
câlin!... Mais je ne lui en veux pas, parce que, malgré tout,
c'est un bon garçon...

— Il était en prison à Sauveterre...

— Oui, je sais, pour avoir enfoncé la porte d'un enclos,
près de Bréchy...

— Eh bien!... il s'est évadé.

— Ah! le mâtin!

— Et il faudrait absolument le retrouver. On a mis les gendarmes à ses trousses, mais le prendront-ils?

Michel éclata de rire.

— Jamais de la vie, répondit-il. Cheminot va gagner
l'île d'Oléron, où il a des amis... les gendarmes peuvent courir.

Amicalement, Mᵉ Folgat frappa sur l'épaule du jeune gars.

— Mais vous, fit-il, si vous vouliez... Oh! ne froncez pas le sourcil, il ne s'agit pas de le faire arrêter... Je vous demande seulement de lui remettre le billet que voici, et de me rapporter sa réponse.

— Si ce n'est que cela, je suis votre homme!... Le temps de me changer, de prévenir mon père, et je pars...

Ainsi, autant qu'il était en lui, Mᵉ Folgat ensemençait l'avenir et préparait les événements, opposant aux savantes manœuvres de l'accusation toutes les combinaisons que lui pouvaient suggérer son expérience et son génie.

S'ensuivait-il que sa foi en un succès définitif fût telle qu'il le disait à ceux-là même dont il était le plus sûr, au docteur Seignebos, par exemple, à Mᵉ Magloire et au bon greffier Méchinet?

Non... Portant toute la responsabilité, il avait trop bien évalué les chances contraires de la terrible partie qui allait s'engager, et dont l'enjeu était l'honneur et la vie d'un innocent. Mieux que personne il savait qu'il suffisait d'un rien pour anéantir ses espérances, et que la destinée de Jacques était à la merci du plus vulgaire incident.

Mais tel qu'un général à la veille d'une bataille, il maîtrisait ses émotions, affectant, pour l'inspirer aux autres, une assurance qu'il n'avait pas, et rien sur son visage ne trahissait le secret des angoisses poignantes qui, le plus souvent, le tenaient éveillé une partie de la nuit.

Et certes, pour demeurer impassible et résolu, il lui fallait un caractère d'une trempe exceptionnelle.

On désespérait autour de lui, on s'abandonnait...

La maison de la rue de la Rampe, si riante autrefois et si vivante, était désormais silencieuse et morne comme un tombeau...

En deux mois, grand-père Chandoré était devenu décidément un vieillard. Sa robuste taille s'était affaissée, courbée et cassée. Son pas traînait, ses mains tremblaient...

Plus rudement encore, le marquis de Boiscoran avait été frappé.

Lui, si vert, quelques semaines plus tôt, il semblait toucher à la décrépitude. Il ne mangeait ni ne dormait, pour ainsi dire. Sa maigreur devenait effrayante. Prononcer une parole lui coûtait un effort.

Quant à la marquise, elle, c'est aux sources mêmes de la vie qu'elle avait été atteinte.

N'avait-elle pas entendu Me Magloire déclarer que le salut si problématique de Jacques eût été assuré, si l'on eût obtenu le renvoi de l'affaire à une autre session!... Et c'était elle qui avait empêché de solliciter ce renvoi! Cette idée la tuait!...

A peine lui restait-il assez de forces pour se traîner chaque jour à la prison embrasser son fils...

Sur les tantes Lavarande retombaient tous les détails matériels, et on les voyait, pâles comme des ombres, aller et venir, parlant bas et marchant sur la pointe du pied, comme dans la maison d'un mort.

Seule, Mlle Denise haussait son énergie au niveau de son malheur. Elle ne se berçait pas d'illusions :

— Je sens que Jacques sera condamné! avait-elle dit à Me Folgat.

Mais elle ajoutait que l'abattement et le désespoir sont le fait des criminels, et que l'erreur affreuse dont Jacques, innocent, était victime, ne devait inspirer à ses amis que colère et désir de vengeance.

Et pendant que son grand-père et le marquis de Boiscoran sortaient le moins possible, elle affectait de se montrer par la ville, étonnant les « dames de la société » par la façon dont elle recevait leurs hypocrites compliments de condoléance.

Mais il était évident que la fièvre seule la soutenait, donnant à ses joues leur pourpre, à ses yeux leur éclat, à sa voix son timbre métallique et vibrant.

Ah! c'est pour elle surtout que Me Folgat souhaitait la fin de cette incertitude plus douloureuse que le pire malheur.

Ce terme approchait.

Ainsi que l'avait annoncé le docteur Seignebos, le président des assises, M. Domini, venait de s'installer à Sauveterre.

C'était un de ces hommes dont le caractère est l'honneur de la magistrature, pénétré de la majesté de sa mission, mais ne se croyant pas infaillible, ferme sans rigueurs inutiles, froid et cependant bienveillant, n'ayant d'autre passion que la justice, d'autre ambition que de faire éclater la vérité.

Il avait interrogé Jacques. Mais cet interrogatoire n'était qu'une formalité dont il n'était rien résulté.

Il avait de plus procédé à la formation du jury.

Déjà les jurés désignés par le sort arrivaient de tous les coins du département. Ils descendaient tous à l'hôtel de *France*, où ils prenaient leurs repas en commun, dans la grande salle du fond, qu'on leur réserve à toutes les sessions.

Et, dans l'après-midi, on les voyait, graves et soucieux, se promener sur la place du Marché-Neuf, ou le long des anciens remparts.

M. Du Lopt de la Gransière aussi, était arrivé.

Mais il se tenait, lui, sévèrement enfermé dans son appartement de l'hôtel des *Messageries*, où chaque jour M. Galpin-Daveline allait passer de longues heures.

— Il paraît, disait confidentiellement Méchinet à M⁰ Folgat, il paraît qu'il prépare un réquisitoire foudroyant...

Le lendemain, en ouvrant l'*Indépendant de Sauveterre*, Mlle Denise put lire l'ordre des affaires de la session.

Lundi. — *Banqueroute frauduleuse, détournements, faux*.

Mardi. — *Assassinat et vol*.

Mercredi. — *Infanticide. — Vols domestiques*.

Jeudi. — *Incendie et tentative d'assassinat*. (*Affaire Boiscoran*.)

C'est donc pour ce jeudi fameux que les habitants de Sauveterre se promettaient les plus étonnantes émotions.

Aussi, était-ce à qui se procurerait une carte d'entrée à la cour d'assises. M. Domini, M. Du Lopt de la Gransière, M. Daubigeon et Méchinet lui-même, étaient harcelés de demandes. Des gens qui, la veille, ne saluaient pas M. Daveline, l'arrêtaient dans la rue et sollicitaient la faveur d'une petite place, non pour eux, mais pour leur dame. Fait sans exemple, il se négocia des billets à prix d'argent. Une famille, enfin, eut l'inconcevable courage d'écrire au marquis de Boiscoran pour lui demander trois entrées, promettant en échange de « contribuer, par son attitude, à l'acquittement de l'accusé. »

Et c'est au plus fort de ces rumeurs que tout à coup circula dans la ville une liste de souscription en faveur des parents des malheureux pompiers qui avaient péri à l'incendie du Valpinson.

Qui avait lancé cette liste ? C'est en vain que M. Séneschal essaya de découvrir la main d'où partait le coup. Le secret de la perfidie fut bien gardé.

Et c'était une perfidie atroce, que de venir ainsi, à la veille des débats, rappeler des souvenirs sinistres et raviver les haines.

— Il y a du Galpin là-dessous, disait en grinçant des dents le docteur Seignebos... Et penser qu'il l'emportera peut-être... Ah! pourquoi Goudar n'a-t-il pas commencé plus tôt son expérience...

C'est qu'en effet Goudar, tout en répondant du succès, demandait du temps. Ce ne pouvait être l'œuvre d'un jour que de calmer les défiances de l'ombrageux Cocoleu. Il déclarait que s'il précipitait le dénoûment, il perdrait tout irrémissiblement...

D'ailleurs, rien de nouveau ne survenait.

Le comte de Claudieuse allait plutôt mieux que mal.

L'agent de Jersey avait télégraphié qu'il était sur la piste de Suky, qu'il la rejoindrait sûrement, mais qu'il ne pouvait dire quand.

Michel, enfin, avait inutilement couru tout l'arrondissement et fouillé l'île d'Oléron, personne n'avait pu lui donner des nouvelles de Cheminot.

Si bien que le jour même de la session, après un conseil auquel prirent part tous les amis de Jacques, il fut arrêté que les défenseurs ne prononceraient pas le nom de Mme de Claudieuse, et s'en tiendraient, quoi que pût dire le comte, au système de défense imaginé par Me Folgat.

Hélas! il n'avait que de bien faibles chances de succès, car le jury, contre l'ordinaire, se montrait d'une excessive sévérité.

Le banqueroutier fut condamné à vingt ans de travaux forcés. L'homme accusé de meurtre n'obtint pas de circonstances atténuantes et fut condamné à mort.

On était alors au mercredi.

Il fut décidé que le marquis et la marquise de Boiscoran et M. de Chandoré assisteraient aux débats. On voulait épargner à Mlle Denise cette épouvantable émotion, mais elle déclara qu'elle irait seule à l'audience, et force fut de se rendre à sa volonté.

Grâce à une autorisation de M. Domini, Me Folgat et Me Magloire passèrent la soirée près de Jacques, à arrêter les derniers détails et à bien convenir de certaines réponses.

Jacques était excessivement pâle, mais très-calme. Et
quand ses défenseurs le quittèrent en lui disant :

— Bon espoir et bon courage...

— D'espoir, répondit-il, je n'en ai plus. Mais du courage,
soyez tranquilles, j'en aurai !...

XXXI

Enfin, du fond de sa prison, Jacques de Boiscoran vit se
lever le jour qui allait décider de sa destinée...

Il allait être jugé !...

Trop rare était l'occasion, pour que l'*Indépendant de Sauveterre* la laissât échapper.

Paraissant le matin, il publia, « vu la gravité des circonstances », une édition du soir, qui, jusqu'après minuit, fut
criée dans les rues par une douzaine de gamins.

Et voici son compte-rendu :

COUR D'ASSISES DE SAUVETERRE

Audience du jeudi 23...

PRÉSIDENCE DE M. DOMINI

Assassinat. — Incendie.

(Correspondance particulière de l'Indépendant.)

... Pourquoi dans notre paisible cité ce mouvement inac-
coutumé, ce tumulte, cette animation !... Pourquoi ces ras-
semblements sur nos places publiques, ces groupes devant
les maisons ?... Pourquoi sur tous les visages l'inquiétude,
dans tous les yeux l'anxiété ?...

C'est que c'est aujourd'hui qu'arrive devant la cour cette
ténébreuse affaire du Valpinson qui, depuis tant de semaines, tient en éveil nos populations.

C'est que c'est aujourd'hui que doit être jugé l'homme
accusé de ce grand crime...

Aussi, est-ce vers le palais de justice que chacun se hâte,
se précipite, court...

Le palais de justice !... Longtemps avant le jour il était

assiégé par la multitude, difficilement contenue par les apparateurs aidés de la gendarmerie.

Et on se presse, on se pousse, on se heurte. Des paroles grossières sont échangées. Des mots on passe aux gestes, une rixe est imminente, les femmes crient, les hommes menacent, et nous voyons conduire au poste deux paysans de Bréchy.

C'est qu'il y aura peu d'élus, on le sait.

La place du Marché-Neuf ne contiendrait pas toute cette foule, accourue des quatre points de l'arrondissement. Comment donc notre salle des assises suffirait-elle ?...

Et cependant nos édiles, toujours empressés à satisfaire les citoyens qui ont mis en eux leur confiance, ont eu recours à des expédients héroïques. Ils ont fait abattre deux cloisons, réunissant ainsi à la salle des assises une portion de notre belle salle des pas-perdus.

M. Lantier, l'architecte de la ville, bon juge en pareille matière, nous affirme que douze cents personnes trouveront place dans l'immense vaisseau.

Mais qu'est-ce que douze cents personnes !...

Bien longtemps avant l'heure fixée pour l'ouverture de l'audience, tout est plein, comble, bondé. Une épingle qu'on lancerait ne tomberait certes pas à terre.

Pas un pouce d'espace n'a été perdu. Tout autour, le long du mur, les hommes se tiennent debout. Sur les deux côtés de l'estrade, des chaises ont été disposées, où viennent prendre place un grand nombre de dames de la société, tant de Sauveterre que des environs et même des villes voisines. Quelques-unes ont des toilettes ravissantes.

Mille versions circulent, mille conjectures, mille suppositions que nous nous garderons de rapporter... A quoi bon !... Disons pourtant que l'accusé n'a pas usé du droit que la loi lui confère de récuser un certain nombre de jurés. Il a accepté tous les noms qui sortaient de l'urne et que ne récusait pas le ministère public.

C'est d'un avocat de nos amis que nous tenons cette particularité, et juste comme il achevait de la raconter, un grand bruit se fait à la porte, suivi d'un rapide mouvement de chaises et d'exclamations étouffées.

C'est la famille de l'accusé qui vient occuper les places qui lui ont été réservées tout près de l'estrade.

M. le marquis de Boiscoran donne le bras à Mlle de Chan-

doré, qui porte avec une exquise distinction une toilette
d'un gris foncé, relevée d'agréments cerise.

M. le baron de Chandoré soutient Mme la marquise de Boiscoran.

Le marquis et le baron sont graves et froids. La mère de
l'accusé nous paraît extrêmement affaissée. Mlle de Chandoré, au contraire, est très-animée et ne paraît nullement
inquiète, et c'est en souriant qu'elle répond aux saluts assez
rares qui lui sont adressés de divers côtés de la salle.

Mais on cesse bientôt de s'occuper d'eux.

Toute l'attention est absorbée par une grande table dressée
au milieu du prétoire, et sur laquelle se trouvent quantité
d'objets qu'on ne peut voir, recouverts qu'ils sont d'un
grand tapis rouge.

Là, sont les pièces à conviction...

Cependant onze heures sonnent. Les serviteurs du palais
circulent, donnant à tout un dernier coup d'œil.

Puis une petite porte s'ouvre, à gauche, et les défenseurs
entrent.

Nos lecteurs les connaissent.

L'un est Me Magloire Mergis, l'honneur de notre barreau.
L'autre, un avocat de la capitale, Me Folgat, jeune encore et
célèbre.

Me Magloire a son visage des bons jours, et c'est en souriant qu'il s'entretient avec le maire de Sauveterre, M. Séneschal, pendant que Me Folgat ouvre sa serviette et consulte
ses dossiers.

Onze heures et demie.

Un huissier annonce :

— La cour !...

M. Domini prend place au fauteuil de la présidence.
M. du Lopt de la Gransière vient occuper le siège du ministère public.

Derrière eux, silencieux et graves, se rangent MM. les
jurés.

Tout à coup, grand tumulte.

Chacun se lève, chacun se dresse et se hausse sur la
pointe des pieds. Quelques assistants, même, dans le fond,
montent sur leur chaise...

C'est que M. le président vient de donner l'ordre d'introduire l'accusé...

Il paraît...

Il est strictement vêtu de noir, et avec une rare élégance. On remarque beaucoup qu'il porte à la boutonnière son ruban de la Légion d'honneur.

Il est pâle, mais son regard est droit et clair, assuré, sans défi. Son attitude est triste, mais fière...

A peine est-il assis, qu'un des assistants enjambe trois rangées de chaises, et malgré les huissiers vient lui serrer la main. C'est le docteur Seignebos...

Mais M. le président commande aux huissiers de faire faire silence, et après avoir rappelé que toutes marques d'approbation ou d'improbation sont sévèrement interdites, et s'adressant à l'accusé :

— Dites-moi vos prénoms, lui demande-t-il, votre nom, votre âge, votre profession, votre domicile...

L'accusé répond :

— Louis, Trivulce, Jacques de Boiscoran, vingt-sept ans, propriétaire, domicilié à Boiscoran, arrondissement de Sauveterre...

— Asseyez-vous, et écoutez l'exposé des faits dont vous êtes accusé.

M. le greffier Méchinet donne lecture de l'acte d'accusation, dont la simplicité terrible fait frissonner l'auditoire.

Nous ne le rapporterons pas, tous les incidents qu'il relate étant bien connus de nos lecteurs.

Interrogatoire de l'accusé

M. LE PRÉSIDENT. — Accusé, levez-vous, et répondez catégoriquement. Vous avez, pendant l'instruction, refusé de répondre à beaucoup de questions. Ici, il faut que la lumière se fasse. Et, je dois vous le dire, il est de votre intérêt d'être franc.

L'ACCUSÉ. — Nul plus que moi ne souhaite que la vérité soit connue. Je suis prêt à répondre...

D. Pourquoi vos réticences pendant l'instruction?

R. Je croyais de mon intérêt de ne répondre qu'ici.

D. Vous venez d'entendre de quels crimes vous êtes accusé?

R. Je suis innocent... Et avant tout, monsieur le président, permettez-moi une observation. Le crime du Valpinson est atroce, lâche, odieux... mais il est en même temps si

absurde et si stupide, qu'il semble l'œuvre inconsciente
d'un fou. Or, on ne m'a jamais refusé une certaine intelligence...

D. Ceci est de la discussion...

R. Cependant, monsieur...

D. Plus tard, vous aurez liberté pleine et entière de faire
valoir vos raisons. Pour le moment, contentez-vous de répondre aux questions que je vous adresse.

R. Je me soumets, monsieur...

LE PRÉSIDENT. — Ne deviez-vous pas vous marier prochainement ?

A cette question, tous les regards se tournent vers Mlle de
Chandoré, qui devient plus rouge qu'une pivoine, mais qui
ne baisse pas les yeux.

L'ACCUSÉ (d'une voix faible). — Oui.

D. Le soir du crime, quelques heures seulement avant
qu'il ne fût commis, n'avez-vous pas écrit à votre fiancée ?

R. Oui, monsieur, et je lui ai fait porter ma lettre par le
fils de mon métayer, Michel.

D. Que lui disiez-vous ?...

R. Qu'une affaire importante me priverait de passer la
soirée près d'elle.

D. Quelle était cette affaire ?

Au moment où l'accusé ouvre la bouche pour répondre,
M. le président l'arrête d'un geste :

D. Prenez garde ?... Cette question vous a été adressée
pendant l'instruction, et vous avez répondu que vous aviez
à aller à Bréchy voir votre marchand de bois.

R. J'ai répondu cela, en effet, sur le premier moment...,
ce n'est pas exact.

D. Pourquoi avez-vous menti ?...

L'ACCUSÉ (avec un mouvement de colère qui n'échappe à personne). Je ne pouvais croire à la gravité de ma situation. Je
ne pensais pas pouvoir, moi, être sérieusement compromis
par l'accusation qui, cependant, m'amène sur ce banc... ce
étant, je ne voyais pas la nécessité de livrer le secret de mes
affaires privées...

D. Mais vous n'avez pas tardé à reconnaître la gravité de
votre situation.

R. En effet.

D. Comment alors n'avez-vous pas dit la vérité ?

R. Parce que le magistrat chargé de l'instruction avait été

jadis trop avant dans mon intimité pour m'inspirer une entière confiance...

D. Expliquez-vous plus clairement.

R. Je vous demanderai la permission de me taire, monsieur le président. Peut-être en parlant de M. Galpin-Daveline, manquerais-je de modération...

Un sourd murmure accueille cette réponse de l'accusé.

M. LE PRÉSIDENT. — Ces murmures sont inconvenants, et je rappelle l'assemblée au respect de la justice.

M. l'avocat-général Du LOPT DE LA GRANSIÈRE se lève :

— Nous ne saurions tolérer de telles récriminations contre un magistrat qui a fait noblement, et quoi qu'il en coutât, son devoir. Si l'accusé avait contre le juge des motifs de suspicion légitimes, que ne les faisait-il valoir !... Il ne saurait arguer de son ignorance, il connaît la loi, il est avocat. Ses défenseurs sont des hommes d'expérience.

Me MAGLOIRE, de sa place :

— Aussi étions-nous d'avis que M. de Boiscoran présentât à la cour une demande de renvoi. Il a refusé de suivre notre conseil, confiant, nous a-t-il dit, en la bonté de sa cause.

M. Du LOPT DE LA GRANSIÈRE se rasseyant :

— Messieurs les jurés apprécieront ce système...

M. LE PRÉSIDENT (à l'accusé). — Et maintenant, êtes-vous disposé à dire la vérité au sujet de cette affaire qui vous privait de passer le soirée près de votre fiancée ?

L'ACCUSÉ. — Oui, monsieur. Mon mariage devait être célébré à l'église de Bréchy, et j'avais à m'entendre avec le curé au sujet de la cérémonie. J'avais, de plus, à remplir des devoirs religieux. M. le curé de Bréchy, qui est mon ami, vous dira que, sans qu'il y eût rendez-vous pris, il était convenu qu'un des soirs de la semaine, puisqu'il l'exigeait, j'irais me confesser...

L'assemblée, qui s'attendait à quelque révélation émouvante, semble fort désappointée, et des rires moqueurs éclatent de divers côtés.

M. LE PRÉSIDENT (d'une voix sévère). — Ces ricanements sont indécents et odieux. Huissiers, faites sortir les personnes qui se permettent de rire. Et une dernière fois je préviens qu'à la première manifestation, je ferai évacuer la salle.

Revenant ensuite à l'accusé :

D. Continuez.

R. C'est donc chez le curé de Bréchy que je suis allé le soir du crime. Malheureusement, il n'y avait personne au presbytère lorsque je m'y présentai. Je sonnais inutilement pour la troisième ou quatrième fois, quand une petite paysanne passa, qui me dit qu'elle venait de rencontrer le curé près de la cafourche des Maréchaux. Immédiatement, pensant aller à sa rencontre, je me lançai sur la route. Mais c'est en vain que je fis plus d'une lieue. Reconnaissant que la petite fille s'était trompée ou m'avait trompé, je rentrai chez moi...

D. C'est là votre explication ?

R. Oui.

D. Et vous la trouvez vraisemblable ?

R. Je me suis engagé non à dire une chose vraisemblable, mais à dire la vérité. Je puis bien l'avouer, d'ailleurs, c'est précisément parce que l'explication est si simple, que ne l'ayant pas donnée tout d'abord, j'hésitais à la donner. Et cependant, si le crime n'eût pas été commis, et si, le lendemain, j'étais venu dire : « Je suis allé hier soir à Bréchy, voir le curé, et je ne l'ai pas trouvé, » qui donc eût pensé que ce n'était pas tout naturel ?...

D. Et c'est pour vous rendre à un devoir si naturel que vous preniez un chemin détourné, difficile, presque dangereux, les marais ?...

R. Je choisissais le chemin le plus court...

D. Alors pourquoi cet effroi lorsque vous avez rencontré le fils Ribot au déversoir de la Seille ?

R. Je n'ai pas été effrayé, mais surpris, comme on l'est de rencontrer quelqu'un là où on pensait ne trouver personne. Et si j'ai été étonné, le fils Ribot ne l'a pas été moins que moi.

D. Vous voyez bien que vous espériez ne rencontrer personne.

R. Pardon, monsieur, je ne dis pas cela, supposer n'est pas espérer.

D. Pourquoi, en ce cas, essayer d'expliquer votre présence en cet endroit ?

R. Je n'ai pas donné d'explications. Le fils Ribot, le premier, m'a dit en riant où il se rendait, et je lui ai répondu que j'allais à Bréchy.

D. Vous lui avez dit aussi que vous preniez par les marais

pour tirer des oiseaux d'eau. Et, en même temps, vous lui montriez votre fusil.

R. C'est possible. Mais est-ce une preuve contre moi ? Je crois tout le contraire. Si j'avais eu les intentions criminelles que me suppose l'accusation, me voyant rencontré, c'est-à-dire en grand danger d'être découvert, je serais rentré chez moi... J'allais chez mon ami le curé.

D. Et, pour cette visite, vous emportiez votre fusil ?

R. Mes propriétés sont situées entre des bois et des marais, et il ne se passait par de jour que je n'eusse l'occasion de tirer un lapin ou un oiseau d'eau. Tous les gens du pays affirmeront que jamais je ne sortais sans mon fusil...

D. Et pour revenir, pourquoi avez-vous pris par les bois de Rochepommier ?

R. Parce que, de l'endroit de la route où j'étais à Boiscoran, c'était le plus court, probablement... Je dis probablement, parce que, sur le moment, ce n'a pas été pour moi le sujet d'une délibération. Un homme qui se promène serait bien embarrassé, neuf fois sur dix, si on lui demandait pour quelle raison il a pris tel chemin plutôt que tel autre...

D. Vous avez été aperçu dans les bois par un bûcheron nommé Gaudry.

R. Le juge d'instruction me l'a dit.

D. Ce témoin affirme que vous étiez en proie à une violente émotion. Vous arrachiez des feuilles aux branches, vous parliez haut...

R. Il est certain que j'étais très-mécontent d'avoir perdu ma soirée, très-vexé surtout de m'être fié à la petite paysanne, et il est fort possible que tout en marchant il me soit échappé de m'écrier : « La peste soit de mon ami le curé, qui s'en va dîner en ville, » ou tout autre chose pareille...

On sourit dans l'assistance, mais point assez ouvertement pour s'attirer une réprimande de M. le président.

D. Vous savez donc que M. le curé de Bréchy dînait dehors le soir du crime ?

Me MAGLOIRE se levant :

— C'est par nous, M. le président, que M. de Boiscoran connaît ce détail. Lorsqu'il nous a eu dit l'emploi de sa soirée, nous nous sommes transportés près de M. le curé de Bréchy, qui nous a expliqué comment ni lui ni sa vieille

servante ne se trouvaient au presbytère. A notre requête,
M. le curé de Bréchy a été cité. Nous ferons entendre aussi
un autre prêtre qui, à cette heure-là, passait près de la cafourche des Maréchaux et qui est celui qu'avait vu le petite
paysanne.

Ayant fait signe au défenseur de se rasseoir, M. le président s'adresse de nouveau à l'accusé.

D. La femme Courtois, qui vous a rencontré, déclare
qu'elle vous a trouvé l'air tout extraordinaire. Vous ne lui
avez pas parlé, vous vous êtes hâté de la quitter...

R. La nuit était trop sombre pour que cette femme pût
voir ma physionomie. Elle me demandait un léger service,
je le lui ai rendu. Je ne lui ai pas parlé, parce que je n'avais
rien à lui dire. Je ne l'ai pas quittée brusquement, je l'ai
devancée parce que son âne marchait très-lentement...

A un signe de M. le président, des huissiers enlèvent le
tapis qui recouvre les pièces à conviction.

Un vif sentiment de curiosité se manifeste aussitôt dans
l'auditoire, et c'est à qui se dressera et tendra le cou pour
mieux voir.

Sur la table sont étalés des vêtements, un pantalon de
velours gris-clair, une jaquette de velours marron, un vieux
chapeau de paille et des bottes de cuir fauve. A côté, se
trouvent un fusil à deux coups, des paquets de cartouches,
deux sébiles remplies de grains de plomb et enfin une grande
cuvette de faïence anglaise, au fond de laquelle on distingue
comme une boue noirâtre.

M. LE PRÉSIDENT (*montrant les vêtements à l'accusé*). — Sont-
ce bien là les habits que vous portiez le soir du crime ?

L'ACCUSÉ. — Oui, monsieur.

D. Singulier costume pour rendre visite à un vénérable
ecclésiastique, et remplir de graves devoirs religieux.

R. M. le curé de Bréchy était mon ami. Notre intimité
explique, si elle ne le justifie pas, ce laisser-aller...

D. Reconnaissez-vous aussi cette cuvette ? On a fait éva-
porer l'eau avec les plus grandes précautions, les détritus
seuls sont restés au fond...

R. C'est vrai, lorsque M. le juge d'instruction s'est présenté
chez moi, il a trouvé cette cuvette remplie d'une eau noire
et toute épaisse de débris carbonisés. Il m'a interrogé au
sujet de cette eau, et je n'ai fait aucune difficulté de lui
avouer que la veille, en rentrant, je m'y étais lavé les mains.

Ne tombe-t-il pas sous le sens que si j'eusse été coupable,
ma première préoccupation eût été de faire disparaître les
traces de mon crime?... N'importe! cette circonstance fut
considérée comme la preuve évidente de ma culpabilité, et
c'est aujourd'hui la charge la plus forte que l'accusation pro-
duise contre moi...

D. C'est une charge très-forte, en effet.

R. Eh bien, rien ne m'est si facile que d'expliquer cette
circonstance. Je suis fumeur. En sortant de chez moi, le soir
du crime, je m'étais muni de cigares, mais lorsque je voulus
en allumer un, je m'aperçus que je n'avais pas d'allumettes.

M° MAGLOIRE se lève :

— Et je ferai remarquer, dit-il, que ce n'est pas là une de
ces explications imaginées après coup pour les besoins d'une
cause douteuse. La preuve, me demanderez-vous. La preuve ?
nous l'avons, concluante, irrécusable. Si M. de Boiscoran
n'avait pas sur lui la boîte d'allumettes qu'il porte toujours,
c'est qu'il l'avait oubliée la veille chez M. de Chandoré, où
elle est restée depuis, où je l'ai vue, où elle est encore...

M. LE PRÉSIDENT. — Il suffit, M° Magloire, laissez continuer
l'accusé...

L'ACCUSÉ. — Voulant fumer, j'eus recours à l'expédient
qu'emploient tous les chasseurs en pareil cas. Je défis une de
mes cartouches, je remplaçai la charge de plomb par un
morceau de papier, et je l'enflammai...

D. Et de cette façon on obtient du feu?

R. Pas à tout coup, mais certainement une fois sur trois.

D. Et cette opération noircit les mains?...

R. L'opération elle-même, non. Mais une fois mon cigare
allumé, devais-je jeter tout enflammé le papier dont je venais de me servir?... C'eût été risquer d'allumer un incendie...

D. Dans les marais?

R. Mais, monsieur, j'ai fumé dans la soirée cinq ou six
cigares, ce qui revient à dire que j'ai répété huit ou dix fois
l'opération en autant d'endroits différents, sur la grande
route et même dans les bois. Et à chaque fois j'ai éteint le
papier enflammé entre mes doigts, ce qui, joint à la crasse
de la poudre, suffisait pour me rendre les mains aussi
noires que celles d'un charbonnier.

C'est du ton le plus simple, bien qu'avec une certaine

chaleur, que l'accusé donne cette explication, laquelle semble frapper beaucoup l'auditoire.

M. LE PRÉSIDENT. — Passons à votre fusil. Le reconnaissez-vous, là ?

L'ACCUSÉ. — Oui, monsieur. M'est-il permis de le manier ?

R. Faites.

C'est avec un mouvement fébrile que l'accusé s'empare de l'arme, en fait jouer les batteries et introduit un de ses doigts dans les canons.

Il devient aussitôt fort rouge, et se penchant vers ses défenseurs, il leur adresse rapidement et à voix basse quelques mots qui n'arrivent pas jusqu'à nous.

M. LE PRÉSIDENT. — Qu'est-ce ?

Mᵉ MAGLOIRE (*se levant*). — Une circonstance se présente, qui doit faire éclater l'innocence de M. de Boiscoran. Par un hasard providentiel, son domestique Antoine, deux jours avant celui du crime, avait nettoyé ce fusil. Or, aujourd'hui, un des canons est propre et net. Donc, ce n'est pas M. de Boiscoran qui a tiré les deux coups de feu qui ont atteint M. de Claudieuse.

Pendant ce temps, l'accusé s'est rapproché de la table des pièces à conviction. Il enroule son mouchoir autour de la baguette du fusil, il le glisse dans un des canons, le retire, et montre qu'il est à peine noirci...

La plus violente émotion tient l'auditoire haletant.

M. LE PRÉSIDENT (*à l'accusé*). — Répétez l'expérience sur l'autre canon.

L'accusé obéit. Son mouchoir reste blanc.

M. LE PRÉSIDENT. — Vous voyez ! Et cependant vous venez de nous dire que, pour allumer vos cigares, vous avez brûlé huit ou dix cartouches. Mais l'accusation avait prévu votre objection, et elle est en mesure d'y répondre... Huissiers, faites entrer le témoin Maucroy...

Tous nos lecteurs connaissent ce témoin, dont le beau magasin d'armes et d'ustensiles de chasse et de pêche est un des ornements de notre place du Marché-Neuf. Il a fait toilette, et c'est sans le moindre embarras qu'il prête serment.

M. LE PRÉSIDENT. — Répétez votre déposition au sujet du fusil que voici.

LE TÉMOIN. — C'est une arme excellente et d'une grande

valeur, telle qu'il ne s'en fabrique pas en France, où on se
préoccupe trop du bon marché...

A cette réponse, la salle entière éclate de rire. M. Maucroy
n'ayant pas précisément la réputation de donner sa mar-
chandise. Quelques jurés même ont peine à tenir leur sérieux.

M. LE PRÉSIDENT. — Dispensez-nous de vos réflexions et
lites-nous seulement ce que vous savez des qualités de ce
'usil.

LE TÉMOIN. — Eh bien, grâce à une disposition particulière de l'enveloppe des cartouches, grâce aussi à la qualité
spéciale de la composition fulminante, les canons ne s'en-
crassent presque pas.

L'ACCUSÉ (vivement). — Vous vous trompez, monsieur. J'ai
plusieurs fois, moi-même, nettoyé mon fusil, et j'ai trouvé,
au contraire, les canons fort encrassés.

LE TÉMOIN. — Parce que vous vous en étiez beaucoup servi.
Mais je prétends qu'on peut brûler une ou deux cartouches
sans que les canons en portent trace.

L'ACCUSÉ. — C'est ce que je nie formellement.

M. LE PRÉSIDENT (au témoin) : — Et si l'on brûlait huit ou
dix cartouches ?

LE TÉMOIN. — Oh! alors les canons seraient fort encrassés.

M. LE PRÉSIDENT. — Examinez ceux-ci et dites-nous votre
avis.

LE TÉMOIN (après un minutieux examen). — J'affirme qu'on
n'y a pas brûlé deux cartouches depuis le dernier nettoyage...

M. LE PRÉSIDENT (à l'accusé). — Eh bien!... que deviennent
ces dix cartouches brûlées pour allumer vos cigares, et qui
vous avaient tant noirci les mains ?

L'accusé, qui, depuis le commencement, avait fait preuve
d'un admirable sang-froid et d'une rare fermeté, pâlit visiblement et ne répond pas.

Me MAGLOIRE. — La question est trop grave pour qu'on s'en
rapporte à la seule opinion du témoin...

M. L'AVOCAT GÉNÉRAL. — Nous ne cherchons que la vérité.
Une expérience est aisée à faire...

LE TÉMOIN. — Oh! assurément...

M. LE PRÉSIDENT. — Faites.

Le témoin introduit une cartouche dans chaque canon, et
va les brûler à la fenêtre qui est derrière l'estrade. Le fracas
de l'explosion arrache à plusieurs dames un cri de frayeur.

Le Témoin (*revenant et montrant que les canons ne sont pas plus encrassés qu'avant l'expérience*). — Eh bien, avais-je raison ?

M. le Président (*à l'accusé*). — Vous le voyez, cette circonstance que vous invoquiez si fort, bien loin d'être en votre faveur, démontre que vous nous avez donné une explication mensongère de l'état de vos mains...

Sur l'ordre de M. le président, le témoin se retire, et l'interrogatoire de l'accusé continue.

D. Quelles étaient vos relations avec M. de Claudieuse ?

R. Nous n'en avions pas.

D. Pardon. Il est notoire dans le pays que vous le haïssiez.

R. C'est une erreur. J'affirme sur l'honneur que je le tenais pour le meilleur et le plus honnête des hommes.

D. En cela du moins, vous êtes d'accord avec tous ceux qui le connaissaient. Pourtant vous étiez en procès...

R. Mon oncle m'avait légué ce procès avec sa fortune. Je le poursuivais, mais sans passion. Je ne demandais qu'à transiger...

D. Et M. de Claudieuse refusant, vous lui en vouliez mortellement.

R. Non.

D. Vous lui en vouliez au point de l'avoir une fois couché en joue ; au point d'avoir dit une fois : « Il ne me laissera pas en repos tant que je ne lui aurai pas tiré un coup de fusil... » Ne niez pas. Vous allez entendre les témoins.

C'est la tête haute et le regard assuré que, sur l'injonction de M. le président, l'accusé regagna sa place. Il a complétement triomphé de son accès de défaillance, et c'est de l'air le plus calme qu'il s'entretient avec ses défenseurs.

Incontestablement, l'opinion est pour lui en ce moment: il a conquis les sympathies de ceux-là mêmes qui étaient venus avec les plus fortes préventions. Il n'est personne qui n'ait été ému de son attitude à la fois si fière et si triste, personne qui n'ait été saisi par l'extrême simplicité de ses réponses.

Encore bien que la discussion relative au fusil n'ait pas paru tourner à son avantage, elle ne lui a nullement nui. La question de l'encrassement des canons est vivement controversée. Quantité d'incrédules, que l'expérience n'a pas convertis, trouvent que M. Maucroy a été bien hardi dans ses allégations.

D'autres s'étonnent de la placidité des avocats, moins de Me Folgat, qui est peu connu à Sauveterre, que de Me Magloire, dont on sait l'habileté à profiter du moindre incident...

L'audience n'est pas précisément suspendue, mais il y a un temps d'arrêt rempli par les allées et les venues des huissiers, qui remettent un tapis sur les pièces à conviction, et qui roulent un fauteuil au bas de l'estrade...

Enfin, un huissier vient se pencher à l'oreille de M. le président, et lui parle un moment à voix basse.

De la tête, M. le président répond : Oui.

Et l'huissier s'étant éloigné :

— Nous allons, prononce-t-il, procéder à l'audition des témoins, et c'est par M. de Claudieuse que nous commencerons. Bien que très-gravement malade, il a tenu à se présenter à l'audience.

Nous voyons, à ces mots, M. le docteur Seignebos se dresser comme s'il allait prendre la parole, mais un de ses amis, placé près de lui, le tire par un pan de sa redingote, Me Folgat lui adresse un signe d'intelligence, et il se rasseoit.

M. LE PRÉSIDENT. — Huissier, introduisez M. le comte de Claudieuse.

Audition des témoins.

La petite porte qui a livré passage à l'armurier Maucroy s'ouvre de nouveau, et le comte de Claudieuse entre, soutenu, presque porté par son valet de chambre.

Un murmure de sympathique pitié le salue. Sa maigreur est terrifiante, ses traits sont aussi décomposés que s'il allait rendre le dernier soupir. Toute la vitalité de son être semble s'être réfugiée dans ses yeux qui brillent d'un éclat extraordinaire.

C'est d'une voix affaiblie qu'il prête serment.

Mais si profond est le silence, qu'à la formule prononcée par M. le président : « Jurez-vous de dire toute la vérité ? » on l'entend de tous les coins de la salle répondre clairement : « Je le jure !... »

M. LE PRÉSIDENT (avec bonté). — Nous vous sommes recon-

naissant, monsieur, de l'effort que vous faites... C'est pour
vous que ce fauteuil a été apporté; asseyez-vous...

M. DE CLAUDIEUSE. — Je vous remercie, monsieur; il me
reste assez de forces pour parler debout.

D. Veuillez nous dire, monsieur, ce que vous savez de
l'attentat dont vous avez été victime.

R. Il pouvait être onze heures... J'étais couché depuis un
moment, j'avais soufflé ma bougie, et j'étais entre le sommeil et la veille, lorsque je vis ma chambre illuminée de
clartés aveuglantes. Comprenant que c'était le feu, je bondis
hors de mon lit, et, à peine vêtu, je m'élançai dans les escaliers. J'eus quelque difficulté à ouvrir la porte extérieure,
que j'avais fermée moi-même... J'y parvins, cependant. Mais
à peine mettais-je le pied sur le seuil que je ressentis au
côté droit une douleur terrible, en même temps que j'entendais tout près de moi l'explosion d'une arme à feu...
Instinctivement, je m'élançai vers l'endroit d'où partait le
coup, mais je n'avais pas fait trois pas que, frappé de nouveau à l'épaule, je tombai sans connaissance.

D. Entre le premier et le second coup, que s'est-il écoulé
de temps?

R. Trois ou quatre secondes au plus.

D. C'est-à-dire autant qu'il en fallait pour apercevoir l'a-
gresseur.

R. Aussi, l'ai-je aperçu, s'élançant de derrière les fagots,
où il était à l'affût, et gagnant la campagne.

D. Alors vous pouvez nous apprendre comment il était
vêtu.

R. Certes. Il portait un pantalon gris-clair, un veston noir
et un large chapeau de paille.

Sur un geste de M. le président, et au milieu d'un silence
tel qu'on entendrait les araignées du plafond filer leur toile,
les huissiers découvrent les pièces à conviction.

M. LE PRÉSIDENT (*montrant les habits de l'accusé*). — Le costume que vous avez aperçu répondait-il à celui-ci?

M. DE CLAUDIEUSE. — Nécessairement, puisque c'est le
même.

D. Mais alors, monsieur, vous avez reconnu l'assassin?

R. Déjà les flammes étaient si violentes qu'on y voyait
comme en plein midi. J'ai reconnu M. Jacques de Boiscoran.

Il n'était plus, dans l'immense salle des assises, un auditeur qui n'attendît, le cœur serré d'une indicible angoisse, cette réponse écrasante.

Nous l'attendions si bien, que nous tenions les yeux obstinément fixés sur l'accusé.

Pas un des muscles de son visage ne tressaille. Ses défenseurs sont aussi impassibles que lui.

De même que nous, M. le président et M. l'avocat général observaient l'accusé et ses avocats. Attendaient-ils une protestation, une réplique, un mot? C'est probable.

Rien ne venant, M. le président reprend, s'adressant au témoin :

D. Votre déposition est terriblement grave, monsieur.

R. J'en sais la portée.

D. Elle diffère absolument de votre déposition première reçue par M. le juge d'instruction.

R. En effet.

D. Interrogé quelques heures après le crime, vous avez déclaré n'avoir pas reconnu l'assassin. Bien plus, le nom de M. de Boiscoran ayant été prononcé, vous avez paru révolté qu'on osât le soupçonner, vous vous portiez presque garant de son innocence...

R. Alors, je trahissais la vérité. Alors, par un sentiment de commisération bien aisé à comprendre, j'essayais d'arracher à une condamnation infamante un homme appartenant à une famille justement estimée.

D. Et maintenant?

R. Maintenant, je reconnais que j'ai eu tort et qu'il faut que justice soit faite. Et c'est pour cela que, frappé d'un mal qui ne pardonne pas et bien près de paraître devant Dieu, je suis venu vous dire : M. de Boiscoran est le coupable, je l'ai reconnu.

M. LE PRÉSIDENT (à l'accusé). — Vous entendez?...

L'accusé se levant :

R. Sur tout ce que j'ai de cher et de sacré au monde, je jure que je suis innocent. M. le comte de Claudieuse va, dit-il, paraître devant Dieu, c'est à la justice de Dieu que j'en appelle...

Des sanglots couvrent la voix de l'accusé. Mme la marquise de Boiscoran vient d'être prise d'une crise nerveuse des plus graves. On l'emporte, roide et inanimée, et à sa suite s'élancent le docteur Seignebos et Mlle de Chandoré.

L'Accusé (à M. de Claudieuse). — C'est ma mère qui se meurt, monsieur !

Certes, ceux qui s'attendaient à des émotions poignantes ne sont pas déçus. Tous les visages sont bouleversés. Des larmes brillent dans les yeux de toutes les femmes.

Et cependant, lorsqu'on examine la façon dont M. de Claudieuse et M. de Boiscoran se mesurent du regard, on est à se demander si, véritablement, il n'y a entre ces deux hommes que ce que nous ont révélé les débats. Nous ne pouvons nous empêcher de faire remarquer l'étrangeté de leurs répliques, et autour de nous, on ne comprend rien non plus au mutisme obstiné des défenseurs. Abandonnent-ils leur client ? Non, car nous les voyons lui serrer les mains et lui prodiguer les consolations et les encouragements de la plus fervente amitié.

Nous sera-t-il permis de dire que M. le président et M. l'avocat général nous ont paru avoir un moment de stupeur ? Oui, puisque c'est l'expression de notre pensée.

Mais déjà M. le président poursuit :

D. Il n'y a qu'un instant, monsieur le comte, je demandais à l'accusé s'il n'y avait pas entre vous quelque grave sujet de haine.

Le Témoin, d'une voix de plus en plus faible. — Je n'en connais pas d'autre que notre procès au sujet d'un cours d'eau...

D. L'accusé ne vous a-t-il pas un jour menacé de son fusil ?

R. Oui, mais je n'avais pas pris la menace au sérieux, et je ne lui en avais pas gardé rancune.

D. Persistez-vous dans votre déclaration ?

R. Je persiste. Et, de nouveau, sous la foi du serment, j'affirme avoir reconnu, et de façon à ne pouvoir me tromper, M. Jacques de Boiscoran...

Il était temps que M. le comte de Claudieuse achevât sa déposition. Il chancèle, ses yeux se voilent, sa tête oscille sur ses épaules, et, pour se retirer, il lui faut l'assistance de deux huissiers qui aident son valet de chambre à le porter plutôt qu'à le soutenir.

Mme de Claudieuse va-t-elle lui succéder ?

Nous le pensions, et l'assistance le croyait comme nous. Mais il n'en est pas ainsi. Retenue au chevet de la dernière de ses filles, qui est à toute extrémité, la comtesse ne sera pas entendue, et M. le greffier donne lecture de sa déposition...

Bien que fort émouvante, cette déposition ne révèle aucun fait nouveau et sera sans influence sur l'issue des débats.

Le témoin Ribot est alors introduit.

C'est un beau gars saintongeois, un vrai coq de village, une cravate bleu et rose autour du cou, une brillante chaîne de montre au gousset.

Il paraît fier de son rôle et promène sur l'assistance un regard où reluit le plus extrême contentement de soi.

C'est d'un ton plein d'importance qu'il raconte sa rencontre avec l'accusé. Il prétend tout savoir, tout expliquer. Pour bien peu, il affirmerait que l'accusé lui a confié ses projets de meurtre et d'incendie. Ses réponses sont presque toutes accueillies par des accès d'hilarité, qui attirent à l'assemblée une nouvelle et verte semonce de M. le président.

Le témoin Gaudry, qui lui succède, est un petit homme chétif et pâlot, à mine sournoise, à l'œil faux et craintif, et qui se confond en salutations.

A l'encontre de Ribot, il semble avoir tout oublié. On voit qu'il craint de se compromettre. Il célèbre M. de Claudieuse, mais il ne loue guère moins M. de Boiscoran. Il proteste aussi de son respect pour les bons juges, pour ces messieurs et ces dames, et pour toute la compagnie pareillement.

La femme Courtois, qui dépose après Gaudry, voudrait évidemment être à cent pieds sous terre. Ce n'est qu'avec des efforts inouïs que M. le président lui arrache mot par mot sa déposition, assez insignifiante d'ailleurs.

Viennent ensuite deux métayers de Bréchy, qui ont assisté à cette violente discussion, à la suite de laquelle M. de Boiscoran aurait couché en joue le comte de Claudieuse.

Leur récit, tout coupé d'interminables parenthèses, est peu clair. Sur une observation des défenseurs, ils entreprennent de s'expliquer, et alors on ne les comprend plus du tout.

Ils se contredisent, d'ailleurs. L'un n'a vu dans le geste de l'accusé qu'une plaisanterie. L'autre l'a pris tellement au sérieux, qu'il s'est jeté, dit-il, sur M. de Boiscoran pour l'empêcher de tirer, et que sans son intervention le crime eût été commis ce jour-là.

De nouveau l'accusé proteste avec une rare énergie. Il ne

haïssait pas M. de Claudieuse, il n'avait pas de raisons de le haïr...

Le têtu paysan soutient qu'un procès est un suffisant motif de haine. Et là-dessus il entreprend d'expliquer le procès et comment M. de Claudieuse, en retenant l'eau de la Seille pour son moulin, inondait les prairies de M. de Boiscoran.

M. le président met fin à la discussion qui s'engage, en ordonnant d'introduire un autre témoin.

Celui-là a entendu, jure-t-il, M. de Boiscoran s'écrier que « tôt ou tard il f...lanquerait un coup de fusil au comte de Claudieuse. » Il ajoute que l'accusé était un homme terrible qui, pour un oui et pour un non, menaçait les gens de son fusil. Et à l'appui de son dire, il raconte qu'il est bien connu dans le pays qu'une fois déjà M. de Boisceran a tiré sur un homme...

L'accusé explique cette déposition.

Un mauvais drôle qui n'était autre, pensait-il, que le témoin en personne, venait toutes les nuits voler des fruits et des légumes à ses métayers. Une nuit, il l'a guetté, et, le surprenant, lui a envoyé une charge de gros sel. Il ignore s'il l'a touché. Le voleur, quel qu'il soit, ne s'était jamais plaint.

Le témoin suivant est l'huissier de Bréchy. Il sait qu'une fois, en retenant l'eau de la Seille, M. de Claudieuse a fait perdre à M. de Boiscoran plus de vingt milliers d'un foin de première qualité. Il ne cache pas qu'un si désagréable voisin l'eût exaspéré.

M. l'avocat général ne conteste pas le fait. Mais il sait que M. de Claudieuse a fait offrir le prix du dommage. M. de Boiscoran a refusé avec une hauteur insultante.

L'accusé répond qu'il a refusé sur le conseil de son avoué, mais qu'il ne s'est pas servi de paroles injurieuses.

Encore six dépositions sans intérêt, et la liste des témoins à charge est épuisée.

Alors paraissent les témoins cités à la requête de la défense.

Le premier est le respectable curé de Bréchy. Il confirme les explications données par l'accusé. Le soir du crime, il dînait au château de Bresson, sa servante était venue à sa rencontre, et le presbytère était seul. Il dit qu'en effet, avait été convenu que M. de Boiscoran viendrait un soir remplir les devoirs religieux que l'Église exige avant de consacrer un mariage. Il connaît Jacques de Boiscoran de-

puis son enfance, et ne sait pas d'homme plus honnête ni
meilleur. A son avis, la haine dont on parle tant n'a jamais
existé. Il ne peut pas croire, il ne croit pas que l'accusé
soit coupable.

Le second témoin est le desservant d'une commune voisine. Il déclare qu'entre neuf et dix heures, il était sur la
route, non loin de la cafourche des Maréchaux. La nuit était
assez obscure; il est de même taille que M. le curé de
Bréchy, une petite paysanne a très-bien pu les prendre l'un
pour l'autre et tromper involontairement l'accusé.

Trois autres témoins sont encore entendus, et l'accusé
ni ses défenseurs n'ayant rien à ajouter, la parole est donnée au ministère public.

Le Réquisitoire.

L'éloquence de M. Du Lopt de la Gransière est trop justement célèbre pour qu'il soit nécessaire d'en parler. Nous
dirons seulement qu'il s'est surpassé lui-même en ce réquisitoire qui, pendant plus d'une heure, a tenu suspendue
à ses lèvres une assemblée haletante et remuée des plus
poignantes émotions.

C'est par une description du Valpinson qu'il débute, « de
» ce séjour poétique et charmant comme son nom, où les
» admirables futaies de Rochepommier se mirent au mobile
» cristal de la Seille...

» Là, poursuit-il, vivaient le comte et la comtesse de
» Claudieuse; le comte, un de ces gentilshommes du temps
» passé, qui n'avaient d'autre culte que l'honneur, d'autre
» passion que le devoir; la comtesse, une de ces femmes
» qui sont la glorification de leur sexe et le modèle achevé
» de toutes les vertus domestiques...

» Le ciel avait béni leur union et leur avait donné deux
» filles qu'ils adoraient. La fortune souriait à leurs efforts
» intelligents. Estimés de tous, vénérés, chéris, ils vivaient
» heureux, ils avaient le droit de compter encore sur bien
» des années prospères...

» Mais non, la haine veillait.

» Un soir, des lueurs sinistres éveillent le comte. Il se
» précipite dehors, deux coups de fusil lui sont tirés et il
» tombe baigné dans son sang... Attirée par l'explosion, la
» comtesse accourt. Elle trébuche contre le corps inanimé

» de son mari, et, glacée d'horreur, elle s'affaisse sans con-
» naissance...

» Les enfants vont-ils donc périr?... Non. La Providence
» veille. Elle allume une lueur d'intelligence dans le cer-
» veau d'un insensé, et, se précipitant à travers la fumée, il
» arrache les petites filles aux flammes qui déjà étreignent
» leur berceau...

» La famille est sauvée, mais l'incendie redouble de fu-
» reur.

» Aux lugubres volées du tocsin, tous les habitants des
» villages d'alentour se sont hâtés d'accourir. Mais sans per-
» sonne qui les commande, sans outillage, ils s'épuisent en
» stériles efforts.

» Cependant, un roulement lointain retient dans leurs
» âmes l'espérance près de s'envoler... Ce roulement an-
» nonce l'arrivée des pompes... Elle arrivent, elles sont là,
» tout ce qui est humainement possible va être tenté !...

» Mais, grand Dieu! qu'est-ce que cette clameur d'épou-
» vante et d'horreur qui monte jusqu'à nous?... La toiture du
» château s'écroule, ensevelissant sous ses décombres en-
» flammés deux hommes, les plus dévoués et les plus in-
» trépides de tous ces hommes si intrépides et si dévoués,
» Bolton, le tambour qui l'instant d'avant battait la géné-
» rale; Guillebault, le père de cinq enfants...

» Au-dessus du fracas des flammes, s'élèvent leurs cris
» déchirants... Ils appellent au secours... Les laissera-t-on
» périr?... Un gendarme s'élance, et avec lui un fermier de
» Bréchy... Héroïsme inutile !... Le fléau veut garder sa
» proie... Les sauveteurs vont périr, et ce n'est qu'au prix
» d'effroyables périls qu'on les arrache à la fournaise, respi-
» rant encore, mais atteints de si cruelles blessures qu'ils
» en resteront jusqu'à la fin de leurs jours infirmes et ré-
» duits pour vivre à implorer la charité publique... »

C'est des plus sombres couleurs de son éloquence, que
M. l'avocat général charge ce tableau des désastres du Valpinson, représentant la comtesse de Claudieuse agenouillée
près de son mari mourant, tandis que la foule s'empresse
autour des blessés et dispute aux flammes les restes carbonisés de Bolton et de Guillebault.

Puis, redoublant d'énergie :

« Et pendant ce temps, poursuivit-il, que devient l'auteur
» de tant de forfaits?... Sa haine assouvie, il fuit à travers

» bois, il regagne sa demeure... De remords, il n'en a pas...
» Sitôt rentré, il mange, il boit, il fume un cigare... Telle
» est sa situation dans le pays, et il a si bien pris toutes ses
» mesures, qu'il se croit au-dessus du soupçon... Il est tran-
» quille, si tranquille, que les plus vulgaires précautions
» sont par lui négligées, et qu'il ne prend même pas la
» peine de jeter l'eau où il a lavé ses mains, noires de l'in-
» cendie qu'il vient d'allumer.

» C'est qu'il oublie la Providence, dont le flambeau, en
» ces occasions décisives, éclaire et guide la justice hu-
» maine.

» Et comment, en effet, sans une intervention providen-
» tielle, la justice serait-elle allée chercher le coupable dans
» un des plus somptueux châteaux de la contrée? ..

» C'était là, cependant, qu'était l'assassin, là qu'était l'in-
» cendiaire...

» Et qu'on ne nous vienne pas dire que le passé de Jac-
» ques de Boiscoran le défend contre l'accusation formi-
» dable qui pèse sur lui!... Ce passé, nous le connaissons.

» Type achevé de ces jeunes oisifs qui jettent à tous les
» vents de leurs caprices la fortune amassée par leurs pères,
» Jacques de Boiscoran n'avait pas même de profession.
» Inutile à la société, à charge à lui-même, il s'en allait
» dans la vie sans gouvernail et sans boussole, s'adressant
» à toutes les passions malsaines pour combler le vide de
» ses heures de désœuvrement.

» Et cependant il était ambitieux, de cette ambition dan-
» gereuse et mauvaise qui demande à l'intrigue et non pas
» au travail ses assouvissements.

» Aussi le voyons-nous ardemment mêlé aux luttes sté-
» riles et coupables de notre époque troublée, battant à
» grands coups de phrases creuses tout ce qui est respon-
» sable et sacré, sonnant l'appel aux plus détestables pas-
» sions... »

Me MAGLOIRE. — Si c'est un procès politique, il faut nous
en prévenir...

M. L'AVOCAT-GÉNÉRAL. — Il ne s'agit pas de politique, ici,
mais des agissements d'un homme qui a été un apôtre de
discorde...

Me MAGLOIRE. — Le ministère public croit-il donc qu'il
prêche la concorde?

M. LE PRÉSIDENT. — J'invite la défense à ne pas interrompre...

M. L'AVOCAT GÉNÉRAL. — « ... Et c'est dans cette ambition
» de l'accusé qu'il faut chercher surtout l'origine de cette
» haine farouche qui devait le conduire au crime. Le procès
» au sujet du cours d'eau n'est qu'une question secondaire.
» Jacques de Boiscoran préparait sa candidature pour les
» prochaines élections... »

L'ACCUSÉ. — Je n'y ai jamais pensé...

M. L'AVOCAT GÉNÉRAL (*sans remarquer l'interruption*). —
« ... Il ne le disait pas; mais ses amis le disaient pour lui
» et allaient partout répétant que, par sa situation, sa for-
» tune et ses opinions, il était l'homme désigné aux suf-
» frages des républicains. Et, en effet, il eût eu beaucoup de
» chances si, entre lui et le but de ses convoitises, ne se fût
» dressé un homme, le comte de Claudieuse, dont l'in-
» fluence en avait déjà fait échouer d'autres... »

Mᵉ MAGLOIRE (*vivement*). — C'est à moi que s'adresse l'al-
lusion?

M. L'AVOCAT GÉNÉRAL. — Je ne désigne personne.

Mᵉ MAGLOIRE. — Pourquoi ne pas dire franchement que
mes amis et moi sommes les complices de M. de Boiscoran
et qu'il a été chargé de nous débarrasser d'un adversaire
politique !

M. L'AVOCAT GÉNÉRAL (*continuant*). — « Messieurs, voilà le
» vrai mobile du crime. De là cette haine dont l'accusé ne
» sait bientôt plus garder le secret, qui déborde en invec-
» tives, qui se répand en menaces de mort, et qui va jus-
» qu'à coucher en joue le comte de Claudieuse... »

M. l'avocat général passe alors à l'examen des charges,
qu'il déclare décisives, irrécusables. Puis :

« Mais qu'est-il besoin, poursuit-il, de cet examen, après
» l'écrasante déposition du comte de Claudieuse?... Ne
» l'avez-vous pas entendu?... Près de paraître devant
» Dieu !...

» Sur le premier moment, abusé par la générosité de son
» âme, il pardonnait, il voulait sauver l'homme qui avait
» essayé de l'assassiner... Mais aux approches de la mort, il
» a compris qu'il n'avait pas le droit de soustraire un cou-
» pable à l'action de la justice, il s'est rappelé qu'il était
» d'autres victimes...

» Et alors, se levant de son lit d'agonie, il s'est traîné jus-

» qu'ici, pour vous dire : C'est lui!... Aux lueurs de l'in-
» cendie qu'il venait d'allumer, je l'ai vu, je l'ai reconnu,
» c'est lui!...

» Et après cela vous hésiteriez à frapper... Non, je ne puis
» le croire... Après de tels forfaits la société attend que jus-
» tice soit faite!... Justice au nom de M. de Claudieuse mou-
» rant!... Justice au nom des morts... Justice au nom de la
» mère de Bolton, au nom de la veuve de Guillebault et de
» ses cinq enfants... »

Un murmure d'approbation se prolonge bien après les
derniers mots de M. Du Lopt de la Gransière. Il n'est pas
dans l'assemblée une femme qui ne verse des larmes...

M. LE PRÉSIDENT. — La parole est au défenseur.

Plaidoiries.

Me Magloire ayant soutenu seul jusqu'à ce moment la discussion, on pensait qu'il présenterait la défense. On se trompait, c'est Me Folgat qui se lève...

Notre palais de justice de Sauveterre, en des occasions
solennelles, a retenti des accents de presque tous les maîtres
de la parole. Nous avons entendu Berryer, Dufaure, Jules
Favre, Lachaud... Même après ces orateurs illustres, Me Folgat trouve le secret de nous étonner et de nous émouvoir.

Au vol de la sténographie, nous fixons sur le papier quelques-unes de ses phrases, mais ce que nous renonçons à
rendre, c'est son attitude superbe de fierté et de dédain,
l'éclat de son regard, son geste admirable d'autorité, sa
voix surtout, pleine et sonore, et dont le timbre métallique
vibre dans toutes les poitrines...

« Défendre certains hommes de certaines imputations,
» commence-t-il, ce serait les rabaisser. Ils ne sont pas at-
» teints. Au portrait de M. de Boiscoran tracé par le minis-
» tère public, j'opposerai simplement la reponse du véné-
» rable curé de Bréchy. Que vous a-t-il dit? M. de Boisco-
» ran est le meilleur et le plus honnête homme que je
» sache. Voilà la vérité. On veut en faire un intrigant ambi-
» tieux. En effet, il avait l'ambition d'être utile à son pays.
» Pendant que d'autres discutaient, il agissait. Les mobiles

» de Sauveterre vous diront à quelles passions il faisait ap-
» pel devant l'ennemi, et par quelles intrigues il a conquis
» le ruban que Chanzy a attaché à sa poitrine... Il souhai-
» tait le pouvoir, dites-vous, non, il rêvait le bonheur...
» Vous parlez d'une lettre qu'il écrivait à sa fiancée quelques
» heures avant le crime.. Je vous mets au défi de la lire...
» Elle a quatre pages, dès la seconde vous seriez forcé
» d'abandonner l'accusation... »

Alors, avec une logique implacable, le jeune avocat reprend le système de l'accusé, et véritablement sous les
coups de son éloquence, l'accusation semble tomber en
poussière, on est fasciné, ébloui...

« Et maintenant, poursuit-il, que reste-t-il des preuves?...
» La déposition de M. de Claudieuse. Elle est écrasante,
» dites-vous. Je dis qu'elle est étrange. Quoi! voilà un té-
» moin qui attend la dernière heure, la dernière minute
» pour parler, et cela vous semble naturel!... C'est par gé-
» nérosité, prétendez-vous, qu'il s'est tû... Moi, je vous de-
» mande comment eût agi notre plus cruel ennemi...

» Jamais cause ne fut plus claire, dit le ministère public.
» Je soutiens, moi, que jamais cause, au contraire, ne fut
» plus obscure, et que, loin de nous en livrer le secret,
» l'instruction n'en a pas trouvé le premier mot... »

Me Folgat se rasseoit, et il faut l'intervention des huissiers pour arrêter les applaudissements. Si l'on allait aux voix
en ce moment, M. de Boiscoran serait certainement acquitté.

Mais l'audience est suspendue pendant un quart d'heure,
et l'on en profite pour allumer les lampes, car la nuit vient...

Ayant repris son fauteuil, M. le président donne la parole au ministère public.

M. L'AVOCAT GÉNÉRAL. — « Je renonce à la réplique que je
» me proposais de prononcer. M. le comte de Claudieuse va
» payer de la vie l'effort qu'il a fait pour vous apporter son
» témoignage. On n'a pas pu le reporter chez lui. Peut-être,
» en ce moment même, rend-il le dernier soupir dans la salle
» voisine... »

Les défenseurs ne demandant pas la parole, et l'accusé
déclarant qu'il n'a rien à ajouter, M. le président résume les
débats et les jurés se retirent dans la salle des délibérations...

La chaleur est accablante, la gêne intolérable, tous les

visages portent l'empreinte d'une écrasante fatigue, et néanmoins personne ne songe à se retirer. Mille bruits contradictoires circulent parmi cette foule palpitante d'anxiété. Les uns disent que M. de Claudieuse est mort, d'autres, au contraire, qu'il va mieux, et qu'il vient de faire appeler M. le curé de Bréchy...

Enfin, quelques minutes après neuf heures, messieurs les jurés reparaissent...

Reconnu coupable, avec admission de circonstances atténuantes, Jacques de Boiscoran est condamné à vingt ans de travaux forcés...

TROISIÈME PARTIE

COCOLEU

I

Ainsi M. Galpin-Daveline l'emportait, et M. Du Lopt de la Gransière avait lieu d'être fier de son éloquence. Jacques de Boiscoran était déclaré coupable.

Mais c'est le front haut et le regard assuré, qu'il entendit M. le président Domini prononcer la terrible formule, — plus courageux en cela mille fois que le condamné à mort qui, en face du peloton d'exécution, refuse de se laisser bander les yeux et d'une voix ferme commande le feu.

Le matin même, quelques instants avant l'ouverture de l'audience, il l'avait dit à Mlle de Chandoré :

— Je sais ce qui m'attend... Mais je suis innocent... On ne me verra ni pâlir ni demander grâce.

Et rassemblant, en effet, en un suprême effort tout ce qu'une âme humaine peut fournir d'énergie, il s'était tenu parole.

Se penchant seulement vers ses défenseurs, au moment où les derniers mots du président s'éteignaient dans le brouhaha soudain de l'assemblée :

— Ne vous avais-je pas dit, murmura-t-il, qu'un jour viendrait où vous seriez les premiers à me mettre une arme entré les mains !...

Mᵉ Folgat se dressa vivement.

Il n'avait rien de la colère ni du découragement de l'avocat qui vient de perdre une cause qu'il sait juste.

— Mais ce jour n'est pas venu, répondit-il. Vous savez votre serment. Tant qu'une lueur d'espoir nous restera, nous lutterons. Or, c'est plus que de l'espoir que nous avons à cette heure... Avant un mois, avant une semaine, demain peut-être, nous aurons notre revanche...

Le malheureux hochait la tête.

— Je n'en aurai pas moins subi l'ignominie d'une condamnation, murmura-t-il.

Et détachant de sa boutonnière le ruban de la Légion d'honneur, et le tendant à Mᵉ Folgat :

— Vous le garderez en mémoire de moi, prononça-t-il, si je ne reconquiers pas le droit de le porter...

Mais déjà les gendarmes chargés de la surveillance de l'accusé s'étaient levés.

— Il faut venir, monsieur, dit à Jacques le brigadier... Allons, venez... Et il ne faut pas vous désespérer, que diable ! ni perdre courage... Tout n'est pas fini... Vous avez encore le pourvoi et le recours en grâce, sans compter ce qui peut arriver et qu'on ne prévoit pas...

Mᵉ Folgat pouvait accompagner son client et il se préparait à le suivre. Mais lui :

— Laissez-moi seul, mon ami, fit-il avec un geste douloureux... D'autres plus que moi ont besoin de vos encouragements... Denise, ma pauvre mère, mon père !... Voyez-les... Dites-leur que c'est leur cher souvenir qui fait l'horreur de ma condamnation... Qu'ils me pardonnent l'affliction dont je leur suis le sujet et la honte de m'avoir pour fils, pour fiancé...

Etreignant alors les mains de ses défenseurs :

— Et vous, mes amis, ajouta-t-il, comment vous témoigner jamais l'étendue de ma reconnaissance !... Ah ! s'il eût suffi, pour me sauver, d'un talent incomparable et du plus admirable dévouement, je serais libre. Et au lieu de cela...

Il montra la petite porte par où il allait se retirer, et d'un accent déchirant :

— C'est la porte du bagne !... s'écria-t-il. C'est désormais...

Un sanglot lui coupa la parole. Ses forces étaient à bout,

car s'il n'est pas de limites, pour ainsi dire, aux tortures que peut endurer l'âme, l'énergie physique a des bornes...

Et, repoussant le bras que lui offrait le brigadier de gendarmerie, il s'élança dehors...

Me Magloire était comme fou de douleur.

— Et n'avoir pas pu le sauver !... dit-il à son jeune confrère. Qu'on vienne donc encore me parler de la puissance de la conviction... Mais ne restons pas là, sortons...

Et ils se jetèrent dans la foule, qui s'écoulait lentement, toute palpitante encore des émotions de la journée...

Un revirement étrange, illogique, et cependant expliqué et fréquemment observé en pareille circonstance, se produisait déjà.

Objet de l'exécration de tous, alors qu'il n'était qu'accusé, Jacques de Boiscoran condamné, recouvrait toutes les sympathies. C'était comme si la sentence fatale eût effacé l'horreur du forfait. On le plaignait, on s'apitoyait sur son sort, et songeant à sa famille, à sa mère, à sa fiancée, on maudissait la sévérité des juges.

C'est que les moins clairvoyants des assistants avaient été frappés de l'allure singulière des débats. Il n'en était presque pas un qui n'eût deviné en cette affaire tout un côté mystérieux et inexploré que l'accusation, aussi bien que la défense, avaient évité d'aborder. Comment n'avait-il été que fort incidemment question de Cocoleu ? Il était idiot, c'était entendu, mais il n'en était pas moins vrai que sa déposition seule avait mis la justice sur les traces de M. de Boiscoran. Pourquoi donc n'avait-il été cité ni par le ministère public ni par les avocats !...

La déposition de M. de Claudieuse, qui avait paru si concluante sur le moment, était maintenant sévèrement commentée.

Les plus indulgents disaient :

— C'est mal, ce qu'il a fait là. C'est un coup de maître. Que ne parlait-il plus tôt. On n'attend pas qu'un homme soit perdu pour le frapper !...

A quoi d'autres répondaient :

— Et avez-vous vu de quels regards se mesuraient le comte et M. de Boiscoran ? Avez-vous remarqué les paroles qu'ils échangeaient? N'eût-on pas juré qu'il était question entre eux de tout autre chose que du procès...

Et de tous côtés :

— C'est égal, répétait-on, M° Folgat avait raison, cette affaire est loin d'être claire... Les jurés hésitaient... Peut-être M. de Boiscoran eût-il été acquitté, si, au dernier moment, M. Du Lopt de la Gransière ne fût venu dire que le comte de Claudieuse agonisait dans la pièce voisine.

C'est avec une joie bien vive que M° Magloire et M° Folgat recueillaient ces impressions de la foule. Car le ministère public a beau dire, beau tonner contre cette tendance funeste, beau affirmer que nul bruit du dehors ne trouve un écho dans le sanctuaire de la justice, ce sera toujours l'opinion publique qui dictera le verdict des jurés.

— Et désormais, soufflait M° Magloire à l'oreille de son jeune confrère, soyez sans inquiétude... Je sais mon Sauveterre par cœur... L'opinion est pour nous.

A force de jouer des coudes, ils venaient enfin de franchir l'étroite porte de la salle des assises, quand un huissier les arrêta.

— On vous demande, messieurs, leur dit cet homme...

— Qui ?

— Les parents du condamné... Pauvres gens !... Ils sont tous là, dans le cabinet de M. Méchinet, que M. Daubigeon nous avait dit de mettre à leur disposition... C'est même là qu'on a porté Mme la marquise de Boiscoran, lorsqu'elle s'est trouvée mal à l'audience.

Il entraînait, tout en disant cela, les défenseurs jusqu'à l'extrémité de la salle des pas-perdus. Leur ouvrant alors une porte :

— Là, dit-il, en se retirant discrètement.

Là, sur un fauteuil, les paupières closes, la bouche entr'ouverte, gisait la mère de Jacques. A sa pâleur livide, à la roideur de son attitude, on eût pu la croire morte, sans les spasmes qui de moments en moments la secouaient de la nuque aux talons. Debout, de chaque côté du fauteuil, M. de Chandoré et le marquis de Boiscoran la considéraient d'un œil morne, sans expression, sans chaleur. Ils avaient été foudroyés, et depuis le moment ou avait retenti à leurs oreilles la condamnation fatale, ils n'avaient pas échangé une parole.

Seule, Mlle Denise paraissait avoir conservé la faculté de raisonner et de se mouvoir. Mais sa face était pourpre, ses yeux secs brillaient de l'éclat sinistre de la fièvre, tout son corps tremblait...

Dès que les deux défenseurs parurent :

— Voilà donc la justice humaine !... s'écria-t-elle.

Et comme ils se taisaient :

— Voilà donc Jacques condamné au bagne, poursuivit-elle, c'est-à-dire, de par la justice, déshonoré, flétri, perdu, retranché à jamais du monde des gens d'honneur... Il est innocent, mais peu importe ; ses meilleurs amis vont le renier et se détourner de lui, nulle main ne se tendra plus vers la sienne ; ceux-là même qui étaient le plus fiers de son affection, affecteront d'avoir oublié son nom...

— Je ne comprends que trop votre douleur, mademoiselle, commença Me Magloire.

— Ma douleur est moins grande que ma colère ! interrompit-elle. Il faut que Jacques soit vengé, et il le sera... Je n'ai que vingt ans, il n'en a pas trente, c'est tout une longue vie que nous avons à consacrer à l'œuvre de sa réhabilitation... Car je ne l'abandonnerai pas, moi !... Son malheur immérité me le fait plus cher mille fois, et comme sacré... J'étais sa fiancée ce matin, je suis sa femme ce soir... Sa condamnation a été notre bénédiction nuptiale... Et s'il est vrai, ainsi que le dit mon grand-père, que la loi défende au forçat d'épouser la femme qu'il aime, eh bien, je serai sa maîtresse !

C'est d'une voix éclatante que parlait Mlle, Denise disant qu'elle eût voulu, qu'elle eût été fière que toute la terre l'entendît...

— Ah ! laissez-moi vous rassurer d'un mot, mademoiselle, interrompit Me Folgat. Nous n'en sommes pas où vous croyez. La condamnation n'est pas définitive.

Le marquis de Boiscoran et grand-père Chandoré se redressèrent.

— Que voulez-vous dire ?

— Une négligence de M. Galpin-Daveline frappe de nullité toute la procédure. Comment un homme de sa trempe, si méticuleux et si formaliste, a-t-il pu commettre une telle faute ? C'est que probablement la passion l'aveuglait... Comment personne n'a-t-il remarqué cet oubli ?... C'est que la destinée nous devait bien cette revanche... Le cas n'est pas discutable. Il s'agit d'un vice de forme, et les textes sont formels... Le jugement sera cassé et nous serons renvoyés devant d'autres juges...

— Et vous ne nous aviez pas dit cela!... s'écria Mlle Denise.

— A peine osions-nous y penser, répondit Me Magloire... C'était là un de ces secrets qu'on ne confie même pas à son oreiller... Songez qu'au cours de l'audience, l'erreur pouvait encore être réparée... Maintenant, il est trop tard... Nous avons du temps devant nous, et la conduite de M. de Claudieuse nous dégage... Tous les voiles seront déchirés...

La porte, s'ouvrant avec fracas, lui coupa la parole. Le docteur Seignebos entrait, rouge de colère et les yeux étincelants sous ses lunettes d'or.

— Monsieur de Claudieuse?... demanda vivement Me Folgat.

— Il est à côté, répondit le docteur... On l'a étendu sur un matelas et sa femme est près de lui... Quel métier que celui de médecin !... Voilà un homme, un misérable, que j'aurais eu du bonheur à étrangler de mes mains, et pas du tout, il m'a fallu le rappeler à la vie, lui prodiguer mes soins, chercher un moyen d'atténuer ses souffrances...

— Va-t-il donc mieux?...

— À moins d'un de ces miracles comme on en voit dans la *Vie des Saints*, il ne sortira du palais de justice que les pieds les premiers, et ce, avant vingt-quatre heures... Je ne l'ai point dissimulé à la comtesse, et je lui ai dit que si elle voulait que son mari mourût en règle avec le ciel, elle n'avait que le temps bien juste d'envoyer chercher un prêtre...

— Et elle en a envoyé chercher un...

— Point. Elle a répondu que la vue d'une soutane épouvanterait son mari et hâterait sa fin. Et même, le brave curé de Bréchy s'étant présenté, elle l'a congédié carrément...

— Ah! la misérable !... s'écria Mlle Denise...

Et après une seconde de réflexion :

— Pourtant le salut est là, poursuivit-elle... Oui, la certitude du salut... Pourquoi donc hésiter!... Attendez-moi, je reviens...

Elle s'élança dehors. Son grand-père voulait se précipiter après elle, mais Me Folgat l'arrêta.

— Laissez-la faire, monsieur le baron, dit-il... Laissez-la.

Dix heures venaient de sonner. Le palais de justice, si bruyant toute la journée, était redevenu silencieux et morne. Dans l'immense salle des pas-perdus, à peine éclairée par un réverbère fumeux, il n'y avait plus que deux hommes, un prêtre, le curé de Bréchy, qui priait, agenouillé près d'une porte, et le gardien de service qui se promenait de long en large, et dont les pas sonnaient comme dans une église.

Mlle Denise alla droit à ce gardien.

— Où est le comte de Claudieuse ? interrogea-t-elle.

— Là, mademoiselle, répondit l'homme en lui montrant la porte près de laquelle priait le prêtre, là, dans le propre cabinet de M. le procureur de la République...

— Qui est près de lui?

— Sa femme, mademoiselle, et une domestique...

— Eh bien, entrez dire à Mme de Claudieuse, et sans que son mari l'entende, que Mlle de Chandoré désire lui parler...

Sans une objection, le gardien obéit. Mais lorsqu'il reparut :

— Mademoiselle, dit-il à la jeune fille, la comtesse vous fait répondre qu'elle ne peut quitter son mari, qui est au plus bas...

Elle l'arrêta d'un geste impérieux.

— Assez! Retournez dire à Mme de Claudieuse que si elle ne sort pas, je vais entrer à l'instant, que j'entrerai de force s'il le faut, que j'appellerai au secours, que rien ne me retiendra. Je veux la voir absolument...

— Cependant, mademoiselle...

— Allez! Ne voyez-vous donc pas que c'est une question de vie ou de mort!

Il y avait dans son accent une telle autorité, que le gardien n'hésita plus. Il disparut de nouveau, et l'instant d'après :

— Entrez, revint-il dire à la jeune fille.

Elle entra, et se trouva dans la salle d'attente qui précède le cabinet du procureur de la République. Une grosse lampe de cuivre l'éclairait d'une lumière crue. La porte ouvrant sur le cabinet où gisait le comte était fermée.

Au milieu de la pièce, la comtesse de Claudieuse se tenait debout.

Tant de coups successifs n'avaient pas brisé son indomptable énergie. Elle était horriblement pâle, mais calme :

— Puisque vous y tenez, mademoiselle, commença-t-elle, je viens moi-même vous répéter que je ne saurais vous entendre... Ignorez-vous donc que je suis entre deux tom-

bes ouvertes, entre ma fille qui se meurt à la maison et
mon mari qui agonise là...

Elle faisait un mouvement pour se retirer, Mlle de Chandoré la retint d'un geste menaçant, et d'une voix frémissante :

— Si vous rentrez dans la pièce où est votre mari, dit-elle,
j'y rentre avec vous, et ce sera devant lui que je vous parlerai... C'est devant lui que je vous demanderai comment
vous avez défendu à un prêtre l'accès de son lit de mort, et
si après lui avoir pris son bonheur en ce monde, vous voulez le lui ravir encore dans l'éternité !...

Instinctivement, la comtesse recula.

— Je ne vous comprends pas !... dit-elle.

— Si, vous me comprenez, madame. A quoi bon nier ?
Ne voyez-vous pas bien que je sais tout, et que j'ai deviné
ce qu'on ne m'a pas dit !... Jacques était votre amant, et
votre mari s'est vengé...

— Ah ! c'en est trop ! répétait Mme de Claudieuse, c'en
est trop...

— Et vous avez souffert cela, poursuivait Mlle Denise en
phrases haletantes, et vous n'êtes pas venue crier en plein
tribunal que votre mari est un faux témoin ! Quelle femme,
donc êtes-vous ! il vous importe donc peu que votre amour
conduise un malheureux au bagne ! Vous pourrez donc vivre
avec cette idée que l'homme que vous aimez est innocent
et cependant à tout jamais flétri et confondu parmi les plus
vils scélérats... Un prêtre saurait bien obtenir de M. de
Claudieuse qu'il rétractât son infâme déposition, vous le
savez bien ; aussi refusez-vous votre porte au curé de Bréchy... Et pourquoi tant de crimes !... Pour sauver votre
menteuse réputation d'honnête femme... Ah !... c'est misérable, c'est lâche, c'est bas...

La comtesse, à la fin, se révoltait. Ce que n'avait pu obtenir toute l'habileté de Me Folgat, la passion de Mlle Denise
l'obtenait. Jetant le masque :

— Eh bien ! non ! s'écria-t-elle avec un emportement terrible, non, ce n'est pas pour sauver ma réputation que j'ai
laissé faire... Ma réputation !... Eh ! que m'importe !... Il n'y
a pas une semaine, le soir où Jacques s'est évadé de la prison, je lui proposais de fuir. Il n'avait qu'un mot à dire, et
pour lui, patrie, famille, enfants, j'abandonnais tout. Il m'a
répondu : « Plutôt le bagne ! »

Au milieu de tant d'angoisses, une joie immense inonda le cœur de Mlle de Chandoré...

Ah! elle n'avait plus à douter de Jacques, à cette heure...

— C'est donc lui qui s'est condamné, poursuivait Mme de Claudieuse... Je voulais bien me perdre pour lui, pour une autre, non.

— Et cette autre... c'est moi, sans doute.

— Oui, vous, pour qui il m'avait abandonnée, vous qu'il allait épouser, vous avec qui il se promettait de longues années de bonheur, non d'un bonheur honteux et furtif tel que le nôtre, mais d'un bonheur légitime et respecté...

Des larmes tremblaient dans les cils de Mlle Denise. Elle était aimée... Elle songeait à ce que devait souffrir l'autre, qui ne l'était pas...

— J'aurais cependant été plus généreuse, murmura-t-elle...

La comtesse eut un éclat de rire farouche.

— Et la preuve, insista la jeune fille, c'est que je suis venue vous proposer un marché...

— Un marché !...

— Oui... Sauvez Jacques, et sur tout ce que j'ai de sacré au monde, je vous jure d'entrer dans un couvent, de disparaître, et que jamais vous n'entendrez prononcer mon nom...

Une stupeur immense clouait sur place la comtesse de Claudieuse, et c'est d'un regard de doute et de défiance qu'elle examinait Mlle de Chandoré. Un tel dévouement lui paraissait trop sublime pour ne pas cacher quelque piége.

— Vous feriez vraiment cela ? demanda-t-elle enfin.

— Sans hésiter.

— Ce serait un grand sacrifice que vous me feriez.

— A vous, madame !... Non... A Jacques.

— Vous l'aimez donc bien !

— Assez, pour préférer mille fois, s'il me fallait choisir, son bonheur au mien... Ensevelie au fond d'un couvent, ce me serait une consolation encore, de me dire qu'il me doit sa réhabilitation, et je souffrirais moins de le savoir à une autre que de penser qu'il est innocent et cependant condamné !...

Mais à mesure que la jeune fille affirmait sa sincérité, les sourcils de la comtesse se fronçaient et de fugitives rougeurs montaient à ses joues pâlies.

26

Et de son ironie la plus hautaine :

— C'est admirable !... fit-elle.

— Madame...

— Vous daignez m'abandonner M. de Boiscoran... M'aimera-t-il pour cela ?... Vous savez que non, et que c'est vous seule qui êtes aimée... L'héroïsme en de telles conditions est facile !... Que craignez-vous ?... cachée au fond d'un couvent, il ne vous en aimera que plus ardemment, et il ne m'en exécrera que davantage, moi...

— Il ne saura rien de notre marché...

— Eh ! qu'importe ! Il le devinera si vous ne le lui apprenez pas... Allez, je sais mon avenir. Voilà deux ans que j'endure ce supplice sans nom de le sentir peu à peu se détacher de moi. Que n'ai-je pas tenté pour le retenir ! Quelles lâchetés m'ont coûté et quelles bassesses, pour le garder un jour de plus, ou seulement une heure ! Tout devait être inutile. Je lui devenais à charge. Il ne m'aimait plus, et mon amour lui semblait plus lourd que le boulet qu'on rivera à sa chaîne de galérien.

Mlle Denise frissonnait.

— C'est horrible ! murmura-t-elle.

— Horrible, oui, et vrai. Vous semblez confondue ? C'est que vous n'en êtes encore qu'à l'aube riante de vos amours. Attendez le soir sombre, et vous me comprendrez. Est-ce que notre histoire à toutes n'est pas pareille. J'ai vu Jacques à mes genoux comme vous le voyez aux vôtres, les serments qu'il vous jure, il me les a jurés de la même voix frémissante de passion et avec les mêmes regards enflammés... Mais j'étais sa maîtresse, pensez-vous, et vous êtes sa fiancée. Qu'importe ! Que vous dit-il ?... Qu'il vous aimera éternellement parce que vos amours sont de celles que Dieu et les hommes protégent !... Il me disait, à moi, que précisément parce que nous nous placions au-dessus de l'opinion et des lois, nous serions unis par des liens indissolubles et supérieurs à tout ! Vous avez la foi. Je l'ai eue... Et la preuve, c'est que je lui ai tout donné, mon honneur et l'honneur des miens, et que j'aurais voulu lui donner plus encore, et que bien des fois j'ai cherché en moi-même par quel sacrifice immense, inouï, et que nulle femme n'eût encore fait, je pourrais lui prouver combien absolument j'étais à lui. Et être trahie, abandonnée, méprisée, descendre de chute en chute jusqu'à ce degré de misère de devenir l'objet de votre pitié !... Être tombée si bas que vous osiez venir me proposer de renoncer pour moi à Jacques... Ah ! c'est à devenir folle de rage !... Et je laisserais échapper la vengeance que je tiens !... Et je serais assez stupide, assez lâche, assez véule, pour me laisser toucher par vos armes hypocrites... Et j'assurerais votre bonheur aux dépens de ma réputation !... Ah ! ne l'espérez pas !...

La voix dans sa gorge expirait comme un râle... Elle fit au hasard quelques pas dans la petite salle. Puis, revenant, se planter en face de Mᵐᵉ de Chandoré, tout près, les yeux dans les yeux de la jeune fille :

— Qui vous a conseillé, demanda-t-elle, cette démarche, qui est pour moi comme le suprême outrage ?

Glacée d'une indicible horreur, Mˡˡᵉ Denise eut quelque peine à répondre.

— Personne, murmura-t-elle.

— Mᵉ Folgat...

— Ne sait rien.

— Et Jacques ?...

— Je ne l'ai pas revu... C'est à l'instant que cette idée m'est venue, soudainement, comme une inspiration du ciel... En apprenant par M. Seignebos que vous aviez repoussé le curé de Bréchy, je me suis dit : Voilà le dernier malheur et le plus grand de tous... Si M. de Claudieuse meurt sans s'être rétracté, quoi qu'il advienne, Jacques fût-il réhabilité, toujours un soupçon planera sur lui... Alors, je me suis décidée à venir à vous... Ah ! cela me coûtait cruellement... Mais j'espérais que je saurais vous émouvoir... Que vous seriez touchée de la grandeur du sacrifice...

Mᵐᵉ de Claudieuse était émue, en effet. Dans le bien comme dans le mal, il n'est point d'âme absolue. Aux accents suppliants de Mˡˡᵉ Denise, elle sentait faiblir ses résolutions...

— Le sacrifice serait-il donc si grand ! dit-elle.

Des larmes jaillirent des yeux de la pauvre jeune fille.

— Hélas !... répondit-elle, c'est ma vie même que je vous offre... Je sens bien que vous n'avez pas longtemps à être jalouse de moi...

Elle fut interrompue par des gémissements qui partaient de la pièce voisine, où agonisait le comte de Claudieuse.

La comtesse alla entre-bâiller la porte, et tout de suite :

— Geneviève! fit une voix faible et cependant impérieuse, Geneviève!...

— Je suis à vous, mon ami, répondit la comtesse, à l'instant...

Et refermant la porte, et revenant à Mlle de Chandoré :

— Qui me garantit, fit-elle, d'un accent bref et dur, qui m'assure que si Jacques était reconnu innocent et réhabilité, vous vous souviendriez de vos promesses...

— Ah! madame, s'écria la jeune fille, sur quoi voulez-vous que je vous jure de disparaître!... Cherchez des garanties. Celles que vous exigerez, je vous les donnerai...

Et se laissant glisser à genoux :

— Me voilà à vos pieds, poursuivit-elle, suppliante, humiliée, moi que vous accusiez de vouloir vous outrager... Ayez pitié de Jacques... Ah! si vous l'aimiez autant que je l'aime, vous n'hésiteriez pas!

D'un mouvement rapide, Mme de Claudieuse la releva, et lui tenant les mains entre les siennes, durant plus d'une minute, elle la considéra sans parler, l'œil voilé, les lèvres tremblantes, le sein palpitant... Jusqu'à ce qu'enfin, d'une voix si profondément altérée qu'à peine elle était distincte :

— Que dois-je faire?... demanda-t-elle.

— Obtenir de M. de Claudieuse qu'il se rétracte.

La comtesse hocha la tête.

— Je le tenterais inutilement, répondit-elle. Vous ne connaissez pas le comte. Il est de fer. Vous lui arracheriez la chair lambeau par lambeau avec des tenailles rougies, qu'il ne retirerait pas une seule de ses paroles... Vous ne pouvez concevoir tout ce qu'il a souffert, ni tout ce qu'il y a dans son âme de haine et de rage de vengeance... C'est pour me torturer qu'il m'a fait venir près de lui... Il n'y a pas cinq minutes encore, il me disait qu'il mourait content, puisque Jacques était reconnu coupable, et condamné sur sa déposition...

Elle était vaincue, son énergie faiblissait, des larmes mouillaient ses yeux.

— Il a été si cruellement éprouvé!... continuait-elle. Il m'aimait, lui, à l'adoration, il n'aimait que moi au monde, et moi... Voilà l'adultère, cependant!... Ah!... si l'on savait, si l'on pouvait prévoir! Non, je n'obtiendrai jamais qu'il se rétracte...

Mlle Denise oubliait presque sa propre douleur.

— Aussi n'est-ce pas à vous à faire la démarche, **madame**, dit-elle doucement.

— A qui donc ?

— Au curé de Bréchy... Il saura trouver, lui, des paroles qui ébranlent les résolutions les plus fortes. Il parlera au nom de ce Dieu qui, mourant sur la croix, pardonnait à ses bourreaux.

Un instant encore la comtesse hésita, et triomphant enfin des dernières révoltes de son orgueil :

— Soit ! fit-elle, je vais appeler le prêtre...

— Et moi, madame, je vous jure que je tiendrai ma promesse...

Mais la comtesse l'arrêta, et avec un effort extraordinaire :

— Non, prononça-t-elle, c'est sans conditions que je vais essayer de sauver Jacques... Qu'il soit à vous... Aimée, vous vouliez lui sacrifier votre vie. Délaissée, je lui sacrifie mon honneur!... Adieu!...

Et, courant à la porte pendant que Mlle Denise rejoignait ses amis, elle appela le curé de Bréchy...

II

C'est par son substitut que le lendemain matin, sur les neuf heures, le procureur de la République, M. Daubigeon, apprit ce qui se passait, et comment des vices de forme irrémédiables frappaient de nullité le jugement qui condamnait Jacques de Boiscoran.

Déjà les défenseurs venaient de présenter un mémoire qu'ils avaient passé la nuit à rédiger...

Le procureur de la République ne prenait pas la peine de dissimuler sa satisfaction.

— Voilà, s'écria-t-il, qui va singulièrement rogner les ailes de ce cher Daveline. Je lui avais cependant cité, avec Horace, l'exemple de Phaéton :

Terret ambustus Phaeton avaras
Spes...

il n'a pas voulu m'écouter, oubliant que, sans la prudence, la force est un danger :

Vis consilii expers mole ruit suâ...

et le voilà certainement dans un cruel embarras...

Et, tout de suite, il se hâta de s'habiller et de courir chez M. Daveline, pour avoir des détails précis, disait-il à son substitut, mais en réalité pour se donner le savoureux spectacle de la déconvenue de l'ambitieux juge d'instruction.

Il le trouva blême de colère et s'arrachant les cheveux.

— Je suis un homme déshonoré, répétait-il, perdu, ruiné; c'en est fait de mon avenir !... Jamais on ne me pardonnera cette école...

A voir M. Daubigeon, on l'eût cru désolé.

— Alors, reprit-il d'un ton d'hypocrite commisération, ce qu'on m'a dit est exact : c'est bien de vous que proviennent ces malheureux vices de formes...

— De moi seul !... J'ai oublié de ces formalités qu'un étudiant de première année ne négligerait pas. Comprenez-vous cela ! Et dire que personne ne s'est aperçu de mon inconcevable étourderie ! Ni la chambre des mises en accusation, ni le ministère public, ni le président des assises n'ont rien vu ! C'est une fatalité ! Voilà le fruit de ma réputation. Chacun s'est dit : « C'est Daveline qui a conduit la procédure, inutile de la revoir, pas une des herbes de la Saint-Jean n'y manque... » Et pas du tout !... C'est à se briser la tête contre les murs !...

— D'autant mieux, observa M. Daubigeon, qu'hier, l'acquittement de Jacques n'a tenu qu'à un fil...

L'autre, de rage, grinçait des dents.

— Oui, à un fil, répondit-il, et cela par la faute de M. Domini, dont la faiblesse ne se comprend pas, et qui n'a pas su, qui n'a pas voulu tirer parti des éléments de l'affaire... Par la faute de Du Lopt de la Gransière aussi, qui s'en va mêler la politique à son réquisitoire. Et qui vise-t-il, s'il vous plaît? Magloire, l'homme le plus estimé de l'arrondissement, et l'ami personnel de trois de nos jurés. Je l'avais prévenu, je lui avais signalé l'écueil... Mais il y a des gens qui ne veulent rien entendre !... M. de la Gransière veut être député, lui aussi, c'est une fureur, une monomanie, tout le

monde veut être député. Que le ciel confonde les ambitieux !

Pour la première fois de sa vie, et la dernière sans doute,
le procureur de la République se réjouissait du malheur
d'autrui.

Et prenant plaisir à retourner le poignard dans la blessure du pauvre juge :

— Le plaidoyer de Mᵉ Folgat, dit-il, y est bien pour quel
que chose.

— Pour rien !...

— Il a eu un grand succès...

— Succès de surprise, comme en obtiendront toujours en
France les périodes sonores et les mots à effet...

— Cependant...

— Qu'a-t-il dit, en somme? Que l'accusation ignore le
premier mot de l'affaire de M. de Boiscoran. C'est absurde...

— Tel peut n'être pas l'avis des nouveaux juges...

— Nous verrons bien...

— M. de Boiscoran se défendra terriblement, cette fois.
Il ne ménagera rien. Il est à terre, il n'a plus de chute à
redouter.

> Qui jacet in terrâ non habet undè cadat...

— Soit. Mais il risque aussi de trouver des jurés moins
indulgents et de n'en pas être quitte pour vingt ans.

— Que disent les défenseurs?

— Je l'ignore. Mais je viens d'envoyer mon greffier aux
renseignements, et si vous voulez l'attendre...

M. Daubigeon attendit, et il fit bien, car Méchinet ne tarda
pas à paraître, la figure longue d'une aune, mais ravi intérieurement.

— Eh bien? demanda vivement M. Daveline.

Il secoua la tête, et d'un accent mélancolique :

— C'est inouï, répondit-il, combien l'opinion est incon-
stante. Avant-hier, M. de Boiscoran n'eût pas traversé Sauveterre sans être écharpé. Aujourd'hui, s'il se présentait,
on le porterait en triomphe. Il est condamné, le voilà passé
martyr. On sait que le jugement sera réformé, et on se frotte
les mains. Je sais, par mes sœurs, que les dames de la société veulent s'entendre pour donner à la marquise de Boiscoran et à Mˡˡᵉ de Chandoré un témoignage public de leur

sympathie. La chambre des avocats va offrir un banquet à
M° Folgat...

— C'est monstrueux ! s'écria le juge d'instruction.

— Bast ! fit M. Daubigeon, « *plus incertains et changeants
sont les avis des hommes que les flots de la mer...* »

Mais coupant court à la citation :

— Après ? dit M. Daveline à son greffier.

— Ensuite, continua Méchinet, je suis allé remettre à
M. Du Lopt de la Gransière, la lettre dont vous m'aviez
chargé...

— Qu'a-t-il répondu ?

— Je l'ai trouvé en grande conférence avec M. le président Domini. Il a pris la lettre, l'a lue d'un coup-d'œil et
m'a dit d'un ton à vous donner froid dans le dos : « Il
suffit ! » A parler net, malgré sa mine roide et calme, il m'a
paru furibond...

Le juge eut un geste d'absolu découragement.

— Il me brisera, gémit-il. Ces hommes qui ont dans les
veines non du sang, mais du fiel, sont implacables...

— Vous chantiez ses louanges, avant-hier...

— Avant-hier, je ne lui avais pas été l'occasion d'une
mésaventure ridicule...

Déjà Méchinet poursuivait :

— En quittant M. Du Lopt de la Gransière, je me suis
transporté au palais de justice, où j'ai appris la grosse nouvelle qui met la ville en émoi : M. le comte de Claudieuse
est mort...

M. Daveline et M. Daubigeon eurent une exclamation
pareille.

— Ah ! mon Dieu !... Est-ce bien sûr ?...

— C'est ce matin, à six heures moins deux ou trois minutes, qu'il a rendu le dernier soupir... J'ai vu son corps
dans le cabinet de M. le procureur de la République, veillé
par M. le curé de Bréchy et deux curés de la paroisse... On
attendait un brancard de l'hôpital pour le reporter chez
lui...

— Malheureux homme !... murmura M. Daubigeon.

— Mais j'ai appris bien d'autres choses, continua Méchinet, par le gardien de nuit du tribunal. Hier soir, à
l'issue de l'audience, apprenant que M. de Claudieuse était
à toute extrémité, M. le curé de Bréchy s'est présenté pour
lui administrer les derniers secours de la religion. La com-

tesse a refusé de le laisser pénétrer près de son mari. Le gardien n'en revenait pas quand, tout à coup, Mlle de Chandoré l'a envoyé demander de sa part à Mme de Claudieuse un moment d'entretien.

— Est-ce possible !...

— C'est sûr. Elles sont restées ensemble un bon quart d'heure. Que se sont-elles dit? Le gardien m'a dit qu'il mourait d'envie d'écouter, mais qu'il n'a pu le faire, parce que le curé de Bréchy s'était obstiné à rester dans la salle des pas-perdus... Quand elles se sont séparées, elles avaient l'air affreusement troublé... Aussitôt Mme de Claudieuse a fait entrer le prêtre, qui est resté près du comte jusqu'au dernier moment...

M. Daubigeon et M. Daveline n'étaient pas revenus de la stupeur où les plongeait ce récit lorsqu'on frappa timidement à la porte.

— Entrez !... cria Méchinet...

La porte s'ouvrit et le brigadier de gendarmerie parut.

— Je viens de chez M. le procureur de la République, dit-il, et c'est la bonne qui m'a dit que je le trouverais ici... Nous venons d'arrêter Cheminot...

— Ce détenu qui s'était évadé...

— Juste. Nous voulions le conduire à la prison, mais il nous a déclaré qu'il avait des révélations à faire, très-importantes et très-pressées, relativement au condamné Boiscoran...

— Cheminot !...

— Alors nous l'avons mené au tribunal, et je viens savoir :

— Courez lui dire que je vais l'entendre, s'écria M. Daubigeon. Courez, je vous suis !...

Modèle achevé de l'obéissance passive, le brigadier n'avait pas attendu la fin de la phrase pour gagner l'escalier.

— Je vous quitte, Daveline, reprit M. Daubigeon, en proie à la plus extrême agitation. Vous avez entendu... Il faut savoir ce que cela signifie...

Mais le juge d'instruction n'était guère moins bouleversé.

— Vous me permettrez bien de vous accompagner, dit-il. C'était son droit.

— Soit, répondit le procureur de la République, mais dépêchez-vous...

La recommandation était inutile. Déjà M. Galpin-Daveline

avait chaussé ses bottines; il endossa un paletot par dessus ses vêtements de chambre : il était prêt.

Suivis de Méchinet, les deux magistrats se hâtèrent de sortir, et ce fut pour les bourgeois de Sauveterre un ébahissement nouveau que de voir en ce négligé le juge d'instruction, dont la mise, d'ordinaire, était si sévèrement correcte.

Debout sur le pas de leur porte :

— Il faut, se disaient les boutiquiers, qu'il soit arrivé quelque chose de bien extraordinaire; regardez un peu ces messieurs...

Et de fait, ils marchaient d'un pas à justifier toutes les conjectures, et sans échanger une parole...

Pourtant, en arrivant au palais de justice, ils furent contraints de s'arrêter. Quatre ou cinq cents curieux emplissaient la cour, se pressaient sur les marches du perron et obstruaient les portes...

Presque aussitôt un grand silence se fit, toutes les têtes se découvrirent, et la foule s'écarta, ouvrant un passage...

Sur le haut du perron, le curé de Bréchy et deux autres prêtres venaient de paraître...

Derrière eux, les employés de l'hôpital s'avançaient, portant un brancard recouvert d'un drap noir, et sous ce drap se dessinaient les formes rigides d'un cadavre...

Les femmes se signaient, et celles qui avaient assez d'espace s'agenouillaient.

— Pauvre madame de Claudieuse, murmurait l'une d'elles, voilà qu'on lui rapporte le corps de son mari, et l'on dit que la plus jeune de ses filles vient de mourir...

Mais M. Daubigeon, le juge et Méchinet étaient trop fortement préoccupés pour songer à vérifier cette dernière nouvelle. Le passage était libre, ils entrèrent et s'empressèrent de gagner la salle du greffe, où les gendarmes avaient conduit et gardaient leur prisonnier...

Il se leva, dès qu'il reconnut les magistrats, retirant respectueusement sa casquette.

C'était bien Cheminot, seulement l'insoucieux vagabond n'avait plus sa physionomie souriante. Il était un peu pâle et visiblement ému.

— Eh bien, lui dit M. Daubigeon, vous vous êtes donc laissé reprendre?...

— Faites excuse, mon juge, répondit le pauvre diable, on ne m'a pas repris... C'est moi qui me suis livré.

— Involontairement...

— Oh bien de mon gré, au contraire! demandez plutôt au brigadier.

Le brigadier fit un pas en avant, et s'inclinant :

— C'est la pure vérité, déclara-t-il. C'est Cheminot lui-même qui est venu me trouver à la caserne, en me disant: Je me reconstitue prisonnier, je veux parler au procureur de la République pour des révélations...

Le vagabond se redressa fièrement.

— Monsieur le juge voit que je ne mens pas, reprit-il... Pendant que ces messieurs galopaient après moi sur toutes les grandes routes, j'étais bien tranquillement installé dans une des mansardes du *Mouton-Rouge*, et je comptais bien n'en sortir que quand on m'aurait oublié...

— Oui, mais pour loger au *Mouton-Rouge*, il faut de l'argent, et vous n'en aviez pas...

Tranquillement Cheminot tira de sa poche et montra une poignée de pièces d'or et de billets de cinq et de vingt francs.

— Ces messieurs voient que j'avais de quoi payer ma chambre, dit-il... Si je me suis livré, c'est que je suis honnête, malgré tout; et que j'aime mieux qu'il m'arrive un peu de peine que de voir aller aux galères un malheureux qui n'est pas coupable...

— M. de Boiscoran...

— Oui!... Il est innocent... Je le sais, j'en suis sûr, j'en ai des preuves... Et s'il a refusé de parler, je dirai tout, moi!

M. Daubigeon et M. Galpin-Daveline étaient abasourdis.

— Expliquez-vous, dirent-ils en même temps...

Mais le vagabond clignait la tête et montrait les gendarmes, et en homme très au fait des formes de la justice:

— C'est que c'est un grand secret, répondit-il, et quand on est en confesse, on n'aime pas à être entendu d'un autre que de son curé... Ensuite je voudrais que ma déposition fût couchée par écrit...

Sur un signe de M. Daveline, les gendarmes se retirèrent, pendant que Méchinet s'asseyait à sa table devant un cahier de papier blanc.

— Maintenant qu'on peut causer, reprit Cheminot, voilà la chose. Ce n'est pas à moi qu'est venue l'idée de m'en sauver. Je n'étais pas mal, dans la prison, voilà l'hiver qui vient, je n'avais pas le sou, et je savais que si j'étais repris, ma position serait très-mauvaise. Mais M. Jacques de Bois- coran avait envie de passer une soirée dehors...

— Prenez garde à ce que vous allez dire, interrompit sé- vèrement M. Galpin-Daveline, ce n'est pas impunément qu'on se joue de la justice.

— Que je meure si je ne dis pas la vérité! s'écria le va- gabond. M. Jacques a passé toute une soirée dehors.

Le juge d'instruction tressauta.

— Quel conte nous faites-vous là! dit-il.

— J'ai des preuves, répondit froidement Cheminot, et je les donnerai... Donc, voulant sortir, c'est à moi que M. Jac- ques s'adressa, et il fut convenu que, moyennant une cer- taine somme qu'il m'a donnée, et dont je viens de vous montrer le reste, je percerais un trou dans le mur et que je m'évaderais pour tout de bon, tandis que lui rentrerait après avoir terminé ses affaires...

— Et le geôlier? demanda M. Daubigeon.

Vrai paysan saintongeois, Cheminot était bien trop re- tors pour compromettre inutilement Blangin. Assumant toute la responsabilité de l'évasion :

— Le geôlier, déclara-t-il, n'y a vu que du feu. Nous n'avions pas besoin de lui. N'étais-je pas quasiment sous- geôlier. N'avais-je pas été chargé par M. le juge d'instruc- tion lui-même de la surveillance particulière de M. Jac- ques... N'était-ce pas moi qui ouvrais et fermais sa porte, qui le conduisais au parloir et qui l'en ramenais...

C'était rigoureusement exact.

— Passez!... fit M. Daveline d'un ton dur.

— Pour lors, continua Cheminot, ce qui fut dit fut fait... Un soir, sur les neuf heures, je perce le mur, et nous voilà, M. Jacques et moi, sur les anciens remparts. Là, il me met dans la main un paquet de billets et me commande de filer pendant qu'il va se rendre à ses affaires... Déjà, à ce mo- ment, je le croyais innocent, mais dame! vous comprenez, je n'en aurais pas mis la main au feu... Et en moi-même je me disais que peut-être il se moquait de moi, et qu'ayant pris sa volée il ne serait pas si bête que de rentrer à la cage... C'est pourquoi, le voyant s'éloigner, la curiosité me prend, et ma foi tant pis! je me mets à le suivre...

Si accoutumés qu'ils fussent par leur profession même à garder le secret de leurs impressions, le procureur de la

République et le juge d'instruction dissimulaient mal, l'un les espérances qui tressaillaient en lui, l'autre le vague effroi dont il se sentait saisi.

Méchinet, qui savait, lui, ce qu'ils allaient apprendre, riait dans sa barbe tout en faisant voler sa plume sur le papier.

— Craignant d'être reconnu, poursuivait le vagabond, M. Jacques était allé un train du diable, en rasant les murs et rien que par les ruelles... Heureusement j'ai de bonnes jambes... Il traverse Sauveterre tout d'une course, et arrivé rue Mautrec, à un mur qui n'en finit pas, il se met à sonner à une grande porte...

— Chez M. de Claudieuse...

— Je le sais maintenant, mais alors je ne le savais pas... Donc, il sonne. Une bonne vient lui ouvrir. Il lui parle, et tout de suite elle le fait entrer, et avec tant d'empressement qu'elle oublie de refermer la porte...

D'un geste, M. Daubigeon l'arrêta.

— Attendez! fit-il.

Et, prenant un imprimé dans un carton, il en remplit les blancs ; après quoi, sonnant un huissier qui accourut :

— Que ceci, dit-il, en lui remettant l'imprimé, soit porté immédiatement... Hâtez-vous... et pas un mot...

Invité à poursuivre, dès que l'huissier fut sorti :

— Me voilà donc tout penaud au milieu de la rue Mautrec, reprit Cheminot. Je n'avais plus rien à faire qu'à m'en aller et à jouer des jambes ; c'était le plus sûr... Mais cette coquine de porte entre-bâillée m'attirait. Je me disais bien : « Si tu entres et qu'on te surprenne, on croira que tu es » venu pour voler, et il t'en cuira ! » C'était plus fort que moi, j'en avais comme mal au cœur de curiosité... Arrive qui plante, je me risque. Je pousse la porte, juste pour passer, et me voilà dans un grand jardin. Il faisait noir comme dans un four, mais tout au fond, au rez-de-chaussée, trois fenêtres étaient éclairées. J'avais trop osé pour reculer... J'avance donc, à pas de loup, et j'arrive jusqu'à un arbre, contre lequel je me colle, à une longueur de bras de ces fenêtres, qui étaient celles d'un beau salon. Je regarde, et je reconnais qui ? M. de Boiscoran. Les fenêtres n'ayant pas de rideaux, je le voyais comme je vous vois. Il avait un visage terrible. Je me demandais qui il pouvait bien attendre là, quand je l'aperçois qui se cache derrière le bat-

27

tant ouvert de la porte du salon, comme un homme qui en guette un autre avec de méchantes intentions. Je commençais à être inquiet, quand l'instant d'après entre une femme... Aussitôt, v'lan, M. Jacques referme la porte, la femme se retourne, l'aperçoit et pousse un grand cri... Cette femme était Mme de Claudieuse...

Il fit mine de s'arrêter pour juger de l'effet. Mais telle était l'impatience de Méchinet, qu'il en oubliait l'humilité de ses fonctions.

— Allez, dit-il vivement, allez...

— Une des fenêtres était entr'ouverte, continua le vagabond, de sorte que j'entendais presque aussi bien que je voyais. En me baissant à quatre pattes et en avançant la tête au ras du sol, je ne perdais pas une parole. C'était terrible. Dès les premiers mots, j'avais compris que M. Jacques et Mme de Claudieuse étaient amant et maîtresse : ils se tutoyaient...

— C'est insensé ! s'écria M. Daveline.

— Aussi étais-je tout ahuri. Mme de Claudieuse, une sainte femme !... Mais j'ai des oreilles, n'est-ce pas?... M. Jacques lui rappelait que le soir du crime, quelques instants avant l'incendie, ils étaient ensemble, près du Valpinson, à un rendez-vous qu'ils s'étaient donné... A ce rendez-vous, ils avaient brûlé toutes leurs lettres d'amour, et c'est en les brûlant que M. Jacques s'était noirci les mains...

— Vous avez entendu cela !... interrompit M. Daubigeon.

— Comme vous m'entendez, mon juge.

— Écrivez, Méchinet, dit vivement le procureur de la République. Écrivez textuellement...

Le greffier n'avait garde d'y manquer.

— Ce qui m'étonnait plus que tout, poursuivait Cheminot, c'est que Mme de Claudieuse semblait croire M. Jacques coupable, et réciproquement. Chacun accusait l'autre du crime. Elle disait : « C'est toi qui as essayé d'assassiner mon mari, » parce qu'il te faisait peur. » Et lui : « C'est toi qui as » voulu le tuer pour être libre et empêcher mon ma-» riage !... »

M. Galpin-Daveline s'était laissé tomber sur une chaise.

— C'est inouï !... balbutia-t-il, inouï !...

— Cependant ils s'expliquent, et bientôt ils arrivaient à reconnaître qu'ils étaient également innocents... Alors M. Jacques suppliait Mme de Claudieuse de le sauver, et elle

répondait qu'elle ne le sauverait certainement pas au prix de sa réputation, et pour qu'une fois sauvé il épousât Mlle de Chandoré. Alors, il lui disait : « — Eh bien, je ré-
» vélerai tout. » Et elle : « — On ne te croira pas ; je nierai,
» tu n'as pas de preuves!... » Désespéré, il lui reprochait de ne l'avoir jamais aimé. Elle lui jurait qu'elle l'adorait plus que jamais, au contraire, et que, puisqu'il avait réussi à s'évader, elle était prête à tout quitter pour passer avec lui à l'étranger. Et elle le conjurait de fuir, d'une voix qui me troublait jusque dans l'âme, avec des paroles d'amour comme je n'en ai jamais entendu, avec des regards qui vous brûlaient... Quelle femme!... Je ne croyais pas qu'il pût résister... Il résistait cependant, et tout enflammé de colère, il s'écriait qu'il préférait le bagne... Elle ricanait et disait : « — Eh bien, soit! tu iras au bagne... »

Quoiqu'il entrât dans bien des détails, encore il était évident que Cheminot ne disait pas tout.

Pourtant, M. Daubigeon n'osait pas le questionner, craignant de rompre le fil de son récit...

— Mais tout cela n'est rien, continuait le vagabond. Pendant que M. Jacques et Mme de Claudieuse se disputaient ainsi, je venais de voir la porte du salon s'ouvrir tout doucement et apparaître comme un fantôme enveloppé de son linceul... C'était le comte de Claudieuse. Son visage était effrayant, et il tenait à la main un revolver... Il était appuyé contre le chambranle de la porte, et il écoutait, pendant que sa femme et l'autre parlaient de leurs amours d'autrefois. A certaines paroles, il levait son arme comme pour faire feu... puis il baissait le bras et continuait à écouter. C'était si terrible que je n'avais pas un fil de sec sur moi!... J'avais toutes les peines du monde à me retenir de crier à M. Jacques et à Mme de Claudieuse : « Malheureux!... vous
» ne voyez donc pas que le mari est là!... » Non, ils ne voyaient rien, car ils étaient comme fous de désespoir et de rage, et même M. Jacques levait la main sur Mme de Claudieuse : — « Je vous défends de frapper ma femme »,
dit alors le comte. Ils se retournent, ils le voient et poussent un cri effrayant. La comtesse tombe comme une masse sur un fauteuil... J'étais comme hébété... Jamais je n'ai vu un homme si beau que M. Jacques en ce moment... Au lieu de chercher à s'échapper, il écartait son paletot, et présentant la poitrine : « — Tirez! disait-il au mari, c'est

» votre droit, vengez-vous ! » M. de Claudieuse ricanait :
» — C'est la justice qui me vengera. — Vous savez bien que
» je suis innocent. — Raison de plus. — Me laisser con-
» damner, serait abominable. — Je ferai mieux : pour être
» plus sûr de votre condamnation, je dirai que je vous ai
» reconnu... » Le comte voulut s'avancer, en disant cela ;
mais il était mourant, cet homme, bonnes gens !... et il
tomba tout de son long en avant... La peur alors me prit,
je me sauvai...

Grâce à un puissant effort de volonté, le procureur de la
République maîtrisait, tant bien que mal, les émotions qui
le bouleversaient. D'une voix fort altérée :

— Comment n'êtes-vous pas venu raconter immédiatement tout cela? demanda-t-il à Cheminot.

Le vagabond secoua la tête :

— J'en ai eu envie, je n'ai pas osé. M. le juge doit me
comprendre... Je craignais qu'on ne me fît payer cher mon
évasion...

— Votre silence exposait la justice à une déplorable erreur.

— Je ne pouvais croire que M. Jacques fût condamné...
Je me disais : Des gros comme lui, qui ont de bons avocats, s'en tirent toujours... Je ne pensais pas, d'ailleurs,
que le comte de Claudieuse tînt ses menaces... Être trahi
par sa femme, c'est dur. Mais envoyer un innocent aux
galères...

— Vous voyez, cependant...

— Ah! si j'avais pu prévoir !... Mes intentions étaient
bonnes, et si je ne suis pas venu tout de suite dénoncer la
chose, je m'étais bien juré que je la dénoncerais s'il arrivait malheur à M. Jacques. Et la preuve, c'est qu'au lieu
de me sauver bien loin, je me suis caché au *Mouton-Rouge*,
décidé à y attendre le jugement. Dès que je l'ai connu, je
n'ai pas hésité, je me suis livré aux gendarmes...

Surmontant son écrasante stupeur, M. Daveline s'était
dressé :

— Cet homme est un imposteur! s'écria-t-il. L'argent
qu'il nous a montré est le prix de son faux témoignage.
Comment admettre son récit?...

— Nous allons le vérifier, interrompit M. Daubigeon.

Il sonna, et un huissier s'étant présenté :

— Mes ordres sont-ils exécutés? demanda-t-il.

— Oui, monsieur, répondit l'huissier. M. de Boiscoran et
la bonne de M. de Claudieuse sont là...

— Introduisez la bonne. Lorsque je sonnerai, vous ferez
entrer M. de Boiscoran...

Cette bonne était une grosse Saintongeoise, à la taille
plate et carrée. Elle était fort émue et avait un pouce de
rouge sur les joues.

— Vous souvient-il, lui demanda M. Daubigeon, qu'un
des soirs de l'autre semaine, un homme s'est présenté chez
vos maîtres?

— Oh! très-bien! répondit la brave fille. Je ne voulais
pas le recevoir; mais comme il m'a dit qu'il était envoyé
par les juges, je l'ai fait entrer...

— Le reconnaîtriez-vous?   .

— Parfaitement.

Le procureur de la République tira sa sonnette, la porte
s'ouvrit, Jacques parut, l'étonnement peint sur le visage...

— C'est lui!... s'écria la bonne...

— Pourrais-je savoir?... commença le malheureux.

— En ce moment, rien! répondit M. Daubigeon. Retirez-
vous, et... bon espoir.

Mais, tel qu'un homme pris d'éblouissement, Jacques demeurait immobile, les talons cloués au sol, promenant autour de lui un regard hébété de stupeur...

Comment eût-il compris?

On était venu brusquement le tirer de sa prison, on l'avait
amené au palais de justice, et là il trouvait en présence
Frumence Cheminot, qu'il croyait bien loin, et la domestique de M. de Claudieuse.

M. Galpin-Daveline paraissait consterné. M. Daubigeon, la
figure radieuse, lui disait d'espérer.

D'espérer quoi? Comment? A quel propos?...

Et Méchinet qui lui faisait des signes...

Il fallut que l'huissier qui l'avait amené l'entraînât.

Et tout aussitôt :

— Maintenant, ma bonne fille, reprit le procureur de la
République, est-ce que la visite de ce monsieur que vous
venez de reconnaître n'a pas été signalée par certaines circonstances particulières?...

— Il y a eu entre mes maîtres et lui une scène très-forte.

— Vous y avez assisté?

— Non, mais je suis sûre de ce que je dis.

— Comment cela ?

— Ah ! voilà ! Lorsque je suis montée prévenir Mme la comtesse qu'un monsieur, qui venait de la part des juges, l'attendait au salon, elle s'est dépêchée de descendre en me commandant de rester près de M. le comte. J'ai obéi, naturellement. Mais madame était à peine en bas que j'entendis un grand cri. Monsieur, tout assoupi qu'il semblait être, l'entendit aussi ; car il se haussa sur ses oreillers en me demandant où était madame. Je le lui dis, et déjà il se retournait pour tâcher de se rendormir, quand de grands éclats de voix montèrent jusqu'à nous. « — C'est bien extraordinaire ! » dit monsieur. Je lui proposai d'aller voir ce que ce pouvait être, mais il me défendit rudement de bouger. Et comme les éclats de voix redoublaient : « — C'est moi » qui vais descendre, me dit-il, donnez-moi ma robe de » chambre. »

Malade comme il l'était, exténué, mourant, c'était une imprudence qui pouvait lui coûter la vie. Je me risquai à le lui faire remarquer ; mais il me répondit en jurant de me taire et de faire ce qu'il m'ordonnait.

Monsieur le comte, Dieu ait son âme, était un bien brave homme, c'est certain, mais il était terrible aussi, et quand il se mettait en colère et qu'il parlait d'une certaine façon, tout le monde tremblait dans la maison, même madame...

Je fis donc ce qu'il voulait... Pauvre homme !... il était si faible qu'il ne tenait pas debout, et qu'il se cramponnait à une chaise pendant que je l'aidais à passer sa robe de chambre.

Alors, je lui offris de le soutenir pour descendre l'escalier. Mais, me regardant avec des yeux effrayants : « — Vous » allez me faire le plaisir de rester ici, me dit-il, et si en » mon absence, quoi qu'il arrive, vous vous permettiez » seulement d'ouvrir la porte, vous ne resteriez pas une » heure à mon service. »

Il sortit là-dessus en se tenant au mur, et je restai seule dans la chambre, toute tremblante et l'estomac serré comme si j'avais pu deviner qu'il allait arriver un grand malheur...

Cependant, je n'entendais plus rien, et, les minutes s'écoulant, je commençais à me dire que j'étais bien bête de me faire comme cela des idées, lorsque deux cris retentirent, mais si aigus et si horribles, que j'en eus froid jusque dans les os.

N'osant sortir, j'allai coller l'oreille contre la porte, et je distinguai très-bien la voix de monsieur se disputant avec un autre homme. Impossible de saisir un seul mot, mais je compris bien qu'il s'agissait de choses très-graves

Tout à coup, un grand bruit sourd, comme celui de la chute d'un corps, puis encore un cri de terreur... Je n'avais plus une goutte de sang dans les veines.

Heureusement, les autres domestiques, qui étaient couchés, avaient entendu quelque chose, ils s'étaient levés et on marchait dans l'escalier...

A tous risques, je sors de la chambre, je descends avec les autres et nous trouvons dans le salon madame évanouie sur le fauteuil, et monsieur étendu tout à plat sur le plancher et comme mort...

— Qu'avais-je dit !... s'écria Cheminot.

Mais le procureur de la République lui fit signe de se taire, et s'adressant à la bonne :

— Et le visiteur ? demanda-t-il.

— Parti, monsieur, envolé, disparu...

— Qu'avez-vous fait alors ?

— Nous avons relevé M. le comte et nous l'avons porté sur son lit. Nous avons fait revenir madame, et le valet de chambre est allé chercher M. Seignebos, le médecin...

— Qu'a dit Mme de Claudieuse, lorsqu'elle a repris connaissance ?

— Rien. Madame était comme une personne qui aurait reçu un coup de massue sur la tête.

— Il n'y a pas eu autre chose ?

— Oh ! si, monsieur.

— Quoi ?

— L'aînée de nos demoiselles, Mlle Marthe, a été prise de convulsions terribles.

— Comment cela ?

— Dame !... je ne sais que ce que mademoiselle a raconté...

— Répétez-le-moi.

— Ah ! c'est très-singulier. Lorsque ce monsieur que je viens de reconnaître a sonné à notre porte, Mlle Marthe, qui était couchée, s'est levée et est allée se mettre à la fenêtre, pour regarder qui c'était. Elle m'a vue aller ouvrir, une bougie à la main, et revenir suivie du monsieur. Elle allait regagner son lit quand il lui sembla voir une des statues du jardin remuer et se mettre à marcher. Tout ce qu'on a pu lui dire n'a servi de rien... Elle affirme qu'elle ne s'est pas trompée, qu'elle a bien vu cette statue s'avancer doucement le long de l'allée et venir se placer tout contre l'arbre le plus rapproché du salon.

Cheminot triomphait :

— C'était moi ! s'écria-t-il.

La bonne le regarda, et, sans trop de surprise :

— C'est bien possible, fit-elle.

— Qu'en-savez-vous ? interrogea M. Daubigeon.

— Je sais que ce doit être un homme qui s'était introduit dans le jardin, qui a fait tant de peur à Mlle Marthe, et voici pourquoi : M. Seignebos, en se retirant, a laissé tomber une pièce de cinq francs, qui est allée rouler juste au pied de l'arbre où mademoiselle dit avoir vu la statue... Le valet de chambre qui accompagnait le médecin, l'a aidé à retrouver sa pièce, et, en l'éclairant, il a très-bien vu à terre des empreintes de souliers ferrés...

— Les empreintes de mes souliers, interrompit Cheminot.

Et s'asseyant et levant les jambes :

— Regardez plutôt mes semelles, monsieur le juge, disait-il, regardez si les clous y manquent...

Mais l'opinion du procureur de la République était faite.

— Il suffit, dit-il au vagabond, je vous crois...

Et à la femme de chambre :

— Et vous, ma fille, savez-vous si, à la suite de ces scènes, il n'y a pas eu d'explication entre monsieur et madame de Claudieuse ?

— Je l'ignore. Seulement madame et monsieur n'étaient plus du tout ensemble comme avant.

Elle ne savait rien de plus. Après lui avoir fait signer le procès-verbal de son interrogatoire, M. Daubigeon la congédia.

Puis s'adressant à Cheminot :

— On va vous conduire en prison, lui dit-il. Mais vous êtes un brave garçon, et vous pouvez être sans inquiétudes... Allez !

Le procureur de la République et le juge d'instruction restaient seuls, puisqu'il est entendu que le greffier n'existe pas.

— Eh bien !... commença M. Daubigeon, que dites-vous
de cela ?

M. Daveline était atterré.

— C'est à confondre l'esprit !... murmura-t-il.

— Commencez-vous à croire que Me Folgat avait raison,
et que l'affaire n'était pas aussi claire que vous le prétendiez !...

— Eh !... Qui ne s'y fût trompé comme moi !... Vous-
même, à un moment, n'avez-vous pas été de mon avis... Et
cependant, si Jacques de Boiscoran et Mme de Claudieuse
sont innocents, qui donc est coupable ?...

— C'est ce que nous saurons bientôt, car je suis fermement résolu à ne pas goûter un instant de repos avant
d'avoir fait éclater la vérité !... Quel bonheur que des vices
de forme frappent le jugement de nullité...

Il était tellement ému qu'il oubliait ses éternelles citations.
S'adressant au greffier :

— Mais il n'y a pas une minute à perdre, reprit-il... Prenez vos jambes à votre cou, mon cher Méchinet, et courez
prier Me Folgat de passer au parquet... Je l'attends.

III

Lorsqu'en quittant la comtesse de Claudieuse, Mlle de Chandoré rejoignit les parents et les amis de Jacques :

— Maintenant, oui, leur dit-elle, rayonnante d'espoir,
maintenant nous l'emportons.

Son grand-père et le marquis de Boiscoran la pressaient
de s'expliquer, elle refusa de rien dire, et ce n'est que plus
tard, dans la soirée, qu'elle avoua à Me Folgat ce qu'elle
avait obtenu, et comment il était plus que probable que le
comte, avant de mourir, reviendrait sur sa déposition.

— Cela seul sauverait Jacques, déclara le jeune avocat.

Mais cette espérance lui était un nouvel encouragement à
redoubler d'efforts, et, tout brisé qu'il fût des émotions et
des luttes de l'audience, il passa la nuit dans le cabinet de
grand-père Chandoré, à rédiger, de concert avec Me Ma-

gloire, la requête où il exposait les causes de nullité du jugement.

N'ayant achevé que lorsqu'il faisait déjà grand jour, il ne voulut pas se coucher, et c'est sur un fauteuil qu'il s'établit, pour prendre quelques heures de repos.

Il n'y avait pas une heure qu'il dormait lorsqu'il fut réveillé par le vieil Antoine, lequel venait lui annoncer qu'il y avait en bas un inconnu qui demandait instamment à lui parler.

Tout en se frottant les yeux, il descendit, et arrivé dans le corridor, il se trouva en face d'un homme d'une cinquantaine d'années, de mise passablement suspecte, portant moustache et barbiche, et vêtu de ce pantalon large et de cette redingote étroite qu'affectionnent les anciens militaires.

— Vous êtes Mᵉ Folgat? lui demanda cet individu.

— Oui.

— Eh bien, moi, je suis l'agent que l'ami Goudar avait expédié en Angleterre...

Le jeune avocat tressauta.

— De quand, ici ?...

— De ce matin, par l'express. Vingt-quatre heures trop tard, je le sais, je l'ai appris par un journal que j'ai acheté à la gare... M. de Boiscoran est condamné. Et, cependant, je vous jure que je n'ai pas perdu une minute, et que j'ai bien gagné la prime qui m'avait été promise en cas de succès...

— Vous avez donc réussi?

— Naturellement. Ne vous disais-je pas dans ma lettre de Jersey que j'étais sûr de mon fait...

— Vous avez retrouvé Suky?

— Vingt-quatre heures après vous avoir écrit, dans un public-house de Bouly-Bay... Elle ne voulait pas venir, la mâtine !...

— Vous l'avez amenée...

— Parbleu ! Elle est à l'hôtel de *France*, où je l'ai déposée avant de venir vous demander.

— Sait-elle quelque chose ?...

— Tout.

— Courez me la chercher...

Depuis le temps qu'il espérait ce succès, Mᵉ Folgat s'était préparé à en tirer tout le parti possible.

Dans un album de Mlle Denise, il avait au milieu d'une trentaine de photographies, glissé le portrait de Mme de Claudieuse.

Il alla chercher cet album, et il venait de le poser sur la table du salon, quand l'agent reparut suivi de sa capture.

Suky avait été fort exactement dépeinte par le garçon traiteur de la rue des Vignes.

C'était une grande diablesse d'une quarantaine d'années, aux traits durs, aux manières hommasses, habillée avec cette prétention si comique des Anglaises des basses classes qui peuvent disposer de quelque argent.

Interrogée par Me Folgat :

— Je suis restée quatre ans rue des Vignes, répondit-elle en français très-compréhensible, bien qu'avec un déplorable accent, et j'y serais encore sans la guerre. Dès les premiers jours que j'y fus placée, je reconnus que j'étais la gardienne d'une maison où des amoureux se donnaient rendez-vous. Cela ne me convenait pas trop, parce qu'on a son amour-propre, n'est-ce pas ; mais la place était bonne, je n'avais rien à faire ; bref, je restai. Cependant mes patrons se défiaient de moi, je le voyais bien... Quand ils devaient se rencontrer, monsieur m'envoyait en course à Versailles, à Saint-Germain, à Orléans même... Cela me blessait si fort que je résolus de découvrir ce qu'on me cachait... Je n'y eus pas beaucoup de peine, et dès la semaine suivante je savais que monsieur ne s'appelait pas plus sir Burnett que moi, et que c'était là un nom de guerre qu'il avait emprunté à un de ses amis...

— Comment vous y êtes-vous prise ?

— Oh ! bien simplement. Un jour que monsieur s'en allait à pied, je le suivis et je le vis entrer dans un hôtel de la rue de l'Université... En face, des domestiques causaient sur une porte ; je leur demandai qui était ce monsieur, et ils me répondirent que c'était le fils du marquis de Boiscoran...

— Voilà pour votre patron... Mais la visiteuse...

Suky Wood souriait.

— Pour la dame, répondit-elle, je fis exactement la même chose... Il me fallut du temps, par exemple, et de la patience, parce qu'elle prenait des précautions incroyables, et j'ai perdu plus d'une après-midi à la guetter. Mais plus elle se cachait, plus j'avais envie de savoir, comme de juste... Enfin,

un soir qu'elle quitta la maison en voiture, je pris un fia-
cre, moi aussi, et je la suivis... C'est rue de la Ferme-des-
Mathurins qu'elle se fit conduire... Le lendemain, je vins
aux informations chez les concierges, sous prétexte de demander une place, et j'appris que cette dame était mariée
en province, qu'elle venait tous les ans passer un mois
chez ses parents, et qu'elle s'appelait la comtesse de Claudieuse...

Et Jacques qui prétendait, qui soutenait que Suky ne devait rien, ne pouvait rien savoir!

— Mais l'avez-vous vue, cette dame? interrogea Me Folgat.

— Comme je vous vois.

— La reconnaîtriez-vous?...

— Entre mille.

— Et si l'on vous montrait son portrait?

— Je ne m'y tromperais pas.

Me Folgat lui tendit l'album.

— Eh bien! cherchez, dit-il.

Ce fut l'affaire d'une minute.

— La voilà!... s'écria Suky en mettant le doigt sur la
photographie de Mme de Claudieuse.

Il n'y avait plus à douter.

— Seulement, reprit le jeune avocat, il faudrait, miss
Suky, répéter devant la justice tout ce que vous venez de
dire.

— Je le répéterai volontiers, puisque c'est la vérité.

— Cela étant, on va vous chercher un logement, et vous
y resterez à notre disposition. Soyez sans crainte, vous ne
manquerez de rien, et l'on vous payera des gages comme si
vous étiez en place.

Me Folgat n'eut pas le temps d'en dire davantage, le docteur Seignebos entrait comme un coup de vent, en criant à
pleine voix :

— Victoire! cette fois. Victoire complète...

Mais il ne pouvait parler devant Suky Wood et l'agent.

Il les congédia sans plus de façon, et dès qu'ils furent
dehors :

— Je sors de l'hôpital, dit-il à Me Folgat. J'ai vu Goudar.
Il a réussi, il a fait parler Cocoleu...

— Qu'a-t-il dit?...

— Ce que je savais bien qu'il dirait, si l'on parvenait à

lui délier la langue... Mais vous l'entendrez... car il ne suffit pas que Cocoleu avoue tout à Goudar, il faut qu'il se trouve là des témoins pour recueillir les aveux de ce misérable...

— Devant des témoins, il ne parlera pas...

— Il ne les verra pas, ils resteront cachés, l'endroit est admirablement disposé pour une surprise...

— Et si, une fois les témoins cachés, Cocoleu s'obstine à se taire ?

— Point. Goudar a trouvé le secret de le faire jaser quand il veut. Ah ! c'est un habile mâtin, et qui sait son métier... Avez-vous confiance en lui ?

— Oh ! complétement.

— Eh bien, il répond du succès. Venez aujourd'hui même, m'a-t-il dit, entre une heure et deux, avec Me Folgat, le procureur de la République et M. Daveline, placez-vous à l'endroit que je vais vous montrer, et laissez-moi faire. Et là-dessus, il m'a fait voir où nous mettre, et m'a indiqué comment je lui ferais connaître notre présence.

Me Folgat n'hésita pas.

— Nous n'avons pas un moment à perdre, dit-il, courons au parquet.

Mais dans le corridor même, le docteur et Me Folgat furent arrêtés par Méchinet, lequel arrivait hors d'haleine, et à demi-fou de joie.

— C'est M. Daubigeon qui m'envoie vous chercher, leur dit-il, écoutez ce qui arrive...

Et rapidement il les met au fait des événements de la matinée, du récit de Cheminot et de la déposition de la bonne de Mme de Claudieuse.

— Ah ! cette fois, c'est bien le salut !... s'écria M. Seigne-bos.

Me Folgat pâlissait d'émotion.

— Avant de nous éloigner, proposa-t-il, apprenons ce qui se passe au marquis de Boiscoran et à Mlle Denise.

— Non, interrompit le médecin, attendons une certitude. En route, plutôt, en route !

Ils avaient raison de se hâter. Le procureur de la République et le juge d'instruction les attendaient avec une impatience sans nom. Et dès qu'ils entrèrent dans la petite salle du greffe :

— Eh bien !... s'écria M. Daubigeon, Méchinet vous a tout dit...

— Oui, répondit M⁰ Folgat, mais nous savons encore autre chose que vous ignorez.

Et il se mit à raconter l'arrivée de Suky Wood et sa déposition.

Écrasé sous tant de preuves de son erreur, M. Galpin-Daveline s'était affaissé sur sa chaise, sans mouvement, sans voix. Mais M. Daubigeon était radieux...

— Décidément, s'écria-t-il, Jacques est innocent.

— Il l'est sûrement, prononça le docteur Seignebos, et la preuve, c'est que je connais le coupable...

— Oh !...

— Et vous le connaîtrez comme moi, si vous voulez prendre, ainsi que M. le juge d'instruction, la peine de me suivre à l'hôpital...

Une heure venait de sonner, et aucun d'eux n'avait rien pris de la journée. Mais c'était bien le moment de songer à déjeuner !

Sans l'ombre d'une hésitation :

— Venez-vous, Daveline ? dit simplement le procureur de la République.

Machinalement, avec des mouvements d'automate, le pauvre juge se leva, et ils partirent, laissant le long des rues les gens de Sauveterre stupéfaits de les voir ensemble...

C'est à Mme la supérieure de l'hôpital que M. Daubigeon s'adressa tout d'abord, et quand il lui eût expliqué ce dont il s'agissait, levant au ciel des yeux résignés :

— Faites, messieurs, répondit-elle, faites, et puissiez-vous réussir, car c'est une lourde croix que ces perpétuelles descentes de justice dans notre paisible maison.

— Suivez-moi donc au quartier des fous, messieurs, dit le docteur.

On appelle le quartier des fous, à l'hôpital de Sauveterre, une petite construction basse, devant laquelle est une cour sablée, entourée d'un mur fort élevé. Cette bâtisse est divisée en six cellules, ayant chacune deux portes, l'une qui donne sur la cour à l'usage des fous, l'autre s'ouvrant à l'extérieur, et destinée aux gens de service.

C'est une de ces dernières qu'ouvrit le docteur Seignebos.

Et après avoir recommandé le plus religieux silence, car le moindre bruit suspect pouvait réveiller les défiances de

Cocoleu, il fit entrer ses compagnons dans une cellule dont la porte, donnant sur la cour, était fermée.

Mais cette porte était percée d'un large judas grillé d'où, sans être vu, on pouvait voir et entendre ce qui se passait et se disait dans la cour.

A moins de deux mètres du judas, sur un banc de bois, étaient assis au soleil Goudar et Cocoleu.

A force d'études et de volonté, le policier avait réussi à donner à son visage une affreuse expression d'hébétude. — A ce point que les gens de l'hôpital l'estimaient plus idiot que l'autre.

Il tenait son violon qui, sur l'ordre du docteur, lui avait été laissé, et il s'en accompagnait, tout en répétant cette ronde saintongeoise qu'il chantait, le jour où, sur le Marché-Neuf, il avait accosté M. Folgat.

> Quand l'ageasson y yut des ailes,
> Y s'envolit sur les maisons,
> > La pibôle!
> Y s'envolit sur les maisons,
> > Pibolon!...

Cocoleu, une large tartine d'une main et un gros couteau de paysan de l'autre, achevait son repas.

Mais cette musique le ravissait si fort, qu'il en oubliait de manger, et la lèvre pendante, l'œil à demi-clos, il se dodelinait en mesure.

— Ils sont hideux! ne put s'empêcher de murmurer Me Folgat.

Cependant Goudar, prévenu par le signal convenu, venait de finir son couplet. Il se pencha et retira de dessous le banc une énorme bouteille, dont il parut avaler une large lampée.

Il passa ensuite la bouteille à Cocoleu, lequel à son tour se mit à boire, avidement, longtemps, et avec une expression de béatitude idiote.

Après quoi, se passant la main sur le creux de l'estomac :

— C'est, c'est, c'est... bon! bégaya-t-il.

M. Daubigeon s'était penché à l'oreille du docteur Seignebos.

— Ah! je comprends, maintenant, murmura-t-il, et aux

yeux de Cocoleu je vois qu'il y a longtemps déjà que dure cet exercice de bouteille... le misérable est ivre...

Ayant reprit son violon, Goudar chantait :

> Et des maisons sur une église,
> Qu'était l'église d'Avallon,
> La pibôle !
> Qu'était l'église d'Avallon,
> Pibolon !

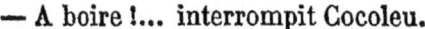

— A boire !... interrompit Cocoleu.

Après s'être fait un peu prier, Goudar lui tendit la bouteille, et tandis que, la tête renversée, il buvait à perdre la respiration :

— Eh bien, lui dit-il, tu n'avais pas de bon vin comme cela au Valpinson ?...

— Oh !... si, répondit Cocoleu.

— Mais pas tant que tu voulais ?

— Si. Tout mon saoûl...

Et riant d'un rire épais :

— J'en, j'en, j'entrais dans le cellier par une fenêtre, bégaya-t-il, et je, je, je buvais avec une paille...

— Tu dois regretter ce temps-là !...

— Oh ! oui !

— Seulement, puisque tu étais si bien au Valpinson, pourquoi y as-tu mis le feu ?...

Pressés autour du guichet de la cellule, les témoins de cette scène étrange retenaient leur respiration.

— Je, je ne voulais brûler que les fagots, pour faire sortir M. le comte, répondit Cocoleu... Ce n'est pas ma faute si le feu a pris partout.

— Et pourquoi voulais-tu tuer le comte ?

— Pour que la dame se marie avec M. de Boiscoran...

— C'est donc elle qui te l'avait commandé ?...

— Oh ! non... Mais elle disait en pleurant qu'elle serait heureuse si son mari était mort... Alors, comme elle était bonne pour Cocoleu et le comte mauvais, j'ai tiré...

— Bon ! mais alors pourquoi dire que c'était M. de Boiscoran qui avait fait le coup.

— On commençait à dire que c'était moi. Tant pis ! J'aime mieux qu'on lui coupe le cou qu'à moi !...

Il frissonnait, en disant cela, tellement que Goudar, craignant d'être allé un peu vite, reprit sa chanson :

> Le curé disait : dominus,
> L'ageasson y dit vobiscum,
> La pibôle !
> L'ageasson y dit vobiscum,
> Pibolon !

Puis, sans cesser de râcler une mélodie vague, et après une nouvelle caresse de Cocoleu à la bouteille :

— Où avais-tu pris le fusil ?... demanda le policier...

— Je, je, je l'avais pris au comte, pour tirer des oiseaux... et je, je, je l'ai encore, caché dans le trou où Michel m'a retrouvé !...

C'est tout ce qu'en put supporter le bouillant docteur Seignebos. Ouvrant brusquement la porte, et s'élançant dans la cour :

— Bravo ! Goudar ! s'écria-t-il.

Mais, au bruit, Cocoleu s'était dressé... Il comprit, car la terreur dissipa son ivresse et décomposa ses traits.

— Ah ! brigand ! hurla-t-il.

Et, se jetant sur Goudar, il le frappa de deux coups de couteau...

Trop rapide et trop imprévu avait été le mouvement pour qu'il fût possible de s'y opposer.

Repoussant violemment Me Folgat qui cherchait à le désarmer, Cocoleu bondit jusqu'à l'un des angles de la cour, et là, terrible comme la bête acculée, l'œil injecté de sang, la bouche écumante, il menaçait de son redoutable couteau quiconque faisait mine d'approcher.

Aux cris de M. Daubigeon et de M. Daveline, les employés de l'hôpital s'étaient hâtés d'accourir, et cependant la lutte eût été sanglante probablement, sans la présence d'esprit d'un gardien, qui, se hissant sur la crête du mur, réussit à prendre dans un nœud coulant le bras du misérable.

En un instant il fut renversé, désarmé, et mis hors d'état de nuire.

— On, on, on fera de, de moi ce qu'on voudra, dit-il alors, je, je, je ne prononcerai plus une parole...

Pendant ce temps, l'involontaire et désolé auteur de la

catastrophe, le docteur Seignebos, s'empressait près de Go
dar, lequel gisait inanimé sur le sable de la cour.

Les deux blessures du malheureux policier étaient grav
mais non mortelles, ni même très-dangereuses, le cou
ayant glissé sur les côtes.

Transporté dans une des chambres particulières de l'hôpital, il ne tarda pas à reprendre connaissance...

Et voyant penchés sur son lit M. Daubigeon et M. Daveline, le docteur et Mᵉ Folgat :

— Eh bien, murmura-t-il avec un triste sourire, n'avais-je
pas raison de dire que mon métier est un fichu métier...

— Mais rien ne vous empêche de l'abandonner, répondit
Mᵉ Folgat, si véritablement certaine maison que nous avons
visitée ensemble suffit à votre ambition...

Le visage pâli du policier s'illumina.

— On me la donnerait?... s'écria-t-il.

— N'avez-vous pas découvert et livré à la justice l
coupable...

— Bénis soient, en ce cas, les coups de couteau. Je sens
qu'avant quinze jours je serai sur pied! Vite une plume et
de l'encre, que j'envoie ma démission, et que j'annonce à
ma femme la bonne nouvelle.

Il fut interrompu par l'entrée d'un des huissiers du tribunal.

S'approchant du procureur de la République :

— Monsieur, dit respectueusement cet homme, M. le curé
de Bréchy vous attend au parquet.

— Je suis à lui à l'instant, répondit M. Daubigeon.

Et s'adressant à ses compagnons :

— Venez, messieurs, dit-il, venez...

Le curé de Bréchy attendait, en effet, et il se leva vivement du fauteuil où il était assis, lorsqu'il vit entrer le procureur de la République et M. Daveline, Mᵉ Folgat et le docteur Seignebos.

— Peut-être est-ce à moi seul que vous voulez parler, monsieur le curé?... demanda M. Daubigeon.

— Non, monsieur, répondit le vieux prêtre, non...
L'œuvre de réparation dont je suis chargé doit être publique...

Et présentant une lettre :

— Lisez, monsieur, ajouta-t-il, lisez à haute voix...

Rompant d'une main tremblante d'émotion, le cachet armorié, le procureur de la République lut :

« Au moment de mourir en chrétien, comme j'ai vécu, je me dois à moi-même, je dois à Dieu que j'ai offensé et aux hommes que j'ai trompés, de proclamer ce qui est la vérité :

» Inspiré par la haine, je me suis rendu coupable d'un » faux témoignage exécrable, en disant que l'homme qui a » tiré sur moi est M. de Boiscoran et que je l'ai reconnu.

» Non-seulement je ne l'ai pas reconnu, mais je sais qu'il » est innocent, j'en suis sûr, je le jure par tout ce qu'il y a » de sacré en ce monde que je vais quitter, et en l'autre, » où m'attend le souverain juge.

» Puisse M. de Boiscoran me pardonner comme je par-» donne moi-même!

» TRIVULCE DE CLAUDIEUSE. »

— Malheureux homme! murmura Me Folgat...

Mais déjà le curé reprenait.

— Vous le voyez, messieurs, M. de Claudieuse ne met à sa rétractation aucune condition. Il ne demande rien, sinon que la vérité éclate. Et cependant, je serai l'interprète des derniers désirs d'un mourant, en vous suppliant de ne pas prononcer, dans le nouveau procès, le nom de la comtesse de Claudieuse.

Des larmes brillaient dans tous les yeux.

— Soyez sans inquiétude, monsieur le curé, répondit M. Daubigeon, les derniers vœux de M. de Claudieuse seront exaucés. Le nom de la comtesse ne sera pas prononcé, il n'en sera pas besoin. Le secret de sa faute sera religieusement gardé par ceux qui le connaissent.

Il était quatre heures à ce moment.

Une heure plus tard, arrivèrent au tribunal, un gendarme et Michel, le fils du métayer de Boiscoran, qui avaient été chargés d'aller vérifier les déclarations de Cocoleu.

Ils rapportaient le fusil dont le misérable s'était servi, et qu'il avait caché dans cette tannière qu'il s'était creusée dans les bois de Rochepommier, et où Michel l'avait découvert le lendemain du crime...

Désormais l'innocence de Jacques était plus claire que le jour et bien qu'il dût rester sous le coup de sa condamnation, jusqu'à la réforme du jugement, il fut décidé, le président des assises, M. Domini et M. Du Lopt de la Gransière s'en mêlant, qu'il serait mis le soir même en liberté provisoire.

A Mᵉ Folgat et à Mᵉ Magloire revenait l'agréable mission d'annoncer au prisonnier cette heureuse nouvelle.

Ils le trouvèrent, marchant comme un fou dans sa cellule, en proie aux plus indicibles angoisses, depuis les mots d'espoir que lui avait, le matin, adressés M. Daubigeon.

Oui, il espérait,... et cependant, quand il sut qu'il était sauvé, qu'il était libre, il s'affaissa comme une masse sur une chaise, moins fort contre la joie que contre la douleur...

Mais on se remet vite de telles émotions. Quelques instant plus tard, Jacques de Boiscoran, donnant le bras à ses défenseurs, sortait de cette prison où il avait, pendant des mois, enduré tout ce que peut souffrir un honnête homme. Effroyable expiation de ce qui, pour tant de gens, est à peine une faute légère.

En arrivant rue de la Rampe :

— On ne vous attend certes pas, dit Mᵉ Folgat à son client; ralentissez le pas, tandis que je me présenterai le premier.

Il trouva les parents et les amis de Jacques réunis au salon, dévorés d'anxiété, car ils ignoraient encore ce qu'il pouvait y avoir de fondé dans les bruits vagues arrivés jusqu'à eux.

Avec les plus savantes précautions, le jeune avocat entreprit de les préparer à la vérité; mais Mˡˡᵉ Denise l'interrompit :

— Où est Jacques ?

Jacques était à ses genoux, éperdu de reconnaissance et d'amour...

. . . .

IV

Le lendemain eut lieu l'enterrement du comte de Claudieuse et de la plus jeune de ses filles, et le soir même, la comtesse quittait Sauveterre pour s'établir chez son père, à Paris, où elle ne devait pas tarder à grossir le *Clan des révoltées.* . . . .

. . . .

Ainsi que cela devait être, le jugement qui frappait Jacques fut réformé et Cocoleu, reconnu coupable du crime a Valpinson, était condamné aux travaux forcés à perpétuité.

Un mois plus tard, Jacques de Boiscoran épousait, a l'église de Bréchy, Mlle Denise de Chandoré. Les témoins u marié étaient Me Magloire et le docteur Seignebos, et ceux de la mariée Me Folgat et M. Daubigeon.

Même l'excellent procureur de la République oublia quelque peu, ce jour là, la gravité de ses fonctions. Il ne sait de répéter :

> Nunc est bibendum, nunc pede libero
> Pulsanda tellus...

Et il but, en effet, et il ouvrit le bal avec la mariée...

M. Galpin-Daveline, envoyé en Afrique, n'assista pas à ces noces. Mais Méchinet y brilla, débarrassé, grâce à Jacques, tous ses soucis d'argent...

Et, aujourd'hui, les époux Blangin ont presque tout dévoré l'argent qu'ils avaient extorqué à Mlle Denise. Cheminot, garde particulier de Boiscoran, est la terreur des vagabonds.

Et Goudar, jardinier pépiniériste, vend les plus belles pêches de Paris.